Die Drehtür ist ein Sinnbild für Roger Hertloffs Leben: Verwirrend bewegt sich alles im Kreis - Ereignisse wie auch die zahlreichen Personen, welchen er begegnet, ohne eine wirkliche Beziehung zu ihnen aufzubauen.
Aufgrund einer von Beginn an planlos wirkenden Universitätskarriere verschlägt es Roger Hertloff an verschiedene Orte: das malerische Golfmekka St. Andrews in Schottland, das südafrikanische Zentrum der Kriminalität Johannesburg, die englische Wiege der Industriellen Revolution Manchester.
Desillusioniert vom akademischen Leben, landet Roger schließlich als Türsteher vor einem Fünf-Sterne-Hotel in der schottischen Hauptstadt, bis zu guter Letzt die Drehtür, die er dort bedient, sogar ganz konkret sein Schicksal bestimmt.

Ralph A. Hartmann

DREHTÜR

Roman

HARALEX **Publishing House**
Edinburgh
2016

HARALEX Publishing House
3 Wardlaw Place
GB-Edinburgh EH11 1UA

Erstveröffentlichung 2011
bei
HARALEX Publishing House
als
Hardback-Ausgabe
(ISBN 978-1-905194-05-6)

Diese Taschenbuch-Ausgabe
ISBN: 978-1-905194-89-6

Henriette von Mühlwang fühlte sich elend. Die Nacht auf der Couch hatte ihr nicht allein körperlich geschadet. An Schlaf eigentlich nicht zu denken. Wie im Delirium schwirrten ihr während der frühen Morgenstunden ständig die häßlichen Szenen ihres Streites mit Peter im Kopf herum. Dieses Mal war es tatsächlich zum Äußersten gekommen. Keine Handgreiflichkeiten - nein, glücklicherweise. Aber die abscheulichen Beschimpfungen, die unter die Gürtellinie gingen. Unbegreiflich. Sogar im Halbschlaf schämte sie sich. In einer Eruption des Zorns hatte sie auf vulgärste Weise Anspielungen auf sein Geschlechtsteil sowie seine jüdische Herkunft gemacht. Gut, auch er hatte sich schließlich nicht zurückhalten können und im Gegenzug eine gehässige Wortkombination mit dem Ausdruck "Nazi" fallen lassen, bevor er wutentbrannt die Schlafzimmertür zuknallte. Unnötig! Alles so unnötig! Hoffentlich hatten die Kinder nicht allzu viel mitbekommen. Vor allem Sean. Das Sensibelchen der Familie. Von allen verhätschelt. Insbesondere von der älteren Schwester. Nach der Geburt Seans hatte sich Johanna geradezu vor ihren Vater gedrängelt, um das Brüderchen zu halten. Siebeneinhalb Jahre Altersunterschied. Eigentlich schätzte sich Henriette angesichts der unglaublichen Vernarrtheit Johannas in Sean sehr glücklich. Das nahm ihr wahnsinnig viel Arbeit ab. Ihre Universitätskarriere wäre in dieser immensen Geschwindigkeit ohne die Tochter kaum denkbar gewesen. Und dann die Geldersparnis. Kein Kindermädchen, keine Krabbelgruppe. Johanna hätte den Kleinen am liebsten mit in die Schule genommen. Manchmal zweifelte Henriette durchaus daran, ob ihre Tochter denn ganz normal sei. Aber im Prinzip müßte sie sich selbst wohl an erster Stelle die Schuld daran geben, wenn mit der nun Neunzehnjährigen etwas nicht ganz stimmte. Henriette trichterte ihr ständig ein, daß das oberste Ziel sei, selbständig zu sein. "Verlaß' dich nie auf die anderen!" warnte sie mit stets erhobenem Zeigefinger. Johanna sollte keinesfalls ihr eigenes Schicksal ereilen - das Dummchen, das man nicht ernstnimmt. Nur unter

Mühen war es Henriette gelungen, dieses Image abzulegen. Knappe zwei Jahrzehnte ihres Lebens hatte das in Anspruch genommen. Und so mußte Johanna bereits im Grundschulalter für einen Wing-Zung-Selbstverteidigungskurs angemeldet werden. Das stellte sich als äußerst provident aus Henriettes Sicht heraus, gerade im Hinblick auf den Zusammenbruch der Apartheid, der diese atemberaubende Kriminalitätswelle auslöste. Das Mädchen müßte sicherlich wesentlich weniger Ängste ausstehen als Gleichaltrige. Außerdem machte ihr das Körpertraining so viel Spaß, daß sie freiwillig zweimal pro Woche zusätzlich ins Fitneßstudio pilgerte. War das wirklich ihre Tochter? Henriette verabscheute körperliche Anstrengung. Das machte sich auch deutlich an ihrer Figur bemerkbar. Sie war nicht gerade stolz auf ihr doch recht voluminöses Hinterteil, selbst wenn sich da eine klar erkennbare Taille abzeichnete - anders als bei den typischen dicken Frauen, die meist keinerlei Figur aufwiesen. Wenigstens hielt das Rauchen den Appetit in Grenzen, so daß die allerschlimmsten Folgen für Henriettes Physis vermieden werden konnten. Tja, wenn Johanna nicht ihre Tochter gewesen wäre, dann hätte Henriette gar der Neid gepackt. Beinahe ein Fotomodell. Woher sie nur ihre Brüste geerbt hatte? Das müßte dann wohl Peters Seite der Familie gewesen sein. Und selbstverständlich auch die welligen, dicken brünetten Haare. Warum sie noch keinen Freund hatte? Wahrscheinlich, weil sie eben anders war. Welches Mädchen interessiert sich schon für Mathematik und Physik? Nun gut: kein Freund - kein Abschiedsschmerz, wenn sie sich jetzt nach bestandenem Abitur mindestens für ein halbes Jahr in Richtung Deutschland aufmachte, während die ganze Familie gespannt auf die Antwort der Begabtenförderung wartete.

Henriette richtete sich mühselig von der Couch auf. Der Rücken schmerzte. Die Seele noch ärger. Mit zerzaustem Haar schlürfte sie barfuß zur Küche. Tassengeklapper. Peter war schon auf. Wie er wohl reagierte, wenn sie hereinkam? Henriette wurde schlecht. Sie spürte den Druck auf die Tränendrüse. Sie öffnete die Tür.

Peter blickte sich - am Kühlschrank stehend - um.

"Peter...", setzte Henriette schon halb schluchzend an.

Er kam ihr entgegen. Nahm sie in die Arme.

"Es tut mir so leid, Henry...", sagte er - auch mit etwas zittriger Stimme. Henriette heulte los. Warum mußte man sich immer streiten, um sich dann wieder näher zu sein? Für die Eheberatung waren sie beide zu stolz. Das müßten sie doch alleine unter Kontrolle bekommen. Es schien kaum vereinbar zu sein: Henriettes Wechseljahre und Peters zweite Pubertät. Und wenn man dann noch nicht einmal vernünftig darüber reden konnte. Was sollte sie auch machen? Hitzewallungen. Kurzatmigkeit - nicht gerade durch das Rauchen gefördert. Und dann dieses widerliche permanente Gefühl, schmutzig zu sein. Henriette hätte ununterbrochen unter der Dusche stehen können. Das tötete jegliche Libido ab. Und Peter strotzte nur so vor sexueller Energie. Der zweite Frühling. Da waren solche Zusammenstöße wie gestern Abend vorprogrammiert.

Johanna und Sean standen im Türrahmen. Sahen die Eltern in der Umarmung. Wenigstens etwas. Darauf hatte Henriette auch immer geachtet. Die Kinder müßten mitbekommen, wie sich die zerstrittenen Eltern wieder versöhnen; sie müßten erkennen, daß sie nicht, aber auch gar nicht mit dem Streit in Verbindung standen. Immens wichtig am heutigen Tag: Johannas Abschied für mehrere Monate. Der Haussegen durfte einfach nicht schiefliegen.

In Eintracht wurde das Frühstück zubereitet. Johanna und Sean deckten den Tisch. Henriette und Peter kochten Eier, räumten den Kühlschrank aus und dekorierten die Teller mit allerlei Leckereien. Ausnahme: der Schoko-Nougat-Brotaufstrich. Henriette hatte nie den Sinn gesehen, ihren Kindern das fünfundzwanzig Rand teure *Nutella* zu gönnen, wo doch der No-Name-Chocolate-Hazelnut-Spread von *Pick'n'Pay* kaum anders schmeckte. Reine Geldverschwendung, diese überteuerte italienische Zuckerpampe, von der Johanna und Sean von klein auf so schwärmten.

Obwohl der Frühstückstisch demzufolge einen sehr festlichen Eindruck vermittelte, hielt sich die gute Stimmung schwer in Grenzen. Der Abschied. Und Sean wirkte permanent den Tränen nahe. Schließlich verlor er die Schwester und Ersatzmutter für mindestens ein halbes Jahr.

Aufatmen bei Henriette wenigstens in einer Hinsicht: Sie mußte lediglich einmal zum Flughafen hinausfahren. Zwei Fliegen mit einer Klappe. Johannas Flieger startete um elf, und der potentielle neue Kollege würde kurz vorher landen. Ideal. Absolut keine vergeudete Zeit. Und wenn alles gut lief, würde sie diesen Roger Hertloff, wie er hieß, bis ungefähr zwei Uhr nachmittags für den Tag abgefertigt haben, um sich dann noch ein wenig ihren Postgraduierten widmen zu können.

Ein komischer Typ, dieser Hertloff. Aber ein Geschenk des Himmels, so er denn die Stelle annahm. Es mußte alles perfekt wirken, wenn er ankam: die sonnige Fahrt vom Flughafen nach Emmarentia, wo Henriette wohnte; der Blick aufs Nachbarhaus gegenüber, dessen Bewohner auf die Installation von Festungsmauern und Elektrozaun verzichtet hatten - das würde Hertloff die Furcht vor der Kriminalität hoffentlich etwas nehmen; das schnuckelige Bed and Breakfast mit Pool in Melville, wo er sich dann den Rest des Tages von den Reisestrapazen erholen, bevor ihn dann am nächsten Morgen die Kollegin der Französisch-Sektion zur Universität bringen sollte. Hier würde er schließlich seinen Forschungsvortrag zum Besten geben, mit dem sie seine Schnupperreise beim Dekanat plausibel gemacht hatte.

Hoffentlich, hoffentlich funktionierte die Show! Hertloff war der einzige Kandidat außerhalb Südafrikas, der auf dem Papier etwas hergemacht hatte und dessen Qualifikation es auch vertretbar erscheinen ließ, Angela Herbst aus Stellenbosch abzusagen. Diese ambitionierte Kuh, die sich bei dem kurz vor der Emeritierung stehenden Professor Egon Herbst eingeschleimt, bei ihm promoviert und ihn danach sogar geehelicht hatte. Ihre Publikationsliste war ellenlang. Viel zu große Konkurrenz für Henriette. Da kam Hertloff wie gerufen, dessen Veröffentlichungen zwar wesentlich weniger zahlreich waren, der aber immerhin in Sachen Sprachunterricht einiges mehr als das Professorenliebchen zu bieten hatte. Henriette sah bereits das Motivationsschreiben vor ihrem geistigen Auge. Das Motivationsschreiben, das der *South African High Commission* erklären sollte, warum der Ausländer Hertloff der in Südafrika offiziell residierenden Herbst vorzuziehen sei, damit er eine Arbeitserlaubnis bekäme.

Aber zuerst müßte man ihn dazu bringen, die Stelle anzunehmen. Zunächst das Flugticket: Wenn er ablehnte, würde er es selbst zu bezahlen haben. Dann das tolle Wetter. Damit könnte man sicherlich jemanden ködern, der die letzten paar Jahre im trüben und kühlen Schottland verbracht hatte. Und dann sollte ihm das Willkommensein sowie die Geborgenheit deutlich gemacht werden. Da konnte sich Henriette voll und ganz auf ihre Kolleginnen verlassen. Und sogar auf den schwulen Dekan, Professor Retief du Toit. Großes Aber: die Bezahlung. Man durfte den Kurs des Rand nicht näher betrachten. Da konnte einem Angst und Bange werden. Auch Henriette mit ihrem Professorengehalt hatte da zu knapsen, wann immer sie Konferenzen in den USA oder Kontinentaleuropa besuchte. Schließlich konnte sie ja nicht alle Spesen geltend machen. Vor allem an den Zigaretten merkte sie es. Als sie zusammen mit ihrer Kollegin Vicky im Spätsommer nach London geflogen war, um an einer Klaus-Mann-Tagung teilzunehmen und ganz nebenbei auch dieses Vorstellungsgespräch mit Hertloff durchzuführen, quollen ihr beinahe die Augen über, als sie beim nächstbesten Newsagent eine Schachtel *Marlboro* kaufte.

Glücklicherweise wurde im Vertragsentwurf für Hertloff ausdrücklich auf Vergünstigungen wie etwa billige Darlehen für die Belegschaft der Universität hingewiesen.

Es würde eine Zitterpartie werden. Jedenfalls paßte es erwartungsgemäß mit dem Wetter.

Henriette räumte das schmutzige Geschirr in die Spülmaschine. Die Zugehfrau hatte frei. Schlief wohl bis in die Puppen in der Gartenwohnung beim Pool. Johanna stellte ihre drei Taschen im Flur ab. Drückte den weinenden Sean in einer zärtlichen Umarmung. Besser, wenn er nicht mitkam zum Flughafen. Zunächst wegen des pathetischen Abschieds; und zweitens wollte Henriette nicht, daß das Erste, was Hertloff sähe, ein flennender Zwölfjähriger wäre.

Ruhig saß Johanna auf der Fahrt zum Flughafen neben der Mutter. Sie redete auch sonst nicht gerade viel. Aber nun sagte sie gar nichts. War sie doch ein wenig aufgeregt?

"Hast du dic Traveller Schecks mit?"

"Klar doch!"

"Paß?"

"Jaaah, Mama!"

"..."

"Mach' dir keine Sorgen!!!"

"Ich mach' mir keine Sorgen... Ich bin halt ein bißchen aufgeregt für dich. In deinem Alter hätte ich mich so was nie getraut!"

"Was ist schon dabei? Statt mich in den Bus nach Kapstadt zu setzen, nehm' ich jetzt eben den Flieger nach München und hüte dort halt Kinder..."

Diese Pragmatik. Diese Rationalität. Henriette rätselte. Sie blickte ihre Tochter von der Seite an. Wie hübsch sie war! Wie feminin sie aussah. Und dennoch solch eine geradezu männliche Denkweise. Der Neid stieg in ihr auf. Wenn sie doch auch nur ansatzweise so gewesen wäre. Wieviel weniger Jahre hätte sie da verschwendet? Ah! Doch eine Träne, die da kullerte! Oder war es die Morgensonne, die von vorn blendete?

"Seh' ich da 'ne Träne???"

"Jaah!!!"

"Sean?"

"Jaaah!!!"

Ein kleiner Schluchzer von der Beifahrerseite. Sie zog ein Papiertaschentuch aus der beigen Safariweste, die sie für die Reise angezogen hatte. Schneuzte sich.

"Er wird sich dran gewöhnen müssen..."

"Ich auch!" kam es halb patzig zurück.

Henriette mußte schmunzeln.

"Grins' nicht so blöd!" Johanna schubste die Mutter zärtlich am Oberarm. Sie lachten.

Ein Glücksmoment für Henriette. Augenblicke wie diesen liebte sie. Da wußte sie, warum sie Kinder in die Welt gesetzt hatte. Ein Nu der Erfüllung, wenn einem die Tochter auf eine solche Art und Weise bedeutete, daß sie einen liebhatte. So etwas konnte nur eine Mutter verstehen.

Eine lange, innige Umarmung vor der Paß- und Sicherheitskontrolle. Nun schluchzten sie beide ein wenig.

Johanna drehte sich noch mehrmals um. Winkte der Mama zu. Verschwand dann bald in einem der Gänge, die zu den Warteräumen des Abflugtraktes führten.

Nun wurde es Zeit. Hertloffs Maschine stand bereits als "gelandet" ausgewiesen auf der Anzeigetafel. Vielleicht noch maximal zehn Minuten, bis er im Ankunftsbereich auftauchen würde.

* * * * *

Vier Stunden Aufenthalt in Dubai. Johanna blätterte eher lustlos in der aktuellsten Ausgabe des *Scientific American,* die sie sich noch vor dem Abflug besorgt hatte. Vier Stunden. Duty Free wollte sie sich nicht antun. Hier sah alles so einladend aus. Aber mit ihrem sehr begrenzten Bargeld und den Traveller Schecks, die sie ohnehin erst in Deutschland einlösen konnte, schminkte sie sich einen Einkaufsbummel, wäre er auch noch so bescheiden ausgefallen, von vornherein ab.

Da saß sie nun. Weg von der Familie. Sie wußte nicht recht, ob sie jetzt Heimweh haben sollte. Allein auf einen solchen Gedanken zu kommen, erschien ihr äußerst seltsam. Wenn sie sich das schon fragte, dann hatte sie de facto kein Heimweh! Selbst Sean hatte am Ende genervt. Fast wie eine Klette. Streunte wie eine Katze ständig um sie herum, seit er wußte, daß sie wegfahren würde. Auch ihre Bruderliebe wies Grenzen auf. Und dann die immer häufiger werdenden Zankereien der Eltern in letzter Zeit. Wenn sie es in den Bruchstücken der Zwiste, die sie mitbekam, richtig verstanden hatte, handelte es sich vorrangig um sexuelle Dinge. Das legten jedenfalls die gegenseitigen Beschimpfungen der beiden nahe; insbesondere die am Vorabend ihres Abfluges. Was konnte es nur sein? Wenn man sich ihre Eltern zu Zeiten der Eintracht ansah, hätte man meinen können, daß sie geradezu frischverliebt seien. Küßchen, Küßchen! Streicheleinheiten. Klapse und dergleichen mehr. Vielleicht lag es am Alter. Sie achtundvierzig. Er fündundvierzig. Da sprach man allerorts vom schwierigen Alter der Kinder - praktisch durchgehend von Jahr eins bis zwanzig - wenn es da überhaupt aufhörte; aber, daß mal irgendjemand auf die Idee käme, die diffizilen Altersphasen von Eltern aufs Korn zu nehmen? Johanna schüttelte den Kopf, während sie auf das computergenerierte Bild einer Supernova blickte.

Die Eltern hatten also ein Problem mit der Sexualität. Viel gesprochen wurde über dieses delikate Thema ja nicht zuhause. Eigentlich so gut wie gar nicht. Zwei Ausnahmen: als Johannas Monatsblutungen in einem für die Mutter überraschend frühen Alter einsetzten;

ja, und kurz danach die Sache mit der Pille. Seit Johanna vierzehn war, nahm sie sie. Mama fühlte sich wohler dabei. Sie hatte offenbar mehr Angst vor einer Schwangerschaft Johannas als vor AIDS. Allerdings instruierte sie die Tochter ebenfalls, wenngleich auch nur rhapsodisch, im Gebrauch der elastischen Gummitütchen, die der Ansteckungsvorbeugung dienen sollten. Johanna wußte da natürlich schon längst Bescheid. Nicht von Gleichaltrigen. Nein, es gab ja auch schließlich öffentliche Büchereien. Die dort erhältlichen Werke zum peinlichen Thema Sex behandelten den Sachverhalt zwar klinisch-mechanisch, aber das kam Johannas Intellekt entgegen. Mit Hilfe der Schilderungen dieser Aufklärungsschriften gelang es ihr schließlich im Alter von knapp fünfzehn, sich selbst zu entjungfern. Das wollte sie niemandem anderen überlassen. Wenn sie es schon mit einem machte, dann wollte sie sich keine Gedanken darüber machen, wie weh es tun würde. Dann lieber: selbst ist die Frau!

Und dann die Jungs an ihrer Schule! Alles unreife Jungbullen mit nichts im Kopf. Und das schon weit vor der Pubertät. Einer von ihnen war dann auch verantwortlich dafür, daß Johannas Karriere zur Einzelgängerin in Eisen geschmiedet wurde. Alle hatten sie danach Respekt vor ihr. Zuerst war sie als Streberin verlacht worden. Welche Tuss begriff denn auch Mathe, bevor der Lehrer nur einen einzigen Kreidestrich an die Tafel gepinselt hatte? Und dann Max in Klasse fünf. Der Idiot. Wollte Johanna im Brustbereich grabschen, wo sich schon ein klein wenig tat. Im Gegenzug wandte sie eine der ersten Verteidigungstaktiken im Wing-Zung an, die sie gelernt hatte. Völlig perplex lag Max danach auf dem Rücken, wurde jedoch wütender und wütender. Viermal versuchte er es daraufhin. Ein Dienstag damals. Den Rest der Woche ward er in der Schule nicht gesehen. Am Montag der Folgewoche erschien er mit Halskrause und Armschleife. Von da an näherte sich Johanna niemand mehr. Ehrfurcht und Respekt hatte sie sich nur dadurch verschafft, daß sie sich gegen diesen Wurm verteidigt hatte. Zu Hause - die Hölle. Sie bekam Schelte von den Eltern. Mama meinte gar, ihr Ruf stehe auf dem Spiel. Eine Schlägerin zur Tochter! Glücklicherweise entschärfte die Schuldirektorin seinerzeit die Situation. Es kam zur Anhörung, und durch wundersame Weise hielten sich die gegensätzlichen Aussagen der Schul-"Kameraden" die Waage. Die Kumpels von Max behaupteten selbstverständlich, daß Johanna angefangen habe, aber die neutrale Hälfte der Klasse ergriff ihre Partei. Nicht zuletzt deshalb, weil es doch einige schwer beeindruckte, wie sie diesem Mobber paroli geboten hatte.

Also mit so einem wie diesem Max hätte sie es wohl nie machen wollen. Dann der Typ, der vierzehntäglich den Pool reinigte. Athletisch-muskulös. Im Netzunterhemd. Ruhig. Kein Angeber. Einer, der immer vergnügt vor sich hinpfiff und nicht mehr als ein freundliches "Hallo!" von sich gab, wenn er einen sah. Bei dem versuchte sie es, ungefähr zwei Monate nach ihrem sechzehnten Geburtstag. Die Gartenwohnung stand da vorübergehend leer. Die Zugehfrau hatte gekündigt. Besser gesagt: Johannas Eltern setzten ihr die Pistole auf die Brust. Nachweislicher Diebstahl.

Johanna steckte sich an jenem Mittwoch den Schlüssel für die Wohnung in ihre hintere Jeanstasche, ging aufreizend an Gerrit, wie er hieß, am Poolrand vorbei zu dem kleinen Häuschen, schloß die Tür auf, ließ sie einen Spalt breit geöffnet und rief Gerrit, ob er ihr kurz helfen könne. Auf Afrikaans. Er sprach nur sehr schlechtes Englisch.

Zehn Minuten später beendete der wiederum seinen Reinigungsjob noch um einiges angeregter pfeifend als zuvor.

Wenn Mama das wüßte!

Johanna fand es doch mitunter schwierig, mit niemandem darüber reden zu können. Sie hatte etwas übrig für Männer, die zehn, fünfzehn Jahre älter waren als sie.

Gerrit durfte dann noch ein paar Male. Sichtlich traurig informierte er deshalb Johannas Mama eines Tages, daß er nach Port Elizabeth ziehe, weil seine Frau dort eine gut bezahlte Stelle bekommen habe. Pools gab's dort ebenfalls. Aber auch so jemanden wie Johanna?

Es tat weh, die Mutter uneingeweiht zu lassen, zu schweigen. Aber schweigen mußte sie, insbesondere ihren zickigen Klassenkameradinnen gegenüber. Einigen gab sie Mathe-Nachhilfe, bekam aber meist nur sarkastische Kommentare zu hören, wenn die Schulaufgaben erledigt waren. Kein Freundinnen-Material. Nichts.

Johanna streunte nun doch ziellos durch den Duty-Free-Shop am Flughafen Dubai. Eine Vertraute brauchte sie. Eine gute Freundin.

Eine, mit der man über alles reden konnte. Weit weg von daheim. Kora, die Cousine in Frankfurt, mit der sie regelmäßig per E-Mail korrespondierte: zu oberflächlich, als daß man ihr mit irgendwelchem tiefergehenden Gefühlskram ankommen konnte. Deshalb München - die große Hoffnung.

Professor Hesseling, der Bekannte ihrer Mutter, schien nett zu sein. Er würde ihre Dienste als Babysitter nicht zu sehr in Anspruch nehmen. Es war ja außerdem abgemacht, daß er ihr hochoffiziell den Status einer Gasthörerin an der Technischen Universität verschaffte, damit sie sich ein Bild davon machen konnte, wie es denn an einer deutschen Uni im Fachbereich Physik so zugeht.

Der Flugsteig für den Flug nach München wurde angezeigt. Optimistisch strebte Johanna von Mühlwang darauf zu.

* * * * *

Einbrecher im Haus? Mit hämmerndem Herzen schlug Sophie Koopmann erschrocken die Augen auf. Ihr Blick fiel zuerst auf die Dachschräge gegenüber, wo sie die Reflektion der Lichtintervalle identifizierte, die der Leuchtturm von der Isle of May durch das Erkerfensterchen ihres Schlafzimmers sandte. Heftig atmend blinzelte sie ihren Leuchtziffernwecker an. Sechs Uhr und sieben Minuten. Ein Knacken hatte sie geweckt. Sie lauschte angestrengt. Nichts! Wohl doch kein Einbrecher. Aber woher war das laute Geräusch gekommen, das ihren unruhigen und leichten Schlaf so jäh und kurz vor der geplanten Weckzeit beendet hatte? Sie schlüpfte in die ordentlich parallel neben der Bettstatt abgestellten *Birkenstock*-Schläppchen und tappte zögerlich in Richtung Küche. Vom kalten Flur aus erkannte sie bereits den Übeltäter: die Zwei-Liter-Mineralwasserflasche aus Plastik. Sophie hatte vergessen, sie in den Kühlschrank zurückzustellen. Die etwas höhere Temperatur, die in der Küche herrschte, hatte die Luft in der Flasche sich ausdehnen lassen, so daß sich die Falten, die beim Ausschenken des Wassers jedesmal im Plastik zurückblieben, durch den steigenden Flascheninnendruck geglättet und damit einen lauten Knack verursacht. Was für eine unnötige Aufregung so früh am Morgen!

Eigentlich ein Ferientag. Warum machte sie das denn nur? Roger war zwar ein netter Kollege - ein sehr netter; beinahe ein zu netter -, aber im Prinzip hätte er doch auch gut per Taxi zum Bahnhof in Leuchars kommen können. Von dort mit dem Zug nach Edinburgh. Und dann gab's ja da einen Airport-Shuttle-Bus, der alle zehn Minuten verkehrte. Warum spielte sie also Chauffeuse? Sie war aufgeregt. Aufgeregter als Roger. Ihre empathische Natur. Und neugierig: Sie brachte ihn hin zum Flughafen, und selbstverständlich würde sie ihn auch wieder abholen; sie würde aus allererster Hand erfahren, wie es gelaufen war, wenn er zurückkam.

Er würde nächstes Jahr auf alle Fälle gehen. Ob nun nach Südafrika oder sonstwohin. Der Fördervertrag mit dem *BIWA*, dem *Bundesinstitut für internationalen wissenschaftlichen Austausch,* lief zum Ende des akademischen Jahres aus. Sophie würde den einfühlsamsten Kollegen, mit dem sie jemals zusammengearbeitet hatte, verlieren. In dieser Hinsicht sehr schade. Andererseits gut so. Vielleicht hätte sich auf Dauer doch tatsächlich etwas zwischen ihnen entwikkelt. Zu einer heftigen Schmuserei war es ja vergangenes Jahr am Valentinstag bereits gekommen; doch die Vernunft siegte seinerzeit: Man einigte sich auf pure Freundschaft - kein Techtelmechtel am Arbeitsplatz! Keine weitere Enttäuschung! Sophie wollte keinesfalls nochmals durch die Talsohle einer gescheiterten Beziehung waten. Alleinsein, Unabhängigsein - daran hatte sie sich gewöhnt. Dabei sollte es bleiben. Und Roger ging es offenbar ähnlich mit seiner fehlgeschlagenen Ehe. Damals, an jenem Montag "danach", saßen sie bei der Unterrichtsbesprechung in Sophies Büro und beratschlagten darüber, ob sie sich in eine Liebschaft miteinander verstricken sollten, geradeso, als diskutierten sie die bestmögliche Didaktisierung des Konjunktivs eins der indirekten Rede für dumpfbackige britische Schulabgänger. Zum Ende der sachlichen Abwägung - Schweigen, bis Sophie dann mit Rogers nickender Zustimmung zusammenfaßte:

"Ach; lassen wir's einfach..."

Roger war danach mit leerem Kaffeetäßchen in sein Büro abgezogen. Vielleicht doch etwas geknickt? Ein wenig enttäuscht hatte sie Rogers umgehende Einwilligung schon. Puh! Immer diese Unentschlossenheit! Das ewige Hin- und Herüberlegen. Und keinerlei definitive Entscheidung sprang dabei heraus.

Ratlosigkeit Sophies auch beim Blick in den Kleiderschrank: Was sollte sie anziehen? Jeden Morgen die Qual der Wahl. Jeden Morgen der Druck, etwas anderes, etwas womöglich Originelleres als am Vortag tragen zu müssen. Unverrichteter Dinge trottete sie lustlos ins Badezimmer. Brrrrr! Sie haßte diese Kühlkammer. Eiskalte Fliesen. Und dann die provisorische Dusche, will heißen: ein auf die Wasserhähne der Badewanne aufgepfropfter Gummischlauch mit einem Miniduschkopf am Ende. Wärmeregulierung unter aller Kanone. Wenn man den Warmwasserhahn zu stark aufdrehte, heizte der Gasboiler voll auf, und man verbrühte sich die Füße. Und wenn man Kaltwasser hinzudrehte, gab die Gasflamme nach, und man erhielt einen Kälteschock. Vierundzwanzig Minuten fummelte Sophie an diesem Morgen zwischen Warm- und Kaltwasserhahn hin und her, bis sie sich schließlich als sauber betrachten konnte, nicht ohne zwischendurch patschnaß in die Küche zum Gasboiler gehen zu müssen, um die Flamme neu zu entfachen, die durch einen Luftzug im noch teilweise geöffneten Kaminschacht hinter dem Boiler kurzerhand ausgeblasen worden war. Sophie hatte den Vermieter schon hundertsiebenundachtzig Mal bekniet, daß er den Schacht doch endlich total schließen lassen solle. Bei dem hier üblichen windigen Wetter passierte so ein Malheur mindestens drei bis vier Mal pro Woche. Pech, wenn man dann gerade - wie Sophie heute - bibbernd sowie voll eingeseift in der Badewanne saß, oder wenn die Heizung deswegen nicht ansprang, die selbstverständlich auch über denselben Boiler laufen mußte und auf exakt eine Stunde vor Sophies Dienstschluß getimed war, so daß die Wohnung bei ihrer Rückkehr eigentlich mollig warm sein sollte.

Die Misere setzte sich bei der Zusammenstellung des Frühstücks fort. Der Toast verbrannte, weil Sophie Rogers Kontrollanruf beantwortete, den sie am Vorabend vereinbart hatten. Dann halt kein Frühstück, dachte Sophie trotzig, die sich Roger gegenüber am Telefon bestens gelaunt präsentiert hatte.

Beim Zähneputzen fiel die Entscheidung hinsichtlich ihrer heutigen Garderobe: orangene Bluse mit schwarzer Weste; dann eine ebenfalls schwarze Jeans-Bermuda sowie Strümpfe in derselben Farbe. Über der Bluse würde sie eine ihrer zahlreichen Klimper-Glitzer-Halsketten tragen. Schuhe? Na klar, die altmodischen Schnürstiefelettchen, über die sich Roger mal so positiv geäußert hatte. Beim Binden des linken Schuhs passierte es. Der Schnürsenkel riß. Sophie brach in Tränen aus. Damit kam das Faß am heutigen Morgen zum Überlaufen. An manchen Tagen wollte auch gar nichts klappen. Die Welt schien sich gegen Sophie Koopmann verschworen zu haben. Womöglich hatte ihr alter *Ford* draußen sogar noch einen Platten. Das würde sie überhaupt nicht wundern. Sophie machte sich an einem der Küchenschränke zu schaffen. In einem alten Karton für Kopierpapier wurde sie fündig. Sie hatte doch tatsächlich noch Ersatz-Schnürsenkel. Die kluge Frau baut vor.

Zehn Minuten später saß sie in ihrem pannenfreien Wagen, der umgehend ansprang, und ließ sich auf der Fahrt zu Roger mit dem Geplapper von *Radio Four* berieseln.

* * * * *

Im Dialogfeld bei "Käsekuchen" stand "offline". Diese blöde Kuh! Warf immer dann das Handtuch, wenn es spannend und interessant wurde. Ließ keinen an sich 'ran. Dabei hatte sich der Flirt mit diesem Cunni doch so schön angebahnt. Diane Hertloff seufzte. Sie tippte ein paar Trostzeilen für Cunni ein plus am Ende einen zwinkernden Smiley: Strichpunkt, Bindestrich, Klammer zu, Affe tot. Sie loggte sich aus dem Separée aus und ging zurück zum Haupt-Chatroom. Na, vielleicht ließ sich da noch jemand anderer für ein Separée aufgabeln. Sie war Cunni und Käsekuchen quasi nur als Aufpasserin und eventuelle Vermittlerin gefolgt. Nun, da Käsekuchen aber aufgegeben hatte, machte das keinen Sinn mehr. Dieser Rotschopf war schon seltsam. Diane hatte das Mädchen vor einem halben Jahr bei einem Chattertreffen in Köln kennengelernt. Verkorkste Kindheit. Waisenhaus. Realitätsfremde, romantische Vorstellungen von erster Liebe, lebenslanger Ehegemeinschaft, et cetera, peh, peh. Da war sie bei diesem Cunni (abgeleitet aus "Cunni lingus") mit seinen ständigen anzüglichen Bemerkungen natürlich an den völlig Falschen geraten. Oder war der vielleicht sogar kein Kerl? Da konnte man sich ja nie sicher sein, solange die Typen nicht bei einem der Live-Treffen aufkreuzten.

Diane war süchtig. Chat-süchtig. Aus Frust hatte sie sich damals in das Online-Geturtel gestürzt. Ihre Kommilitonin Fanny, die seinerzeit gerade an einer Linguistik-Magisterarbeit zur Sprache in den digitalen Medien laborierte, zeigte ihr, wie es funktionierte. Gleich dreieinhalb Stunden verbrachte Diane sodann unter dem Decknamen "Stellaluna" an ihrem ersten Tag im virtuellen Gesprächskreis, berichtete auf der Heimfahrt von der Universität begeistert ihrem Mann Roger von den aufregenden Erlebnissen im elektronischen Äther. Der schüttelte nur den Kopf und brummelte mürrisch etwas wie "CB-Funk auf Computern" zurück. Seit Monaten stand zu dem Zeitpunkt sein Stimmungsbarometer auf Dauerregen. Ätzend. Diane hätte ihn an diesem Abend mal wieder erwürgen können. Anstatt sich aufzurappeln, um seine Dissertation über die Anwendungsproblematik von Generativen Grammatiken im fremdsprachlichen Unterricht rundzuerneuern, saß er mit seinem Kumpel Bert - seines Zeichens ein lernfauler Verwaltungsstudent - den ganzen Nachmittag hinter dem frischerworbenen Laptop-Computer an seinem Bibliotheksarbeitsplatz und übte sich in *Minesweeper*. Schreibblockade, sagte er.

Ihre Ehemisere hatte mit der Manöverkritik des Zweitgutachters an Rogers Dissertationsmanuskript begonnen. In der Luft zerrissen. Diane fühlte da noch mit; verstand die Depression des Mannes anfänglich. Doch auch ihre Geduld wies Grenzen auf. Insbesondere nach fast einem halben Jahr. Und dann kam eben Fanny an. Diane fühlte sich wie neugeboren nach den ersten paar Tagen Chat. Das Fieber hatte sie gepackt. Ihre Schlagfertigkeit machte sie zu einer der umschwärmtesten Charaktere online. Kaum abzuwimmeln, die Typen, die mit ihr ins Separée wollten. Eine Wochenendheimfahrt Rogers nutzte sie ihrerseits dazu, um an ihrem ersten Chattertreffen, seinerzeit in München, teilzunehmen. Im Zustand alkoholisierter Heiterkeit setzte sie bei dieser Gelegenheit Roger zum ersten Mal Hörner auf. Geschah ihm recht! Trotz ihrer Körperfülle, zu der es schließlich auch nur aufgrund Rogers Einschleppen von Schokolade und zahlreicher Süßigkeiten in den gemeinsamen Haushalt gekommen war, stellte es sich als ein Kinderspiel heraus, irgendeinen weibsgeilen Chatterkollegen zu verführen. Diane war wie besoffen von ihrem Online-Image als Sexqueen. Das tat dem Selbstvertrauen unheimlich gut, vor allem, wenn man an den Depri-Typen dachte, der zuhause hinter dem leeren Computer-Bildschirm dahinvegetierte.

Ihre beiden erfolgreichen Bewerbungen um sogenannte BIWA-Tutorate, so etwas wie unterrangige Universitätsdozenturen an ausländischen Hochschulen zur Vermittlung der deutschen Sprache und Kultur, schienen die Ehe kurzzeitig wieder aus dem Sumpf zu manövrieren. Doch die Freude über einen auf diese Art aussichtsreichen Berufseinstieg im Vereinigten Königreich wurde da schon längst überschattet von Dianes Chat-Sucht. Sie ging absolut keine Kompromisse mehr ein. Intim waren sie sowieso schon Ewigkeiten nicht mehr miteinander gewesen. Diane schlug Roger deswegen eine "offene" Beziehung vor. Das sollte ihr den Freibrief für ihre mitunter Fleisch werdenden Online-Abenteuer geben, während sie sich in einer staatlich sanktionierten Ehegemeinschaft immer noch geborgen fühlen durfte. Roger schien naiver als Diane erwartet hatte. Er willigte ein. Oder war er einfach nur zu faul, zu träge, um die Scheidungsformalitäten einzuleiten? So mußte es wohl gewesen sein, dachte Diane. Kein Wunder, daß er dann mit dem Vorschlag der Scheidung ankam, als er eine eigene Wohnung in Schottland hatte - und selbstverständlich eine viel zu nette Kollegin in der Deutschabteilung!

Diane war sich da schon etwas wehrlos und verlassen vorgekommen, knapp sechshundert Kilometer entfernt in England.

Und jetzt wollte er eventuell nach Südafrika. Und Sophie? Hatte er doch nichts mit ihr? Oder hatten sie was miteinander gehabt, und es war zum Bruch gekommen? Roger ließ nicht viel 'raus bei den sporadischen Info-Telefonaten nach der Scheidung. Was soll's, winkte Diane innerlich ab. Er konnte sich ihretwegen ruhig AIDS holen bei den promiskuitiven Negerinnen.

Keiner mehr im Chat. Nach vier Stunden und dreiunddreißig Minuten loggte sich Stellaluna endlich aus. Der Rücken schmerzte. Noch eine kurze E-Mail an Roger, eine Handvoll Kartoffelchips, eine Kippe und dann ab in die Falle.

* * * * *

Elektronische Post von der Geschiedenen. Eine gute Reise sowie die richtige Entscheidung wünsche sie ihm. Kapstadt: ja! Aber Johannesburg? Da habe sie schwere Bedenken. Wer war sie denn? Hatte die Weisheit mit Löffeln gefressen. Diese Altklugheit trieb einen die Wände hoch. Roger Hertloff stöhnte erleichtert auf, als er die "Delete"-Taste drückte, nachdem er ihr in einer äußerst kurzen Antwortmail für die guten Wünsche gedankt hatte. Besser nicht provozieren. Besser alles hinnehmen und den Kontakt auf das Nötigste beschränken. Er wollte sich nichts nachsagen lassen. Er fuhr den *Mac* herunter, packte zusammen und knipste das Licht im Büro aus.

Den strengen Geruch des Bohnerwachses nahm er nach diesen zwei Jahren, die er hier an der Universität von St. Andrews bereits Deutsch unterrichtete, gar nicht mehr wahr. Die Nase hatte sich schon zu sehr daran gewöhnt. Auch an den Gestank von verbranntem britischen Bratfett, der zur Mittagszeit - zwischen dreizehn und vierzehn Uhr - durch die undichten Ritzen des Metallrahmenfensters mit vorsintflutlichem Riegel drang. Selbstverständlich befand sich sein Büro im häßlichsten Gebäude der alten Universität sowie in der ungemütlichsten Nachbarschaft mit diesen widerlichen Fish'n'Chips-Buden und fünftklassigen Restaurants, deren Kaffee so schmeckte wie zum dreißigsten Mal gefiltert. Wie gerne hätte er einen dieser Empfangssäle im Universitätshaupttrakt aus dem achtzehnten Jahrhundert sein Eigen genannt, gerade einen solchen, wie ihn dieser schmierige Spanischprofessor Iain Rogerson vereinnahmte, der sein dickes Hinterteil kaum aus dem breiten Sessel herausbekam und mit seiner kriecherischen Wurmattitüde der Universitätsverwaltung gegenüber am allerwenigsten eine so wunderschöne Arbeitsresidenz verdient hätte. Die Schweine auf dieser Welt bekamen eben alles, was sie wollten. Die armen Fleißbienchen, wie er, Roger, eines war, wurden meist und nicht einmal aus Versehen totgeschlagen. Man ließ sie die Drecksarbeit erledigen und basta.

Auf der einen Seite würde es ihm schon wehtun, das schöne St. Andrews nächstes Jahr zu verlassen. Wie ein verwunschenes Brigadoon erschien es vor einem, wenn man aus Richtung der malerischen Fischerdörfchen Crail oder Pittenweem über die letzte Anhöhe darauf zufuhr. Doch wer hätte bei diesem bezaubernden Anblick gedacht, welche Untermenschen die Belange der dort ansässigen ältesten schottischen Alma Mater lenkten. So auch Rogers Institut. Das für moderne Fremdsprachen. Geleitet vom krötenhaften Französischprofessor Hamish McLean, der seine Franzosenschlampe von Gattin, Angélique, eine zu Mensch gewordene Krokodillederhandtasche - jedenfalls, wenn man von der Hautstruktur ihres Gesichts her urteilte -, als Sprachlehrerin ohne jegliche akademische Qualifikation ins Institut eingeschleust hatte. Gut, Sophie verdankte einzig dieser Tatsache die Schaffung ihrer eigenen Stelle, die im Prinzip das Äquivalent im Fach Deutsch darstellte. Allerdings spielte sich Angélique "La Grande" als die Chefin auf und machte der armen Sophie mitunter das Leben zur Hölle. Wohlgemerkt: Sophie hatte sich sechs Jahre durch ein Lehramtsstudium gequält und danach noch durch ein beschwerliches vierundzwanzigmonatiges Referendariat. Und nun mußte sie sich von so einer ignoranten Hausfrau tyrannisieren lassen, nur weil jene die bessere Hälfte des Institutsleiters war. Unvergeßlich für Roger, als er eines Morgens das Wort an Angélique richtete und unvorsichtigerweise die Phrase "Ihr Mann hat gesagt..." fallen ließ. Die Zornesröte stieg ihr da ins Gesicht und im schrecklichsten französischen Akzent prustete sie schnippisch heraus:

"Isch 'abe keinen Mann 'ier!!!"

Damit wollte sie unterstreichen, daß es am Fremdspracheninstitut der Universität von St. Andrews keine Protektion gab, obgleich genau das krasse Gegenteil der Fall war.

Der letzte Arbeitstag vor der großen Reise ins Ungewisse neigte sich also dem Ende entgegen. Keine Seele mehr im Gebäude. Die Sekretärinnen machten ja ohnehin regelmäßig um Viertel vor fünf den Laden dicht, nachdem sie sich lustlos die knapp sieben Stunden Anwesenheit im Tippsenbüro von Kaffeepause zu Kaffeepause durchgehangelt hatten. Und die Kollegen? Die versuchten ja auch ständig, den Stundenplan so zu arrangieren, daß der Freitag wie auch der Montag von Unterricht freigeschaufelt wurde. Offiziell zur Forschung. Inoffiziell selbstverständlich zum Freizeitvergnügen im Rahmen eines verlängerten Wochenendes. Wenn Roger dann aber mal in ihrer Mitte zugab, daß er den Sonntag mit Faulenzen zugebracht hatte, erntete er von diesen Schlappschwänzen meist abfällige, entrüstete Blicke, da sie selbst dann immer prahlerisch hervorhoben, den allseits anerkannten Ruhetag der ununterbrochenen Forschungslektüre gewidmet zu haben. Es gab da glücklicherweise auch Ausnahmen. Ein, zwei Menschen. Und umso schöner für Roger: in der eigenen Abteilung. Zum Beispiel der exzentrische Professor Gordon Pimm. Forschungsgebiet: Dekadenz in der Literatur! Tja, der verhielt sich ganz seinem Namen gebührend. Er schenkte zwar keinen *Pimm's* während seiner Sprechstunden aus, aber immerhin leckeren Cream Sherry. Der lockerte Studentinnenzungen. Da kamen dann die alltäglichen Problemchen der spätpubertierenden Damen zum Vorschein. Anne Aldridge aus Cardiff etwa. Die schüttete dem großväterlichen Pimm ihr ganzes Herz aus nach dem dritten Glas. An Galaktorrhö leide sie. Das heißt, obwohl sie weder schwanger noch frisch gewordene Mutter war, produzierten die Brustdrüsen Muttermilch im Überfluß. Unter vorgehaltener Hand hatte Pimm dies dem darüber höchst amüsierten Roger bei einem Pint Bitter im Pub um die Ecke berichtet. Roger wunderte das wenig. Das Mädchen saß in einem seiner Sprechfertigkeitsübungen. Er vermied es, wann immer möglich, das Wort an Anne zu richten, zumal sein Blick regelmäßig auf den überdurchschnittlich großen Brüsten der jungen Dame haften blieb. Peinlich. Und ungerecht zugleich. Anne kam demzufolge kaum zum Sprechen, und im studentischen Fragebogen, der zum Ende jeden Semesters zum Zwecke der Manöverkritik an die Studenten verteilt wurde, vermerkte sie denn auch, daß Doktor Hertloff den Eindruck vermittle, etwas gegen sie zu haben. Roger rechtfertigte sich dann Professor Pimm gegenüber mit eben diesem Peinlichkeitsargument, worauf der silberhaarige Altakademiker die Galaktorrhö-Geschichte auspackte.

Langsam flanierte Roger die sieben Minuten zurück zu seiner Wohnung, die schräg gegenüber der *Students' Union*, dem britischen *AStA*-Pendant, lag. Sieben Minuten. Genügend Zeit für Gedanken, die letzten paar Monate zu überdenken, die die übermorgen anstehende Reise verursacht hatten.

Faszination südliche Hemisphäre. Wie gerne hätte er sich bei einem Vorstellungsgespräch für eine australische oder neuseeländische Universität präsentiert. So wie der Exil-Philosoph Popper etwa.

Aber nein! Es mußte ja Südafrika sein. Post-Apartheid. Kriminalität. Inflation. Negerchaos. Und wie die Ex-Frau eigentlich völlig richtig bemerkte: ausgerechnet Johannesburg! Villen und Bungalows, die zu Festungen ausgebaut waren. Freie Beweglichkeit zu Fuß: so gut wie undenkbar. Selbst im Kraftfahrzeug: Hijacking-Gefahr. Kurz und gut: Roger hatte vor knapp zwei Monaten zum Vorstellungsgespräch nach London fahren können, ohne sich einen Maulkorb anlegen zu müssen. Da wollte er den Damen ordentlich einheizen. Von wegen Literaturlastigkeit des Curriculums. Was interessierte die südafrikanische Jugend schon der Sado-Masochismus in Klaus Manns "Mephisto"? Das stellte jedenfalls den "Forschungs"-Schwerpunkt einer seiner eventuellen Kolleginnen dar. Kein Blatt sollte also vor den Mund genommen werden. Eigentlich wollte Roger die Dozentur nicht. Es lief eben immer gleich. Was man begehrte, bekam man einfach nicht. So wie die Oxford-Stelle diesen Sommer: Was nützte ihm die Bemerkung, die ihm einer seiner Gutachter weitergeleitet hatte - alle Kandidaten, Roger inklusive, seien "anstellbar" gewesen. Toll! Und dann gaben sie's dem ältesten Idioten, der ohnehin kurz vor der Verrentung stand. Kein Oxford! Kein Prestige! Okay: Die Universität von Witwatersrand stand hoch im Kurs der politisch Korrekten. Schon zu Zeiten der Apartheid hatte sie den schwarzen Studenten den Zugang erleichtert und deshalb lediglich marginale Subventionen erhalten, wohingegen die Johannesburger Burenuni, die RAU, nur so mit Geldmitteln vollgestopft wurde.

Und das Vorstellungsgespräch dann? Genau nach Plan! Roger gab sich als unanstellbarer Stinkstiefel und Quertreiber. Das klappte zum allerersten Mal. Den beiden Damen blieb sozusagen die Spucke weg, als er geradewegs ausholte, um die Realitätsferne der deutschen Literatur anzumahnen, als er sie mit einer Polemik konfrontierte, die sich um den Vorwurf drehte, daß man den Universitätsabsolventen vorgaukle, einfach so - eben mit einem pieseligen Deutsch-Abschluß -, ohne Probleme, auf dem Arbeitsmarkt bestehen zu können. Nach einer Denkpause fragte ihn diese Henriette von Mühlwang dann, während sie die Asche von ihrer siebten Zigarette seit Beginn des Vorstellungsgesprächs abklopfte, was Roger denn zu bieten habe, um diesem verkrusteten Schema entgegenzuwirken. Roger schwindelte. Er beabsichtigte nicht, das Bild eines dummen Jungen abzugeben. Er prahlte, indem er sich mit fremden Lorbeeren schmückte. Im Prinzip keine Lorbeeren, sondern eher alternativer und noch realitätsfernerer Schwachsinn. Seine angebliche Erfahrung im Bereich Wirtschaftsdeutsch. Sein Schein-Forschungsprojekt. Und diese Midlife-Crisis-Girls nahmen es ihm tatsächlich ab! Total hin und weg. Es fehlte nur noch, daß sie ihm um den Hals fielen. Verflixt und zugenäht! Die würden ihm doch nicht gleich die Stelle anbieten? Verabschiedung im freundlichsten Ton. Benachrichtigung wurde binnen zwei Wochen per E-Mail angekündigt.

Was für ein Unterschied! Drei Vorstellungsgespräche im akademischen Bereich hatte Roger bis dahin schon hinter sich gebracht. Drei Mal hatte er mehr als angespannt auf Antworten gewartet. Drei Mal hatte er sich selbst nach seiner Ansicht zu langer Wartezeit beim potentiellen Arbeitgeber erkundigt, ob er denn nun der Glückliche sei. Drei Mal wurde ihm dabei eine enttäuschende Antwort übermittelt. Und nun? Genau umgekehrt. Hoffentlich meldete sich niemand. Hoffentlich erhielt er in viereinhalb Wochen die per Seeweg gesandte postalische Absage. Aber nein! Das, was man am wenigsten wollte, bekam man. Eine kurze freundliche E-Mail ausgerechnet zum stressigen Semesterbeginn: Die Universität von Witwatersrand würde sich glücklich schätzen, wenn er die Stelle als Dozent in der Deutschsektion der Fremdsprachenabteilung zum nächstmöglichen Zeitpunkt antrete.

Was sollte er tun? Er dachte zuerst an seinen alten Schulfreund Klaus-Dieter Schlienz. Kleinunternehmer. Hatte eine Mini-Filiale in Südafrika.

"Tu's nicht!" bläute der ihm am Telefon ein. Fragte, wie die Bezahlung denn so sei.

"Echt beschissen!" gab Roger zu.

"Warum überlegst du dann noch? Kannst du denn nicht verhandeln?"

"Mensch. Didi: Das ist die Universität! Da ticken die Uhren anders als in der freien Wirtschaft! Ich muß froh sein, wenn ich überhaupt irgendwo unterkomme..."

"Ich versprech's dir: Wenn du hingehst, dann kommst du als absoluter Rassist zurück. Schau' doch nur mich an: Die Filiale hab' ich vor zwei Jahren voller Enthusiasmus aufgemacht. Mein Kompagnon hat's mir wärmstens ans Herz gelegt: Südafrika - die Zukunft nach der Apartheid. Pustekuchen, kann ich da nur sagen. Nimm's mir nicht übel: Aber inzwischen kann ich das faule Negerpack nicht mehr sehen. Quertreiber; träge, unselbständige Säcke. Du kannst denen gar nichts anvertrauen. Und dann stell' dir vor, daß du sowas unterrichten mußt..."

Frustrierter als noch vor Beginn des Gesprächs mit Klaus-Dieter legte Roger auf. Dennoch: Es war nicht ganz umsonst gewesen, mit ihm zu debattieren. Der Vorschlag zur Gehaltsfeilscherei brachte einen Kompromiß hervor: Wie wäre es, so Klaus-Dieters Vorschlag, wenn Roger auf einen Vorbesuch in Johannesburg vorbeikäme - selbstverständlich auf Kosten der Universität? Roger setzte sich daraufhin umgehend an den Computer, um die E-Mail zu formulieren. Diplomatisch mußte er sein. Siebenundvierzig Minuten benötigte er für die sieben Zeilen an Henriette von Mühlwang.

Sie biß an. Mußte ganz schön verzweifelt sein. Bezahlung der Reise aber nur bei Annahme sowie Antritt der Stelle. Außerdem müsse sie seinen Vorbesuch rechtfertigen. Forschungsvortrag also. Und wenn möglich, auch noch eine kleine Probestunde mit Studenten. Okay, dachte Roger, eine Reise in die Sonne. Eine Woche lang. Übernachtung würde offenbar so oder so von der Universität getragen. Dann müßte er höchstens die Flugkosten berappen, wenn's ihm nicht gefiel.

Siebenhundertzweiundachtzig Pfund. Zwar heftig, aber besser dieses Geld investieren, als überstürzt eine eventuell falsche Entscheidung treffen, die man ewig bereute.

Nach acht Minuten erreichte Roger die Stufen, die zur Eingangstür des alten Reihenhauses führten, in welchem sich seine geräumige Zwei-Zimmer-Wohnung befand. Der Inder im Untergeschoß war bereits gut belegt. Der Duft von Tandoori-Gerichten auf Bangladesh-Art stieg ihm in die Nase, während er sich am Treppenabsatz bückte, um eine Fünf-Pence-Münze aufzuheben. Ein Glücksbringer? Wohl weniger. Beileibe nicht das erste Geldstück, das Roger auf seinen Spaziergängen von und zur Arbeit gefunden hatte. Die Briten achteten eben längst nicht so aufs Geld wie die Deutschen. Also kein Talisman.

Roger betrat die Wohnung. Keine Nachricht auf dem Anrufbeantworter. Wie üblich. Warum er überhaupt noch einen Festnetzanschluß hatte? Sein Handy - ebenfalls eine Fehlinvestition. Der Telefonanschluß im Büro genügte doch voll und ganz. Er wollte sich seine Unwichtigkeit einfach nicht eingestehen.

Die Sporttasche stand so gut wie fertig gepackt mitten im nach Süden weisenden Schlafzimmer. Abendessen? Ein Fertiggericht von *Tesco*. Hühnchen mit grünem Paprika in Schwarzbohnensauce. Dazu Reis. Rogers Lieblingsessen beim Chinesen. Eigentlich bevorzugte er die Variante mit Rindfleisch, aber bei *Tesco* gab's das nur mit Hühnchen als Fertiggericht. Und für Take-away alle paar Tage mal war Roger viel zu kniepig, obwohl er es sich hätte gut leisten können.

Die Mikrowelle piepte nach fünfeinhalb Minuten. Roger öffnete den Kühlschrank, nahm eine Dose Bier heraus. Kein Glas. Nur keine Mehrarbeit beim Spülen. Er stellte den Küchenfernseher an. *Eastenders*. Das britische Äquivalent zu *Lindenstraße*. Am Gekreische der Streitereien sofort zu erkennen. Roger drückte umgehend auf den "Off"-Knopf. Binnen zwei Minuten verschlang er das Hühnchen. Schlürfte an der Dose, während er sich an seiner Soundmachine zu schaffen machte.

Morgen würde er ausschlafen. Der Tag vor der Abreise. Vielleicht dann noch ein kleiner Ausflug über den Tay nach Dundee. Snooker könnte er spielen. Gegen sich selbst. Da blamierte er sich wenigstens nicht mit seinem persönlichen Break-Rekord von acht Punkten. Mit Sophie würde er erst am Abend telefonieren. Einen Kontrollanruf für Sonntag früh abmachen. Dieselbe Sicherheitsfanatikerin wie er. Sie wollte ihn unbedingt zum Flughafen bringen. Ließ sich einfach nicht abhalten. Es sollte ihm recht sein. Das machte die Sache wesentlich leichter. Und billiger. Taxi, Zug und Bus wären schon etwas umständlich gewesen. Und die Parkgebühren hätten sich gewaschen, wenn er den Wagen praktisch für eine Woche am Flughafen deponierte. Da kam Sophies Angebot wie gerufen. Die schien ihm viel aufgeregter als er selbst. Sie war unheimlich süß. Eine liebenswerte Hektikerin. Eine Elfe mit kunterbunten Klamotten. Eine Heilige. Roger bedauerte ein wenig, daß er sie vergangenes Jahr am Valentinstag so sehr bedrängt hatte. Gut, man spürte da ein wenig

Nachgeben von ihrer Seite aus. Aber zwei Tage später ließ sie ihn dann eher unterkühlt wissen, daß es besser sei, es bleiben zu lassen. Ein Schlag war das schon. Doch er mußte ihr absolut rechtgeben. Er - das Trampeltier. Sie - die zierliche Gazelle. Roger schämte sich für die sexuellen Phantasien, in welchen er schwelgte - mit der Hauptdarstellerin Sophie Koopmann. Sie - die Erhabene. Roger dachte an Salvador Dalis Verhältnis zu Gala. Wenn er mit Sophie intim gewesen wäre, so hätte sie das beschmutzt. Er konnte es nicht glauben: Er hatte zum ersten Mal in seinem Leben eine Frau zum Freund. Das Aberwitzige dabei: beide Singles, er wie auch Sophie. Diane schnüffelte ständig. Dachte, daß er es mit Sophie "hatte". Er ließ sie in dem Glauben. Was wußte die schon! Was für ein Fehler es war, sich damals mit ihr einzulassen. Aus Enttäuschung. Trauer. Torschlußpanik. Wenigstens hatte dieser Spuk nach so langer Zeit ein Ende!

Südafrika hätte tatsächlich einen richtigen Neuanfang bedeuten können. Wenn es eben nicht dieses vermaledeite Südafrika gewesen wäre!

* * * * *

Sonntag. Neun Uhr. Jemand klingelte. Sophie. Der Fahrdienst. Mit gehetzter Stimme bat sie an der Sprechanlage um Einlaß. Roger öffnete ihr die Tür. Grinste sie an. Zwinkerte ihr zu. Ein gequältes Lächeln kam zurück.

"Was ist denn mit dir los?" erkundigte er sich.

Sophie berichtete von den Malheurs ihres Morgens: verfrühtes Erwachen, erlischende Gasflamme, verbrannter Toast, gerissener Schnürsenkel. Die kleinen Katastrophen des Alltags, die ihr das Leben vermiesten. Roger verstand. Klopfte ihr wohlwollend auf die Schultern.

"Ich wollte ja auch nicht, daß du dir den Streß machst!"

"Deswegen hab' ich's ja auch nicht erzählt..."

"Okay, okay... Komm', laß' uns losfahren. Wir haben sogar noch viel Zeit für einen gemütlichen Kaffee unterwegs. Ich lad' dich ein!"

* * * * *

Küßchen, Küßchen an der Sicherheitskontrolle. Roger bedankte sich bei Sophie mit einer zärtlichen Umarmung. Versicherte sich, daß sie seine Rückkehr in genau einer Woche ebenfalls mental gespeichert hatte. O Mann, war die süß! Ob er sich je wieder liieren würde? Vielleicht mit so einer wie Sophie? Vielleicht in Südafrika? Roger wandelte durch den Metalldetektorrahmen. Es piepste. Er hatte vergessen, das Kleingeld aus seiner hinteren rechten Hosentasche zu nehmen. Er wachte auf. Ging zum Flugsteig für den *KLM*-Flug nach Amsterdam. Von dort aus würde es im Jumbo hinunter an den Südzipfel Afrikas gehen. Er liebte Jumbos. Das schönste Passagierflugzeug der Welt. Ein gutes Vorzeichen?

* * * * *

Roger zeigte seinen Reisepaß. Der schwarze Zollbeamte klebte etwas hinein und drückte seinen Stempel darauf. Einreisevisum: Wenn der Paß ablief, würde Roger ihn entwerten lassen und als Souvenir aufbewahren. Immerhin zierte auch bereits ein Aufkleber der australischen Einreisebehörde die Visumssektion des Ausweises.

Das Gepäck wartete schon. Die Neger bei der Einreise hatten sich extrem viel Zeit bei der Abfertigung gelassen. Roger mußte spontan an sein Telefonat mit Klaus-Dieter denken.

Als er in die Ankunftshalle hinaustrat, erspähte er sofort Henriette von Mühlwangs ärmellose, blumenbedruckte Bluse. Sie trug eine enge Jeans. Es mangelte ihr offenbar an einem kompetenten Modeberater: Ihr dickes Hinterteil stach unvorteilhaft aus dem Baumwollstoff hervor. Naja, viel war da ohnehin nicht zu retten. Sie zählte eben zu den Frauen, aus denen in Bezug auf das Aussehen sehr wenig gemacht werden konnte. Sie hieß ihn willkommen. Freundliches Händeschütteln. Sie geleitete ihn zum Wagen im Parkhaus, erzählte ihm, daß es ein günstiger Zufall gewesen sei mit seiner Ankunft. Sie habe im gleichen Aufwasch ihre Tochter zum Flughafen bringen können. Gap Year in München.

"Ah ja, wie interessant!" bemerkte Roger.

"War sie schon mal da?" fügte er nach einer kurzen Pause hinzu, um seine erste Äußerung tatsächlich als ernstgemeint klingen zu lassen.

"Nein; fast ins Ungewisse. Obwohl sie bei einem Bekannten von mir unterkommt." antwortete Henriette.

"Dann habe ich ja fast etwas mit ihr gemeinsam..." beendete Roger den Small-Talk. Peinlich.

Im Rahmen des Hopplahopp-Empfangs hatte Henriette Roger kaum Gelegenheit dazu gegeben, sich in der Ankunftshalle umzusehen. Nur fragmentarisch blieben dementsprechend seine ersten Eindrücke: Statt *Vodafone* hieß es hier *Vodacom*.

Linksverkehr. Das wußte er schon vorher. Kilometerangaben auf den Entfernungsschildern. Keine Meilen. Wenigstens etwas. Fünfspurige Autobahn. Auf der dritten Spur in der Mitte vor Henriettes Wagen: ein einsam qualmender Lastwagen, der sich eine Steigung im Schneckentempo hinaufquälte. Schemenhaft konnte man hinter den Abgaswolken die Ladung erkennen: schwarze Passagiere. Gut für die, daß keine deutsche Autobahnpolizei unterwegs war. Henriette schien Schwierigkeiten damit zu haben, sich zu entscheiden, auf welcher Seite das lebensgefährliche Verkehrshindernis zu überholen sei. Sie optierte für das Reguläre. Spur Nummer vier rechts. Keine Wolke am Himmel. Roter Staub. Sie näherten sich der Stadt. Ein kleines Manhattan. Henriette belehrte Roger. Im sogenannten *Central Business District* (*CBD*) gebe es so gut wie kein richtiges Geschäft mehr. Kein Hotel. Alles dichtgemacht. Wegen der Kriminalität. In den Norden nach Sandton ausgewandert. Die gefährlichsten Bezirke seien eben dieses ehemalige Geschäftsviertel und der daran angrenzende *Joubert Park*. Da sollte man als Weißer selbst bei Tageslicht nicht hingehen. Wenigstens war sie ehrlich und beschönigte nichts, dachte Roger. Danach fing Henriette aber an, die Werbetrommel zu rühren. Ihr Wohngebiet: die "Suburb", das Vorstadtgebiet Emmarentia. Malerisch, fast wie eine eingeschworene Dorfgemeinschaft. Aber Roger werde es ja mit eigenen Augen sehen, bemerkte sie mit einem aufmunternden Schmunzeln im Gesicht.

Sie hatte offenbar nicht zu viel versprochen. Dieses Emmarentia wirkte wie die Idylle pur. Eine Pracht in lila. Bäume in voller Blüte.

"Jacarandas!" erklärte Henriette, "allerdings nicht einheimisch..."

Die Bewohner von Emmarentia zeigten augenscheinlich weniger Furcht vor Überfällen: Immer wieder taten sich Lücken in den Grundstücksmauern auf. Also doch nicht so schlimm, wie eigentlich in allen Reiseführern ausdrücklich betont wurde? Henriette übte sich in Relativierung der Zahlen. Es gebe gewisse Regeln. Und selbstverständlich auch Wahrscheinlichkeitsstatistiken. Wer nachts mit dem Wagen an einer einsamen Kreuzung bei roter Ampel anhalte und warte, sei einfach selbst schuld. Ihr selbst und der Familie sei aber noch nie etwas zugestoßen. Sicherlich kenne man den einen oder anderen, dem bei Tageslicht unvermittelt Handy und Portemonnaie bei vorgehaltener Pistole abgenommen worden sei, aber eigentlich werde in den ausländischen Medien viel zu sehr übertrieben. Die Kriminalitätsrate sei zwar hoch, natürlich, aber die Wahrscheinlichkeit, daß einem persönlich etwas zustoße - vor allem, wenn man sich eben an die Grundregeln halte -, sei doch verhältnismäßig gering. Sie vergleiche es mit dem Rauchen. Da sehe man ständig diese scheußlichen Bilder von verkrebsten Lungen und dergleichen, aber letztendlich sei die Wahrscheinlichkeit, daß es sie als Raucherin erwische, relativ gering.

Roger wußte nicht so recht, was er davon halten sollte. Sah das jetzt positiv aus, oder was? Henriettes Ausführungen hätten aus einem Politikermund kommen können. Kriminalität, oder was? Jein! Ja, aber... Würde eine knappe Woche ausreichen, um sich in genügendem Maße mit dem Problem vertraut zu machen?

Man setzte sich zu einer Art Brunch auf Henriettes Veranda. Wollte sie Roger das sonnige, gemütliche Leben hier schmackhaft machen? Ganz blöd war er ja auch nicht. Es schien dennoch ein gutes Zeichen zu sein. Sie wollte offenbar auf Biegen und Brechen, daß er die Stelle annahm. War sie so beeindruckt von seinen Qualifikationen? Sollte er sich geschmeichelt fühlen? Zu viele Demütigungen lagen hinter ihm, als daß er nicht mißtrauisch geworden wäre bei einer solchen Kampagne, wie sie in Henriettes Verhalten deutlich wurde.

Nach anderthalb Stunden Konversation über die momentanen politischen Gegebenheiten, über den Lebensstandard, über eine anstehende Umstrukturierung der Universität, über Kollegen und über sonst noch allerlei anderes geleitete die Gastgeberin Roger wieder zu ihrem Wagen, um ihn bei seinem Bed and Breakfast in einem Viertel namens Melville abzuliefern. Keine zehn Minuten Fahrt zu der Emmarentia nächstgelegenen Suburb. Roger wurde wieder geblendet von blühenden Jacarandas und einer unbarmherzigen Sonne. Er hatte die Sonnenbrille in Schottland zurückgelassen. Das sollte sein erster Shoppingausflug zu Fuß sein. Natürlich nur, wenn er sich traute, ohne Personenschutz auf die Straße zu gehen.

Henriette parkte den Wagen am Straßenrand zwischen einer Ladenzeile und dem Beginn eines Wohngebietes mit dem für Roger bereits vertrauten Bild von Bungalows hinter Mauern. Ein Schwarzer mit gelber Verkehrweste trabte auf sie zu. Was wollte der denn? Henriette drückte ihm ein Geldstück in die Hand.

"Zwei Rand fürs Aufpassen auf den Wagen..." erklärte sie.

Roger sah den Sinn nicht. Wenn der Wagen geklaut wurde, konnte dieses unbewaffnete schmächtige Bürschchen auch nichts dagegen tun. Das erinnerte stark an die *Big Issue*-Verkäufer in britischen Städten. Man konnte absolut nichts mit ihrer Dienstleistung beziehungsweise ihrem verkauften Produkt anfangen. Kaschierte Bettelei. Roger nahm sich fest vor, daß er das nicht unterstützen würde, wenn er hierher zöge.

Henriette betätigte die Klingel am ersten Einfahrtstor aus Stahl. Eine blecherne Stimme meldete sich. Eine Frau. Eine Schwarze. Man hörte es sofort am Akzent. Obwohl Roger immense Probleme damit hatte, englische Akzente genau zu plazieren, wußte er in diesem Fall sofort Bescheid. Schwer verständliches Gegurgel. Wirkte wie Pidgin. Das wäre denn ebenfalls sehr gewöhnungsbedürftig, wenn er sich pro Johannesburg entschiede.

Das Tor öffnete sich wie von Geisterhand. Elektronisch gesteuert. Die beiden folgten einem niedlichen gepflasterten Pfad über einen Rasen hinweg, der zu einem Pool führte. Die Schwarze wartete links vom Pool neben einem Pförtnerhäuschen. Weiße Zähne mit Lücken erkennbar. Sie lächelte. Ansonsten eine eher häßliche Person. Sehr dick. Kein hübsches Gesicht. Breite Plattnase.

Sie begrüßte Henriette und Roger, hielt einen Schlüssel in der Hand und führte sie am Pool vorbei zu einer von drei Verandas. Mini-Bungalows - wie Reihenhäuser aneinandergebaut. Die Schwarze öffnete die Verandatür des Bungalows außen links und drückte den Schlüssel daraufhin Roger in die Hand. Ein Zweibettzimmer direkt am Verandaeingang. Die Schwarze wies auf das Telefon hin. Direkte Leitung. Drei Rand für eine Stadtverbindung. Henriette notierte sich die Nummer. Für alle Fälle. Sie verabschiedete sich von Roger und forderte ihn auf, es sich hier doch bequem zu machen. Er bedankte sich und atmete ein wenig auf, als er ihren equestrisch anmutenden verlängerten Rücken am Pool vorbei hin zum gußeisernen Tor wippen sah. Sie trug Sommerpantoletten mit etwas höheren Absätzen, die auf den Pflastersteinen klackerten. Man hörte ebenso das Geräusch bei jedem ihrer Schritte, wenn sich die Ferse von der Obersohle löste. Wie ein sich schnell öffnender Klettverschluß. Roger konnte beileibe nicht behaupten, daß ihm diese Frau sympathisch war. Ihr Gesicht erinnerte ihn an das seiner Großmutter väterlicherseits. Roger kramte in seinem Gedächtnis. Das einzig Positive, was ihm zu seiner Oma einfiel, war die Tatsache, daß er - jedesmal, wenn er sie mit den Eltern besuchen kam - fünfzig Mark von ihr erhielt. Ansonsten nur Gemecker. Äußerungen der Unzufriedenheit - mit dem eigenen Leben, mit der Schwiegertochter, mit den steigenden Preisen, et cetera, et cetera. Die fünfzig Mark für den Enkel - erkaufte Zuneigung. Wie würde sich Henriette von Mühlwang wohl Roger Hertloffs Zuneigung erkaufen wollen? Rogers Phantasie setzte aus. Ein höheres Gehalt konnte es nicht sein. Worauf hatte er sich hier nur eingelassen? Im Prinzip hätte er beinahe keine andere Wahl, als die Stelle anzunehmen. Eventuell blieb ihm eine Galgenfrist von etwas mehr als neun Monaten. Henriette wollte, daß er schon im April anfing. Das konnte sie sich gleich abschminken. Rogers Vertrag mit dem BIWA für St. Andrews lief Mitte Juni aus. Den wollte er erfüllen, denn es winkte da eine Rückumzugspauschale von fünftausend Mark. Und die würde ihm keine Henriette von Mühlwang ersetzen. Was dachte die denn auch? Daß er wegen dieser unterbezahlten Dozentur an einer Negeruniversität auf fünftausend Mäuse verzichtete? Christkind! Er mußte mit der Abteilungsleiterin reden. Eine Italienerin. Rosella Cormack. Verheiratet mit einem Südafrikaner britischer Abstammung. Übermorgen würde er sie kennenlernen.

Roger sperrte ab. Er wagte sich 'raus. Mal sehen, was es in diesem Melville für Restaurants gab.

Er setzte sich in ein portugiesisches Etablissement. Spottbillig, dachte er beim Umrechnen der Preise in britische Pfund. Wie das wohl aussah mit einem einheimischen Gehalt? Besser nicht drüber nachdenken...

Im Abendrot schlürfte Roger zurück zum Bed and Breakfast. Ein unruhiger Schlaf sorgte dafür, daß er sich beim Aufstehen wie erschlagen fühlte.

Das Frühstück baute ihn ein wenig auf. Er bekam die erste hübsche Schwarze zu Gesicht. Wurde auch Zeit. Jung, schlank, große Kulleraugen, deren Weiß so richtig hervortrat, als er ihr erzählte, woher er kam. Wahrscheinlich hatte sie keinen blassen Schimmer, was Schottland überhaupt war. Dennoch schien sie sehr beeindruckt. Süß. Wünschenswert, daß es von der Sorte ein paar mehr hier gab. Aber das Gefühl beschlich Roger, daß der dunkel gefärbte Menschenschlag im Land, wo gute Hoffnung lediglich im Namen des südlichsten geographischen Punktes herrschte, eher zu der unansehnlichen Sorte zählte. Das Gegenteil von London. Dort stieg man in die U-Bahn, die Tube, blickte in das Gesicht irgendeiner x-beliebigen Schwarzen und wollte gar nicht mehr wegschauen. Wie kam es, daß London so viele hübsche Schwarze anzog? Der karibische Einschlag? Und hier in Südafrika? Fette Ärsche. Häßliche Gesichter. So wie das der Hausmatrone. Freundlich - ja! Aber sonst? Dieser gräßliche Subsahara-Akzent kam erschwerend hinzu.

Die potentielle Französisch-Kollegin tauchte pünktlich auf. Eine Auslandsdeutsche. Typisch deren Krampfhaftigkeit, die sich in sämtlichen Verhaltensbereichen bemerkbar machte. Kräftiger Händedruck. Falten, die sich wie von einem Vorschulkind gemalte Sonnenstrahlen um den kleinen Mund zeigten. Zu große Brille. Schlicht ein verhärmtes Gesicht, das chronische Übellaunigkeit anzeigte. Eben typisch deutsch. Roger hielt die Konversation im Wagen mit Fragebatterien aufrecht. Wollte Interesse an dem, was sie machte, bekunden. Einsilbige Antworten. Er haßte das wie die Pest. Diese Stockfische. Jeden Wurm mußte man ihnen aus der Nase ziehen, die sie zu hoch trugen. Hielten sich für was Besseres und labten sich an der Neugierde, welche die anderen für sie zeigten oder besser gesagt: welche sie ihnen vorspielten, wie Roger es tat, um keine peinliche Schweigepause aufkommen zu lassen.

Sie erreichten die Haupteinfahrt zur Universität. Mehrere Spuren. Mehrere Wachhäuschen. Mehrere automatische Schranken. Die Fahrerin steckte ihre Magnetkarte in den dafür vorgesehenen Schlitz. Die Schranke erhob sich. Vierhundert Meter bis zum Parkplatz. Die Sonne brannte. Unter Rogers Achseln bildeten sich dicke Schweißflecken. Für dieses Klima war er nicht gerade prädestiniert. Er fühlte die Schweißperlen in die Gesäßfalte kullern. Ob die Kursräume klimatisiert waren? Die Kollegin in spe führt ihn zum Universitätshauptgebäude - ein häßlicher Betonklotz. Wieder. Dabei stand da mitten auf dem Campus ein wunderschöner Bau mit alten Säulen davor.

"Das Postgraduierteninstitut..." wurde er belehrt. Prima! Er zog, wie üblich, den Kürzeren. Wie in St. Andrews. Statt gemütlichem Altbau ein mit Asbest versiffter Betonbunker.

Vorstellungstour in der Fremdsprachenabteilung. Alles Mädels. Oder besser gesagt: alternde Hausfrauen. Aber das hatte das Internet bereits ausgespuckt, als Roger die entsprechenden Leitseiten durchblätterte. Nur ein Mann. Jonel. Ein schwarzer Französischdozent aus dem Kongo. Riesenhornbrille auf der für Subsahara-Schwarze verhältnismäßig kleinen Nase. Ein paar Jahre älter als Roger. Gut gelaunt. Kein schlechtes Zeichen angesichts der Weißen- und Frauendominanz in seinem Bereich.

Mittagessen im Dozentencafé namens *Couch'n'Coffee*. Mit den Kolleginnen aus der Deutschsektion. Nun stieß auch noch Dr. Anke Mertens dazu. Sie war die Auserwählte des BIWA, dessen dort ansässiges Büro, zuständig für das gesamte südliche Afrika, zu leiten und nebenher noch ein paar Stunden Deutschunterricht an der Universität - inklusive kleinerer Verwaltungstätigkeiten - abzuleisten.

Roger wußte nicht so recht, wie er das Ganze einschätzen sollte. Die Damen tickten irgendwie total anders als er. Wie würde sich das gestalten, wenn er mit ihnen zusammenarbeitete? Bei Sophie wußte er sofort Bescheid - eine Seelenverwandte. Dieselben Ängste. Dieselben Aversionen. Dieselbe Lebenseinstellung. Das konnte man von diesen Frauen hier überhaupt nicht sagen. Wenn er auf Konfrontationskurs aus gewesen wäre, hätte er schon in diesem Vorstadium einen Streit vom Zaun brechen können. Kinderleicht. Doch er tat es nicht. Feigheit? Ganz offensichtlich. Er wußte, daß er die Stelle annehmen würde. Besser den Spatz in der Hand. Und weiter bewerben!

Die Damen verabschiedeten sich, weil sie sich noch zu einer Notenbesprechung zusammensetzen mußten. Roger nutzte die Zeit, um sich über Mietpreise zu erkundigen. Er trug sich mit dem Gedanken, wie ein Student zu hausen, wenn er sich hier niederließe. So fühlte er sich ohnehin seit mittlerweile über elf Jahren. Die Zeit als Tutor in St. Andrews änderte daran auch nichts. Er kam sich immer noch vor wie ein Mensch zweiter Klasse. Als ob er noch kein eigenes Geld verdiente. Warum nur? Waren es die Gängeleien, denen er sich sowohl von Seiten des BIWA als auch durch das Fremdspracheninstitut in St. Andrews ausgesetzt sah? Erniedrigungen an allen Ecken und Enden. Erst wenn man sich zu einer administrativen Führungsposition an einer Alma Mater hochschleimte, schien das aufzuhören. Wollte er das? Nie und nimmer. Eine pervertierte Auffassung davon, was es bedeutet, eine Universität zu sein, wenn die Lehrenden von der Verwaltung untergebuttert und die akademischen Freiheiten, insbesondere diejenigen in gedanklicher Hinsicht, auf Null beschnitten wurden. Humboldt hätte im Grab rotiert.

* * * * *

Ob Johanna schon auf den zweiten Flieger von Dubai nach München gestiegen war? Henriette von Mühlwang wurde von einer sonderbaren Unruhe ergriffen. Warum machte sie sich ausgerechnet jetzt Sorgen? Sie sollte sich voll konzentrieren auf dieses mißratene Exposé, das ihr Nolutando Ndlovu vor zwei Wochen freudig strahlend überreicht hatte, und das sie nun mit ihr besprechen mußte. Nolutando schien den Tränen nahe. Kein Wunder. Henriette wollte nichts durch die Blume sagen. Noli sollte sich am Riemen reißen. Das Mädchen konnte mehr. Aber Johanna? Nein, nein, mach' dir keine Sorgen: Johanna schafft das spielend! Sie ist nicht so wie du selbst, dachte Henriette, während sie sich die dritte Zigarette innerhalb einer Viertelstunde ansteckte. Nolutando hüstelte. Traute sich nicht zu fragen, ob Henriette eventuell doch nicht rauchen könne. Im Büro war es heiß und stickig. Der Qualm tat sein Übriges. Henriette entschuldigte sich, drückte die glühende Spitze des Glimmstengels mit Daumen und Zeigefinger ab und legte die kaum angerauchte Zigarette auf den breiten Rand des Aschenbechers, den ihr Sean zum Muttertag vor zwei Jahren im Kunstunterricht der Deutschen Schule liebevoll getöpfert hatte. Sie atmete tief durch und hob an zu ihrer Manöverkritik. Nach zehn Minuten klopfte sie Nolutando aufmunternd auf die Schultern, als diese das Büro verließ.

"Sie können's besser, Noli!" peitschte sie sie zum Abschied an.

Normalerweise ließ Henriette ihre Bürotür immer einen Spalt breit geöffnet. "Open door policy". Die Studenten sollten sie als mütterliche Betreuerin wahrnehmen, die stets für sie Zeit hatte. Heute aber nicht mehr. Vier Uhr nachmittags. Sie machte die Tür zu, ließ sich in den rollenden Bürostuhl aus den siebziger Jahren fallen, rieb sich Gesicht und Augen, steckte sich die abgelegte Zigarette an und inhalierte ein paar Male tief. Dann drehte sie sich zum Computermonitor und aktivierte *Pegasus*, ihr antiquiertes E-Mail-Programm. Der Dekan bestätigte den Termin mit ihr und Hertloff. Hertloff wieder. Seltsam. Wie eine Sphinx. Freundlich. Naiv anmutend. Aber er führte irgendwas im Schilde. Im *Couch'n'Coffee* hatte er sich sehr zurückgehalten, hörte fast nur zu. Hoffentlich würde das gutgehen mit dem. Gutgehen. Gutgehen. Ihre Gedanken sprangen zu Peter. Wie sollte sie ihm heute Abend begegnen? Gut: Man hatte sich versöhnt. Aber wie weiter? Ein paar Gläser Wein nach dem Essen? Arbeiten aufschieben? Sollte sie es ihm heute gestatten? Sie fühlte sich so unrein, so aufgedunsen; sie schämte sich und traute sich einfach nicht, es ihm zu sagen. Stattdessen ging sie lieber das Risiko einer Zankerei mit heftigen Beschimpfungen ein. Sie mußte sich überwinden. Vielleicht half eine Extra-Dusche vor dem Bettgehen. Und eben Wein. Der machte lockerer. Ja, gut! Heute wollte sie es versuchen. Sean würde auch davon profitieren. Er würde die Harmonie zwischen den Eltern mitbekommen. Es würde ihm über den Trennungsschmerz hinweghelfen. Also: Abschalten von der Arbeit, gemütliches Abendessen zusammen, Wein zum Fernsehen, vielleicht einen Liebesfilm auf Video, mehr Wein, Dusche. Und dann das Eine.

Sie wollte vom Computertischchen zurückrollen zum Schreibtisch. Kippte beinahe um. Dieses vorsintflutliche Sitzmöbel! Lebensgefährlich. Vor drei Monaten hatte sie einen neuen, etwas ergonomischeren Stuhl beantragt. Das dauerte. Selbst wenn der Dekan so etwas bewilligte, beanspruchte es Ewigkeiten, bis das bestellte Teil physisch geliefert wurde. Noch schlimmer bei teureren Dingen wie Computern. Henriettes alter war acht Jahre alt. Die Textverarbeitung, die sie ohnehin nur marginal beherrschte, bewegte sich langsamer als jede Schnecke. Seit genau einem Jahr wartete Henriette. Geduld. Aussitzen. Irgendwann zahlte sich das aus.

Einkaufen mußte sie auch noch. Wein fehlte. Der leichte Weiße für zwölf Rand die Flasche. Der war so bekömmlich und lief 'runter wie nichts. Den mochte Peter auch. Dann nichts wie los zum kleinen *Cresta*-Supermarkt in Emmarentia.

* * * * *

Susanne Logan, die deutsche Französischdozentin, brachte Roger wieder zurück zum Bed and Breakfast. Auf der Fahrt dieses Mal: Schweigen im Walde. Roger fiel einfach nichts mehr ein, was er diese vertrocknete alte Jungfer - so wirkte sie jedenfalls - noch fragen konnte. Wann sie zum letzten Mal Geschlechtsverkehr gehabt hatte? Traurig, traurig, traurig, hätte Theo Lingen da wohl gesagt. Roger dachte an sich selbst. Das war nun auch schon Äonen her. An seinem dreißigsten Geburtstag. Vor mehr als drei Jahren. Da ließ ihn Diane zum letzten Mal 'ran. Besser den Schleier des Vergessens darüber ausbreiten. Es ging ihm so gut allein. Bis auf diese vermaledeite Aussicht, unter Umständen den Rest seines Daseins in Johannesburg zu fristen.

Am Abend holte er sich Take-away beim Chinesen und dazu einen Sechserpack einheimischen Biers. *Castle*. Nicht mal schlecht. Also, daran konnte man sich gewöhnen. Aber das Rind mit grünem Paprika an Schwarzbohnensauce schmeckte reichlich seltsam. Nicht übel, aber anders als sonst. Drei Stunden, nachdem er die Nachttischlampe gelöscht hatte, wußte er, warum. Seine Gedärme rumorten. Auch das noch! Nichts als leicht angebräuntes Wasser. Viermal hechtete er in dieser Nacht zur Toilette. Der Drang war da, aber meistens kam absolut nichts. Nicht einmal ein erleichterndes feuchtes Windchen. Trotzdem: Vielleicht legte sich die Unpäßlichkeit im Laufe des Vormittags, an welchem er bei einer Sektionsbesprechung präsent sein durfte, bevor er mit seinem Forschungsvortrag dran war.

* * * * *

Rogers Haltung auf seinem Stuhl im Konferenzzimmer wurde verkrampfter und verkrampfter. Die Damen diskutierten über das laufende Semester. Das kommende akademische Jahr, das hier auf der südlichen Hemisphäre praktischerweise mit dem Kalenderjahr zusammenfiel, und das auch für Roger das wichtigere darstellte wegen seines potentiellen Deputats, stand am Ende der langen Tagesordnung. Nach einer quälenden halben Stunde entschuldigte er sich. Sprintete das nächstliegende Treppenhaus eine Etage höher zur Toilette. Wenn er nicht am Platzen gewesen wäre, so hätte er beim Öffnen der erstbesten Kabinentür wohl laut losgelacht: Die Klopapierrollen waren alle angekettet. Vier Stück nebeneinander. An den kleinen Dingen erkannte man hier die Gesamtsituation. Kein Wunder, daß die Fremdsprachenabteilung Fernsehgerät, Videorekorder und sämtliche Kassettenabspieler für den Unterricht in einem riesigen Tresorraum verstaute. Gelegenheit machte hier mehr Diebe als irgendwo sonst.

Wieder nur ein paar Tröpfchen. Und dennoch ein zu bersten scheinender Bauch. Wahrscheinlich mußte er sich doch Tabletten besorgen.

Roger setzte sich wieder zu den drei Damen, die eine kurze Schweigepause einlegten, als er zur Tür hereinkam. Hatten sie gerade über ihn gesprochen? Oder waren sie nur pikiert, daß er die Respektlosigkeit besessen hatte, die Besprechung so Knall auf Fall zu verlassen? Egal. Von seinem Leiden wollte er ihnen jedenfalls nicht berichten. Weiter ging's.

Wie eine Gebetsmühle fing Henriette abermals damit an, daß es doch besser sei, wenn er früher komme, da Vicky ansonsten Forschungsfreisemester habe. Bei einem zeitigeren Start Rogers hätten sie alle zusammen unterrichtet. Da sei eine Eingewöhnung Rogers besser möglich und auch weniger stressig, meinte sie. Roger hielt sich zurück. Nahm es zur Kenntnis. Er würde das mit der Abteilungsleiterin besprechen, nahm er sich fester vor denn je, unterstand sich aber, es der ihm momentan gegenübersitzenden Dränglerin unter die Nase zu reiben. Sie kapierte es einfach nicht. Wirklich ein Christkind. In ihrem Alter sollte sie eigentlich schon wesentlich desillusionierter sein. Roger zählte gut zehn Lenze weniger als sie und hatte sich bereits vor ein, zwei Jahren jeglichen pseudo-enthusiastischen Idealismus abgewöhnt. Diese korrupte BIWA und der ganze verfilzte Universitätsbetrieb in Großbritannien ließen ihm einfach keine andere Wahl. Jetzt mußten es eben diese freundlich lächelnden, im Spätherbst ihrer Blüte befindlichen Mädels ausbaden. Wie Honigkuchenpferde saßen sie dann anschließend zusammen mit sämtlichen anderen Kolleginnen der Fremdsprachenabteilung bei seinem Forschungsvortrag vor ihm und lauschten andächtig. Sieben Minuten nach Beginn schlich sich ein korpulenter Mitfünfziger mit graumeliertem Vollbart und Aktenköfferchen in den Seminarraum. Das mußte der Linguistik-Professor sein, dessen Kommen Henriette Roger angekündigt hatte. Spezialist in Phonologie offenbar. Eine Subdisziplin der Linguistik, die Roger seit seinem Studienbeginn äußersten Verdruß bereitet hatte. Henriette mußte ihn beinahe geprügelt haben, damit er sich aufraffte, den Vortrag zu besuchen. Was interessierte einen Phonologen die Pragmatik von gesprochenem Wirtschaftsdeutsch? Henriette verstand das wiederum nicht. Für sie war Linguistik Linguistik. Sie kannte die Zerrissenheit der Disziplin nicht. Eben ein naives, ignorantes Christkind. Und eine Taktikerin mit dem Holzknüppel. Wollte Roger mit "Gleichgesinnten" zusammenbringen, so daß er nicht wieder gleich das Weite suchen würde. Eine von diesen Sozio-Wohltäterinnen. Roger setzte seine Ausführungen mit der Erläuterung einiger protokollierter Gesprächsmitschnitte fort. Gelächter kam auf. Der Vortrag zeigte positive Wirkungen. Das tat ihm gut, obgleich er eigentlich keinen Pfifferling darauf gab. Es ging um nichts. Er mußte die Stelle nur offiziell annehmen. Nicht mehr und nicht weniger. Im Prinzip durfte er sich fast alles erlauben. Ein wenig Applaus nach dem Schlußwort.

Henriette stellte Roger dem Linguistik-Professor vor. James Rorrison. Brite. Lehrte ursprünglich in Wien. Dort geschieden. Flüchtete. Kam in Johannesburg unter. Er lud Roger auf einen Drink in der Uni-Bar ein. Henriette zeigte sich begeistert.

"Prima!" sagte sie für den völlig überraschten Roger zu. Ob Rorrison Roger dann wieder zu dessen Bed and Breakfast in Melville fahren könne.

"No logisch!" meinte der in einem für anglophone Sprecher total ungewohnten Wiener Akzent.

Flüchtige Verabschiedung zwischen Roger und Henriette. Bis Morgen zur "Probestunde" mit Studenten aus dem zweiten Jahr.

* * * * *

Rorrison duzte Roger spontan, den diese doch etwas plumpe Vertraulichkeit irritierte. Es gebe schließlich auch keine du-Sie-Unterscheidung im Englischen, bemerkte Rorrison sich rechtfertigend. Warum sich also diesem Höflichkeitswahn des Deutschen unterwerfen? Aha, ein Pseudo-Cooler, dachte Roger. Na gut.

In der Uni-Bar ging es in ähnlichem Stil weiter. Rorrison schien dort Stammgast zu sein. So eine Art Star. Bestellte je ein *Castle* für Roger und sich. Seine Freunde (wenn man sie so nennen konnte), die dort herumhingen, kamen beispielsweise aus der Philosophieabteilung. Eine studentisch wirkende Dozentin und deren Kollege in Rogers Alter. Roger trafen mißtrauische, wenn nicht sogar abfällige Blicke. Offensichtlich galt er als Eindringling in eine verschworene Gemeinschaft. Wie ihn ein derartiges Cliquen-Verhalten anwiderte! Das Mädchen hängte sich gekünstelt-vertraulich an Rorrison, der sie im Gegenzug väterlich streichelte. Es wirkte, als ob sie ihm von irgendeinem Problemchen berichtete. Nur allzu willig flüsterte er ihr wahrscheinlich tröstende Worte ins Ohr. Peinlich! Affektiertes Gehabe! Man durfte sicher sein, daß diese Zicke die Allerletzte gewesen wäre, Rorrison zu Hilfe zu eilen, wenn bei dem gegebenenfalls einmal schlechtere Zeiten anbrächen. Roger befand sich bereits auf halber Höhe der Palme. Entschuldigte sich. Am liebsten hätte er gesagt: "Bei so viel Heuchelei muß ich erst mal abkacken!" Das mit der Darmentleerung stimmte. Der Durchfall machte das Erlebnis in der Uni-Bar noch um einiges schlimmer. Fünfzehn Minuten blieb er der ehrenwerten Gesellschaft fern, ohne sich erneut merklich erleichtert zu haben. Als er zur Theke zurückkam, fragte ihn Rorrison, ob denn alles in Ordnung sei. Roger erwähnte die Diarrhö. Rorrison spendierte ihm daraufhin noch ein Bier und lud ihn ein, trotzdem mit zu ihm zum Abendessen zu kommen. Paul, eben dieser Philosophiedozent in Rogers Alter, habe schon zugesagt. Sarah, die jüngere Kollegin, die sich so penetrant an Rorrison 'rangeschmissen hatte, könne nicht. Roger nahm die Einladung umgehend an. Wenigstens ohne diese kandierte Zimtzicke. Paul wirkte für sich allein ganz erträglich. Nach fünf *Castle* setzte sich Rorrison ans Steuer und chauffierte die beiden zu sich nach Hause. Er habe eine einmalige Köchin und Haushälterin in Personalunion, versuchte Rorrison Roger den Abend attraktiver zu machen. Natürlich eine Negerin. Eine wahre schwarze Perle, fügte er hinzu. Hühnchen gewürzt auf einheimische Art.

Die Dicke mit Brille, Blumenkleid, Turban-Kopftuch im selben Muster, soßenbefleckter Schürze und weißem Grinsen im Gesicht öffnete den dreien die Tür. Alles sei schon fertig. Gab's hier denn so gut wie keine hübschen, schlanken Negerinnen, fragte sich Roger zum wiederholten Mal. Die eine in seinem Bed and Breakfast, die das Frühstück servierte, mußte die einzige weit und breit sein.

Wäre Roger in Bestform gewesen, so hätte er mindestens drei Portionen der kulinarischen Zauberei von Rorrisons Köchin verschlungen. Nach der ersten kleinen verabschiedete er sich bereits prophylaktisch zur Toilette. Zwei weitere *Castle*. Das kalte Bier stellte auch nicht unbedingt ein Wundermittel gegen akuten Durchfall dar. Paul war offenbar gleichfalls nicht ganz so gut drauf, und man einigte sich, daß er Roger nach Melville geleitete, weil das praktisch um die Ecke war, genauso wie Pauls Behausung. Etwas mulmig fühlte er sich schon, als Roger seinem Leithammel durch die schlecht beleuchteten Vorstadtstraßen folgte. Jeden Moment erwartete er, daß eine dunkle Gestalt mit vorgehaltener Pistole aus einem Gebüsch sprang. Paul wirkte zu betrunken, als daß er Angst haben könnte. Er beruhigte Roger. Nach zwanzig Minuten - geschafft! Kurze Verabschiedung ohne Händeschütteln. Roger sprintete zur Schüssel ins Bad seines Zimmers. Morgen mußte er unbedingt Durchfalltabletten kaufen. Eine Apotheke hatte er in Melville bereits erspäht.

Bevor er am nächsten Tag wieder von der spröden Susanne abgeholt wurde, schritt er zur Tat und nahm gleich zwei Tabletten nach Erwerb des rezeptfreien Medikaments. Selbst wenn es sich ins Gegenteil umkehren sollte. Lieber Verstopfung als Durchfluß! Susanne zeigte sich erfreulicherweise gesprächiger. Hatte sie es heute früh etwa gemacht? Sie erzählte von ihrer greisen Mama. Halb pflegebedürftig. Nun gut, das konnte mit zu Susannes Verdrossenheit beitragen. Roger schämte sich ein wenig für seine ursprünglich gehässigen Gedanken ihr gegenüber. Susannes alte Mama also. Heute früh habe sie, Susanne, im Zimmer der Mutter, wie üblich, die Fensterläden aufgemacht, und da sei der betagten Dame spontan entfahren:

"Nee, schon wieder keine Wolke am Himmel!"

Roger schmunzelte. Das mußte er unbedingt in Schottland berichten. Sorgte der stete Sonnenschein hier in Südafrika für schlechte Laune? Roger hatte keine Probleme mit der Sonne an sich. Nur unter der Folge litt er - hohe Temperaturen. Er haßte es zu schwitzen. Unvermeidlich hier. Er erinnerte sich an seine Jugend: Da konnte es ihm überhaupt nicht warm genug sein. Zwei Jahre nach dem Jahrhundertsommer von sechsundsiebzig schaffte seine Mutter endlich ein Außenthermometer an. Rogers statistische Seele wollte es wissen: Durchschnittstemperatur während der Sommerferien. Dreimal am Tag kontrollierte er: zehn Uhr, beim Aufstehen; vierzehn Uhr, bevor er sich mit den Kumpels traf; achtzehn Uhr zum Abendbrot. Was für eine Enttäuschung nach der letzten Messung vor Schulbeginn: pieselige achtzehn Grad im Schnitt. Damals faßte er sich den Vorsatz, später einmal nur in einem Land zu leben, in welchem die Temperatur konstant das ganze Jahr über bei mehr als zwanzig Grad lag. Auf den Klimatabellen in seinem Schulkalender gab es nur einen Ort, der diesem Kriterium gerecht wurde - Singapur. Und nun würde er in Südafrika landen, in Johannesburg: heiße Sommertage, mitunter recht kalte Winternächte. Vielleicht würde er nun den Winter hier sogar bevorzugen.

Im Gespräch mit Susanne ließ er dann aber verlauten (und wiederholte das auch noch zu einem späteren Zeitpunkt Henriette gegenüber):

"Sobald ich hier eine Schneeflocke vom Himmel fallen sehe, sitze ich im nächsten Flieger!"

"Schnee gibt's hier ganz selten!" versuchte Susanne ihn zu beruhigen.

"Selten ist mir schon zu oft..."

Roger verabscheute die weiße Pracht wie die Pest. Kindheitstrauma. Auch diese Jahrhundertwinter zwischen sechsundsiebzig und achtzig: jeden Morgen um sechs 'raus und dreißig Zentimeter davon zur Seite schippen. Das strengte an bei einer zwanzig Meter langen Hofeinfahrt.

Mit Hilfe der Wetterkonversation versöhnte sich Roger dementsprechend innerlich mit Susanne. Jetzt war Rosella dran. Die Leiterin der Fremdsprachenabteilung. Ihr momentanes Büro befand sich im schönen Postgraduierteninstitut mit den alten Säulen davor. Wenigstens eine angenehme Umgebung. Da ließ sich's leichter reden.

Rosella: eine hübsch gebliebene Endvierzigerin mit voluminösem kastanienbraunen Haar und stechenden dunklen Augen, deren Strenge noch durch ein tiefes, auf die dünnen Lippen aufgetragenes Rot unterstrichen wurde. Eine Domina. Roger stellte sie sich im Lederkostüm mit Peitsche vor. Das verunsicherte ihn. Dennoch riß er sich zusammen und trug Rosella sein Anliegen mit plausibler Begründung ohne Stocken vor. Sie zeigte Verständnis und kündigte an, daß sie mit Henriette sprechen werde. Ein erleichterter Roger bedankte sich artig und machte sich auf den Weg zur Lehrprobe, die dann auch ordentlich verlief, da besagten Kurs lediglich vier Studenten belegten. Gemütliches Unterrichtsgespräch. Da konnte eigentlich nichts schiefgehen. Vicky, die Beobachtende, erzählte Henriette danach begeistert, wie es gelaufen war. Etwas peinlich berührt ob so vielen Lobes für den "Wunsch"-Kollegen entfuhr Henriette ein kleinlautes "Prima!" Spürte sie Konkurrenz? Offenbar hielt sie sich für den unangefochtenen Studentenliebling. Rätselhaft, warum. Roger bemerkte einen leisen Anflug von Skepsis und Reserviertheit in ihrer spontanen Reaktion auf Vickys Neuigkeiten. Sei's drum. Auf zu den nächsten Terminen: zuerst der schwule Dekan. Retief du Toit. Ein sympathischer Spargeltarzan mit großen, braunen Augen. Der treue Hundeblick. Roger reichte ihm die Hand. Alles klar! So gut wie kein Druck. Fehlte nur noch, daß der ihn mit dem Zeigefinger in der Handinnenfläche kitzelte. Ein belangloses Gespräch folgte, bei dem man sich eben bekanntmachte.

Letzte Station: Personalbüro. Die Chefin - krankheitsbedingt abwesend. Die Stellvertreternegerin händigte Roger den ersten Ausdruck des Arbeitsvertrages aus sowie Antragsformulare für die Arbeitsgenehmigung, die bei der südafrikanischen *High Commission* in London eingereicht werden sollten. Das sah recht unkompliziert aus. Nur vier Seiten. Roger hatte sich das wesentlich diffiziler vorgestellt. Er würde den Scheiß noch während seiner Anwesenheit hier ausfüllen, sofern es Unklarheiten gäbe, und im Dezember dann in London abgeben. Da mußte er sowieso hin. BIWA-Tutorentreffen mit überflüssigen Workshops in einem Anwesen bei Schloß Windsor. Die Arbeitsgruppen konnte er sich selbstverständlich sparen, und es würde ein Leichtes, sich unauffällig für einen Tag nach London abzusetzen.

Susanne packte gerade zusammen, als Roger zaghaft an ihre angelehnte Tür klopfte. Perfektes Timing. Sie lächelte ein wenig. Die Sonnenstrahlenfältchen um ihren Mund verschwanden vorübergehend. Doch eine nette Frau. Wie man sich doch manchmal täuschen konnte. Oder einfach nur launisch? Naja, so viel würde Roger nicht mit ihr zu tun haben, wenn er hier anfinge. Wenn... Wenn? Kein Konditional. Er fing hier an! In etwas mehr als sieben Monaten. Eigentlich konnte er es noch nicht glauben. Vielleicht kam ja noch etwas dazwischen. Eine andere Stelle. Jemand, der genauso verzweifelt war wie Henriette von Mühlwang. Im Hoffen betrachtete sich Roger als Weltmeister. Wie oft hatte er schon umsonst gehofft?

"Sehen wir uns übermorgen bei Henriette?" fragte Roger Susanne zum Abschied, als sie ihn aus dem Wagen ließ.

"Ja, ich glaube es kommen alle aus der Abteilung... Sogar Ihr Vorgänger!"

Ach ja, der Vorgänger! Roger hatte den ganz vergessen. Ein österreichischer Literatur-Fuzzi namens Bertram Hitschler. Henriette vermied es geflissentlich, den Herrn zu erwähnen, weshalb Roger überhaupt nicht mehr daran gedacht hatte, daß er ja eine frei werdende und nicht neu zu besetzende Stelle ausfüllen würde. Da konnte man gespannt sein. Auch auf das sogenannte "Braai", die südafrikanische Variante des Barbeques, zu welchem Henriette anläßlich des Studienjahrendes sowie gleichzeitig Rogers Abflug in ihrem Emmarentia-Domizil geladen hatte. Bis dahin sollte sich auch der Durchfall verzogen haben, und Roger würde sich mit gegrillten Straußensteaks sowie Boerewürsten - eindrücklich von Henriette am gestrigen Tag geschildert, um ihm den Mund wässrig zu machen - den Bauch vollschlagen.

* * * * *

Der Reisewecker klingelte um acht Uhr. Wenn er Frühstück haben wollte, mußte Roger nun schleunigst zum Haupthaus hinübergehen. Hunger hatte er ja. Aber die Müdigkeit. Wohl der Klimawechsel. Und der Durchfall. Er raffte sich auf.

Das Negermädchen kullerte ihm wieder etwas mit ihren großen Augen vor. Wirklich die einzig ansehnliche Schwarze weit und breit. Einige der Gäste mit derselben Hautfarbe. Pottehäßlich und fett. Gesättigt schlürfte Roger zurück zu seinem Terrassenzimmer. Legte sich wieder hin. Das Taxi, das ihn durch ein paar Gegenden Johannesburgs fahren sollte im Stile einer kleinen Stadtrundfahrt, war erst für dreizehn Uhr bestellt. Roger fiel in einen angenehmen Schlummer. Wirre Träume. Aber angenehm. Er tänzelte durch ein Kornfeld im Wind. Tippte sich mit der Fußspitze vom Boden ab. Kaum Schwerkraft. Er schwebte knapp über den Ähren über das Kornfeld hinweg, sank langsam gen Boden, tippte leicht mit dem anderen Fuß auf, begann wieder zu steigen. Dieses Mal etwas höher. Lenkte mit den Armen. Er schwebte in einen Supermarkt und landete auf dem kalten Fliesenboden der Fleischabteilung. Er versuchte aufzustehen, aber seine Glieder gehorchten dem Willen nicht. Er öffnete den Mund, um die Passanten zu rufen, daß sie ihm aufhelfen sollten, doch es kam nur ein Gurgeln heraus. Wie besoffen, wie das eine Mal, als ihn die Kameraden beim Bund zur Einführung in die Stammeinheit abgefüllt hatten. Damals kroch er auf allen Vieren zur Toilette. Schrammte knapp an der Alkoholvergiftung vorbei. Und jetzt, in dieser Metzgerei, war es ganz ähnlich. Eine gesichtslose Blondine beugte sich über ihn. Legte sich auf ihn. Nackt. Er schreckte auf. Da saß jemand auf der Bettkante. Das Negermädchen. Sagte, daß sie das Zimmer saubermachen wollte. Warum saß sie dann auf der Bettkante? Roger richtete sich auf. Sein Herz raste. Der Schoß machte sich bemerkbar. Er erklärte dem Mädchen, daß sie in einer halben Stunde kommen könne. Da sei er dann fertig. Sie erhob sich aufreizend. Als sie die Terrassentür hinter sich zumachte, blickte sie sich nochmals um und kullerte mit ihren Augen. Zeigte grinsend ihre weißen Zähne. Bedeutete wohl so viel wie "Schade! Na dann vielleicht ein andres Mal?" Rogers Hormone hätten gerne "ja!" gesagt, aber die Vernunft siegte. Die Wahrscheinlichkeit, sich AIDS zu holen, wenn man es mit einer Schwarzen machte: circa eins zu drei. Roger hatte sich erkundigt. Absolut beängstigend. Andererseits eine verpaßte Chance, wenn man ans Aussehen der Negerinnen hier im Allgemeinen dachte. Das schönste Exemplar von allen hätte es mit ihm machen wollen. Zuerst der Durchfall und dann sowas! Fehlte nur noch ein bewaffneter Raubüberfall.

Roger duschte und beruhigte seinen Schoß manuell. Besser so. Gesünder. Um Viertel vor eins setzte er sich in einen Korbsessel am Pool und wartete auf das Taxi. Ein Inder. Verhielt sich eher schweigsam. Fuhr ihn zuerst zu einem schnuckeligen, kleinen Einkaufszentrum in Rosebank. Wartete sogar eine halbe Stunde auf ihn. Man hatte sich zuvor auf eine Zwei-Stunden-Pauschale geeinigt. Nach dem kurzen Bummel ging es weiter zum berüchtigten *Central Business District* (CBD). Hektisch packte der Inder sein Handy mitsamt der Freisprechanlage vom Armaturenbrett ins Handschuhfach. Eine Vorsichtsmaßnahme. Man durfte solche Dinge offenbar keinesfalls im Wagen zur Schau stellen. Nicht einmal in einem fahrenden Wagen. Unvorhersehbar, was selbst am hellichten Tag an einer roten Ampel im Stadtteil Joubert Park passieren konnte. Roger ging die Muffe. Er blickte sich um. Verlassene Wolkenkratzer. Der Inder zeigte auf eins davon: das ehemalige *Hilton*-Hotel. Praktisch dem Verfall preisgegeben. Auf den Straßen: kein einziger - wie es Shaft ausgedrückt hätte - Quarkarsch zu sehen. Faszinierend und traumatisch zugleich. Als Roger dann meinte, genug gesehen zu haben, orderte er den Inder, ihn wieder zurück nach Melville zu fahren. Drückte ihm dankbar noch ein dickes Trinkgeld in die schmutzigbraune Handfläche. Drei breite Zahnlücken lächelten freundlich zurück. Zur Erholung setzte sich Roger in die einzige Sushi-Bar in Melville. Das würde seine Gedanken in eine andere Richtung leiten. Man setzte sich da an eine Theke, vor der ein Fließband die Gerichte an einem vorbeitransportierte. Man durfte sich nehmen, was man wollte. Die Tellerchen mit den Leckereien trugen einen Farbcode, der einem den Preis anzeigte. Roger rechnete. Selbstverständlich befand sich der teuerste Farbcode auf den Tellern mit den appetitlichsten Sachen. Typisch! Man mußte sich konzentrieren. Fünfzig Rand hatte er am Ende noch übrig. Langte hoffentlich fürs Taxi 'rüber nach Emmarentia zu Henriettes Grillparty. Sie hatte ihm bereits einen Fahrdienst zum Flughafen versprochen. Eine Postgraduierte würde ihn dort pünktlich zu seinem Abendflug absetzen.

Am nächsten Morgen ignorierte ihn das Negermädchen demonstrativ beim Frühstück. Schien sauer. Pech! Oder Glück? Es wäre einem Russischen Roulette gleichgekommen. Pünktlich kam das Taxi am frühen Nachmittag.

* * * * *

Mit einem Schädel, der so schwer war wie Blei, erhob sich Bertram Hitschler gegen halb elf Uhr vormittags aus seinem Bett. Die Unordnung im Schlafzimmer ekelte ihn an, doch er war viel zu träge, als daß er auch nur ansatzweise ans Aufräumen oder gar Saubermachen dachte. Seine Erinnerung setzte, wie üblich in diesen frühen Stunden, aus. Nur der Schwenker mit einer Restpfütze Cognac, in welcher eine halbgerauchte Zigarette schwamm, deutete die Ereignisse der vergangenen Nacht an. Daneben die Flasche *Hennessy VS*. So gut wie leer. Wie lange das seine Leber noch mitmachte? Zuerst mal Weltmeisterfrühstück: *Lucky Strike* filterlos. Das würde er vermissen an Südafrika: spottbillige Kippen und praktisch verschenkter Alkohol. Sogar bei den paar miesen Kröten, die er hier verdiente. Ihm wurde beim ersten Zug schummerig. Das liebte er. Da wußte man, daß man eine gute Zigarette rauchte. Er schleppte sich in die Küche. Nahm eine benutzte Tasse aus der überquellenden Spüle. Füllte sich Pulverkaffee ein. Zwei Löffel. Stellte das Kesselchen an. Schwarz mußte er sein. Zum Aufwachen. Und noch eine *Lucky* obendrauf! Das tat gut! Jetzt war er wieder unter den Lebenden. Halbwegs jedenfalls. Langsam spielte auch das Kurzzeitgedächtnis wieder mit. Gestern erneut mit Henriette aneinandergeraten. Hatte ihm den zigsten Vortrag in Sachen Alkoholmißbrauch gehalten. Gab vor, sich Sorgen um ihn zu machen. Die zwei Jahre über war das reiner Utilitarismus gewesen. Sie wollte, daß sich alle so abrackerten wie sie selbst. Zwischen zehn und zwölf Semesterwochenstunden

Unterricht. Und noch ein Postgraduiertenkurs. Und noch einer. Und noch einer. Auch wenn man nur vor einem einzigen begriffsstutzigen Neger eine Vorlesung abhielt. Wo lebte diese Frau eigentlich? Wolkenkuckucksheim? Henriette von Mühlwang und ihre angebliche soziale Ader. Die konnte sie sich, wenn es nach Bertram ging, anal einführen. Sie hatte doch keinen blassen Schimmer, wie es um ihn bestellt war. Bertram betrachtete sich nicht gerade als einen labilen Menschen. Sein Äußeres ließ auch nicht darauf schließen. Ein attraktiver Enddreißiger. Was ihn positiv von der Mehrzahl seiner Geschlechtsgenossen im selben Alter abhob, war insbesondere die Haartracht. Nicht die Spur einer Lichtung auf seinem Haupt. Dichtes, dickes, brünettes Haar. Wellig. Davon träumten die Damen. Eins dreiundachtzig maß er. Damit kam er ebenfalls gut an. Ins Grünliche gehende blaue Augen mit überdurchschnittlich langen Wimpern. Und Grübchen in den Wangen, wenn er lächelte. Die Nickelbrille auf der Nase verstärkte dann den gelehrten Eindruck, den er ohnehin vermittelte. Daß er was in der Birne hatte, vermochte er nicht allein durch seine mit "summa cum laude" bewertete Dissertation über Stefan Zweigs *Schachnovelle* zu untermauern. Die Studenten hörten staunend seinen Vorlesungen zu, die er häufig - noch unter Cognac-Einfluß - aus dem Stehgreif abhielt. Nicht die Spur von Vorbereitung. Das hatte Henriette sicherlich neidisch gemacht. Er bewerkstelligte die Lehre locker vom Hocker, während sich andere regelrecht dafür abrackern mußten. Und mit dieser intellektuellen Leichtigkeit hatte er auch Numunde, eine Stipendiatin, die zur absoluten Minderheit der hübschen Schwarzen zählte, beeindruckt, wenn nicht gar überfallen. Da erholte er sich gerade von seiner letzten Flucht. Aus Salzburg. Vor Eva. Gescheiterte Liebesbeziehungen zogen für Bertram Hitschler zweierlei Fluchten nach sich: Alkohol und Geographie. Sabine: von Wien nach Salzburg. Eva: von Salz- nach Johannesburg. Bei Kennenlernen einer neuen Frau ließ das Trinken jeweils nach, bis es dann nach der Trennung schlimmer als zuvor ausbrach. Und nach Numunde kamen schließlich die harten Sachen wie Cognac dazu. Prae Numunde: Bier und/oder Wein. Post Numunde: fast ausschließlich Hochprozentiges - es sei denn, wenn Bertram zu einem gepflegten Umtrunk wie heute erscheinen mußte. Frauen bedeuteten also Flucht für ihn. Flucht und Vergessen.

Und bei Numunde wurde das Vergessen schwieriger denn je zuvor. Deshalb Cognac, Whisky, Gin, Wodka. Und demnächst weg von Johannesburg. Humboldt-Stipendium. Wie er das nur angestellt hatte? Wahrscheinlich wurde sein Antrag nur deshalb akzeptiert, weil der im Zustand des totalen Deliriums entstanden war. Nach einem halben Liter *Tanqueray*, verdünnt mit der dreifachen Menge *Schweppes Diet Tonic Water*, setzte sich Bertram vor sechs Monaten an den Computer, um sein hirnrissiges Projekt zu den Klängen von *Pink Floyds* "Atom Heart Mother" niederzuschreiben. Am nächsten Morgen fand er die Blätter im Tintenstrahldrucker, ohne sich im Entferntesten daran zu erinnern, das alles geschrieben zu haben. Abgelehnte Liebe machte kreativ. Dabei war es ja noch nicht einmal abgelehnte Liebe. Zu Beginn jedenfalls. Dieses Luder. Kam eines Tages nach der Vorlesung zu ihm ans Pult, mit dem Handout zwischen den langen, schwarzen Fingern, schmiegte sich mit ihren strammen Boule-Brüsten halb an seinen linken Oberarm und fragte ihn irgendetwas Belangloses, woraufhin er sie, schwach wie er war, gleich zu einem Kaffee mit kleinem Snack ins *Couch'n'Coffee* einlud. Und da schnakkelte es dann so richtig. So, wie sie bei seiner Vorlesung mit offenem Mund gelauscht hatte, machte er es nun, während er versuchte, den halbkalten Milchkaffee zu trinken, den die einem da vorsetzten. Er konnte es nicht verkraften. Wollte sie ihn auf den Arm nehmen? Gab's das heutzutage noch? Sie erzählte einfach von sich. Aus welchen Kreisen sie kam. Sie hatte Schwein gehabt. Stipendiatin. Von der Negerdorfschule am Ende der Welt irgendwo in Kwazulu-Natal zur Postgraduierten an der einzigen südafrikanischen Universität, die sich rühmen durfte, so etwas wie einen Weltruf zu besitzen. Der Vater - Stammeshäuptling. Widerwillig ließ er die Tochter ziehen. Gab seinen Segen zur Förderung und folgerichtig zum Studium, weil er sich materiellen Gewinn versprach. Nein: kein Geld! Kühe! Bertram spuckte beinahe den mühsam aufgenommenen Schluck Milchkaffees heraus, als Numunde grinsend davon berichtete, daß die erste Handlung ihres biologischen Erzeugers jeden Morgen darin bestand, das vorhandene Vieh vor der Stammeshütte abzuzählen. Numunde lachte laut los angesichts der Reaktion Bertrams. Da wolle sie erst gar nicht beginnen, von den Ereignissen zu erzählen, die in ihrem Dorf Hexereien zugeschrieben wurden. Bertram wußte zwar um die tiefverwurzelte Stammeskultur bei den Schwarzen, aber das, was er hier erfuhr, brachte das Faß zum Überlaufen. Und solchen Menschen überließ man die Verwaltung riesiger Staaten! Kein Wunder, daß es auf dem halben Kontinent permanent brodelte. Putschs, Korruption, Bürgerkriege, ethnische Säuberungen, Änderungen von Staatenbezeichnungen im Halbjahrestakt und so weiter und so fort. Betram verkniff es sich allerdings, vor Numunde laut zu denken. Er wollte es sich in diesem Augenblick nicht mit ihr verscherzen. Er konnte seinen Blick gar nicht von ihr reißen. Und sie zwinkerte munter drauf los, lächelte ihn ohne Unterlaß verschämt von unten an. Verzauberung total. Oder Verhexung? War sie etwa die Hexe in ihrem Heimatdorf? Im Nachhinein glaubte Bertram tatsächlich daran. Sie hatte ihn in ihren Bann gezogen, sie hatte ihn ins *Couch'n'Coffee* gelockt, um ihn mit Haut und Haaren gefügig zu machen. Was folgte, waren für Bertram unvergeßliche dreieinhalb Wochen. Wohlgemerkt Wochen! Eine kaum begreifbar kurze Zeit. Die Zärtlichkeit. Die verliebten Gespräche. Die Träumereien. Und dann: zack! Ein Schlag! Alles vorbei! Auf Nimmerwiedersehen. Das Heiratsversprechen des Vaters. Die Abhängigkeit von der Familie. Der soziale Sog, dem sie sich so mir nichts, dir nichts preisgab. Kaum ein ordentlicher Abschied. Bertram in der Rolle der heißen Kartoffel auf dem Boden. Sie heiratete einen Stammesneger, den sie noch nicht einmal kannte! Und ihn, Bertram, schien sie doch geliebt zu haben? Sollte er sie suchen? Womöglich kam er dann noch an den Marterpfahl. Alkohol der einzige Trost. Und Ärger auf der Arbeit. Zunächst kam heraus, daß er es mit Numunde gehabt hatte. Henriettes Ausbruch. Neid? In jeder Beziehung. Daß Bertram auch dermaßen beliebt sein konnte bei einer ihrer besten Studentinnen! Und dann höchstwahrscheinlich Neid aus sexuellem Frust heraus. Bertram nahm zwar wenig um ihn herum wahr, was die soziale Seite betraf, da er lediglich rudimentärsten Kontakt zu den Kollegen pflegte, aber daß die Gerüchteküche um Henriettes Liebesleben geradezu überschäumte, bemerkte sogar er: eine nach außen glücklich geführte Ehe, aber Intimitäten, Vollzug der ehelichen Pflichten - Mangelware bis Fehlanzeige. Kein Wunder, daß Henriette unwirsch reagierte im Wissen darüber, daß der ohnehin talentiertere Kollege auch noch im privaten beziehungsweise sexuellen Bereich - zumindest für kurze Zeit - das große Los gezogen zu haben schien. Kein Mitleid. Im Gegenteil: Salz mußte in die frischen Wunden gestreut werden. Eine Liaison mit einer Schutzbefohlenen! Selbst wenn es eine Postgraduierte war! Und im tiefsten Inneren würde es Henriette wohl auch gefuchst haben - jedenfalls mutmaßte dies Bertram -, daß er sich an einer Schwarzen vergriffen hatte. Das schwirrte hier doch in allen politisch-korrekten Dreiviertelköpfen herum: die Ausbeutung der armen, bedürftigen Schwarzen! Auch in sexueller Hinsicht. Daß Henriette Bertram diese Sache nicht auch noch aufs Brot schmierte, war aber auch alles. Die Affäre kam ja erst dann ans Tageslicht, als Bertram alkoholbedingt der Arbeit für schlappe zwei Wochen fernblieb. Ohne Benachrichtigung. Ohne Entschuldigung. Henriette klopfte damals bei ihm an und nahm ihn so richtig ins Gebet. Das machte alles nur schlimmer und Bertram trotziger denn je. Sie verstand sich als die Studentenpsychologin. Doch bei ihm versagten ihre Künste ganz offensichtlich. Die Chemie zwischen den beiden hatte sowieso von Anfang an nicht gestimmt. Schon beim Vorstellungsgespräch per Telefon. Lag da noch vor allem an der Forschungsperspektive und an Bertrams unterschiedlicher Meinung hinsichtlich der Literaturkritik. Und dann arbeitete Henriette auch noch mit solchem absolut hirnrissigen, pseudowissenschaftlichen Firlefanz wie Psychoanalyse bei ihrer Herangehensweise an Literatur. Das Weib hatte einfach nichts in der Birne. Harte Arbeiterin. Das richtige Geschlecht, um beim momentanen politischen Klima karrieremäßig hochzuklettern. Fehlte nur noch, daß sie schwarz war. Das hätte ihren Aufstieg zur Universitätsrektorin innerhalb der nächsten zwei Jahre sichergestellt.

Bertram benetzte sich das vom Alkohol- und Nikotinexzeß der vergangenen Nacht zerfurchte Gesicht. Mühsam raffte er sich zur Rasur auf. Duschen sollte er sich eigentlich auch. Aus Anstand. Die Mehrzahl der Kolleginnen war ja nett. Brave, naive Hausmütterchen, die Spaß daran verspürten, Heranwachsenden Sprachunterricht zu erteilen. Ausnahmen: die beiden Drachen Rosella und Henriette. Bertram fühlte Mitleid in sich aufkommen. Mitleid mit seinem Nachfolger, den er heute kennenlernen würde. Ein Mann! Wer hätte das gedacht bei diesem Frauenklub? Vielleicht einer von der anderen Seite wie der Papagei vom Goetheinstitut hier in Johannesburg?

Schwule konnten ja gut umgehen mit Mädchen auf der Arbeit. Jedenfalls tat er ihm jetzt schon leid. Sollte er ihm bei diesem Braai reinen Wein einschenken oder sich einfach ans andere Ende des Tisches setzen? Besser schweigen! Und auf *Edelrood* hoffen. Den reichte Henriette nämlich letztes Mal, als Bertram die Ehre hatte, eingeladen zu werden zu ihr nach Hause. Eine prima Cabernet-Merlot-Mischung. Bertram tippte die Nummer von *Rosebank Radio Taxis* in die Telefontastatur. Zur Sicherheit. Er wollte sich nicht auf ein, zwei Glas Wein festnageln lassen. Und wenn Henriette erstmal verbal warmlief, dann konnte man das ohnehin nur im Suff ertragen. Vielleicht kam auch Nadine, die blonde, leicht pummelige, von Vicky betreute Postgraduierte. Die schien auch ein Auge auf ihn geworfen zu haben. Leichte Beute? Kleines Trostpflaster so kurz vor Schluß? Naja, noch gut drei Monate. Besser, wenn er sich Nadine für den letzten Monat aufsparte.

Es klingelte. Das Taxi. Bertram machte die Tür hinter sich zu und verschloß das Sicherheitsgitter davor. Eigentlich hätte er es offenlassen können. Bei ihm gab es nichts zu klauen. Nicht einmal für die Neger, die einen wegen eines kaputten Videorekorders abmurksten.

"Taxi for Bert?" blickte ihn der Fahrer fragend an.

Bertram nickte und ließ sich auf die linke Seite der Rückbank fallen. Er blieb unangeschnallt. Steckte sich wieder eine *Lucky* an, ohne den Fahrer zu fragen, ob er rauchen dürfe. Schließlich konnte er auch keinen Nichtraucher-Aufkleber entdecken. Der Fahrer sagte nichts. Ein ganz schönes Stück vom Corlett Drive beim *Wanderers* Cricketstadion hin zur Congo Road in Emmarentia. Bertram wäre beinahe mit der zweiten Kippe in der Hand eingedöst, wenn sein Chauffeur an der Einmündung zur Congo Road nicht voll in die Eisen getreten wäre, weil ihm ein anderes Taxi schwungvoll die Vorfahrt nahm. Bertram knallte deshalb mit dem Kopf zwischen vordere Nackenstütze und Wagenwand. Die brennende Zigarette, die er in der rechten Hand hielt, drückte er durch den unvermittelten Halteruck des Fahrzeugs auf seinem linken Unterarm aus. Der Fahrer verfluchte das andere Taxi und verfolgte es schnittig in die Congo Road hinein, ohne sich nach dem Befinden seines Passagiers zu erkundigen. Das andere Taxi hielt genau vor derselben Adresse, zu der auch Bertram wollte, dessen Fahrer erneut abrupt bremste, seine

Tür aufriß und zum anderen Taxi sprintete. Bertram fluchte hechelnd vor sich hin. Die Zigarette hatte er auf den Boden fallenlassen. Sie qualmte noch ein wenig. Im Schmerz trampelte er auf ihr herum, bis sie ausging. Wenigstens kein Nasenbluten und keine Platzwunde. Aber eine dicke Beule würde er sicherlich am Kopf davontragen. Doch das schien weniger schlimm als die einschußförmige Brandwunde am linken Unterarm. Bertram seufzte und sog Luft zwischen den Zähnen ein. Jemand öffnete seine Tür.

"Are you okay?" fragte ihn eine männliche Stimme. Der deutsche Akzent war bei weitem nicht so stark wie derjenige Henriettes, wenn sie englisch sprach, aber man konnte ihn dennoch deutlich ausmachen.

"Wir können auch deutsch sprechen..." ließ Bertram mit leicht gepreßter Stimme verlauten.

Zögernde Pause. Der andere mußte wohl erst darüber hinwegkommen, daß sein Akzent so schnell erkannt worden war. Dann:

"Sind Sie etwa der Herr Hitschler?"

"Sieht so aus..."

"Brauchen Sie 'nen Arzt?"

"Nein, nein! Indianer kennt keinen Schmerz. Hab' mir nur den Schädel ang'haut und mich mit 'ner Zigarette verbrannt... Selber Schuld. War nicht ang'schnallt..."

Roger Hertloff half Bertram Hitschler aus dem Wagen. Sie versuchten, die streitenden Fahrer zu bezahlen. Mit Mühen gelang es ihnen, die Streithähne, die glücklicherweise noch nicht handgreiflich geworden waren, mit etwas Trinkgeld zu beschwichtigen. Roger nahm seine Sporttasche aus dem Wagen, und zusammen mit dem sich den linken Unterarm haltenden Bertram ging er zum Eingangstor von Henriettes Bungalow. Als die Gastgeberin dann Bertram mit dem hochroten Kopf sah, hätte sie beinahe wieder losgelegt, wenn da nicht Roger dazwischen gewesen wäre.

"Weißt du noch, wo das Badezimmer ist?" fragte Henriette Bertram schroff, nachdem sie von Roger darüber ins Bild gesetzt worden war, was sich ereignet hatte.

"Ich glaub' schon..."

"Laß' dir erst mal kaltes Wasser über die Brandwunde laufen, und dann läßt du sie an der Luft trocknen. Auch wenn's wehtut..."

* * * * *

Für Rogers Verhältnisse war alles viel zu schnell gegangen. Der Bure, der ihn zu Henriette brachte, legte einen flotten Reifen auf die Straße. Soviel wurde auch Roger bereits kurz nach dem Start in Melville klar. Dennoch ließ sich der deutsche Fahrgast nicht davon abhalten, aus dem Fenster zu blicken, um die vorbeirauschenden Jacarandas in voller Blüte praktisch zum vorletzten Mal vor dem Abflug zu bewundern - immerhin hatte er ja noch eine Fahrt zum Flughafen vor sich. Da Roger sich - wenn überhaupt - erst grob auskannte, wohin es ging, war er sich dementsprechend gar nicht bewußt, wo das Taxi sich befand, als er plötzlich vom sich sperrenden Sicherheitsgurt aufgefangen wurde. Das Taxi driftete beinahe beim Abbiegen nach rechts. Rogers Kopf kippte kurz nach vorn. Er hatte nicht auf die Straße geachtet. Warum auch? Er war ja der Passagier. Und eigentlich mochte er es, wenn der Wagenlenker einen flotten, sicheren Fahrstil an den Tag legte, eben so, wie dieser Bure da. Nachdem sich Roger also wieder orientieren konnte, fiel sein Blick nach hinten. Ein anderes Taxi klebte förmlich hinten an der Stoßstange. Eine Hupe ertönte aggressiv. Das Fernlicht des hinteren Wagens flackerte in kurzen Intervallen auf. Wahrscheinlich war der Bure zu knapp abgebogen. Man durfte annehmen, daß er die Geschwindigkeit des entgegenkommenden Taxis, das in dieselbe Straße abbiegen wollte und selbstverständlich Vorfahrt hatte, unterschätzte. Gut, daß es nicht zum Unfall kam. Roger wäre als Zeuge nutzlos gewesen. Alles nur subjektive Rekonstruktion. Und als sie nun vor Henriettes Haus hielten, ging es erstmal rund. Der andere Fahrer kam herbeigeeilt und beschimpfte Rogers Chauffeur auf Afrikaans. Was für ein Glück, daß beide Weiße waren! Vielleicht wäre ansonsten alles ausgeartet und gewalttätig geworden. Während sich die beiden Streithähne gegenseitig angeiferten, blickte sich Roger nochmals um zum anderen Taxi. Der Passagier saß gebückt auf der Rückbank. Na, hoffentlich hatte der sich nicht verletzt bei dem Manöver. Roger stieg aus, näherte sich dem Fahrzeug und öffnete die hintere linke Tür. Der Mann um die vierzig hielt sich gepreßt stöhnend den linken Unterarm. Roger fragte auf Englisch, ob alles in Ordnung sei. Da kam umgehend zurück, daß er auch deutsch reden könne. Schöner Schlag in die Magengrube. Roger hatte kaum etwas gesagt, und dennoch identifizierte der andere sofort sein Herkunftsland. Peinlich. Aber eigentlich war es ihm klar. Der deutsche Akzent ließ sich kaum verbergen, es sei denn, man demütigte sich abgrundtief und äffte den amerikanisch-englischen Akzent nach. Ein Kinderspiel für Deutsche. Warum auch immer. Roger pflegte das nur im Spaß zu tun. So geredet wie ein Ami hätte er aber nie ernsthaft. Dann lieber als Deutscher sofort erkannt werden.

* * * * *

Dieser Hitschler turtelte untentwegt mit Rogers geplantem Fahrdienst zum Flughafen. Und becherte Rotwein, wie ein Kamel nach einem langen Wüstentrek Wasser aufnahm. Ansonsten machte der aber schon einen sympathischen Eindruck. Ob er mit Absicht Rogers Nähe mied? Und wenn ja, warum?

Wenn eine Schar Hausfrauen sich zum Grillen trifft und Chardonnay in Strömen fließt... Roger gellten nach anderthalb Stunden die Ohren vom steten Gegacker und Gelächter. Er versuchte, sich auf die Leckereien zu konzentrieren und freute sich auf den Abschied sowie -flug. Würde er nächstes Jahr gerne hierher zurückkehren? Das Wetter hatte während seines momentanen Kurzaufenthaltes ja makellos mitgespielt. Beinahe schon zu ideal. Susanne Logans Mutter mochte da recht haben mit ihren Klagen und ihrer Sehnsucht nach Wolken.

Die Mädels wirkten auch sehr nett. Eben Hausfrauen.

Die technische Infrastruktur hinsichtlich der Lehre - akzeptabel, wenn man bereit war, die Gerätschaft zu jedem Seminar aus dem Tresorraum heraus- und danach wieder dahineinzurollen. Einen Computer würde er ja wohl auch in seinem Büro haben. Alle Mädels verfügten über einen. Sogar die Stundenkräfte.

Roger nahm sich die Freude auf den Neuanfang auf der südlichen Halbkugel fest vor.

Nadine hieß die üppige Blondine, die ihn zum Flughafen bringen sollte. Konnte sich nur schwer von diesem Österreicher losreißen. Gut, man sah ihm den Schluchtenbrunzer nicht an. Er mochte durchaus etwas Attraktives, Anziehendes für Frauen haben. Das dichte Haar vor allem. Roger griff nach seinen Geheimratsecken, deren Wachstum seinem Geschmack nach besorgniserregende Ausmaße angenommen hatte.

"Bis später dann!" rief Nadine Hitschler zu.

Aha! Eine Verabredung. Vielleicht könnte Roger nach Weggang Hitschlers nicht nur dessen Posten, sondern auch seine Stelle bei Nadine einnehmen? Nach dem angeregten Gespräch auf der Fahrt zum Flughafen wäre Roger keinesfalls abgeneigt gewesen.

Ein letztes *Castle* in der Bar nach der Sicherheitskontrolle. Mit dem Geschrei eines Säuglings im rechten Ohr starrte Roger während des Großteils seines elfstündigen Rückflugs nach Amsterdam wie gebannt, ja geradezu autistisch, auf den Bildschirm, der die Flugbahn des Jumbos anzeigte, welcher als winziger, schneckenlahmer Pfeil darauf zu erkennen war. Turbulenzen über der südlichen Sahara.

* * * * *

Der Plan war in die Hose gegangen. Kläglich. Henriette von Mühlwang hatte sich alles bis ins kleinste Detail ausgemalt, sich seelisch auch bestens auf den für sie unangenehmsten Teil vorbereitet, so daß sie sich sogar beinahe darauf freute. Und dann das! Einmal im Schaltjahr bekam Peter einen Auftrag. Ausgerechnet dann, wenn sich seine Frau schweren Herzens dazu aufgerafft hatte, ihn bei einigen Gläsern Wein zu verführen. Henriette schleppte drei Einkaufstüten zur Tür herein, als sie den Anrufbeantworter blinken sah. Im Gegensatz zu Peter besaß sie kein Handy. Nur die Festnetzapparate im Büro und zuhause. Peters neues Körperteil seit nunmehr zwei Jahren: dieser Knopf im Ohr mit zum Mund führenden Mikrofonstäbchen. Und das, obwohl ihn so gut wie nie jemand anrief. Erst recht nicht, wenn er Auto fuhr. Aber er sah damit eben immens wichtig aus. Das lenkte ihn ein wenig von der Tatsache ab, daß Henriette der Hauptbrotverdiener war. Warum er sich auch nur selbständig gemacht hatte? Freiberufliche Architekten taten sich hier immens schwer. Doch er wollte sich ja überhaupt nichts sagen lassen. Sporadisch nahm er an Ausschreibungswettbewerben teil. Und just an jenem Tag, da Henriette mit dem Verführungsplan aufwartete, erhielt Peter einen Anruf auf dem Knopf im Ohr - gerade als er ziellos im nobleren Einkaufsviertel von Sandton herumgurkte. Angebot aus Potchefstroom. Man hatte ihn mit drei anderen Architekten zusammen ausgewählt, um am Rande eines Squattercamps eine Art futuristisches Gemeindezentrum zu entwerfen. Erstes Zusammentreffen: sofort! In Potchefstroom. Mit drei Übernachtungen. Damit die drei Häuserkonstrukteure bereits einen gemeinsamen Vorentwurf aus ihren eingereichten Designs entwickeln konnten. Peters Stimme auf dem Anrufbeantworter: außer Atem. Wie ein kleiner Junge, den man zum ersten Mal in den Fußballverein schickt und der dann auch glatt ein Tor schießt. Natürlich freute sich Henriette für ihn, aber andererseits warf das alles über den Haufen. Der schöne Versöhnungsplan! Der Vollzug der Ehe weiter aufgeschoben. Mehr Seelenpein. Eventuell kam Peter noch gegen Abschluß des Braais zurück, zu dem Henriette am Ende der Woche die Kolleginnen eingeladen hatte. Und natürlich den Noch- sowie auch den Hoffentlich-Kollegen.

Nicht schlecht staunte sie dann, als diese beiden gemeinsam durch das sich fernbedient öffnende Einfahrtstor ihres Bungalows stapften. Wie Bertram wieder aussah! Feuerroter Kopf. War er etwa schon besoffen? Und den linken Unterarm hielt er sich. Im Suff gestürzt? Und Hertloff hatte ihm aufgeholfen? Henriette holte tief Luft. Eigentlich wollte sie es partout vermieden haben, daß die beiden sich zu intensiv miteinander austauschten. Hertloff würde Bertrams Zynismus nicht unbedingt gut verdauen. Sie würde Bertram gleich beiseite nehmen, um ihn erstmal ordentlich zusammenzuscheißen. Doch Hertloff kam ihr zuvor und berichtete vom Beinahe-Unfall ihrer beider Taxis, wobei Bertram unvorsichtigerweise als Unangeschnallter den meisten Schaden in Gestalt einer Beule am Kopf plus einer Zigarettenbrandwunde am Unterarm davongetragen hatte. Sie schickte ihn zunächst ins Badezimmer, damit er sich die Brandwunde abkühlte. Hertloff wurde von ihr zur Terrasse geführt, wo es sich die Kolleginnen und ein paar Postgraduierte schon um einen langen Tisch herum gemütlich gemacht hatten. Henriette beabsichtigte, Hertloff neben Nadine zu plazieren. Das Mädchen wirkte auf Männer. Hertloff würde sie sowieso nicht betreuen, wenn er käme, da Nadine ja über ein literaturwissenschaftliches Thema ihre Magisterarbeit schrieb. Da wäre er überhaupt nicht involviert. Ein Techtelmechtel wäre dementsprechend moralisch vertretbar, wenn nicht gar wünschenswert gewesen. Vielleicht sogar eine feste Beziehung, damit er auf Dauer blieb? Er sollte sich also neben Nadine setzen, doch er entwischte ihr in Richtung Grill. Er schien magisch von der Rolle Boerewurst angezogen zu werden, die darauf brutzelte. So etwas hatte er wohl noch nie gesehen. Klar, das Teil mochte ausgerollt gut und gerne einen Meter lang sein. Na gut, dann begleitete sie ihn halt zum Grill, um ihm zu erklären, was das sei und was es sonst noch zu essen gebe. Straußensteak, Drumsticks, Kartoffelsalat, und zum Nachtisch habe jede Kollegin etwas Individuelles mitgebracht.

Inzwischen war Bertram vom Badezimmer zurück und hatte sich gezielt zu Nadine gesetzt. Dieser Penner! Na, hoffentlich gelang es ihr dann eben auf der halbstündigen Autofahrt, Hertloff ein wenig zu bezaubern.

Das Telefon klingelte. Peter aus Potchefstroom. Es würde noch einen Tag in Anspruch nehmen, den gemeinsamen Entwurf fertigzustellen. Am Sonntag sei er dann zurück.

Im Weiteren schleppte sich der Nachmittag für Henriette so dahin. Sie war geschafft. Eine anstrengende Woche lag hinter ihr. Und ein paar Einreichungsfristen für Artikel unmittelbar vor ihr. Erleichtert trottete sie vom Eingangstor zurück zum Bungalow, als sie den letzten Gast verabschiedet hatte. Aus Seans Zimmer drang das blecherne Geräusch aktuellster Popmusik.

* * * * *

Manche Menschen zogen das Glück einfach nur so an. Zu dieser Sorte zählte sicherlich Arthur Hesseling, frischgebackener C-Vier-Professor und gleichzeitig Lehrstuhlinhaber für Neuere Deutsche Literatur an der Ludwig-Maximilians-Universität - von manchen Studenten auch in einer Art Haßliebe "Leck-mich"-Uni umbetitelt - in München. Jedenfalls bis zu dem Tag, an dem er Johanna von Mühlwang vom Flughafen abholen sollte. Bis dahin nämlich war ihm alles nur so zugeflogen. In eine reiche Familie geboren. Nie fehlte es ihm an irgendetwas. Klassenprimus, solange er die Schule besuchte. Ohne auch nur einen Finger zu rühren. Die Mädchen liefen ihm immer nur so nach. Freie Auswahl. Und das nicht zu knapp. Nach dem Abitur ausgemustert. (Sein Vater pumpte ihn vor der Untersuchung im Kreiswehrersatzamt mit Kaffee voll. Brachte ihn mit dem Wagen hin, wo er ihm auf dem Parkplatz noch eine kleine Portion Abführmittel einflößte. Arthur zitterte am ganzen Leib, mußte nicht einmal etwas vorspielen wie Felix Krull. Schiß sich die Hosen voll, im wahrsten Sinn. Die Anzeige des Blutdruckmeßgeräts reichte für ihn fast nicht aus. Das tat's dann. Drei Wochen später, nach dem Eintrudeln des erwarteten offiziellen Ausmusterungsbescheids, strömte im Hause Hesseling der Schampus. Arthurs Mutter hatte auf ihren Sprößling zuvor, gleich nach der Musterung, mit Engelszungen einreden müssen, damit der nicht seinen Plan, die ruinierten Boxershorts von *Yves-Saint-Laurent* einrahmen zu lassen, in die Tat umsetzte.) Nach Schulabgang mit Null-Komma-Sieben-Fünf im Schnitt erwarteten die Eltern von Arthur selbstredend ein Medizin- oder Jurastudium, doch der Sohnemann entschied sich trotzig für Philosophie und Germanistik auf Lehramt. Die Universität lag dem jungen Hesseling förmlich zu Füßen. Die Dozenten rissen sich geradezu darum, den cleveren jungen Burschen zunächst als Hilfskraft und später dann als Assistenten zu gewinnen. Er hatte es einfach drauf. Networking. Aufgeschlossenheit. Die Kommilitoninnen beteten ihn an. Sexuellen Notstand gab es für ihn während des Studiums einfach nicht. Wenig verwunderlich: weder in intellektueller noch in physischer Hinsicht. Mit eins siebenundachtzig fällt man schneller auf. Wenn dann noch ein blonder Wuschelkopf mit ausdrucksstarken braunen Augen und Lachfalten um einen großen Mund mit strahlend weißen Zähnen dazukommt, ist alles gesagt. Arthur Hesseling beeindruckte jeden Menschen, der ihm begegnete. Durch seine Präsenz, Ausstrahlung, Physis, verbale Jovialität.

So auch Renate Bornebusch, die er in einem Tutorium, das er als Lehrstuhlassistent betreute, kennenlernte. Das wurde was Ernstes. Keine der üblichen Kurzeroberungen. Die angelte sich ihn, schenkte ihm nach ihrem Studienabschluß und seiner erfolgreichen Habilitation über Kleist und die Postmoderne Zwillinge. Zwei Jungs. Es wurde geheiratet. Und Renate hatte kein Problem damit, sich ausschließlich den Kindern und der Küche zu widmen. Die Idealfamilie aus dem Bilderbuch. Alle liebten einander. Geld war zuhauf da. Das Haus: beinahe ein Palast. Arthur Hesseling hatte sich also bereits so an das Glückspilzdasein gewöhnt, daß jener Morgen, an welchem er sich mit seinem brandneuen metallig-blauen Jaguar *XJR Sovereign Supercharged* mit Mahagonilenkrad auf den Weg von seiner Villa am Starnberger See zum Franz-Josef-Strauß-Flughafen im Erdinger Moos machte, um die Tochter einer eher flüchtigen und nicht einmal gutaussehenden Konferenzbekanntschaft abzuholen, wie ein Schock auf ihn wirken mußte.

Er haderte mit sich, war sich unsicher, ob das Angebot, das er Henriette von Mühlwang spontan unterbreitet hatte, eine so gute Idee gewesen war. Hesseling und seine Frau wollten ein Teilzeit-Au-Pair für die beiden siebenjährigen Racker, damit Renate auch mal wieder mehr Zeit für sich selbst (sowie natürlich auch für ihren Gatten) hatte. Und Johanna von Mühlwang wollte ihr Überbrükkungshalbjahr unbedingt in einer deutschen Universitätsstadt verbringen. Von der Ausgangssituation her ideal. Aber das änderte nichts an der Tatsache, daß diese Johanna keine anderen Referenzen mitbrachte als die ihrer eigenen Mama. Wenn die das Mädchen einfach nur mal abschieben wollte, damit es die große, weite Welt sähe? Wenn es so eine verklemmte Streberin war, die überhaupt nicht mit Kindern umgehen konnte? Gut, sie habe sich um den Bruder gekümmert. Jahrelang. Das beteuerte ihre Mutter wenigstens. Aber das mußte nicht unbedingt stimmen. Mathe und Physik als Leistungsfächer. Ein Mädchen! Vielleicht hatte Frau von Mühlwang ihre Tochter extra hergerichtet für das Foto, das sie Hesseling vorab zur Identifizierung am Flughafen geschickt hatten. Eventuell trug sie eine dicke Hornbrille. Für Arthur stand fest, daß ihr Gesicht übersät war mit Pickeln und Wunden frisch ausgepreßter Mitesser. Arthur Hesseling würde Johanna von Mühlwang keinesfalls erkennen. Auf dem Bild sah das Mädchen einfach zu gut aus. Deshalb hatte er sich auf einem DIN-A-Vier-Blatt den Namen der jungen Dame in fetten Großbuchstaben ausgedruckt, damit er sie bei ihrer Ankunft nicht verfehlen würde. Er malte sich aus, wie diese erste

Begegnung wohl verlaufen würde, während er sich mit seinem Luxusfahrzeug durch die zähflüssige Blechlawine am Mittleren Ring quälte. Wenn die Idioten diesen Flughafen doch nie gebaut hätten: über eine Stunde von Starnberg mit dem Auto. Immer via Mittlerer Ring. Eine infrastrukturelle Katastrophe. Arthur Hesselings Kopf errötete. Dieser Verkehr zehrte an den Nerven. Beinahe wäre er seinem Vordermann, dem Transit eines Elektrikermeisters, hinten draufgefahren. Fast Vollbremsung. Unheimlich knapp. Doch dann von hinten: bumm! Scheiße! Das gab's doch nicht! Auf seinen nigelnagelneuen ganzen Stolz. Was für ein erhebendes Gefühl vor einer Woche: die erste Umdrehung des Zündschlüssels beim Händler; das surrende Brummen des starken *Supercharged*-Motors; das erste Klakkern des typischen *XJ*-Blinkers beim Abbiegen - traumhaft! Und jetzt krachte irgend so eine unaufmerksame, bescheuerte Tussi ins Heck seines heiligen Vehikels. Nicht allein der Schaden brachte ihn in Rage. Er würde nun auch garantiert zu spät am Flughafen sein. Das war kein Bagatellschaden. Der Unfall mußte polizeilich aufgenommen werden. Diese dumme Kuh sollte fünfundsiebzig Mark dafür berappen, daß sie sich mit Blick in den Rückspiegel ihre Haare zurechtgezupft hatte, als der Wagen vor ihr abrupt anhielt.

Eine Stunde und fünfundvierzig Minuten später fuhr Professor Arthur Hesseling mit übelster Laune weiter. Das Glück hatte ihn zum ersten Mal in seinem Leben im Stich gelassen. Und es sollte hiermit das einsetzen, was man aus seiner Sicht lediglich als Pechsträhne ansehen konnte, die unmittelbar im Zusammenhang stand mit der Ankunft des weiblichen Gastes, den er gedachte, für die nächsten paar Monate in der Einliegerwohnung seiner Seevilla zu beherbergen.

* * * * *

Die Lektüre von "Gödel, Escher, Bach..." hatte dazu geführt, daß Johanna nicht mehr als fünfzehn Minuten nach dem Start des *Emirates*-Airbusses aus Dubai einnickte. Ein unruhiges Dösen. Zwar verhielt sich alles um sie herum ruhig, aber immer wieder schreckte sie kurz aus dem Halbschlaf auf, weil ihr der Kopf jedesmal langsam absackte. Zum Weiterlesen konnte sie sich nicht bewegen. Deshalb richtete sie den Kopf immer wieder auf und lehnte ihn zurück auf die Kopfstütze. Sie liebte die wirren Träume im leichten Schlaf, in der REM-Phase. Und so ging das praktisch den ganzen Flug, bis etwa eine halbe Stunde vor der Landung. Da wiederholte sich ein Traum in vielerlei Variation. Blasenziepen. Eigentlich mußte sie. Aber sie litt an einer Phobie. Wahrscheinlich ihre einzige. Wovor die ansonsten Furchtlose ungeheuer Angst hatte, war die Sogspülung einer Flugzeugtoilette. Mit fünf Jahren mußte sie zum ersten Mal fliegen. Ihre Eltern gingen auf Besuchstour in Deutschland. Man hatte sich schon Ewigkeiten nicht mehr bei der Verwandtschaft, das heißt Henriettes Familie, blicken lassen. Verarmter Landadel. In alle Himmelsrichtungen zerstreut. Henriettes Eltern hatten sich damals für das südliche Afrika entschieden. Einige von Mühlwangs lebten allerdings dann doch relativ nah beieinander. Zwei Brüder Henriettes waren zurück nach Deutschland gezogen. Der eine wohnte nun in Dortmund. Der andere in Frankfurt. Das konnte man verantworten. Vor allem bezahlen, wenn man bei den Brüdern übernachtete. Aber eben diese beiden Flüge von Johannesburg nach Frankfurt und zurück wurden für die kleine Johanna zum Alptraum. Es begann anderthalb Stunden nach dem Start in Johannesburg. Die schon damals für ihr Alter sehr selbständige Kleine stapfte entschlossen zur Bordtoilette, welche ihr die Mama vom Sitz aus gezeigt hatte. Die Stewardessen lächelten sie freundlich an und fragten, ob Johanna das denn alles allein könne. Trotzig nickte das Mädchen und schloß die Toilettentür beim ersten Versuch erfolgreich. Da staunte das draußengebliebene Bordpersonal nicht schlecht. Wie oft passierte es, daß die erwachsenen Fluggäste schlicht und einfach zu blöd waren, das Teil ordentlich von innen abzuriegeln; und diese Göre hatte überhaupt keine Probleme damit! Johanna machte es sich also auf der Schüssel, auf welche sie mit ihrer Größe ideal paßte, bequem und erledigte ihr Geschäft. Ordentlich wie sie war, wischte sie sich gründlich ab. Doch dann der Fehler: Wenn sie aufgestanden wäre, um zu spülen, dann wäre die Sache wohl glimpflich ausgegangen, dann hätte sie sich nicht so dermaßen erschreckt. Aber nein: Sie saß noch und drückte. Und irgendwie mußte es ihr dann so vorgekommen sein, als ob sie der Sog in die Schüssel ziehen wollte. Sie fing an zu schreien wie am Spieß. Heulte los. Konnte sich nicht bewegen.

Das Personal öffnete mit etwas Mühen die Tür von außen. Henriette stand schon bei ihnen. Entschuldigte sich tausendmal bei den Stewardessen. Schloß Johanna, die zitternd mit noch herabgelassenem Höschen in der Kabine stand, in die Arme, klopfte und drückte sie. Als die Kleine sich beruhigt hatte, zog sie ihr das Höschen hoch und trug sie zurück zum Sitzplatz.

Seitdem ging Johanna von Mühlwang auf keine Flugzeugtoilette mehr. In Frankfurt mußten die Eltern dem Mädchen ein Fläschchen besorgen, in das es auf dem Rückflug machen konnte. Das Teil besaß Johanna heute noch. Das befand sich auch jetzt im Handgepäck, aber sie hätte es nur im allergrößten Notfall verwendet.

Johanna hatte also kurz vor der Landung nur einen Traum in mehreren Variationen: Sie ging darin zur Toilette, oder sie pinkelte hinter einen Busch, oder in die Badewanne, oder sonstwohin. Nur jedesmal, wenn das Geschäft erledigt war, fühlte sie sich überhaupt nicht erleichtert und wachte auf. Dann bemerkte sie eben den realen Harndrang. Naja, ganz so schlimm war's ja nicht! Bis zur Gepäckaufnahme würde sie es noch gut einhalten können.

Butterweiche Landung auf einem nassen Rollfeld. Schneeregen. Für Johanna eine Seltenheit. Für sie war es richtiger Schnee. Sie lächelte. Winter! Sie würde nun einen richtigen Winter erleben. Mit viel Schnee! Vielleicht würden die Hesselings sie auch mal zum Skifahren in die Alpen mitnehmen. Sie freute sich wie ein kleines Kind. Sie würde sich noch vor Verlassen des Fliegers den dicken Wollpullover über das T-Shirt ziehen, den sie vorsichtshalber ins Handgepäck gestopft hatte. Die Safariweste war ja so weit, daß sie auch noch mit dickem Pulli hineinschlüpfen konnte. Leider rollte die Maschine direkt ans Terminal. Man mußte durch den Schlauch zur Paßkontrolle und Gepäckausgabe gehen. Die Schneefreude wurde aufgeschoben. Zehn Minuten stand Johanna in der Schlange. So langsam pressierte es ihr aber. Dann der Blick des Zöllners. Deutscher Reisepaß. Geburtsort: Johannesburg, Südafrika. Johanna von Mühlwang. Ausstellende Behörde: Deutsche Botschaft Pretoria. Skeptisch blickte der Beamte mit jeweils drei grünen Sternen auf seinen Schulterklappen in Johannas braune Augen, als ob sie Gudrun Ensslin wäre. Doch die junge Frau ließ sich nicht verunsichern und lächelte ihn charmant an. Mit einem angedeuteten künstlichen Grinsen auf den Lippen gab er ihr den Paß zurück. Nun aber schnell zur Toilette! Typisch! Selbstverständlich war sie nicht die Einzige! Vier Damen vor ihr, die auf eine frei werdende Kabine warteten. Na gut, mehr Geduld! Das Gepäck würde sowieso länger brauchen.

Perfektes Timing. Johannas Hände waren noch feucht vom Waschen, als die Öffnung des Gepäckfließbandes ihre drei Taschen ausspuckte. Sie packte sie auf einen Kofferkuli und rollte diesen dann durch den Ausgang, den sie, unbehelligt von weiteren lästigen Kontrollen, erreichte. Ihre Mutter hatte ihr gesagt, daß dieser Professor Hesseling dort draußen auf sie warte. Sein Bild hatte sie sich mental eingeprägt. Doch als sie nun zwischen den automatischen Glasschiebetüren herausschritt und sich nach ihrem Abholer umsah, konnte sie niemanden entdecken, der ihm auch nur entfernt ähnelte. Ein Mann mit Chauffeursmütze und auffälligem Bierbauch hielt ein Blatt vor sich, auf dem "Mr. Siddiqui" zu lesen war. Eine vermummte Frau mit Kinderwagen und einem kleinen schwarzhaarigen Jungen an der rechten Hand. Kein blonder Lockenkopf Mitte vierzig weit und breit. Johanna hielt noch eine Weile Ausschau, ließ sich dann aber resignierend auf der Sitzbank dem Ausgang gegenüber nieder. Hatte man sie vergessen? Oder steckte Hesseling vielleicht im Stau? Das würde es wohl sein! Dann wartete sie eben hier. Den *Scientific American* hatte sie noch nicht ganz durch. Und wenn's noch länger dauerte, dann mußte sie sich halt weiter durch den Hofstätter-Wälzer tanken.

* * * * *

Die Augenlider wurden schwer. An der aktuellen Zeile laborierte Johanna sicherlich bereits über eine Minute. Der müde Blick glitt langsam darüber, aber der Verstand wollte einfach nicht aufnehmen, was da geschrieben stand. Beim fünften Versuch wurde sie von einer Lautsprecherdurchsage wachgerüttelt:

"Frau Johanna von Mühlwang, angekommen aus Dubai, bitte melden Sie sich bei der Information im Zentralbereich! Mrs Johanna von Mühlwang, arrived from Dubai, please report to the information desk in the central area!"

Das war sie! Kein Zweifel. Die Anrede "Frau" verunsicherte sie ein wenig. Zusammen mit dem Namen klang das unheimlich wichtig. Adelig eben. Hesseling mußte nun wohl da sein. Über zwei Stunden nach ihrer Ankunft. Sie sprang von der Sitzbank auf, klappte den Schmöker zu, nicht ohne ihr wollenes Lesezeichen mit der südafrikanischen Flagge darauf an der entsprechenden Stelle eingelegt zu haben, stopfte ihn in die Tasche, deren Reisverschluß noch am wenigsten spannte und rollte ihren Kuli in Richtung Zentralbereich, wie es die Durchsage angeregt hatte. Sie staunte nicht schlecht. Der Flughafen hatte bei Ankunft nicht so groß gewirkt. Zuerst mußte sie einen Stock tiefer. Und dann auf zwei langen Laufbändern bis zum Zentralbereich. Sie folgte den Schildern mit dem "i" darauf. Der blonde Wuschelkopf war nun nicht zu übersehen. Im beigen Lodenmantel stand er links vom Informationsschalter mit versteinerter Miene und hochrotem Kopf. Au weia! Das sah nicht gut aus. Er blickte in die andere Richtung.

"Entschuldigen Sie bitte: Sind Sie Professor Hesseling?"

* * * * *

Nach dem Auffahrunfall und mit einer rund zweistündigen Verspätung im Nacken konnte es Arthur Hesseling selbstverständlich nicht schnell genug gehen. So sah er sich mehrmals gezwungen, die eindringlich tönende Hupe seines neuen *Jaguars* erklingen zu lassen. Und nicht nur einmal verharrte seine Rechte mehrere Sekunden mit Hochdruck auf der Mitte des Lenkrads. Waren heute denn nur Hornochsen unterwegs? Der Schneeregen machte es auch nicht leichter. Der bereitete vor allem den fahruntauglichen Hausfrauen Probleme, deren Brüste in aller Regel mit dem Lenkrad eine Einheit bildeten. Bis Hesseling also den Mittleren Ring hinter sich gelassen hatte, verging dementsprechend nochmals eine knappe halbe Stunde. Danach so gut wie freie Fahrt auf der Autobahn. Da drückte er ordentlich drauf. Und dann wieder Pech: Zielstrebig suchte er sich das falsche Parkhaus aus. Er war der Dritte in der Schlange. Hinter ihm: drei weitere Fahrzeuge. Als der Wagen vor ihm an die Reihe kam, ging nichts mehr.

"Das gibt's doch nicht! Ist das Arschloch denn zu blöd, dieses verdammte Ticket aus der Maschine zu ziehen???" schrie er mit sich verdrehenden Augen seinen Rückspiegel an.

Er stieg aus, knallte die Fahrertür zu und stapfte schnaubend zum Wagen vorne. Aha! Was konnte man denn sonst bei einem *Micra* erwarten? Eine zu stark geschminkte Rothaarige, die ihr Vehikel zu weit von der Kartenmaschine weg plaziert hatte. Sie wollte gerade aussteigen, als Arthur ihr zuvorkam und für sie auf den Knopf drückte. Sie wollte sich schon bedanken, als auf dem Display eine Nachricht erschien.

"Fehler! Bitte Personal verständigen und Hilfeknopf drücken!"

Resignierend trottete Arthur zurück zu seinem Gefährt. Inzwischen standen fünf Autos hinter dem seinen. Er nahm Platz, atmete dreimal tief durch und beobachtete im Rückspiegel, ob die hinter ihm es sich anders überlegten und zurücksetzten. Weitere zehn Minuten vergingen, bis Arthur dann endlich eine Karte im Parkhaus nebenan zog. Nachdem er den Alarm aktiviert hatte, sprintete er los. Wohin eigentlich? Der Flug würde schon längst nicht mehr auf den Monitoren oder der großen Anzeigetafel erscheinen. Also der Info-Schalter im Zentralbereich. Er würde Johanna ausrufen lassen. Hoffentlich hatte das Mädchen gewartet. Wenigstens mußte er nicht nochmal warten. Etwas außer Atem fragte er so höflich, wie er es in seiner momentanen Gemütsverfassung hinbekam, ob eine gewisse Johanna von Mühlwang, die vor circa zwei Stunden aus Dubai angekommen sei, ausgerufen werden könne. Die Dame hinter dem Schalter nickte freundlich und richtete sich zum Mikrofon mit Druckknopf, das seitlich neben ihrem Computermonitor stand. Ungeduldig blickte Arthur alle siebzehn Sekunden auf seine *Cartier*. Sie war doch nicht etwa mit der S-Bahn gefahren? Seine Augen wanderten zum Rolltreppenschacht, der zu den Gleisen führte. Da sprach ihn eine junge Frauenstimme von der anderen Seite an.

* * * * *

Verdutztes Schweigen. Geschlagene drei Sekunden. Mindestens. Arthur Hesseling betrachtete das Mädchen im Safari-Look von oben bis unten und zurück. Wenn er gleich etwas gesagt hätte, dann wäre nur ein Stottern und Gurgeln herausgekommen. Er schluckte.

"Den Professor können Sie sich sparen..."

"Na dann: Grüß Gott, Herr Hesseling - das sagt man hier doch so, oder? Schön, daß Sie noch gekommen sind! Ich dachte schon beinahe, Sie hätten mich vergessen..."

Arthur begutachtete seinen Gast erneut eingehend. Wieder Zögern. Das kam bei ihm so gut wie nie vor, diese Sprachlosigkeit. Doch jetzt war er tatsächlich auf den Mund gefallen, ganz im Gegensatz zu der Brünetten, die ihn liebenswert anlächelte. Sie hob die Augenbrauen leicht an und reckte den Kopf ein wenig nach vorn, um anzudeuten, daß sie auf eine Antwort, eine Erwiderung wartete, und um Arthur verbal ein wenig auf die Sprünge zu helfen.

"... tja, ehm - das tut mir unendlich leid... Auffahrunfall und Stau, um es kurz zusammenzufassen..."

Johannas Lächeln erstarrte. Sie erkundigte sich, ob denn alles in Ordnung sei, ob sich jemand verletzt habe. Arthur winkte verlegen ab. Langsam fing er sich, griff nach dem Kofferkuli und begann, diesen in Richtung Parkhaus zu rollen.

"Wollen wir uns nicht duzen? Das wäre doch einfacher, nicht??!... Also, ich bin Arthur..."

Arthur streckte Johanna die rechte Hand hin.

"Gerne!... Johanna..." Johanna reichte ihm ihre Rechte.

"Johanna!"

"..."

"Johanna???"

"Ich bevorzuge die drei Silben, wenn du das meinst..."

Schockschwerenot! Arthurs Griff um den Kofferkuli wurde fester. War das eine Außerirdische? Neunzehn sollte die sein? Erst das Ansprechen von der Seite und dann so etwas. Sie bevorzuge die drei Silben. Sarkasmus? Ironie? Wollte sie ihn auf den Arm nehmen? Spielte sie mit ihm? Ja, sie spielte mit ihm. Katz und Maus. Nach Belieben. Er fühlte es. Er hatte verloren. Renate hatte ihn seinerzeit erobert. Johanna von Mühlwang hatte das nicht nötig. Keine Strategie. Keine Hintergedanken. Sie war einfach nur sie. Und Arthur Hesseling gehörte ihr auf der Stelle, sofort, unverzüglich, umgehend, mit Haut und Haaren.

* * * * *

Der *KLM*-Flug aus Amsterdam blinkte auf der Anzeigetafel als verspätet auf. Mist! Sophie Koopmann war bereits eine Stunde vor der planmäßigen Ankunft im Kurzzeitparkplatz des Edinburgher Flughafens eingefahren. Das würde ein Vermögen kosten. Sie ohrfeigte sich in Gedanken. Dumme Kuh! Warum konnte sie eine Verpflichtung nicht ruhiger, gelassener angehen? Und was bedeutete "Verpflichtung" hier überhaupt? Es handelte sich um einen Gefallen, den sie einem Kollegen tat. Da hätte sie auch später aufkreuzen können. Ganz locker. Aber die Lockerheit zählte nicht zu ihren Stärken. Die Gewissenhaftigkeit wurde ihr so manches Mal in ihrem Leben zum Verhängnis. Und das Bild von ihr selbst, das sie bei anderen Menschen abgab oder hinterließ beziehungsweise abgeben oder hinterlassen könnte. Alles mußte perfekt sein. Makellos. Ohne jegliche Beanstandungen. Das Komma durfte nicht falsch gesetzt sein. Und wenn es denn mal sogar fehlte, wo es eigentlich hingehörte, dann war die Not aber groß. Sophie Koopmann meinte so manches Mal, in Peinlichkeiten zu ersticken. Ein winzigkleiner Druckfehler auf einem Arbeitsblatt, den ihre stumpfsinnigen Studenten ohnehin nie entdecken würden, führte unter Umständen zu Schlaflosigkeit.

Roger würde ihr einen Rüffel erteilen für das frühe Erscheinen am Flughafen. Selbst wenn sie es ihm nicht gestand, würde er es spätestens bemerken, wenn er hinter ihr am Parkautomaten die angezeigte Gebühr erspähte. Sophie machte kehrt. Sie zahlte und fuhr den Wagen aus dem Parkhaus. Sie hatte eine Idee. Ein Kurzeinkauf im nicht allzu weit entfernt gelegenen South-Gyle-Einkaufszentrum sollte noch möglich sein. Milch. Eier. Gemüse. Ein, zwei Fertigsuppen. Das sollte es tun. Eine gute Dreiviertelstunde hatte sie allemal Zeit. Dennoch fiel ihr Blick mindestens alle dreißig Sekunden auf ihre *Swatch,* während sie den Einkaufswagen gehetzt zwischen den langen Regalen hindurchschob.

* * * * *

Die Elfe mit der kunterbunten Kette um den Hals stand lächelnd beim Ausgang vor den internationalen Ankünften. Roger umarmte sie und machte Küßchen, Küßchen wie beim Abschied vor einer Woche. Man merkte ihr die Aufregung deutlich an. Die Neugierde. Roger war kein Sadist; aber es bereitete ihm durchaus Spaß, Sophie auf die Folter zu spannen. Ganz abgesehen davon, wußte er auch gar nicht so recht, was er ihr erzählen konnte. So, wie er sie kannte, würde sie ihn auf der Fahrt zurück sowieso mit Fragebatterien bombardieren.

So geschah es dann auch. Wie das Wetter gewesen sei. Ob er was von der Kriminalität mitbekommen habe. Was er von den Kollegen dort halte. Wie die Lebenshaltung in Südafrika sei. Ob er ein Elendsviertel gesehen habe. Wie der Vortrag gelaufen sei. Eine Stunde und fünfzehn Minuten ging das so. Als Sophie Roger dann schließlich vor seiner Haustür absetzte, war er so erschöpft, daß er ihr noch nicht einmal anbot, auf einen Kaffee mit nach oben zu kommen.

"Ich seh' dich dann übermorgen vor dem Unterricht! Nochmals vielen, vielen Dank für den Fahrdienst!"

"Nichts zu danken... Gern gescheh'n..." erwiderte eine leicht enttäuschte Sophie.

Das Mädchen war nicht unanstrengend. Aber eben ungeheuer lieb und liebenswert.

Roger schaltete die Glotze in seiner Küche an. Drei *Heineken Export* standen im Kühlschrank. Die machte er noch nieder, bevor er - für seine Verhältnisse - sehr früh zu Bett ging.

* * * * *

Auf der schwarzen Gummimatte, die zentral auf dem Bürotisch plaziert lag und Henriette von Mühlwang als Schreibunterlage diente, befanden sich zwei Dokumente: ein dickes Bündel Fotokopien, mit mehreren Reiszwecken zusammengeheftet, und ein loses DIN-A-Vier-Blatt, auf dem zwei Brieffaltungen, die es in drei nicht ganz regelmäßige Abschnitte aufteilte, noch deutlich zu erkennen waren.

Das Kopienbündel: der Umstrukturierungsplan für die geisteswissenschaftliche Fakultät; das Blatt: ein ärztliches Attest, welches Bertram Hitschler für den Rest seines Aufenthaltes in Südafrika die

Arbeitsunfähigkeit bestätigte. Doppeltes Kopfzerbrechen für Henriette an einem Donnerstagmorgen, den sie eigentlich zur seelischen Vorbereitung auf die für sie wenigen Wochen universitätsfreier Zeit eingeplant hatte - Aufräumen des Büros, letzte Anweisungen an die Sekretärin, letzte Abteilungsbesprechung, gemütlicher Kaffee mit Vicky und Anke im *Couch'n'Coffee*, dazu eine Viertel Schachtel Zigaretten. Dieses Viertel hatte sie nun schon beinahe aufgeraucht während der Zeit, die sie damit zubrachte, fast bewegungslos auf die Papiere vor ihr zu starren. Hilflosigkeit ergriff sie. Panik geradezu.

Johanna hatte sich noch nicht "richtig" gemeldet. Ein anderthalbminütiger Anruf mit der Kurzinformation, daß sie gut angekommen und jeder unheimlich nett zu ihr sei. Was Henriette aber wollte, waren genaue Details. Und die ließen auf sich warten. Typisch Johanna. Sie haßte es, warmen Atem im Nacken zu spüren. Henriette würde sich also ihrerseits nicht melden. Auch wenn's wehtat.

Das Attest. Dieser nichtsnutzige Drückeberger! Hoffentlich soff er sich bis zu seiner Abreise noch zu Tode! Wie konnte man einen nur so im Stich lassen? Keinerlei Arbeitsethik. Da Hertloff erst in etwas mehr als einem halben Jahr anfing, wie er es mit Rosella abgemacht hatte, kam ein äußerst hartes Semester auf Vicky, Anke und Henriette zu. Tolle Aussichten. Von wegen Forschungsfreisemester in naher Zukunft...

Na, und dann die Umstrukturierung. Hertloff - wenn der den Plan so gründlich durchlas wie bisher alles, was sie ihm hatte zukommen lassen - gute Nacht! Auf Seite dreiundachtzig war ohne Umschweife von ausdrücklichen Stellenkürzungen die Rede; in der Fremdsprachenabteilung: eine Stelle pro Sprache. Beim allerschlimmsten Szenario sähe das dann so aus, daß Hertloff zwar seine Stelle, die Henriette mehrmals und ausdrücklich vom Dekan zugesichert worden war, antreten würde, daß man ihm aber hypothetisch bereits nach einem halben bis ganzen Jahr wieder kündigen könnte von Universitätsseite aus - betriebsbedingt. Nun gut, sie mußte ihm dann eben wörtlich wiedergeben, was der Dekan gesagt hatte. Hoffentlich genügte das, um ihn zu beruhigen. Das Telefon klingelte. Anke.

"Holst du mich ab, oder soll ich bei dir vorbeikommen?"

"In zwei Minuten bin ich bei dir... Eigentlich bräuchte ich was Stärkeres als Kaffee... Whisky wäre nicht schlecht... Hättest du Lust auf Staff Club?"

"Immer doch! Aber warum brauchst du 'n Whisky?"

"Erzähl' ich dir gleich... Vicky betrifft es auch. Die wird dann auch nicht nein zum Whisky sagen!"

"Ah, ja! Na gut. Dann bis gleich!"

"Bis gleich!"

* * * * *

Roger haßte Montag-Sonntage. Sonntage, auf die ein Montag mit Unterricht folgte. Seit fünf Jahren lehrte er Studierende Deutsch als Fremdsprache. Seit fünf Jahren litt er an Lampenfieber. Vor jeder Stunde, die er abhalten mußte. Der Sonntag vor Veranstaltungsbeginn - der schlimmste Tag, den Roger sich überhaupt vorstellen konnte. War alles vorbereitet? Würde der Stoff auch für die gesamte Unterrichtsstunde ausreichen? (Sophie hatte ihm mal von einem Kollegen im Referendariat erzählt, der seine Lehrprobe, die natürlich auf fünfundvierzig Minuten angelegt war, bereits nach zehn Minuten durchgehechelt hatte. Der reine Horror!) Würden die Studenten auch so mitmachen, wie er sich das vorstellte? Dann die verschiedenen Gruppen. Die Störenfriede. Die Luschen. Die, die einen offensichtlich nicht leiden konnten. Wie würden die sich alle verhalten? Die reine Seelenpein am "Tag davor". Da sehnte man sich förmlich Donnerstag, siebzehn Uhr, herbei. Rogers letzte Wochenstunde, die da jeweils zu Ende ging. Er hatte Glück gehabt mit einem unterrichtsfreien Freitag.

Dabei war doch alles halb so wild. Nur maximal zwölf Semesterwochenstunden, verteilt auf elf Veranstaltungswochen pro Semester. Paradiesische Verhältnisse im Vergleich zu Deutschland, wo sich sogar das kürzere Sommersemester über vierzehn Wochen hinzog. Roger hätte sich also keinesfalls beklagen dürfen, aber so war er eben gestrickt - ganz ähnlich wie Sophie, die sich allerdings noch viel schlimmer als er in die Hose machte in Antizipation des Betretens eines Seminarraums, voll mit Studenten. Schlechte Berufsplanung? Mußte wohl so sein. Roger Hertloff, der Student wider

Willen. Damals, als ihn der Kommis ins richtige Erwachsenenleben ausspie, hatte er keinen blassen Schimmer, was er damit anfangen sollte.

Das, was er eigentlich als Schnupperstudium anvisiert hatte, brachte am Ende einen im Prinzip wertlosen Abschluß hervor. Dann machte man halt noch den Doktor obendrauf. Damit es nicht so aussah, als wäre es ganz umsonst. Und per Zufall, einfach so, kam Roger zum Sprachunterricht. Deutsch für ausländische Studierende. Und bis auf dieses fürchterliche Lampenfieber gefiel es ihm ja auch. Sobald die Stunde dann mal lief - alles verflogen. Aber eben die Antizipation! So hatte er sich zwei Jahre als Lehrbeauftragter an der Uni durchgeschlagen. Damit verbunden Honorararbeit für eine private Sprachschule. Und dann kamen eben die zwei Bewerbungen bei der *BIWA*. Die erste ging beinahe total in die Hose. Da kam er fast auf die Abschußliste derjenigen, die von zukünftigen Bewerbungen ganz ausgeschlossen wurden. Unerklärlich. Er meinte, er hätte sich im Auswahlgespräch prächtig geschlagen. Doch offenbar waren die geistig Behinderten im Gremium ganz anderer Meinung. Verkrustete Akademiker mit Tunnelblick. Typisch *BIWA*! Beim zweiten Anlauf dann riesen Glück im Unglück: Reserveliste mit Absage nach langem Warten; und als man dann gar nicht mehr an irgendwas dachte, hängte ein Angebotsfax auf Thermopapier aus St. Andrews in der Maschine. So landete Roger im schönen Königreich Fife. Und da hätte wiederum alles so prima laufen können. Aber das tat's ja selbstverständlich nicht! Sein Tutorat, zu fünfzig Prozent jeweils vom *BIWA* und der Gastuniversität finanziert, stand von Beginn an auf der Kippe. Normalerweise gestand einem das *BIWA* eine Förderung bis zu fünf Jahren zu. Aber der cholerische und unberechenbare Unirektor in St. Andrews wollte das nicht einsehen und zierte sich Jahr für Jahr, die Verlängerung des Postens von Uniseite aus zu bestätigen. Im bücklingshaften Leiter des Fremdspracheninstituts fand er einen willigen Sklaven, der keinen Finger dafür krümmen mochte, sich für das Tutorat energischer einzusetzen. Kampf, Kampf, Kampf. Ungewißheit, Zukunftsangst, Ohnmacht. So fühlte sich Roger seit Studienbeginn. Auch wenn er nun zu den Dozenten gehörte, so sah er sich immer noch als Student. Als armes, machtloses Würstchen, das den anderen ausgeliefert war; den anderen und ihren willkürlichen Entscheidungen. Ganz klar, daß er unter solchen Voraussetzungen keine andere Wahl zu haben schien, als die Stelle in Südafrika anzutreten, wo das Lampenfieber sicherlich noch stärker ausbrechen würde. Eine total andere Umgebung. Hundertachtziggradige Umgewöhnung.

Montagmorgen. Der Montag nach dem Montag-Sonntag dieser einen Woche Vorlesungspause, welche die Studenten nominell zur Vertiefung des in den zwei Monaten zuvor Vermittelten nutzen sollten. Tracy Chang. Garantiert würde die nun in Rogers erster Stunde am Montagmorgen um neun Uhr eifrig mitmachend sitzen. Wie ein Phönix aus der Asche. Was hatte ihm diese hirnlose Kreatur den ersten Teil des Semesters vermiest! Versaute die ganze Atmosphäre im Kurs, das dumme Stück! Einen Abschluß in Maniküre hätte die wohl mit Auszeichnung abgeschlossen. Damit beschäftigte sie sich nämlich immer, wenn sie in Gruppenarbeit einen Text erschließen sollte. Konnte im Prinzip kein Wort Deutsch. Ihr Referat über Mel Gibson dauerte eine Minute und zweiundfünfzig Sekunden. Keine Fragen. Nicht einmal Roger fiel da was ein. Normalerweise stellte er bei einem mißratenen studentischen Vortrag zum Trost mindestens eine Höflichkeitsfrage. Bei Tracy Chang:

"Fragen?!!!"

Fünf Sekunden der Blick in eine Runde von betreten auf den Boden stierenden Studenten.

"Gut! Vielen Dank Tracy! Und wir machen dann mal weiter mit der Hausaufgabe..."

Wie hatte das Mädchen überhaupt zum Deutschstudium zugelassen werden können? Geld! Sie kam aus den Staaten. Aus für Roger schwer durchschaubaren Gründen erhielt die Universität immense Summen für ausländische Studenten. Studiengebühren plus Zuschüsse. Und das bedeutete dann, daß man solchen geistigen Tieffliegern mit null Bock was beizubringen hatte. Das Kamel im Nadelöhr. Und so eine wie Tracy Chang hatte Sitzfleisch. Bis man die mal los war! Und wenn man sie dann endlich los war, kamen mindestens zwei noch Schlimmere als Ersatz. Es hörte einfach nie auf. Wie schlimm das dann noch in Südafrika werden könnte? Selbst in der Probestunde in Johannesburg mit den gerademal vier Studis war ihm ein Exemplar aufgefallen, das hundertprozentig Probleme verursachte. Ein Mädchen mit etwas, das wie fossiliertes Gastarbeiterdeutsch klang. Will heißen: Die Studentin hatte wahrscheinlich unheimlich schnell eine ordentliche Sprechfertigkeit erreicht, ohne viel auf grammatische Korrektheit zu achten. Danach hatte sie sich für so gut gehalten, daß sie alles Theoretische, Formelle, Strukturelle aus Faulheit ignorierte, so daß sie sich nun anhörte wie ein türkischer Fabrikarbeiter, der seit zwanzig Jahren in Deutschland lebte und seine Kenntnisse der Landessprache so nebenbei auf der Maloche aufgeschnappt hatte.

Dazu käme dann noch, wie Rogers Freund Didi es formuliert hatte, "das faule Negerpack".

Roger schüttelte den Regenschirm aus, bevor er ins Gebäude ging. Die richtigen Gedanken beim richtigen Wetter. Deprimierend. In einer Stunde begann der erste Kurs. Mit Tracy Chang.

* * * * *

Renate schlief fest. Ihr Mann lag mit weit geöffneten Augen neben ihr auf dem Rücken und starrte auf die Decke, wo sich ein Lichtmuster abzeichnete, das wie ein in mehreren Linien perforiertes Blatt Papier aussah. Die Ritzen der Jalousie. Das Gartenlicht, das hindurchschimmerte. Arthur Hesseling versuchte, durch Meditation ein wenig Schlaf zu erheischen in dieser Nacht. Konzentration auf das Lichtmuster auf der Decke. Angestrengtes Horchen auf den schweren Atemrhythmus der Ehefrau. Ohhhmmm! Vergebens. Das brünette, wellige Haar wollte ihm nicht aus dem Sinn gehen. Die kastanienbraunen Augen mit dem wenigen, makellosen Weiß drumherum. Die nicht zu eng anliegende Safarihose in Khaki mit den vielen Taschen. Der in Brusthöhe angenehm gewölbte Wollpullover mit der beigen Jägerweste darüber. Und diese Hände: schlank, mit langen, kräftigen Fingern, deren Nägel ohne Lack natürlich glänzten. Mit weißen Enden, die maximal eins Komma fünf Millimeter maßen. Reinste Gesichtshaut. Nicht die Spur von Make-up. Verstohlen hatte Arthur während der gesamten Autofahrt - immerhin etwas mehr als eine geschlagene Stunde - in regelmäßigen Abständen auf den Schritt seiner Beifahrerin geblickt, der teilweise durch ihre Hände verdeckt war. Diese Bilder tauchten nun ständig wieder auf. Er stellte sich vor, was sie gerade machte in der frisch bezogenen Einliegerwohnung. Hatte sie schon geduscht, oder stand sie etwa noch unter dem Brausekopf und ließ sich mit heißem Wasser berieseln? Seifte sie sich vielleicht gerade zwischen den schlanken und doch muskulösen Beinen ein? Arthur schloß die Augen für einen Moment, griff sich kurz auf den Schoß. Warum? Warum, verdammt nochmal? Seine Traumfrau lag doch neben ihm. Zehneinhalb Jahre und so verliebt wie am ersten Tag; eventuell sogar noch verliebter. Bis heute Morgen um elf Uhr dreiundzwanzig am Informationsschalter im Zentralbereich des Münchener Franz-Josef-Strauß-Flughafens. Das gab's doch einfach nicht! Sie hätte seine Tochter sein können. Midlife-Crisis? Das war es wohl. Er mußte sich einfach nur zusammenreißen. Und überhaupt: Es gäbe keine Zukunft in einer solchen Konstellation. Das Mädchen mußte irgendwie und möglichst bald abgeschoben werden. Das Studentendorf im Olympiazentrum! Arthur würde seine Verbindungen zum Studentenwerk spielen lassen. Seinem Gast würde er den Umzug damit schmackhaft machen, daß sie dann näher an der Stadt und der Uni wäre. Und das Kinderhüten: auch kein Problem. Da könnte sie ja dann, wenn nötig, ein oder zwei Nächte hintereinander wieder in der Einliegerwohnung schlafen. Ja, so würde er es arrangieren. Nur kein Risiko eingehen. Und beim Stipendienantrag würde er ihr auch auf die Sprünge helfen. Höchstwahrscheinlich müßte sie dann sowieso den Ort des Studiums wechseln, wenn sie denn mal eins anträte. Und, wenn alles ganz prächtig liefe, sogar ins Ausland! Eine kurze, unangenehme Störung des glücklichen Familienlebens. Ganz besonders, wenn man an die erste Begegnung Renates mit dem Gast aus Südafrika dachte. Sehr reserviert bis unterkühlt. Die Vibration zwischen potentiellen Rivalinnen. Und da ließ man sich in den Gossenmedien immer aus über männliches Revierverhalten. Daß Renate nicht in alle Ecken der Einliegerwohnung kurz hineinpinkelte, war aber auch alles. Johanna mußte weg aus Starnberg! Das stand fest. Und Arthur müßte sich schwer zusammennehmen, solange das nicht bewerkstelligt war. Aber ein Problem könnte es noch geben, besser gesagt: zwei! Daniel und Kevin. Die beiden Jungs würden unter Umständen auf die Barrikaden gehen. Das deutete sich schon vor ein paar Wochen an, als sie vom bald ankommenden Besuch erfuhren. Eine junge Frau aus Afrika! Eine Schwarze? Nein, eine Weiße! Aber die Phantasie mußte zwangsläufig mit ihnen durchgehen: Eine aus der Wildnis, aus dem Urwald! Eine Kämpferamazone! Und dann stand tatsächlich diese stramme Exotin im Safari-Outfit leibhaftig vor ihnen. Offene Münder, staunende Augen. Zuerst der sprachlose Respekt; dann lächelte Johanna die zwei freundlich an, bückte sich über eine ihrer Taschen, zog den Reisverschluß auf: zum Vorschein kamen da zwei afrikanische Stammesmasken, die sie den Buben hinhielt:

"Für euch!" grinste sie, während sie in die Hocke ging und den beiden die Masken entgegenstreckte.

Wie der Vater, so auch die Söhne: im Bann. Die Mutter mußte sie knallhart ausbremsen, als sie Johanna in die Einliegerwohnung hinterherscharwenzeln wollten. Man verblieb auf später.

"Hast du schon mal gegen einen Löwen gekämpft?" rief Kevin ihr fragend hinterher, als der Vater sie zu ihrer Bleibe führte, während Renate die Burschen festhielt. Die Frage blieb vorläufig unbeantwortet. Johanna kicherte.

"Na dann: viel Vergnügen mit den Rackern! Ich glaube, du hast jetzt schon gewonnen - sie liegen dir zu Füßen!" bemerkte Arthur schmunzelnd und sprach damit auch für sich selbst.

* * * * *

Ein Biest. Ein Luder, wie es im Buche stand. Die würde alles dafür tun, Arthur um den kleinen Finger zu wickeln. Aber nicht mit Renate Bornebusch-Hesseling, die Johanna äußerst kühl die Hand reichte, nachdem diese sich mit Hilfe von kindischen Mitbringseln bei ihren Söhnen eingeschleimt hatte. Renate fühlte Lippen auf ihrer Wange und einen leichten Rippenstüber. Arthur zischte etwas:

"Ich hab' ihr das 'Du' angeboten! Wäre etwas peinlich, wenn du sie sieztest..."

"Herzlich willkommen, Johanna! Ich darf doch Johanna sagen, ja? Ich bin Renate..." Die Worte kamen nicht gemäß dem ausgesprochenen Sinn aus ihr heraus. Renate verabscheute solche geflüsterten Anweisungen. Es widerte sie an, wenn Arthur oder früher ihre Eltern ihr mit dem Fuß einen Stoß unter dem Tisch versetzten, um ihr zu bedeuten, daß sie gerade dabei war, etwas Unpassendes oder Unerwünschtes auszusprechen. Die Zensurgesellschaft, der man nicht die Meinung geigen durfte. Der permanente Maulkorb, den man in ihr angelegt bekam. An der Uni war das sehr schwer für Renate gewesen. Allerdings verdankte sie ihrem losen Mundwerk auch größtenteils die Beziehung zu Arthur. Sie hatte es geschafft, ihn mundtot zu argumentieren, in diesem Hauptseminar zur modernen Literaturtheorie, als Foucault und Derrida diskutiert wurden. Renate war heute noch stolz darauf und erzählte es jedem, den es interessierte oder auch nicht interessierte, daß sie seinerzeit diese beiden Autoren als pseudo-intellektuelle Schwätzer entlarvt und der spätere Mann ihr aufgrund von "unsachlicher Argumentation" in ihrer Hausarbeit zu dem Thema den Leistungsnachweis verweigert hatte. Wutentbrannt saß sie damals geschlagene vierzig Minuten vor seiner Bürotür, bis sie bei seiner Sprechstunde an die Reihe kam. Da knisterte es dann. Die Fetzen flogen, und der Funke sprang über. Er unterschrieb ihr am Ende den Schein - sie lud ihn auf einen Kaffee ein. Nach der Sprechstunde. Der Rest: Geschichte. Das Resultat: zwei wunderbare Kinder. Eigentlich wollte Renate die beiden niemandem anderen überlassen, aber selbst ihr als Superfrau und -mutter fiel es zeitenweise schwer, diesen Energiebündeln Herr zu werden, weshalb sie Arthur ein wenig schweren Herzens klein beigab, als dieser vorschlug, sich nach einem vorübergehenden Au-pair-Arrangement umzutun.

Und jetzt kreuzte diese Paula aus *Daktari* auf! Nun gut, so blöd wie Paula war sie keinesfalls. Aber dieses Tropengewand! Und sie sah viel zu gut aus. Renate meinte, sofort Bescheid zu wissen: genau Arthurs Typ. Von oben bis unten. Eine Non-Konformistin wie sie selbst, als sie noch studierte. Eine selbstbewußte junge Frau, die sich verhielt wie eine reife Mitvierzigerin. Au-pair vielleicht. Aber lange durfte die nicht in der Einliegerwohnung bleiben. Dafür würde sie schon sorgen. Die wurde gebraucht für anderen Besuch. Für die eine oder andere ehemalige Kommilitonin. Die kamen immer wieder in unregelmäßigen Abständen hier vorbei. Die genossen die herrliche Lage. Die gemütlichen Abende am offenen Feuer bei ein paar Gläsern Rotwein. Den Blick aus den meterhohen Fenstern hinaus auf den See. Und im Sommer das Ganze auf der Terrasse, dem sogenannten "Hubschrauberlandeplatz", - bei Fackellicht. Ja, das wäre die beste Rechtfertigung: Besuche von alten Freundinnen. Arthur würde sie schon woanders unterbringen können. Bei seinen Beziehungen. Aus den Augen, aus dem Sinn. Hoffentlich ließ sich die Gefahr auf diese Weise eindämmen, wenn nicht gar bannen.

Vor dem Bettgehen würde sie Arthur aber offen seinen paarungswilligen Blick Johanna gegenüber vorhalten. Er mußte sich von Anfang an darüber im Klaren sein, daß er sich auf sehr dünnem Eis bewegte. Was für ein Miststück er doch in diesen Haushalt eingeschleppt hatte!

* * * * *

Nichts Ungewöhnliches für Johanna: ein gußeisernes Einfahrtstor, welches Arthur mit Hilfe einer Fernbedienung sich öffnen ließ. Hinter weißgetünchter, mannshoher Mauer: Nadelbäume, die die Sicht aufs Haus verdeckten. Als der *Jaguar* die Einfahrt hinunterglitt, enthüllte sich die Sicht auf die Villa am Hang. Schon ein paar Klassen besser als Johannas Zuhause. Kein Kartenhäuschen. Massiv. Die Garagen befanden sich, zusammen mit der Haustür, auf der linken Seite. Von dort führte eine gekieste Verlängerung der Einfahrt hinunter zum See. Etwas länger als der Weg, den sie von der Straße aus bis hin zu den Garagen zurückgelegt hatten. Unten am Ufer konnte man den privaten Holzsteg erkennen.

"Hast du ein Boot?"

"Nein. Vielleicht, wenn die Kinder größer sind. Es fehlt einfach die Zeit..."

Wieder elektronische Fernbedienung. Das rechte Garagentor öffnete sich. Arthur fuhr den Wagen hinein. Sie stiegen aus. Arthur nahm die zwei schwereren Taschen, Johanna die etwas leichtere.

"Hast du Mauersteine mitgebracht?" ächzte Arthur.

Johanna kicherte.

"Ein bißchen Fitneßstudio könnte dir nicht schaden..."

Johanna biß sich auf die Lippen. Mist! Das war ein bißchen zuviel. Warum hatte er ihr auch das "Du" angeboten. Das schaffte viel zuviel Vertraulichkeit. Er schien ihr die Bemerkung jedoch nicht übelzunehmen.

"Kannst mich ja mal mitnehmen und einweisen!"

Arthur hielt ein kurzes, schwarzes Metallstäbchen, das sich an seinem Schlüsselbund befand, an ein kleines Quadrat mit derselben Farbe neben dem Lichtschalter für die Haustür. Ein Surren ertönte. Die Tür entriegelte sich und ging einen Spalt breit auf. Man vernahm Toben sich nähernder Kinder. Hatten sie Besuch? Es war kurz vor ein Uhr nachmittags. Sie mußten also vor nicht allzu Langem von der Schule zurückgekommen sein. Hatten sie Freunde mitgebracht?

"Papaaaaaaah!"

Ein kleiner Blondschopf knallte mit voller Wucht gegen die Hüfte Arthurs, der dabei fast das Gleichgewicht verlor. Glücklicherweise hatte er die beiden Taschen am obersten Treppenabsatz hingestellt. Der erste Blondschopf umgriff Arthurs Hüfte. Und schon kam der zweite hinterher und knallte drauf. Sonst niemand. Die beiden hatten ein Spektakel veranstaltet für sechs. Arthur ging etwas in die Hocke, nahm die beiden unter die Arme und trug sie ins Haus. Sie versuchten, sich von seiner Umklammerung zu befreien. Offenbar der erste Teil des Begrüßungsrituals. Er setzte sie in der Mitte eines riesigen Saals ab, in welchen ein kurzes Vestibül mit Garderobe nahtlos überging.

Die Kleinen fielen über ihren Vater her wie Raubtiere über ihre Beute. Runde zwei: Ein gut zwölf Quadratmeter großer Perserteppich wurde zur Ringermatte umfunktioniert. Nach einer Weile rang Arthur nach Atem und preßte, auf dem Rücken liegend, etwas heraus:

"Wollt ihr denn gar nicht unseren Gast begrüßen?"

Innehalten. Stille. Ganz offensichtlich war ihnen der genaue Ankunftstermin Johannas nicht angekündigt worden. Sie ließen vom Vater ab und stellten sich nebeneinander hin. Wie versteinert blickten sie zurück zur Haustür. Große Augen. Niedlich. Unheimlich niedlich. Das dachte Johanna.

"Grüß Gott! Ich bin Johanna..."

Keine Antwort.

Johanna hatte eine Idee. Sie öffnete die Tasche, die sie selbst von der Garage hereingebracht hatte. Die leichteste. Mit ein paar Klamotten, die sie zur Polsterung der Mitbringsel für die Kleinen verwendet hatte. Geschnitzte Zulu-Masken. Da fuhren die garantiert drauf ab. Und, wie erwartet: Volltreffer! Sie hatte Eindruck gemacht. Das konnte sie spüren. Die Buben bedankten sich lautstark, hielten sich die Masken vor die Gesichtchen, so daß nur die blonden, halblangen Haare zu erkennen waren. Das sah lustig aus. Sie brüllten sich gegenseitig an. Dann der eine zu Johanna:

"Ißt du mit uns?"

An einer seitlichen Türöffnung war inzwischen Arthurs Frau erschienen. Trocknete sich die Hände an einem Geschirrtuch ab. Das hätte Johannas Mama auf die Palme gebracht. Geschirrtücher fürs Geschirr zum Abtrocknen - obwohl es im Haushalt von Mühlwang eine Spülmaschine gab, mußte das fertiggespülte Geschirr dennoch "endgetrocknet" werden. Handtücher für die Hände. Henriette von Mühlwang war da ganz penibel. Renate Bornebusch-Hesseling ging das sonstwo vorbei. Mit skeptischem, gequältem Lächeln streckte sie Johanna die Hand hin. Ihr Mann küßte ihr währenddessen die Wange von der Seite und flüsterte ihr etwas ins Ohr. Renate begrüßte Johanna mit Vornamen.

"Hallo! Vielen Dank, daß ich bei euch wohnen darf..."

Johanna fiel in diesem Moment nichts Besseres ein. Peinlich. Ihre Gastgeberin ließ sie mehr oder weniger deutlich spüren, daß sie keinesfalls willkommen war. Vater und Söhne ganz auf ihrer Seite. Aber die Mutter. Schöne Vorzeichen. Na, glücklicherweise durfte sie in der Einliegerwohnung logieren und mußte sich beispielsweise kein Badezimmer mit der Familie teilen. Renate hielt die Kinder zurück, als diese Johanna und Arthur nach unten zur Einliegerwohnung folgen wollten. Ob sie schon mal mit einem Löwen gekämpft habe, rief einer der Racker ihr hinterher. Sie kicherte, blieb aber vorläufig eine Antwort auf die Frage schuldig.

Arthur führte Johanna die Treppe hinunter, bis sie zu einer Art Hausflur gelangten.

"So... Da sind wir. Da am Ende des Flurs siehst du den separaten Eingang. Wenn du von draußen zur Wohnung willst, mußt du also nicht durchs ganze Haus gehen. Ist doch ideal: Wir gehen dir nicht auf den Wecker und du uns nicht?!"

Arthur zwinkerte ihr zu. Schon ein Süßer. Offenbar hatte sich seine Verlegenheit verabschiedet.

Johanna fragte, ob sie nachher noch ganz kurz in Johannesburg anrufen könne, um Bescheid zu geben, daß alles glatt gelaufen sei. Arthur nickte wohlwollend.

* * * * *

Pegasus vermeldete den Eingang einer E-Mail. Johanna! Endlich! Nach etwas mehr als einer Woche. Wurde auch allerhöchste Zeit. Henriette von Mühlwang verschlang die Zeilen der für ihre Tochter ungewöhnlich langen elektronischen Nachricht.

"hi, mama! tut mir echt leid, dass ich mich erst so spaet melde, aber es gab vorher beinahe keine gelegenheit. herr hesseling hat sich unheimlich viel zeit genommen. er ist mit mir zusammen auf alle möglichen behörden gegangen, um alles zu klaeren. er war auch mit einkaufen. muenchen ist einfach toll. und wir haben schon richtigen schnee gehabt. die jungs sind niedlich. an zwei nachmittagen habe ich mich schon um sie gekuemmert. die halten mich, glaube ich, für tarzans jane. jedenfalls haben sie grossen respekt vor mir. die masken als mitbringsel waren eine gute idee von dir. an der tu war ich auch schon. das war aber noch etwas verwirrend. herr hesseling meint, ich solle mir zeit lassen. er denkt, es sei besser, wenn ich naeher an der stadt und uni wohne. deshalb versucht er, mir einen platz im studentendorf beim olympiazentrum zu besorgen. waere das nicht prima? die hesselings sind sehr grosszuegig. sie wollen mir ein taschengeld von vierhundert mark pro monat für zweimal kinderhueten pro woche geben. zusaetzlich freies wohnen - ob nun bei ihnen oder im olympiazentrum. ich weiss nicht so recht, was ich von frau hesseling halten soll. sie ist doch sehr reserviert mir gegenueber. aber das macht mir nicht so viel aus, da die kinder so lieb sind.

ist bei euch denn alles in ordnung? wie geht es sean? kommt er ohne mich zurecht? ich vermisse euch alle sehr. ich darf nicht zu viel an euch denken, aber momentan habe ich ja viel ablenkung. ich umarme euch und sage tschuess, bis demnaechst, eure Johanna"

Diese Kleinschreibung! Das war Johanna nicht auszutreiben. Bei E-Mails nahm sie es nicht so genau und betätigte die Shift-Taste nie. (Henriette hatte Johanna einige Male über die Schultern hinweg zugesehen, wenn sie mit Kora in Frankfurt korrespondierte.) Was sollte sie ihr antworten? Besser, sie verschwieg das Wichtigste: Peter war nach einer Nacht zuhause gleich wieder nach Potchefstroom abgezogen. Henriette hatte einen fürchterlichen Verdacht. Aber den wollte sie Johanna gegenüber in der Antwortmail unter keinen Umständen äußern. Nur Belanglosigkeiten. Sean und seine Ablenkungsaktivitäten. Daß das Haus sich leer anfühle ohne sie, Johanna. Und daß sie sich, wenn möglich, etwas öfter melden solle, vor allem deshalb, weil Telefonieren wegen der hohen Kosten kaum in Frage kam. Henriette schloß die Mail mit drei "x" ab, die für Küsse standen. Wenn nur alles gut ging hier und dort!

* * * * *

Zweimal täglich wurde Uni-Post verteilt. In über die Jahre schmuddelig gewordene blaue Plastikmappen füllten die Hausmeister, die sich gewöhnlich in einem dunklen, muffigen Kabuff am Rande des Universitätshauptgebäudes vor der Öffentlichkeit versteckt hielten, interne wie auch von draußen eingehende Post. Und einer von diesen sogenannten Hausmeistern durfte mit einem weissen Transporter, dessen Seiten das Universitätswappen zierte, durch die Kleinstadt brausen, um die schweren Ladungen meist verschwendeten Papiers bei den verschiedenen Instituten abzuliefern. Die längste Strecke, die dabei zurückzulegen war, betrug gut und gerne dreieinhalb Kilometer - von den Modernen Fremdsprachen zu den Sportlern. Jeden Tag, fast auf die Minute genau, sah man das weiße Fahrzeug um neun Uhr dreißig beziehungsweise dreizehn Uhr dreißig vor dem Gebäude des Fremdspracheninstituts mit angestellter Warnblinkanlage im absoluten Halteverbot stehen. Wie die überwiegende Mehrzahl seiner Landsleute ignorierte auch der graumelierte Fahrer, der seinen Silberblick hinter einer dicken Hornbrille verbarg, die doppelt durchgezogene gelbe Linie, welche jene Verkehrsregel verdeutlichen sollte. Den rechten Fuß bei schnellem Schritt nach innen gerichtet, erklomm er meist zwei bis vier Stufen auf einmal, hoch zum Postraum des Fremdspracheninstituts, warf sodann die sieben Mappen für die einzelnen Sprachen sowie das Sekretariat und den Institutsleiter achtlos auf den Tisch unter den Postfächern und verschwand noch flinker wieder als er aufgekreuzt war. Rogers Augenblick. Obwohl er meist überhaupt nichts zu erwarten hatte, lauerte er - zumindest am frühen Nachmittag - dem debilen Autisten auf, um als Erster den Inhalt der Mappe, auf der ein vom Schmutz ergrautes Etikett mit der Aufschrift "German" klebte, zu durchstöbern. Heute ein Lottogewinn: ein fett gefüllter DIN-A-Vier-Umschlag, adressiert an Doktor Roger Hertloff, an den Ecken wegen des langen und strapaziösen Transportwegs etwas aufgerissen und mit einem südafrikanischen Frankierstempel versehen. Absender: Henriette von Mühlwang. Vor seiner Rückkehr hatte sie versprochen, genauere Details zur Universitätsumstrukturierung zu schicken, damit Roger sich auf alle Eventualitäten vorbereiten konnte. Auf die Eventualität, die ihm auf Seite dreiundachtzig begegnete, hätte ihn allerdings nichts und niemand auch nur im Entferntesten vorbereiten können. Diese Heuchlerin! Er hatte doch gewußt, daß etwas im Busch war. So viel Freundlichkeit gab's doch nirgends. Da stand es schwarz auf weiß: Eine Stelle pro Fremdsprache sollte dem Rotstift oder vielmehr der Kurzsicht einiger Wirtschaftsberater, die von der University of the Witwatersrand für ihre schwachsinnigen Vorschläge dumm und dusselig bezahlt wurden, zum Opfer fallen. Er, Roger, wäre der Letzte, der in Deutsch seine Stelle antreten würde; aber er wäre, wenn diese Ankündigung tatsächlich umgesetzt würde, auch der Erste, der auf der Straße säße. Nun mußte er wirklich kein schlechtes Gewissen gegenüber Professor von Mühlwang haben, wenn er sich laufend um andere Stellen weiterbewarb. Und wie es der Zufall so wollte: Da lag noch ein C-sechs-Umschlag mit Rogers Name darauf in der Mappe. Aus Dublin. Vorstellungsgespräch in einer Woche! Na, hoffentlich gab's noch Plätze im Flieger! Zwei E-Mails mußten formuliert werden: Zusage für das Vorstellungsgespräch und Drohung an Henriette von Mühlwang, daß er sich während der Wartezeit auch anderweitig umsehen müsse, da er absolut kein Risiko eingehen wolle.

* * * * *

Es dauerte Ewigkeiten. Früher, als man noch richtige Briefe schrieb, sudelte Roger meistens glatte zwei Seiten in wenigen Minuten herunter. Zumindest, wenn es was zu erzählen gab. Und heute? Man sollte meinen, daß sich die elektronische Post an die Freunde und Verwandten leichter und schneller erledigen ließe als ihre Vorgängerin auf Papier. Nicht so im Falle von Roger Hertloff. Er knapste ewig an einzelnen Sätzen, las das jeweils Geschriebene mindestens dreimal zwecks möglicher Korrekturen nach und verhielt sich äußerst zögerlich, wenn es darum ging, den Absendeknopf endgültig zu betätigen. Wenn ihn schon die E-Mail an einen alten Kumpel mit einer Länge von maximal vierzehn Zeilen eine knappe halbe Stunde in Anspruch nahm, so gestaltete sich das bei einem offiziellen Schreiben per digitalem Medium noch wesentlich zeitintensiver. Die Annahme der Einladung nach Dublin zum Vorstellungsgespräch beim dortigen Technikinstitut, einer Art drittklassiger Fachhochschule, kostete Roger zweiundzwanzig Minuten. Ganze siebeneinhalb Zeilen. Und dann die Mail an Professor von Mühlwang. Die erste Version schoß viel zu scharf. Sie mußte wesentlich diplomatischer gestaltet werden. Plausibler. Manipulativer. Er sollte als der Betrogene dastehen, der sich nun mit gutem Recht nach einer möglichen und allemal besseren Alternative umsah. Insgesamt sechsmal überarbeitete Roger den Text, so daß er mit Schweißperlen im Nakken nach achtundvierzig Minuten auf "send" klickte. Er war spät dran. Fast zehn Minuten. Er fragte sich, warum Sophie noch nicht hochgerufen hatte. Das passierte gewöhnlich, wenn er sich bereits um zweieinhalb Minuten verspätete. Verständlich. Er fühlte mit. Auch er betrachtete sich als Pünktlichkeitsfanatiker; normalerweise. Beinahe machte er sich Sorgen. War etwas vorgefallen?

* * * * *

Kaffeetasse. Der Ordner mit der Unterrichtsvorbereitung. Schreibwerkzeuge. Notizblock mit vorgelochtem, liniertem Papier. Und *Custard Creams,* das wichtigste Utensil für die wöchentliche Vorbesprechung der parallel unterrichteten Kurse mit Sophie Koopmann. Doppelkekse mit Vanillecremefüllung. Die mochte Sophie besonders. Wenn Roger und sie sich intensiv im Gespräch vertieften, beispielsweise beim Ablästern über unliebsame Kollegen, griff Sophie unbewußt öfter zu. Roger pflegte sich dann einen Spaß daraus zu machen mitzuzählen, um Sophie am Ende scherzhaft zu ermahnen, wieviel Stück des leckeren Gebäcks sie vertilgt hatte. Er genoß jedesmal den Augenblick, wenn ihr bei der Nennung der entsprechenden Zahl die Schamesröte ins Gesicht stieg. Roger beneidete Sophie. Im Gegensatz zu sich selbst sowie insbesondere zu seiner Geschiedenen gehörte sie zu dem Menschenschlag, der grenzenlos Süßigkeiten in sich aufnehmen konnte, ohne auch nur ein einziges Gramm an Gewicht zuzulegen. Sie negierte diese Behauptung Rogers vehement. Er hätte zu gerne gewußt, wieviele Kilos das Mädchen auf die Waage brachte. Gut und gerne die Hälfte Dianes, mutmaßte er. Eine Elfe. Eine Erhabene. Eine Außerirdische.

Etwas überladen machte er sich nun, um fünfzehn Minuten verspätet, auf den Weg zu ihrem Büro, das sich im Stockwerk unter dem seinen befand. Er benutzte die Hintertreppe. So würde er sicherstellen, daß ihm niemand begegnete und dumme Fragen wegen der *Custard Creams* oder der Kaffeetasse stellte. Ohnehin war es den meisten Kollegen nicht entgangen, daß er sich sehr häufig in Sophies Büro aufhielt. Man hätte ja Verdacht schöpfen können, obwohl es da eigentlich keinen Verdacht zu schöpfen gab. Das Thema war erledigt. Roger fragte sich dennoch ständig weiter, ob dem Ganzen ein "leider" hinzuzufügen sei oder nicht. Das Single-Dasein bekam ihm ungemein gut. Meinte er zumindest. Die Wochenendnächte. Tolle Videos anschauen bis in die frühen Morgenstunden. Niemand, der die zusammengeknüllten *Heineken*-Dosen zählte. Musik auflegen, die nur er mochte: Lieder seines Geschmacks unter Umständen zwanzigmal hintereinander anhören. Tommy Dorseys *Song of India* zum Beispiel. Perfektion in Rhythmus, Struktur und Klang. In der Nacht vom Freitag auf Samstag vor seinem Abflug zum Vorbesuch in Johannesburg hatte er das Swing-Stück zwischen zwei und vier Uhr morgens etwa sechzigmal hintereinander gespielt. Sechs Dosen *Heineken* vorher. Vier doppelte *Macallan* zum Dirigieren. Den Samstag benötigte er zur Erholung. Schließlich lag ein anstrengender Langstreckenflug vor ihm.

* * * * *

Roger fluchte. Diese Feuertüren! Immer, wenn man schwer beladen war und keine Hand frei hatte. Kein Problem, wenn man ins Treppenhaus 'reinging. Aber dann wieder hinaus! Eine dritte Hand hätte man gebrauchen können, um am Griff zu ziehen. Beinahe wäre Roger seine Kaffeetasse heruntergefallen und womöglich in tausend Teile zersplittert, wenn sie im entscheidenden Augenblick nicht von Stacey Armstrong aufgefangen worden wäre, die ihm durch besagte Feuertür entgegenkam. Stacey Armstrong aus Sheffield. Breiter Yorkshire-Akzent. Auch so ein langhaariges Naivchen mit immensem Brustkasten. Auf einen eher im Scherz erwähnten Literaturhinweis Professor Pimms hin war sie in ihrem Auslandsjahr in Bonn zur Universitätsbuchhandlung gegangen und hatte sich allen Ernstes nach der Erhältlichkeit von Joseph Goebbels' Roman *Michael* erkundigt.

Ein wenig verlegen grinsend, hielt sie Roger die Tasse hin. Sie wirkte verstört. Roger bedankte sich, verdammte das Feuertürensystem in einer kurzen Schimpftirade, bevor er Stacey fragte, ob mit ihr denn alles in Ordnung sei; sie scheine ihm verwirrt. Stacey bejahte und deutete auf Sophies Büro. Sie habe zu Frau Koopmann wegen einer nachzuholenden Hausaufgabe gehen wollen, doch durch die angelehnte Tür habe sie Frau Koopmann weinen hören. Da habe sie sich nicht getraut 'reinzugehen. Roger schwante Fürchterliches. Eine weinende Sophie. Wer hatte ihr da denn nun wieder übel mitgespielt? Roger hegte einen Verdacht. Eine Geschichte, die sich bereits seit mehreren akademischen Jahren dahinschleppte und nicht totzukriegen war trotz vereinter Kräfte innerhalb der Deutschabteilung.

Roger versprach Stacey, das Arbeitsblatt mit der nachzuholenden Hausaufgabe bis zum Ende des Unterrichts gegen fünf Uhr in ihr studentisches Postfach unten im Erdgeschoß am Treppenaufgang zu legen. Stacey bedankte sich und verschwand in Windeseile mit bei jedem Schritt klackernden Absätzen nach unten. Von oben blickte Roger ihr hinterher, bis er ihren Ausschnit nicht mehr zu sehen vermochte. Nicht nur einmal hatten seine Kollegen und er sich darüber im Pub um die Ecke beim letzten Bitter vor dem Wochenende ausgelassen. Das Mädchen machte den Herren der Schöpfung den Unterricht, die Vorlesungen nicht ganz einfach, insbesondere deshalb, weil sie sich in purer Absicht meist ganz vorne beim Dozenten plazierte.

Dadurch, daß Roger Stacey nachgeschaut hatte, war die Feuertür wieder vor ihm zugefallen. Er streifte den Henkel der Kaffeetasse über seinen linken kleinen Finger, so daß er seine gesamte Ladung im Griff hatte, öffnete die Feuertür mit der anderen Hand und schritt schweren Herzens auf Sophies Büro zu.

* * * * *

Der elektrische Wasserkocher war gefüllt. Genügend Kaffeepulver. *Nescafé Gold Blend*. Den hatte Roger so gelobt, weshalb Sophie Koopmann sich diesen Löslichen nun auch regelmäßig kaufte. Kaffeeweißer. Schreibtisch ordentlich aufgeräumt. Sophie sah den wöchentlichen Unterrichtsvorbereitungen mit Roger stets freudig entgegen. Ein kleiner Sonnenstrahl zum Wochenbeginn. Ihre Bürotür stand angelehnt ein Viertel offen und harrte dem kollegialen Besuch Sophies, als diese ein schnaubendes, schweres Atmen - unterbrochen von genervt klingendem Aufseufzen, vom Flur vernahm. O nein! Angélique! Hätte sie doch die Tür zugelassen an diesem Morgen! Bei ihrem Glück wollte das französische Monster sicherlich zu ihr. Da ertönte auch prompt das ungeduldige Klopfen an der offenen Tür, welche sich durch die dabei aufgewendete Energie noch weiter auftat. Ohne Gruß und mit erneutem Aufseufzen ließ sich Angélique in Sophies - exklusiv für Studenten und ausnahmsweise für Roger Hertloff gedachten - Sprechstundensessel fallen und machte keine Umschweife: Sie müßten reden und endlich Nägel mit Köpfen machen. Angélique McLean versuchte bereits seit drei akademischen Jahren, die Struktur des Sprachunterrichts in der Französischabteilung auf alle anderen Fremdsprachen des Instituts zu übertragen, vor allem ihren jegliche didaktische Fachkompetenz vermissen lassenden Französischkurs für Naturwissenschaftler. Die Deutschabteilung entpuppte sich hier als Bollwerk - nicht zu durchdringen. Aber Angélique wußte ganz genau, wie wehrlos Sophie war mit ihrem Zeitvertrag. Versuchte sie zu erpressen. An diesem Morgen so gut wie unverblümt: Sophie solle gefälligst mit einem Deutschkurs für Naturwissenschaftler nach Vorbild von Angéliques Seminar aufwarten, um die Entfristung des Arbeitsvertrags sicherzustellen. Wieder kein Gruß zum Abschied: Angélique dampfte nach dieser Drohung einfach ab, ohne eine verbale Bestätigung Sophies abzuwarten. Das war zu viel Druck auf die Koopmannschen Tränendrüsen. Sie öffneten vorbehaltlos ihre Pforten. Die Vorfreude auf Rogers *Custard Creams* - gründlich verdorben! Diese Hexe! Der Scheiterhaufen wäre noch nicht einmal eine angemessene Strafe für sie gewesen...

* * * * *

Rogers Verdacht bestätigte sich. Angélique McLean zeichnete verantwortlich für die Tränenflut, die sich aus Sophie Koopmanns braunen Augen ergoß. Biest! Wie könnte er Sophie nur beruhigen? Er ließ sie sich zunächst ausweinen und verlangte von ihr, ihm alles von A bis Z zu erzählen. Das helfe häufig.

In den vergangenen zwei Jahren, die Roger nun hier verweilte, brauchte Sophie jeweils eine halbe Woche, um sich von einer solchen Angélique-Attacke zu erholen. Erfahrungswert. Aber jedesmal stellte es sich als äußerst mühselig dar, der Kollegin mental wieder auf die Beine zu helfen. Immer wieder äußerte Sophie den Gedanken, den Krempel hinzuschmeißen und sich nach einer Lehrerstelle in Deutschland umzusehen. So auch jetzt wieder. Mit Engelszungen mußte er auf sie einreden. Sein stärkstes Argument bildete stets die Tatsache, daß Angélique trotz ihres Mannes als Institutsleiter nie und nimmer die Mehrheit im sogenannten Management-Ausschuß für ihr Vorhaben der Vereinheitlichung des Sprachunterrichts auf ihre Seite ziehen könnte. Sophie müsse einfach die Nerven behalten, riet ihr Roger. Die Schlampe hatte einfach nicht die Macht, ihr mit dem Vertragsende und somit einer verweigerten Entfristung zu drohen.

Nun kam sogar ein zaghaftes Lächeln auf Sophies Gesichtchen zum Vorschein, als Roger vorschlug, daß sie sich eine gemeinsam zu nutzende Voodoo-Puppe von Angélique basteln sollten. Bei jedem Treffen, so Roger grinsend und entsprechend gestikulierend, würden sie dann jeweils eine Nadel in die Puppe stecken. Sie müßten sich jetzt nur überlegen, wie sie an eines der Hexenhaare herankämen.

Sophie atmete tief durch, erhob sich vom Bürostuhl und stellte den Wasserkocher an. Themawechsel. Der gemeinsame Unterricht, also die Parallelkurse der laufenden Woche. Ein etwas erleichterter Roger ließ seine Vorschläge dazu verlauten, während er Sophie die *Custard Creams* hinhielt.

* * * * *

Wenn es nach Gernot von Straelitzens Willen gegangen wäre, so bestünde das ganze menschliche Dasein aus Empfängen und Feiern. Dieses, sein Lebensgefühl, hatte sich ganz besonders mit Beginn des einundfünfzigsten Lenzes seiner Existenz vor drei Jahren verstärkt: der erste Geburtstag, den er seit seiner Versetzung nach Edinburgh beging. Da wurde er richtig wehmütig. Trauerte seiner Zeit als Generalkonsul in Sao Paolo nach. Die kaffeebraunen Schönheiten. Die verborgenen Affären. Seine Frau ahnte, wußte vielleicht sogar alles. Doch nie ein Wort im Zorn. Verständnis? Mitleid? Erleichterung? Wohl alles zusammen. Seit runden zwölf Jahren war sie ihren ehelichen Pflichten nicht mehr nachgekommen, vegetierte dahin als weibliches Schmuckwerk im blauen Dirndl neben dem deutschen diplomatischen Repräsentanten, wohin auch immer es sie verschlug. Die Kinder studierten. Mit Ach und Krach hatten sie zwei Mädchen hinbekommen, die Gernot von Straelitz auf der Schloßschule zu Salem knapp durchs Abitur zu boxen vermochte. Ähnlich wie der Vater, so waren auch die Töchter zu so gut wie nichts zu gebrauchen. Wenigstens sahen sie noch einigermaßen annehmbar aus, so daß man sich glücklicherweise um ihre eheliche Zukunft nicht allzu sehr Gedanken machen mußte. Gernot von Straelitz hatte bereits seit Jahren die beiden Kandidaten parat. Musterexemplare. Ebenso adeliger Abstammung. Einer hatte gerade in Volkswirtschaft abgeschlossen. Erlangen. Der andere würde in Kürze das Zweite Juristische Staatsexamen in der Tasche haben. Tübingen. Beides Mitglieder schlagender Burschenschaften. Auch auf Gernot von Straelitzens linker Wange prangte die Narbe eines Säbelhiebs aus seiner Studienzeit. Da waren Studenten noch richtige Kerle, nicht so wie dieses Weicheiergesindel, das, kurz nachdem er sein Studium begonnen hatte, diese hirnrissigen Reformen im Hochschulwesen initiierte. Chaos pur.

Ewige Studenten. Keinerlei Widerstandsfähigkeit. Eben totale Waschlappen. Und damit verbunden, tauchten auch die in lila gekleideten Weibsen in immer größerer Zahl auf. Schwierig für ein Mitglied der Alten Schule wie Gernot von Straelitz zu landen. Schließlich fand er jedoch immer irgendwo eine Nische, um nicht zu sagen: einen aufnahmebereiten weiblichen Schoß, sei es auch nur aus dem Grund, weil sich dessen Besitzerin aufgrund von Straelitzens Position ein berufliches Fortkommen versprach. Manchmal gab es eben sogar kompromißbereite "Halbemanzen", wie er sie im Rahmen der Trinkgelage seiner alten Studentenverbindung zu nennen pflegte. Ob nun auch die neue Praktikantin, die seit knapp drei Wochen ihre Pflichtstunden im Konsulat ableistete, zu dieser Sorte gehörte? Von Straelitz näherte sich ihrem kleinen Schreibtisch, umkreiste diesen zur Hälfte und beugte sich von hinten über ihre Schultern, auf welchen er währenddessen seine durch wulstige Wurstfinger verunstalteten Hände ruhen ließ.

"Na? Wie läuft's denn so?" erkundigte er sich mit süßlich-gekünstelter Stimme, ohne selbstverständlich die Gänsehaut zu fühlen, die sich unter Barbara Lefèvres Sweatshirt bildete.

"Ganz gut..." erwiderte die junge Frau, die absichtlich kurz angebunden reagierte.

Gernot von Straelitz hatte die für ihn äußerst unangenehme Order vom Deutschen Botschafter in London empfangen, anläßlich des zehnten Jahrestages des Mauerfalls eine Vortragstour zu unternehmen, die ihn zu sämtlichen Politologie-Abteilungen der wichtigsten schottischen Universitäten führen sollte. Aus teilweise schon veraltetem Informationsmaterial des Auswärtigen Amtes ließ er nun Barbara Lefèvre einen Standardvortrag auf Englisch zusammenstellen, den er selbst dann bei den entsprechenden Universitäten zum Besten geben konnte. Möglichst wenig Aufwand für ihn. Solche angeblichen Fachvorträge widerstrebten ihm absolut. Er war doch Repräsentant. Und zum Repräsentieren gehörten eben Empfänge. Am liebsten hatte er die der Australier. Dieser Wein! Da konnte die rheinländische Zuckerpampe sowie jeglicher süddeutsche Simsenkrebser, welche er bei deutschen Festivitäten gezwungen war, seinen Gästen zu kredenzen, abstinken. Dennoch: Die Organisation des Empfangs zur Feier des (neuen) Tages der Deutschen Einheit bildete jedes Jahr den professionellen Höhepunkt im Leben des noch amtierenden Generalkonsuls der Bundesrepublik Deutschland in Edinburgh. Auch dieses Jahr war es seiner Meinung nach ein voller Erfolg gewesen. Seine Privatresidenz in Juniper Green hatte sich erneut für diese zweieinhalb Stunden am dritten Oktober zum Bersten gefüllt. Wie er das liebte: die gesamte lokale Prominenz präsent; die konsularischen Gesandten aller anderen in Edinburgh vertretenen Länder und eventuell sogar der eine oder andere bedeutende Literat. Und selbstverständlich Frauen. Junge Frauen. Jungmädchen! Eine wahre Wonne. Das *Bundesinstitut für internationalen wissenschaftlichen Austausch* schien immer besonders attraktive Exemplare der Gattung ambitionierter, pseudo-intellektueller Nachwuchsdozentinnen für seine Sprachtutorate an Universitäten hier auszuwählen. Charlotte Hellmer von der Strathclyde University in Glasgow zum Beispiel. Mann, o Mann, hatte das Mädchen vielleicht eine flinke Zunge! Gernot von Straelitz griff Barbara Lefèvres Schultern etwas fester:

"Weiter so, Barbara! Gute Arbeit!"

Er stellte sich Barbara an Charlottes Stelle vor. Ob sie das wohl auch so gut konnte? Er bezweifelte es. Barbara hatte sich von Anfang an sehr reserviert verhalten. Aber das steigerte von Straelitzens Jagdinstinkt ins beinahe Unermeßliche. Die, die schwer zu bekommen waren, stellten sich am Ende meist als die Schärfsten heraus, so wie Carla Baermann von der Heriot Watt University in Edinburgh. Eine Alternative in indischen Gewändern. Er mußte ihr geradezu nachstellen. Vier Monate lang ungefähr. Bis sie dann doch nachgab und ihm sogar die Intimität von hinten gestattete. Was für einen tollen Beruf er doch hatte! Aber nun diese Vorträge! Und die erste Station ausgerechnet St. Andrews. Seit zwei Jahren hockte da breit ein Mann auf der *BIWA*-Stelle. Was hätte dieses bezaubernde Kaff ansonsten für ein schnuckeliges Liebesnest sein können! Schade drum! Und nun verließ eben dieser junge Mann namens Roger Hertloff Schottland in Richtung Südafrika. Gernot von Straelitz ärgerte sich. Auch seine Zeit würde demnächst ablaufen. Seattle rief. Nichts da mit erotischen Spielchen im Spa des *Old Course Hotels* mit Hertloffs Nachfolgerin...

Gernot von Straelitz tippte Roger Hertloffs Büronummer in die Tastatur seines Telefons. Im Lautsprecher ertönte das Doppelklingeln in Intervallen. Als Hertloff sich meldete, nahm von Straelitz den Hörer ab.

* * * * *

Streß. Panik. Dann auch noch zum Wochenende. Obwohl Roger freitags keinen Unterricht abzuhalten hatte, kam er am letzten Arbeitstag dieser Woche mit seiner Liste der zu erledigenden Dinge doch in Bedrängnis. Henriette von Mühlwang verlangte Kursbeschreibungen. Prima. Er wäre geneigt gewesen, ihr zurückzumailen, daß sie sich gefälligst selbst etwas einfallen lassen sollte; schließlich wurde er ja noch lange nicht bezahlt von den Brüdern - oder besser gesagt: Schwestern - da unten.

Dann mußte er sich mit dem Uni-Reisebüro in Verbindung setzen, um kurzfristig noch einen Flug in genau einer Woche nach Dublin zu ergattern. Eine Woche! Das war schon sauknapp. Dann noch die Parkplatzreservierung für den Generalkonsul. Der Trottel hatte sich gleich für Montag angemeldet. Wollte bei den Politologen einen Vortrag zum Mauerfall halten. Na, wenn das mal gutging! Roger schüttelte sich bei dem Gedanken an Gernot von Straelitz. Erstens: die Verwandtschaft. Üble Erinnerungen an den Cousin des adeligen Diplomaten: Gisbert von Straelitz, damals, während Roger promovierte, der Prorektor für Lehre an der Freiburger Universität. Ein eingebildeter Fatzke. Machte den Lehrbeauftragten am Sprachenzentrum das Leben zur Hölle. Ähnlich wie in St. Andrews: Die größten Idioten mit der geringsten Fachkompetenz hatten stets das Sagen. Wenn man den Herrn von Nahem betrachtete, wurde es glasklar: Innenschritt mit dem rechten Fuß - ein Gang wie ein Retardierter. Dies war Rogers erster und sogleich festgefahrener Eindruck von der Familie von Straelitz, den der gute Gernot emphatisch bestätigte: das Gesicht - eine Mischung aus Roman Herzog und Helmut Kohl; stämmig bis untersetzt; künstliches Pepsodentlächeln. Wie Roger doch gegen diesen Vortrag ansah! Wenigstens hatte von Straelitz weibliche Begleitung in Gestalt einer Praktikantin angekündigt. Das würde das Abendessen, auf welches ihn von Straelitz einladen wollte, doch vielleicht erträglicher machen.

E-Mail von Sharon aus dem Universitätsreisebüro. Flottes Mädel! Ganz untypisch britisch. Wenn die sagte, sie rufe oder maile binnen zehn Minuten zurück, dann tat sie das auch wirklich. Leider zierte ihren linken Ringfinger ein schmales, goldenes Reifchen. Verheiratet. Ein Rätsel für Roger, warum man ausschließlich in Deutschland den Ehering rechts trug.

Offenbar gab es noch Platz im Flieger nach Dublin. In der Betreffzeile von Sharons E-Mail hieß es "Flugbestätigung". Roger wollte die Mail gerade öffnen, als das Telefon klingelte. Doppelklingeln. Interne Anrufe erkannte man am einfachen Klingelzeichen. Also nicht Sophie. Keine Katastrophe zum Wochenende einen Stock tiefer. Roger atmete auf. Aber wer konnte das von draußen sein? Diane? Sollte er abnehmen? Vielleicht war Diane auch neugierig, wie es in Südafrika gelaufen war. Bis jetzt hatte sie sich noch nicht gemeldet. Wahrscheinlich also Diane. Schweren Herzens griff Roger nach dem Hörer. Das könnte länger dauern. Diane rief vorzugsweise aus ihrem Büro an. Kostete sie nichts. Da durfte man ruhig mal länger quatschen, wenn die Uni bezahle, meinte sie. In Sekundenbruchteilen mußte sich Roger dementsprechend eine Ausrede für Zeitknappheit ausdenken. Besprechung zählte nicht. Sehr unwahrscheinlich für einen Freitagnachmittag, den sich alle freischaufelten, wenn irgendwie möglich. Verabredung? Da würde Diane gleich an Sophie denken und ihn wieder in diese Richtung zu löchern beginnen. Vorhaltungen erwartbar. Nein: keine Verabredung. Ah: Einstufungstest für Stipendiaten! Der war zwar erst nächste Woche fällig - zu allem Überfluß -, aber den konnte er jetzt schon gut vorschieben; schließlich zeigte die Uhr sieben vor drei an. Fünf Minuten könne er sprechen; das würde er sagen; dann müsse er den Test abnehmen: im Büro!

Roger meldete sich.

"Ich grüße Sie, Herr Hertloff! Straelitz hier..."

Roger wußte nicht, ob er erleichtert sein sollte.

* * * * *

"Der Weinstock keine Früchte trägt, so er nicht beschnitten wird!" Nach diesem Motto leitete Georgina Porter die Bereichsbibliothek des Fremdspracheninstituts an der Universität von St. Andrews. Während der Öffnungszeiten ihres Reiches achtete sie pedantisch darauf, daß der Geräuschpegel die Zehn-Dezibel-Grenze nur in Ausnahmefällen überschritt. Niesen gestattet. Man handelte sich dafür bei ihr dennoch einen zurechtweisenden Blick ein. Wenn ein Mitglied der Studentenschaft es jemals wagte, ein Buch zu entleihen, konnte man sicher sein, daß sie bei Rückgabe des Druckwerks dessen Seiten beinahe einzeln durchblätterte, um festzustellen, ob nicht irgendwelche Tinten-, Fett- oder Kaffeeflecken zurückgelassen worden waren. Der prototypische britische Student schere sich nämlich, so Georgina Porter - wenn man den Fehler beging und sie nach ihrer Meinung dazu befragte -, keinen feuchten Kehricht um Gemeingut. Wenn nötig, müsse das mit Gewalt - hier: saftige Strafgebühren - ausgetrieben werden. Georgina Porter - die alte Jungfer mit Kindergärtnerinnengehabe. So kannten sie alle. Dabei hatte sie sogar einen Ehemann. Dozent bei den Naturwissenschaften. Es wurde allerdings gemunkelt, daß die beiden "es" noch nie gemacht hatten. Kinderlos. Und bei geselligen Zusammenkünften, die es unglücklicherweise immer mal wieder gab im Fremdspracheninstitut - beispielsweise zur Verabschiedung von irgendwelchen Kollegen, die in Ruhestand gingen -, pflegte Georgina stets zu betonen, daß sie mit ihrem geliebten Rabbie - eigentlich Robert - eine Bilderbuchehe führe. Eine Bilderbuchehe ohne geschlechtliche Liebe? Anders war nicht zu erklären, warum Georgina die besagte Bereichsbibliothek in der Art und Weise leitete, wie sie sie leitete. Charlie Stansfield, zum Beispiel. Den armen Jungen hatte Georgina bis zu seinem Studienende aus der Bereichsbibliothek verbannt, nur weil er nach einem Lernmarathon kurz vor den Semesterabschlußklausuren an seinem Arbeitsplatz unvermittelt eingenickt war und dadurch unversehens den heimlich mitgebrachten Kaffeebecher umstieß, dessen restlicher Inhalt sich auf den Teppichboden vor seinem Tisch ergoß. Erstaunlich, daß sich der arme Charlie nach der traumatischen Moralpredigt von Mrs Porter nicht in psychiatrische Behandlung begeben mußte.

Georgina Porter stand also auf Kriegsfuß mit den Studenten. Oder genauer: mit allen Benutzern ihrer Bereichsbibliothek. Überschreitung der Leihfrist kam einem Kapitalverbrechen gleich. Lediglich bei einer Person drückte sie beide Augen zu, wenn sich diese eine Verfehlung leistete: Doktor Roger Hertloff. Das - gemessen an ihrem Alter - ziemlich zerfurchte Gesicht der Achtundfünfzigjährigen verfärbte sich bei Erblicken des jungen Mannes stets angenehm ins Rötliche. Ihr Verhalten transformierte sich dann fast in das eines verliebten Teenagers. Manchmal hörte man sie in Anwesenheit Rogers gar kurz aufkichern. Es ging sogar so weit, daß sie sich tödlich schämte angesichts einiger Phantasien sexueller Natur, die ihn involvierten und die meist dann auftraten, wenn sie des Nachts längere Zeit ruhelos neben dem leicht schnärchelnden Rabbie lag. Mit achtundfünfzig! Kaum mehr Hormone da! Und doch die Erregung, die in dreißig Ehejahren nie ausgelöst, geschweige denn erfüllt worden wäre.

Zwei Jahre und zwei Monate. So lange liebte Georgina Porter bereits heimlich, doch heiß und innig. Und seit zwei Jahren und zwei Monaten war sie eifersüchtig auf Sophie Koopmann. Wie oft war sie mehr oder weniger zufällig an deren Büro vorbeigegangen und hatte durch die dünne Sperrholztür Sophies und Rogers Gelächter vernommen. Die Frequenz, mit welcher Roger Hertloff bei Sophie Koopmann persönlich vorsprach, ging Georginas Meinung nach weit über pure Kollegialität hinaus. Womöglich kam es bei solcherlei Gelegenheiten zu... Georgina wollte erst gar nicht daran denken. Doch gehorcht hätte sie gerne einmal. Heute hatte sie die ideale Chance dazu. Eine Ausrede par excellence, falls sie zufällig von irgendjemandem vor Sophies Büro stehend und lauschend erwischt worden wäre. Roger Hertloff hatte sich ein Großwörterbuch aus der Bereichsbibliothek entliehen und unvorsichtigerweise nicht rechtzeitig zurückgegeben. Schon vier Tage Überschreitung der Leihfrist! Höchste Eisenbahn, daß Georgina aktiv wurde. Am Freitag wäre der Wälzer fällig gewesen. Und heute war Montag. Im Prinzip zählte das Wochenende nicht. Im Prinzip. Doch Georgina Porter berechnete konsequent auch Samstag und Sonntag, Tage, an welchen überhaupt keine Rückgabemöglichkeit bestand, bei ihren Abmahnungen, die gleichzeitig auch eine Aufforderung zur Begleichung von Strafgebühren beinhalteten. Roger hatte Glück. Roger war privilegiert. Ihn würde sie mündlich über sein Vergehen informieren. In

Sophies Büro. Ohne ein Bußgeld zu verlangen. Und sie würde dann sehen, was die beiden da trieben. Entschlossen erklomm sie die Treppe zur zweiten Etage. Niemand auf dem Flur. Sie blieb vor Sophies Tür stehen und horchte planmäßig. Angeregte Unterhaltung. Sophie lachte. Roger erzählte offenbar etwas, imitierte jemanden. Georgina erkannte die imitierte Person. Angélique McLean. Starker französischer Akzent. Mehr Lachen von Sophies Seite. Georgina klopfte.

* * * * *

Sophie wollte wieder alles genau wissen. Bis zum i-Tüpfelchen. Selbst wenn Roger diese Neugierde auch manchmal ungemein nervte, so mußte er dennoch zugeben, daß er sich daran doch nicht selten labte. Da gab es tatsächlich jemanden, der ein gewisses Interesse an seiner Person und seinem Leben zu haben schien. Nur allzu oft stellte er fest, wie die Leute an sich vorbeiredeten. Zum Beispiel in der Kneipe. Da saß man mit Bekannten oder gar angeblichen Freunden gemütlich beisammen, und jeder war eigentlich nur erpicht darauf, von sich und den eigenen Problemen zu erzählen. Als Zuhörer hatte man da meist verloren. Die anderen laberten einen mit ihrem langweiligen Leben zu. Mit Sophie war das ganz anders. Eine wahre Freundin. Einerseits quetschte sie einen total aus; und andererseits gelang es Roger nur mit Mühen, etwas über sie persönlich herauszufinden. Sie ließ niemanden zu nahe an sich heran. Ein Wunder überhaupt, daß Roger vor knapp zwei Jahren auf Tuch- oder noch präziser: Lippenfühlung gehen konnte. Aber sie hatte es sich ja dann wieder anders überlegt. Da spielte er zwangsläufig den Verständigen, oder etwa nicht? Sie hatte ja im Grunde recht. Es war rundherum besser so. Und jetzt erzählte er eben von Dublin.

Bed and Breakfast in Flughafennähe. Frühe Ankunft. Bus ins Stadtzentrum. Roger dachte da, daß er noch Zeit zum Bummeln habe. Machte sich zu Fuß vom Busbahnhof auf nach Rathmines zu diesem Technikinstitut. Allerdings hatte er auf der Stadtkarte die Distanz unterschätzt und kam tatsächlich in Zeitnot. Anderthalb Kilometer bewegte er sich deshalb joggend vorwärts, so daß er mit schweißüberströmter Stirn an der Rezeption vorstellig wurde, von der er dachte, daß es die Rezeption sei, bei der er vorstellig werden müsse. Pustekuchen! Anderes Gebäude. Nochmal einen halben Kilometer die Straße 'runter. Dieses Mal rennend. Bei Ankunft nun nicht nur die Stirn mit Schweißperlen bedeckt. Der Hemdkragen, unter welchem die ungewohnte sowie auffällig bunte Krawatte zu eng gebunden war, wies einen feuchten oberen Rand auf. Gerade noch rechtzeitig laut Uhr über der zweiten, jetzt korrekten Rezeption. Erleichtert nahm er da die Nachricht entgegen, daß das Auswahlgremium mit den Gesprächen etwa zwanzig Minuten im Verzug sei. Das schien Roger genug, um auszukühlen. Er lehnte den Kaffee, der ihm während der Wartezeit angeboten wurde, dankend ab, denn der hätte seine Nerven noch mehr angegriffen. Er war ohnehin schon aufgeregt genug und zitterte nicht zuletzt wegen der ungeplanten körperlichen Ertüchtigung kurz zuvor immer noch wie Espenlaub. Die Transpiration: verdunstet nach fünfundzwanzig Minuten. Ein stupides Party-Girl von der Rezeption geleitete Roger in ein Konferenzzimmer, bei dessen Betreten ihm sogleich das Gesicht einschlief. Da saß doch glatt, breit und fett, Glatzkopf Kenneth Tomlinson vom University College Dublin. Diesem Ignoranten war er schon einmal vor ein paar Monaten bei einem Vorstellungsgespräch am University College Cork begegnet. Wie konnte es nur passieren, daß zwei Bildungseinrichtungen des Tertiärbereichs eine solche geistige Amöbe als Experten in linguistischen Belangen für irgendwelche Vorstellungsgespräche zu Rate zogen? Mit dieser Pfeife war Roger in Cork heftig aneinandergeraten. Semantik. Das heißt: Für Professor Tomlinson gab es nur Wortsemantik, Lexikologie - der Larifari-Sozio-Schwachsinn, bei welchem sogar die kasachische Putzfrau mitreden konnte. Der kahle Lackaffe wollte partout nichts von Satzsemantik wissen. Offenbar aus dem Grund, weil so etwas wie die *Montague-Grammatik* einfach nicht in sein irisches Spatzengehirn hineinpaßte. Und dann auch noch der Akzent, wenn er deutsch sprach: Rogers Vorhaut schrumpelte gleich beim ersten Wort, das Tomlinson hervorbrachte. Wenn ein anglophoner Sprecher mit aufgesetztem Wiener Akzent versuchte zu quasseln und es nicht konnte (im Unterschied zu diesem Rorrison in Johannesburg)... Jedenfalls hakte Roger dementsprechend sofort beim Platznehmen vor dieser Pseudo-Akademiker-Jury das Ganze ab. Die Reise hätte er sich sparen können. Dann auch noch diese potentielle Kollegin aus dem Bereich Französisch! Vom Sprechen her zu urteilen, ein Abbild Madame McLeans; das Gesicht eventuell ein bißchen weniger zerfaltet.

Roger äffte die Frau nun nach und löste damit heftiges Gelächter bei Sophie aus. Danach faßte Roger allerdings etwas frustriert zusammen:

"Das Beste kam zum Schluß... Die Fragen, die ich stellen durfte. Mir fiel nichts Besseres ein: Da hab' ich gefragt, ob's interne Kandidaten für die Stelle gebe. Ein promptes 'Ja' kam mir da entgegen... Keine weiteren Fragen... Und tschüß, ihr Arschlöcher!"

Es klopfte. Roger machte große Augen, hielt sich die rechte Hand vor den Mund und starrte Sophie entgeistert an. Hoffentlich hatte der Klopfer nichts verstanden...

"Ja???" rief Sophie neugierig.

Georgina Porter kam herein, lächelte die beiden säuerlich an und wandte sich sodann umgehend an Roger, um ihn nach sofortiger Rückgabe eines von ihm aus der Bereichsbibliothek entliehenen sowie offensichtlich in Vergessenheit geratenen Großwörterbuchs zu bitten.

* * * * *

Der Wasserhahn lief. Voll aufgedreht. Kondenstropfen bildeten sich auf dem rostfreien Stahl. Die tiefe Temperatur des Nasses. Roger führte seine Lippen zum kräftigen Wasserstrahl. Er trank mit großen Schlücken. Seine Wangen wurden vollgespritzt. Er spürte die Kühle seine Speiseröhre hinuntergleiten. Wie gut das tat! Mindestens einen halben Liter mußte er getrunken haben. Er zog den Kopf zurück. Komisch! Der Durst - unvermindert. Er fühlte, wie ihm etwas gegen die Brust schlug. Er öffnete die Augen. Eine braune Zimmertür. Nicht sein Schlafzimmer. Das hatte eine weiße. Er lag auf dem Rücken. Mit nach links geneigtem Kopf war er aufgewacht. Der Puls klopfte ihm fest gegen die Schläfen. Mit Mühen drehte er sein schweres Haupt um fünfundvierzig Grad. Eine kleine Hand lag -

zur Zimmerdecke hin geöffnet - auf seinem Solar Plexus. Er erkannte den Ring am Daumen. Er mußte nicht mehr nach rechts blicken, was ihm sowieso ziemliche Schmerzen bereitet hätte. Das gab's doch nicht! War er im Film? Jedenfalls nicht bei sich selbst zuhause. Bei Stacey in Hamilton Hall, einem der Studentenwohnheime! Die Erinnerung ließ ihn im Stich. Gestern Abend war er zur Theaterprobe gegangen. Er hatte sich von den Studenten überreden lassen, Zeno, den Isaurier, in Dürrenmatts *Romulus* zu spielen. Und die Leseprobe gestern, Freitag, war für ihn eine willkommene Gelegenheit gewesen, diese anstrengende Woche locker ausklingen zu lassen. Am späten Nachmittag setzte sich das Ausklingenlassen fort: vier Pints Bitter im Pub um die Ecke von der Arbeit zusammen mit Professor Pimm und noch ein paar anderen Kollegen. Studenten von der Leseprobe sowie vom Abschlußjahrgang gesellten sich zur Dozentenrunde an der Theke, inklusive Stacey Armstrong. Die mußten ihn dann regelrecht abgefüllt haben bei der sich anschließenden Pubtour durch St. Andrews. "Eine Hure ließ sich gern verführen". An diesen bescheuerten Spruch dachte Roger nun unvermittelt, da er sich überlegte, wie er aus der peinlichen Situation wieder herauskommen könnte. Stacey schlief fest. Vermutlich. Schwerer Atem. Die hatte wohl auch ordentlich gebechert und wurde deshalb zur noch leichteren Beute, als sie es ohnehin generell zu sein schien. Roger schob ihre Hand behutsam von seiner Brust und schlüpfte unter der Decke hervor. Splitterfasernackt. Seine Schamhaare wirkten verklebt. Die Kruste einer eingetrockneten Flüssigkeit. Kein Zweifel. Trotz Vollrausches. Der Geruch, der ihm in die Nase stieg, erhärtete den Verdacht. Fischeln aus der Lendengegend. So ein Pech! Die dritte Frau in seinem Leben, mit der er Verkehr gehabt hatte, und er erinnerte sich nicht daran. Eine einzige Misere - vom Verlust der Unschuld bis hierher nach Hamilton Hall ins Bett von Stacey Armstrong. Stichwort Entjungferung: ein traumatisches Erlebnis...

Roger, damals knapp fünfzehn, ging mit vier Freunden für ein paar Tage an einem Baggersee zelten. Einen draufmachen wollten sie. Kauften sich vom spärlichen Taschengeld ein paar Kästen Bier und ließen es ordentlich krachen. Sie lernten einen Punker kennen, oder besser gesagt: einen, der sich als Punker bezeichnete. Mit seinen schulterlangen, schwarzen Haaren glich er äußerlich eher einem Bandmitglied von *Kiss* als irgendetwas anderem. Jedenfalls war er kaum älter als Roger und seine Kumpels. Sechzehneinhalb. Fuhr eines dieser Fünfziger-Zweitakt-Mopeds. Lebensgefährliche Geschosse, die bereits kürzeste Zeit nach Einführung dieser Fahrzeugklasse horrende Summen an Versicherung kosteten. Mit gutem Grund: Man setze eben mal einen frisch sechzehn gewordenen Halbstarken auf so eine Rakete und sehe zu, was passiert. Kranken- und Leichenschauhäuser füllten sich zu jener Zeit rasend schnell mit solchen Jungrockern. Lucy, so nannte sich der Möchtegern-Punker mit langen Haaren, war also per Fünfziger-Moped auch zu diesem Zeltplatz am Baggersee gekommen. Und er hatte eine Bekannte. Betonung wirklich auf "Bekannte". Eine nervtötende Blondine mit gigantischen Brüsten, welche, ohne von einer dafür geeigneten Gerätschaft gehalten zu werden, ein verwaschenes gelbes T-Shirt aufblähten, das auf Halbdistanz zwischen den sich auf dem Baumwollstoff abzeichnenden Nippeln ein dicker Fettfleck zierte. Corinna. Lucys Schoßhündchen. Lucys Gespielin. Zwei Jahre zuvor hatte er sich mit ihr mehr oder weniger angefreundet. Beider Eltern kamen normalerweise mit dem Wohnwagen her. In den Sommerferien. Und dieses Jahr war Corinna zufällig schon zu den Pfingstferien gekommen. Wie auch Lucy. Und damit er während seines Aufenthaltes die Last von Corinnas Brüsten nicht alleine zu tragen hatte, wurde er erleuchtet von einer zündenden Idee, die seine frischgewonnenen Zelterfreunde involvierte. Gangbang. Einer nach dem andern. Roger als Letzter. Trank sich Mut an während der Wartezeit. Als er an die Reihe kam und durch den geöffneten Reisverschluß von Lucys Zelt schritt, wischte sich Corinna ihre mächtige Scheide gerade mit *Zewa* ab. Lag breitbeinig auf dem Rücken wie in einem Gynäkologenstuhl. Sie gab Roger ein Zeichen, daß er anfangen könne. Eine wirklich alles andere als erotische Szene. Der Akt vollzog sich mechanisch und aufgrund von Rogers Unerfahrenheit kurz und schmerzlos. Noch bevor er sich aus Corinna entfernte, griff sie ihrerseits schon nach hinten zur *Zewa*-Rolle. Roger zog sich angewidert Unter- und Sporthose hoch. Verließ wortlos das Zelt. Erwartungsvoll starrten ihn die draußen wartenden Kumpels an. Er griff sich eine Flasche Bier, ließ den Kronkorken mit Hilfe eines Feuerzeugs geräuschvoll aufploppen und trank den Inhalt der Flasche mit einem einzigen Zug. Applaus um ihn herum. Ihm war in diesem Moment zum Heulen zumute. Hätte er sich doch verzogen, anstatt bei dieser alle Beteiligten entwürdigenden Aktion mitzumachen.

Roger hielt sich den Kopf mit beiden Händen, während er - immer noch nackt - auf der Kante von Staceys Bett saß. Sie schlief weiterhin tief und fest. Wie es wohl mit ihr gewesen war? Hoffentlich nicht so schlimm wie mit Corinna. Eigentlich konnte er froh sein, daß ihm jegliche Erinnerung daran fehlte.

Er zog sich so schnell an, wie es ihm die starken Kopfschmerzen gestatteten. Die Schuhe legte er sich erst an, als er Staceys Zimmer verlassen hatte. Nichts wie weg! Hoffentlich erinnerte sich das Mädchen genausowenig an die Sache wie er. Das wäre das Bequemste gewesen. Allerdings sah er gegen die nächste Begegnung mit ihr an: die entscheidende Reaktion oder Nicht-Reaktion. Am kommenden Dienstag. Sprechfertigkeitsübung.

Zuhause ließ sich Roger ein heißes Bad ein. Es gelang ihm, sich den abstoßenden Geruch vom Körper zu waschen. Physisch gesäubert, schlief er sich den Restalkohol von der Seele.

* * * * *

Der übliche Trick. Funktionierte immer. Garantiert. Stacey Armstrong stellte sich schlafend, obwohl sie bereits seit einer guten halben Stunde hellwach war. Eigentlich mußte sie aufs Klo. Sie wollte ihren Bettgesellen durch den Toilettengang nicht wecken. Das wäre ihm höchstwahrscheinlich sehr unangenehm gewesen. Stacey wußte ganz genau, wie sie aussahen, die Begegnungen am Morgen danach: Blicke, die sich verschämt auswichen; ein gekünsteltes Lächeln; mehr oder weniger Sprachlosigkeit; peinliche Abschiedsgrüße; verlogene Verweise auf das "nächste Mal"; Ankündigung eines nie eingehenden Anrufs. Stacey wollte Roger und sich selbst derlei Verlegenheitsszenen ersparen. Deshalb das, was sie als Trick ansah. Deshalb, und auch weil es ihr so langsam aber sicher pressierte. Sie schloß die Augen und ließ ihren linken Arm auf die Brust des neben ihr liegenden Mannes fallen. Mit ein klein wenig Schmackes, so daß er auch tatsächlich aufwachen würde. Zunächst bemerkte sie keine Reaktion. War der Schlag zu wenig fest gewesen? Oder zögerte er? Sie durfte sich keinesfalls bewegen oder gar die Aktion wiederholen. Sonst hätte er das Manöver womöglich durchschaut. So wartete sie eben eine ganze Weile. Sie hörte das Rascheln des Kissens neben ihr. Aha! Er regte zumindest mal den Kopf. Danach dauerte es nach Staceys Ermessen wieder eine Ewigkeit, bis er in Zeitlupengeschwindigkeit damit begann, unter ihrem Arm wegzuschlüpfen. Dann wieder nichts! Warum machte der Idiot nicht, daß er wegkam? Noch fünf Minuten, und sie würde glatt ins Bett machen müssen. Sie spionierte, indem sie die Augen nur einen winzigen Schlitz weit öffnete: Er saß auf der Bettkante und hielt sich den Kopf mit beiden Händen. Kein Wunder, daß ihm der wehtat! Er hatte doppelt so viele Flaschen *Red* - dieses widerliche Alcopop-Zeug - wie sie in sich hineingeschüttet. Stacey dachte, daß die vier, die sie getrunken hatte, auch schon viel zu viel waren. Und Roger hatte das ohnehin nur mitgemacht, weil ihn die anderen regelrecht abfüllten damit. Er wollte ständig eine Runde ausgeben, aber das längst abgekartete Spiel sah vor, daß ihm dazu keine Zeit gelassen würde. Nachschub stand auf der Theke, noch bevor er jeweils eine Flasche geleert hatte. Martin und Gary hatten sie, Stacey, auf Roger angesetzt. Und Stacey war von Beginn an nicht abgeneigt gewesen. Obwohl sie das Ganze für schäbig hielt, siegte die Sympathie, die sie für ihren Sprachlehrer hegte; vielleicht sogar ein leichter Schwarm. Und eventuell würde es ja Spaß machen. So schleppte sie den stark betrunkenen Roger unter viel Gelächter und Herumgealbere zu sich ins Studentenquartier ab. Küssen konnte er ja. Das gelang ihm dann doch noch ganz passabel. Zudem rauchte er nicht. Das kam Stacey sehr entgegen. Wenigstens mußte sie dementsprechend keinen Aschenbecher auslutschen. Aber wenn sie schon an lutschen dachte: Die Misere nahm danach ihren Lauf beim Vorspiel. Aufgrund seines äußerst alkoholisierten Zustandes gelang es Stacey nur Dank ihrer ausdauernden labialen Filigrantechnik, Roger oral zu stimulieren. Das Weitere: ein unendlich langwieriges Herumgehopse. Ihre Brüste hatten es ihm dabei angetan. Die taten ihr nun weh, weil er sie wie der Bäcker seinen Teig im Rhythmus der koitalen Stöße zu hart geknetet hatte. Schließlich sein Höhepunkt nach geschlagenen zwanzig Minuten. Wie ein Sack Saatkartoffeln fiel er schweißüberströmt zur Seite. Hinterließ Spuren in Gestalt von angefeuchteten Brust- und Bauchhaaren auf Staceys Körper. Auch sie war nach dem wenig angenehmen Höllenritt beinahe augenblicklich in erleichterten und tiefen Schlummer versunken.

Nun zog er sich tatsächlich an. Stacey hörte die Schnalle seines Gürtels sich schließen. Scheinbar schlich er sich nach draußen. Sie zählte bis hundert. Dann öffnete sie die Augen ganz. Schaute sich um. Weg war er. Jetzt aber allerhöchste Eisenbahn! Ohne sich anzukleiden, ging sie zur Toilette. Ekelig. Ausfluß vermischt mit seinem Sperma. Sie hatte ihm den ungeschützten Verkehr erlaubt. Sie glaubte ihm. Er wirkte mehr als ehrlich. Beteuerte, daß sie erst seine dritte Frau sei. Letzter Sex vor ungefähr drei Jahren. Da fühlte sich Stacey sicher vor AIDS. Und wenn er ihr ebenso vertraute, warum dann nicht? Mit Gummi wäre die ganze Angelegenheit noch schlimmer geworden. Erst einmal Staceys Ausfluß. Die Herabsetzung seiner Stimulierbarkeit auf Null wäre mit einem Kondom sichergestellt worden, das ihm das durch den Alkohol vorbetäubte Gefühl höchstwahrscheinlich gänzlich genommen hätte. Die meisten Männer hielten Staceys Ausfluß für erotisch. Glaubten, daß es ein Zeichen sexueller Erregung sei. Machten lüsterne Bemerkungen über die erhöhte Feuchtigkeit in ihrem Schenkeldreieck. Geilten sich daran auf und verschossen ihr Pulver dementsprechend meist zu früh - jedenfalls nach Staceys Geschmack.

Roger durfte also pur 'ran. Aber es half halt nicht viel. Sein Zustand verdarb alles. Stacey hatte Mühe, sich vorzustellen, wie er nüchtern gewesen wäre. Mittlerweile saß sie und ließ der Natur freien Lauf. Sie würde Doktor Roger Hertloff in der nächsten Sprechfertigkeitsübung begegnen, als ob nie etwas geschehen wäre. Womöglich erinnerte er sich an nichts. Und genauso würde sie sich an nichts erinnern. Martin und Gary gegenüber würde sie sich ebenfalls in Schweigen hüllen oder gar lügen. Er habe sie nach Hause geleitet und sei dann wie ein Gentleman gegangen. Das wollte er ja auch. Küßte ihr sogar zum Abschied die Hand. Doch sie griff förmlich zu und zerrte ihn mit nach oben. Keine Gegenwehr.

Stacey wischte sich ab und stellte sich sofort unter die Dusche. Vergessen, vergessen und nochmals vergessen! Wann würde ihr endlich der ideale Partner über den Weg laufen? An irgendeinem Ende haperte es immer. Die meisten wollten nur ins Bett mit ihr - kein Wunder bei ihren Formen. Viele trauten sich offenbar nicht. Und dann gab es noch die Schwafler. Konnte man diese Mannsbilder nicht zu einer Schnittmenge vereinigen? Der Wunderknabe im Bett, der wußte, wann er sich zurückhalten sollte und wann seine Meinung zu irgendetwas gefragt war? Stacey feierte ihren zweiundzwanzigsten Geburtstag in vier Monaten. Sie stellte sich ein Ultimatum. Bei Erreichen der Fünfundzwanzigermarke würde sie den Erstbesten ehelichen, sofern sie bis dahin nicht den Traummann ausfindig gemacht hatte.

Mit nassen Haaren legte sich Stacey Armstrong wieder ins Bett zurück und schlief bis in den späten Nachmittag hinein.

* * * * *

Diese verflixte Linse. Eigentlich passierte so etwas nur an einem von hundert Tagen. Meistens am falschen. Es durfte ja nicht anders sein. Sylvia Körbel fischte die Kontaktlinse unter Aufwendung höchster mentaler Konzentration aus ihrem linken Auge. Es tränte stark. Sie hielt inne und spülte die kaum sichtbare Sehhilfe ein zweites Mal in der antiseptischen Lösung. Noch ein Versuch. Jemand drückte auf die Klingel ihres Apartments. Sie blickte sich selbst noch etwas intensiver im Spiegel an. Wer konnte das sein? Sie war doch auf dem Sprung und hatte mit niemandem etwas ausgemacht. Wenn es Rolf wäre, würde sie ihm unmißverständlich und endgültig einen Korb geben. Der wollte einfach nicht kapieren und nervte ungemein mit seinen ständigen Annäherungsversuchen. Obwohl: Sie dürfte ihm erst gar nicht aufmachen, denn wenn er sie in dieser Art und Weise gekleidet sähe, kämen Fragen auf. Sie trug ihren Nadelstreifenanzug. Einer für Frauen. Hosenreisverschluß auf der Seite. Das Jacket hing noch über der Lehne ihres Schreibtischstuhls, während sie das Linsenproblem zu lösen versuchte. Das rote Oberteil hatte sie sich in einer der teuren Boutiquen in der Maximilianstraße besorgt. Als Belohnung für eine bestandene Zwischenprüfung. An den Füßen: *Dior*-Schuhe, halbhoch. Die Anzughose reichte nicht hinunter zu den Knöcheln, weshalb man das schwarze Verschlußband der Schuhe sowie ihre Hochglanz-Seidenstrümpfe erkennen konnte. Dieses Verschlußband um die Knöchel - ein wahrer Renner. Ein noch eher junger Kunde hatte sogar einmal von ihr verlangt, daß sie sich ganz ausziehe und nur diese Schuhe anbehalte. Daraufhin mußte sie sich leger über die zwei Armlehnen eines flauschigen Sessels mit übereinandergeschlagenen Beinen hinlegen. Der ansonsten mehr als normal sowie anständig wirkende Typ hatte sodann über ihren Füßen onaniert. Die Spermienflüssigkeit ruinierte das schwarze Leder der Sechshundert-Mark-Treter beinahe. Die eingetrockneten Eiweißflecken kamen immer wieder zum Vorschein. Trotz wiederholten Einschmierens mit Schuhcreme. Bis sie schließlich nach viereinhalb Wochen verschwanden. Sie hätte das auf die Rechnung setzen können. Die Agenturbedingungen sahen unter gegebenen Umständen auch die Nachbelastung von Kreditkarten vor. Die Kunden mußten sich zuerst mit den Zahlungsmodalitäten einverstanden erklären, bevor es zu Terminfestsetzungen kam.

Sylvia blieb ruhig. Als sie mit dem befeuchteten rechten Mittelfinger die Lippenstiftlinie korrigierte, klingelte es ein zweites Mal. Hartnäckig. Rolf. So gut wie sicher. Er hatte das Licht gesehen. Sylvia tappte auf Fußspitzen zur Apartmenttür, damit der Klingler keine Schritte vernähme. Sie guckte mit dem nicht tränenden Auge durch den Spion. Sie seufzte erleichtert auf. Nicht Rolf. Eine Brünette mit langem, welligem Haar im Militär-Look. Wirkte ein wenig gespenstisch an diesem ausklingenden trüben Nachmittag. Terroristenmäßig. Paßte zur Historie des Ortes. Wer konnte das sein? Wohl kaum eine Studienanfängerin von einer der Apartments nebenan. Die stellten sich oft bei Semesterbeginn vor. Suchten Kontakt. Aber die da? Die Vorlesungszeit ging bereits in Richtung zweite Hälfte. Sylvia ging zurück ins Apartment. An den Schreibtisch. Dieses Mal mit Geräusch, damit das Mädchen draußen deutlich hörte, daß jemand da war. Sylvias Neugierde siegte. Es konnte keine von der *GEZ* sein. Dafür schien sie zu jung und unpassend gekleidet. Außerdem hatte sie keine Aktentasche mit. Wenn sie wider Erwarten doch Fernsehgebühren eintreiben wollte, würde sie ihr ordentlich den Marsch blasen. Von wegen Belästigung und dergleichen. Sylvia nahm das Jacket vom Stuhl und schlüpfte hinein. Sie wollte sich beim Öffnen der Tür keine Lungenentzündung einfangen. Entschlossen riß sie die Pforte auf. Die Söldnerin zuckte zusammen. Hatte sich ein wenig erschreckt und suchte nach Worten.

"Ja???" fragte Sylvia im strengsten Tonfall, der sich in ihrem Repertoire befand.

"Entschuldigen Sie bitte die Störung. Ich bin gerade vier Türen weiter eingezogen. Ich hab's schon bei Ihren Nachbarn versucht... Entweder keiner da, oder man konnte mir nicht helfen. Etwas peinlich ist es mir schon, aber: Haben Sie vielleicht einen Staubsauger, den ich mir für ein Stündchen ausleihen könnte?"

Verblüffte Funkstille von seiten Sylvias. Maulsperre. Das vorgetragene Anliegen wesentlich unerwarteter als ihr Geschäftsfrauenaufzug für den Gast vor der Tür. Sie faßte sich allmählich.

"Also, mit dem Siezen wollen wir hier erst gar nicht anfangen. Hier wohnen ja ausschließlich Studenten... Also, ich bin Sylvia... Und ignorier' einfach meine Aufmachung... Hab' gleich einen wichtigen Termin... Und ja: Ich hab' einen Staubsauger... Einen sehr guten sogar... *Vorwerk*... Von Muttern... Mit frischem Staubbeutel... Der zieht wie die Blaue Elise!"

"Bl... Blaue Elise???"

"*Rosaroter Panther*??!... Zeichentrick... Der Ameisenbär - Elise???"

"Wie bitte???"

"Du willst mir doch nicht etwa sagen, daß du den *Rosaroten Panther* nicht kennst?"

"Nein... äääh - tut mir leid; aber ich bin auch nicht in Deutschland aufgewachsen..."

"Na, das erklärt's ja dann..."

Pause.

"Dann komm' doch mal kurz 'rein!"

Zaghaft überschritt das Mädchen die Schwelle, nicht ohne sich vorher mehrfach die Schuhe auf der Borstenmatte vor der Tür abzutreten.

"Und darf man auch deinen Namen erfahren?"

"Oh, Entschuldigung... Klar: Johanna..."

"Johanna!... Johanna??"

"Jaa... Drei Silben, wenn du das meinst..."

"Wie gesagt: Ich bin Sylvia. Mit Ypsilon, wenn du mich verstehst?!"

Stille zunächst. Sie schauten sich lange an, und wie auf Kommando fingen sie beide an zu lachen.

Sylvia ging zum Küchenschrank. Da stand es drin, das gute alte Stück.

"Also, Jo-han-na: Da hast du ihn - beinahe so alt wie ich. Tut's noch wie am ersten Tag..."

"Herzlichen Dank, Syylll-via!"

Kichern.

"Bist du Erstsemester?"

"Nee, nee... Nur Gasthörerin..."

"Hast du jemanden im Studentenwerk bestochen? An die Apartments hier ist kaum 'ranzukommen, außer du bist Vollwaise und auf *BaFög*-Höchstsatz..."

"Hat man mir auch gesagt. Die haben 'ne Ausnahme gemacht, weil's nur bis zum Sommer ist. Wahrscheinlich muß ich mit dem Studium wo ganz anders anfangen... Ich warte noch auf 'ne Stipendienzusage..."

"Aha!... Und was willst du studieren?"

"Physik!"

Es gelang nur wenigen Personen - und denen dann sowieso äußerst selten -, Sylvia Körbel zu überraschen. Aber Johanna tat es auf Anhieb. Gleich zweimal.

"Donnerschlag!!!" entfuhr es ihr. Sie mußte sich selbst eingestehen, vor allem in Anbetracht ihres Sozialanthropologie- und Kulturwissenschaftsstudiums auf Magister, daß sie den Anflug eines leichten Minderwertigkeitskomplexes entwickelte.

Der Handy-Timer piepste.

"Ach, du Scheiße! Ich muß los!... Hast du morgen Abend Zeit, Johanna?"

"Ehhhm... Ja, ich glaub' schon..."

"Okay... Dann bring' mir den *Vorwerk* doch so gegen sieben zurück. Laß' uns was zusammen kochen! Ich sorge fürs Essen, und du bringst Getränke!... Wie wär's?"

"Klingt gut!... Prima!... Abgemacht!"

Nachdem Sylvia hinter Johanna die Tür zugemacht hatte, schüttelte sie den Kopf. Was für eine seltsame Begegnung! Erst die anfängliche Strenge, mit der sie Johanna empfangen hatte, und dann die Zutraulichkeit, die sie unvermittelt dazu veranlaßte, die neue Bekanntschaft sofort zum Essen einzuladen. Aber bereits der Blick durch den Spion verursachte bei Sylvia einen "Klick". Obwohl sie die abgedroschene Phrase eigentlich nicht mehr ertragen konnte, weil sie sie so oft über sich hatte ergehen lassen müssen, kam sie ihr dennoch in den Sinn:

"Kennen wir uns nicht von irgendwoher?"

Eben das Klick-Gefühl. Man begegnet einer Person und wähnt sich zuhause, im sicheren Hafen. Sylvia Körbel kannte Johanna. Im kurzen Gespräch mit ihr hätte sie ihr am liebsten viel länger und intensiver ins Gesicht, in die Augen geschaut. So, als ob man einen liebgewonnenen Menschen Ewigkeiten nicht gesehen hätte. Die großen, braunen Augen. Die glänzende Fläche zwischen Augen und den perfekt gewölbten Nasenflügeln. Die wahrscheinlich durch eine Spange in absolut symmetrische Position versetzten, großen, perlweißen Zähne. Das dichte, dicke Haar mit einer bewundernswerten Naturwelle. Sylvia mahnte sich zur Vorsicht, zur Skepsis. Nicht mit der Tür ins Haus fallen! Normalerweise schloß sie nur mit Mühen neue Freundschaften. Zu viele Enttäuschungen. Man konnte einfach niemandem vertrauen. Deshalb hatte sie auch an einem ihrer einsamen Abende - im Prinzip waren es die frühen Morgenstunden - diese Radio-Phone-In-Nummer gewählt. Titian nannte sich der schleimige Moderator. Ein Un-Bekannter, dem man sich total unverbindlich anvertrauen konnte. Ohne Folgen für die direkte soziale Umgebung. Und dann eine solche Ventilwirkung für sie selbst! Das hatte gutgetan. Zwar die Fragen, die man erwarten konnte; aber das machte nichts. Ob sie schon mal mit einem Kunden einen Orgasmus gehabt habe. Was sie denn mache, wenn sie der Kunde anekele. Und so weiter. Es hatte trotzdem und ganz einfach gutgetan. Dampf ablassen. Alles 'raus! Kein Mensch wußte, welche studentische Nebentätigkeit Sylvia Körbel ausübte. Ihre Eltern, im ländlichen Franken an der Pegnitz, hätten sie womöglich verstoßen, wenn sie Wind davon bekommen hätten. Die durften es nie erfahren. Niemand aus ihrem Bekanntenkreis durfte es erfahren. Sonst käme es zur Katastrophe. Aber Titian zum Thema "Doppelleben" - die ideale Gelegenheit! Das schadete niemandem. Und vielleicht sogar Johanna, die ihr vorgekommen war wie eine Außerirdische und eine uralte Freundin zugleich. Vielleicht Johanna. Aber zuerst schnuppern. Morgen Abend. Bei ein paar Gläsern Wein eventuell. Was für eine seltsame Begegnung!

Sylvia Körbel griff nach der leeren Aktentasche. Dunkelbraunes Leder. Das *Goldpfeil*-Symbol glitzerte im Licht der Schreibtischlampe. Ihre Alibi-Tasche. Das *Vier Jahreszeiten* - ihr Lieblingshotel. Sowieso an einem normalen Wochentag. Dort ahnte auch niemand was. Die kannten sie da zwar wahrscheinlich vom Sehen. Aber ihr Aufzug ließ niemanden Verdacht schöpfen. Und die Kunden - meist unheimlich nette, gepflegte Geschäftsmänner, die sich gehen lassen wollten, weil sie bei sich daheim nicht das bekamen, worauf sie eigentlich aus waren. Rücksichtsvoll, zärtlich, höflich. Meist noch zusätzlich Trinkgeld plus Champagner.

Sylvia blickte auf ihre Arbeitsuhr. *Cartier* mit Lederarmband. Wie gerne hätte sie die auch mal an der Uni getragen. Aber da mußte es die alte *Swatch* tun mit ihrem poppigen Ziffernblatt. Nur kein Aufsehen erregen! Und bloß nicht bei Rolf!

Sechzehn Uhr fünfzehn. Eine Stunde noch. Besser ein Taxi nehmen. Das konnte sie sich leisten. Der Kunde hatte vier Stunden gebucht. Erfahrungsgemäß würde es doch bis elf gehen, bis er sie entließ. Sie war eben gut. Und knappe zwei Stunden extra bedeuteten dann auch etwa sechshundert Mark obendrauf. Das Taxi würde sie gut dreißig Mark kosten. Warum nicht? Sie nahm das Handy auf und wählte.

* * * * *

Siebzehn Uhr dreißig. Ob Sylvia schon von der Uni zurück war? Rolf Gradmann war es immer noch nicht gelungen, den exakten Stundenplan seiner Kommilitonin Sylvia Körbel im Detail zu rekonstruieren. Er wollte sich nicht zu sehr aufdrängen, witterte aber dennoch eine der größten Chancen, seit ihn Anna Knall auf Fall vor einem halben Jahr verlassen hatte. Die Vorhersage seiner Mutter: erfüllt. Seit der ersten Begegnung war sie ihm damit in den Ohren gelegen: Das sei nicht die richtige Frau für ihn. Und warum? Sie rede einfach nichts. Rolf hätte seine Mama damals erwürgen können. So eine Dorfspießerin! Immer tratschen wollen. Ländlicher Smalltalk.

Und wenn dann mal jemand nicht mitmachte: unqualifiziert für die eingeschworene Gemeinschaft. Was für ein Glück für Rolf, daß er schon nach drei Semestern mit seinem Härteantrag durchgekommen war. Studentenunterkunft bis zum Ende des zehnten Fachsemesters. Die Mutter flippte seinerzeit aus: Was für Extrakosten, wenn er doch umsonst zuhause in Fürstenfeldbruck hätte wohnen können. Mit Mühen gelang es ihm, ihr deutlich zu machen, daß der Umzug immens wichtig sei für seine persönliche Entwicklung, für seine seelische Abnabelung von Anna. Beim Stichwort "Anna" erweichte das mütterliche Herz schließlich. Wenn der Junge nur loskäme von diesem widerlichen Trauma - ausgelöst von der ungeliebten Fast-Schwiegertochter. So landete Rolf Gradmann denn im Studentendorf des Olympiazentrums München, ungefähr fünfhundert Meter entfernt vom Ort, wo sich anno zweiundsiebzig das Geiseldrama mit dem israelischen Olympiateam ereignet hatte. Eine historische Stätte also. Inspiration für die künstlerische Seele Rolfs? Weit gefehlt! Die Ablenkungen überhäuften ihn in zu großer Anzahl; die Weltstadt mit Herz überwältigte ihn, nun, da er quasi in ihr direkt residierte. Trommel-Workshop. Lesekreis von selbsternannten Poeten ohne Verlagsvertrag. Studentenchor. Theatergruppe. Zwei Semester nach Einzug in seiner neuen Bleibe machte Rolf Gradmann keinen einzigen Schein. Und nachdem er Sylvia Körbel bei einer studentischen Party anläßlich des Wahlabends achtundneunzig kennenlernte, als das sechzehnjährige Kohl-Gau schließlich zum Ende kam, konnte er es sowieso vergessen: Sie hatte keinen Freund, definitiv, sah unheimlich gut aus, kam vom Land - Franken (würde also auch Mama gut in den Kram passen), war witzig-schlagfertig, kurz und gut: die Idealfrau. Die mußte er haben! Und abgeneigt schien sie keinesfalls zu sein. Immer freundlich. Lächelte ihn stets an. Kein böses Wort. Keine von den üblichen weiblichen Zickigkeiten. Allerdings eine ultimative Reserviertheit, die offenbar kaum durchbrochen werden konnte.

Rolf Gradmann betrachtete sich selbst de facto nicht als Casanova. Sein Äußeres sprach Bände. Von klein auf: leichte Gewichtsprobleme. Die Aversion gegen physische Belastungen jeglicher Art half in dieser Beziehung nicht unbedingt. Genausowenig wie sein hartnäckiges Ignorieren der ärztlichen Anweisungen hinsichtlich der kontrollierten Nahrungsaufnahme, besonders angesichts seiner Diabetes. Wenn er - total entkleidet sowie aufrecht stehend - an sich hinunterblickte, vermochte er gerade noch, seine Männlichkeit zu erkennen. Das bildete für ihn die absolute Grenze. Nulldiät für ungewisse Zeit, wenn einzig die Zehen zu sehen waren. Kein Schürzenjäger also, was das Aussehen betraf. In verbaler Hinsicht verhielt es sich etwas anders. Er konnte gut reden. Gut anmachen. Aber letztendlich haperte es dann doch mit dem entscheidenden Sex-Appeal. Er landete einfach nicht. Keine Chance! Warum nur? Und warum hatte es Anne dann doch glatte vier Jahre mit ihm ausgehalten? Schwer verständlich. Dementsprechend stellte Sylvia Körbel auch eine harte Nuß dar. Freundlich und lieb einerseits - schwer knackbar andererseits. Wie könnte er den unangekündigten abendlichen Besuch bei ihr rechtfertigen? Eine Lüge! Eine glatte Lüge! Sylvia wußte um Rolfs Schwierigkeiten im Studium. Die Schreibblockade, wenn es um Hausarbeiten ging. Er würde nun glatt lügen, einzig um mit Sylvia ein Tête-à-Tête haben zu können. Eine kleine Feier, um die Fertigstellung seiner ersten Hausarbeit seit drei Semestern zu begehen. "Tod in der englischen Kinderliteratur". Das Thema bot wenig Anlaß zu einer Fete. Aber eben die erfundene Beendigung einer Hausarbeit dazu. Zwei Tafeln *Lindor blau* - Sylvias Lieblingsschokolade; eine Flasche *Freixenet semi seco* - Sylvias Lieblingssekt. Damit wollte er an diesem Abend bei ihr aufkreuzen. Und es "richtig" versuchen. Unangemeldet. Vielleicht besser etwas später. Gegen neun, halb zehn? Rolf nahm sein Didgeridoo. Spielte sich damit in Trance, bis er gehen konnte. Bis er sich traute.

* * * * *

Getränke sollte sie mitbringen. Keine Ahnung, ob Alkohol oder nicht. Und wenn ja, welche Art von Alkohol. Oder wenn nein, welche Art von antialkoholischen Getränken. Johanna entschied sich für je eine Flasche Rot- und Weißwein - beide südafrikanischen Ursprungs (da wußte man, was man hatte, und erfreute fast jeden Gaumen). Kein Bier. Obwohl sie selbst nicht abgeneigt gewesen wäre. Aber Sylvia schien ihr eher ein Weintyp zu sein. Als Alternative zwei Tetrapacks Orangensaft. Den konnte man in der Not noch mit dem Weißwein mischen, ebenso wie das sprudelnde Mineralwasser, welches sie zum Schluß in Gestalt zweier Literflaschen in den Einkaufskorb legte. Ziemlich schwer das Ganze. Und nicht gerade billig. Wenn sie sich selbst Abendessen gemacht hätte, wäre sie das, alles in allem, lange nicht so teuer gekommen. Aber ablehnen wollte sie von Anfang an keinesfalls. Ihr Gefühl - spontan positiv. Obwohl sie sich unheimlich erschreckt hatte, als Sylvia so unwirsch die Tür aufriß. Und trotz der überaus erwachsen wirkenden sowie Strenge ausstrahlenden Kleidung der jungen Frau, die ihr den Staubsauger borgte. Klänge eines alten *Doors*-Liedes kamen ihr in den Sinn. *Hyacinth House*: "I need a brand new friend who doesn't bother me!" singt Jim Morrison da. "Ich brauch' 'nen ganz neuen Freund, der mir nicht ständig auf die Pelle rückt" oder so ähnlich. Johannas Bedürfnis nach einer Freundin, mit der man über alles reden konnte. Zum Beispiel die Sache mit Gerrit, von der niemand etwas wußte. Sylvia erschien ihr auf Anhieb die geeignete Kandidatin. So surreal die Begegnung mit ihr gewesen sein mochte, so sicher wähnte sich Johanna, daß dies der Beginn einer wunderbaren Freundschaft sein konnte. Sylvia hatte spontan diese Einladung ausgesprochen, die Johanna ohne das geringste Zögern annahm. Die Ungewißheit reizte sie. Sie freute sich darauf. Sie wollte mehr über Sylvia erfahren. Warum zog sie sich als Studentin so teuer an? Woher kam das Geld? Warum war sie ihr zunächst so unfreundlich entgegengetreten? Wirklich eine seltsame Begegnung. Eine faszinierende Begegnung. Johanna schleppte die kiloschweren Flüssigkeiten zurück zum Apartment. Bis auf den Rotwein kam alles in den frischgeputzten Kühlschrank, dessen Reinigung am Vortag Johanna alleine schon dreißig Minuten gekostet hatte. Sie würde den Augenblick nie vergessen, als sie das Gerät zum ersten Mal aufmachte. Da lag im wahrsten Sinn ein Toter drin beziehungsweise diverse Reste von Nahrungsmitteln. Der Hauptübeltäter in Bezug auf den Gestank: ein geöffneter Plastikbecher mit Buttermilch. Was für ein Schwein hier gehaust haben mußte! Die sogenannte Naßzelle - also Dusche, Waschbecken und Toilette aus einem einzigen Plastikguß: um keinen Deut besser. Bremsspuren und Bröckchen der Exkremente des Vormieters hatten auch hier Düfte entstehen lassen, die unmittelbaren Brechreiz auslösten. Aber glücklicherweise war es eben eine dieser Naßzellen

- leicht zu säubern. Auch eine halbe Stunde. Und dann der Teppichboden. Man konnte erkennen, daß er noch nicht zum alten Kaliber gehörte. Aber unter Johannas Hausschuhen knisterte es bei jedem Schritt. Ein Krümelmonster! Wenn es keinen Datenschutz gegeben hätte, wäre Johanna tatsächlich zum Studentenwerk gegangen, um diese Pottsau ausfindig zu machen und sie sodann unter Androhung körperlicher Gewalt - sie wußte ja, wie man unangenehme Männer physisch in die Knie zwingen konnte - zur Beseitigung des von ihr hinterlassenen Schmutzes zu nötigen. An den Kauf von Putzmitteln verschiedenster Art hatte Johanna gedacht. Aber nicht an einen Staubsauger. Arthur ebenfalls nicht. Der war mit den Gedanken offenbar sowieso wo ganz anders gewesen, als er sie mit Sack und Pack im Olympiazentrum abgesetzt hatte. Im Hause Hesseling existierten zwei Staubsauger plus ein *Dustbuster* von *Black and Decker,* halt so ein Handgerät, welches es ihr nun in der Not auch getan hätte. Sie wollte nicht Tage warten, bis sie einen der drei Apparate von den Hesselings bekam, weshalb sie sich in ehrlicher Verzweiflung auf die Suche nach einem verständigen Nachbarn machte, damit sie unter Umständen noch am selben Abend die widerlichen Brösel vom Boden entfernen konnte. Pech direkt nebenan: niemand da. Genau dasselbe Spielchen eine Tür weiter: kein Licht, keine Antwort. Alle noch beim Studieren? Tür Nummer drei: laute Musik. *UTwo.* Ob man ihr Klingeln überhaupt hörte? Nach Johannas fünftem Versuch öffnete sich die Tür langsam und ein Langhaariger mit glasigen Augen sowie einer zum Ende hin dicker werdenden, selbstgedrehten Zigarette zwischen den Fingern starrte sie ohne ein Wort des Grußes müde an. Sie trug ihm dennoch ihre Bitte vor. Doch er fing nur an, dreckig zu lachen und schlug ihr die Tür vor der Nase zu. Das erinnerte sie an Kafka. An einen Kurztext, den sie vor ein paar Jahren mal im Deutschunterricht durchgenommen hatten: *Gib's auf!* Eine fast identische Situation. Man glaubte es einfach nicht, wenn man es nicht selbst erlebt hatte. Borniert weigerte sich Johanna hingegen aufzugeben. Und an der Schwelle zu Sylvia Körbels Apartment sollte sie noch eine weitere surreale Situation erleben.

Johanna sehnte das wöchentliche Telefonat mit der Familie herbei. Von einem dieser türkischen Kabuffs aus. Unterhalb des Hauptbahnhofs. Die billigste Möglichkeit. Zehn Mark das Budget. Das langte für etwas mehr als dieselbe Anzahl an Minuten. Sie hatte einiges zu erzählen. Vielleicht müßte sie diese Woche mehr investieren, je nachdem, wie das Abendessen bei Sylvia verlief.

Sie legte sich aufs Bett und döste. Viertel nach fünf. Ein Stündchen, dann frischmachen und pünktlich 'rüber zur erhofften Freundin.

* * * * *

Ohne Make-up. Die Pagenschnitt-Frisur etwas zerzaust und feucht. Verwaschene Jeans. Ein altes Sweatshirt der University of Vermont. Die adrette Geschäftsfrau hatte sich zur leicht schlampig wirkenden Studentin gewandelt. Johanna dachte, daß Sylvia genausowenig wie sie selbst irgendwelche Schminke benötigte. Ihr Gesicht machte sie - in natürlichem Zustand belassen - einfach freundlicher und im Prinzip auch hübscher.

"Was hast du denn da für 'ne Ladung mitgebracht?" begrüßte sie ihren Gast.

Nachdem Johanna die Getränke an der Kochnische abgestellt hatte, wurde sie über den Speiseplan informiert. Puten-Cordon-Bleu mit grünem Salat und Ofenfritten. Als Nachtisch Tiramisu.

"Ich hoffe, du bist keine Vegetarierin??!"

"Nee, nee..."

"Na, dann ist ja alles paletti... Also, ehrlich gesagt: Ich hasse das Herumgezicke dieser schwindsüchtig-bleichen Püppchen, die die armen Tiere retten wollen... Der Mensch ist ein Allesfresser... Anthropologisch belegt!"

Johanna kicherte.

"Zwei Flaschen Wein?... Das gibt ja 'ne ordentliche Dröhnung hin!"

"Ich wußte überhaupt nicht, was ich mitbringen sollte. Du sahst mir eher wie ein Weintyp aus in deiner Aufmachung gestern..."

"Alsoooh... Bier wäre mir fast lieber gewesen..."

"Ach, du liebe Güte - mir eigentlich auch!"

Sie grinsten sich an.

"Ist ja nicht schlimm!... Dann eben Wein..."

"Wie wär's mit Erdnußflips als Hors D'Oeuvre zusammen mit dem Rotwein als Aperitif?"

"Erdnußflips???"

"Gibt's die etwa nicht, wo du aufgewachsen bist??... Wo bist du eigentlich aufgewachsen?"

"Südafrika!"

Pause.

"Geillll!!... Und wo in Südafrika?"

"Johannesburg!"

"Da, wo die Kriminalität so schlimm ist?"

"Jaaah - aber so schlimm ist es dann auch wieder nicht. Man gewöhnt sich dran..."

Beinahe eine Stunde benötigte Johanna anschließend dafür, Sylvias Detailfragen ausführlichst zu beantworten, zu erzählen, wie das Leben in Südafrika so war. Kein Wunder: Schon seit Studienbeginn hegte sie den Plan, nach ihrem Abschluß eine Gruppenreise zum Krüger-Park zu buchen. Johanna erzählte und erzählte, während sich Sylvia am Herd zu schaffen machte, bis die Mahlzeit auf den Tisch kommen konnte.

Als Sylvia dann den Weißwein entkorkte, stellte sie die entscheidende Frage:

"Und was sagt dein Freund dazu, daß du jetzt hier bist für so lange Zeit?"

"Ich hab' keinen Freund..."

"Oh,... 'tschuldigung; aber es wundert mich schon, daß sich dich noch keiner geangelt hat..."

Sie stießen an. Fingen mit dem Essen an. Der Wein löste Johannas Zunge. Wenn sie es nur nicht bereute.

* * * * *

Zeit für den Nachtisch. Sylvia öffnete den Kühlschrank und holte zwei Schalen heraus. Nach dem ersten Löffel:

"Mann, ist das lecker!!!"

"Danke! Ich könnt' mich auch dran totfressen..."

Es klingelte.

"Verdammt!!!"

"Was denn??"

"Scheiße! Das mußte ja kommen... Das ist bestimmt Rolf..."

"Ist das dein Freund???"

"Um Himmels Willen: neinnn!! EIN Freund. Einer, der auf mich steht und es leider nicht kapiert..."

"Aha..."

"Du, Johanna, paß' auf... Eigentlich gut, daß du da bist... Rolf kann man nur schlecht wieder loswerden. Tu' mir den Gefallen und spiel' mit, bitte! Ich jag' euch beide in spätestens 'ner halben Stunde zum Teufel, okay???"

"Ja??... Okay??!..."

"Ich komm' dann 'rüber zu dir... so nach 'ner Viertelstunde nachdem ihr gegangen seid, okay???"

"Okay!..."

Sylvia ging zur Tür. Johanna blieb am Tisch sitzen. Sie hörte Sylvia sagen:

"Na sowas, Rolf! Was hast du denn da mitgebracht???"

"Überraschunggggg!"

"Gibt's denn was zu feiern??"

"Erste Hausarbeit seit Ewigkeiten!!!"

"Prima!... Duuuh, äääh Rolf, ich hab' grad Besuch..."

"Macht doch nichts! Da können wir doch zusammen anstoßen..."

"Na, gut! Aber nicht so lange... Ich wollte Johanna auch gerade 'rausschmeißen, weil ich einen strammen Tag vor mir habe..."

"Johannnaahhh??"

"Na, dann komm' mal kurz 'rein. Ich stell' euch vor!"

Sylvia folgte Rolf in den Wohnbereich. Au Backe, dachte sich Johanna, als sie den ungebetenen Gast hereintreten sah; da hatte sich Sylvia ja was Schönes angelacht. Sie verstand spontan, was Sylvia gemeint hatte. So ein gutmütiger, lieber Trottel, dem man nicht wehtun wollte. Auf den ersten Blick zu erkennen. Sie würde Sylvia den Gefallen tun und eifrig mitspielen. So einen wollte man nicht bis Mitternacht auf der Bude haben, um sich vollabern zu lassen.

* * * * *

Der Plan ging glücklicherweise auf. Siebenunddreißig Minuten und Sylvias Wohnung war leer. Sie wartete nochmal zehn Minuten, machte die Tür auf, schaute vorsichtig nach links und rechts. Die Luft war rein. Sie packte die angebrochenen Flaschen mit Weißwein und Sekt, zog die Tür hinter sich zu, nachdem sie sichergestellt hatte, daß sich der Hausschlüssel auch tatsächlich in ihrer Jeanshosentasche befand. Auf Zehenspitzen schlich sie an den Nachbartüren vorbei und kam sich dabei ziemlich lächerlich vor. Wie konnte man vor so einem wie Rolf nur Schiß haben? Einfach sagen, was Sache war! Wenn das nur so einfach gewesen wäre! Total lieb, der Kerl. Aber nie und nimmer ein Mann zum Verlieben. Und er war offensichtlich über beide Ohren verknallt in sie. Womöglich hatte es ihm Johanna auch noch angetan. Er war - ungewöhnlich für ihn - total auf den Mund gefallen, als er sie kennenlernte. Sylvia entwickelte ein schlechtes Gewissen gegenüber Johanna, weil sie sie da hineingezogen hatte. Eventuell wollte Rolf nun von ihr, Sylvia, nichts mehr wissen und konzentrierte seine Energien voll und ganz auf Johanna? Das Mädchen mußte gewarnt werden. Was konnte man machen? Sylvia hätte sich selbst in den Allerwertesten treten können ob ihrer Unfähigkeit, Rolf ehrlich zu sagen, was Sache war. Da spielte sie betuchten Männern die erfahrene Liebhaberin vor, bereitete denen unter Umständen sogar auf Wunsch physische Schmerzen; aber daß sie Rolf Gradmann seelisch verletzen könnte und ihm geradeheraus ins Gesicht sagen würde, daß eine Liebesbeziehung zwischen ihr und ihm oder eventuell (und da war sie sich auch so gut wie sicher) zwischen Johanna und ihm ein absolutes Ding der Unmöglichkeit darstellte, ging einfach nicht. Man konnte lediglich Andeutungen machen. Und hoffen. Aber erstmal intensiv mit Johanna reden. Die Unterhaltung fortsetzen, die so spannend begonnen hatte und so abrupt von Rolfs Besuch unterbrochen wurde: Johannas Liebesleben. Und schließlich wollte Sylvia im tiefsten Inneren auch etwas loswerden.

Vier Türen, hatte sie gesagt. Da war es! Sie drückte auf die Klingel.

* * * * *

Vor zwei Jahren bekamen sie ein Doppelzimmer. Da waren sie noch verheiratet und galten als das auch noch bei den Tutorenkollegen des *BIWA*. Diane Hertloff sah dem jährlichen Treffen der Jungdozenten im Windsor Great Park mit Anspannung entgegen. Letztes Jahr war sie mit Absicht nicht hingegangen. Zu frisch die Trennung von Roger. Zu frisch die Erinnerung an einige häßliche Szenen, an ihre Hysterie, die in einer Suizidandrohung ihrerseits gipfelte. Da konnte sie dem in Scheidung mit ihr lebenden Gatten nicht gegenübertreten. Jetzt aber umso mehr. Sie wollte ihn sehen, ihm vielleicht die Hölle heiß machen. Wie, das wußte sie noch nicht so recht; doch es würde sich garantiert etwas ergeben. Mit Absicht hatte sie bei ihrer Zusage ans *BIWA* nicht erwähnt, daß sie mit einer anderen Tutorin das Zimmer teilen wolle anstelle mit Roger. Das sollte er selbst erledigen, wenn es ihm wichtig war. Nur sporadischen Kontakt hatten sie seit seinem Südafrika-Trip gehabt. Er gehe nun definitiv, hatte er in einem eher kurzen Telefonat vor knapp zwei Wochen erklärt. Und die *BIWA*-Workshops müsse er schwänzen, um bei der *South African High Commission* in London seinen Antrag auf Arbeitserlaubnis abzugeben. Sie könnte ihn verpetzen, dachte sie. Aber das wäre ein wenig zu stillos. Eher kindisch-albern, wenn sie bei diesem Widerling Dr. Rudolf Führbach, seines Zeichens Leiter des Londoner *BIWA*-Büros, anschlappte und dem unter die Nase riebe, daß sich der Ex-Mann, anstatt sich an diesem pseudo-didaktischen Firlefanz inklusive Ringelpietz mit Anfassen zu beteiligen, lieber bei *Harrod's* vergnüge. Da hätte sie sich eher blamiert, als Roger in irgendeiner Weise geschadet. Nein; es würde sich irgendetwas ergeben. Eventuell ein paar gezielte verbale Seitenhiebe während des geselligen Beisammenseins mit den Tutorats-Kollegen. Andeutungen, daß er sich ja ganz schnell mit der Kollegin vor Ort vertröstet habe. Ja, so etwas in die Richtung müßte es sein.

Diane klickte die Schnallen ihres Lederrucksacks zu. Warten auf die Mitfahrgelegenheit. Birgitta. Auch *BIWA*-Tutorin. Die hatte Roger ebenfalls kennengelernt vor zwei Jahren. Diane gelang es einfach nicht, Birgitta zu impfen. Die beteuerte stets, sie wolle sich da 'raushalten. Sie habe das schon einige Male mitbekommen, wenn Leute in ihrem Bekanntenkreis geschieden wurden. Am Schlimmsten sei es bei den eigenen Eltern gewesen. Sie wolle von alledem nichts wissen. Wenn Diane mitzufahren beabsichtige, dann solle sie das Thema "Roger" nicht ansprechen. Naja, Birgitta war eben herzensgut, anders als sie selbst. Diane verdammte sich manchmal für ihre Neid-, Haß- und Minderwertigkeitsgefühle, aber sie konnte nicht aus sich heraus. Sogar die zwölfmonatige Psychotherapie - zwei Sitzungen pro Woche - hatte überhaupt nicht geholfen. Im Gegenteil. Die hatte dafür gesorgt, daß Roger und sie sich noch mehr entzweiten, noch mehr, als das ohnehin schon von seiner chronisch-miserablen Laune während der Promotionszeit verursacht wurde.

Gut zwei Stunden würde sie nun mit Birgitta in deren altem *Peugeot* verbringen. Ein Abenteuer. Diane - das Stereotyp einer ängstlichen Beifahrerin. Keinen Führerschein haben, aber dem Fahrer unentwegt dreinquatschen. Sie würde nun sich selbst, aber insbesondere Birgitta die Fahrt zum riesigen königlichen Park zum Alptraum machen. Letztes Mal, vor zwei Jahren, hatte Birgitta die Faxen dicke und verbannte Diane kurzerhand auf die Rückbank. Das hatte sie total kirre gemacht: Vor jedwedem Bremsmanöver zuckten Dianes Beine vorab, um die Bremsung anzudeuten, zu antizipieren. Sie mahnte ständig zum vorausschauenden Fahren, wies auf Fußgänger hin, die sich einen halben Kilometer entfernt in die andere Richtung bewegten. Sie kommentierte sämtliche Geschwindigkeitsbeschränkungsschilder. Der Hammer: Wenn sie einem gar aufs Lenkrad griff, um zu hupen. Dazu kam noch, daß sie als Navigatorin absolut unbrauchbar war. Verstand es nicht im Entferntesten, irgendeine popelige Straßenkarte zu lesen. Autobahnabfahrten wurden auf diese Art und Weise konsequent verfehlt. Et cetera, et cetera. Deshalb mußte Birgitta herumtelefoniert haben. Diane mutmaßte, daß es nicht wegen der Geldersparnis gewesen war, denn die Reisekosten wurden sowieso vom *BIWA* erstattet. Nein: Es mußte Birgittas Phobie vor Dianes Beifahrerbenehmen gewesen sein, welche sie dazu veranlaßte, bei weiteren *BIWA*-Kolleginnen in Birmingham nachzufragen, ob sie nach Cumberland Lodge, diesem einsamen Anwesen mitten im Windsor Great Park, das hauptsächlich für Konferenzen genutzt wurde, mitfahren wollten. Insgesamt nur knappe fünf Kilometer würden sie also zu zweit im Wagen sitzen.

* * * * *

Das schnaubende, dieselbetriebene Monstrum aus Metall näherte sich. Ausnahmsweise pünktlich. Die Organisation hier wirkte wie in der Dritten Welt. Im Mutterland der Eisenbahn hatte man es zum Beispiel noch nicht einmal auf die Reihe bekommen, Hochgeschwindigkeitszüge einzuführen. Sogar in Deutschland, wo man die Eisenbahn (noch) der öffentlichen Hand überließ, gab es seit einiger Zeit schon den *ICE*. Ein Rätsel, wie es Großbritannien in den Kreis der Großen Sieben Wirtschaftsnationen gebracht hatte. Investitionsspekulationen? Das mußte es sein. Produktivität und vor allem Organisation zählten ganz offensichtlich nicht zu den Stärken dieses Volkes. Ein eklatanter Mangel an Logik, Logistik und Voraussicht. Wie konnte ein Geist wie Bertrand Russell hier nur gedeihen? Ja, Logik und Eisenbahn: Roger wartete am Bahnsteig auf das Ungetüm der *Great North Eastern Railway* und sah bereits mit Widerwillen dem Einstieg entgegen. Logik und Wagontüren: Wenn man aussteigen wollte und nicht zufällig jemand draußen auf dem Bahnsteig wartete, mußte man das Türfenster herunterschieben, mit der Hand nach draußen, um dann den Türgriff dort zu betätigen. Gut, Roger war auf dem Bahnsteig, also stellte sich ihm dieses Problem nicht. Aber dann die Sitzplatzaufteilung! Wenn die Passagiere sich an einem Tisch gegenübersaßen, so gab es immer zwei Plätze mit derselben Nummer. Eine mit "F" und die andere mit "B" gekennzeichnet. "B" für "backwards", also gegen die Fahrtrichtung; "F" für "facing", also in Fahrtrichtung. Nach ungefähr fünf längeren Zugfahrten fand Roger glücklicherweise heraus, daß es das Beste war, sogenannte "Airline"-, "A"-Sitze zu buchen. Zweiersitze, bei welchen man - inkonsequenterweise - jedoch die Fahrtrichtung nicht anzeigte. Soweit zur Logik. Und selbstverständlich saß mindestens jedes zweite Mal eine andere Person auf dem vorgebuchten Platz. Prompt war dieses Mal ein solches zweites Mal! Nachdem Roger die besagte Person, welche sich offenbar mit dem Wagonbuchstaben vertan hatte, erfolgreich vertrieb, ließ er sich auf seinen Airline-Sitz fallen, schloß kurz die Augen, um sodann die Platzreservierung neben sich zu studieren. Prima! Nur Edinburgh nach Newcastle. Wenn er Glück hatte, würden die Zusteigenden ab Newcastle einfach ohne weiteres an ihm vorbeigehen, weil sie die Platzkarte sahen. Nur wenn der

Zug unerträglich voll würde, examinierten die Leute, was genau darauf stand. Roger hatte sich mit Absicht auf den Neun-Uhr-Zug gebucht. Der machte nach Edinburgh nur noch Halt in Newcastle, York und Peterborough, bevor er in London Kings Cross einfuhr. Mit Höchstgeschwindigkeit von knapp über zweihundert Kilometern pro Stunde schaffte es diese Schnecke moderner britischer Eisenbahntechnik in etwas mehr als vier Stunden von der schottischen zur englischen Hauptstadt. Roger debattierte mit sich selbst. Sollte er ab Newcastle die Rücksichtslosigkeit begehen und seine Reisetasche auf dem freien Sitz neben ihm deponieren? Eine zusätzliche Abschreckung für potentielle Nebensitzer. Eigentlich wäre das das Beste. Wenn man denn einen Zugnachbarn hatte, so stellte sich jeder Toilettengang des am Fenster Sitzenden als Problem: Dieser müßte erstmal fragen, ob er 'rausgelassen werden könne. Und der andere müßte dann zweimal aufstehen - zuerst, wenn der eine 'rausging und dann, wenn der von seinem Geschäftchen zurückkam. Welche Position war also die günstigere? Roger blieb am Fensterplatz sitzen. In Newcastle blickte er immer wieder verschämt auf, um die sich durch den Zugflur quetschenden frisch Zugestiegenen verstohlen unter die Lupe zu nehmen. Der Zug setzte sich bereits wieder in Bewegung, überquerte die Eisenbahnbrücke über dem Tyne. Aufatmen. Kein Reisebegleiter! Aber der Herr aus der Reihe vor ihm kam zurück aus dem Selbstbedienungsbistro. Er hatte zu viel Essig auf seine Fritten geschüttet. Das mußten nun die anderen Fahrgäste ausbaden. Wieder ein typisch britischer Gestank: Malzessig auf in ranzigem Bratfett fritierten Chips. Multiolfaktorie: Hinter Roger genehmigte sich ein fettsüchtiger Heranwachsender im verschwitzten Rangers-Trikot aus Synthetik einen verbrannten Burger. Eine Vertiefung in Schopenhauers zweiten Band von *Die Welt als Wille und Vorstellung* schien unter diesen Voraussetzungen unmöglich. Roger versuchte, die Geschwindigkeit des Zuges auszurechnen und orientierte sich dabei an regelmäßig vorbeirauschenden Pylonen. Er kam auf ungefähr einhundertachtzig. Er blickte um sich herum. Lustig, wenn der Zug einen Ruck machte und sämtliche Fahrgäste wie auf Kommando zur Seite geschubst und, wie durch eine Sprungfeder angetrieben, wieder in ihre ursprüngliche Position zurückversetzt wurden. Dann Einstein: Wenn er, Roger, nun eine Taschenlampe hätte, sich nach vorn in Richtung Zugkiosk bewegte und sodann die Taschenlampe anknipste - ob der Lichtstrahl der Taschenlampe dann Lichtgeschwindigkeit c plus seine eigene plus die des Zuges draufhätte? Die Augenlider wurden ihm schwer, und er nickte ein, bis der Zug in York einfuhr. Die Geruchsbelästigung legte sich allmählich. Glücklicherweise immer noch niemand neben ihm. Er dachte an das Tutorentreffen. Hoffentlich konnte er morgen unbemerkt einen Verschwindibus machen. Heute, nach Ankunft, wollte er sich kurz orientieren, die *High Commission* suchen gehen, damit er morgen nicht allzu viel Zeit verlöre und sich nach dem administrativen Kram voll und ganz dem Kauf von Weihnachtsgeschenken bei *Harrod's* widmen konnte.

Roger fühlte sich unwohl bei dem Gedanken an das Wiedersehen mit Diane. Im Telefonat mit der Sekretärin des Londoner *BIWA*-Büros hatte er darauf gepocht, mit einem Tutoratskollegen das Zimmer zu teilen und keinesfalls mit seiner Ex-Gattin. Die Sekretärin klang überrascht. Offenbar hatte Diane nichts in diese Richtung vermeldet. Typisch. Sie legte es darauf an. Naja, mit seinem Alternativprogramm zu den bescheuerten Workshops und Vorträgen würden sich die Gelegenheiten, bei denen man sich sähe, auf ein Minimum beschränken. Wenn's hochkam, bei der Dichterlesung am Abend sowie bei dem sich daran anschließenden geselligen Beisammensein. Und da wollte Roger sowieso lieber mit anderen sprechen als mit der Geschiedenen. Also irgendwie würde er das Ganze doch auf relativ angenehme Weise hinter sich bringen können.

Der Zug passierte das Highbury-Fußballstadion. Zeit zum Fertigmachen fürs Aussteigen. Als ob es um jeden Bruchteil einer Sekunde ginge, drängelten sich die Passagiere an der Zugtür. Die Oma, welche dieser am nächsten stand, vermochte nicht, das Türfenster herunterzuschieben. Ein junger Mann mit Wanderrucksack auf dem Rücken kam ihr zu Hilfe, drückte die Scheibe mit Mühen hinunter, streckte die Hand nach draußen und öffnete schließlich die Tür. Erleichtertes Seufzen war von den Wartenden zu vernehmen. Roger stand in der Schlange im Pulk. Er schaute auf die Uhr. Nahm die Zeit. Vom völligen Stillstand des Zugs bis zum Überschreiten der Türschwelle: zwei Minuten und zehn Sekunden. Warum die Leute es einfach nicht erwarten konnten? Er ging auf die Treppe zum U-

Bahn-Schacht zu. Mal sehen, welche Tube-Strecke ihn zur *South African High Commission* bringen würde. Obwohl er sich mit dem Londoner System bereits recht gut auskannte, ließ er es sich nicht nehmen, jedesmal, wenn er hier war, meditierend vor dem Netzplan zu verweilen, um sich die anvisierte Route detailliert auszubaldowern, damit er wie ein Einheimischer wirkte, der mit alltäglicher Routine von der Arbeit nach Hause fuhr. Trafalgar Square. Charing Cross wäre da am nächsten. Nein, zu kompliziert! Die Northern Line spaltete sich ausgerechnet bei Kings Cross. Besser, er nähme die Piccadilly Line, ohne umzusteigen. Also, Piccadilly Line südwärts - einfach nur vier Stationen bis Leicester Square. Sowieso noch nicht ganz so viel los, da die U-Bahn-Uhren erst kurz vor sechzehn Uhr anzeigten. Die Drängelei in den niedrigen Zügen hielt sich dementsprechend in Grenzen. Am Leicester Square eine andere Situation: die Bahnsteige voll. Es stand zu befürchten, daß die steilen Rolltreppen kollabieren würden unter der Last von Doppelreihen an Menschen, welche auf ihnen in die Höhe transportiert wurden.

Roger erreichte den Trafalgar Square. Er benötigte geschlagene zwanzig Minuten, bis er das *South African House* fand. Die Schalter - seit einer halben Stunde geschlossen. Konnte man nichts machen. Das hatte er einkalkuliert. Wenigstens wußte er jetzt, wo er seinen Antrag abgeben konnte. Morgen würde das dann wesentlich weniger Zeit in Anspruch nehmen.

Jetzt zur Waterloo-Station, um von dort nach Egham zu gelangen. Er wanderte zur Charing-Cross-Tube-Station. Nur zwei Halte südwärts bis Waterloo. Die Bahnsteige füllten sich in besorgniserrendem Ausmaß. Ein kleiner Schubs bei Einfahrt des Zuges, und alles wäre vorbei gewesen. Roger stand in vorderster Reihe. Er blickte auf die Gleise. Eine kleine Ratte huschte flink an der Stromschiene entlang. Auf der Anzeigetafel: "train due". Man hörte den Zug in der Röhre. Der Luftstrom eilte ihm voran. Roger spürte ihn an Augen und Haaren. Zwecklos, sich eine günstigere Position zu suchen. Zweihundert Meter Bahnsteig: rammelvoll. Stoßzeit. Man durfte froh sein, daß keine Pusher benötigt wurden wie in Tokio. Roger klammerte sich an einer der Stangen bei den Schiebetüren fest. Der zweite Halt. Waterloo Station. Der Zug spuckte die Pendler aus, die, wie Roger, in die südlichen Londoner Vororte zurückeilten. Nochmal eine knappe Stunde bis Egham, von wo er eine zusätzliche Vierzig-Minuten-Wanderung zum und durch den Windsor Great Park unternehmen würde.

Der Wagon nach Egham: eine weitere britische Skurrilität. Jede Sitzbank hatte eine eigene Tür. Gleich wie diejenigen des Zuges, der Roger von Schottland nach London spediert hatte: Marke Türöffner von außen. Wo saß bei den Briten das Gehirn? Es war ihnen gelungen, die Regeln ihres Cricket-Spiels auf die Konstruktion von Eisenbahnwagons zu übertragen.

Erleichtert atmete Roger die kühle Abendluft ein, als er schließlich den Bahnsteig des Vorortbahnhofs von Egham betrat. Er stapfte los mit entschlossenem Schritt.

* * * * *

Zweimal Umfallen und bei der Arbeit sein. Eine gar zu paradiesische Konstellation im riesigen Moloch London, wo das Gros der werktätigen Bevölkerung mindestens eine Stunde pendeln pro Richtung in Kauf zu nehmen hatte, um zur Arbeit und zurück nach Hause zu gelangen. Wie glücklich durfte sich dementsprechend Dr. Rudolf Führbach schätzen, daß die Distanz zwischen seiner Wohnung und dem *BIWA*-Büro gerademal knapp fünf Minuten zu Fuß betrug. Er würde nie das Glänzen in den Augen seiner Frau Christiane vergessen, als er ihr die Adresse ihres neuen Domizils so nah am Belgrave Square eröffnete: Eaton Place. Sie war ihm doch glatt um den Hals gefallen. Das liebte er so an ihr - diese jungmädchenhafte Naivität, Begeisterung und zugleich Phantasie. Manchmal tat es ihm förmlich weh, sie aus ihrer Traumwelt herauszureißen mit seiner prosaischen Nüchternheit, seinem fast obsessiven Pragmatismus, seiner zynischen Emotionslosigkeit. Das hatte sie nicht verdient, aber es ging mitunter einfach nicht anders. Vor allem, wenn man ans berufliche Weiterkommen beim *BIWA* dachte. Eaton Place - schön und gut. Aber nach New York nun nochmal die Leitung einer popeligen *BIWA*-Außenstelle, bevor er darauf hoffen durfte, in der Bonner Zentrale zur Direktionsebene vorzustoßen. Das hatte man ihm da unmißverständlich klargemacht: Mach' London, und du bist oben mit dabei! Nochmal drei Jahre, während derer man sich mit kleingeistigen Akademikern herumschlagen mußte. Ausgerechnet Großbritannien! Noch schlimmer als die Staaten! Ein Schulsystem, das zum Himmel stank und praktisch nahtlos in den tertiären Bildungssektor überging. Universitäten, die diesen Namen eigentlich nicht verdienten. Ein erster Studienabschluß, den man allenfalls mit dem deutschen Abitur im Freistaat Bayern vergleichen konnte! Und da müßte er beispielsweise ausgerechnet jene Universitäten abklappern, um die Werbetrommel für das *BIWA* zu rühren und "seine Schäfchen", diese meist lebensuntüchtigen Sprachlehrerinnen mit der Bezeichnung "*BIWA*-Tutorin" zu hüten. Was für lästige Anfragen er da teilweise bearbeiten mußte. Neuerdings liebten es die jungen Damen, reihenweise während ihrer Vertragszeit schwanger zu werden. Schmarotzerinnen! Das System aussaugen bis aufs Blut. Da lobte er sich seine Christiane, die alles aufgegeben hatte, nur um sich den drei Kindern sowie dem beruflichen Aufstieg des Mannes zu opfern. Aber diese Zicken, die da glaubten, einerseits Karriere machen zu können mit dem *BIWA*-Tutorat als Sprungbrett und andererseits einen Blagen nach dem anderen in die Welt zu setzen auf Kosten des Steuerzahlers - pfui Teufel! Jedesmal das Kopfzerbrechen, die Umstände, die mit dem Finden eines Aushilfstutoren verbunden waren. Und dann obendrauf auch noch so idiotische Unis wie St. Andrews, die plötzlich entschieden, daß der *BIWA*-Tutor nicht mehr maximal fünf, sondern lediglich drei Jahre bleiben durfte. Das bedeutete fürs Londoner Büro, den aktuellen Tutor nochmal weitervermitteln zu müssen für die restlichen zwei Jahre. Und momentan hatten die da oben ein besonders unentschlossenes sowie überraschenderweise männliches Exemplar von Tutor. Wußte nicht, ob er sich weitervermitteln lassen wollte oder eine Stelle in Südafrika antreten sollte. Zum Glück konnte Rudolf Führbach eine solche Angelegenheit seinem homosexuellen Assistenten Haberstroh überlassen. Ja, die Schwuchtel an seiner Seite war ebenfalls ein riesen Dorn im Auge. Da hätte er auch schon häufig gerne ein paar Bemerkungen vom Stapel gelassen. Aber da mußte er sich schwer im Zaum halten, insbesondere, wenn man an diese überhand nehmende politische Korrektheit dachte. Schlucken und seine Zeit absitzen, selbst wenn es die eigene Frau ganz anders sah. Die verstand beispielsweise überhaupt nicht, warum ihr Gatte so dermaßen gegen das alljährlich im Dezember stattfindende Tutorentreffen ansah: Windsor Great Park - ein herrschaftliches Anwesen namens Cumberland Lodge als Tagungsort. Das zweite Mal quengelte sie bereits, daß er doch die zwei Nächte dort mit ihr verbringen könnte, wenn er ein Zimmer für sich buchte. Aber keine Chance: Wenn irgendwie möglich, so wollte er diese Quarkgesichter keine Sekunde länger sehen als notwendig. Es kostete ihn einfach Nerven. Die ewige Fragerei. Die ewigen Wehwehchen, mit denen sich die Kühe an ihren Gastunis herumschlugen. Er hatte es satt. So satt! Er würde zur Begrüßung am Mittwochabend hinfahren und später gleich wieder zurückdüsen. Am Donnerstag fanden Workshops statt; da konnte er bis zur Dichterlesung um neunzehn Uhr auch wegbleiben. Nach der Dichterlesung: die ihm so verhaßte Frage- und Antwortstunde. Und Freitag: ja, den Freitag, die Verabschiedung - das konnte er Haberstroh überlassen. Die Mädchen mochten ihn sowieso lieber wegen seines Schwulencharmes.

* * * * *

Die Rezeption: ein antiker Schreibtisch. Höchstwahrscheinlich aus viktorianischer Zeit. Schnörkelige Verzierungen rundherum. Das Holz: vielleicht sogar Mahagoni. Nicht besetzt. Klar, die *BIWA*-Tutoren kamen eben den ganzen Tag über tröpfchenweise an. Diane Hertloff und ihre drei Begleiterinnen standen dementsprechend vor dem leeren Rezeptionsschreibtisch, als sie gegen neunzehn Uhr im Hauptgebäude von Cumberland Lodge eintraten. Diane ließ es sich nicht nehmen, auf die Serviceglocke zu drücken. Exakt so ein Teil wie in *Fawlty Towers* mit John Cleese. Nach knapp dreißig Sekunden erschien ein älterer Herr mit Glatze und Nickelbrille im Türrahmen hinter dem Schreibtisch und begrüßte sie mit einem zuvorkommenden Lächeln. Er ließ sich die Namen nennen, um danach den jungen Frauen ihre Zimmerschlüssel zu überreichen. Dianes und Birgittas Namen standen auf seiner Liste neben derselben Nummer. Gleiche Uni - ein Zimmer. Aha: Roger hatte also dafür gesorgt, daß er mit einem anderen Tutor zusammengelegt wurde. Wenn er Glück hatte, bekam er sogar ein Zimmer ganz für sich allein - bei so wenigen Männern. Ob er schon angekommen war? Diane blickte sich um.

Nein! Zuerst aufs Zimmer, und dann wollte sie mal im Barbereich nachsehen, bevor es gegen acht zur Begrüßung in den großen Tagungssaal ging.

* * * * *

Wenigstens *Carlsberg Export*. Zur Not konnte man das gerade noch in Faß-Qualität trinken. Die Auswahl ansonsten - äußerst dürftig: *Carling* und zwei lokale Ales, bei deren Genuß es einem ohnehin speiübel würde. Dann eben *Carlsberg Export*. Ein Pint, das die Wartezeit verkürzen sollte. Roger Hertloff ließ sich in einem weichen Ohrensessel mit Blümchenmuster auf dem Stoffüberzug nieder. Neunzehn Uhr zehn. Ein paar Tutorinnen um ihn herum. Er kannte keine richtig. Nur vom Sehen. Also saß er für sich allein und hoffte, daß Diane erst kurz vor der offiziellen Begrüßung eintreffen würde. Er blickte sich um, da er weitere Frauenstimmen hörte. Er hatte es geahnt: diese altklug-gellende Stimme kannte er nur zu gut. Mist! Sie war schon angekommen. Und da war auch Birgitta. Roger stand auf. Winkte. Sie umarmten sich freundschaftlich, begrüßten sich mit einem angedeuteten Kuß auf die Wange. Was sollten sie nur reden? Roger überließ gemäß alter Gewohnheit das Feld seiner Geschiedenen und vernahm nach einer knappen halben Stunde erleichtert die halbhohe Stimme Norbert Haberstrohs, der die Kolleginnen und Kollegen zum Ortswechsel in den Tagungssaal für die offizielle Begrüßung durch den Leiter des Londoner *BIWA*-Büros aufforderte.

* * * * *

Alles Kopfsache. Einfach nur Kopfsache. Fünf Tage ohne. Keine Zigaretten. Kein Alkohol. Zwei Mal fünf Runden auf der Tartanbahn des Unisportplatzes. Innerhalb von drei Tagen. Nachdem Bertram Hitschler das erste Mal die zweitausend Meter in mittelprächtiger Trabgeschwindigkeit vor vier Tagen hinter sich gebracht hatte, meinte er, während er sich unter eine der Herrenduschen der Unisporthalle stellte, den Cognac zu riechen, den er bis zwei Tage zuvor noch in Unmengen in sich hineingeschüttet hatte. Sein Schweiß stank tatsächlich nach Schnaps. Intensivst. Wie lange er wohl daran arbeiten müßte, den Körper zu entgiften? Der männliche Stolz siegte letztendlich. Keine Frau der Welt war es wert, sich wegen ihr zu Tode zu saufen. Der Morgen der Erleuchtung: Bertram Hitschler wachte wie meistens mit schwerem Kopf auf. Gewohnheitsmäßig steckte er sich die Frühstückskippe in den Mund. Aber wo hatte er das Feuerzeug hingelegt? Normalerweise lag es auf der Schachtel, oder allenfalls würde er es zur Sicherheit in die Schachtel zu den restlichen Zigaretten hineinstecken. Nichts neben dem Cognacglas! Nichts zwischen der Unordnung auf dem Schreibtisch! Nichts unter dem Bett außer uralten, riesig-fetten Wollmäusen! Es begann ihm zu dämmern. Dunkel erinnerte er sich, daß dem Ding in der Nacht das Gas ausgegangen war. Ohne Nikotin-Betthupferl, aber zum Ausgleich dafür mit einem dreifachen Cognac hatte er sich danach in die Falle gelegt; zu faul, um in der Küche nach irgendwelchen Streichhölzern Ausschau zu halten.

Mit der Kippe zwischen den Lippen schlürfte er nun barfuß zur Anrichte und durchforstete sämtliche Schubladen sowie Schrankfächer. Nichts! Er nahm die Zigarette mit dem linken Daumen und Zeigefinger aus dem Mund, betrachtete sie lange, legte sie danach behutsam auf seine geöffnete rechte Handfläche, ballte diese langsam zur Faust und zerrieb darin das Tabakröllchen. Braune Krümel rieselten auf die Kacheln des Küchenbodens. Dann die wilde Aufräumaktion. Dreieinhalb Stunden. Zwei große schwarze Müllbeutel allein für die leeren Flaschen und Bierdosen. Als er ganz zum Schluß den Staubsauger anwarf, speite dieser zunächst den Dreck eines Jahres zu den Luftschlitzen hinaus. So lange war er inaktiv gewesen. Die Saugerei allein nahm eine knappe Dreiviertelstunde in Anspruch. Zehn nach drei nachmittags. Es war heiß. Zur Belohnung genehmigte sich Bertram etwas mehr als die Hälfte einer Literflasche sprudelnden Mineralwassers. Die Wohnung: sauber. Zum ersten Mal seit über einem Jahr. Vier schwarze Müllsäcke harrten dem Abtransport. Bertram ergriff ein leichtes Gefühl der Beschwingtheit. Heute begann sein Leben neu. Ganz neu. Ohne Zigaretten. Ohne Alkohol. Ohne Frauen. Vor allem und zuoberst: ohne Frauen! In Nadine war er nicht verliebt. Sie hatte es versucht, doch zwangsweise mußte er kneifen. Der Alkohol zollte seinen Tribut. Er war nicht fähig gewesen. Eingeschlafen. Nadine sah es ihm nach, wollte sich wieder verabreden, doch er ignorierte ständig die auf dem Anrufbeantworter hinterlassenen Nachrichten. Und glücklicherweise besaß er keines dieser scheußlichen Handys, die sich leider immer größerer Beliebtheit erfreuten. So gelang es ihm wenigstens durch Passivität, Nadine loszuwerden. Und es sollte keine auf sie folgen. Nicht einmal ein kurzes sexuelles Abenteuer. Schluß mit den Scheiß-Weibern! Und voll 'reinknien in die Literatur. Habilitieren. Arbeiten. Professor werden. Wie man sich doch zum Untermenschen machte mit diesen fürchterlichen Abhängigkeiten von Drogen und Sex. Es gab doch das Höhere! Schon nach fünf Tagen "ohne" verspürte Bertram Hitschler dieses Überlegenheitsgefühl. Er brauchte nichts und niemanden, um ordentlich zu funktionieren.

Jetzt saß er in seiner Wohnung am Schreibtisch und tippte am Telefon die Nummer eines Umzugsunternehmens ein. Obwohl sein Hausstand nicht unbedingt als sehr umfangreich bezeichnet werden konnte, würde ihn das Verfrachten seiner Besitztümer nach Berlin per Flieger doch eine ganze Stange Geld kosten. Die Bücher brauchte er zur Forschung. Neu kaufen wäre teurer gekommen. Vielleicht könnte er den einen oder anderen alltäglichen Gebrauchsgegenstand noch vor der Abreise ausrangieren oder sogar verscherbeln. Und wenn es gar nicht mehr anders ging: einfach 'raus in irgendein Squattercamp, um es dort zu deponieren. Die Neger würden sich freuen wie die Schneekönige, wenn da plötzlich eine quasi neue Espressomaschine vor ihrer Wellblechhütte läge.

Die verbleibenden Wochen ließen sich nun schon an einer Hand abzählen. Die Demütigung, nach seiner Krankschreibung nochmal zur Uni zu gehen, um sich sozusagen offiziell zu verabschieden, wollte sich Bertram ersparen. Wenn es ihm jedoch irgendwann in der Zukunft möglich wäre, würde er an diesem Amazonen-Drachen Vergeltung üben. Henriette von Mühlwang müßte bezahlen für all die Schändlichkeiten, die sie ihm in vollster Absicht angetan hatte. Alle Schuld rächt sich auf Erden, dachte Bertram Hitschler mit einem bittersüßen Grinsen auf den Lippen. Er würde sie aus der Ferne beobachten. Und wenn sich die allergeringste Gelegenheit ergäbe, würde er unbarmherzig zuschlagen. Er malte sich aus, wie er dereinst eventuell Henriettes Kinder bei sich in der Vorlesung haben und es denen dann knallhart 'reindrücken würde. Die Sünden der Mütter...

Er setzte sich an den Computer und begann, sein Exposé für das Stipendiat auszuarbeiten. Neben ihm stand eine dampfende Tasse mit Pfefferminztee.

* * * * *

Sophie Koopmann weinte bitterlich in das Kissen mit dem weinrot-gelben Karomuster. Sie hatte vor kurzem das Bett frisch bezogen, um den Geruch einer bestimmten Person vergessen zu machen; genauer gesagt: das süßlich-dezente Aroma von Craig Chalmers' Eau de Toilette *Joop Homme*. Die alte Bettwäsche lag im Müll. Und Sophie schluchzte auf Teufel komm' 'raus. Nicht einmal vierzehn Tage hatte die Romanze mit dem Bostoner Investmentbanker gedauert. Sie konnte ihm eigentlich nicht einmal böse sein. Ein wirklich netter Kerl und das klassische Mißverständnis in Bezug auf das Verhältnis zwischen Mann und Frau.

Vor genau zwölf Tagen: Konzert des schottischen Kammerorchesters in der Usher Hall zu Edinburgh. Keine von Sophies Bekannten hatte Zeit. Da ging sie eben allein. Ablenkung tat, wie üblich, Not: erneut Angélique. Und andere Kollegen, die sich wieder unnötigerweise wegen irgendwelcher Nichtigkeiten aufbliesen. Dann halt Weber, Brahms, Beethoven. Schade war es schon, daß niemand mitkam. Allein traute sich Sophie während der Pause nicht an die Bar. Bescheuert! Wie gerne hätte sie sich doch einen kleinen *Gin and Tonic* genehmigt. So verharrte sie mit kerzengeradem Oberkörper auf ihrem gepolsterten Sperrsitz und studierte die spärliche Information im Konzertprogramm. Kurz vor Wiederbeginn beugte sich jemand seitlich über die Broschüre und entschuldigte sich, um sie dazu zu bewegen aufzustehen, damit Platz zum Durchgehen war. Sie blickte den Frager überhaupt nicht an, sondern erhob sich mechanisch wie eine an Fäden gezogene Marionette, so daß er an ihr vorbei zu seinem Platz gehen konnte. Bei ihr würde sich das Auf-die-Füße-Treten richtig lohnen, bemerkte da der Typ, der sich an ihr vorbeiquetschte, etikettemäßig mit der Vorderseite (und nicht mit dem Hintern wie die meisten Ignoranten) zu ihr gewandt, ein breites Grinsen auf dem Gesicht. Sophie hatte sich ihre Puppenschuhe angezogen, die eng an den Füßen - und demzufolge auch vorn an den Zehen - anlagen, nicht so wie diese neumodischen spitzen Damenstiefel, die ohnehin eine Botschaft aussandten wie etwa: "Komm' mir nicht zu nahe, oder du kriegst das Ding zwischen die Genitalien!"

Sophie Koopmann bekam also ihren *Gin and Tonic*. Nach dem Konzert. Im *Shakespeares* neben der Usher Hall. Spendiert von Craig Chalmers. Er nahm Sophie nicht mit ins Hotel. Das imponierte ihr, ließ ihre naive Phantasie spielen. Er sagte, er habe am nächsten Vormittag einiges zu erledigen. Den Nachmittag könne er aber freinehmen. Sophie eröffnete ihm, daß sie nicht in Edinburgh wohne. Kein Problem, ihm stehe ein Mietwagen zur Verfügung. So bekam er ihre Adresse. Und am nächsten Abend passierte es. In der Bettwäsche mit dem blauen Wellenmuster, das nun im Müll lag. Charmant, zärtlich und interessiert. Dieses Bild zeichnete Craig Chalmers mit buchstäblich künstlerischem Geschick in Sophies Wahrnehmung. Ein Abenteuer, welches sie sich in prächtigsten Farben als dauerhafte Beziehung ausmalte, war jedoch für Craig nicht mehr und nicht weniger als ein solches. Und es tat ihm unheimlich leid, als er bemerkte, daß Sophie das nicht so wie er verstanden hatte. Beinahe blankes Entsetzen auf seiner Seite, daß sie sich derartig mißverstanden hatten. So geschehen auf seinem Hotelzimmer. Sophie fuhr extra wegen ihm ins Edinburgher Verkehrschaos. Um ihn zu treffen, um ihn zu lieben; das zweite Mal innerhalb dieser zwölf Tage, während derer er beruflich zwischen Massachusetts und Schottland hin- und herpendelte. Das böse Erwachen, als Craig Sophie reinen Wein einschenkte: Geschäft erledigt; nichts mehr zu tun in Großbritannien für ihn. Es sei schön mit ihr gewesen. Auf der Heimfahrt im *Fiesta* blieben ihre Augen noch trocken, zu groß der plötzliche Schock. In der heimischen Wohnung brachen dann allerdings die Dämme. Wäre sie nur nicht in dieses Scheiß-Konzert gegangen; oder besser: Hätte sie damals zu Roger Hertloff doch statt "Ach, lassen wir's!" einfach "Ach, laß' es uns versuchen!" gesagt. Zu spät, zu spät, alles zu spät! Und so viel Kummer. Gegen halb drei Uhr morgens ging nichts mehr. Der Tränentank - leer. Der Körper - erschöpft. Die Seele - gelähmt. Sophie sank in tiefen Schlaf. Traumlos. Zum Glück.

* * * * *

Würde sein Zimmergenosse schnarchen? Hatte er Schweißfüße? Oder irgendwelche unangenehmen Angewohnheiten, die Rogers leichten Schlaf empfindlich stören könnten? Zunächst blieb Roger selbstverständlich wach, antizipierte die Rückkehr Hagen Kühnels aus dem Spielezimmer von Cumberland Lodge. Er kannte ihn nur flüchtig. Die *Umbro*-Sporttasche lag ungeöffnet auf Hagens Bett. Wann kam er denn endlich? Die Bar hatte bereits vor einer halben Stunde dichtgemacht. Roger beabsichtigte, sich schlafend zu stellen, damit er nichts mit Hagen reden müßte. Aber tatsächlich schlafen könnte er erst, wenn sich Hagen selbst definitiv im Reich der Träume befand. Ein Schwur, den er für sich persönlich vor runden acht Jahren abgeleistet hatte, kam Roger spontan ins Gedächtnis: Nie wieder Jugendherberge! Nie wieder Schlafsaal! Und obwohl das hier keinen Schlafsaal im herkömmlichen Sinne darstellte, so war es für Roger dennoch ein und dasselbe.

Damals, vor acht Jahren: die *Mountaineering Society* des University College Dublin. Eine Horde von dreißig polternden Studenten, die den großen Schlafsaal der heruntergekommenen Jugendherberge in der Pearse Road im irischen Sligo gegen dreiundzwanzig Uhr dreissig an einem Freitagabend stürmte. Roger hatte sich seinerzeit schon gefreut, einmal endlich ganz allein eine Nacht in der Unterkunft verbringen zu können. Kein einziger anderer Gast. Kein einziger schmuddeliger Rucksack. Kein einziges Paar verdreckter Wanderschuhe. Nur mit Anstrengung wahrnehmbarer Schweißgeruch vergangener Durchreisender. Und jetzt diese Invasion, als er gerade im Begriff war hinüberzuschnappen in den Halbschlaf. Geschrei, Gelächter, Geklapper von Campinggeschirr, und zu allem Überfluß packte einer auch noch seine Gitarre aus. Versuchte, "Knocking on heaven's door" zu spielen, was ihm zwar relativ gut gelang; doch der begleitende Gesang versetzte Rogers Magen in speibereiten Zustand. Er hielt die Augen geschlossen. Die Dreißig führten sich weiterhin so auf, als ob er nicht existierte. Bierdosen wurden geöffnet. Der Geschwätzbrei wurde dichter und lauter. Roger hätte in jenen

Minuten kein Maschinengewehr besitzen dürfen. Er wartete. Und wartete. Und wartete. Er hatte keine Uhr um, die ihm anzeigen würde, wie lange dieses rücksichtslose, undisziplinierte Pack Krach machte. Es mochte gut und gerne halb zwei gewesen sein, als sich die Gruppe entschied, zu Bett zu gehen, da ihr eine früh beginnende Wanderung auf den lokalen Tafelberg namens Ben Bulben am kommenden Morgen bevorstand. Roger atmete auf. Schloß die Augen fester. Gelegentliches Hüsteln und leises Schnärcheln aus der gegenüberliegenden Zimmerecke schienen ihn nun kaum mehr zu stören. Endlich schlafen! Plötzlich: Die Tür wurde aufgerissen und gleich wieder zugeknallt. Offensichtlich ein Nachzügler. Roger lag auf der unteren Etage eines Stockbettes. Über ihm: noch niemand. Aber dieser Krachmacher hatte wohl im fahlen Schein des Flurlichtes kein anderes freies Plätzchen sehen können, als er die Tür aufmachte. Man hörte ihn nun, wie er sich im Blindenschritt vortastete. Er stolperte über das Campinggeschirr, dessen Geklapper Roger vorhin bereits beinahe um den Verstand gebracht hatte. Aufbegehrendes Stöhnen einiger Erwachender. Dann die Erklimmung des Stockbettes. Roger bekam einen Tritt auf den Oberschenkel ab. Das Arschloch deckte sich zu. War nun Ruhe? Keine Chance! Wieder einer dieser Verrückten: Im präzisen Minutenrhythmus seufzte der mental Minderbemittelte über Roger Hertloff laut auf, als ob ihm eben in diesem zeitlichen Abstand Schmerzen zugefügt würden. Um halb fünf Uhr morgens gab das Opfer in der unteren Etage des Stockbettes auf. Er kleidete sich an und machte einen langen Spaziergang, der ihn auf einen Hügel mit gigantischem Steinhaufen als Gipfel führte, von dem es hieß, daß er das Grab einer urzeitlichen Keltenkönigin sei. Und oben auf jenem königlichen Grabe erfolgte der Schwur: Nie wieder Jugendherberge!

Kaum hörbar drehte sich die runde Türklinke langsam. Hagen benahm sich also; schlich ins Zimmer. Er verzichtete auf eine umfangreiche Nachttoilette. Kurzes Zähneputzen, und er schlüpfte ins Bett. Etwa sechs Minuten später: der schwere Schlafatem setzte ein. Roger folgte wenig später beruhigt dem Beispiel seines Zimmergenossen.

* * * * *

Die Flucht vor den Workshops gelang unbemerkter als erwartet. Roger war so gut wie alleine beim Frühstück. Er kannte niemanden, niemand kannte ihn. Er verdrückte sich nach zwei Tassen Kaffee und wanderte die etwa vier Kilometer hinunter zum Bahnhof Egham durch einen frostigen Windsor Great Park.

Knapp zwei Stunden später stand er im *South African House.* Schon eine lange Schlange vor ihm. Er zog eine Nummer. Momentan war siebenundsechzig an der Reihe. Er selbst hatte vierundachtzig. Und ganz typisch: Man rechnet hoch, wie lange es dauert. Von siebenundsechzig bis siebenundsiebzig dauerte es nur zwanzig Minuten. Prima: höchstens nochmal zwanzig Minuten für die sechs Leutchen. Aber so lief es halt nie: Nummer Drei von diesen Sechsen stellte sich dumm. Kapierte die Formulare nicht. Fragen über Fragen. Die schwarze Dame hinter dem Schalter wurde auch etwas ungeduldig. Sechzehn Minuten benötigte sie, bis sie den Gehirnamputierten loswurde. Weitere achtzehn Minuten später legte ihr Roger sein ausgefülltes vierseitiges Formular für den Antrag auf Arbeitserlaubnis sowie Aufenthaltsgenehmigung in der Republik Südafrika vor. Sie schüttelte den Kopf. Ob das alles sei, fragte sie ihn ungläubig. Er versicherte ihr, daß dieses Formular mitsamt den paar Anhängen, die er beigefügt hatte, alles sei, was ihm das Personalbüro der University of the Witwatersrand mitgegeben habe. Sie verschwand für anderthalb Minuten. Kam zurück mit ein paar weiteren Bögen. Sprach jeden einzelnen mit ihm durch. Nun war er der Gehirnamputierte. Der Höhepunkt: ein Wisch mit zwei gepunkteten Linien für Unterschriften. Der war für Diane bestimmt. Die geschiedene Frau. Und für einen Zeugen, der Dianes Unterschrift beglaubigen sollte. Ein Blick auf Rogers Antrag hatte der Schalterbeamtin Rogers Familienstand angezeigt. Der südafrikanische Amtsschimmel verlangte, daß der geschiedene Ehepartner eines Antragstellers von dessen Absicht, in der Regenbogennation zu arbeiten und zu residieren, in Kenntnis zu setzen war sowie daß jener vormalige Ehepartner diese Zur-Kenntnisnahme auch bestätige in Präsenz eines Zeugen, der die Unterschrift verifiziert. Roger quollen die Augen aus den Höhlen. Er hatte gedacht, er sei nach der Scheidung ein freier Mensch. Und nun mußte er Diane doch nochmal beknien, jenen verfluchten Fetzen dieser Schikaneheinis zu unterzeichnen. Wer waren die eigentlich? Bliesen sich noch ärger auf als die Vereinigten Staaten von Amerika.

Roger packte den Papierkram ein. Auf dem Fußmarsch zu *Harrod's* formulierte er im Geiste seine Frust-E-Mail an Henriette von Mühlwang, zumal da auch noch einige andere bürokratische Hürden zu überwinden waren wie beispielsweise Führungszeugnisse und beglaubigte übersetzte Kopien von irgendwelchen deutschen Dokumenten. Der frühe Start in Südafrika, den sie von ihm gefordert hatte, wäre dementsprechend sowieso nie und nimmer möglich gewesen.

Die Glasjalousien über der Apartmenttür standen waagerecht. Offenbar hatte Johanna auf Durchzug gestellt. Wenig verwunderlich bei dieser schwülen Maihitze. Rolf Gradmann hatten jene Temperaturen auf eine Idee gebracht. Bei so einer Hitze lief er viel eher Gefahr, einen Glukoseschock zu erleiden. Und wenn das bei Johanna im Apartment passierte - phantastisch! Der Mitleidfaktor würde ihm zu Hilfe kommen. Sie müßte sich um ihn kümmern, wenn er einfach umplumpste. Sie müßte ihn anfassen. Vielleicht sogar in Wiederbelebungsmanier? Rolf stellte sich das alles bildlich vor, als sein Blick von den Glasjalousien hinunter zur Klingel wanderte. Bevor er drückte, lauschte er noch. Mist! Er hörte die Dusche durch die Jalousienschlitze. Sie würde ihm nicht aufmachen. Keinesfalls. Er zog die Hand zurück. Er sah auf die Uhr. In fünfzehn Minuten gleich wieder? Das würde extrem knapp werden, aber er wollte es riskieren. Obwohl die Insulinladung sicherlich schon seit mindestens einer Stunde fällig war. Im Rentnerschritt schlürfte er zurück zu seiner Bleibe. Die Hand zitterte, als er den Schlüssel zur Türklinke führte. Die Sicht aufs Schlüsselloch begann sich zu verzerren. Mit einigen Mühen fand er es und schloß auf. Ein Schwall heißer Luft schlug ihm beim Betreten der Wohnung entgegen und nahm ihm fast den Atem. Die Tür fiel hinter ihm zu.

* * * * *

Noch zwei Wochen bis zum Heimaturlaub. Johanna hatte ihn so gelegt, daß die ausklingenden Tage in Südafrika mit ihrer Regel zusammenfielen. Das bedeutete, daß sie bei Rückkehr nach München sofort voll einsatzfähig war. Nach diesen drei Wochen in Johannesburg würde ihr ein kleiner Geldsegen sehr guttun. Höchstwahrscheinlich würde sich die Agentur umgehend melden. Als Sylvia sie dort Anfang Januar vorgestellt hatte, wurde ihr doch etwas mulmig. Pflicht: die Pille - selbst wenn ohne Kondom natürlich nichts ging.

Nein: Die Pille stellte die Regelmäßigkeit der Monatsblutungen sicher. Kein Problem: Johanna nahm sie seit Jahren! Ja, und bei Aufnahme der Personalien die Frage, wann sie denn die letzte Regel gehabt habe. Sylvia hatte sie vorgewarnt. Die wollten sicherstellen, daß sie keine der jungen Damen umsonst kontaktierten. Alles computerisiert. So eben auch der Zyklus von zig Mädchen. Seit ihrem ersten Engagement im Januar hatte sich die Agentur noch kein einziges Mal vergeblich bei Johanna gemeldet. Und bei Sylvia sehr selten. Nur wenn Klausuren anstanden, die sie verständlicherweise nicht verschieben konnte. Ihren ersten Kunden hatte Johanna bereits wieder vergessen. Es ging Schlag auf Schlag. Faszinierend und bisher noch kein einziges Mal unangenehm. Ähnlich wie seinerzeit mit Gerrit in der Gartenwohnung. Nun aber in Nobelherbergen; meist mit Champagner, den eher die Herren zur Auflockerung benötigten als Johanna. Sie wunderte sich ein wenig über die vielen Engagements, die sie in dieser kurzen Zeit erhalten hatte. Bei der Registrierung mußte sie darauf bestehen, daß sie sich keinesfalls zum Analverkehr bereiterklärte. Sylvia meinte auch, daß das ihre Einnahmechancen beträchtlich reduzieren würde; aber überraschenderweise ertönte die *Nokia*-Melodie des von Arthur Hesseling für sie in ihrer Ankunftswoche erworbenen Handys mindestens zwei-, wenn nicht sogar drei- oder viermal während ihrer regelfreien Wochen. Ein athletischer, exotischer Typ war scheinbar gefragter als bestimmte sexuelle Praktiken.

Zwei Wochen also noch bis Südafrika. Das Wiedersehen! Der gemeinsame Jubel über die Zusage der Begabtenförderung! Sie würde zurückgehen können nach München. Das Stipendium würde ihr auch das Apartment bis zum Ende des Studiums sichern. Das Paradies! Und die zusätzliche Einnahmequelle für eine bisjetzt so angenehme Tätigkeit. Was für ein Glück sie doch hatte! Und heute in den Biergarten mit Sylvia sowie ein paar von ihren Kommilitonen. Johanna mußte sich zurückhalten heute Abend. Sie durfte ob ihrer Freude nicht über die Stränge schlagen. Immer schön auf dem Boden bleiben!

Sie entledigte sich des verschwitzten *Adidas*-T-Shirts. Bei dieser Hitze hatte sie auf das Bustier verzichtet. Das geringere Übel. Sie mochte es überhaupt nicht, wenn sich ihre Brüste beim Gehen und

Laufen frei bewegten. Aber es war eben so heiß! Demzufolge schwitzte sie halt nur das T-Shirt durch und nicht auch noch zusätzlich das Bustier. Die Jeans könnte sie wohl nachher wieder anziehen. Sie stellte die Dusche an. Halb kalt. Mindestens zehn Minuten drunterstehen! Und die Temperatur schrittweise reduzieren. Zur Abkühlung.

* * * * *

Nach vier Monaten kam er endlich zurück. In Gedanken hatte sich Roger bereits ausgemalt, was er machen würde, wenn die Schlafmützen von der *South African High Commission* seinen Reisepaß verdummbaselten. Zunächst eine sarkastische Mail an Henriette von Mühlwang. Die kriegte allen Frust als Erste ab. Blieb erstaunlich freundlich in ihren Antworten. Sie schien verzweifelt. Sie wollte unbedingt, daß er kam. Roger zierte sich nach wie vor. Und trotzdem hatte er den Flug bereits zwei Wochen vor Eintreffen des Reisepasses mit dem Arbeitserlaubnisaufkleber in der Sichtvermerkssektion gebucht. Edinburgh - Frankfurt - Johannesburg. Aber er hatte auch noch ein heißes Eisen im Feuer. Die große letzte Hoffnung. Eine Bewerbung am University College London. In wenigen Tagen: Ende der Bewerbungsfrist. Gleich nach Erscheinen der Stellenanzeige hatte er sich an den Computer gesetzt, seinen Kram zusammengestellt und den DIN-A-Fünf-Umschlag noch am selben Abend zum Briefkasten getragen. Aus Aberglauben hatte er die Adressatenseite vor dem Einwurf geküßt. Er wollte nicht da 'runter! Er wollte einfach nicht!

* * * * *

Die Umzugsfritzen klingelten pünktlich. Dreißig *Hertie*-Stofftaschen beinhalteten Roger Hertloffs gesamtes Hab und Gut. Hauptsächlich Bücher und anderes Lehrmaterial. Nun standen die beiden Herren in ihren schmuddeligen Blaumännern vor ihm, um alles abzuholen und den Krempel sodann auf den Weg zur südlichen Halbkugel zu verfrachten. Unter den Armen trugen sie zusammengefaltete Kartons. Innerhalb von siebzehn Minuten lag keine einzige

Stofftasche mehr im Wohnzimmer. Roger verspätete sich nicht für das Treffen der Prüfungskommission. Er würde sogar noch ein paar Minuten Zeit haben für E-Mail und Internet.

* * * * *

Der *Mac* orgelte seine Melodie für den Eingang elektronischer Post herunter. University College London! Tatsächlich eine Einladung zum Vorstellungsgespräch! Doch, o Schreck: vier Tage nach Abflug zum südafrikanischen Horror! Typisch! Die Auswahlkommissionen kamen einfach nie zu Potte. Toll! Er müßte den Flug verschieben. Dummerweise koinzidierte der Abflug- mit dem Auszugstermin aus der Wohnung in St. Andrews. Vier Tage Hotel in London bis zur Vorstellung? Unerschwinglich für Normalsterbliche. Roger mußte in den sauren Apfel beißen und sich in die Abhängigkeit einer anderen Person begeben. Sophie. Die würde zwar nicht "nein" sagen, wenn er sie um Unterbringung für ein paar Nächte bäte, aber begeistert würde sie sicherlich auch nicht gerade reagieren. Im letzten halben Jahr hatte sie sich eher reserviert verhalten. Roger konnte sich keinen Reim darauf machen. Eine seltsame Melancholie umgab sie neuerdings. Er wollte jedoch nicht fragen, was los war.

Nach der Sitzung der Prüfungskommission setzte sich Roger zu Sophie ins Büro. Erzählte ihr von seinem Dilemma. Klar, daß sie ihm nicht um den Hals fiel. Aber auch klar, daß er bei ihr pennen könne. Und sie würde ihn dann auch zum Flughafen bringen am Tag des Vorstellungsgesprächs; wie gehabt. Es fehlte ihr nach wie vor an Elan. Obwohl man vor kurzem ihre Stelle entfristet hatte. Obwohl sie sich - nicht zuletzt aufgrund der Entfristung - eine Wohnung gekauft hatte. Eine schwarze Wolke bedeckte das ansonsten doch meist sonnige Gemüt der zierlichen Elfe. Doch noch ein Augenzwinkern: Roger könne sich ja revanchieren und sie dann mal beherbergen, wenn er "da unten" eine akzeptable Bleibe fände. Selbstverständlich! Aus Anstand bejahte Roger den unerwarteten Vorschlag, von dem er nicht wußte, wie er ihn einschätzen sollte.

Also: Auszug Ende Juni. Fünf Nächte bei Sophie. Dann Frühflieger nach Luton. Vorstellung gegen Mittag. Abends von Heathrow nach Frankfurt. Und von da schließlich nach Johannesburg. In der idealen Welt: mit der telefonischen Zusage vom University College London, daß er da im September anfangen könne.

* * * * *

Wenn man sich an eine Person zu sehr gewöhnt hat und ihrer eigentlich überdrüssig ist, so bemerkt man ihr Fernbleiben zunächst nicht, selbst wenn es sich um einen relativ langen Zeitraum handelt. Im Falle von Johanna bezüglich ihres Verhältnisses zu Rolf Gradmann betrug eine solche Toleranzzeit circa anderthalb Wochen. In vier Tagen flog sie nach Johannesburg, und seit zehn Tagen war Rolf schon nicht mehr bei ihr aufgekreuzt. Ansonsten spätestens jeden dritten Tag. Das brachte sie beinahe um den Verstand. Und nun, ohne Rolf dauernd am Hals zu haben, kam sie auch mal zu was. Packen, Organisieren, Mitbringsel besorgen. Am Tag zehn dann aber die Frage des schlechten Gewissens: Wo blieb Rolf denn nur? Wollte er sich nicht verabschieden? Das sah ihm überhaupt nicht ähnlich. Sylvia zeigte sich ebenfalls ratlos an jenem späten Nachmittag. Die Voicemail stellte sich automatisch an, wenn man ihn auf seinem Handy anzurufen versuchte. Na dann eben mal kurz persönlich bei ihm vorbeischauen! Andererseits: Vielleicht testete er sie nur. Die Prüfung, wie wichtig er den beiden Mädchen war. Und wenn sie dann bei ihm auftauchten, dann wußte er, daß er ihnen etwas bedeutete. Oder noch schlimmer: Es gab eine total einfache Erklärung, und dann würden sie bei ihm ankommen - ganz klar, daß er sich in einem solchen Fall erst recht etwas einbilden würde. Johanna und Sylvia kämpften demzufolge mit dem Dilemma, ob sie den gemeinsamen Bekannten aufsuchen sollten oder nicht. Weibliche Fürsorgegefühle, Empathie sowie auch Neugierde gewannen die Oberhand; sie machten sich denn gemeinsam auf den kurzen Weg.

In Rolfs Wohnblock tat sich etwas. Zwei Polizeifahrzeuge: ein Mannschafts- plus ein gewöhnlicher Streifenwagen. Dann noch ein Sanka. Plastikbanderolen verwehrten etwaigen Gaffern den Zutritt zu einer Reihe von Studentenapartments. Darunter Rolfs Wohnung. Johanna und Sylvia näherten sich zögerlichen Schrittes der Absperrung, an welcher sich bereits eine beträchtliche Menschentraube gebildet hatte. Sylvia fragte einen aus der letzten Reihe, was denn vorgefallen sei.

"Sieht so aus wie Selbstmord..."

"Weiß man die Apartmentnummer?"

"Dreiundvierzig..."

Tatsächlich Rolf! Um Himmels Willen! Das gab's doch nicht! Selbstmord? Nie und nimmer! Er war der Letzte, der sich umbringen würde. Dazu hing er viel zu sehr an seinen unzähligen kleinen Hobbys, die ihm das Leben versüßten.

Johanna und Sylvia im Schockzustand. Sie versuchten, sich durch die Menschenmenge zu tanken. Wollten aus erster Hand erfahren, was wirklich passiert war und wen es de facto betraf. Ein Streifenbeamter an der Absperrung. Bei dem erkundigten sie sich nochmals nach der Apartmentnummer. Der bestätigte es: dreiundvierzig.

"Rolf Gradmann??!"

"Kennen Sie den Betreffenden?"

"Wir wollten gerade bei ihm vorbeischauen, weil wir uns Sorgen gemacht haben. Was ist denn passiert?"

Der Streifenbeamte hob die Plastikbanderole hoch, damit die beiden Mädchen durchgehen konnten. Er führte sie zu seinem Vorgesetzten, der den Fall aufnahm. Als sie sich der Wohnung näherten: Verwesungsgeruch. Durchdringend. Der Beamte bat sie, im Mannschaftswagen Platz zu nehmen. Sie durften nicht direkt zur Wohnung gehen. Spurensicherung. Aus psychologischen Gründen war das sowieso ratsam.

Stickige, schwüle Luft in diesem Gefährt. Johanna zitterte. Trotz der Hitze. Als ihnen der Kommissar gegenübersaß, versuchte sie sich auf den äußersten Stern seiner linken Schulterklappe zu konzentrieren. Sie schaute ihm nicht in die Augen. Er fragte sie nach ihren Personalien. Wie sie zum Verstorbenen standen. Wann sie ihn zum letzten Mal gesehen hatten. Da brach Sylvia in Tränen aus. Konnte sich einfach nicht mehr zurückhalten. Johanna kratzte da ihren ganzen Mut zusammen und fragte forsch, ob es tatsächlich Selbstmord gewesen sei. Der Kommissar holte aus. Die Kriminalpolizei sei nicht ohne Grund beinahe unverzüglich wieder abgezogen. Bereits ziemlich früh hätten sämtliche Anhaltspunkte darauf hingedeutet, daß Rolf Gradmann eines natürlichen Todes gestorben sei.

Es fehle nur noch der letzte Befund der Obduktion. An der aufgrund der schon länger anhaltenden Hitze stark verwesten Leiche hätten sich bei der ersten Untersuchung des Gerichtsmediziners keinerlei Spuren von Gewalteinwirkungen gezeigt. Die Vermutung liege nahe, daß Herr Gradmann einen Zuckerschock erlitten habe, als er nach Hause gekommen sei. Wegen der zugefallenen Tür habe ihn niemand sehen können. Die überfällige Insulininjektion blieb aus. Keine Chance... Sylvia schluchzte laut auf. Sichtlich bewegt fügte der Kommissar noch tröstend hinzu, daß nichts und niemand Rolf Gradmann hätte helfen können. Nur wenn er vermutlich zwanzig Sekunden früher das Bewußtsein verloren hätte, dann wären die Chancen größer gewesen, daß ihn jemand rechtzeitig gefunden hätte. Aber selbst dann wäre eine Rettung nicht unbedingt garantiert gewesen.

Johanna und Sylvia stützten sich gegenseitig auf dem Rückweg. Sie gingen im Schneckentempo zu Sylvias Apartment. Was jetzt? Was sie eben erlebt hatten, ging weit über ihr Begriffsvermögen hinaus. Rolf war nicht mehr da. Manchmal hatten sie ihn sich beide zum Teufel gewünscht, wenn er wieder und wieder bei ihnen ewig herumgehockt war und einfach nicht gehen wollte. Und nun war er weg. Für immer. Rolf Gradmann gab es nicht mehr. Keine Experimentalmelodie auf der Bambuspfeife, der Kalimba, der Maultrommel oder gar auf dem Didgeridoo. Kein Vorleseabend mehr mit seinen surrealen lautmalerischen Gedichten. Kein Kabeljau in ultrascharf gewürzter Chutney-Sauce mehr! So hatte sich Johanna den vorübergehenden Abschied aus München nicht vorgestellt.

* * * * *

Um drei Uhr morgens rüttelte der alte *Junghans*-Wecker, welchen Sophie Koopmann neben das kleine Schlafsofa im Wohnzimmer positioniert hatte, ihren Gast für fünf Nächte aus den Träumen. Besser gesagt: Roger Hertloff stand im Bett, denn das Ding wollte partout nicht aufhören zu bimmeln. Dessen Besitzerin mußte den Klingelmechanismus bis zum Anschlag aufgezogen haben. Es dauerte mindestens dreißig Sekunden, bis Roger den zu drückenden Knopf fand, der für Ruhe sorgte. Er rieb sich benommen die Augen. Eine

Stunde Zeit für die Morgentoilette. Er schlürfte zur Wohnzimmertür. Öffnete sie. Lauschte in den langen Flur, an dessen anderem Ende die Tür zu Sophies Schlafzimmer noch geschlossen war. Durch den Schlitz am Boden drang jedoch ein schmaler Lichtstrahl auf das Holzlaminat des Korridors. Roger vernahm die blecherne Stimme eines Nachrichtensprechers. Höchstwahrscheinlich hatte sie kein Auge zugetan. Wie letztes Mal, als sie ihn auf den Weg nach Südafrika brachte. Das süße Nervenbündel. Wie er sie doch vermissen würde! Er durfte sie erst gar nicht mit den neuen Kolleginnen vergleichen, vor allem nicht mit Henriette von Mühlwang. Allein das Äußere: die elegante Gazelle versus das trampelige Nilpferd! Voraussichtlich erstreckte sich das auch auf die Arbeitsweise. Bloß nicht dran denken und die Hoffnungen sowie Bemühungen ganz auf heute konzentrieren! London! Um halb sieben auf den Flieger. Um elf die Präsentation mit seiner Pseudo-Forschung. Um zwei dann das offizielle Vorstellungsgespräch. Um halb fünf - ab nach Frankfurt, bis es schließlich endgültig nach - wie es Sophie nannte - "Sau-Afrika" ging mit Abflug um halb zehn Uhr abends.

* * * * *

Leere. Vakuum. Ein amputiertes Körperglied. Das Kind war flügge. Jemand stand förmlich auf der Hupe. Ein Sattelschlepper tauchte aus dem toten Winkel auf. Henriette von Mühlwang hatte ihn beim Spurwechsel übersehen, als sie sich auf der Fahrt zurück vom Flughafen nach Emmarentia befand. Johanna - nicht mehr das Kind. Johanna - die unabhängige junge Frau. Das hatte sich ja schon im vergangenen Jahr angedeutet, als Henriette sie zum ersten Mal von Johannesburg in Richtung München verabschiedet hatte. Jetzt allerdings würde die Trennung für länger sein. Drei Wochen nur waren ihr mit der Tochter vergönnt gewesen; die Tochter, die sich nun noch reservierter als vor München verhalten hatte. Die tränenreiche Begrüßung beim Wiedersehen hatte da noch hoffen lassen, doch Johanna zeigte sich generell sehr schweigsam. Ein traumatisches Erlebnis. Von Rolf hatte sie auch in einigen Telefonaten berichtet. Henriettes Hoffnungen, daß die Tochter vielleicht einen Freund hätte, zerschlugen sich recht bald. Rolf - genannt "Nene" für "nette Nervensäge" oder schlimmer: "Nee, nee, bloß nicht mit dem!". Und der war auf so tragische Weise umgekommen ganz kurz vor ihrer Rückkehr zu ihr, der Mutter. So traurig Johanna auch war: Während der drei Wochen Heimaturlaub agierte sie dennoch äußerst fokussiert, konzentriert auf das, was da kommen würde. Das geförderte Physik-Studium an der Technischen Universität München, am Ort, den sie ihren Erzählungen zufolge so liebgewonnen hatte. München - die Zukunft ihrer Tochter. Nicht Südafrika. Deshalb nun das Gefühl, als ob ein Teil des Körpers, ein Teil der Seele fehlte. Die Tochter - eine selbständige Frau.

Henriette riß das Lenkrad nach links. Gerade nochmal gutgegangen. Der Lastwagen hätte sie in ihrem *Toyata Corolla* womöglich plattgedrückt wie eine Briefmarke. Wenn da nicht Sean gewesen wäre, hätte Henriette unter Umständen noch nicht einmal etwas dagegen gehabt. Peter und sie lebten mittlerweile nur so nebeneinander her wie Bruder und Schwester. Mehr oder weniger, um gegenüber dem Sohn den Schein einer intakten Ehe zu wahren. Zweckgemeinschaft im selben Haushalt. Henriette stürzte sich tiefer in die Arbeit als je zuvor. Das Gleiche hätte man auch von Peter sagen können, zumal die Anzahl der eingehenden Aufträge größer und größer wurde. Aber da gab es selbstverständlich diese mysteriöse Person. Henriette war todsicher, daß Peter eine Andere hatte, aber der Stolz verbat es ihr, die konkreten Details herauszufinden. Dann eben Scheuklappen auf und Arbeit, Arbeit, Arbeit! Da lief es natürlich ebenfalls nicht so wie geplant. Das Manuskript des von ihr herauszugebenden Konferenzbandes war vom Verlag zurückgesandt worden mit zwei Seiten Formatierungsanweisungen. Sie hatte nicht die geringste Ahnung, wie sie das innerhalb der Einreichungsfrist hinbekommen sollte ohne Hilfe. Die IT-Mitarbeiterin befand sich im Urlaub während der vorlesungsfreien Zeit. Das ging also nicht. Hertloff kannte sich offenbar gut mit Computern und Textverarbeitung aus. Das stand zumindest im Lebenslauf. Aber selbstverständlich kam der jetzt erst eine knappe Woche später als ursprünglich angekündigt. Wenn da mal nicht etwas dahintersteckte! Warum dieses ewige Hinauszögern? Er wurde dringend gebraucht. Nicht nur fürs Formatieren. Henriette benötigte im Prinzip so etwas wie einen persönlichen Assistenten. Sie dürfte es nur nicht direkt so aussehen lassen. Wenigstens kam er dieses Mal ohne Abholdienst vom Flughafen aus. Er habe sich einen Mietwagen reserviert. Für eine Woche. Eine Last weniger. Welch ein Hexentanz es für sie gewesen war, ihm Schlüssel zu einer Mitarbeiterwohnung der Universität zu besorgen. Die schwarze Verwalterin des Apartmentblocks konnte so gut wie nie persönlich erreicht werden. Arbeitete, ja: existierte die überhaupt, dieses Phantom, hatte sich Henriette weit mehr als nur einmal gedacht, wenn sie erneut vor einer abgesperrten Tür des Bürokabuffs von Zara Thwala stand. Doch endlich: Vorgestern hatte sie Miss Thwala gerade noch beim Abschließen besagter Tür erwischt. Beim sage und schreibe siebten Versuch! Das Phantom gab es also. Ein voluminöses Phantom. Wie alle Schwarzen hier - freundlich lächelnd. Man konnte ihr einfach nicht böse sein. Und was für ein Glück: Die Schlüssel waren tatsächlich da! Hingen an einem Wandbord im Büro. Henriette durfte sie mitnehmen. Aufatmen zehn Tage vor Ankunft des neuen Kollegen.

Henriette steckte ihre Magnetkarte in den Schlitz. Die Schranke öffnete sich mit kurzer Verzögerung. Einen Schattenplatz würde sie jetzt wohl nicht mehr ergattern. Sei's drum. Sie stellte den Wagen auf dem sonnenüberfluteten Hauptparkplatz ab, zündete sich eine Zigarette an und ging in Richtung Senatsgebäude.

* * * * *

Drei Geldbörsen mittlerweile. Die erste für Britische Pfund. Die behielt Roger Hertloff gut gefüllt aus Aberglauben. Das bedeutete für ihn, daß er dorthin zurückkehren würde. In Folge eines Stellenangebotes von einer Universität im Vereinigten Königreich - hoffentlich bereits am heutigen Abend - auf Anrufbeantworter gesprochen. Das zweite Portemonnaie für Südafrikanische Rand. Tausend für den Anfang. Vielleicht brauchte er am Ende gar nicht mehr, wenn er postwendend einen Flieger zurück nach Europa bestieg? Und das dritte schließlich für gute alte Deutsche Mark, deren Ende sich leider in Windeseile näherte. Jenes dritte Geldbehältnis zückte Roger unverzüglich nach seiner Ankunft am Frankfurter Flughafen, um mit dem entsprechenden Kleingeld einen Münzfernsprecher zu füttern. Das Selektionskommittee vom University College London hatte hoch und heilig versprochen, sich umgehend telefonisch bei den Kandidaten der engeren Wahl zu melden - egal, ob mit Zu- oder Absage. Zwei Stunden hatte Roger in London Heathrow auf heißen Kohlen gesessen und hatte beinahe unentwegt auf das Display seines Handys gestarrt. Warum meldeten die sich nicht, solange er noch auf britischem Boden verweilte? Vor vier Wochen hatte er den alten Handy-Vertrag gekündigt, den Anbieter gewechselt und war auf so ein "Pay-as-you-go"-Arrangement umgestiegen. Nachteil an der Sache: im Ausland erst nächstes Jahr benutzbar. Er würde bei der Zwischenlandung in Deutschland keinen Empfang bekommen und könnte die Nachrichten auf seiner Voicemail nicht direkt abfragen. Er müßte also seine eigene britische Handynummer anrufen und mit Hilfe einer persönlichen Identifikationsnummer seine Nachrichten zugänglich machen. Typisch, einfach typisch! Eventuell legten es die Dödels darauf an, nicht mit ihm persönlich in Kontakt treten zu müssen. Eine Absage spricht sich leichter auf den Anrufbeantworter. Zwei Mark achtzig hatte Roger inzwischen in den Geldschlitz eingeworfen, bis es ihm gelang, sich zur entscheidenden Option vorzuarbeiten. Die Befürchtung bewahrheitete sich. Drei Mark zwanzig dafür verschwendet, daß diese Idioten ihn nicht haben wollten. Kein Triumph bei Ankunft da unten auf der südlichen Hemisphäre. Er hatte sich doch alles so schön ausgemalt: die Fahrt zu Henriette von Mühlwang; die reservierte Begrüßung; die richtige Wortwahl, über die er sich nun umsonst den Kopf zerbrochen hatte. Er beabsichtigte, ihr vorzuschlagen, daß er sechs Wochen unterrichtete, bevor er in London anfangen müßte. Eine Semesterhälfte. Als Zeichen des guten Willens. Höchstwahrscheinlich hätte sie ihn dann sowieso gleich zum Teufel geschickt. Es wäre ihm egal gewesen. Und sie hätte selbst Schuld gehabt. Er hatte sie vorgewarnt: Wenn seine Stelle von Beginn an gefährdet sei, würde er sich um Alternativen bemühen. Nun brauchte er keinen weiteren Gedanken an dieses Traumszenario zu vergeuden. Er mußte in Johannesburg anfangen. Er würde dort versauern. Er würde dort von einem Neger für ein paar lumpige Rand erschossen werden.

* * * * *

Luftveränderung. Ein totaler, grundlegender Tapetenwechsel war angesagt. Neue Wohnung hin oder her - das reichte nicht. Sophie Koopmann hatte das starke Bedürfnis, ganz etwas anderes zu sehen. Ohne allzu großes Risiko. Und ihr Opfer hieß Roger Hertloff. Mehr im Scherz hatte sie ihm angedroht, daß sie ihn in Südafrika besuchen würde. Doch aus dem Scherz wurde nun ein konkretes Vorhaben. Er hatte noch etwas gut bei ihr: die fünf Nächte Logis in ihrer Wohnung und, nicht zu vergessen, die Erlaubnis, für sein britisches Girokonto ihre Adresse anzugeben, damit er es nicht verlöre. Er konnte ihr die Beherbergung nicht abschlagen. Der Termin stand fest: Er hatte unvorsichtigerweise angedeutet, daß er nach sechs Wochen vorlesungsfreie sieben Tage habe, während derer er dann ordentlich entspannen wolle. Schöne Entspannung: mit ihr als Gast! Machte nichts! Sie mußte 'raus. Sie sandte eine Anfrage mit den Reisedaten ans Universitätsreisebüro.

* * * * *

Der Anruf kam um halb drei Uhr morgens. Der jüngere Bruder. Robert. Immer mit vorwurfsvoller Stimme. Er hatte wohl erwartet, Bertram in volltrunkenem Zustand an die Strippe zu bekommen. Vor einem halben Jahr: jederzeit. Aber jetzt: Störung des Schönheits- und Konzentrationsschlafs. Benommen griff Bertram Hitschler zum Hörer, und zu Beginn des Gesprächs mochte es wohl auch so klingen, als ob er alkoholisiert wäre. Aber lange dauerte es beileibe nicht, bis er hellwach zuhörte, was sein Bruder in diesem widerwärtigen, abfälligen Tonfall zu berichten hatte. Die Mutter im Heim. Schlaganfall. Es ging zu Ende. Bertram verzichtete darauf, einen Streit mit Robert anzuzetteln. Das durfte ruhig verschoben werden. Doch es würde kein Weg daran vorbeiführen. Diese arrogante Amöbe würde er sich genau zur richtigen Zeit vorknöpfen. Wenn es die Mama nicht mitkriegte. Wenn nötig nach deren Ableben, das sich Bertram schon seit Längerem herbeigewünscht hatte. Weil er die Mama liebte. Er ertrug das Leiden nicht. Und das ging einfach nicht in Roberts Spatzengehirn hinein. Aus purem Egoismus konnte der nicht loslassen. Das Leben der Mutter verlängern auf Biegen und Brechen. Solange die Mama da war, ging es ihm gut - egal, wie sehr sie leiden mußte. Zwei Jahre lang bereits. Seit dem ersten Schlaganfall, der sie zu einem gelähmten Häufchen Elend reduzierte. Einlieferung ins Pflegeheim. Und Robert, der angeblich Gute, opferte sich auf. Übernahm einen Teil der Pflege, sprich: übertrug das seiner unterbelichteten Frau Martha. Die Gebärmaschine. Vier Töchter. Plus seit zwei Jahren eben die Pflege der Schwiegermutter. Nicht zuletzt deshalb sprang Robert so um mit Bertram; Bertram, das schwarze Schaf. Der verlorene, geliebte Sohn. Verloren, naja! Südafrika war zwar weit weg gewesen, aber doch nicht aus der Welt. Man sollte außerdem nie zu nah bei der Familie wohnen. Das war ohnehin Bertrams Motto. Von Berlin nach Bregenz - das ging grademal so. Nicht zu weit, nicht zu nah.

Carla Hitschler hatte den beiden Jungs nie etwas vorgespielt. Ohne es böse zu meinen, sagte sie beiden im Vertrauen, daß sie als Mutter gar nicht anders fühlen könne: Der Erstgeborene stehe ihr einfach "näher am Herzen". Das sei ganz natürlich und bedeute keineswegs, daß der Jüngere nichts zähle. Im Gegenteil: Wie gerne hätte sie es gesehen, daß sich die beiden Söhne miteinander vertrugen. Doch es war ein einziger Kampf - wie Katz und Maus. Der Höhepunkt: Vater Hitschler bestimmte, daß der ältere Sohn das familieneigene Versicherungsbüro übernehmen sollte, in welches wenig später auch der Jüngere als gleichberechtigter Partner einsteigen könnte, so daß er selbst beruhigt in Ruhestand zu gehen in der Lage wäre. In welcher Welt der alte Herr lebte? Bertram weigerte sich beständig, entzweite sich bewußt mit dem Vater, was der Mama selbstverständlich beinahe das sowieso recht schwache Herz brach. Auf eigene Faust Akademiker, während Robert, der biedere Spießer, tatsächlich die väterliche Agentur übernahm.

Wie Bertram gegen das alles ansah! Aber es mußte geschehen. Selbst wenn es wehtat. Das Geld war ihm egal. Doch die jahrelangen Demütigungen Roberts, die Vorwürfe, der Sarkasmus in der spärlichen Korrespondenz - das alles sollte er jetzt aufs Brot geschmiert bekommen, wenn Mama endlich ihre letzte Ruhe fand. Um halb fünf steuerte Bertram den Wagen auf die Autobahn. In der Fränkischen Schweiz würde er frühstücken und nach dieser einen Pause in einem Rutsch vollends bis nach Bregenz durchfahren. Tja, Bregenz. Die glückliche Jugend. Abgesehen von Robert. Es hatte sogar fröhliche Tage mit ihm zusammen und den Eltern gegeben. Die sonntäglichen Ritualwanderungen auf den Gebhardsberg zum Beispiel. Im Frühsommer. Das üppige Mittagessen im Restaurant dort oben. Und der *Sanfte Engel* als Nachtisch. Mit überwältigendem Blick auf den See. Manchmal, bei guter Sicht, bis hinüber nach Konstanz. Ein schönes Fleckchen Erde war es schon. Allerdings wollte sich Bertram jetzt keine Sentimentalitäten leisten. Während seiner Frühstückspause würde er beim Institut Bescheid geben. Er drückte das Gaspedal des von Rostflecken verunstalteten roten *Audi achtzig Diesel* weiter nach unten. Je schneller dort, desto eher hatte er es hinter sich. Und hoffentlich reichte es noch, um der Mama adieu zu sagen.

* * * * *

Das Mutterherz fühlt, wenn etwas nicht stimmt mit dem Kind. Gerlinde Gradmann hatte ihre bösen Ahnungen, welche sie über die Ferne hinweg hegte, dem Ehemann beim Abendessen am Kalterer See während ihres gemeinsamen Kurzurlaubs mitgeteilt. Heinz, ihr Gatte, hatte das wohlwollend belächelt. Weibliche Intuition, Gefühlsduselei. Papperlappapp. Mit dem Jungen sei alles in Ordnung. Der könne gut auf sich selbst Acht geben. Doch die weibliche Telepathie trügte Frau Gradmann nicht. Gleich nach Rückkehr: der Anruf bei Rolf. Voicemail. Vier Versuche innerhalb von zwei Tagen. Das reichte. Die Fahrt nach München. Heinz Gradmann hielt seiner Frau die Hand. Nun machte auch er sich Sorgen. Ganz untypisch. Versuchte nicht mehr, die Sache schönzureden. Er hoffte gar verzweifelt, daß der Sohn aus Schusseligkeit das Handy irgendwo hatte liegenlassen. Dann würde er ihm aber den Marsch blasen, dem Luftikus!

Was das Ehepaar Gradmann fühlte, als es sich mit dem Ersatzschlüssel Zugang zum Apartment seines Sohnes verschaffte, konnte kaum mit Worten beschrieben werden. Der abscheuliche Gestank vertrieb jegliches Schockgefühl. Der Atem blieb ihnen weg. Die Augen glaubten nicht, was sie sahen. Der Sohn lag halb verwest im kurzen Flur. Die Eltern standen nur fassungslos da, bückten sich nicht einmal über die Leiche, so abstoßend war der Anblick. Gerlinde Gradmann bewegte sich zuerst, wandte sich nach draußen, versuchte sich zu übergeben; doch der Brechreiz förderte nichts zutage, da sie aus Sorge den ganzen Tag weder Essen noch Trinken zu sich genommen hatte. Der Mann hielt sie fest, umarmte sie, fing an zu schluchzen. Passanten sahen die Szene, erschreckten sich, boten Hilfe an; die Polizei wurde gerufen.

Gerlinde Gradmann war nicht in der Lage, der Bestattung des Sohnes beizuwohnen. Zehn Tage danach wurde sie aus dem Psychiatrischen Landeskrankenhaus in Kaufbeuren probeweise entlassen. Heinz Gradmann vermochte nicht, damit umzugehen. Drei Tage später fuhr er die Frau wieder zurück in die Klinik. Nach weiteren drei Wochen schaffte sie es. Anstatt die Beruhigungstabletten täglich, wie verabreicht, einzunehmen, hortete sie sie.

* * * * *

Das fehlte gerade noch! Konnte man ahnen, daß sie so dermaßen die Ohren spitzte? Roger Hertloff ohrfeigte sich selbst in Gedanken. Leichtfertig hatte er beträchtliche Zeit vor seiner Ausreise im Rahmen einer der letzten Unterrichtsbesprechungen beiläufig die Semestertermine der University of the Witwatersrand Sophie gegenüber dargelegt. Die vorlesungsfreie Woche Anfang September. Da wolle sie kommen. Sie wäre ihm dankbar, wenn er ihr die Luftveränderung, die sie so dringend benötige, ermögliche. Er konnte nicht "nein" sagen. Dafür stand er zu sehr in ihrer Schuld. Und außerdem hatte er ja durchaus bemerkt, daß es ihr seit einigen Monaten gemütsmäßig nicht so gut ging. Wenn er da behilflich sein konnte: kein Problem! Aber das Timing! Warum passierten solche Dinge ausgerechnet immer zur ungünstigsten Zeit? Ja, klar, er hatte eine freie Woche. Frei von Unterrichtsverpflichtungen. Frei, um endlich einmal Luft holen zu können. Frei, um sich endlich intensivere Gedanken darüber machen zu können, was er eigentlich in diesen wenigen Wochen am anderen Ende der Welt geleistet hatte. Und dann kam Sophie. Eine Frau. Eine Frau, auf die man hier aufpassen müßte. Eine Frau, um die man sich hier Sorgen machen müßte. Heute Morgen zum Beispiel: die Meldung in den Frühnachrichten, als Roger noch triefend der KZ-Dusche in seiner frisch angemieteten Gartenwohnung entstieg. Einbruch einer schwarzen Gang in der

Jugendherberge, die sich nur zwei Kilometer von Rogers Bleibe befand. Eine sechzehnjährige schwedische Touristin hatte das große Pech gehabt, dort zu übernachten. Acht Schwarze machten sich nacheinander über sie her. Kein Einzelfall. Welche Angst er um Sophie ausstehen würde, wenn sie käme! Was würde er machen, wenn er mit ihr im Park nebenan spazierenginge am hellichten Tag und drei Blackies sie mit Messern bedrohten? Relativ unwahrscheinlich zwar in dieser Gegend, aber dennoch möglich. Er hätte nicht mehr leben können, wenn Sophie in seinem Beisein etwas zustieße. Und dann auch wieder und wieder diese Berichte, daß junge Frauen in Anwesenheit ihrer unter Gewaltandrohung zum Zuschauen gezwungenen Freunde vergewaltigt wurden. Roger wollte nicht an so etwas denken, aber es ging überhaupt nicht anders. Er saß vor dem leeren Bildschirm - das E-Mail-Formular mit Sophies Adresse in der ersten Zeile eingetippt. "Subject: RE: Ferien in Südafrika". Was sollte er antworten?

* * * * *

Die Erde kreiste auch ohne Computer um die Sonne beziehungsweise drehte sich einmal täglich um die eigene Achse, ohne von irgendwelcher Informationstechnologie abhängig zu sein. Die meisten Jahre seiner Akademikerkarriere war Professor Gordon Pimm in seinem Beruf handschriftlich korrespondierend zurechtgekommen, und er dachte nicht im Traum daran, dies während der letzten paar lumpigen Lenze seiner Laufbahn vor dem Ruhestand zu ändern. Wenn denn irgendwelche Memos per E-Mail am Institut verschickt wurden mit Kopie an alle, so kam Professor Pimm in den Genuß einer Sonderbehandlung: Die Chefsekretärin mußte ihm einen Ausdruck der betreffenden elektronischen Mitteilung in sein Postfach legen. Positiver Nebeneffekt: Die ansonsten stinkfaule Obertippse bekam etwas zu tun. Beschäftigungstherapie für die Dame, die nach dem Motto funktionierte, daß ein Werktätiger, der zu spät zur Arbeit erscheint, automatisch das Anrecht besitzt, eine halbe Stunde früher als vorgeschrieben Feierabend zu machen. Nicht schlecht fluchend blickte Helen Laird demzufolge auf ihre Inbox, als da um sechzehn Uhr sechsundzwanzig eine dringende E-Mail mit Betreff "zur unverzüglichen Weiterleitung an Professor Gordon Pimm" auf ihrem Computer einging, den sie im Begriff war abzustellen. Sie wäre nicht in der Lage gewesen, Datum und Uhrzeit zu fingieren, weshalb sie sich kurzerhand entschloß, mit dem Ausdruck des elektronischen Briefes persönlich beim Professor vorzusprechen. Und wenn der nicht seine Lesebrille aufgehabt hätte, als Miss Laird bei ihm ins Büro trat, so wäre spontanes Augenreiben angesagt gewesen. Sein Blick lavierte zwischen der großen Küchenuhr, die über seiner Bürotür prangte, und der hereinkommenden Sekretärin. Pimm hatte sie nie zuvor nach sechzehn Uhr dreißig im Gebäude des Fremdspracheninstituts angetroffen, und nun stand sie leibhaftig vor ihm, an einem Freitagnachmittag - wohlgemerkt auch noch Freitag -, um sechzehn Uhr dreiunddreißig, und drückte ihm ein vom Laserdrucker während des Einzugs zerknittertes Stück Papier in die Hand. Nein: keine Fata Morgana! Auch kein Weißes-Mäuse-Syndrom, denn heute hatte er sich lediglich drei Pints *Belhaven Best* mit drei Komma acht Prozent Alkoholgehalt während der Mittagspause genehmigt. Der Suff konnte also ebenfalls nicht für die seltsame Apparition in Gestalt der gewöhnlich beige-braun gekleideten Sekretärin verantwortlich sein. Am liebsten hätte er sie demzufolge gefragt, ob er ihr in die prall gewölbten Pobäckchen zwicken durfte zwecks Verifikation, daß sie es wirklich sei. Doch er sammelte sich, nahm das Blatt dankend in Empfang und wünschte Helen ein schönes Wochenende. Sie lächelte säuerlich, erwiderte die Wünsche und entschwand durch den Türspalt, eine Wolke ihres Parfumduftes im professoralen Büro hinterlassend. Gordon Pimm atmete tief durch, schloß die Augen. Er müßte Helen einfach fragen, was das für eine Marke sei. Die schien auch bei manchen Studentinnen sehr beliebt. Wenn er zwanzig, fünfundzwanzig Jahre jünger gewesen wäre, würde ihn jener Geruch um den letzten Verstand gebracht haben. Das Zeug duftete auf der Haut einiger Damen absolut nach Paarungswilligkeit. Als ob sie die Männer, denen sie - eingesprüht mit dem Elixier - begegneten, wie kleine Schoßhündchen an die Leine nehmen und in einem stillen, unbeobachteten Eckchen wie die Spinne ihre Beute mit Haut und Haaren verspeisen wollten. *VULVAPOR* - "*Scheidendunst*" - nannte er das Parfum in Gedanken. Es verstärkte seiner Ansicht nach den Vaginalduft zum beinahe Unerträglichen.

Morgen würde er Helen fragen, wie es hieß. Er schüttelte den Kopf und richtete den Blick auf das zerknitterte Stück Papier zwischen seinen Fingern. Roger Hertloff. Der seltsame Junge. Aus dem war er drei Jahre lang nicht schlau geworden. Mal anschmiegsam, kontaktfreudig; und dann wieder völlig auf Distanz. Mit Sophie, dem Mädchen, das so tolle Beine ihr Eigen nannte, hatte er sich offenbar prima verstanden. Ob die's wohl miteinander gemacht hatten? Also, was wollte er denn jetzt von ihm? Er brauche einen Gutachter. Für Bewerbungen. Und warum jetzt auf einmal Professor Gordon Pimm? Weil der Kollege Thorneloe Forschungsfreisemester hatte und für solche Dinge nicht zur Verfügung stand. Sowieso schwer nachvollziehbar für den Lehrstuhlinhaber im Fach Germanistik der Universität von St. Andrews, warum Hertloff diesen Thorneloe als Gutachter der ersten Wahl auserkoren hatte. War er einfach auf diesen Blender, den sie im Kollegenkreis auch sinnergerweise "Doctor Death" nannten, hereingefallen? Oder reinster Pragmatismus, weil man Doctor Death normalerweise leicht per E-Mail erreichen konnte, zumal der ja förmlich die ganze Zeit am Bildschirm darauf lauerte, daß irgendeine zu beantwortende elektronische Nachricht für ihn einging? Das mußte es denn sein. Gordon Pimm schätzte Roger Hertloff eher als ein cleveres Bürschchen ein. Er hatte während seiner drei Jahre als *BIWA*-Tutor hier viel Lehrgeld bezahlen müssen, war mit einigen enthusiastischen Vorschlägen unglaublich aufgelaufen und hatte wie Pimm selbst schwer an der inkompetenten Institutsleitung zu knapsen. Kaum vorstellbar, daß Hertloff zur stupiden Anhängerschaft des personifizierten Sensenmannes Thorneloe gehörte. Gordon Pimm kicherte vor sich hin. Im Geiste malte er sich das Bild von Kendall Thorneloe in Mönchskutte aus: die Glatze, die wirkte wie eine präzise ausrasierte Tonsur; der weiße Haarkranz; die riesigen Ohrmuscheln; das hagere, faltige Gesicht - eine Folge der strikt vegetarischen Kost, auf welche Thorneloes zweite Frau (dreißig Jahre jünger als er; extrem schwindsüchtiges Äußeres; aß selbst nur wie ein Vögelchen) bestand; der bedrohliche Bart. Ein Beitritt zum Karthäusertum hätte Thorneloe viel erspart, sinnierte Pimm weiter: Da hätte er sich beispielsweise ganz seinen mediävistischen Studien widmen können und nun nicht die immensen Probleme mit der britischen Forschungsbewertung bekommen, die alle fünf bis sieben Jahre durchgeführt wurde, weil er auch überhaupt nichts Vorzeigbares an Publikationen auf die Reihe kriegte. Und er hätte sich die zwei frustrierenden Ehen erspart. Vor allem die aktuelle: Frau Doktor Gloria Hochhuth. Der Name sagte, wie so oft, schon alles. "Hochnas" wäre noch treffender gewesen. Twiggy mit Rotschopf. Doctor Death und seine Hexe. Was für ein Glück, daß man Thorneloe seinen Antrag auf Forschungsfreisemester genehmigt hatte. Gordon Pimm zeichnete da als hauptverantwortlich. Mit Engelszungen hatte er sowohl auf die Institutsleitung als auch auf die höhere Verwaltungsebene der Universität eingeredet, damit das zustandekam, worauf alle in der Abteilung seit Urzeiten hofften, nämlich, daß man dieser Lusche endlich ein Semester freigab, damit man sie sechs Monate nicht zu Gesicht bekam. Man konnte freier atmen auf den Institutskorridoren ohne den pseudogeschäftigen Thorneloe. Der wuselte ansonsten überall herum, steckte seine neugierige Nase in sämtliche relevanten sowie vor allem unwichtigeren Dinge hinein und ließ einem keine Ruhe mit irgendwelchen Lapalien, die er zu den obersten Prioritäten hypostasierte, nur weil es ihm gerade in den Kram paßte. Bis Februar nun aber glücklicherweise kein Kendall Thorneloe im Gebäude. Danach ihr letztes Semester: Beide, sowohl Pimm als auch Thorneloe, gingen in Pension. Das würde auch noch so ein Drama werden: die Verabschiedung. Gordon Pimm mußte das verdrängen, sonst machte ihn das krank. Er blickte erneut über den Türrahmen. Kurz vor fünf. Nichts drängte ihn. Zuhause erwartete ihn eine Horde tobender Gören. Fürs Wochenende hatte seine Frau sämtliche Kinder und Kindeskinder eingeladen. Zwei Nächte, zwei Töchter, zwei Schwiegersöhne, ein Sohn, eine verrückte Schwiegertochter und im Ganzen fünf Enkelkinder. So sehr er seine Familie und im Besonderen seine Gemahlin liebte, aber das war einfach zuviel. Das Spektakel stellte eine beinahe unüberwindbare Geduldsprobe für seine Nerven dar. Deshalb kam die Anfrage Hertloffs nicht unwillkommen. Er konnte das Gutachten handschriftlich vorformulieren, um es dann an die Sekretärin zum Abtippen weiterzugeben. Dann mal frisch ans Werk! Eine Stunde hatte er Zeit, bis er auf den letzten Bus müßte, der ihn dem Familienlärm ausliefern würde. Er zückte den Kugelschreiber. Er würde das Gutachten sehr neutral halten, so daß es immer wieder verwendbar wäre mit Abwandlungsspielraum für Universitäten, an welchen er Kollegen kannte oder mit den örtlichen Gegebenheiten vertraut war. Hertloff hatte geschrieben, daß er sich an der University of Westminster in London beworben habe. Ein unbeschriebenes Blatt für Pimm, diese angebliche Uni. Wahrscheinlich auch so eine ehemalige Fachhochschule, welche in den zweifelhaften Genuß der Ehre gekommen war, zum Status einer "richtigen" Universität aufgewertet zu werden. Das verstand Pimm nicht: Warum wollte Hertloff so schnell wieder weg von einer Universität, die doch in gewissen Kreisen einen akzeptablen Ruf besaß, und hin zu einer Null-Acht-Fünfzehn-Fachhochschule? War es so schlimm in Südafrika? Professor Pimm fing an zu schreiben. Langsam und bedächtig. Er bemühte sich um Deutlichkeit des Schriftbildes, da sich Helen Laird des öfteren beschwert hatte, daß es darum sehr schlecht bestellt sei; er solle doch bitteschön lesbarer schreiben, wenn er sich schließlich weigere, selbst einen Computer zu benutzen. Impertinente Kuh!

* * * * *

Verpflichtungen verteilen sich selten auf mehrere Tage, so daß man sie bequem nacheinander erledigen könnte. Nein: Verpflichtungen akkumulierten sich. Auf vierundzwanzig Stunden. Damit man auch ja in Streß geriet. Johanna von Mühlwang vermochte sich nicht zu erinnern, daß es in ihrem noch so kurzen Leben jemals anders gewesen wäre. Als sie an diesem Donnerstag gegen dreizehn Uhr in der Hesselingschen Seevilla eintrudelte, fühlte sie sich wie gerädert. Am gestrigen Mittwoch hatte sie kurzfristig ein Engagement im *Bayerischen Hof* erhalten. Und selbstverständlich dauerte es länger. Erst um ein Uhr dreißig in der Früh entließ sie der - ebenso wie sie selbst - athletisch gebaute Mitvierziger, der ein unglaubliches Durchhaltevermögen an den Tag legte, in die schwüle Münchener Nachtluft. Dann bereits um acht Uhr dreißig morgens der monatliche Termin beim Gesundheitsamt. Eine weitere Auflage der Agentur sowie ebenfalls gesetzliche Vorschrift: HWG-Inspektion mit Zertifikat. Der Hurentest, wie er im Volksmund hieß. HWG gleich "häufig wechselnder Geschlechtsverkehr". Zwar ein Relikt aus früheren Jahrzehnten, als es die Damen des horizontalen Gewerbes noch ungeschützt mit sich machen ließen und die Sorge vorrangig unter Umständen übertragener "traditioneller" Geschlechtskrankheiten galt, aber dennoch auch heutzutage eine Absicherung gegen sämtliche Eventualitäten. Acht Uhr dreißig also der Termin. Wartezeit bis elf Uhr dreißig - so groß der Andrang. Dann Beine breit auf dem Gynäkologenstuhl. Das Entwürdigendste bei der ganzen Angelegenheit. Dagegen bildete Johannas Tätigkeit, wegen derer sie die Untersuchung über sich ergehen lassen mußte, ein Kinkerlitzchen. Um vier vor zwölf rannte sie dann zur S-Bahn, so daß sie es mit ordentlicher Toleranzzeit noch zum Kinderhüten schaffte. Renate Hesselings Einkaufsnachmittag. Sie wollte die Jungs nicht mitnehmen. Johanna war für halb zwei bestellt. Spätestens. Mutter Hesseling war da streng und neigte bei geringsten Verspätungen zu beißendem Sarkasmus. Das wollte Johanna vermeiden. Deshalb die Eile und die daraus resultierende Erschöpfung bei Ankunft im Hesselingschen Haushalt. Wieder feuchte Hitze an jenem Spätsommernachmittag der langsam ausklingenden Schulferien. Johannas Programm stand fest. Badespaß am hauseigenen Steg. Aufpumpen der Luftmatrazen. Ein Weilchen mit Kevin und Daniel im wörtlichen Sinne Schiffeversenken spielen und dann ausruhen, sofern das Gewitter auf sich warten ließ. Die Kinder hatten beide mit Leichtigkeit diese neumodische, dem alten Freischwimmer entsprechende Schwimmprüfung geschafft; man konnte mit halbem Auge aufpassen, wenn man ihnen nur streng einbläute, sich nicht zu weit vom Ufer zu entfernen. Nach vierzig Minuten legte sich Johanna - nun wirklich hochreif für ein nachmittägliches Nickerchen - in der Gegend der Stegmitte auf ihr dunkelblaues Badetuch, auf welchem hellblaue Seepferdchen tanzten. Nach nicht einmal fünf Minuten verabschiedete sie sich ins Reich der Träume. Besagter Seepferdchentanz vermischte sich dort mit dem Muster der Maserung der ältlichen Holzplanken, auf denen Johanna ruhte. Stille, Rauschen, deutlicher werdendes Geplapper. Das Gekicher der Prostituierten, mit welchen sie wenige Stunden zuvor im Warteraum des Gesundheitsamtes ausgeharrt hatte, gellte in ihren Ohren. Sie machten sich lustig über ihre Safaritracht. "Kommst aus'm Dschungel, Deandl?" stierte sie eine Dicklippige mit blonder Perücke an. "Johanna, Johanna, Johanna..." hauchte ihr offenbar jemand ins Ohr. Sie öffnete die

Augen. Keine Ahnung, wie lange sie geschlafen hatte. Der Himmel - in der Zwischenzeit mit Quellwolken zugezogen. Vielleicht noch anderthalb Stunden bis zum Gewitter. Bis jetzt keine nennenswerte Brise. "Johanna, Johanna, Johanna...". Wieder die gehauchte, verstellte Stimme eines Kindes aus Richtung Stegende. Wo waren die Jungs? Die Luftmatrazen trieben links vom Steg in Richtung Ufer. Johanna erschreckte sich nicht, da sie ja die Stimme hörte. Die Racker planten höchstwahrscheinlich, ihr einen Streich zu spielen. So wollte sie ihnen nachgeben, damit sie ihre Gaudi hätten. Sie erhob sich langsam vom Badetuch und ließ sich auf ihrem Weg zum Ende des Stegs viel Zeit. Die Burschen sollten ruhig ein wenig auf die Folter gespannt werden. Sie beugte sich vornüber, so daß sie sich mit dem oberen Körperdrittel über dem Wasser befand. Dann imitierte sie die verstellte Stimme, von der sie geradeeben gerufen worden war. Kevins Kopf und die kleinen Hände, die sich um den Stegpfahl klammerten, wurden sichtbar. "Buuh!" stieß er hervor und lachte laut quiekend heraus. Aber wo war Daniel? Johanna spürte die rhythmische Vibration des Steges und vernahm gleichzeitig die trampeligen Schritte einer rennenden Person hinter sich. Als sie sich umdrehte, war es schon zu spät. Sie wollte sich noch gegen den mit vollem Tempo anstürmenden Daniel stemmen, doch die Wucht des Aufpralls war zu stark. Daniel überlief sie, plumpste mit dem Kopf voran ins Wasser, nicht ohne ihr zuvor einen ordentlichen Schubs mit beiden Händen gegeben zu haben. Sie strauchelte zur Seite, aber bevor sie - das Gleichgewicht verlierend - ins Wasser fiel, schlug sie sich den Kopf am letzten Pfahl auf der linken Stegseite an, den Kevin unterhalb der Planken immer noch festhielt. Weiße Punkte tanzten vor ihren Augen, und Wasser brach über ihr Gesicht herein. Dann Dunkelheit. Aus dem Schwarz heraus meinte sie, das Gesicht von Renate Hesseling zu erkennen. Schreiend. Bedrohlich. Dann wieder Dunkelheit.

* * * * *

Heute ging alles schneller und besser. Renate Hesseling entsann sich der Tage, als Kevin und Daniel noch nicht da waren. Wie oft schwor sie sich doch seinerzeit im Supermarkt, nie mit Kindern -

wenn sie denn jemals welche haben sollte - einkaufen zu gehen. Haßerfüllt blickte sie damals stets auf die Ehepaare mit ihren quängelnden Gören, welche einem in den engen Regalgängen vor die Füße rannten. Das verstand man unter Arbeitsteilung: einer von beiden blieb mit den Kindern zuhause, während der andere die Lebensmitteleinkäufe erledigte. Supermärkte sollten für Kinder unter zwölf Jahren unzugänglich gemacht werden! Dann die Zwillinge. Arbeitsteilung hin oder her: Arthur konnte mit seinem Beruf kaum für so etwas herhalten. Einkaufen durfte man ihn sowieso nicht schicken. Ein Taugenichts in dieser Beziehung. Wenn man ihm auftrug, Sahne zu bringen, kam er mit Sauerrahm an. Bei Fleisch noch viel schlimmer: Schweinefilet stand auf dem Einkaufszettel, und was fischte er aus der Einkaufstasche? Schweinerückensteak. Und wenn sie ihn mit den Jungs alleine zuhause ließ, sah die Villa innen jedesmal aus, als ob eine Bombe eingeschlagen hätte. Er tobte gerne mit ihnen. Ein richtiges Spielkind, wenn einmal freigesetzt. Das konnte Renate also auch nicht verantworten mit ihrem Hausfrauenstolz. Dann mußte sie in den sauren Apfel beißen und die Bengel eben mit zum Supermarkt nehmen. Zeter und Mordio! "Mama, kann ich das haben?", "Mamaah, kann ich dies haben??!". Der Kampf an der Kasse - die Süßigkeitenkörbchen. Nach einem Wocheneinkauf mit Kevin und Daniel hätte jeder praktische Arzt Renate Hesseling als reif für eine vierwöchige Kur diagnostiziert. Wie dankbar sie deshalb jetzt doch dafür war, Johanna ein, zwei Nachmittage die Woche zu haben. Noch dazu bei dieser Hitze. Ja, ihr Verhältnis hatte sich normalisiert, ging schon fast ins Herzliche mittlerweile. Johanna kristallisierte sich als Mädchen für alles heraus. Obwohl sie kurz nach ihrem Umzug in den Olympiapark mit der Pünktlichkeit ein wenig in Konflikt geraten war und deswegen mit einigen patzigen, sarkastischen Bemerkungen von Seiten Renates Vorlieb nehmen mußte, entwickelte sie sich tatsächlich zur "brünetten Perle des Haushalts". Für unentbehrlich hielten sie die Hesselings inzwischen. Und heute kam sie sogar hyperpünktlich zur Villa. Eine halbe Stunde vor der Zeit. Zwar etwas außer Atem, aber halt doch so früh, daß auch Renate Hesseling an einen zeitigeren Start in Richtung Einkaufszentrum denken konnte. Mit den Jungs ins Wasser wollte sie. Sei recht, dachte sich Renate und stieg beruhigt in den *Sharan*. Und wie der Wind huschte sie danach vergnügt durch die Lebensmittelabteilung. Vor den Kühlregalen hielt sie ob der großen Hitze draußen ein wenig länger inne, aber dennoch gelang es ihr, fast in Rekordzeit die Kasse zu passieren, den Einkauf zu verladen und sich auf den Weg zurück zur Villa zu machen. Knappe neunzig Minuten! Mit Kevin und Daniel hätte das sicherlich eine gute halbe Stunde länger gedauert. Ein Gewitter würde wohl bald aufziehen. Man sah bereits, wie sich ein paar Quellwolken bildeten. Da hatten die Kinder ja doch noch viel Zeit zum Austoben im Wasser gehabt. Immer, wenn sie mit Johanna gespielt hatten, fielen sie am Abend wie Steine ins Bett. Das Mädchen holte alles aus ihnen heraus. Merkwürdig! Renate betrachtete sich selbst als sehr robust und ausdauernd, aber Johanna stellte das geradezu in den Schatten. Heute hingegen hatte sie bei ihrer Ankunft erstaunlicherweise etwas müde gewirkt. Vielleicht gelang es den Lausbuben ja jetzt, den Spieß umzudrehen und die Babysitterin konditionsmäßig in die Knie zu zwingen. Renate Hesseling formulierte sich im Geiste schon prophylaktisch einen flotten Spruch vor, den sie von sich geben könnte, falls Johanna sich doch über die Energien Kevins und Daniels beschweren sollte. Sie würde ihr eine kräftige Fleischbrühe mit Leberknödeln zur Stärkung anbieten.

Gerade als sie um die Ecke bog, um die Fernbedienung zu betätigen, sah sie das Einfahrtstor sich ohne ihr Zutun öffnen. Kevin erschien mit seinem Fahrrad, sprang davon ab, als er den *Sharan* erspähte und rannte auf den Wagen der Mutter zu.

"Mamaaah! Komm' schneeheell!" schrie er sie - halb schluchzend - an. "Johannaaahh!" gellte seine Stimme sich überschlagend. Beide rannten die Einfahrt hinunter bis zum Steg. Renate Hesseling begriff sofort. Fragte erst gar nicht: Johanna trieb regungslos mit dem Kopf nach unten im Wasser am Stegende. Renate sprang ab. Kaum neben Johanna angelangt, hob sie ihr den Kopf aus dem Wasser, drehte sie und schob sie zum Ufer, wo sie mit der Wiederbelebung begann. Was für ein Glück! Das Mädchen spuckte Wasser. Hustete. Öffnete kurz die Augen, bevor sie das Bewußtsein wieder verlor. Das Herz pochte schnell. Es hatte noch gereicht! Renate rannte zum Haus, trug den Jungen auf, mit Johanna zu sprechen. Der Johanniter tauchte mit ohrenbetäubender Sirene und flackerndem Blaulicht innerhalb von zehn Minuten auf.

* * * * *

Glück im Unglück. In jeder Beziehung. Dem Tod im wahrsten Sinne von der Schippe gesprungen, erblickte Johanna von Mühlwang im Krankenbett zum zweiten Mal das Licht der Welt. Familie Hesseling drumherum gruppiert. Kevin und Daniel mit Tränen in den Augen. Als Johanna die ihrigen aufmachte, schmiegten sich die beiden Jungen zärtlich an ihren linken Arm. Erleichtert, daß alles gutgegangen war. Mit schlechtestem Gewissen, weil sie beinahe das Ableben der geliebten Spielgefährtin verursacht hatten. Eine Woche Hausarrest und Badeverbot. Das war die von Ehepaar Hesseling verhängte Mindeststrafe. Renate und Arthur zwinkerten der Erwachenden zu. Wirklich Glück im Unglück: Nur eine schwere Gehirnerschütterung. Nicht einmal eine Schramme. Zwei Wochen Bettruhe. Glück im Unglück: die weiter voranschreitende Verbesserung des Verhältnisses zwischen Johanna und Renate. Glück im Unglück: Das Handy war abgestellt. Selbst wenn die Agentur angerufen hätte, wäre sie nicht durchgekommen. Die Nebentätigkeit der gelegentlichen Tagesmutter blieb im Verborgenen. Und sobald Sylvia vom Unfall der Freundin Wind bekam, wurde auch die Agentur davon in Kenntnis gesetzt. Etwas enger jedoch gestaltete sich Johannas Zeitplan vor dem Studienbeginn. Viel Lauferei. Verlängerungsantrag für die Wohnung. Immatrikulation. Erledigung des ganzen damit in Zusammenhang stehenden Papierkrams für das Stipendium. Et cetera. Et cetera.

* * * * *

Starker Wind kam auf. Vereinzelte dicke Regentropfen klopften an das Doppelglasfenster der Suite im zehnten Stockwerk des *Sandton Sun Tower Hotels* im Norden Johannesburgs. Roger Hertloff schlürfte die letzte Pfütze *Pommery*-Champagner aus dem Glas. Mit seinem alten Schulfreund Klaus-Dieter Schlienz, Didi, hatte er die spärlich ausgestattete Minibar somit leergetrunken. Zwei Null-Komma-drei-drei-Liter-Flaschen *Castle*. Eine Null-Komma-zwei-fünf-Liter-Flasche *Chardonnay*. Eine Null-Komma-zwei-fünf-Liter-Flasche *Cabernet Sauvignon*. Zwei Null-Komma-zwei-sieben-fünf-Liter-Flaschen *Smirnoff-Ice*. Vier Vier-Zentiliter-Ampullen irgendeines hochprozentigen Krams. Und nun gerade eben noch diese Null-Komma-drei-sieben-fünf-Liter-Flasche *Pommery*. In sich zusammengefallen schnärchelte Didi am einen Ende der Couch. Er hatte einen harten Tag hinter sich. Vom Kompagnon beschissen worden. Mit dieser südafrikanischen Briefkastenfirma. Der Scherbenhaufen mußte von Didi persönlich zusammengekehrt werden. Deshalb war er angereist. Sogar mitsamt Steuerberater. Roger hatte sich an diesem Abend nach dem Firmen-Kehraus mit ihm in der Bar des *Sandton Sun Towers* verabredet. Da mußten bereits fünf *Castle* dran glauben. Rogers und Didis Stimmung glichen einander wie ein Ei dem anderen.

Am Tag zuvor war Sophie abgeflogen. Eine herrliche Woche mit Ausflügen rund um Johannesburg war vorbei. Höhepunkt: der Pilanesberg-Wildpark. Im knallroten *Mazda drei-zwo-drei*, Baujahr neunzehnhundertvierundachtzig, ohne Klimaanlage selbstverständlich, von Roger angemietet auf unbestimmte Zeit bei der Firma *Book-a-Banger*, waren Sophie und er über die holprigen Feldwege des Reservats gejagt und hatten alle möglichen Viecher in freier Wildbahn beobachtet: Nashörner, Warzenschweine, Giraffen, Elefanten - die ganze Palette. Erschöpft, verschwitzt und verstaubt vom roten Sand, der in wolkigen Schüben durch die Belüftungsschlitze des altersschwachen *Mazdas* gedrungen war, machten sie auf dem Rückweg nach Johannesburg Pause in Sun City. Sie fuhren am dortigen *Palace Hotel* vor. Parkten frech im Auffahrtsrondell, stiegen aus und klopften sich die staubigen Kleider ab. Der schwarze Türsteher mit Tablette auf dem Kopf scheuchte sie schließlich weg. So investierten Sophie und Roger die beim Eintritt in die Spielhöllensiedlung obligatorisch erworbenen Chips nicht in Roulette, sondern in Kaffee und Kuchen beim Selbstbedienungsrestaurant. Die restliche Fahrt zurück nach Johannesburg beinahe noch beeindruckender: die Squattercamps bei Sonnenuntergang. Die Schwarzen, die mit schneeweißen und immer noch glattgebügelten Hemden zurück in ihre

Wellblechhütten strömten. Einfach faszinierend. Man hätte Sophie so manches Mal den vor Staunen weit geöffneten Mund zuklappen wollen. Ihre Stimmung war während ihres Aufenthaltes wieder die alte geworden. Therapie erfolgreich. Sie hatten beide viel gelacht. Vor allem bei ihrem Picknick im Zoo Lake Park, knapp über fünfhundert Meter von Rogers Gartenwohnung entfernt. Einziges Manko: Rogers Wirbelsäule litt. Er hatte Sophie das Bett überlassen und selbst mit seinem auf hartem, rot getäfeltem Boden ausgebreiteten Mumienschlafsack Vorlieb genommen. Obwohl er sich nun wirklich nicht zum Menschenschlag mit Rückenproblemen zählte, so erwiesen sich die zehn Übernachtungen im Campingstil als äußerst schmerzhaft für den Gastgeber und seinen Knochenbau. Sophie hatte ihn zum Abschied zärtlich in die Arme genommen, ihn sogar auf den Mund geküßt. So gut ging es ihr, wenngleich das Damoklesschwert des in wenigen Tagen beginnenden britischen akademischen Jahres bedrohlich über ihrem hübschen Kopf pendelte. Zurück zu Angélique und Co.! Die Tretmühle. Ja, die Tretmühle!

Roger stellte das leere Champagnerglas mit einem lauten Klack auf die Kristallplatte des Suitentisches zurück und erhob sich aus seinem Sessel. Didi zuckte, schreckte auf und blinzelte.

"Wie wär's mit Zimmerservice als Betthupferl?" grunzte er.

Roger hätte gerne zugesagt, aber das Gewissen meldete sich. Eigentlich durfte er sich nicht mehr in den Wagen setzen, aber damit hatte er keine Probleme.

"Ich geb' dir um sieben einen Weckruf, damit du deinen Flieger nicht versäumst!" erwiderte er.

Sie umarmten sich.

"Mach's gut, fette Sau!"

"Halt' die Ohren und andere Körperteile steif, Drecksack!"

Roger trat in den Aufzug, drückte auf den Knopf für das unterirdische Parkhaus. Der *Mazda* wartete geduldig. Nach drei Versuchen sprang er an. Der Benzingeruch drang in Rogers Nasenlöcher. Ein Leck. Das alte Ding mußte ein Benzinleck haben. Wie sonst konnte der Verbrauch auch so hoch sein? Knappe vierzehn Liter auf hundert Kilometer. Das machte zwar nicht so viel aus bei einem Literpreis von ungefähr drei Rand, aber dennoch wäre es ganz nett gewesen, wenn eine Tankfüllung etwas weiter gereicht hätte. Der Motor lief regelmäßig. Roger saß im Wagen und starrte auf das dünne Lenkrad mit den altmodischen Fingernuppis hinten dran. Er hätte losplärren können. Die schöne Zeit - passée. Was erwartete ihn? Das Unwetter draußen. Die erste Kaltfront des Frühlings. Edieren eines Konferenzbandes unter Anleitung der ihm bereits nach wenigen Tagen seines Aufenthaltes verhaßt gewordenen Henriette von Mühlwang. Die gespielte Herzlichkeit bis zur Vertragsunterschrift. Dann volle Breitseite: kein Computer; das hier sei Südafrika; man könne das nicht als selbstverständlich voraussetzen; sie selbst habe erst nach langem Kampf von drei Jahren einen neuen Rechner zugestanden bekommen. Und die Abteilungsleiterin? Rosella? Auch nicht viel besser. Zwar versprach sie Roger einen Computer; aber was für einen? Ein fünf Jahre alter *Mac* aus einem ausrangierten IT-Labor. Sehr geeignet. Die ganze Fremdsprachenabteilung: auf PCs ausgerichtet - softwaremäßig wie auch im Hinblick auf die Anschlüsse zum zentralen Laserdrucker. Unterrichtsblätter hätte sich Roger auf seinem Mini-Tintenstrahler ausdrucken müssen. Wenn ihm bei der Reise nach da unten nicht das Notebook über den Jordan gegangen wäre. Zweimal dreißig Kilometer einfache Fahrt zum *Toshiba*-Reparaturcenter. Beim ersten Mal gelang es dem beinahe tauben Freak von Techniker, die Festplatte zu reaktivieren. Als Therapie, daß das Problem nicht wieder auftrete, empfahl er Roger, die Festplatte zu defragmentieren. Das probierte Roger sogleich frohen Mutes, als er wieder zurück am Schreibtisch war. Doch das Teil gab eben bei dieser Aktion wieder den Geist auf. Verhexter Computer! Roger dachte da wehmütig zurück an Professor Pimm. Erstens wäre er in jenem Augenblick gerne wieder zurück in St. Andrews gewesen, und zweitens bewunderte er Pimms Haltung der modernen Datenverarbeitungstechnologie gegenüber. Zum Zeitpunkt, da Roger das zweite Mal den Computer zur Reparatur brachte, sah man ihm das Nervenbündel an. Panik. Würde er alle Unterrichtsblätter hinbekommen? Rosella schlug ihm die Mitbenutzung des Computers der IT-Beauftragten der Abteilung vor; doch Letztere konnte man immer dann nicht erreichen, wenn Roger selbst Zeit hatte. Wie ein legendes Huhn flitzte Roger da im Minutentakt über die blank gebohnerten, giftgrünen Korridorböden im Senatsgebäude zwischen seinem Büro und demjenigen von Carmen, der IT-Dame, hin und her. Jedesmal rüttelte er erzürnt am geschlossenen Sicherungsgitter vor Carmens Tür wie ein wildgewordener Gorilla im Zoo. Ja, die Computersache würde Roger Henriette keinesfalls verzeihen. Und dann die Hilfskraftaufgaben! Roger als Sekretärinnenersatz für Henriettes Konferenzvorbereitung. Das Treffen der Germanisten im südlichen Afrika. Jeden Morgen eine neue Pflicht. Henriette paßte den jungen Kollegen immer ab, wenn er an ihrem Büro vorbeizuhuschen versuchte. Sie roch ihn offenbar. Denn er ging meist auf Zehenspitzen. Roger erstarrte stets, wenn sein Name aus ihrem Mund ertönte, zur Salzsäule. Ein richtiges Trauma. Nach fünf Wochen baldowerte er sich einen Schleichweg aus, der ihn über eine Hintertreppe nicht mehr an dem Hexenbüro vorbeiführte. Ruhe vor ihren Piesackereien bekam er trotzdem nicht. Erste Pause: die vorlesungsfreie Woche. Sophies Besuch. Pilanesberg. Der Ausklang: Didi und seine Minibar. Und jetzt: Leere. Schlechtes Wetter. Kaltfront. Depression. Auf seinem Schreibtisch in der Gartenwohnung lag der Ausdruck einer Stellenanzeige. Dozentur - auf drei Jahre befristet - an der University of Westminster in London. Er brauchte einen neuen Gutachter. Doctor Death mußte wohl mit seinem x-ten Antrag auf Forschungsfreisemester Glück gehabt haben. Ein Wunder. Der Aufschneider. In gewisser Weise ein positives Zeichen. Die Einflußlosigkeit des Totenkopf-Akademikers strebte gegen unendlich. Nachteil des Gutachterwechsels: Gordon Pimm mußte sehr langfristig vorgewarnt werden mit seiner Computermuffelei. Extra-Arbeit. Aber den Professor kannte man wenigstens außerhalb von St. Andrews. Sein Wort hatte Gewicht in manchen Kreisen. Mit Gordon Pimm als Gutachter durfte Roger optimistischer in die Zukunft blicken. Die Spätnachrichten. Wetter: Kaltfront die ganze Woche. Als Roger das Licht löschte, lauschte er dem Rauschen der Zitronenbäume draußen im Wind. Hagelkörner hämmerten gegen seine Holztür. Manche prallten am Metall des Sicherungsgitters ab. Der Weltempfänger auf Weckfunktion. Die *Deutsche Welle* riß ihn um sieben Uhr aus kurzem, traumlosem Schlaf. Er wählte Didis Nummer im Hotel.

* * * * *

Die Schlange vor der Paßkontrolle arbeitete sich nur langsam ab. Der wiederholte, hastig-ungeduldige Blick auf die Armbanduhr. Acht Uhr dreißig. Bis spätestens acht Uhr fünfundvierzig sollte man ihn abgefertigt haben, so daß er kurz vor neun im *Mazda* sitzen könnte, der draußen auf dem Hauptparkplatz abgestellt stand. Dann vierzig Minuten Fahrt. Ungefähr. Neun Uhr fünfundvierzig. Eine Viertelstunde Zeit, um sich zu sammeln und um die Unterrichtsvorbereitung - vor drei Tagen bereits erstellt - ein letztes Mal zu überfliegen, bevor das Seminar begann. Roger Hertloff zuckte zusammen. Sein Handy, welches er vor kaum fünf Minuten auf der Rolltreppe angeschaltet hatte, vermeldete durch Abspielen der ersten neun Noten der deutschen Nationalhymne, die er in einer ruhigen Stunde mühsamst in das Gerät einprogrammiert hatte, den Eingang eines Anrufs.

"Wo steckst du denn?" fragte die empörte Stimme der Inquisition.

Wie, zum Teufel, war sie nur auf seine Abwesenheit aufmerksam geworden? Er hatte seinen zweitägigen Kurzausflug nach London zum Vorstellungstermin an der University of Westminster bis ins Kleinste vororganisiert. Insbesondere die Seminarverlegung für den gestrigen Montag.

"Ich bin in einer Stunde an der Uni!" besänftigte Roger die aufgebrachte Kollegin in der Hoffnung, daß während ihres Anrufs keine Lautsprecherdurchsage erfolgen würde, welche sie hätte mitbekommen lassen, wo er sich momentan aufhielt.

Sie teilte ihm den Grund mit, warum sein Wegbleiben bemerkt wurde. Claire Barton - erstes Studienjahr. Die sei heute Morgen vor ihrem Büro aufgekreuzt und habe sich nach Doktor Hertloff erkundigt. Claire Barton? Aber der hatte er doch auf den Anrufbeantworter gesprochen, daß der Unterricht auf heute Nachmittag verschoben worden sei. Ganz typisch! Die einzige Studentin, die man persönlich nicht erreicht, weil sie mal wieder an einer Pseudo-Migräne herumlaborierte und so die Freitagsstunde schwänzte, kommt bei Königin Henriette angedackelt, um ihre Hoheit über die Verfehlung ihres Hofnarren aufzuklären. Roger hatte die ganze Aktion bewußt geheimgehalten. Sonntagabend: Johannesburg - London. Und gleich am Montagabend zurück, so daß es zum Zehn-Uhr-Seminar am Dienstag reichte. Aber erwartungsgemäß lief es nicht wie am

Schnürchen. Irgendwo hakte es eben immer. Dabei hatte sich Roger so sehr auf einen Bummeltag in London gefreut. Was für eine Abwechslung! Der Flieger würde vor sieben Uhr morgens in Heathrow eintreffen, und das Vorstellungsgespräch war für elf Uhr dreißig terminiert. Nur ein Vorstellungsgespräch; nicht einmal eine Präsentation, die vorbereitet werden mußte. Die einfachste Sache der Welt! Vorher irgendwo ausgiebig frühstücken; nachher gemütlich die Oxford Street entlangflanieren; vielleicht nach Piccadilly oder sogar ein Frühfilm in einem der Kinos am Leicester Square, bevor es wieder ab nach Heathrow ging? Pustekuchen, alles Pustekuchen! Zunächst alles planmäßig - bis zum Landeanflug. Der Kapitän mit nuscheligem Tonfall, kaum verständlich. Heathrow und sämtliche anderen Londoner Flughäfen seien wegen starker Stürme komplett geschlossen worden. Er versuche mal, in Birmingham oder Manchester 'runterzugehen. Birmingham, Birmingham, bitte, bitte, Birmingham, flehte Roger da innerlich. Von da aus könnte er es noch rechtzeitig zur Vorstellung schaffen, wenn er Glück hatte. Das Flehen wurde selbstverständlich nicht erhört. Manchester! Er konnte es vergessen. Siebentausend Rand verpulvert. Im Abguß! Ja, und dann wäre er in Manchester beziehungsweise das Flugzeug. Dasselbe Flugzeug, das ihn womöglich hätte zurückbringen sollen nach Johannesburg am gleichen Abend. In Manchester stand es gut. Sein Geheimhaltungsplan fiel wie ein Kartenhäuschen in sich zusammen.

Dann noch Komplikationen über Manchester. Die Maschine kreiste. Warteschlange in der Luft. Wie lange wohl der Sprit reichte? Zudem starker Wind. Wahrscheinlich in identischer Stärke wie über Heathrow, wo sie deswegen sogar den Flughafen dichtgemacht hatten. Würde man den Flug noch weiter nach Norden umleiten? Die Oma neben Roger ergriff seine Hand. Zitterte. Roger vermochte seine innere Unruhe ihr gegenüber zu verbergen. Jetzt auch noch Schneegestöber, als der Jumbo endlich durch die untere Wolkenschicht die Landebahn anvisierte. Scherwinde ließen den großen Jet straucheln. Jedesmal der Stich in der Herz- und Magengegend, wenn eine solche Böe den Flieger traf. Es wirkte wie Ewigkeiten, bis die hintere Räderreihe auf dem nassen Asphalt aufsetzte. Ob der Gegenschub nun ausreichte, um den Stillstand vor dem Ende der Landebahn zu bewirken? Tatsächlich geschafft! Roger spürte den sanften Druck der alten, kleinen Hand in seiner Linken. Er blickte zur Nachbarin - sie lächelten einander an. Wieder der nuschelnde Kapitän mit penetrantem Afrikaans-Akzent: Es reiche kaum, mit der Maschine von der Runway herunterzufahren. Fünfunddreißig Flieger warteten vor der *Sieben-Vier-Sieben* der *South African Airways* auf die Landeabfertigung. Alle umgeleitet. Es könne dauern. Man dürfe telefonieren. Wie auf Kommando, in Multiphonie, erklangen die Anschaltjingles zahlreicher Mobiltelefone. Roger rief in London an. Aufatmen. Andere Kandidaten aus Großbritannien hatten schon Bescheid gegeben, daß sie wegen der schlechten Wetterverhältnisse verspätet seien. Das Auswahlgremium werde bis zum Abend warten. Bis zum Abend? Das würde Roger ja sicherlich reichen. Doch die Stunden an Bord vergingen und vergingen. Das Flugzeug bewegte sich einhundertzwanzig Minuten überhaupt nicht vom Fleck. Nach weiteren drei Stunden dockte es schließlich am Terminal an. Dreizehn Uhr inzwischen. Man wurde auf einen Bustransport nach Heathrow verwiesen. Bus! Bei wenig Verkehr: vier Stunden allemal! Um zwei startete der zweite Bus, in den sich Roger geradeso mit Mühe und Not noch hineingedrängelt hatte. Um zwei! Das bedeutete Berufsverkehr bei Birmingham. Stau auf der Spaghetti Junction vorprogrammiert! Rogers Blick wechselte im Sekundentakt zwischen Armbanduhr und Handy-Display hin und her. Der Vorsitzende der Auswahlkommission wollte ihn ebenfalls auf dem Laufenden halten. Wenigstens kam von dort viel Verständnis. Hieß das, daß er ein Favorit für die Stelle war? Nur nicht zu viele Hoffnungen machen! Dann hielt sich auch die Enttäuschung in Grenzen. Der Busfahrer - ein Zauberer! Schleichweg über Wolverhampton. Er umfuhr das Nadelöhr Birmingham. Zeitlich sah es gut aus. Er informierte die Fahrgäste sogar, daß der Heathrow Expreßzug nach Paddington wieder in Betrieb sei. Die Konsequenz für Roger: wenn einmal in Heathrow, dann dauerte es lediglich knapp zwanzig Minuten bis in die City. Er schloß die Augen.

Um kurz vor sechs stoppte der Bus am Hauptterminal von Heathrow. Roger rannte. Er erwischte den beinahe schon losfahrenden Expreß. Wählte die Nummer, die ihm der Gremiumsvorsitzende gegeben hatte. Termin um achtzehn Uhr dreißig. Die Mitglieder der Auswahljury hatten lange ausgeharrt. Ein gutes Zeichen.

* * * * *

Um sieben nach dem Termin stand Roger dann auf der Hauptstraße vor der University of Westminster. Bei ihm der Professor, dem die Leitung des Vorstellungsgesprächs übertragen worden war. Jetzt hielten sie nach einem Taxi für Roger Ausschau, der zurück nach Heathrow wollte. So schnell wie möglich. Er hoffte auf einen Glücksfall. Daß die Maschine der *South African Airways* inzwischen von Manchester nach London gebracht worden war. Daß es dann beinahe pünktlich zurückgehen könnte. Er wußte, daß das nichts anderes als Wunschdenken wäre. Aber er hoffte trotzdem. Er fürchtete sich vor dem Auffliegen seiner Reise. Henriette. Mann, o Mann, wie er sich vor dieser Hexe in die Hose machte!

Gegen acht trudelte Roger in Heathrow ein. Der Flug stand an der Anzeigentafel als planmäßig ausgewiesen. Das gab's doch nicht! Er checkte ein. Nur Handgepäck. Der Aktenkoffer. Das machte es leichter. Nach der Sicherheitskontrolle wanderte Roger schnurstracks zum Flugsteig, um nachzufragen, denn inzwischen erschienen zwei Flüge der *SAA* auf dem Display für dieselbe Abflugzeit. Er fragte nach. Der Flug, auf den er gebucht sei, habe mehr als zwei Stunden Verspätung. Der andere sei in einer Stunde einsteigebereit. Ob es auf dem anderen noch einen Platz gebe, erkundigte sich Roger verzweifelt. Ja, aber nur mit Handgepäck, hieß es. Er stellte seinen Aktenkoffer auf den Schalter, woraufhin die Dame dahinter hastig in die Tasten ihres Computers griff. Die alte Bordkarte wurde zerrissen, und Roger bekam eine neue überreicht. Er hatte sogar einen Sitzplatzwunsch äußern dürfen. Oben auf dem *Jumbo* - der erste Stock. Als einzige Fluglinie der Welt besaß die *SAA Jumbos* mit Economy-Klasse auf der winzigen ersten Etage.

Mit nur neunzig Minuten Verspätung im Vergleich zu Rogers ursprünglicher Abflugzeit hob der *Jumbo* ab. Erst einmal in der Luft! Da konnte kaum mehr was schiefgehen. Die Daten auf dem Flugroutenanzeiger bestätigten Rogers Kalkulationen. Er würde es schaffen!

Um neun Uhr zweiundfünfzig stand Roger dann tatsächlich in Henriette von Mühlwangs Türrahmen, um ihr einen guten Morgen zu wünschen. Sie erteilte ihm postwendend einen Rüffel, weil er eigenmächtig und ohne Rücksicht auf die strikt durchorganisierten Stundenplandiagonalen Unterricht verlegt hatte. Aber im Prinzip erfolgte der Anraunzer fast halbherzig. Wahrscheinlich kümmerte sie das Ganze auch nicht mehr zu sehr wegen des nahenden Semesterabschlusses. Sie entließ Roger mit der Warnung, daß er so etwas bei einem eventuellen nächsten Mal vorher abklären solle. Er nickte, grüßte und verschwand in Richtung Seminarraum.

* * * * *

Die wilde Venus mit gelocktem Haar auf dem burgundroten Chaise Longue. Der Putzeimer daneben. Unbenutzt. Glücklicherweise. Oder Pech? Wenn sie denn aufwachte, würde sie sich fühlen, als ob eine Autobahn durch ihren Kopf führte. Kai Faber hatte sie quasi gerettet. Er hatte mitbekommen, wie ein paar Idioten auf der ersten Unifete des Wintersemesters Johanna von Mühlwangs Weinschorle "schärfer" machten. Nur hatte er es viel zu spät bemerkt. Als das Kind bereits in den Brunnen gefallen war. Die bestaussehendste Studienanfängerin im Fachbereich Physik ging völlig aus sich heraus. Das seit der ersten Studienwoche eher scheu und reserviert reagierende Mädchen lachte, scherzte, tanzte. Eben immer wilder, bis Kai auf die Sache mit der Getränkemanipulation aufmerksam wurde und Johanna zum Schutz mit zu sich in die Wohngemeinschaft in der Maxvorstadt nahm, wo er sie auf dem antiquierten Liegemöbel im gemeinsamen Wohnzimmer ablud. Er traute sich nicht, sie ein wenig zu entkleiden, damit es ihr im Ausnüchterungsschlaf bequemer wäre. Er packte sie einfach nur halb unter eine karierte Wolldecke und stellte sicherheitshalber den Eimer daneben. Jetzt, kurz nach zehn, sah er zum dritten Mal seit Mitternacht nach dem Mädchen, in welches sich von Tag eins an sämtliche männliche Physik-Kommilitonen des ersten Studienjahres verguckt hatten - inklusive Kai selbst. Wegen der äußeren Erscheinung natürlich. Wegen der zurückhaltenden, aber keineswegs arrogant wirkenden Ausstrahlung. Wenn sie zur Mensa ging, schwärmte eine Traube von testosteronstrotzenden Heranwachsenden um sie herum. Man sah, wie peinlich ihr es war. Sie tat Kai zum einen leid, zum andern hätte er sich ihr ebenfalls von Beginn an nähern wollen. Das schlechte Gewissen hielt ihn zurück. Er hatte sich aufgrund des sogenannten ersten Blickes spontan verliebt. Und noch kein Wort mit dem Objekt seiner Begierde gewechselt. Er schämte sich. Dachte an seine Corinna zuhause. Die Freundin seit der neunten Klasse. Ganz anderer Typ: knapp an der Grenze zu einem Rubens; kurzer, flotter blonder Haarschnitt; eine sehr betonte Taille; sprachbegabt; völlig untalentiert, was Mathe und Physik anging; deswegen beinahe durchs Abitur gesegelt. Kai Faber schämte sich. Als ob Corinna neben ihm am Tisch säße. Er liebte sie doch. Wie am ersten Tag. Vielleicht sogar stärker. Und dennoch: Der Magnet Johanna von Mühlwang erwies sich als elektrisch - wesentlich stärker anziehend als ein normaler. Obwohl Kai sich in jeder Vorlesung möglichst weit von ihr entfernt wegsetzte, schielte sie in regelmäßigen Abständen zu ihm herüber. Nicht abzuleugnen, daß sie es machte. Ohne Zwinkern, ohne anderes offensichtliche Zeichen, das als Versuch der Kontaktaufnahme hätte gedeutet werden können. Aber, verdammt nochmal, sie blickte immer und immer wieder flüchtig zu ihm hinüber. Trotz der Entfernung. Und die einander zugewandten Kurzblicke trafen sich. Kein Zufall. Stets zur selben Zeit. Wie auf Knopfdruck. Bis sich Kai entschloß, stur auf seine Notizen zu starren, solange der Professor die Vorlesung nicht beendete. Als Kais Augen danach zur Kontrolle diejenigen von Johanna suchten, trafen sie auf die zur Gewohnheit gewordene Jungmännertraube.

Es mußte ihr so auf den Geist gegangen sein, daß sie am Freitag der ersten Woche scheinbar wegblieb. Die erste Vorlesung am Morgen. In gewisser Weise fühlte sich Kai da erleichtert, als er vergeblich in den Sperrsitzreihen nach ihr Ausschau hielt. Weg! Das Handtuch geworfen? Noch vor dem Ende der ersten Woche? Kam sie nicht klar? Mußte so sein. Kai begann da mit Anheben der Professorenstimme zu kritzeln. Corinna schwirrte in seinen Gedanken bei den Formeln. Corinna! Und nicht Johanna, deren Namen er nur kannte, weil er ihren Fankreis belauscht hatte.

"Morgennn!" flüsterte die weibliche Stimme, und eine schlanke Hand mit elegant langen Fingern drückte den Sperrsitz neben ihm nach unten. Kai gurgelte ein perplex-verlegenes Räuspern als Gegengruß hervor. Kloß im Bauch und Hals. Drumherum drückte es intervallartig. Die Schweißdrüsen wurden aktiv. Kai fühlte den Kugelschreiber zwischen den glitschigen Fingern rutschen. Sie! Sie hatte tatsächlich die Frechheit besessen, sich neben ihn zu setzen. Ihn leiden zu lassen. Er zappelte. Der Sperrsitz knarrte. Weiter im Flüsterton:

"Hab' ich was verpaßt?"

"Nein."

Sendepause. Kai tat so, als ob er autistisch dem Professor lauschte. Schrieb eifrig mit. So gut es ging. Strich vieles durch. Er kriegte es nicht auf die Reihe. Als ob seine Nachbarin unsichtbare Strahlen aussandte. Als ob Big Brother ihm über die Schultern schaute und seine Gedanken kontrollierte. Die Bruchstriche mißrieten ihm total. Sie verkamen zu zitterigen Linien. Er las sie als "Johanna". Die schlanke Hand von vorhin schob sich flink unter seiner rechten Achsel hindurch zu seinem Schreibblock und verschwand ebenso schnell wieder nach rechts. Ein abgerissenes kariertes Stück Papier lag nun an der Stelle, die er gerade vollzuschreiben gedachte.

"hast du auch einen namen??? ich bin johanna"

Er deutete ein Lächeln an. Er wußte, daß ihn ihre Blicke in diesem Moment von rechts trafen. Die Augen immer noch auf das Zettelchen gerichtet, formulierte er seine Antwort, die die Kapazität des Fetzchens eigentlich überschritt.

"SEHR ERFREUT, JOHANNA! ICH HEISSE KAI UND BIN HEUTE MIT DEM LINKEN FUSS AUFGESTANDEN..."

Ohne den Kopf zu regen, schob er die Nachricht neben ihre Linke. Da lag es. Eine ganze Weile. Als ob sie sie ignorierte. Ein kratzendes Geräusch, den ihr *Pelikan* beim Schreiben produzierte. Der Professor nahm den Overhead-Projektor in Betrieb. Hatte Schwierigkeiten, ihn anzuwerfen. Die Hauptbirne versagte. Johanna griff sich das Stückchen Papier mit der Nachricht. Las. Schmunzelte. Sie riß ein ganzes Blatt von ihrem Schreibblock. Faltete es. Teilte es in der Mitte. Sie schrieb auf eine der Hälften. Das Zeichen. Schriftliche Konversation für den Rest der Vorlesung. Man lernte sich kennen. Nach achtzig Minuten stand auf dem letzten Drittel der Rückseite der zweiten Hälfte des Blattes:

"kannst du mir einen gefallen tun, kai???"

Was jetzt wohl kam? Kais Herzrhythmus drehte auf.

"WELCHEN DENN?"

"gehst du händchenhaltend mit mir einen kaffee trinken?"

Als Kai diese Botschaft las, prustete er lachend durch die Nase, nickte vor sich hin, wandte sich zu Johanna hin und sagte grinsend:

"Verstehe wohl! Gerne!"

Corinna studierte in Konstanz. Am Wochenende in acht Tagen würde er sie zuhause in Stuttgart treffen. Könnte er ihr in die Augen sehen? Gut, Händchenhalten, um Johanna zu helfen, unerwünschte Verehrer abzuschrecken, bildete nicht den Tatbestand des Betrugs. Aber die Gedanken. Die Gedanken! Die Phantasien! Die wahrlich transzendente Kontaktaufnahme über eine Woche hinweg. Das surreale Gespräch auf Papier. Kai glaubte sich gar in einer Traumwelt, in die er noch tiefer einsank, als Johanna seine Hand, die er ihr brav auf dem Weg zum Café hinhielt, fester drückte und ihn unvermittelt fragte, ob er sie am morgigen Samstag zur Unifete begleite. Terminlich kein Problem. Die Heimfahrt - erst eine Woche später!

"Bist du so ein Partygirl?"

"Nein. Nur neugierig..."

"Na gut. Wenn's denn sein muß..."

Irgendwie flog dann der Händchenhaltetrick bei dieser ominösen Studentenparty im Prinzip auf. Die Trauben bildeten sich erneut um Johanna herum. Sie vermochte die Interessenten wieder kaum abzuwehren. Es mußte wohl daran gelegen haben, daß Kai und sie keine anderen Zärtlichkeiten austauschten. Höchstwahrscheinlich. Kai entwickelte sich da bald zur beobachtenden Randfigur, eine Rolle, die er bereits zuvor innegehabt hatte. Johanna wirbelte währenddessen über die Tanzfläche. Und eben nach diesem einen Toilettengang sah er jenen Lackaffen mit Zuhältergel im Haar Johanna etwas ins Getränk schütten. Er mußte an sich halten, damit ihm nicht die Sicherungen durchbrannten. Er griff die protestierende und schon schwer angeheiterte Johanna bei der Hand und zerrte sie weg. Fort, zu seiner Wohngemeinschaft. Sie torkelte, kicherte, versuchte ihn sogar zu küssen, aber letztendlich plumpste sie mehr oder weniger auf den Chaise Longue und war nach Sekunden eingepennt.

Die Wolldecke verrutschte. Johanna lag nun mit geöffneten Beinen auf dem Rücken. Zur Fete hatte sie sich eine knallenge Jeans angezogen. Kai starrte auf die Stelle unterhalb des Reisverschlusses.

Eine klare Linie hob sich deutlich von zwei kleineren Wölbungen auf beiden Seiten ab. Die *VW*-Plakette. Nach Kurzem schaute er verschämt weg. Wach' doch endlich auf und geh', dachte er. Wenn Corinna wüßte!

* * * * *

Bei jedem Biß ging ein weiterer Zahn kaputt. Einer nach dem anderen zerbröckelte langsam. Das Kauen machte alles schlimmer, bis sich auch die Schneidezähne unter geräuschvollem Knistern auflösten. Verschwommen sah Johanna von Mühlwang einen jungen Mann am Tisch sitzen. Er löffelte eifrig etwas aus einem weißen Schüsselchen heraus. Dieses Eßgeräusch mußte sie geweckt haben. Cornflakes oder Ähnliches. Die Konturen des Mannes wurden schärfer. Johanna erinnerte sich. Kai. Der Junge, der bei ihr am vergangenen Montag etwas noch nie Dagewesenes ausgelöst hatte. Nun wußte sie, was es bedeutete, sich zu verlieben. Endlich? Nein, "endlich" würde sie keinesfalls sagen. Im Gegenteil. Es tat weh. Und das Gefühlsgeflecht, in welchem sich Scham, Sehnsucht, sexuelle Begierde, Glück und Traurigkeit vehement mischten, überforderte sie mehr als das Formelnbombardement der ersten Studienwoche. Letzteres stellte sich sogar als leicht verkraftbar heraus, nicht zuletzt deshalb, weil sie sich auf das Studium gut vorbereitet hatte. Aber ihr innerer Tumult! Damit konnte sie nur schwer fertigwerden. Und vielleicht hatte sie es sich nach dieser Nacht auch noch mit Kai verdorben. Der Ritter auf dem weißen Pferd. Nicht, daß sie normalerweise einen sie beschützenden Edelmann zu Roß benötigt hätte. Doch gestern war er absolut unabdingbar gewesen. Wer weiß, was die Typen sonst noch alles mit ihr angestellt hätten. Kai - der Gentleman. Bis zu dieser bescheuerten Fete war alles so schön gelaufen. Dort allerdings hatte er sich so lange zurückgehalten. Warum nur? Warum tanzte er nicht? Warum faßte er sie nicht an? Nur der Trick mit dem Händchenhalten. Das wäre doch ein idealer Anlaß für ihn gewesen, das Spielchen noch weiterzutreiben. Einfach so. Ganz natürlich. Hatte sie seine Vorlesungsblicke fehlinterpretiert? Ihr war das so vorgekommen wie in einem dieser Herzschmerz-Schnulzenfilme. Der abgelutschte Erste Blick. Vom einen zum anderen Ende des Raumes. Aus dem ersten wurde ein zweiter, dritter, vierter, x-ter Blick. Immer synchron. Signifikant! Wie der Physiker sagen würde. Warum machte er diesen Rückzieher auf der Party? Und wie würde er jetzt reagieren, wenn sie aufstand und sich mit schwerem Kopf zu ihm an den Tisch setzte? Daß der Kopf nicht ganz in Ordnung war, hatte sie zuvor bereits noch im Liegen bemerkt, doch da sie in solchen Dingen keine Erfahrung besaß und dementsprechend schwungvoll versuchte, sich vom Chaise Longue zu erheben, drückte ihr eine unsichtbare Hand schlagartig auf die Kopfplatte und zwang sie in die ursprünglich eingenommene Position zurück. Das Knistern der Cornflakes stoppte. Johanna hielt sich die Hand vor die Augen. Schritte näherten sich. Die Bewegung der Beine verursachte ein Reibegeräusch der Jeans unten an den Knöcheln. Er mußte vor ihr in die Hocke gegangen sein. Sie spürte seine Präsenz.

"Meinst du, du könntest einen Kaffee vertragen?"

Johannas Mund entfuhr eine Mixtur aus krächzendem Stöhnen und Seufzen.

"Vielleicht sollte ich's versuchen... Und Wasser, bitte!"

"Kommt sofort!"

Die eifrige Antwort Kais ließ Johanna vermuten, daß da noch Chancen bestünden. Er litt offenbar mit. Sie würde es aber nicht ausnützen.

"Danke!... Und enstchuldige bitte!"

"Papperlappapp! Wofür denn??? Ich sollte mich entschuldigen, daß ich die Sauerei mit deinen Drinks nicht früher geschnallt hab'!"

Johanna nahm die Hand von den Augen, blinzelte und lächelte. Sie erkundigte sich nach dem Weg zum Badezimmer.

Als sie zurückkam, dampfte schwarze Flüssigkeit in einer riesigen *Peanuts*-Tasse auf dem Tisch. Charlie Brown auf dem Rücken. Lucy hielt den Football triumphierend in die Höhe. Neben der Tasse: ein leeres weißes Schüsselchen sowie ein Halbliter-Bierseidl aus Glas mit sprudelndem Wasser.

"Versuch' am besten, auch etwas zu essen. Wenn du willst, können wir es auch mit einer Heißen Zitrone probieren..."

Er war süß. Fürsorglich. Sie setzte sich. Recht nah bei ihm. Sie hatte *Odol* genommen. Sie hätte es wagen können. Sie wagte es. Beugte sich seitlich zu ihm. Setzte ihm einen sanften Kuß auf den Mundwinkel. Ihre Lippen blieben auf Tuchfühlung mit den seinen. Die Retourkutsche kam. Direkt auf den Mund. Lange. Ihre Zungen berührten sich leicht. Er war süß. *Frosties*. Und ihr Herz hüpfte. Als sie sich trennten - kein Wort. Das schweigende Einverständnis. Wie es wohl weiterging? Johanna malte es sich aus. Zuerst die Agentur. Damit war Schluß! Fertig! Er dürfte es nie, nie, nie erfahren.

* * * * *

Die Schwertspitze zeigte auf sie. Nicht der Griff. Nein, die Spitze. Mitten aufs Herz. So würde es sein vor dem Jüngsten Gericht. Gott würde über sie urteilen im Stile eines Marineadmirals. Schwertgriff zum Angeklagten gewandt - unschuldig. Schwertspitze auf den Angeklagten zeigend - schuldig. Wie schuldig! Chae-Yeon Choi zerfraß sich ihre Seele mit Vorwürfen, Ängsten und Gewissensbissen. Zum Einen die voreheliche körperliche Liebe. Das war schon schlimm genug. Drei Monate schob sie die Beichte bereits vor sich her. Sie traute sich einfach nicht. Weil sie genau wußte, was der Pfarrer sagen würde. Die Enttäuschung. Die Empörung. Die Empfehlung: eine Entscheidung! Entscheidung zwischen zwei Männern, von denen sie nicht lassen konnte, da beide geradezu gleichzeitig in ihr Leben getreten waren. Wie ein Urknall im Herzen. Ausgelöst, als sie diese ominöse Sitzung besuchte. Vorbesprechung für das kommende akademische Jahr. Seit ihrem Bachelor vor elf Monaten unterrichtete Chae-Yeon als Postgraduierte. Der Studienleiter im Bereich Linguistik hatte sie gefragt, ob sie Lust dazu habe. Sie lege eine Art an den Tag, die Studenten inspiriere. Vor allem die männlichen. Chae-Yeon war in der Tat außerordentlich kontaktfreudig und aufgeschlossen. Manche Männer tendierten gar dazu, ihre Freundlichkeit mit etwas anderem zu verwechseln, weshalb sie sich nicht nur einmal gezwungen sah, eindeutig physische Avancen schroff abzuwehren.

Eigentlich identifizierte sie sich nur marginal mit ihrer Heimatkultur. Die Eltern hatten schon vor ihrer Geburt Südkorea zugunsten von Südafrika den Rücken gekehrt. Nur rein äußerlich eine Südkoreanerin, verabscheute sie gar die stereotypisch herablassend-arrogante Auftretensweise ihrer ursprünglichen Landsleute und verstand nur allzu gut, weshalb diese von den Japanern gehaßt wurden wie die Pest. Ganz im Gegensatz also zu den Menschen in ihrem nominellen Heimatland lag die Weltoffen- sowie Unvoreingenommenheit in Chae-Yeon Chois Naturell. Sie selbst führte das nicht zuletzt auf ihre tiefe Gläubigkeit zurück. Gott gab ihr Stärke. Gott gab ihr Selbstbewußtsein. Gott gab ihr Zuversicht. Gott gab ihr das Vertrauen in die Güte der Menschheit. Der Papst - ihr Idol, ihr Popstar. Statt Richard Geres oder Madonnas Konterfeis befanden sich die Gesichter des dreiundzwanzigsten Johannes sowie der beiden Johannes Päule auf drei riesigen Postern an der Wand im Wohnbereich ihres Gartenapartments. Der Screensaver ihres Computers: nicht die *Microsoft*-Sterne, sondern Jesus-Kreuze, die auf den Betrachter zuflogen, als ob er in einem Raumschiff säße. Der feste Termin alle vier Wochen: das Heilige Sakrament der Beichte. Und nun bereits zweimal mit Absicht versäumt, um nicht zu sagen: verdrängt, eben weil sich in ihrem Leben eine förmlich umwälzende Veränderung ergeben hatte in Gestalt zweier Männer, noch dazu zweier Deutscher. Christoph Browatzki und Roger Hertloff. Da saßen sie. Nebeneinander. Zu früh - wie Deutsche halt so waren. Und sie, Chae-Yeon, knapp pünktlich, aber nicht die Letzte. Etwas außer Atem. Schlimm genug. Denn als sie die beiden Teutonen erblickte, die sich nicht unähnlicher hätten sehen und sein können, geriet ihr Hormonhaushalt - oder was auch immer das sein mochte - in Wallung. Dann hörte sie ihnen zu. Und es wurde noch schlimmer. Schwierig, sich ganz normal zu verhalten, ordentlich zu antworten, wenn sie einen etwas fragten. Zum Schluß der Sitzung: Der Abteilungsleiter der Linguistik lud zum Pizzaessen ein. Roger offerierte einen der beiden Fahrdienste, damit die anderen etwas trinken konnten. Seine Passagiere: Christoph, Tinyiko (eine weitere studentische Hilfskraft) und - Chae-Yeon. Der Zufall wollte es, daß Roger seine Fahrgäste nach dem italienischen Mahl in exakt dieser Reihenfolge heimfuhr. Chae-Yeon konnte sich bisjetzt nicht erklären, welche Geisterstimme da ihrem Mund entschwand, als Roger sie absetzte. Ob er noch ein Gläschen bei ihr trinken wolle. Die freudige Zusage des Befragten. In der Wohnung dann diese unüberwindbare amouröse Gravitation. Sie gab sich ihm hin. Einfach so. Hatte sie Gott verlassen in jenem Augenblick? Warum gebot er der Sünde nicht Einhalt? Wie konnte er eine solche Leidenschaft nur gestatten?

Der Pfarrer würde das nicht hinnehmen. Keine faulen Ausreden! Chae-Yeon hätte stärker sein sollen. Aber nicht einmal der Geist war willig gewesen. Geist und Fleisch hatten sich verschworen. Und Roger war so zärtlich gewesen, hatte sich Zeit genommen, war auf sie eingegangen; kein Schlagdraufundschluß wie in diesen Klischeefilmen à la *Fatal Attraction*. So sündenbeladen die Handlung gewesen sein mochte, so schön malte sie sich dennoch in Chae-Yeons Erinnerung aus. Sie würde es wieder tun. Trotz des schlechten Gewissens. Und deshalb konnte sie auch nicht zur Beichte gehen, obwohl sie meinte, daß der Pfarrer bei jeder sonntäglichen Messe vorwurfsvolle Blicke auf sie richtete, egal wie weit sie sich von der Kanzel wegsetzte.

Des Satans zweiter Streich folgte auf dem Fuße. Roger machte sich auf einen Kurztrip. Tat sehr geheimnisvoll. Chae-Yeon ahnte Böses. Er wollte nicht in Südafrika bleiben. Bewarb sich weg. Höchstwahrscheinlich ein Vorstellungstermin, der verhinderte, daß sie den Sonntag miteinander verbringen würden. Und da lief ihr doch wirklich Christoph über den Weg, als sie durch einen Batik-Stand in der Randburger *Waterfront* stöberte. Er lud sie ein ins Grillhaus. Da tranken sie ein paar *Castle*. Genossen das Braai. Warum ließ sie sich danach überhaupt von Christoph überreden, zu ihm zu kommen? Die CD-Sammlung? Wirklich die Musik? Nein, die weibliche Neugier! Und wieder das erotische Magnetfeld. Nicht zu vergessen die alten Bibelausgaben, die Christoph vorgab zu besitzen. Das interessierte sie auch. Er wurde attraktiver und attraktiver. Ein Gleichgesinnter im Glauben? Wieder Zärtlichkeiten, wieder leidenschaftliche Avancen. Doch Christoph schreckte zurück. Er hatte sich unter Kontrolle. Sie hätte sich ihm nicht verwehrt. Das emotionale Stopschild imponierte Chae-Yeon. Der Glaube. Dieselbe Grundeinstellung. Sie diskutierten stundenlang über das Alte Testament. Stritten. Versöhnten sich. Lachten. Zuhause, danach, vor den Kreuzen im Bildschirm, die auf sie zuschwirrten, heulte sie los. Warum ließ Gott sie so leiden? Der Barmherzige? Nein, der Gnadenlose! Der hehre Prüfer. Mittlerweile seit knapp drei Monaten. Roger, der verständnisvolle Liebhaber. Christoph, der Seelenbalsamierer. Beide zärtlich. Beide liebenswert. Aber eine Entscheidung mußte gefällt werden. Sonst würde sie sich seelisch zugrunde richten.

* * * * *

Wenn Roger Hertloff eines nicht erwartet hätte, so war es eine vor seinem Büro wartende Chae-Yeon. Typisch Frau! Er befand sich im Streß, und sie hatte ihm irgendeine Nichtigkeit mitzuteilen. Er schwitzte. Das Seminar war anstrengend gewesen. Wiederholungen fürs Examen in knapp zwei Wochen. Und einige Studis wollten einfach nicht kapieren, worum es ging. Das ewige Kreuz mit den Adjektivendungen. Wie oft er wohl in den letzten paar Jahren seine zwei Tabellen an schwarze oder weiße Tafeln gepinselt hatte, um den Faulsten der Faulen zu verdeutlichen, daß es da manche Dinge gab, die einfach nur mit Hilfe von Auswendiglernen begreif- und anwendbar waren? Und jetzt müßte er, wohlgemerkt in äußerst genervtem, übermüdetem und verärgertem Zustand, seiner neuen großen Liebe verständlich machen, daß sie sich den denkbar ungünstigsten Zeitpunkt ausgesucht hatte, um ihn, zurück von seinem London-Abenteuer, willkommen zu heißen, um ihn erwartungsgemäß zu einem romantischen Dinner bei Kerzenlicht in ihrer Kapellenwohnung einzuladen. Ja: der Altar mit den Päpsten. Die Kreuze. Dem Antichristen Roger Hertloff behagte das Ganze sicherlich wenig, als er Chae-Yeons Aufforderung Folge leistete, einen Schlaftrunk bei ihr einzunehmen. Das Schreinhafte der Bleibe schreckte ihn spontan ab, doch ihr Charisma übertünchte die allgegenwärtigen Insignien ihrer Religiosität. Er sah nur sie, Chae-Yeon Choi, wie sie von ihrem Gott geschaffen worden war. Körper und Seele. Da stand die leibhaftige Perfektion vor ihm, die Mensch gewordene Makellosigkeit. Intelligent, hübsch und - eine sexuelle Offenbarung, wie sich herausstellte. Er durfte da keinerlei Vergleiche mit vergangenen Erfahrungen anstellen, sonst würde er sich dem Wahnsinn preisgeben. Aber so lief es immer: Man sehnte sich so danach, derartige positive Erlebnisse zu wiederholen - häufiger und häufiger-, doch bitteschön, wenn es einem selbst in den Kram paßte. Und just in diesem Augenblick, da Roger vielleicht zehn, zwölf Minuten Zeit hatte vor seinem nächsten und zugleich letzten Seminar des gesamten akademischen Jahres, wartete die Frau ungeduldig auf ihn, von der er felsenfest überzeugt war, daß er den Rest seines Lebens mit ihr teilen würde, nicht allein deshalb, weil er sie in seinen allzu zahlreichen Tagträumen der letzten paar Wochen beispielsweise einen Kinderwagen mit seinem Nachwuchs darin die Bürgersteige einer Phantasiestadt (höchstwahrscheinlich London?) entlangschieben sah. Sie störte. Aber er nahm sich vor, diplomatisch zu sein. Er lächelte freundlich. So freundlich, wie es seine Gehetztheit in diesem Moment zuließ. Sie erwiderte das Lächeln etwas gequält. Roger nahm es kaum zur Kenntnis. Schöpfte da noch keinen Verdacht. Erst als sie sich beide im Büro befanden, die Tür durch einen Windstoß zuknallte und Roger ihr einen Begrüßungskuß geben sowie diese Geste noch mit einer begleitenden zärtlichen Umarmung bekräftigen wollte, stutzte er, zumal sie keinerlei Reaktion zeigte. Sie fiel mit der Tür ins Haus und Roger aus allen Wolken. Sie liebe Christoph, nicht ihn. Sie wolle keine Liebesbeziehung mit ihm. Sie habe sich entschieden. Sie wolle niemandem wehtun, aber es gehe nicht anders. Und es tue ihr unendlich leid, daß sie es überhaupt so weit habe kommen lassen. Um nicht vor ihm in Tränen auszubrechen, so vermutete er zumindest, schlängelte sie sich, kurz nachdem sie ihm die Hiobsbotschaft dargelegt hatte, aus dem Büro heraus und schloß die Tür leise. Da saß er. Im kunstledernen Bürostuhl mit fünf Rollen, von denen eine kaputt war und ihn deswegen häufig umkippen ließ. Kein Umkippen heute. Die Lähmung. Er glaubte nicht, was er da gehört hatte. Vier Minuten bis zum Seminar. Drei Minuten. Zwei Minuten. Keine Regung. Tausende von Gedanken, die da mit Lichtgeschwindigkeit durch die neuralen Bahnen im Kopf schossen. Die schiere Unmöglichkeit dessen, was sie ihm gestanden hatte. Sie liebe Christoph. Christoph? Sie kannte Christoph nicht länger als ihn! Christoph war in Südafrika nur wenige Tage vor dieser Linguistik-Vorbesprechung eingereist, bei der in Roger die emotional-hormonalen Alarmglocken schrillten, als die leicht verspätete Postgraduierten-Tutorin Chae-Yeon Choi in seinem Sichtfeld erschien. Entweder mußte sie seitdem zweigleisig gefahren sein, oder es hatte sich hinter Rogers Rücken ergeben. Was war schändlicher? Sie hatte mit Roger Liebe gemacht. Wirklich Liebe. Nicht Sex. Liebe! Und das, obwohl sie so religiös tat. Das mußte doch Liebe sein! Warum sonst würde sie sich ihm so bereitwillig hingegeben haben? Stichwort "Religion". In den vergangenen Wochen war Roger auch Christoph nähergekommen. Der ging zwar mit seinem Glauben nicht ganz so penetrant hausieren wie Chae-Yeon, aber es wurde ganz deutlich, daß er sich in seiner Freizeit als begeisterter Bibelexeget betätigte. So würde er vielleicht Chae-Yeons Herz gewonnen haben. Das Äußere konnte es doch einfach nicht sein: der kahle Kopf, die kleine Nickelbrille, der Dreitagebart? Das wirkte auf Frauen doch eher abschrekkend, oder? Rogers Glück.

Sollte er sie hassen oder weiter lieben und somit leiden? Er wollte sie hassen, diese scheinheilige Schlitzenschlampe! Papstposter an der Wand, aber ungeniert mit zwei Männern mehr oder weniger gleichzeitig ins Bett gehen. Schwierig, ihr in die Augen zu sehen. Sie war als Tutorin für seine Vorlesung im ersten Studienjahr eingeteilt. Man müßte sich zwangsläufig irgendwann besprechen, wenn es um die Benotung von Hausaufgaben für die Studenten ging. Disziplin, Disziplin! Das hämmerte Roger sich spontan ein. Selbst wenn es unheimlich schmerzen würde. Erwürgen hätte er sie können. So schlimm der Gedanke schien, aber ihm wäre lieber gewesen, jemand hätte ihm vom Tod Chae-Yeon Chois bei seiner Rückkehr berichtet, als daß sie in diesem Zustand vor seiner Tür wartete und ihn durch ihre Mitteilung gefühlsmäßig zugrunde richtete. Ihr Tod hätte ihn nicht so traurig gemacht. Davon war er überzeugt. Wie ein alter Mann erhob er sich aus dem ebenso gebrechlichen Sitzmöbel und schlürfte langsam zu seiner letzten Unterrichtsstunde des akademischen Jahres.

* * * * *

Wenn er mit Johanna zusammen war, dachte er ständig an Corinna. Und wenn er mit Corinna zusammen war, dachte er ständig an Johanna. Hin und her. Das Doppelleben peinigte Kai Faber. Die Liebeslogistik - eine einzige Überforderung. Das höllische Aufpassen, daß die Mädchen nichts voneinander wußten oder erfuhren. Keine Verwechslung der Kosenamen! "Schnuck" für Corinna, "Tiffy" für Johanna. Bescheuert! Ein altes Stofftier auf Corinnas Bett hatte Kai seinerzeit zur Assoziation mit einer Heidschnucke gebracht. Der Sommer, als er mit den Eltern Urlaub in Schleswig-Holstein gemacht hatte. Seitdem nannte er Corinna "Schnuck". Johanna hingegen bot keinerlei Angriffsflächen für derartige Namensgebungen. Im Prinzip paßte es nicht zu ihr, sie mit irgendeinem Spitznamen zu bedenken. Ihre Nüchternheit, manche hätten dies gar als Humorlosigkeit bezeichnet, verschaffte ihr so viel Respekt, daß es an ein Sakrileg grenzen mußte, ihr einen ironischen Alias zu geben. "Tiffy" stellte also einen Zufall dar. Die Glotze lief, als es passierte. *Sesamstraße*. Und Johanna kriegte sich nicht mehr ein, als Tiffy auf dem Bildschirm erschien. Was war an dem Vogel denn witzig? Kai vermochte die Lustigkeit nicht nachzuvollziehen. Samson fand er "cool". Aber Tiffy? Dennoch die natürliche Folge: der erste scherzhafte Ruf nach der Freundin Nummer zwei. Und die Wiederholungen folgten einfach so.

Nun lag Schnuck im Bett. Zu Besuch aus Freiburg. Fürs Wochenende, welches Kai ursprünglich mit Johanna verplant hatte. Corinnas Ankündigung, spontan nach München zu fahren über Samstag und Sonntag, erwischte Kai auf dem falschen Fuß. Da ging ihm plötzlich die Muffe. Was sollte er Johanna sagen? Wie sollte er ihr bloß erklären, daß er nicht mit ihr pauken und noch andere angenehmere Dinge machen konnte? Der kleine Daniel Hesseling kam ihm zu Hilfe und ließ seinen Angstschweiß trocknen. Ausgerechnet bei der wöchentlichen Zettelkommunikation in der Freitagsvorlesung, im Rahmen derer Kai seiner ortsansässigen Freundin beizubringen gedachte, daß das gemeinsame Wochenende ins Wasser falle, tat sie den ersten Schritt mit trauriger Miene und hielt ihm das Papier hin, worauf sie die Geschichte niedergeschrieben hatte, welche verhinderte, daß Kai in die Bredouille geriet: Daniel Hesseling war frech zu seiner Mama gewesen. Im Beisein eines Spielkameraden sowie seines Zwillingsbruders. Renate Hesseling hatte die eigenen beiden Kinder und eben noch einen Jungen aus der Nachbarschaft mit dem Wagen von der Schule abgeholt. Aufmüpfiges Geplapper und Gekicher von den jungen Passagieren. Mutter Hesseling gebot dem mehrmals und mit Nachdruck Einhalt, doch die drei Dreikäsehochs schaukelten sich gegenseitig immer höher. Das Spielchen kulminierte schließlich in Daniel Hesselings vorlauter, an die Chauffeuse gerichtete Beschuldigung:

"Mama: Du nervst!"

Wenn Renate Hesseling da nicht beide Hände am Lenkrad hätte haben müssen, dann wäre eine davon garantiert ausgerutscht und auf der Wange oder dem Hosenboden Daniels gelandet. So oder so stand eine geeignete Strafe für den kleinen Frechdachs an. Eine, die sich gewaschen hatte. Das geplante Skiwochenende - ideal! Der Lütte liebte die Pisten. Mama, Papa und Kevin würden alleine fahren! Daniel wurde zuhause gelassen. Unter der Aufsicht Johannas, der man einbläute, daß das Fernsehgerät gefälligst auszubleiben habe. Zwei Tage Sträflingsüberwachung mit Mensch-Ärgere-Dich-Nicht-Spielen anstelle des Genusses von studentischem Lotterleben. Johannas Stirnfalten sprachen Bände. Daniel Hesseling würde dieses Wochenende so schnell nicht vergessen!

Kai hatte Mühen, seine Begeisterung vor Johanna zu verbergen - alle Probleme gelöst! Bahn frei für Corinna. Johanna war weggeschlossen in Starnberg. So leid sie ihm dafür tat, aber die Aufrechterhaltung der Charade mußte es wert sein. Und ein Wochenende mit Corinna war nun auch nicht gerade zu verachten. Gut möglich, daß sie in ausgehungertem Zustand in München ankam. Schließlich hatte man sich doch schon einige Wochen nicht mehr gesehen.

Der Auftakt wirkte dann allerdings eher wenig verheißungsvoll. Ziemlich abgespannt und mit nur wenig Elan ging sein Schnuck auf den Begrüßungskuß am Bahnhof ein. Bei einem Video am Abend nippelte sie immer wieder ab.

Zehn Uhr fünfzig am Samstagmorgen, und sie schlummerte immer noch friedlich im weichen Federbett, den verwuschelten blonden Bubikopf fast gänzlich umhüllt von der Decke. Kai machte sich an der Espressomaschine zu schaffen. Seit dem Kauf schlug das Ding regelmäßig Kapriolen beim Aufschäumen der Milch. Er hätte sich ein italienisches Gerät zulegen sollen. Typisch. Auspacken, einschalten: geht nicht! Von wegen "Aus Erfahrung gut!". Nach Hängen und Würgen hatte er schließlich die zwei großen *Peanuts*-Tassen - auf seiner persönlichen lag Snoopy auf dem Dach der Hundehütte - mit halbwegs lauwarmem Latte Macchiato gefüllt. Er trug sie vorsichtig in sein Zimmer. Ein Rätsel für ihn, wie es Bedienungen schafften, Getränke, ohne einen einzigen Tropfen zu verrschütten, über lange Distanzen hinweg sowie in rasender Geschwindigkeit zu servieren. Man sagte, daß man nicht auf das Tablett schauen dürfe, während man geht. Das hatte Kai aber nur ein einziges Mal probiert und danach nie wieder. Heute überstand er den Gang von der Anrichte zum Nachttisch verhältnismäßig schadlos. Dennoch: Am Boden des Tabletts hatten sich feuchte Kaffeeringe unter den Tassen gebildet. Wenigstens mußte er nicht zurück in die Küche; die *Kleenex*-Packung wartete neben dem Radiowecker. Als Kai die Getränke abstellen wollte, reckte Schnuck ihren linken Arm unter der Bettdecke hervor, streckte ihn aus, ohne den Kopf zu rühren oder die Augen zu öffnen. Zwischen Daumen und Zeigefinger hielt sie ihr rosa Höschen und wedelte damit vor seiner Nase, bevor sie es fallenließ.

* * * * *

Der Kontrollanruf aus Garmisch erfolgte am Samstagmorgen um kurz nach zehn Uhr. Ja, Daniel habe sich artig verhalten. Hausaufgaben, Extra-Arbeiten, pünktliches Zubettgehen ohne Zeter und Mordio, stattdessen eine Tarzangeschichte - von Johanna vor dem Einschlafen erzählt. Sie verschwieg Renate Hesseling allerdings, daß es nicht bei einer einzigen Tarzangeschichte geblieben war. Vier! Er wollte immer noch eine und noch eine. Diese ewigen Tarzangeschichten. Davon konnten Kevin und Daniel nie genug hören. Johanna wunderte sich über ihre eigene Phantasie. Sie hätte mal alle niederschreiben sollen. Etwas länger als ein Jahr hütete sie nun bei den Hesselings mehr oder weniger regelmäßig ein, und jeden Abend mußten mindestens zwei der Dschungelstories her. Lächerlich, aber das bildete für Johanna stets den anstrengendsten Teil des Babysittens. Manchmal schob sie gar Panik in Antizipation der Peinlichkeit, daß ihr eventuell keine oder nur eine miserable Geschichte einfiel. Doch die Jungs kannten in dieser Hinsicht keine Enttäuschung. Bestes Beispiel dafür: Tarzan litt an Durchfall. An jenem Tag wollte Johanna partout keine bessere Idee kommen. Dann also falsches Essen - ein verdorbenes Straußenei und eine schimmelige Kokosnuß zum Nachtisch. Tarzan fühlte sich nicht wohl. Schwang sich dennoch mit den Lianen durch den Urwald zu seiner Jane. Und da passierte es: Ein brauner Flüssigkeitsstrahl ergoß sich über die Tier- und Pflanzenwelt am Boden. Die Affen kreischten. Noch lauter: Kevin und Daniel. Johanna glaubte, die übelste Geschichte aller Zeiten erzählt zu haben, doch die Zwillinge quiekten vor Vergnügen. So etwas gefiel ihnen. Ein Klassiker sozusagen. Glück für Johanna an jenem Abend der Durchfallgeschichte: Da kamen die Hesselings gerade nach Hause, hörten das Gequieke und unterbanden umgehend jedwedes weitere Da Capo oder irgendeine zusätzliche Geschichte. Das Licht wurde kurzerhand gelöscht.

Vier Tarzangeschichten für den alleingelassenen Daniel. Er drückte auf die Tränendrüse, wollte bemitleidet werden. Den Nachmittag über hatte er sich tatsächlich ordentlich aufgeführt. Schon fast duckmäuserisch. Er wußte ganz genau: Wenn Johannas Rapport an die Eltern positiv ausfiele am Samstagmorgen, dann durfte er mit ihr quasi als Belohnung per S-Bahn nach München zum Einkaufen fahren. Turnschuhe und Sportsachen. Die brauchte er dringend. Und mit Johanna alleine - ohne den störenden Bruder - nach München! Vielleicht beneidete Kevin ihn sogar darum. Was war nun schöner? Skifahren mit den Eltern oder Einkaufengehen mit Johanna?

Sieben Hüpferchen in die Luft vollbrachte Daniel Hesseling jedenfalls, nachdem Johanna den Hörer aufgelegt hatte mit den Worten:

"... ja, gut! Wir sehen zu, daß wir gegen halb sieben spätestens wieder in Starnberg sind. Noch viel Spaß und bis morgen Abend dann! Tschüüüüß!"

Johanna hielt Daniel die rechte Hand hin. Er klatschte sie ab.

"Krieg' ich 'n Hähnchen im *Ratsherrnkeller*?"

"Ach, Daniel! Da ist es am Samstag doch immer so voll..."

"Bitte, bitte, bitte, meine liebe Johanna!!!"

"Na gut..."

Nochmal sieben Sprünge im Tanz um das Kindermädchen herum.

Um halb zwölf stiegen Johanna und Daniel in die S sechs aus Tutzing, die sie zum Marienplatz bringen sollte. Sie ergatterten gerade noch zwei Sitzplätze. Daniel zeigte sich überaus gesprächig. Er kam der Lautsprecherdurchsage jedesmal zuvor. Er kannte sämtliche Halte sowie deren Reihenfolge bis zur Stadtmitte auswendig. Er liebte die S-Bahn. Johanna liebte die Leute in der S-Bahn. Sie konnte sich mitunter nicht sattsehen an den Verrückten, den schrägen Typen, den typischen Münchnern, den Türken, den Schulkindern, den

Jugendlichen, den Werktätigen, den Studenten, den Yuppies, den Normalen. Heute gestaltete sich die Beobachtung allerdings schwierig in Folge der Überfüllung des Wagons. Johanna mußte schließlich höllisch beim Aussteigen aufpassen. Sie griff Daniel fest bei der Hand, woraufhin dieser lautstark protestierte. Sie maßregelte ihn. Er solle sich gefälligst nicht so anstellen, und er bekomme ja gleich sein Hähnchen. Aber es sei so schnell passiert, daß man sich im Gedränge verliere. Der Junge sah es ein und dachte ans Hähnchen, welches er dann doch um einiges später im *Ratsherrnkeller* gierig verschlang, so daß er den einheimischen Tischnachbarn zu der Bemerkung veranlaßte: "Mei Liaba! Mir ham heit oba an Hunga!" Kein Wunder. Gute zehn Minuten waren Johanna und Daniel im Labyrinth unter dem Rathaus umhergeirrt und hatten nach zwei freien Plätzen Ausschau gehalten. Der Keller war so voll, daß man sich auf alle Fälle gezwungen sah, jemanden anderen zu fragen, ob man sich dazugesellen könne. Da sahen sie eine Oma und einen Opa austrinken und aufstehen. Geschlagene fünf Minuten benötigten die beiden Ollen dann dafür, alle ihre Sächelchen zusammenzukramen. Wenigstens hatten sie schon bezahlt. Die Klauberei nach dem passenden Kleingeld durch das Rentnerpaar blieb den ungeduldig Wartenden wenigstens erspart. Und bis dann mal der Kellner antanzte: Ewigkeiten! Daniel zappelte lange Zeit wie ein Hyperaktiver. Zum Glück hatte Johanna ein Schreibblöckchen dabei und unterhielt den Kleinen zunächst mit dem Kreis- und Kreuzspielchen. Danach etwa zwanzig Schnicke-Schnacke-Schnucks. Endlich bequemte sich der Slawe mit einstudiertem und gequältem bayerischen Akzent dazu, ihre Bestellung aufzunehmen. Hähnchen für den Herrn, Weißwürste für das Fräulein in seiner Begleitung. "Weißwürscht um dia Zeit?" frozzelte da zum ersten Mal der Eingeborene am selben Tisch hinter seinem Hellen. Ja, Weißwürste um diese Zeit, weil sie einen Heißhunger darauf habe, entgegnete schnippisch die mittlerweile immer übellauniger werdende Johanna von Mühlwang. Wenn die Weißwürste kalt wären, würde sie diesem Knoblauchserben den Hals umdrehen. Dreizehn Uhr fünfunddreißig: Die vom Balkan stammende Bedienung tanzte mit den Tellern an. Johanna verlor keine Sekunde und bezahlte umgehend. Eine Mark Trinkgeld. Ein süß-säuerliches "Eine schene Tag noch!" kam ihr da entgegen. Ihre

Erwiderung verblieb in der Gedankenwelt. Sie dachte an den tödlichsten Wing-Zung-Griff. Als sie nach dem Pellen die Haut der zweiten Weißwurst am Tellerrand ablegte, fiel ihr Blick auf den Torbogen am anderen Ende des Saales. Eine gut gebaute Blondine mit Pagenschnitt zog mit ausgestrecktem Arm einen jungen Mann in die Räumlichkeit. Das Gesicht kannte sie nur zu gut. Kai!

"Johanna, darf ich mit den Fingern essen???"

"..."

"Johannaaaah??!!"

Sie hörte nicht. Jemand hatte ihr mit voller Wucht einen Cowboystiefel in die Bauchnabelgegend getreten. Sie atmete nicht mehr. Das Hallen des Saales schien ihr ohrenbetäubend. Das blonde Mädchen schleifte Kai einen Raum weiter. Weg waren sie. Eine Fata Morgana? Das Ganze mochte vielleicht drei, vier Sekunden gedauert haben. Johanna hatte Kai definitiv erkannt. Kai aber nicht sie angesichts der Menschenmengen an den Tischen.

"Johannaaah??? Was hast du denn???"

Johanna erlaubte Daniel apathisch, seine Finger zum Abnagen der Hähnchenknochen zu benutzen. Er solle sich die Hände danach aber gründlich mit dem Erfrischungstuch, das in der Vakuumverpakkung auf dem Tellerrand lag, säubern. Ihre Weißwürste wurden kalt. Geistesabwesend schaute sie Daniel zu, wie er sich einem Kannibalen gleich über das halbe Hähnchen hermachte. Sie wischte ihm mit der Serviette den Mund ab. Riß die Verpackung des Erfrischungstuchs auf. Half ihm beim Reinigen der fettigen Fingerchen.

"Mußt du noch Pipi???"

"Naaahaiin!!!"

"Bevor wir ins Sportgeschäft gehen, muß ich noch ins Tal!"

"Ach, Mannoooh!"

"Keine Widerrede! Dauert nur zehn Minuten..."

Johanna schleppte den unwilligen Kleinen an der Hand mit zu *Conrad Electronic.* Machte ihre Ankündigung wahr. Nicht einmal zehn Minuten. Eine neue SIM-Karte. Obwohl sie noch gut fünfzig Mark Guthaben auf der alten hatte, die sie vor dem Geschäft verbog und in den nächstgelegenen Abfalleimer warf. Neue Nummer. Neuer Anfang. Am Montag würde sie bei der Agentur zu Kreuze kriechen. Und Kai würde sie ignorieren. Kein Wort mit ihm wechseln.

Keine Erklärung. Das Klischee der Liebe auf den Ersten Blick. So lief es. Nicht anders. Besser bezahlt werden für Liebe als solch ein Tiefschlag! Johanna sehnte den Sonntagabend herbei, den Sonntagabend, wenn sie weinen könnte. Weinen wegen eines feigen Schweines, das nicht ehrlich zu ihr sein konnte. Wie es wohl sein würde, noch so lange Zeit diesen Menschen beinahe täglich sehen zu müssen? Sie würde jedenfalls nicht klein beigeben. Sie würde sich tapfer durchbeißen. Sie würde sich in die Arbeit stürzen, sich ablenken mit noch mehr Engagements der Agentur, sich auskotzen bei Sylvia, die sie ja ständig warnte vor dem Verlieben. Sie war tatsächlich in die Falle getappt. Aber Sylvia würde nicht triumphieren. Sie würde nicht sagen, daß sie sie ja gewarnt habe. Sie würde sie in die Arme nehmen und trösten. Und impfen, damit ihr so etwas nie wieder passierte!

* * * * *

Kai Faber stand noch neben dem Gleis, von dem Corinnas Zug vor wenigen Minuten abgefahren war, als er Johannas Nummer aus seinem Telefonbuch abrief und von seinem Handy wählen ließ. Voicemail. Sie hatte gesagt, daß die Hesselings sicherlich bis am späten Nachmittag zurück wären. Er hätte sie gut und gerne hier am Bahnhof abholen können, wenn sie von Starnberg zurückkäme. Wieder Voicemail. Warum hatte sie ihr Handy abgestellt? Ein mulmiges Gefühl setzte sich in Kais Magengegend fest. Hoffentlich war ihr nichts passiert. Die Erzählung von ihrem Todnaherlebnis am Hesselingschen Seesteg hatte ihn ziemlich schockiert. Sollte er zum Studentendorf fahren? Besser nicht! Zuviel Fürsorge ertrug sie nicht. Sie würde ihn vielleicht sogar anschnauzen deswegen. Das liebte er eigentlich an ihr. Was Corinna in dieser Hinsicht im Überfluß hatte, das fehlte Johanna fast gänzlich. Corinna genoß es, wenn sie von ihm verhätschelt wurde, wenn er sich um sie sorgte. Für sie war das der größte Liebesbeweis. Für Johanna bedeutete das hingegen Verzweiflung, zu große Abhängigkeit, Kriechertum. Kai würde also warten. Bis zur ersten Vorlesung der Woche. Und da traf ihn der Hammerschlag. Ganz gezielt. Bei der ersten Begegnung. Er ging lächelnd auf sie zu. Wollte sie zur Begrüßung umarmen, küssen. Sie jedoch wich aus, ließ ihn stehen, wie Joseph Cotton stehengelassen wurde am Ende des Films *Der dritte Mann*. Kein Wort. Kein Blick. Ihr Körper wie eine leere Hülle. Dienstag: Praktikumstag. Sie hatte die Gruppe gewechselt! Eine Sphinx. Starre Augen. Kai tat nachts kaum ein Auge zu. Das schlechte Gewissen. Wie hatte sie es nur herausgefunden? Oder hatte sie es gar nicht herausgefunden, und es war etwas ganz anderes? Am Freitag faßte er sich ein Herz, setzte sich nach Vorlesungsbeginn neben sie und versuchte es mit der üblichen Zettelkonversation. Sie fühlte sich erkennbar unwohl dabei.

"KÖNNTE ICH EINE ERKLÄRUNG HABEN?"

Langes Zögern. Dann kurzes Kratzen des *Pelikan*.

"die erklärung ist blond"

Kai sank in sich zusammen. Also doch! Wie groß war die Wahrscheinlichkeit? Ein unheimlich geschäftiger Samstag in der Münchener Fußgängerzone. Sie mußte mit dem Kleinen in die Stadt gekommen sein. Wie aber konnte sie Kai nur in den Massen ausgemacht haben? Das kam einem ins Negative umgekehrten Lottogewinn gleich.

"ES TUT MIR SO LEID. ICH BIN EIN SCHWÄCHLING."

Nur kurzes Zögern.

"kein kommentar"

Kai setzte sich weg und ab. Der Wechsel des Studienortes ging problemlos über die Bühne. Bereits zum Sommersemester führte er das Physikstudium in Ulm fort.

* * * * *

Goldzahn-Alarm! Vusi Xate. Der schwarze Alptraum suchte die Linguistik-Abteilung mindestens einmal wöchentlich heim, um sich nach einem Privatstunden-Opfer umzusehen. Roger Hertloff hatte Lehrgeld bezahlen und sich einer Art Initialisierungsritual unterziehen müssen, als er aufgrund der universitären Umstrukturierung mit fünfzig Prozent seiner Arbeitskraft zu den Linguisten hinüber in den Keller des sozialwissenschaftlichen Gebäudes wechselte: Gleich am ersten Tag im neuen und zweiten Büro wurde er da von Vusi Xate gekrallt, der sein Glück kaum fassen konnte, da er eine offene Dozententür erspähte. Roger Hertloff war ganz absichtlich von den

Kollegen nicht vorgewarnt worden. Die Edelmetallkrone zwischen Vusis Schneidezähnen blinkte gelblich im Neonlicht, als er sich Roger grinsend vorstellte. Und der brauchte dann nicht lange, um festzustellen, wie schlimm es um den Intellekt des unentwegt lächelnden Schwarzen bestellt war. Drei geschlagene Jahre drückte sich Vusi offenbar bereits bei den Sprachpathologen herum, die ihre Schäfchen für eine obligatorische Einführung in die Struktur der Sprache im ersten Studienjahr zu den Linguisten sandten. Zweimal war Vusi da schon durchgerasselt. Und um seine Leistungen in der Sprachpatholgie stand es auch nicht viel besser. Man stelle sich also das begriffsstutzigste Wesen auf Erden vor und verstärke diese Imagination um das Doppelte, so erhielt man als Ergebnis knapp Vusi Xate. Im Laufe von siebenundfünfzig Minuten versuchte Roger vergebens, dem schwarzen Grinsepeter zu verdeutlichen, was ein Satzbaum sei. Dann schickte er ihn mit dem Hinweis, daß er gleich eine Vorlesung abzuhalten habe, weg, nicht ohne ihm wärmstens ans Herz zu legen, fleißig die Tutorien zu besuchen. Chae-Yeon Choi sei die beste Tutorin. Die könne ihm alles bestens erklären. Rache war süß! Die sollte sich jetzt mit ihm herumschlagen. Noch bevor sich Roger auf den Weg zu seiner Veranstaltung machte, die ihm als Ausrede dafür gedient hatte, Vusi Xate loszuwerden, stürmte er ins Büro des Studienleiters der Linguistik, Stuart Connolly, und stutzte diesen ordentlich zurecht, weil der ihn nicht ins Bild gesetzt hatte. Stuart lachte nur laut heraus:

"Herzlich willkommen! Ist uns allen schon passiert... Der gute Vusi kommt immer wieder zurück wie ein schlechter Penny. Der ist einfach unser Talisman... Aber gut; normalerweise machen wir Rundrufe, wenn er in Sichtweite kommt. Nächstes Mal bekommst auch du Bescheid... Versprochen!"

Und am heutigen Tag kam der Anruf. Von Christoph. Goldzahn sei gesichtet worden. Roger knallte seine Bürotür zu, löschte das Hauptlicht und knipste die kleine Schreibtischlampe an. Er würde Christoph dafür auf einen Kaffee und einen "kalten Hund" einladen, wie sie die lauwarmen Hot Dogs scherzhaft nannten, die man an einer der Freßbuden im Universitätshauptgebäude billig erstehen konnte. Ja, mit Christoph verstand er sich gut. Trotz Chae-Yeon. Aber das Ganze war generell schwer erträglich. Roger mußte weg.

Nicht nur wegen Christoph und Chae-Yeon. Auch wegen der Universität im Allgemeinen sowie wegen Henriette und Co. im Besonderen. Zwar nervte die Dame weniger, seitdem Roger die Hälfte seiner Arbeitszeit woanders als in der Fremdsprachenabteilung verbrachte, aber sie konnte es einfach nicht lassen, ihn trotzdem mit unnützen Arbeiten zu überschütten. Gerade jetzt ballten sich die Pflichten wieder. Vor allem Henriettes Konferenz. Ihr Prestigeprojekt. Sie wollte glänzen vor den Kollegen aus dem ganzen südlichen Afrika. Und es hatten sich sogar Idioten aus Europa angemeldet, deren Universitäten blöd genug gewesen waren, so einen teuren Trip für nichts und wieder nichts zu finanzieren. Roger mußte bei der gesamten Konferenzvorbereitung den Hilfssklaven spielen. Formatier- und Kopierarbeiten. Versand von Informationsmaterial. Dann der Gipfel: Erstens wurde von ihm erwartet, mit einem Vortrag zur Konferenz beizutragen, zweitens sollte er die ganze administrative Drecksarbeit erledigen, aber drittens bekam er nicht einmal die Teilnahmegebühr erlassen! Als ihm Henriette letztere Tatsache eröffnete, blickte er sie ungläubig und offenbar in einer so despektierlichen Weise an, daß sie äußerst apologetisch darlegte, wie er denn die Gebühr von der Universität wieder zurückfordern könne. Dabei kam sie sich obendrein extrem schlau vor. Toll: Wenn er das Geld von seinem Forschungsetat einforderte, so könnte er im selben Jahr keine andere Konferenz besuchen. Eigentlich war Roger das egal. Aber ihn störte das Prinzip: Da sollte er soundsoviel Geld für eine absolut nichtssagende, unnütze Konferenz zum Fenster hinauswerfen, wo er diese kostbaren finanziellen Mittel in etwas wesentlich Interessanteres hätte investieren können. Nichts als Ärger und noch mehr Arbeit bereitete diese elende Germanistenversammlung von geltungsbedürftigen Dünnbrettbohrern. Dann auch die ganzen Korrekturarbeiten. Alle drei Wochen ein Riesentest in der Linguistikvorlesung. Wenn das nur Multiple-Choice-Klausuren hätten sein dürfen! Aber nein. Der Studienleiter wollte eine Mischung aus Ankreuzaufgaben und offen zu beantwortenden Fragen. Rogers Arbeitswochen näherten sich der Siebzig-Stunden-Marke. Zu allem Überfluß dann noch zwei Einladungen: Vorstellungsgespräche im irischen Galway sowie in Oxford. Glück im Unglück: beide in derselben Woche. Die Woche, in welche auch die Vorlesungspause der

University of the Witwatersrand fiel. Und noch mehr Glück: Roger würde zum allerersten Mal in seiner bereits über fünfjährigen Bewerberkarriere einen finanziellen Gewinn aus der Jagd nach Jobs ziehen. Die Unis in Galway und Oxford würden beide den Flug von Johannesburg nach Europa bezahlen. Er benötigte lediglich zwei Quittungen, die ihm die freundliche Dame vom *Flight Center* im Sandton Einkaufszentrum gerne ausstellte. Praktisch ein Monatsgehalt extra! Roger durfte sich die Hände reiben ob des zu erwartenden Geldsegens. Wermutstropfen - wie immer konnte es einfach nicht perfekt sein: die Flugroute beziehungsweise -linie. Mit *Kenya Airways* über Nairobi nach London. Sage und schreibe acht Stunden Aufenthalt in Nairobi. Und wie war das gleich mit den Impfungen? Gelbfieber für Kenia? Das durfte doch nicht sein: Wegen acht Stunden Transit am Flughafen Nairobi sollte er sich eine Injektion gegen Gelbfieber verpassen lassen? Ungefähr siebenundzwanzig Telefonate sah er sich gezwungen zu tätigen, um herauszufinden, ob er in der Tat über dreihundert Rand für die Piekserei investieren mußte, zumal der freundlichen Dame im *Flight Center* des Sandton Einkaufszentrums in Folge von Rogers Erkundigung nach der Gelbfiebersache und angesichts ihrer Ignoranz in jener Angelegenheit das Gesicht einschlief, sprich: das aufgesetzte Grinsen verging. Bei der britischen Einreisebehörde vermochte man Roger schließlich akkurate Auskunft zu erteilen: Die Impfung sei erst obligatorisch, wenn sich der Visumsstempel mit Ausreisedatum aus Kenia im Reisepaß befinde. Er dürfe also keinesfalls durch die Paßkontrolle, weil dies als offizielle Einreise ins Reich der afrikanischen Version von Kemal Atatürk gewertet würde. Was hätte Roger auch acht Stunden in Nairobi gewollt? Vielleicht auf der Steppe *Hatari* spielen mit ein bißchen Nashorn-Jagen im Jeep?

* * * * *

Als der *Airbus* der *Kenya Airways* mit Roger Hertloff an Bord zur Landung auf dem Kenyata-Airport ansetzte, fühlte sich der Bewerbungsreisende wirklich wie live in dem berüchtigten Safari-Klassiker - wohin man sah: nur Wüstensteppe mit diesen vereinzelten sowie spärlich beblätterten niedrigen Büschen, die an die dominierende Windrichtung angepaßt gewachsen waren. Eine holprige Rollbahn. Fehlte nur noch das Propellergeräusch. Nun war Roger ohne Zweifel in Afrika! Beim Aussteigen schlug einem zunächst der heiße Schwall der Steppenluft ins Gesicht. Beim Blick gen Horizont entlang der Landepiste zeigte sich ein dunkelblau-schwarzer Fata-Morgana-Schleier in zitterigem Gewand. Zirpen. Gestank verdampfenden Kerosins. Transitbereich teilklimatisiert. Ein wahrer Buschflugplatz! Momentan im Begriff, modernisiert zu werden. Zahlreiche Passagiere mit mehr oder weniger stark ausgeprägtem Körperduft drängten sich unter den wenigen Gebläsen der bedingt funktionstüchtigen Klimaanlage im Transitbereich. Dreieinhalb Minuten benötigte man, um diesen Teil plus die nicht klimatisierte Zone gemächlichen Schrittes abzugehen. Das tat Roger denn so ungefähr vier bis fünf Male, bis er sich entschloß, wie er die nächsten knapp acht Stunden totschlagen sollte. Er hatte einfach keine Lust, seine beiden Präsentationen nochmals durchzukauen. Die Gelegenheit dazu bot sich ihm ja noch zur Genüge beim Weiterflug, obwohl der Start um kurz vor Mitternacht anberaumt war. Er würde ohnehin kaum ein Auge zutun können. Mit etwas Glück käme er ohne Sitznachbarn davon. Das wäre schon mal ein riesen Fortschritt. Bei der Buchung hatte sich Roger nämlich nach dem Sitzplan des *Airbus* erkundigt. Hinten, direkt neben der Bordtoilette, gab es die einzigen beiden Reihen mit nur jeweils zwei Plätzen. Er reservierte genau dort einen Sitz am Gang. Das konnte zwar unheimlich nervtötend werden, vor allem wenn ständig die Kleinkinder aufs Klo rannten, aber für ihn böte das den Vorteil, daß er sich ungefähr eine Stunde vor der Landung frischmachen könnte. Rasieren und so weiter, zumal die Präsentation für das erste Vorstellungsgespräch bereits für zehn Uhr in Oxford festgesetzt war. Der Flieger würde gegen halb sieben landen. Dann: Bus nach Oxford kurz nach sieben. Anderthalb Stunden Fahrt - er wäre nicht ganz eine Stunde vor dem Termin dort. Ein Risiko, sich irgendwo auf der Strecke akzeptabel herzurichten. Also dann auf dem Flieger.

Roger vervollständigte seinen Plan für eine Beschäftigungstherapie auf dem Airport Nairobi, als er den Transitbereich zum sechsten Mal abgeschritten hatte. Erst Geldumtausch. Dann Postkarten mit den kenianischen Schillingen kaufen. Und selbstverständlich Briefmarken. Er könnte ein wenig damit angeben, in Kenia gewesen zu sein. Fünfzehn Postkarten. Das würde gut eine Stunde dauern. Wenn dann noch Schillinge übrig waren, könnte er essen gehen. Das Transitrestaurant sah recht gepflegt aus. Klimatisiert obendrein. Und, gemessen an anderen internationalen Flughäfen, sehr preiswert. Eventuell würde es ihm danach sogar gelingen, ein kleines Verdauungsnickerchen abzuhalten, bis es weiterging.

Die Zeittotschlagtaktik ging mehr oder weniger auf. Außerplanmäßig jedoch: das Rumoren der Gedärme beim Einstieg in den Anschlußflieger nach Heathrow. Roger setzte sich in leicht gekrümmter Haltung auf den Sitzplatz am Gang neben dem Flugzeugklo. Von wegen preiswertes Essen: Verdorbener Buschfraß mußte es gewesen sein. Das Dilemma: Sollte er dem urmenschlichsten Bedürfnis gleich auf der engen Bordtoilette freien Lauf lassen? Er wartete noch ab. Zehn Minuten saß er schon unangeschnallt auf seinem reservierten Platz. Ängstlich linste er immer wieder nach vorn, ob die Stewardessen endlich die Tür schließen würden. Warum machten die das Ding denn nicht zu? Die angegebene Abflugzeit war schon um knapp zwanzig Minuten überschritten. Roger schnallte sich an. Der Platz neben ihm - immer noch frei.

Big Momma drängelte sich hektisch durch die Bordtür an den Flugbegleiterinnen vorbei, während sie denen ihre Einsteigekarte unter die Nasen hielt. Die Pforte wurde nun verriegelt. Big Momma wollte einfach nicht stehenbleiben, ging immer weiter nach hinten, bis sie sich schließlich vor dem geduckt sitzenden Roger aufbaute und den Platz neben ihm am Fenster einforderte. Roger atmete tief ein. Erwischte etwas zu viel vom Achselgestank Big Mommas. Sie machte sich breit. Okkupierte die Lehne, welche die beiden Sitze trennte. Rogers Darmziepen hatte sich aufgrund des Schocks vorübergehend verflüchtigt. Big Momma passierte etwas Menschliches. Kein singulär auftretendes Phänomen zwischen Nairobi und London. Hatte die im Flughafenrestaurant etwa eine verwesende Gazelle gefressen? Roger wurde hundeelend. Big Momma schnarchte relativ bald relativ stark. Heftiger Mundgeruch auch noch. Knoblauch und so etwas wie Magensäure oder Formaldehyd. Sobald sich die Mehrzahl der Passagiere im Reich der Träume befand, die Hauptlichter an Bord gelöscht waren und schätzungsweise zwanzig Minuten lang kein Kleinkind mehr nach hinten gekrabbelt, geschweige denn getrampelt kam, verbarrikadierte sich Roger mit Schopenhauers *Welt als Wille und Vorstellung*, Teil eins - der bessere Teil, auf der Bordtoilette. Er preßte. Kein Erfolg. Und dabei hatte es ihn vorher doch beinahe zerrissen! Es mußte wirklich der Big-Momma-Schock sein. Vielleicht auch die Lektüre. Sowieso schwer verdaulich das Ganze. Roger ließ sich dennoch Zeit. Rasierte sich nach dem mißglückten Stuhlgang gemütlich. Nach knapp neunzig Minuten trat er in die Kabine zurück. Big Momma saß immer noch so breitbeinig, wie es ihr möglich war, sowie mit offenem Mund schnarchend auf ihrem Sitz. Ein Fragment ihres Gesäßspecks quetschte sich unter der Armlehne zu Rogers Platz hinüber. Er schüttelte den Kopf. Der ewige Glückspilz. Das beste Omen, das man sich für die zwei Vorstellungsgespräche wünschen konnte.

An der Paßkontrolle des Flughafens Heathrow meldete sich das kenianische Abendmahl wieder. Keine Zeit mehr! Der Bus fuhr in etwas mehr als zehn Minuten ab. Wenigstens kein Sitznachbar! Der Druck wurde größer und größer. Glücklicherweise kannte Roger den Weg vom Busbahnhof zum Wellington Square, wo die Präsentation stattfinden sollte, noch von einer früheren, selbstverständlich nicht von Erfolg gekrönten Bewerbung. Er meldete sich beim Sekretariat und fragte nach der Toilette. Eine halbe Stunde bis zum Termin. Es reichte ihm knapp. Aber trotz der großen Erleichterung im abdominalen Krisengebiet lief alles nicht so, wie es sich Roger vorgestellt hatte. Die Zuhörer schienen apathisch, desinteressiert. War er wieder einmal nur Alibi-Kandidat, den man zur Erfüllung einer Quote einladen mußte? Im Vorstellungsgespräch erhärtete sich der Verdacht. Wenig originäres Interesse an seiner Person und Kompetenz. Wieder nichts mit einem Arbeitsplatz an der berühmtesten Universität der Welt.

Und dann der Kontrast: vom akademischen Paradies zum Kartoffelbauernkolleg an der irischen Westküste. Das Aussehen des Deutschprofessors am University College Galway sprach Bände. Ein vollbärtiger Wurzelsepp, der aus dem Film *The Field* hätte sein können. Roger würde nur allzu gerne seine Fingernägel kontrolliert haben. Jedenfalls versprühte der rustikale Herr wenig Fachkenntnis. Das Auswahlgremium erwartete nämlich ein anderes Präsentationsthema von Roger zu hören, als es diesem im Einladungsschreiben vorgegeben worden war. Und das Gremium, inklusive Professor Bauerntrottel, bemerkte es erst, als Roger zusammenfaßte. Um die Frustration des weitgereisten Bewerbers auf den Höhepunkt zu treiben, bejahte jene Ansammlung schlechten menschlichen Mittelmasses schließlich Rogers Frage, ob es einen internen Bewerber gebe. Schon mal gehabt! Auf Nimmerwiedersehen! Wenigstens die doppelten Reisekosten. Aber keine Erholung während dieser einen Woche Vorlesungspause. Roger hätte sie in Kapstadt oder sonstwo zur Entspannung verbringen können. Aber nein: Er mußte sich die Nerven wegen dieses Akademikerpacks weiter ruinieren. Im Aktenkoffer lag jedoch schon die nächste Bewerbung. Für alle Fälle hatte er sie vor der Abreise fertiggemacht. Eine auf zehn Monate begrenzte Dozentur an der University of Manchester. Zurück am Flughafen in Heathrow, stand Roger lange sinnierend vor der roten *Royal-Mail*-Tonne mit schmalem Briefschlitz. Er gab dem Umschlag letztendlich doch einen kleinen Schubs. Ein kurzes Rascheln, als er auf den Briefberg fiel. Wenn er jenen Job bekäme, wäre er wenigstens wieder zurück in der Zivilisation. Zwar nur zehn Monate, aber bei seinem Lebenslauf sollte er im Prinzip ohne Probleme eine weitere Anstellung finden, oder?

* * * * *

Der Wohn- und Eßbereich von Marion Klemms Vier-Zimmer-Neubauwohnung nahe beim Babelsberger Platz und somit auch bei ihrer Arbeitsstelle an der Humboldt-Universität war gedämpft beleuchtet. Sie erwartete Besuch. Es war ihr endlich gelungen, Bertram Hitschler auf ein Abendessen bei Kerzenlicht zu ihr nach Hause einzuladen. Was für ein Mann! Die Studienrätin im Hochschuldienst, die Lehramtskandidaten der Germanistik mit der fachdidaktisch-pädagogischen Komponente ihrer Studiendisziplin vertraut machte, war sich bereits relativ bald nach der Fakultätssitzung, bei welcher sie dem österreichischen Humboldt-Stipendiaten und Habilitanden vom Lehrstuhlinhaber der Germanistik vorgestellt wurde, sicher, daß Bertram Hitschler der Vater ihrer Kinder werden sollte. Den würde sie sich angeln. Ledig. Trank nicht. Rauchte nicht. Sah blendend aus. Hochintelligent. Charmant. Was wollte man als Frau mehr, noch dazu, wenn man wie Marion Klemm so wählerisch war, daß geschlagene sieben Verflossene innerhalb von fünf Jahren den hohen Ansprüchen einfach nicht genügen wollten?

Liebe geht durch den Magen, dachte sie und hatte getreu diesem Motto ungefähr zweieinhalb Stunden in ihrer großzügig geschnittenen Einbauküche zugebracht, um Bertram Hitschler einen Gaumenschmaus sondergleichen zu bereiten: Junghirschbraten mit Preiselbeerkompott, als Beilagen Apfelrotkraut und fränkische Kartoffelknödel. Dazu hätte sie eigentlich einen guten *Trollinger* reichen müssen, aber Bertram trank ja nach eigenen Angaben strikt keinen Tropfen. Sie würde ihm ihren selbstkreierten antialkoholischen Spezial-Cocktail namens *Maracuja Dream* als Aperitif anbieten. Vorspeise: Feldsalat mit Kräutercroutons an *Balsamico*-Vinaigrette. Zum Dessert sollte es Vanilleeis mit heißen Himbeeren geben und, wenn alles nach Plan klappte, zum krönenden Abschluß einen fulminanten Geschlechtsverkehr auf dem teuer im japanischen Möbelhaus erstandenen feuerroten Futon. Keine Kondome! Nichts! Marion Klemms Uhr tickte besorgniserregend. Die in der Küche am Herd für den Hirschbraten, jedoch ebenfalls die in ihrem Körper. Wenn Bertram pünktlich war, dann würde es etwas knapp werden. Aber eigentlich ideal: Sie könnten sich bereits zwischen Entrée und Hauptspeise entscheidend näherkommen. Bertram hatte sich zwar ein wenig zurückhaltend benommen ihr gegenüber; allerdings keineswegs abweisend. Er schien ihre Zeichen zu verstehen; er mußte nur noch ein wenig angerempelt werden zur Stimulation. Zum Beispiel mit Hilfe ihrer abendlichen Aufmachung. Wie lange stand sie auch wieder vor dem Kleiderschrank? Nichts wollte sie zufriedenstellen. Der Fummel dürfte unter keinen Umständen zu aufreizend sein. Das könnte ihn abschrecken. Die Verzweiflung wäre ihr bei zu provozierender Kleidung anzumerken gewesen. Nein: etwas halb Sittsames und dennoch Appetitanregendes. Und man mußte es nach dem Dessert relativ leicht entfernen können. Keinen Nippel durch die Lasche ziehen oder Ähnliches! Es sollte ihm Vergnügen bescheren, sie zu entkleiden. Was wäre also das Passende, Angemessene für diese Gelegenheit? Etwas zum Knöpfen. Die weiße Leinenbluse. Drei Knöpfe würde sie auflassen. Als Köder. Darunter einen Bustier.

Das gestaltete sich dann wohl weniger kompliziert für ihn. Unten den knielangen Rock mit leicht rötlichem Muster. An dem saßen die Knöpfe seitlich. Unterwäsche? Bloß nichts Vulgäres! Eher etwas Unschuldiges, Jungfräuliches. Traditionelles weißes Unterhöschen. Eingestickte Blümchen und ein aufgenähtes kleines Schleifchen vorne auf der Mitte, das todsicher erotisch auf ihn wirkte. Das Tüpfelchen auf dem "i": der Schmuck. Sehr dezent, wenig Aufwand. Das Einfachste zeigte meist die größte Wirkung. Der billige Glaszungenanhänger aus dem Elektrogeschäft für seinerzeit elf Mark fünfundneunzig. In dem Teil zeichneten sich die Farben des Regenbogens ab. Das Halsband - aus Leder. Hart an der Grenze zu Flower-Power. Es würde durch das schlichte Weiß der Bluse so richtig zur Geltung kommen. Die lüsterne Zunge zwischen den Brüsten im Ausschnitt: genial! Keine Ringe, keine Armbänder. Nur die winzige alte Damenarmbanduhr von *Dugena* mit Lederriemen. Und was war mit Schminke? Leichtes Rouge auf den Wangen. Nur einen Tick, damit sie nicht aussah wie *Rotbäckchen* auf den Flaschen der Drogerie. Keinen Lippenstift! Sie haßte das Geschmiere beim Küssen. Hoffentlich teilte er diese Meinung. Wimperntusche: ja, natürlich, um das Blau der Augen zu betonen. Nicht zu vergessen: der Perlmutt-Lidschatten, der eigentlich gar kein Lidschatten war. Er würde ihr nicht widerstehen. Insbesondere dann nicht, wenn sie sich noch einen Hauch *Chanel Nummer Fünf* auf den Nacken unterhalb des Haaransatzes tupfte. Nichts weiter! Sie war bereit. Er konnte kommen. Er mußte kommen. Auf dem teuren Futon. Oder gegebenenfalls woanders. Die Spontaneität sollte entscheiden.

* * * * *

Olfaktorische Immunität. Die Abwesenheit jedweden Ekelgefühls. Damit vermochte man sich ideal durchs Leben zu schlagen. Wenn einen die abscheulichsten Dinge nicht anwiderten, man keinerlei Brechreiz aufkommen spürte, so einem die abstoßendsten Gerüche in die Nase fuhren. Leidenschaftslos streifte sich Murray Hetherington dementsprechend an diesem Morgen die Socken über, welche er seit ungefähr drei Wochen Tag für Tag angezogen hatte. Was andere in jenem Moment gerochen hätten, ließ Murray Hetherington kalt.

Nach einem Monat pflegte er gewöhnlich seine gesamte Körperwäsche zu wechseln. Ganz ähnlich stand es um die Leibesreinigung. Pi mal Daumen alle vier Wochen ein Schaumbad. Vorzugsweise an einem Samstag. Sophie Koopmann konnte sich also glücklich schätzen, daß ihre Verabredung zum Konzert in der Edinburgher Usher Hall mit ihrem Kollegen Murray Hetherington auf den Sonntag vor drei Wochen gefallen war, der unmittelbar auf solch einen Großwaschsamstag des Mythos-Experten folgte. Als sie auf dem harten Holzsitz der Orgelgallerie neben Murray Platz genommen hatte, drang nicht der übliche Schwall eines Gestankgemischs aus erkaltetem Schweiß, eingetrocknetem Urin und Moder zu ihr herüber, sondern sogar ein Hauch von Zitrone. Erleichterung. Wenn er doch nur immer so auf seine Körperpflege achten würde! Dann wäre er vielleicht sogar ein ganz schmucker, attraktiver Mann gewesen. So aber graute einem vor jeder Abteilungsbesprechung. Das Sitzungszimmer war danach meist unbetretbar. Ein Wunder, daß die Kollegen lebendig herauskamen!

Heute genau dasselbe Muster. Murray kam nie pünktlich. Die Hoffnung machte erneut die Runde, daß sich Hetherington doch entschuldigen ließe, im Sekretariat anriefe und Helen Laird gleich vorbeikäme, um die frohe Botschaft zu verkünden. Die Tür des Seminarraums öffnete sich langsam, die Augen in der Akademikerrunde öffneten sich etwas weiter in freudiger Erwartung, Helens cremefarbene Gestalt zu erblicken, doch sie wurden jäh enttäuscht, als sich eine zerknitterte grüne Plastiktüte von *Marks and Spencer* durch den Schlitz zwängte: Murray Hetheringtons Aktenkoffer seit Menschengedenken. *Delsey, Samsonite, Goldpfeil* - Fremdwörter, leere Worthülsen für jemanden, der in einer Welt phantastischer Mythen lebte. Murray Hetheringtons Sockenduft erfüllte langsam aber stetig den Raum und seine sämtlichen Winkel. Gordon Pimm hatte Mühe, die Sitzung zu eröffnen. Räusperte sich laut in der verfehlten Annahme, den Geschmack aus Nase und Gaumenraum zu vertreiben, wo er sich bereits nach kürzester Zeit festgesetzt hatte. Sophie schloß die Augen. Auch das noch: Freitag! Das Ritual gewordene Treffen zum Kaffee mit Pimm und Hetherington kurz vor Mittag. Wie würde sie das heute nur überleben, wo der Gestank schlimmer denn je erschien?

Das Konzert vor drei Wochen hatte sie genossen. Murray duftete da ja geradezu. Danach waren sie im *Shakespeares* ein Bierchen trinken gegangen. Hatten sich blendend unterhalten. Ein humorvoller Mensch. Man hätte ihn wirklich gernhaben können an einem solchen Tag, wenn er, wie aus dem Ei gepellt, vor einem stand. Aber eben nur mal so alle vier Wochen ungefähr! Murray hatte Sophie sogar zu sich nach Hause in sein Edinburgher Wochenend-Domizil eingeladen. Und da verging es ihr wieder: die Unordnung, die Schmuddeligkeit, der Modergeruch. Murray hatte es sich im Prinzip da wieder verdorben nach dem schönen Konzerterlebnis und den Drinks im *Shakespeares*. Deutlich zu erkennen, daß Murray mehr als nur Sympathien hegte für die jüngere Kollegin. Der Gentleman würde jedoch nie zudringlich werden. Sophie konnte sich da sicher sein und hatte befreit ausgeprustet, als sie an jenem Samstag in den letzten Zug zurück nach Fife gestiegen war. Grölen der Besoffenen um sie herum. Leicht zu ertragen unter dem Vorsatz, sich so schnell nicht wieder auf eine Verabredung mit Murray Hetherington einzulassen. Freitags Kaffee zusammen mit Professor Pimm und ihm. Mehr nicht. Basta!

Die Regel mußte in den frühen Morgenstunden eingesetzt haben. Als Frauke Wahrig die Bettdecke noch während des Weckerklingelns zurückschlug, sah sie die Bescherung. Nicht viel. Aber es langte. Nachthemd, Höschen, Laken. Wenn sie Pech hatte, war die Sauerei über den Schutzbezug sogar bis zur Matratze durchgedrungen. Der Tag fing gut an. Die Sache hatte sich zwar deutlich angekündigt: schmerzende, aufgeblähte Brüste schon seit fünf Tagen, starkes Zwicken in der unteren Bauchgegend; aber normalerweise kamen da auch zuerst ein paar Tröpfchen helleres Blut, die dann das Einsetzen eines Tampons rechtfertigten. Dieses Mal jedoch ausgerechnet nicht, so daß Frauke Wahrig vorläufig von der Verwendung eines Vaginaltorpedos abgesehen hatte. Ein solches Teil lediglich auf Verdacht hin einzuführen, bereitete ihr unheimliche Schmerzen. Deshalb hatte sie es diese Nacht bei einer Slipeinlage belassen, die allerdings offensichtlich nicht genügte. Also Waschmaschine anwerfen um sechs Uhr morgens. Shelley durfte nichts mitbekommen. In solchen Dingen zeigte sich Fraukes Lebensgefährtin - momentan auf Geschäftsreise zwecks Fortbildung - sehr empfindlich. Eine gute Hausfrau. Das kam Frauke selbst sehr entgegen. Sie kontrollierten sich gegenseitig. Ein faires Geben und Nehmen. Absolutes Vertrauen. Blindes Verständnis. Wie ein eingespieltes Tennisdoppel. Man mußte sich nicht nach jedem einzelnen Ballwechsel minutenlang besprechen. Die Taktik war klar: ein Leben lang zusammen, bis daß der Tod sie schied. Shelley Biggar: Frauke Wahrigs Lebensretterin. Beim Yoga hatten sie sich kennengelernt. Vor fünf Jahren. Der Psychiater empfahl ihr damals Yoga. Vielleicht lenke sie das ab. Vielleicht kuriere sie das. Er wußte keinen anderen Ausweg. Es war doch ein extrem unglücklicher Zufall, daß sie ausgerechnet jetzt, nach über fünf Jahren, so jäh an den Schock erinnert wurde, der sie seinerzeit beinahe das Leben gekostet hätte, da er jeglichen Willen dazu absterben ließ. Frauke Wahrig hatte den gestrigen Tag mit einer umfangreicheren Internet-Recherche zugebracht. Sie gehörte als Fachgruppensprecherin dem Auswahlgremium für die Stelle einer befristeten Dozentur in Germanistischer Linguistik an der Universität von Manchester an. Ein Kollege beziehungsweise eine Kollegin für die Dauer von zehn Monaten sollte ausgesucht werden. Vierundzwanzig Bewerbungen waren eingegangen. Die große Mehrheit davon: Schrott; nicht zu gebrauchen. Mit Mühe und Not hatte man sich auf vier Kandidaten der engeren Wahl geeinigt, wobei auf dem Papier eigentlich nur ein einziger in Frage kam. Ein Deutscher, der in Südafrika eine unbefristete Dozentur im selben Bereich innehatte. Er hieß Roger Hertloff. Nach der einstimmigen Vorauswahl des Gremiums vor zwei Wochen hatte Frauke Wahrig schließlich gestern die Neugierde gepackt. Sie wollte ein wenig mehr über den Menschen erfahren, dem die Universität höchstwahrscheinlich ein Angebot unterbreiten würde - Präsentation und Vorstellungsgespräch per Videokonferenz am heutigen Morgen wären ohnehin lediglich Formsache. Sie hätte das Browsen am Vortag besser bleibenlassen. Ein Doppelgänger! Einzig die Topffrisur, die Roger Hertloff wie Prinz Eisenherz aussehen ließ, unterschied ihn äußerlich von Hagen Schäfer. Lange hatte Frauke Wahrig das Gesicht ihres vermutlichen Kollegen in spe gemustert. Die emotionalen Qualen der Vergangenheit kamen ihr mit einem Mal, wie durch einen Würgereiz hervorgerufen, wieder hoch.

Hagen Schäfer und Frauke Wahrig - das Doktoranden-Traumpaar am University College London. Sie promovierte über die Auslautverhärtung im Deutschen. Er über kontrastive Phraseologie Deutsch-Englisch. Sie hätte zu jener Zeit schon wissen müssen, wie eine derartige fachliche Themendivergenz darauf hindeutete, daß sie nicht zusammenpaßten. Hagen, der Schwafler, Argumentierer; sie, Frauke, die eigentliche Wissenschaftlerin. Beide hatten sich im Januar fünfundneunzig für eine Linguisten-Konferenz in Sydney angemeldet. Sie buchten die Reise gemeinsam. Doch Frauke konnte letztendlich nicht mit Hagen zusammen fliegen. Der Vater in Deutschland war erkrankt. Umweg über Hamburg. Die Sache stellte sich als weniger schlimm heraus. Sie konnte zwei Tage früher weiterreisen. Wollte Hagen in Sydney überraschen. Das gelang ihr zu hundert Prozent: in flagranti. Ohne Bettdecke. Sie mußte mitansehen, wie er in dieser Frau drinwar, sich in ihr zu schaffen machte. Im Schock buchte sie sich in eines dieser versifften Backpacker-Hostels bei Kings Cross ein. Wartete wie im Delirium ihren Rückflug ab. An diese fünf Tage hatte sie kaum eine Erinnerung mehr. Irgendwie kam sie zurück. Abgemagert. Dehydriert. Ein Schatten. Dem Tode nah. Sterbend an gebrochenem Herzen, an enttäuschtem Vertrauen gegenüber der Männerwelt. Ihre Viva, die mündliche Doktorprüfung, mußte auf unbestimmte Zeit verschoben werden. Als einer weiteren Hinauszögerung nicht mehr stattgegeben wurde, empfahl der Psychiater Yoga. Und da kreuzten sich Fraukes und Shelleys Wege. Nach der vierten Yoga-Sitzung: die Prüfung zu ihrer Dissertation - mit Glanz und Gloria bestanden. Bald danach bekam sie die Dozentur in Manchester. Shelley folgte ihr. Zwar mit Gehalts- und Bonuseinbußen, da sie nicht mehr direkt in der City tätig sein konnte, aber auch in Manchester gab es relativ gut zahlende Zweigstellen der großen Investment-Gruppen. Was für glückliche fünf Jahre hatten sie hier verlebt! Sobald es rechtlich ermöglicht wurde, könnten sie heiraten. Vielleicht noch ein, zwei Jahre, bis das Gesetz endlich abgesegnet würde. Ein harter Kampf - all die Petitionen und Kampagnen. Doch ein Happy End auf juristischer Seite war sicherlich abzusehen. Ein gemeinsamer Name: Wahrig-Biggar, Biggar-Wahrig. Die Vervollkommnung des gemeinsamen Glücks. Aber es mußte ja immer jemand in die Suppe spucken. Das Spitting Image von Hagen Schäfer. Ein Geist aus der Vergangenheit. Würde es Frauke irgendwie gelingen, die Anstellung dieses Typen noch in letzter Minute zu verhindern? In der Vorbesprechung war ganz deutlich geworden, daß alles nur Formsache sei. Eigentlich hätte sich Hertloff gar nicht die Mühe machen müssen, eine Videokonferenz zu arrangieren. Er habe keinen Flug bekommen so kurzfristig. Jedenfalls müßte er sich ziemlich dumm anstellen, um den Job nicht zu bekommen. Eine einzige andere Kandidatin war promoviert. Doch die hatte überhaupt keine Lehrerfahrung. So gut wie undenkbar, daß man sich in letzter Minute für die entschied. Schließlich sollte der erfolgreiche Kandidat die Vorlesungen, Seminare und Sprachkurse des Linguistik-Lehrstuhlinhabers an der Deutschabteilung übernehmen. Im deutschen Akademikerjargon hätte man das sogar als Vertretungsprofessur bezeichnet. Die konnte man keinem unerfahrenen Mädchen anbieten. Frauke Wahrig faßte dennoch einen Schlachtplan gegen Roger Hertloff: Sie würde seine Konkurrentin im Sinne der Emanzipation unterstützen - von wegen Chance geben zwecks Karriereankurbelung (Hertloff hatte ja die feste Stelle in Südafrika, wo er, wenn es nach ihr ging, versauern könnte) - und ihm ein paar ultragemeine Fragen zu seinem Forschungsprojekt stellen. Pragmatik der Wirtschaftskommunikation. Schales Palaver. Genauso wie Hagen Schäfers Phraseologie. Nichts Handfestes. Jeder konnte da mitreden. Wohingegen ihre phonologischen Forschungen härteste Knochenarbeit waren. Das mußte man wirklich studieren, um es zu beherrschen. Da wurde richtig geforscht, nicht nur herumgesülzt und mit Pseudo-Argumenten um sich geworfen. Frauke Wahrig würde Roger Hertloff also ein Bein stellen. Mit einem Quäntchen Fortune müßte sie dann nicht zehn Monate lang mit Hagen Schäfer Nummer zwei zusammenarbeiten.

* * * * *

Eine Lesbe! Eine paradigmatische Vollblut-Lesbe! Stoppelhaare, nicht ganz kahlgeschoren wie Sinead O'Connor. Piercing in einer Augenbraue. Ungeschminkt. Ernstes Gesicht. Noch bevor Roger Hertloff im *Flight Center* anrief, um sich nach Flügen zum Vorstellungsgespräch in Manchester zu erkundigen, spionierte er auf der Leitseite der Germanistikabteilung an der Universität von Manchester. Er hatte es sich bisher verkniffen. Aus Aberglauben. Wenn man im Vorfeld zu viele Informationen über einen potentiellen Arbeitgeber einholte, dann klappte es nie. Man malte sich in einem solchen Fall nämlich stets die rosigste Zukunft aus - einen paradiesischen Arbeitsplatz, tolle Wohnmöglichkeiten und so weiter und so fort. Roger hatte also auf die konkrete Einladung zum Vorstellungsgespräch gewartet, bis er der Neugierde nachgab und recherchierte, was er denn für Kollegen hätte, wenn die ihn in Manchester haben wollten. Und nach dem Anklicken des Links für den Namen "Frauke Wahrig" wäre er beinahe von seinem neuen Bürostuhl im Linguistik-Keller der University of the Witwatersrand gefallen. Von Henriette von Mühlwang zu Frauke Wahrig. Wahrlich vom Regen in die Traufe. Frauke Wahrig. Wahrig? Das klang wie das Deutsche Wörterbuch. Womöglich hatte sie ihre Stelle einzig wegen des "großen" Namens bekommen. Eventuell bestand sogar tatsächlich ein Verwandtschaftsverhältnis. Phonologin. Natürlich. So eine mechanisch-sture Dogmatikerin. Auslautverhärtung. Das älteste Thema der Lautlehre im Deutschen. Daß man dazu überhaupt noch Promotionen zuließ? Das war doch abgekaut und ausgelutscht bis zum Gehtnichtmehr. So ähnlich wie Goethe bei den Literaturwissenschaftlern oder Platon bei den Philosophen. Na gut, sie hatte den Doktor in London am University College gemacht. In Deutschland wäre sie mit dem Käse allenfalls in Form einer Magisterarbeit durchgekommen. Aber Phonologin! Und Lesbe! Das paßte gut zusammen: eher Verhärtung der Vagina als des Auslauts. Warum mußte er die Zeit in St. Andrews so derartig büßen? Warum konnte er keine so gute und süße Kollegin wie Sophie Koopmann bekommen? Roger arbeitete sich weiter durch die Namensliste der Dozenten in Manchesters Deutschabteilung. Da: noch eine ungefähr Gleichaltrige. Chris Marin. Und womit gab die vor, sich zu beschäftigen? Um Himmels Willen: jüdische Frauenliteratur. Aussehen tat sie auf dem Foto ja noch einigermaßen normal, aber ihr Forschungsschwerpunkt ließ absolut Böses erahnen. Man durfte halt überhaupt nichts sagen. Die gigantische Erbsünde. Selbst wenn die Israelis die größten Schweinereien anstellten. Als Deutscher hatte man gefälligst die Schnauze zu halten, mußte zusehen, wie da unten ein von der Weltpolizei sanktionierter Genozid veranstaltet wurde an einem Volk, dessen Zuhause einfach so mir nichts, dir nichts enteignet und einem seit Menschengedenken allseits verhaßten Vagabundenstamm geschenkt wurde. Das größte Geschäft aller Zeiten als Entschädigung für das unvorstellbarste Verbrechen aller Zeiten. Wenn dieser österreichische Psychopath aus Braunau doch nur an der Wiener Kunstakademie angenommen worden wäre! Dann hätte sich das Problem auf natürliche Weise und wesentlich früher gelöst als jetzt! Aber nun bloß die Klappe halten! In Manchester. Die größte jüdische Gemeinde im westlichen Europa. Mit einer Kollegin, die sich jüdische Frauenliteratur als akademisches Steckenpferd ausgesucht hatte. Wollte Roger eigentlich da hin? Die Vorteile ließen die Waage auf die Seite von Manchester kippen. Zurück nach Großbritannien! Zehn Monate Sozialbeiträge. Im schlimmsten Fall danach ganz regulär arbeitslos gemeldet. Und wenn es ganz kraß kam, dann könnte er dort viel eher eine "fachfremde" berufliche Tätigkeit finden als auf dem verkrusteten, verregulierten, unflexiblen deutschen Arbeitsmarkt. Also das zehnmonatige Tränental mit Frauke Wahrig und Chris Marin in Kauf nehmen, um danach eventuell ganz neu anzufangen.

Noch eine Frau auf der Dozentenliste. Edith Carver. Was da jetzt wohl noch kam? Roger atmete erleichtert auf. Ein hausbackenes englisches Muttchen mit sehr traditionellem Forschungsgebiet. Und die Herren der Schöpfung? Erstmal der Professor, dessen Lehrveranstaltungen vom erfolgreichen Kandidaten übernommen werden sollten. Marcus Cornell. Ein Schwallerer, wie er im Buch stand. Sein zweifelhafter Ruhm gründete sich hauptsächlich auf die stete Überarbeitung einer an anglophonen Universitäten zum Standard gewordenen Grammatik des Deutschen in englischer Sprache. Ein geradezu grausames Werk. Aber eben Standard. Bornierte Briten! Die hätten sich wesentlich leichter getan, einfach nur die *Dudengrammatik* ins Englische zu übersetzen. Bessere wissenschaftliche Qualität und wesentlich leichter zu lesen; im wahrsten Sinne Unterhaltungslektüre im Vergleich zu Cornells umständlichen Revisionsflickschustereien. Sein wissenschaftliches Baby: ein grammatisch-linguistisches Cricketspiel. Eine britische Extrawurst, mit welcher man nun die Studenten zwangsernährte. Also dieser pseudo-berühmte Cornell müßte in der Lehre vertreten werden. Roger musterte die übrigen Namen. Nichts Auffälliges: ein Mediävist, der schon ewig lange nichts mehr publiziert hatte; ein Junghistoriker; ein Forschungsmitarbeiter. Zur Abwechslung drei sympathische Gesichter. Aber schließlich doch noch ein Holperer: Lionel Carter. Ebenfalls Mitglied der Deutschabteilung, allerdings gleichzeitig Leiter des Fremdspracheninstituts. Gegen Institutsleiter hegte Roger ein spätestens seit St. Andrews instinktives Mißtrauen. Meistens schleimige Nach-Oben-Speichellecker sowie notorische Nach-Unten-Treter. Das Äußere dieses Menschen bestätigte das Management-Stereotyp. Zusammenfassend: auf den ersten Blick vier Haßfiguren und vier Erträgliche. Fifty-fifty. Damit könnte man vermutlich leben über einen Zeitraum von zehn Monaten. Im Prinzip eine Tendenz zum Positiven, weil Cornell ja zumindest die Hälfte der Zeit weg war. Roger fuhr den Rechner herunter. Packte zusammen.

Flight Center in Sandton. Mal sehen, ob es dieses Mal ohne einen Umweg über einen Buschflugplatz ging.

* * * * *

Fünfzehntausend Rand! Selbst wenn ihm das die Manchester-Fuzzis zurückerstattet hätten: So viel Geld vermochte Roger unmöglich und so kurzfristig selbst auszulegen. Entweder mußte er deswegen ganz absagen, oder denen fiel eine Alternative ein. Telefon vielleicht? Eine E-Mail Rogers wurde postwendend beantwortet. Ob er eine Videokonferenz organisiern könne. Aus zwei Gründen versuchte es Roger nicht bei der eigenen Universität: erstens schien es ihm ausgeschlossen, daß beim technischen Allgemeinzustand seines aktuellen Arbeitgebers eine entsprechende Anlage vorhanden war; und zweitens wäre es ihm peinlich gewesen, da er sich ja von hier wegbeworben hatte. Ähnlich einem Profifußballer, der für einen Konkurrenzclub ein Probetraining auf dem Platz des momentanen Vereins durchführt. Also konsultierte er die Gelben Seiten Johannesburgs. Zu seiner großen Überraschung wurde er auf Anhieb fündig. Eine Firma am Conrad Drive. Nicht mal allzu weit weg. Roger buchte persönlich. Zahlte die Gesamtsumme in bar. Fünfzehnhundert Rand. Spottbillig im Vergleich zu einem Flug. Und der Termin paßte ja gleichfalls. Dienstag, neun Uhr dreißig. Da hatte er sowieso keine Veranstaltung. Frei sozusagen. Am Abend zuvor: noch eine andere unangenehme Verpflichtung. Die deutsche Botschafterin hatte in ihre Privatresidenz geladen. Im vornehmsten Ortsteil Pretorias: Waterkloof. Anlaß: Roger verstand es nicht so richtig, als Henriette es ihm erklärte. Irgend so ein internationaler wissenschaftlicher Austausch, initiiert vom Germanistik-Lehrstuhlinhaber der Johannesburger Afrikaans-Universität, abgekürzt RAU. Professor Doktor Doktor Carl-Hans Pilch. Unangenehm wurde Roger zurückerinnert ans vergangene Jahr, als er diesen eingebildeten Labersack kennengelernt hatte. Der war da bereits oberstolz darauf gewesen, einen der angeblich bedeutendsten deutschen Literaten für eine Lesetour durch Gauteng gewonnen zu haben. Paul Schuster, Altachtundsechziger. Kunststück für Pilch: Die RAU schwamm nur so in Geld. Während die progressiv-egalitäre WITS, Rogers Noch-Arbeitgeber, vom einstigen Apartheidsregime praktisch boykottiert wurde, stopften die Burenköppe die Moneten nur so in ihre RAU hinein. Äußerlich wirkte die WITS deshalb wie ein Buschcollege, wenn man sie mit dem Betonpalast der RAU verglich. Pilch hatte diesen Paul Schuster also teuer eingekauft und bildete sich aus dem Grund Gott-weiß-was darauf ein. In seiner unendlichen Gnade gestattete er Henriette von Mühlwang dann sogar, daß sie auch an der WITS mit Schuster einen Vortragsabend organisieren durfte. Und genau vor diesem Vortragsabend lernte Roger Hertloff diese beiden Witzfiguren, Carl-Hans Pilch und Paul Schuster, kennen. Im Fischrestaurant in Melville. Roger fielen Pilchs extrem kurze Finger auf. Wie war das doch gleich? Intelligente Menschen haben lange, schlanke Finger? Pilch kaschierte sein Verstandesdefizit mit blenderischem Gehabe. Schuster hingegen mit herablassender Altklugheit, eben so wie ein typischer Achtundsechziger. Er machte seinem Namen alle Ehre. Roger riß sich lange zusammen angesichts der Schusterschen Belehrungsvorträge bei Seezunge und Meeresfrüchtesalat. Doch plötzlich wurde es ihm zu bunt. Er unterbrach Schuster und wagte es, die Behauptungen des allwissend scheinenden Literaten anzuzweifeln.

"Aber das hab' ich doch recherchiert!!!" entgegnete dieser entrüstet, beinahe außer sich geratend. Wie treffend, dachte sich Roger und lachte in sich hinein. Er verabscheute die Literatur, die sich hauptsächlich auf Recherche stützte. Literatur sollte Literatur bleiben. Nicht zum Journalismus werden. Wenn jemand nicht schreiben konnte und keine Phantasie hatte oder nicht über ein gutes Erinnerungsvermögen verfügte, dann sollte er es lieber bleibenlassen. Roger nahm sich fest vor, nicht ein einziges Buch von Paul Schuster auch nur anzurühren, geschweige denn zu lesen.

Was für ein unangenehmer und peinlicher Abend letztes Jahr in Melville. Die Sache in Pretoria versprach, nicht einen Deut besser zu werden. Roger Hertloff besorgte sich einen Sechserpack *Castle* für Dienstagabend, wenn er alles hinter sich gebracht hätte. Zur Belohnung. Und vielleicht zur Feier des Tages, so ihm denn die Stelle in Manchester noch am selben Tag angeboten würde.

* * * * *

Zweieinhalb Stunden Tortur. Erwartungsgemäß. Akademiker und Diplomaten. Als ob es Roger Hertloff bereits erlebt hätte. Wie damals die Empfänge in Juniper Green, Edinburgh, bei Gernot von Straelitz, als ihn diese dumme, alte Schachtel von der Schottischen Nationalpartei zugelabert hatte, von wegen, daß es sehr mutig von Helmut Kohl gewesen sei, Deutschland wiederzuvereinigen. Leute mit einem solchen geistigen Horizont wie jene Alte wurden zu derartigen Anlässen sehr gerne eingeladen. Wenn er dieser debilen Oma seinerzeit die Wahrheit ins Gesicht gesagt hätte, wer weiß? Der korrupte, selbstgefällige deutsche Kanzler, der seinen Namen auf Biegen und Brechen in die Geschichtsbücher quetschen wollte. Kosten egal. Wie sehr das Volk auf beiden Seiten deswegen leiden mußte - das spielte einfach keine Rolle. Der "Vereinigungskanzler". So sollte es glorreich in zukünftigen historischen Abhandlungen über die jüngste deutsche Vergangenheit stehen.

Roger hatte aber Glück im Unglück an diesem Abend in Waterkloof. Er kehrte sämtlichen Personen den Rücken, von denen er eine sich ähnlich gestaltende Konversationsführung erwartete wie mit der betagten schottischen Nationalistin und landete eben nach zweieinhalb Stunden bei einer jungen Dame, die als Kulturattachée in der deutschen Botschaft arbeitete. Man fand Gesprächsthemen, und Roger hatte auch etwas zum Anschauen. Das Diplomatenmädchen trug eine enge, beige Leinenhose mit Bügelfalte. Eng will heißen: im Schritt. Roger hoffte, daß die Gesprächspartnerin seine in regelmäßigen Abständen dorthin fallenden Blicke nicht bemerkte. Faszinierend, wenn sich die Konturen der Schamlippen im Beinkleid einer attraktiven Frau abzeichnen! Eine knappe Stunde kam Roger auf diese Weise wenigstens voll auf seine Kosten.

Eine sternenklare Nacht. Roger trat mit Henriette von Mühlwang hinaus zur Auffahrt, als der Spuk vorüber war. Er schaute gen Himmel.

"Wo ist denn der Große Wagen?" brummelte er halblaut vor sich hin. Henriette lachte laut auf.

"Wir sind hier auf der südlichen Hemisphäre. Da haben wir das Kreuz des Südens; schau'!" Sie führte ihren Arm an Rogers Kopf vorbei und zeigte nach oben. Das genoß sie offenbar. Die Belehrung.

Rogers Ignoranz. Sie stiegen zu viert in Henriettes Wagen. Die drei Kolleginnen und Roger. Auf der Rückfahrt von Pretoria nach Johannesburg prahlten die Frauen, mit welchen Personen von Rang und Namen sie während des Empfangs gesprochen hatten. Im Geiste schüttelte Roger den Kopf, verdrehte die Augen. Er blickte zur Seite. Da: Eine gigantische Sternschnuppe raste senkrecht Richtung Boden. Ein Meteor? War der womöglich hier irgendwo in Südafrika eingeschlagen? Jedenfalls ein Zeichen! Garantiert. Er würde nicht mehr allzu lange hier sein.

"Und wen hast du denn so kennengelernt, Roger?" fragte Henriette unvermittelt und rüttelte den Kollegen aus seinen Träumereien.

"Ich habe eigentlich nur mit dieser jungen Kulturattachée gesprochen... Stimmt das so? Gibt's da keine richtige feminine Form für diese Berufsbezeichnung?"

Henriette überging Rogers lexikologische Rückfrage und erwiderte entsetzt:

"Was, nur mit der?"

Roger lenkte ab, ließ Henriettes Frage als rhetorisch im Raum stehen:

"Habt ihr denn die Sternschnuppe eben gar nicht gesehen?"

"Was für 'ne Sternschnuppe denn?"

"Eine gigantisch große... Sah beinahe so aus, als ob ein Meteor hier ganz in der Nähe einschlagen würde!"

"Mist!" bemerkte Henriette enttäuscht. "Ich hab' noch nie in meinem Leben eine Sternschnuppe gesehen..."

Am liebsten hätte Roger entgegnet:

"Wen wundert's?"

Er biß sich auf die Zunge und wartete geduldig, bis er zuhause abgesetzt wurde.

* * * * *

Wie die Ölgötzen saßen sie da. Insgesamt fünf Stück. Beinahe paßten sie nicht auf das Bild, welches auf die riesige Leinwand vor dem an einem großen Konferenztisch sitzenden Roger projiziert wurde. Wie eine Sportübertragung. Mexiko neunzehnhundertsiebzig. Die Bewegungen der Figuren vor ihm - schemenhaft. Man hatte es ihm erklärt. Die Übertragungsgeschwindigkeit. Für fünfzehnhundert Rand bekam er eben nur die langsamere. Die Qualität sei dann zwar nicht einwandfrei, aber dennoch akzeptabel. Roger bemerkte das dann umgehend, als er mit den Personen auf dem Bild zu sprechen begann. Zeitliche Verzögerung. Man mußte den Gegenüber geduldig ausreden lassen. Sonst konnte es zu Endlosstockungen kommen. Bei einem Austausch von Argumenten mit diesem Mannweib Wahrig gelang es Roger nicht mehr, das zu verhindern. Das fiese Stück wollte ihn unbedingt 'reinreiten, ihm eklatante Inkompetenz nachweisen. Das würde er sich nicht gefallen lassen. Was hatte die nur gegen ihn? Als ob er ihr mit irgendetwas zu nahe getreten wäre in einem früheren Leben. Rogers Gutmütigkeit verabschiedete sich. In recht gehässigem Ton schwatzte er sie in Grund und Boden, bis es dann zu diesen Stockungen kam, die durch Frauke Wahrigs Ungeduld verursacht wurden. Sie wartete nicht ab, bis Roger ausgeredet hatte. Die Überlappung kam an Rogers Ende mit Verspätung an, woraufhin beide ungefähr vier Male hin- und herfragten, was der Andere denn jeweils gesagt habe. Das brachte Roger schließlich so durcheinander, daß er einen kompletten Blackout erlitt. Die Argumente schwirrten auf Vorrat im Kopf herum. Vier an der Zahl. Als er sodann bei Nummer drei angelangt war, fiel ihm kurzerhand Nummer vier nicht mehr ein. Sendepause. Geschlagene zehn Sekunden. Wieder Überlappungen mit Verzögerung, bis schließlich der Herr vom Personalbüro der Universität Manchester die Konferenz offiziell beendete. Alles in allem war es dennoch nicht übel gelaufen. Roger hatte sich in Anbetracht der Wahrigschen Gehässigkeiten mehr als wacker geschlagen. Auf seine Rückfrage hin, wann er Bescheid bekomme, hatte man ihm versichert, daß dies noch am selben Tag geschehe. Wenigstens sofortige Gewißheit.

* * * * *

Christoph Browatzki reichte seinem Kollegen die Tasse mit dem dampfenden *Nescafé*. Mindere Qualität. Aber hier unten gab es ja leider keinen *Gold Blend*. Man mußte mit dem Vorlieb nehmen, was man bekommen konnte. Roger Hertloff war ein wenig verspätet zum Büro von Christoph Browatzki gekommen. Der Termin der mündlichen Nachprüfung: elf Uhr fünfundvierzig. Roger sollte bereits um elf Uhr dreißig da sein. Zur Vorbesprechung. Zur Sicherheit. So etwas hielten sie zum allerersten Mal gemeinsam ab. Eigentlich eine Lappalie. Es ging bei der Studentin, die geprüft werden sollte, um so gut wie nichts. Sie hatte einen der vier Tests, die im Laufe des Semesters geschrieben wurden, krankheitsbedingt versäumt. Krankheitsbedingt. Sagte sie. Und ein ärztliches Attest. Sehr zweifelhaft. Aber wenn man das ignoriert hätte, wäre man in Teufels Küche gekommen, will heißen: man hätte sich mit der Studentenfürsorge herumschlagen müssen, deren Korridor den Betonklotz der sozialwissenschaftlichen Fakultät mit dem Senatsgebäude verband.

Studentenfürsorge! Hauptsächlich dazu da, die behinderten Studenten in ihrem Bestreben zu unterstützen, mit möglichst wenig Aufwand zu einem Universitätsabschluß zu gelangen. Ein Sammelplatz für die politisch Korrekten. Christoph Browatzki graute vor jedem Marsch von der Linguistik zum Dekanat im Senatsgebäude. Der Studentenfürsorge-Korridor! Wie ein Spießrutenlauf im wahrsten Sinne des Wortes: die weißen Ruten der blinden Studenten! Man mußte wirklich in Deckung gehen. Zwei Behinderte saßen in Christoph Browatzkis Veranstaltung für das zweite Studienjahr zum Thema Psycholinguistik, die er einzig deswegen abhielt, um Lehrerfahrung zu sammeln, da er als Forschungsmitarbeiter eigentlich überhaupt nicht hätte unterrichten müssen. Zwei Behinderte also. Eine schwer Sehbehinderte - wohlgemerkt: wenigstens nicht ganz blind - sowie eine Taube. Zu Beginn des Semesters bekam er da von der Studentenfürsorge Post an zwei aufeinanderfolgenden Tagen. Erster Brief: Er solle bei seinen Vorlesungen unbedingt darauf achten, Overhead-Folien nur in Ausnahmefällen zu verwenden, zumal es der Sehbehinderten schwerfalle, das Projizierte zu lesen; wenn er Folien auflege, so solle er sie ausführlich erläutern. Okay! Zweiter Brief, einen Tag später: Er solle bei seinen Vorlesungen unbedingt darauf achten, möglichst viele Overhead-Folien zu verwenden, zumal auf diese Weise der tauben Studentin sehr geholfen werden könne; sie sei zwar gut in der Lage, von den Lippen abzulesen, aber man solle doch bitteschön so wenig wie möglich erläutern - das Visuelle müsse im Vordergrund stehen. Studentenfürsorge! Ein rotes

Tuch für Christoph Browatzki. Noch mehr Ärger bei der Testkonzeption. Die Sehbehinderte benötigte Vergrößerungen. Von A vier auf A drei! So sah sich Christoph bei jedem Test gezwungen, im berüchtigten Korridor vorzusprechen, damit ihm seine Tests vergrößert wurden. Und meistens hatte er das unverschämte Glück, beim Abteilungsspastiker zu landen. Der spuckte einen so gut wie immer von oben bis unten naß, wenn er sich dabei einen abbrach, etwas zu sagen, und man konnte trotzdem kein Wort verstehen. Aber immer freundlich lächeln, sonst stand man als ein Schwein da. Man kuschte. Ertrug das Unerträgliche, eben zum Beispiel diesen Spastiker, der einen - stark nasalisierend - anzugrunzen pflegte. Diese verfluchten Gleichmacher: Der Idiot hatte überhaupt keine Ahnung vom Tuten und Blasen. Christoph mußte regelmäßig mindestens zweimal zu ihm hin, bis etwas klappte. Einen "Normalen" hätte man da längst gefeuert. Aber doch nicht diesen armen Spastiker! Studentenfürsorge eben. Christoph Browatzki hatte sich innerlich dermaßen in seinen Ärger darüber hineingesteigert, daß er die leichte Verspätung Roger Hertloffs kaum wahrnahm. Elf Uhr fünfunddreißig statt elf Uhr dreißig. Noch zehn Minuten bis zum Prüfungstermin. Das langte noch, um den Wasserkessel für den *Nescafé* anzuwerfen.

"Eigentlich gibt's ja nicht viel zu besprechen..." eröffnete Christoph das Briefing offiziell. "Wenn ein Student mein Büro betritt, ohne daß ich ihn vorher je gesehen habe, kann ich ihm schon einen Stempel mit seiner Abschlußnote auf die Stirn pressen... Das hat nichts mit Voreingenommenheit zu tun... Dazu haben sieben Jahre Studium an einer britischen Hochschule gereicht..."

Roger Hertloff schien zuzustimmen. Zumindest nickte er mit einem leichten Grinsen. Hatte ja ebenfalls drei Jahre dieses akademische Elend mitgemacht. Und Südafrika stellte bei ihm wie auch bei Christoph selbst die absolute Traufe nach einem starken Regenguß dar. Den meisten Leuten stand die Dummheit tatsächlich ins Gesicht geschrieben. Einmal hatte Roger mit Christoph den ultimativen Test durchgeführt. Er hatte ihm die Bilder der drei Absolventenjahrgänge vorgelegt, die er während seiner Zeit in St. Andrews betreut hatte. Christoph bestand mit Bravour. Ohne großes Zögern wanderte sein rechter Zeigefinger von Einser-Kandidat zu Einser-Kandidat, von einem faulen Ei zum nächsten. Faszinierend! Sollte er stolz auf diese "Fähigkeit" sein? Im Prinzip doch ein Armutszeugnis. Und das ihm mit seiner christlichen Natur. Die Menschen sollten doch angeblich gleich sein! Wie konnte er das nur mit seinem Gewissen vereinbaren? Widersprüche, Widersprüche und nochmals Widersprüche! Eine Sünde, den Spastiker von der Studentenfürsorge so schäbig zu behandeln. Obwohl der doch ein Nichtsnutz war. Eine Sünde, die Studenten so abzustempeln. Obwohl die doch hauptsächlich absolute Pfeifen waren. Er müßte ja beinahe ständig zur Beichte rennen. À propos Beichte: Da war ja dann auch noch die "Sache" mit Chae-Yeon! Abwarten abgemacht. So gut wie nach dem ersten Kuß. Aber das Gelübde konnte einfach nicht eingehalten werden. Hormone? Liebe? Liebe war ja keine Sünde! Ego te absolvo! Nein! Körperliche Liebe stand auf einem anderen Blatt Papier geschrieben. Körperliche Liebe vor der Eheschließung war Sünde! Nicht umsonst sprach man landläufig, insbesondere in den erzkatholischen Gegenden vom "Vollzug der Ehe". Wie das klang! Wie Exekution. Sterben. Und doch war es so schön gewesen, jene Sünde zu begehen, welche beide nun zur Beichte tragen müßten, wenn sie es nicht so hinauszögern würden.

Roger tippte einen Trommelrhythmus mit seinen langen Fingernägeln auf die Seite der Kaffeetasse. Ach so, Briefing...

"Tja, eigentlich gibt's nicht viel zu besprechen. Ich hab' dir ja die Handouts der betreffenden Vorlesungen und auch den Test, den sie versäumt hat, ins Fach gelegt. Hast du dir die Teile angesehen??"

"..."

"Naja, ich kann's dir nicht verdenken. Du mußt ja eigentlich auch gar nichts machen. Zuhören. Protokollieren. Vielleicht 'ne Abschlußfrage?"

"Klar... Wird mir schon was einfallen!"

"Und wie war die Videokonferenz mit Frauen-Frauke?"

Christoph Browatzki kannte Frauke Wahrig. Aus Londoner Zeiten. Beide promovierten in Phonologie. Sie am University College. Er an der School of Oriental and African Studies. Die Linguistik-Professoren der Londoner Unis pochten auf ein gemeinsames Doktorandenkolloquium. Einmal im Monat während der Vorlesungszeit. Frauke Wahrig! Der weibliche Alptraum in Männergestalt. Nahm die Testosterone zum Frühstück ein? Eine Frage, die Christoph Browatzki seinerzeit nie in der Lage gewesen war zu beantworten. Wollte Roger sich die wirklich antun in Manchester? Und noch dazu als so etwas wie eine Vorgesetzte? Der Kollege mußte schon ziemlich verzweifelt sein. Welche Gründe könnte er haben, hier wegzugehen? Gut, die Universitätsleitung mit ihrem Pseudo-Management-Gehabe trug nicht gerade zur Förderung eines guten Lehr- und Forschungsklimas hier bei; aber da sollte man doch über den Dingen stehen! Oder war es vielleicht doch Chae-Yeon? Christoph hatte einen Verdacht. Doch er wollte dem nicht auf den Grund gehen. Das hätte möglicherweise alles verdorben. Aber denkbar war es.

"Erzähl' ich dir nach der Prüfung... Vielleicht sitzt das Mädchen schon vor der Tür. Schau' doch mal nach! Je früher wir es hinter uns haben, desto besser!"

Roger Hertloff kannte seine Pappenheimer: Die (ausnahmsweise) attraktive junge Schwarze schlich wie ein verunsichertes Rehlein im Korridor vor der Bürotür hin und her. Christoph bat sie, doch einzutreten. Der Stempelaufdruck mit einer roten "Fünfundfünfzig" wurde für ihn auf ihrer glänzenden Stirn sichtbar.

* * * * *

Mehr als nur ein Freundschaftsdienst! Anfangs dachte Roger Hertloff einzig an Chae-Yeon Choi, und dann wurde er immer wieder von den ungeschickten Antworten in seinen Gedankengängen gestört. Chae-Yeon Choi eben. Christoph Browatzki. Die Videokonferenz. Frauke Wahrig. Wie es wohl wäre, mit der zu arbeiten?

Schließlich hatte die Qual nach zwanzig Minuten ein Ende, nicht ohne daß Roger noch seine Alibi-Frage an die Studentin stellte, die sich völlig überfordert zeigte. Ob sie glaube, daß es einen separaten Parser im menschlichen Gehirn gebe, oder ob dessen Aufgaben automatisch vom mentalen Lexikon übernommen würden. Christoph warf einen zurechtweisenden Blick auf den Kollegen und entließ die Studentin für ein paar Minuten zwecks Notenbesprechung.

"Also, was meinst du?" fragte Christoph.

"Wie wär's mit fünfundfünfzig?" antwortete Roger mit einer Gegenfrage.

Christoph grinste. Sie füllten den Prüfungsbogen aus, unterzeichneten nacheinander, teilten der Studentin das Ergebnis mit. Danach Schweigen.

"Jetzt mach's nicht so spannend! War die Lesbe dabei?"

"Klar doch! Echt 'ne fiese Kreatur. Wollte mein Projekt bis ins Kleinste zerlegen und fertigmachen..."

"Wundert mich nicht... Und? Was meinst du? Kriegst du's?"

"Ich hab' dir doch von meinen Bewerbungserfahrungen erzählt! Wie kann ich wissen, ob die mir's geben? Ich kann nur mein Bestes geben, und das habe ich. Alles Weitere ist Hoffen!"

"Wieso eigentlich h..."

Die deutsche Nationalhymne. Die ersten neun Töne. Zwölf Uhr fünfunddreißig. Welch ein Glück, daß das jetzt passierte und nicht etwa vor gut zehn Minuten! Roger drückte auf den grünen Telefonhörer. Der Mediävist aus Manchester. Momentaner Abteilungsleiter der Deutschsektion. Ob Roger die Stelle haben wolle. Er sei der klare Favorit. Roger atmete tief durch, blickte Christoph, der angestrengt zuhörte, eindringlich an und antwortete mit einem nachdrücklichen "Ja!". Er würde sich zehn Monate Frauke Wahrig antun; zehn Monate, die sich zu einer wesentlich schlimmeren Tortur entwickeln könnten als Südafrika. Aber er hätte dort nicht eine Frau sitzen, in die er unendlich verschossen war, und die mit dem Kollegen 'rummachte, nur weil der der korrekten Glaubensgemeinschaft angehörte. Weg, weg, weg von Südafrika! Weg von Henriette von Mühlwang! Weg vom Pseudo-Black-Empowerment! Weg aus der Dritten Welt! Weg vom Bildungsgau! Roger preßte elanvoll auf die Taste mit dem roten Telefonhörer. Christophs fragender Blick.

"Ich hab's..."

"Dachte ich mir..."

"Und???"

"Viel Vergnügen mit Frauke!"

Wer den Schaden hatte, brauchte für den Spott nicht zu sorgen. Christophs Sarkasmus war keinesfalls deplaziert. Roger konnte es nachempfinden.

Essenszeit.

"Lust auf 'nen kalten Hund?"

"Warum nicht?"

Die beiden Jungakademiker trotteten im Gleichschritt zum Senatsgebäude. Über den Korridor mit den Büros der Studentenfürsorge, wo sie geschickt allen weißen Ruten auswichen, die sie zu erschlagen drohten.

* * * * *

Victoria Sharpe zündete sich eine *Marlboro Light One Hundred* an. Was kümmerte es sie, daß Roger Hertloff nach so kurzer Zeit bereits das Weite suchte? Gut, es wäre schön gewesen, ihn permanent zu haben, aber man konnte nichts daran ändern, daß es ihm hier nicht gefiel. Henriette von Mühlwang repräsentierte eben nicht gerade das, was man sich als Hochschulkarrierist unter einer Traumkollegin vorstellte. Vicky wollte sich allerdings nicht beklagen. Schließlich war es Henriette von Mühlwang gewesen, die ihr während der schwersten Zeit beigestanden hatte. Das würde sie ihr im positiven Sinne niemals vergessen. Der Tag, an dem Vicky ihrer geistig behinderten Tochter Sarah das Leben schenkte. Die böse Überraschung. Vicky hatte auf die Fruchtwasseruntersuchung, die für Spätgebärende wie sie routinemäßig angeboten wurde, mit Absicht verzichtet. Und dann kam Sarah. Und Henriette stand da. Ohne Wenn und Aber. Ohne Henriette hätte sie es damals nicht geschafft. Colin, der Ehemann, war wie weggetreten; konnte mit dem Ganzen nun überhaupt nicht umgehen. Vicky benötigte jemanden wie Henriette dringendst. Nicht allein während der post-natalen Depression, die selbst ohne die Behinderung Sarahs eingesetzt hätte, welche die Ärzte relativ bald diagnostizierten. Kein Down. So was in der Art. Auch ein fehlendes Chromosom. Warum sie? Warum ausgerechnet sie?

Mittlerweile waren acht Jahre ins Land gezogen. Man hatte sich an Sarah gewöhnt. Wenigstens verhielt sie sich nicht allzu auffällig. Die Behinderung zeigte sich jedoch mitunter deutlich. Man konnte sie nicht verbergen. Man mußte es akzeptieren. Die Therapie. Ein Leben lang.

Um fünfzehn Uhr mußte Vicky die Tochter abholen. Vorher noch diese unnötige Besprechung. Henriette hatte in ihrer typischen Art wieder darauf bestanden. Also gut. Und da stellte sie Roger Hertloff glatt frontal zur Rede. Ob er sich mit Abwanderungsgedanken trage. Die Hammerantwort: Er gehe Ende August. Insgeheim lachte Vicky sich kaputt. Sie hatte ihr Forschungsfreisemester bereits letztes Jahr in Anspruch genommen. Henriette war nächstes Jahr dran. Ohne Hertloff würde das schwierig.

Obwohl Vicky Henriette doch dankbar hätte sein sollen, fühlte sie dennoch so etwas wie eine wohlige Schadenfreude in sich aufkommen.

Henriette, die Erhabene. Henriette, der Arbeitsgaul. Henriette, die Heilige. Nun von allen verlassen. Warum eigentlich nicht? Vielleicht sollte sie sich doch mal ein wenig Gedanken über ihren Charakter machen.

Victoria Sharpe drückte die bis zum Filter abgerauchte Zigarette im überquillenden Aschenbecher ihres Schreibtisches aus.

* * * * *

Ein Abschiedsumtrunk unter Männern. Dabei war Harry nicht mal eingeladen. Mumba "Jonel" Badinga, der einzige männliche Dozent in der Fremdsprachenabteilung neben Roger Hertloff, hatte ihn einfach spontan abgeholt mit seinem alten *Mercedes*, dessen vierter Zylinder seit geraumer Zeit durch Funktionsuntüchtigkeit glänzte. Mumba wollte einen dritten Mann dabeihaben. Das sagte er zumindest, als Anke Mertens ihm die Tür aufmachte und er sie fragte, ob Harry, ihr kenianischer Mann, Lust habe, auf ein paar Biere bei Roger mitzukommen. Zu dritt sei's eben lustiger. Anke Mertens zögerte da nicht lange und schob den Gatten, der abrupt von seinem Nickerchen auf der Couch aufgeschreckt wurde, als es klingelte, geradezu in die verbeulte deutsche Nobelkarrosse des kongolesischen Akademikers. Auch zur Abwechslung ein wenig Erholung für Anke. Und Harry kam mal 'raus. Als sie nach Südafrika übersiedelten, hatten sie sich alles viel rosiger vorgestellt. In Kassel war ihnen beiden - und auch dem zehnjährigen Sohn Jerry - die Decke förmlich auf den Kopf gefallen. Das langweiligste Kaff, das man sich vorstellen konnte. Spießig. Wie gehässig die Leute doch sein konnten. Eine Deutsche, die sich einen Schwarzen in Kenia eingekauft hatte. So der Tenor. Als ob sie sonst keine Chancen gehabt hätte. Gut, sie war nun wirklich nicht die Attraktivste. Aber so fiel die Liebe halt mal hin. Ankes Afrika-Faible trug sicherlich einiges dazu bei, daß sie sich in den Uni-Techniker Harold Ganabe verguckte. In Kassel mußten die beiden so einiges ertragen. Erst recht, als Jerry auf die Welt kam. Fast noch dunkler als der Papa. Das Mauscheln. Das Gerede. Keine richtigen Freundschaften. Die oberlangweilige Tätigkeit als Kulturreferentin der Stadt. Gut bezahlt. Verbeamtung. Auf Lebenszeit! Aber es war einfach nicht auszuhalten in dieser deprimierenden nordhessischen Atmosphäre. Die *BIWA*-Ausschreibung für die Leitung des Büros für das südliche Afrika mit geringer Unterrichtsverpflichtung an der University of the Witwatersrand in Johannesburg kam da wie ein Geschenk des Himmels. Wie eine Erlösung. Zurück nach Afrika! Und vielleicht fühlte Harry sich da auch ein wenig wohler unter "seinesgleichen". Aber nein! Anke Mertens hatte die Stammesvielfalt sowie die damit verbundene, inhärente Xenophobie auf dem Schwarzen Kontinent total unterschätzt. Nicht umsonst war es in Ruanda in den Neunzigern zu diesem rassistischen Massaker gekommen. Schwarzer war eben nicht gleich Schwarzer. Harry brauchte nicht sehr lange, um festzustellen, daß er in Johannesburg als stärkerer Fremdkörper angesehen wurde denn in Deutschland. Mit Suaheli konnte er da nicht landen bei den elf offiziellen Negersprachen der Republik Südafrika. Und Jerry? Der hatte da auch so seine liebe Mühe an der Deutschen Schule. Und mit Henriettes Sproß, Sean, kam er ebenfalls überhaupt nicht klar. Tolle Entscheidung! Die beiden Schwarzen der Familie standen isolierter da als je zuvor, und Anke Mertens' Enthusiasmus für Afrika kühlte zusehends sowie merklich ab. Wahrscheinlich würde sie die fünf Jahre gerademal so herunterreißen und dann versuchen, wieder in Kenia unterzukommen. Das schien wohl das Beste zu sein. Heute aber hoffte sie zunächst einmal, daß sich Harry gut amüsierte. Roger Hertloff wirkte ja eigentlich ganz nett, selbst wenn Henriette da anderer Meinung war, seitdem er die Abteilung über seinen Weggang informiert hatte. Ja, schade drum! Ein potentieller Freund Harrys gleich wieder abgeschrieben. Aber eben wenigstens einen Abend 'raus aus der Lethargie. Anke Mertens rief Jerry zum Abendessen in die Küche.

* * * * *

Was für ein öder, anstrengender, deprimierender und nun wirklich außerordentlich kalter Winter! Heute Morgen sogar eine Puderzuckerschicht in Gestalt von Graupelflöckchen auf dem roten Terrassenpflaster. Henriette von Mühlwang wäre am liebsten im Bett geblieben. Alles lief gegen sie. Peters Affäre mit dieser jungen schwarzen Architektin (noch nicht mal besonders attraktiv mit ihrem noch fetteren Hintern als Henriette einen hatte) - ein offenes Geheimnis; Sean in der absoluten Motzphase (Johanna fehlte ihm hinten und vorne); Henriette selbst litt unter Panikattacken, Schweißausbrüchen und intervallartig wiederkehrenden Unterleibsschmerzen; auf der Arbeit: der Weggang Roger Hertloffs - Forschungsfreisemester womöglich adé für die nächsten beiden Jahre; die Beförderung von der bislang "außerplanmäßigen" zur "ordentlichen" Professur stand aufgrund von Budgetkürzungen auf Messers Schneide; einer von Henriettes Artikeln war vor wenigen Tagen bereits zum dritten Mal mit Korrekturanmerkungen zurückgekommen - warum die das Ding nicht endlich akzeptierten? Das Bett - an diesem Morgen beinahe zu kuschelig warm. Die kalte Morgenluft zog durch die gesetzlich vorgeschriebenen Luftlöcher in der Küchenwand. Henriette von Mühlwang weinte leise vor sich hin, bevor Sean aufstand. Keine Johanna dieses Jahr! Sie müsse jobben und büffeln. Sie kellnerte bei *Käfer*. Es mache sogar Spaß und werde gar nicht mal schlecht bezahlt. Henriette hätte die Anwesenheit der Tochter nötiger gehabt denn je. Aber sie schien in München mehr als nur akzeptabel zurechtzukommen. Offenbar besser als jemals in Johannesburg. Was, wenn sie nie wieder zurückkam? Ein Weinkrampf schüttelte Henriettes Oberkörper. Sie mußte den Wasserkessel wegstellen, da er ihr aus der Rechten zu entgleiten drohte. Sie hätte Roger Hertloff erwürgen können, wenn er in diesem Moment vor ihr gestanden wäre. Und ausgerechnet den mußte sie heute auch noch zu einer Art Abschiedsessen ausführen. Eine Idee Vickys. Man könne ihn doch nicht so sang- und klanglos abziehen lassen. Man müsse sich doch ein wenig erkenntlich zeigen. Er habe ja schließlich einiges weggeschafft in der kurzen Zeit. Als Vicky das Henriette unterbreitet hatte, sprach der Blick Letzterer Bände. Sie wußte ganz genau, daß man

Vicky beipflichten mußte. Aber andererseits war Hertloff einfach feige und geldgierig ihrer Meinung nach. In der Abschlußbesprechung hatte er die Gründe für seine Abwanderung ausführlich erläutert. Kurzzusammenfassung: zu wenig Geld für zu viel Maloche. Waschlappen! Ohne jeglichen Idealismus. Na, wenigstens hatte Henriette die Kollegin überreden können, das Abschiedsessen billig zu machen. Der Wink mit dem Zaunpfahl: ein leichter Snack im *Couch'n'Coffee*. Kein teures Staff-Club-Mahl.

* * * * *

In Jubelmanier trommelte Klaus-Dieter Schlienz mit beiden Händen auf die Schreibtischplatte, nachdem er aufgelegt hatte. Ritschie war mit dabei! Wie in den guten alten Zeiten! Wie vor genau neunzehn Jahren, als sie zu dritt - Roger "Hertie" Hertloff, Richard "Ritschie" Gartzke und er, Klaus-Dieter "Didi" Schlienz - per Tramper-Monatsticket durch die alte Bundesrepublik getourt waren. Damals etwas mehr als zweihundert Mark pro Nase. Heute: vierzehntausendeinhundertsiebzig Mark und fünfzehn Pfennige jeweils für Ritschie und ihn sowie siebentausendfünfhundertundeine Mark und siebenundachtzig Pfennige für Hertie, weil der nur einen einfachen Flug benötigte. Einen einfachen Flug hinaus aus der Schwarzen Depression. Mit Stil. *Emirates* First Class. Auf Kosten der *Schlienz GmbH*. Warum sich Ritschie auch so geziert hatte? Falscher Stolz? Mit Engelszungen hatte Didi ihn schließlich weichbekommen. Hatte an seine Sentimentalität appelliert. Ob er sich noch erinnern könne an damals, Sommer zweiundachtzig. Natürlich! Eine halbe Stunde tauschten sie da schließlich gegenseitig die Reminiszenzen aus.

Der beinahe verpatzte Start nach drei Stunden. Fünf Minuten hielt der *Intercity* da in Heidelberg. Didi wollte zum allgemeinen Amüsement unbedingt eine *BILD*-Zeitung am Bahnhofskiosk besorgen. Der Zug fuhr bereits an, als Didi außer Atem aufs Trittbrett sprang und postwendend einen riesen Anschiß vom Schaffner erhielt. Ein paar Jahre später wäre das nicht mehr möglich gewesen, als *Die Bahn* ihre *IC*-Wagons mit automatischen Türen versah. Also nochmal Glück gehabt! Durchfahren wollten sie bis kurz vor Sylt. Zwischenhalt in Altona, wo sie in aller Eile je fünf *Holsten* hinunterkippten. Zwei Stunden lamentierte der angesäuselte Ritschie danach auf der Weiterfahrt darüber, was für ein widerliches Spülwasser das auch gewesen sei. Ausstieg in Niebüll, dem Kaff vor dem Hindenburgdamm. Didis Campingführer von Annodunnemal führte sie zu einem riesigen Autofriedhof, an dessen Einfahrtstor ein noch gigantischeres Vorhängeschloß prangte. Da standen sie in der Pampa. Ratlos. Ein *Commodore* rauschte auf der Landstraße an ihnen vorbei. Reifenquietschen. Ein Fenster wurde heruntergekurbelt.

"Was wollt ihr denn um diese Zeit auf 'm Schrottplatz?"

Ein pausbäckiger Blonder, vielleicht zwei, drei Jahre älter als die drei Rucksacktouristen, stellte die Frage nicht ohne ein leichtes Kichern im Unterton.

"Wir suchen den Campingplatz..."

"Tja, Jungs, da seid ihr man twee Jahre zu spät dran... Na los, steigt ein, ihr könnt bei uns im Vorgarten zelten!"

Bei fortschreitender Dämmerung fuhren sie in einen gekiesten Hof. Ihr Chauffeur - offenbar ein Bauernsohn. Er klärte auf. Spätschicht in einer nahegelegenen Dreherei. Die Eltern halfen beim älteren Bruder, der den Hof übernommen hatte, noch so nebenbei aus. Er habe sich die Landwirtschaft nicht antun wollen, wohne aber immer noch in seinem alten Zimmer bei den Eltern. Während Ritschie, Hertie und Didi sich mit dem Befestigen der Zeltheringe abmühten, schleppte Torben, so der Name des Bauernsohnes, gekühltes Bier an. Flaschen mit traditionellem Pfropfverschluß. Hertie ergoß sein halbes Bier beim Öffnen des Teils über seine für die Reise billig erstandene Second-Hand-Bundeswehr-Kampfhose. Drei weitere Lagen lieferte Torben bis halb elf zum Zelt, bevor er sich für die Nacht verabschiedete. Und morgens gab's dann noch von Muttern Holsteinisches Landfrühstück. Hertie legte ihr verstohlen einen Zehner unter sein Speckbrett. Man wollte ja nicht undankbar erscheinen. Gestärkt und mit Vorfreude bestiegen die drei den Zug, der sie über den Hindenburgdamm zur deutschen Ferientrauminsel bringen sollte. Schöne Trauminsel! Am Campingplatz abgelehnt. Mindestalter achtzehn! Es wurde ihnen empfohlen, anderthalb Kilometer weiterzuwandern zum Jugendzeltplatz. Da begrüßte sie der durchdringende Gestank von Deutschem Guano, sprich: Möwenkacke. Sie glaubten nicht, was sie da zu hören bekamen. Um zweiundzwanzig Uhr sei Zeltkontrolle. Wie bitte? Und dafür war auch noch Kurtaxe obendrein zu berappen. Bei den zwei kleinen *Holsten*, die sie jeweils am selben Abend in aller Schnelle hinunterstürzten, um noch rechtzeitig zum Schlafappell zurück zu sein, einigten sie sich auf den Alternativplan. Büsum - nächste Station. Abfahrt von Sylt mit einem der ersten Züge.

Welch ein Glück! Ritschie und Didi waren schon sechzehn. Das reichte für den größten Campingplatz in Büsum, verzeichnet in Didis Uralt-Führer sowie immer noch existent. Hier würden sie es krachen lassen können! "Krachen" im wahrsten Sinn: Mehrere Gewitter mit begleitendem Platzregen gingen in jener ersten von zwei Nächten Büsum nieder. Ein Zehn-Zentimeter-See bildete sich im Dreimannzelt, so daß sie bei den abgestürzten Frankfurtern nebenan nächtigen mußten, mit denen sie zuvor die Kneipen Büsums sowie die Campinggaststätte unsicher gemacht hatten bei von friesischherbem *Jever* verursachtem und stetig ansteigendem Blutalkoholspiegel. Katerfrühstück am nächsten Morgen: wie Bananen zu schälende Räucheraale auf der Nordseepromenade.

Einen Tag darauf die Fahrt nach Oppenheim am Rhein. Wie in Büsum keinerlei Probleme, auf den Campingplatz zu kommen. Doch sie suchten sich gezielt das Areal zum Zeltaufbau aus, an welchem es nur so von Schnaken wimmelte. Didis *Sagrotan*-Spray - vorbeugend zur Bekämpfung der notorischen Schweißfüße Herties auf die Reise mitgenommen - zog die Mistviecher eher an, als daß es sie vertrieb. Abendessen in einem Restaurant am Rheinufer - selbstverständlich. Garstige Bedienung und zäher Schweinebraten. Aus Rache funktionierten sie die Salat-Unterteller zu Aschenbechern um.

Weiterfahrt nach Rutesheim bei Stuttgart, eine alte Zelterbekanntschaft Didis besuchen. Kiki. Der konnte man nicht in die Augen sehen, weil der Blick ganz einfach automatisch um dreißig Zentimeter nach unten abgelenkt wurde. Hertie glotzte gar so ungläubig, daß ihn die Kumpels zurechtwiesen, damit er es etwas unauffälliger machte. Wirkliche Prachttitten. Groß, stramm; schlicht: weibliche Perfektion. Aber unerreichbar. Gezeltet wurde in Rutesheim auf einem Kinderspielplatz. Hertie tat kein Auge zu. Schob Muffe vor den Bullen. Das hatte schon bei der vorangegangenen Disco-Tour nach

Leonberg begonnen. Hertie war das Küken. Reiste als Fünfzehnjähriger noch mit Kinderausweis. Wenn ihn die Bullerei nun aufgriffe? Sowieso beim Anhalterspielen. Ein ausgeflippter Hippie, bis in die Spitzen seiner schulterlangen blonden Lockenhaare zugekifft, griff sie auf der Bundesstraße nach Leonberg gegen Mitternacht auf und erkundigte sich sogleich, ob sie was zum Rauchen mithätten. Er sei gut ausgestattet. Eine Kawumm im Kofferraum seines kleinen *Audi fünfzig*. Nach Verneinung seiner Anfrage durch Kiki, Hertie, Ritschie und Didi begann er ein wenig enttäuscht mit einem atemberaubenden Armaturenbrett-Handtrommelsolo zu den ohrenbetäubenden Klängen eines *Led-Zeppelin*-Liedes. Didi, der mit ihm vorne saß, sah den Sensenmann schon die Straße überqueren, doch sie kamen heil in der Leonberger Disco an. Mehr Krach. Steter Blick zur Eingangstür, ob eine Polizeirazzia anstand. Irgendwie gelangten sie danach zu jenem komischen Spielplatz, wo sie bei Taschenlampenlicht mehr schlecht als recht das Zelt zum Stehen brachten. Beim ersten Tageslicht sofort Aufbruch. Es sollte weitergehen zum Schluchsee. Eine Brieffreundin wartete dort in einem Jugendferienheim. Mareike Schwitalla. Didi hatte den Kontakt eingefädelt. Hatte mal aus Jux die Kontaktanzeigensparte der *Hauszeitung* mit in die Schule genommen.

"Kommt, Jungs, jetzt machen wir einen Gag: Irgendeine Blöde wird schon anbeißen!"

Mareike Schwitalla aus Recklinghausen biß glatt an. Brillenschlange, aber nicht zu fett. Sah auf dem Bild im ersten Brief vielleicht etwas spießig-bieder aus. Hertie, Ritschie und Didi schickten ein Selbstauslöser-Foto zurück, das sie von sich auf einem Grillplatz geschossen hatten. Drei Tage später die postalische Replik: Hertie gefiel ihr wohl am besten. Gut. Am Schluchsee wollten sie sie treffen. Gangbang oder Hertie allein? Es stellte sich heraus, daß Mareike Schwitalla Fracksausen bekam. Am Telefon sagte sie, daß es nur schwer möglich sei, aus dem Heim 'rauszukommen nach sieben Uhr abends. Aha! Sie mußte wirklich Angst gehabt haben um ihren Hymen. Der Kontakt mit Mareike Schwitalla fand auf diese Weise sein unrühmliches, glanzloses Ende. Den drei verhinderten "Handlungs"-Reisenden blieb nichts anderes übrig, als sich sinnlos in der Camperkneipe mit sogenanntem *Hüsli*-Schnaps zu betrinken. Tödliches Schwarzwald-Gesöff. Um die achtundfünfzig Prozent. Mußte vor dem Trinken entflammt werden, damit sich das Aroma so richtig entfaltete. Ritschie, Hertie und Didi soffen eine Mofa-Clique, bestehend aus vier ungefähr Gleichaltrigen, unter den Tisch. Einer von denen schrottete hernach sogar noch seinen fahrbaren motorisierten Untersatz im Vollsuff. Die Straßenlaterne wollte ihm partout nicht ausweichen; was für ein stures Teil!

Nach dem Schluchsee-Besäufnis stellte man beim Begutachten des verbliebenen Inhalts der Umhängegeldbeutel allseits erschreckt fest, daß Camping für die restlichen vier Nächte der Tour gestrichen werden mußte. Nachtfahrten! Katzenwäsche auf den Zugtoiletten. Sie würden wie Penner heimkehren. Egal!

Zuerst einmal zurück nach Hamburg. Reeperbahn. Unbedingt! Mal sehen, ob man in die Herbertstraße 'reinkam. Ein lauer Sommerabend im zweiten Drittel des August zweiundachtzig. Als die drei um die Ecke zur Davidstraße bogen, wurde Didi von der Seite angemacht. Eine Zwei-Meter-Blondine mit Beinen bis zur Kinnlade.

"Na? Willst mit 'rauf, Kleiner?"

Da blieb den beiden Sechzehnjährigen und dem fünfzehnjährigen Küken die Spucke weg. Wie besoffen torkelten sie um besagte Ecke. Wandelten auf der linken Seite der Straße. Rechts: die Mädels. Alle Formen. Alle Größen. Im Meterabstand voneinander aufgereiht. Gegenüber, da, wo die drei entlangstolperten: die Luden, die argwöhnisch auf ihre Pferdchen achteten. Auf halbem Weg, kurz nach der Davidwache, der wohl geschäftigsten Polizeistation in der damaligen BRD, auf der Seite des Nuttenlaufstegs: ein riesiges braunes Metalltor. Die Herbertstraße. Das Braun teilweise übertüncht mit grossen weißen Lettern. Zugang nur für Personen über achtzehn Jahren. Die drei Burschen hatten sich immer für obercool gehalten. Doch diese visuellen Eindrücke überforderten sie total. Sie wankten vielleicht noch einen halben Kilometer und machten schließlich Rast in irgendeiner x-beliebigen Trinkhalle. Gaben sich die Kanne. Schwiegen. Kein Wort. Mindestens eine Stunde lang. Das hatte es noch nie gegeben. Dann mußten sie allerdings reden. Wie es weitergehen sollte. Zurück in den Süden. Eventuell Hessen? Nachtzug nach Darmstadt. Okay. Abmarsch zum Hauptbahnhof. Der Film ging weiter. Kein Regisseur der Welt hätte es besser inszenieren können:

Kaum waren die Drei abgenippelt in ihrem Abteil, das sie für sich alleine hatten - mit den Sitzen zu Liegen ausgefahren -, da wurde die Schiebetür abrupt aufgerissen und wieder zugemacht. Jemand rutschte auf den Boden unter die Liegen. Schätzungsweise eine knappe halbe Stunde später kam ein Schaffner und wollte die Fahrkarten sehen. Dann wieder Ruhe für zwei, drei Stunden. Der Jemand auf dem Boden verhielt sich ebenso still wie seine drei Reisegefährten, die bei Sonnenaufgang die Sitze hochklappten. Ihr Abteilgenosse kam dabei zum Vorschein.

"Habt ihr mal 'ne Kippe für mich?"

Ritschie drehte ihm eine. Er bedankte sich, als Hertie sie ihm ansteckte. Er sei Fan von Hannover Sechsundneunzig. Die Fahrkarte sei zu teuer. Deshalb fahre er schwarz zum Auswärtsspiel. Zweite Liga. Er mußte wirklich ein treuer Fan sein, wenn er für seinen Verein so viel riskierte. Die Vier im Abteil quatschten gemütlich. Rauchten. Lachten. Völlig unvermittelt wurde die Abteiltür wieder aufgerissen. Bahnpolizisten, bewaffnet mit Taschenlampen. Leuchteten damit unter die Sitzbänke. Nichts. Sie zogen die Abteiltür unter großem Lärm zu. Die drei regulären Fahrgäste und der Schwarzfahrer brachen in schallendes Gelächter aus.

An diesem Tag wurde Darmstadt und die *ZDF*-Metropole abgehakt, bevor man gen Europabrücke zog. Unvergessen die Getränkebestellung in Straßburg, als sie sich unschlüssig waren, ob es wirklich französisches Bier sein sollte und der Wirt angesichts ihres Zögerns etwas ungeduldig bemerkte:

"Trink' *Fischärr*-Biieerr, dann stätt err diieerr!"

Der Kehrtmarsch über den bebrückten Grenzübergang nach Kehl blieb ebenfalls nicht ereignislos. Heruntergekommen wie sie aussahen, wurden sie von den Zöllnern in den Raum für die Leibesvisitation zitiert. Im Prinzip stellte sich das als großes Glück heraus, zumal der Grenzschutzbeamte, der sie dort befummelte, circa drei Stunden später Mitglied einer behundeten Patrouille war, die durch den nächtlichen Kehler Bahnhof streifte. Ritschie hätte sich da beinahe in die Hose gemacht, weil sich in seinem Rucksack ein Militär-Fahrtenmesser mit Zwanzig-Zentimeter-Klinge befand, welches er teuer in Hamburg erworben hatte und als Minderjähriger eigentlich nicht besitzen durfte. Die Durchsuchung der drei Rucksäcke unterblieb jedoch, da der Grenzer, der sie zuvor von oben bis unten auseinandergenommen hatte, seinen Kollegen, der bereits loslegen wollte, anwies:

"Ach, laß' man! Die sind clean! Die hatte ich vorher an der Grenze schon."

Erleichtert bestiegen die drei den Nachtzug nach Flensburg. Der Plan sah vor, daß sie in ihren letzten drei Tagen Deutschlandfahrt auch drei angrenzende Länder besuchten. Frankreich - abgehandelt. Jetzt kamen Dänemark und Holland an die Reihe. Als es in Richtung dänische Grenze ging, zögerte der Zöllner im Zug: Herties Kinderausweis. Dann zeigte er sich aber von seiner gnädigen Seite und ließ den Jungspund weiterfahren.

Padborg, der Grenzort. Sie würgten widerliche gewellte Pommes von einem Fast-Food-Laden herunter. Belohnt wurden sie in der Zeitschriftenabteilung eines Supermarktes: Heil den freizügigen Dänen! Hard-Core-Pornos ganz offen auf dem Regal. Ritschie durfte drei Stück kaufen. Er sah volljährig aus mit dem etwas dichteren Bartflaum, der sich in den vergangenen knapp zwei Wochen gebildet hatte. Und Ritschie war es dann auch, der den riesigen Anschiß von seinen Reisegefährten am ersten Schultag kassierte, als er denen gestand, daß er die Pornos wohl im letzten Nachtzug von Köln nach Ulm habe liegenlassen.

Ja, von Flensburg ging es dann zunächst mal 'runter zu den Domjecken am Rheinufer. Von dort auf die holländische Seite nach Arnheim. Inzwischen waren die drei so kaputt von den vielen Nachtfahren, daß sie sich dort einfach nur auf einer Rasenfläche niederlegten und gut zwei Stunden abknackten. Das machte sie fit für die Wartezeit auf eben jenen letzten Nachtzug von Köln nach Ulm, die sie in einer riesigen Kölsch-Kneipe totschlugen. Sie ernteten verächtliche Blicke des Zapfers, als sie auf Null-Komma-Vier-Liter-Gläser bestanden, die dieser extra aus einem Schrank in der Küche holen mußte.

Mensch, das Abenteuer Deutschlandtour anno zweiundachtzig! Das klopfte nun auch Ritschie Gartzke weich. Klaus-Dieter Schlienz wählte die Nummer des Reisebüros, um die drei Tickets zu bestätigen. Er freute sich wie ein kleines Kind an Weihnachten.

* * * * *

Die Idylle pur. Abschalten vom Streß eines werdenden Vaters. Vergraben in Manuskripten und Erstausgaben. Der sommerliche Blick auf eine schwäbische Landschaft. Das *Schiller-Archiv* in Marbach. Bertram Hitschler ließ sich mit einem leisen Seufzer wieder an dem ihm zugewiesenen Arbeitsplatz direkt neben der Fensterfront mit Aussicht auf eben diese süddeutsche Sommerlandschaft nieder. Innen klimatisiert. Draußen brennend heiß. Das nächste Gewitter würde nicht zu lange auf sich warten lassen. Vier Wochen allein! Zwar das obligatorische tägliche Telefonat mit Marion, aber wenigstens dreiundzwanzig Stunden und fünfzehn Minuten allein! Während der ersten paar seiner Marbach-Tage entließ sie ihn kaum unter fünfunddreißig Minuten. Frauen und Telefonieren! Wie machten die das nur? Bertram Hitschler begriff einfach nicht, wie man länger als zwanzig Minuten ein Telefongespräch aufrechterhalten konnte. Marion Klemm lehrte es ihn. Auf die harte Tour. Gut, sie war schwanger im vierten Monat mit seinem Kind. Sie benötigte Zusprache. Sowieso während seiner Abwesenheit. Wenig Begeisterung auf ihrer Seite, als er ihr eröffnete, daß der Forschungsaufenthalt bewilligt worden war, noch bevor sie sich "gefunden" hatten im April. Betonung auf "gefunden". Marion hatte ihn mehr oder weniger überrollt wie eine Teerwalze. Er liebte sie nicht. Er mochte sie sehr. Aber er liebte sie nicht. Die Schwängerung mußte gleich beim ersten Mal erfolgt sein. Unglaublich! Aber so ging es manchmal. Wenigstens gab sie ihm Geborgen- und Sicherheit. Sie ihrerseits schien ihn abgöttisch zu lieben. Das war für ihn die beste Basis. Er war emotional nicht abhängig von ihr. Sie aber von ihm. Sie wäre also die letzte Person der Welt, wegen derer er wieder dem Alkohol anheim fallen würde. Sie war keine Numunde. Numunde, ja... Abhaken! Besser abhaken auf immer und ewig!

Vier Wochen Freiheit standen jetzt auf dem Programm - abgesehen von den Telefonaten. Vier Wochen der Geruch von altem Papier, den er so liebte. Vielleicht wäre ihm der Beruf eines Archivars viel eher entgegengekommen. Sich verstecken in der Höhle. Die Welt ganz ausschließen. Alte Dokumente ausgraben. Geschichte förmlich einatmen.

Der Schlüssel klemmte wieder einmal. Bertram Hitschler rüttelte am Schloß des Glaskastenwagens, der mit zur Ausstattung seines Arbeitsplatzes im *Schiller-Archiv* gehörte. Verdammtes Scheißding! Er hätte es gleich am zweiten Tag austauschen lassen sollen. Mit Mühe und Not brachte er den Kasten auf. Er nahm alles heraus und rollte den Wagen umgehend zur Aufsicht. Er mußte warten. Typisch! Da schrieb sich gerade ein Neuankömmling ein. Hatte die üblichen Fragen. Das konnte dauern. Bertram Hitschler schnaufte hörbar. Der Frischling drehte sich neugierig um. Ein blonder Lockenkopf. Etwa im selben Alter wie Bertram. Vielleicht drei, vier Jahre älter. Das Gesicht kam Bertram irgendwie bekannt vor. Man kam ins Gespräch. Na klar kannte er den Namen! Arthur Hesseling! Kleist und die Postmoderne. Das Porträt des Autors war auf der Klappe des Buches abgebildet gewesen. Bertram gelang es, einen neuen Glaskastenwagen mit einwandfrei funktionierendem Schloß zu ergattern. Während des Tausches hatte er sich mit Arthur Hesseling zum gemeinsamen Mittagessen verabredet. Er würde ihn an seinem Arbeitsplatz abholen und mit ihm hinunter in die Stadt gehen. Er hatte da nämlich einen ganz passablen Griechen aufgetan. Griechisch klinge gut, stimmte Hesseling zu.

Beim Essen erzählte Bertram dem Münchener Professor von seinem Projekt. Wissenschaftsrezeption in der deutschsprachigen Literatur des neunzehnten und zwanzigsten Jahrhunderts. Immense Fleißarbeit, bemerkte da Arthur Hesseling. Am Ende bot er aber Bertram an, wenn diesem noch Gutachter fehlten, daß er ja als ein solcher fungieren könnte. Bertram nahm dankend an. Fünf brauchte er. Drei hatte er. Mit Hesseling waren es vier. Aber immerhin noch knappe zwei Jahre Zeit bis zum Stipendienende. Da würde sich schon etwas ergeben.

Bertram Hitschler und Arthur Hesseling stellten fest, daß es Gemeinsamkeiten gab. Klein war die Welt! Bertrams Flucht aus Südafrika. Sein Schreckensbericht von der damaligen Kollegin. Arthur schmunzelte. Erzählte von seinem Kindermädchen in München.

"Das gibt's doch nicht!" stammelte Bertram da nur.

"Na ja: In gewisser Weise gebe ich dir in Sachen Henriette recht. Mit der wollte ich auch nicht unbedingt zusammenarbeiten. Aber ich glaube, sie ist ein guter Mensch. Halt ein unglaubliches Arbeitstier. Kompensiert mangelnden Gehirnschmalz mit Fleiß..."

Bertram lachte. Besser hätte er es nicht selbst formulieren können.

Die beiden Akademiker brachen auf. Schon drei Uhr nachmittags. Viel zu lange gequatscht. Aber es hatte gutgetan. Die Zeit in Marbach würde viel zu schnell vergehen. Viel zu schnell, dachte Bertram.

* * * * *

Reis. Reis. Schon wieder Reis! Am heutigen Tag in süßer Form. Milchreis mit Vanillegeschmack von *Müllers*. Marion Klemm gönnte sich diese kleine Abwechslung, wenn man das so nennen konnte, am Nachmittag ihres dreizehnten Tages als Strohwitwe. Kein Semesterferien-Lehrerfortbildungskompaktseminar am Nachmittag! Sie hätte es auch keine Minute länger ausgehalten, im Seminarraum herumzustehen. Ihre vormals so zierlichen Fohlenfesseln sahen mittlerweile so aus wie dicke Crocketkugeln. Die Menge an Wasser, die sie seit Woche sechs ihrer Schwangerschaft in ihrem Körper zurückhielt, mußte immens sein. Da verordnete ihr die Gynäkologin eine strikte Reiskur. Ein wenig half es. Zunächst war das Gewicht der attraktiven Mittdreißigerin von achtundfünfzig sprunghaft auf sechsundsechzig Kilos gestiegen. Ihre Brüste bliesen sich, sehr zur Freude des frisch bei ihr eingezogenen Bertram Hitschlers, beinahe auf Honigmelonengröße auf. Man konnte ihn mit seinen Fummlerhänden kaum abschütteln. Ständig faselte er so etwas wie "Frequenz neu kalibrieren" oder andere pubertären Albernheiten. Wenigstens durfte man ihm nicht vorwerfen, daß er sie in schwangerem Zustand nicht attraktiv genug fände. Na, das käme dann eventuell noch auf sie zu; so im fünften Monat, der jetzt vor der Tür stand, von wo ab man auch die Wölbung des Bauches deutlicher sehen würde. In sexueller Hinsicht entpuppte sich Marion Klemms Schwangerschaft beinahe zu einem Paradies. Beide hatten sie mehr Lust. Und da wanderte ihr Lover doch glatt für vier Wochen ins Schwabenland ab, um sich lieber mit vermoderndem Papier anstatt sich mit der in anderen Umständen befindlichen Verlobten zu beschäftigen. Die Eifersucht stieg in Marion Klemm hoch, während sie die letzten Reste des Milchreises vom Suppenlöffel leckte. Nicht auf eine hypothetische weibliche Bekanntschaft, die Bertram vielleicht gemacht haben könnte. Nein: auf das Archiv; auf die Freundschaft, die Bertram dort in Marbach offenbar geschlossen hatte; auf das Zusammenglucken der beiden Männer, wie sie fachsimpelten über weiß Gott wen, Lacan, Wittgenstein, Bachtin, oder wie sie sonst alle hießen. Sie, Marion, war doch nun die Hauptperson! Überhaupt: Was, wenn Bertram nach seiner Habilitation keinen Ruf erhielt? Marions Beamtengehalt langte locker für beide. Bertram hätte gut und gerne sofort als Hausmann anfangen können! Marion goß sich ein Glas natürliches Mineralwasser - nicht zu kalt - ein. Bloß keine Kohlensäure! Keinerlei Blähungsrisiko eingehen! Ja, zunächst war es als großes Glück zu betrachten, daß Bertram, so gesehen, keine feste Stelle hatte. Keine Verpflichtungen an irgendeinem rigiden Arbeitsplatz. Er könnte, den Kinderwagen wippend, fertighabilitieren, während Marion den Mutterschaftsurlaub ordentlich abkürzte. Darüber hatten sie noch nicht gesprochen. Das mußte noch geklärt werden. Hoffentlich ohne große Meinungsverschiedenheiten. Das gute Omen: Bertram war ohne Widerrede und sehr kurzfristig mit Sack und Pack zu ihr gezogen. Keinerlei Überredungskünste vonnöten. Fast schien es ihr, als ob es sein eigener Vorschlag gewesen wäre. Naja, so gut wie. Die Nachricht, daß er Vater würde, mußte ihn schon ein wenig schockiert haben; aber sobald er sich gefaßt hatte, kam ihnen die "Idee" quasi gleichzeitig. Doch was war nun eben mit der längerfristigen Planung? Zwei Jahre - ungefähr - die Schonfrist. Bis er die Venia legendi erhielt.

Marion Klemm schleppte sich von der Küche zum Wohnzimmersofa. Sie fühlte sich wie ein Nilpferd, das dem Wasser entstieg. Ein kleines Nickerchen würde ihr sicherlich guttun: die geschwollenen Knöchel ein wenig hochlegen, damit sie vielleicht ein bißchen an Volumen verlören.

Sie hatte es sich zwischen den Kissen gerade gemütlich gemacht, als das Telefon klingelte. So ein Ärger aber auch! Nochmal aufstehen! Nochmal durch die halbe Wohnung trampeln. Wer rief auch an einem Wochentag um vier Uhr nachmittags an? Wenn das eine dieser Marktumfragen wäre, würde sie die Person am anderen Ende ordentlich beschimpfen.

"Klemm??!!"

"Hallo Ionchen, ich bin's!"

"Na, mit dir hab' ich nun wirklich nicht gerechnet! Sonst bestehst du doch immer so auf halb acht..."

"Weiß ich doch... Mach' mal das Fernsehen an! Programm egal!"

"..."

Marion Klemm stapfte zurück ins Wohnzimmer und richtete die Fernbedienung gen Bildschirm, der sich nur langsam aufhellte. Rauch war zu sehen. Zwei Hochhäuser in Flammen. Die aufgeregte Stimme eines Reporters. Rechts oben das Wort "Live" eingeblendet. Etwas flinker als zuvor eilte Marion zum Telefon zurück. Sie ließ die Tür zum Wohnzimmer geöffnet, damit sie Sicht zum Bild hatte.

"Wie ist denn das passiert?"

"Zwei Jets sind hintereinander in die Türme gerauscht. Beim ersten meinten sie noch, daß es ein Unfall sei. Aber als der zweite kam, haben sie gleich von Terroranschlag gesprochen."

Aus dem Augenwinkel sah Marion, wie einer der Wolkenkratzer im Stile einer Implosion langsam in sich zusammenfiel.

"Du, ich leg' mal wieder auf. Wir sind hier noch beim Griechen. Der hatte zufällig das Radio an. Hat gleich die Glotze angemacht, als die Nachricht kam. Wir können ja dann heute Abend sprechen."

"Okay, gut... Bis dann mal,... Küßchen!"

"Küßchen zurück!"

* * * * *

"Exponentialfunktion". Im Scherz hatte die Mutter immer gesagt, daß dies das erste Wort gewesen sei, das Johanna in ihrem Leben ausgesprochen habe; nicht "Mama". Diese verflixten Exponentialfunktionen! Johanna war nach drei Blättern beim Rechnen steckengeblieben. Eigentlich eine Pipifax-Aufgabe aus dem Lehrbuch. Mehr zum Zeitvertreib als sonst etwas. Aber jetzt stockte es eben bei dieser Exponentialfunktion. Exponentialfunktionen beherrschte sie prinzipiell wie im Schlaf. Die löste sie aus dem Stehgreif. Einfach so. Schwuppdiwupp! Aber nein! Immer beim angeblich Leichtesten wurde einem ein Bein gestellt. Dabei bekam sie ständig ausgerechnet von der Mutter, die sie stets mit diesem Märchen vom angeblich zuerst geäußerten Wort aufgezogen hatte, zu hören, daß man nichts und niemanden im Leben unterschätzen dürfe. Als Underdog lebe man immer am besten. Da könne man wie ein Phönix der Asche entsteigen und alle verblüffen. Was für Menschen gelte, könne auf die Aufgaben des Lebens ausgedehnt werden: Nur ja nichts auf die leichte Schulter nehmen! Die einfachsten Aufgaben verdienten es, mit demselben Ernst erledigt zu werden, wie die schwersten Hürden zu erklimmen seien, die einem das Schicksal in den Weg legte. Exponentialfunktion eben! Eine der simpelsten Aufgaben für Johanna von Mühlwang. Aber an diesem Nachmittag, bei einem Zeitvertreib, der bei Gleichaltrigen zuallermindest das unverständige Anheben von Augenbrauen ausgelöst hätte, stolperte sie an dem für sie vermeintlich pieseligsten Hindernis. Schluderig, aus dem Handgelenk, hatte sie diese doofe Exponentialfunktion beinahe übergangen, und nun mußte sie deswegen die ganzen zweieinhalb Seiten Rechnung revidieren. Tintenkiller? Nein, das hatte keinen Sinn. Lieber eine andere Farbe zum Einsatz bringen. Wozu hatte sie denn die vielen farbigen Stifte von *Stabilo* (die ganz dünnen, die so gut in der Hand lagen)? Diese Sucht müßte sie auch noch unter Kontrolle bekommen: das wahllose Kaufen von Schreibwarenartikeln. Einmal bei *Kaut-Bullinger,* vermochte sie sich einfach nicht zurückzuhalten. Und dann die dazu eine ideale Ergänzung bildende Auswahl an billigeren, aber dennoch unter Umständen sogar wesentlich besseren Schreibgeräten bei den Türken im Uni-Schreibwarengeschäft der Maxvorstadt!

Johanna von Mühlwang überschrieb in Lila das überhastet Gerechnete, korrigierte es. Kalkulierte nochmals neu. Und nochmal. Besser doppelt und dreifach. So! Jetzt stimmte es! Und immer auf Mama hören! Nichts, nichts und aber auch gar nichts und schon gleich gar niemanden jemals unterschätzen!

Die *Nokia*-Melodie! O nein! Sie war doch schon dreimal gebucht für diese heiße Spätsommerwoche! Bloß nicht noch ein Engagement! Ob es nun mehr Geld bedeutete oder nicht: Die feuchte Hitze machte einem alles so schwer!

"Von Mühlwang??!!"

Musik. E-Gitarre. Das Intro zu "*Hey Joe*" von Jimi Hendrix. Michael "Mike" Groschwitz. Einer der drei Vermittler. Liebenswerter Spinner. Tatsächlich der Angenehmste dieser drei Logistik-Freaks, die offenbar die meiste Zeit ihres Lebens hinter einem Computermonitor verbrachten und deren Augen dadurch das Flimmern der Bildschirme übernommen hatten. Mike also. Er schien sich in Johanna verknallt zu haben. Vor einem Vierteljahr hatte er ihr vollen Ernstes, so dachte sie, einen Heiratsantrag gemacht. Irritiert erzählte sie das umgehend Sylvia, die lediglich lachend abwinkte und sie informierte, daß Mike diese Aktion bei mindestens der Hälfte der Agenturmädchen gebracht habe. Wirklich ein verträumter Spinner!

"Michael! Was gibt's? Hoffentlich nicht noch 'n Termin??!"

"Hanna! Nee..."

"Ich hab' dir schon tausendmal gesagt, daß ich 'Johanna' heiße. Wenn du so weitermachst, kannst du dir die Hochzeit sowieso abschminken!"

"Gaaaaaanz cool bleiben, Johanna! Ey! Ich hab' deinen Namen nicht abgekürzt... Erst 'Hey, Joe!' und dann 'Hanna'!!"

"Spinner! Na gut, wenn das 'ne Entschuldigung gewesen sein soll... Akzeptiert! Also, was hast du für mich?"

"Tja, tut mir ja leid, aber der Ami-Typ heute Abend hat aus gegebenem Anlaß prompt abgesagt..."

"Abgesagt?? Na ja, so traurig bin ich auch nicht gerade drüber... Aber, Moment mal, warum 'aus gegebenem Anlaß'?"

"Sag' mal, klebst du nicht auch gerade an der Glotze??"

"Wie bitte??"

"Ob du dein Fernsehgerät nicht anhast wie alle anderen auch??"

"Ich hab' doch gar keinen Fernseher! Wieso? Was ist denn los?"

"Naja, das erklärt's dann ja. Jetzt halt' dich mal fest: Das *World Trade Center* in New York gibt's nicht mehr! In Schutt und Asche!"

"Waaaaaas??!"

"Zwei Passagierflugzeuge sind innerhalb einer Stunde in jeweils einen der Türme 'reingeflogen. Vor kurzem ist jetzt auch der zweite Turm zusammengebrochen. Wie im Film, das Ganze..."

"..."

"Tja, und dein Ami-Typ hat vorhin angerufen, daß es nichts wird mit eurem Stelldichein heute. Der hatte 'ne ganz zittrige Stimme.

War kaum zu verstehen. Faselte so was wie: Wenn er die Geschäftsreise nach München nicht angetreten hätte, dann wäre er jetzt futsch und hin... Firma im hundertsten Stock in einem der Türme... Der kriegt heute keinen mehr hoch, hihihi..."

"MICHAEL!"

"'Tschuldigung... Ich weiß... Tut mir leid. Man sollte da jetzt keine Witze reißen..."

"Mensch, das ist ja ein Hammer!! Naja... Ich schau' dann mal bei der Nachbarin. Die hat ein Gerät... Sonst noch was, Michael?"

"Nee, nee... Das war's eigentlich..."

"Na gut. Dann erstmal tschüß!"

"Du, Johanna? Sag' mal, du bist heute Abend ja nun frei... Hättest du Lust auf Chinesisch??"

"MICHAEL!!"

"Is' ja gut... is' ja gut...! 'Tschuldige... Also tschüß dann!"

Johanna klappte ihr spiralgebundenes Rechenbüchlein zu und legte den lila *Stabilo*-Filzer weg. Sie stand auf und verließ das Apartment. Sie klingelte vier Türen weiter. Sylvia öffnete nach einer Weile.

"Du, Johanna: Jetzt ist es grad schlecht! Ich bin mitten am Büffeln. Ich hab's dir doch gesagt..."

"Kannst du mal deine Flimmerkiste anwerfen??"

* * * * *

Um genau zwei Uhr einundzwanzig morgens setzte sich der *Eurotunnel*-Zug von Coquelles nach Folkestone in Bewegung, auf den Roger Hertloff vor knappen zwanzig Minuten mit seinem alten *VW Polo* aufgefahren war. Die bisherigen knapp zwölf Stunden Autofahrt sowie die noch vor ihm liegenden fünf Stunden nach dem Kanaltunnel gaben ihm eine gute Gelegenheit, die vergangenen ereignisreichen zehn Tage gedanklich zu verarbeiten. Filmreif. Wirklich filmreif! Alles war Schlag auf Schlag gegangen.

Die Abholaktion durch Didi und Ritschie. Was für ein Spaß! Sie konnten sich hemmungslos betrinken, denn Roger hatte für die verbleibenden vier Tage Südafrika einen Chauffeur-Service arrangiert. Sie wurden während dieser Zeit überallhin kutschiert, und ihr Trip zum Pilanesberg-Reservat - Rogers zweiter Ausflug dorthin - hätte man so sicherlich eine Katzenjammerfahrt bei der ersten großen Hitze des anbrechenden südafrikanischen Frühlings nennen können.

Der Transport zum Flughafen entwickelte sich dann beinahe zur Katastrophe. Didi mockierte sich über die Inkompetenz des Negers, der sie fuhr. Letzterer hatte sich gezielt die problematischste Route ausgesucht. Er wollte offenbar dem dichten Stadtverkehr Johannesburgs ausweichen und entschied sich ausgerechnet für einen angeblichen Schleichweg, auf dem es wenig zuvor zu einem Großunfall gekommen war. Stau! Und danach verfuhr er sich in der Aufregung sowie aus schlechtem Gewissen heraus auch noch. Wenn Roger nicht so ein Sicherheitsfanatiker gewesen wäre und den Fahrdienst drei Stunden vor Abflug bestellt hätte, dann wären die drei Sitze der Ersten Klasse der *Emirates* nach Dubai an jenem Tag unbesetzt geblieben. So aber schafften sie es trotz ihres Fahrers noch bequem. Es reichte sogar zu einem Gläschen Schampus in der *First Class Lounge*. Ja, *First Class Lounge*! Vor allem die in Dubai. Um sechs Uhr morgens Ortszeit. Didi, Ritschie und Roger so gut wie unter sich. Didi hatte sich bei Ankunft im *Duty Free* noch ordentlich mit Beluga-Kaviar eingedeckt, und drei der Döschen mußten sodann, hinuntergespült mit zwei Flaschen Champagner, in eben dieser *First Class Lounge* dran glauben. Beim Weiterflug nach Deutschland waren die drei dann so kaputt, daß sie der Crew in der Ersten Klasse kaum mehr Arbeit bereiteten. Sie hatten zwar die ganze Abteilung für sich alleine, aber es fehlte ihnen einfach die Energie zum Durchmachen. Kurz nach Abheben und Verzehr der begleitenden Mahlzeit entschlummerten sie tief bis zum Servieren des Frühstücks.

In Deutschland dann die Rennerei. Das Auslösen des *Polos*. Den hatte Roger vor Südafrika bei einem Händler in Kommission gegeben. Aber wer wollte schon einen zehn Jahre alten *VW* für dreitausend Mark? Der Gebrauchtwagenmarkt lag sowieso bereits seit Ewigkeiten am Boden.

Als die Behördengänge im Zusammenhang mit der Fahrzeugwiederanmeldung erledigt waren, mußte Roger gleich nochmal zum Flughafen, um sein "Mobiliar" abzuholen. Luftfracht. Der Zoll machte Zicken. Ein übereifriger Beamter bestand auf der Vorlage von Rogers südafrikanischem Arbeitsvertrag als Nachweis, daß er dort nicht nur auf Urlaub war und nun nicht etwas illegitim einführte. Der Verdächtigte vermochte den Grenzer zu erweichen und versprach ihm, den Vertrag durchzufaxen.

Im Anschluß daran: Zahnarzt, denn in Südafrika hatte sich Roger einfach nicht getraut zu gehen, obwohl er über die Universität privat krankenversichert war. Glücklicherweise erwies sich sein Gebiß als gesund. Es hatte die vierzehn Monate südliche Halbkugel schadlos überstanden.

Nun konnte es losgehen.

Auf der Fahrt dann die Retrospektive sowie die Vorausschau. Lampenfieber. Man wollte dann ja auch nicht den schlechtesten Eindruck machen. Und es kam noch mehr Streß auf ihn zu. Sophie hatte sich angeboten, beim Umzug oder, besser gesagt: Einzug, mitzuhelfen. Toll! Neugierig war sie mal wieder. Aber er wollte es ihr nicht abschlagen. Er hatte ihr genug zu verdanken. Nur würde sie sich während der paar Tage, die sie da wäre, auch des Öfteren alleine vergnügen müssen, wenn er Vorbereitungsarbeit an der Uni zu erledigen hätte.

Rogers ausgeklügelter Plan: Gegen sieben Uhr morgens würde er in Lymm bei Manchester bei seinem Vermieter, mit dem er zuvor alles fernmündlich und per Fax abgeklärt hatte, den Schlüssel zur Wohnung abholen. Danach ausladen, auspacken und sofort einkaufen gehen. Zum Beispiel Bettwäsche, Geschirr und einen Fernseher. Dann wäre es wohl auch Zeit, Sophie vom Bahnhof abzuholen. Fünfzehn Uhr fünfzehn sollte ihr Zug in Manchester Piccadilly einfahren.

* * * * *

Piepsende Pest. Mittlerweile litt sogar schon beinahe jeder Asoziale an dieser Krankheit. Allerspätestens seitdem es dieses *Pay-As-You-Go* gab. Man mußte wohl keinen Vertrag abschließen, keine monatliche Grundgebühr bezahlen. Sophie Koopmann war letztere Tatsache einerlei aufgrund ihrer ausgesprochenen Handy-Phobie. Doch während der hundert Minuten, welche sie - zitternd wie Espenlaub aus Angst, daß sie den Anschlußzug verpassen könnte - im Ersatztaxi von Cupar nach Edinburgh unterwegs war, hätte sie sich gewünscht, im Besitz eines dieser ihr äußerst verhaßten modernen Kommunikationsmittel zu sein, um Roger Hertloff eventuell vorwarnen zu können, daß sie sich unter Umständen beträchtlich verspäten würde. Dabei hatte sie - wie bei solchen Anlässen üblich - sämtliche Vorkehrungen getroffen, damit nichts schiefginge. Eine halbe Stunde vor der planmäßigen Abfahrt des Schienenbusses, der sie nach Edinburgh bringen sollte, um dort auf den Zug mit Ziel Manchester umzusteigen, drückte sie sich bereits - unruhig hin- und hergehend - auf dem Bahnsteig herum. Als die Abfahrtszeit um eine Minute überschritten war, wurde ihr Gang noch hastiger, die Abschnitte, die sie neben den Gleisen auf- und abspazierte kürzer und kürzer, bis schließlich nach einer geschlagenen Viertelstunde die Lautsprecherdurchsage ertönte, daß kein Lokführer für diesen verflixten Schienenbus von Dundee nach Edinburgh auffindbar gewesen sei und man nun ein Ersatztaxi am Bahnhofsvorplatz zur Verfügung stelle. Sophies Pech unter dem zeitlichen Aspekt: Zwei weitere Passagiere harrten mit ihr zusammen der Dinge, und einer davon wollte nicht direkt nach Edinburgh; nein, natürlich nicht: Er mußte nach Kirkcaldy. Das Taxi würde also nicht schnurstracks zur Waverley Station fahren; es müßte den Umweg über das Städtchen nehmen, das sich damit rühmte, die Heimat Adam Smiths gewesen zu sein. Ein ellenlanges Kaff. Die Verzögerung - mindestens weitere fünfzehn Minuten. Es würde extrem knapp werden für Sophie Koopmanns Anschlußzug. Immer wieder blickte sie zur Uhr. Ihr Leiden setzte sich fort in Gestalt eines landwirtschaftlichen Fahrzeugs, das dem Taxi auf einer Strecke von mindestens drei Kilometern Länge den Weg versperrte. Dann: zwischen Kettlebridge und Glenrothes ein Trödler. Ja, gab's denn das? Und der Opa am Steuer ihres Taxis, ein verschlafener Rentner, der sich mit den Fahrdiensten aller Wahrscheinlichkeit nach seine staatliche Pension aufzubessern versuchte, war zu trottelig, um den anderen Greis vor ihm auf freier, übersichtlicher Bahn schnittig zu überholen. Im Anschluß daran, am Bahnhof in Kirkcaldy, dauerte es wiederum Ewigkeiten, bis die eine Olle aus dem Taxi 'rauskam. Sie hatte während der Fahrt schon unablässig mit dem betagten Lenker geschwatzt. Die kannten sich offenbar von der Gemeinde. Läuteten gemeinsam die Glocken der

Kirche. Ja, in diesem Land gab es Wettbewerbe für so etwas! Das Abschiedsritual der beiden Glockenläuter - endlos in der Wahrnehmung Sophie Koopmanns. Sie explodierte innerlich. Dann endlich doppelspurige Schnellstraße beziehungsweise Autobahn für den Rest der Strecke. Na, drück' aber mal ordentlich auf die Tube, dachte Sophie da frustriert. Aber der alte Idiot tuckerte stur mit sechzig statt der erlaubten siebzig Meilen pro Stunde vor sich hin. Die Träger der Forth Road Bridge wurden sichtbar. Noch eine halbe Stunde bis zur Abfahrt des Anschlußzuges. Das müßten sie jetzt doch noch gut schaffen trotz der Schusseligkeit des Chauffeurs. O je! Der Verkehr staute sich kurz vor der Brücke. Unfaßbar! Gelbe und blaue Blinklichter. Ein Schwertransport, der von einigen Streifenwagen der Polizei über die Brücke eskortiert wurde. Wenn der Penner von Fahrer vorhin bis ans Tempolimit gegangen wäre, dann hätten sie es vor der Polizeikolonne geschafft! Mit fünfundzwanzig Meilen Stundenmittel überquerte das Taxi die anderthalb Kilometer lange Brükke. Anders wie sonst hatte Sophie keine Augen für die Umgebung. Nicht für den in der Septembersonne gleißenden Firth of Forth. Nicht für die wie ein Weltwunder die Meereseinmündung überspannende Eisenbahnbrücke aus mit brauner Rostschutzfarbe übertünchtem Stahl - wie immer teilweise von Baugerüsten umhüllt zwecks permanenter Instandsetzung.

Zwanzig Minuten bis zur Abfahrt. Nun würde es wirklich knapp. Sophie mußte mal. Die Aufregung. Die Angst. Und dann eigentlich wieder völlig umsonst.

Zwölf Minuten verspätet rollte der *Virgin*-Zug an. Sophie saß da bereits auf ihrem reservierten und erstaunlicherweise nicht blockierten Platz. Zuvor hatte sie sich schon erleichtert, obwohl der Zug noch stand. Besser gleich zu Beginn, da die Kabine noch einigermaßen sauber war. Zugtoiletten stellten ein Greuel für Sophie Koopmann dar. Da sah man, was für Schweine die Menschen doch waren. Sie haßte es, in der Körperhaltung einer Abfahrtsskiläuferin urinieren zu müssen. Meistens klappte es dann auf Anhieb nämlich nicht, so daß die Oberschenkelmuskulatur über Gebühr strapaziert wurde. Heute: zur Abwechslung das Paradies. Toilettenbrille frisch gewienert. Der durchdringende Geruch von vor Kurzem verwendetem *Dettol*-Desinfektionsmittel. Der Kasten für die Papierhandtücher zum Bersten gefüllt. Sophie mußte ungefähr fünf der Teile mit Mühe und Not aus dem Schlitz herauspuhlen, bis sie das erste unzerrissene zwischen den Fingern hielt. Der Seifenspender: voll! Sogar ein schöner Duft. Nicht das schmierig-billige Kernseifenimitat, sondern Pfirsich-Waschgel.

Sophie schnupperte noch einmal an den Händen, nachdem sie endlich am Fenster Platz genommen hatte. Warum fuhr sie denn nach Manchester? Was war an Manchester so Besonderes? Es fiel ihr einzig Roger Hertloff ein. Sollte dies etwa eine Geschäftsreise in Liebesangelegenheiten sein? Was für ein bescheuerter Gedanke! Was sagte ihr Gefühl? Ungewiß. Die unendliche Unentschlossenheit. Liebe konnte das ja unmöglich sein. Sie würde sehen, was passierte. Sie würde alles Roger überlassen. Wenn er die Initiative ergriff, würde sie sich ihm nicht verwehren. Und sie würde es sich in einem solchen Fall nach ein paar Tagen nicht mehr anders überlegen. Zugreifen, wenn er wollte! Und dann nicht mehr loslassen: die Einfahrt in den sicheren, geborgenen Gefühlshafen. Aber es müßte von ihm ausgehen. Er müßte den entscheidenden Schritt tun. Hoffte sie darauf? Sehnte sie sich danach? Es könnte schön werden. Da brauchte man sich lediglich an die eine Woche in Südafrika erinnern, die sie zusammen verbracht hatten. Abgesehen vom Mangel an physischer Intimität hätte man da sicherlich den Eindruck gewinnen können, als ob sie ein schon lange verheiratetes Ehepaar wären.

* * * * *

Ein richtiges Fernfahrernest. Im Selbstbedienungsrestaurant mischte sich der Schweißgestank mit dem Dunst von abgestandenem Kaffee. Fünf Uhr dreißig morgens. Roger hatte noch anderthalb Stunden, bis er bei seinem Vermieter anklingeln konnte. In der Nähe dieses Fleckens namens Lymm fuhr er dann eben bei dieser Raststätte vor. Er hatte einen Bärenhunger und Kaffeedurst. Die knapp zwanzig Stunden über, während derer er von Deutschland nach England "auf Achse" war, hatte er sich einzig mit drei Dosen *Red Bull* verköstigt, um nicht am Lenkrad einzuschlafen. Jetzt erstmal ein Full English! Mit koffeiniertem, erhitztem Abflußwasser. Sogar das schmeckte. Um kurz nach sechs verließ er dann den Truckertreff und stellte den Fahrersitz im *Polo* schräg. Halbschlafesträume zum Klang anspringender Lastwagenmotoren um ihn herum.

Sophie lenkte ein solches Monster. Fuhr direkt auf ihn zu. Er stand wie gelähmt auf dem Mittelstreifen, sah den *IVECO*-Schriftzug rasant schnell näherkommen. Sophies weit aufgerissene, braune Rehaugen. Sie stemmte die linke Hand auf die Mitte des Riesenlenkrades, das ihren zierlichen Oberkörper gänzlich hinter sich verschwinden ließ. Das laute Truckerhorn erschallte.

Roger schreckte auf. Ein Besoffener war dem losfahrenden Mehrachser in die Quere gekommen. Gerade noch rechtzeitig gebremst. Das penetrante Horn strapazierte auf Dauer ein jedes Trommelfell. Roger hielt sich die Ohren zu. Endlich Ruhe! Oder fast. Der Trucker kurbelte die Fensterscheibe herunter. Ein von oben bis unten wahllos tätowierter, gestikulierender Arm wurde sichtbar.

"Fuckin' idiot!!! Move your fuckin' arse!!!"

Der Besoffene torkelte weiter. Roger inspizierte die Uhr. Kurz vor sieben. Jetzt könnte er beim Vermieter aufkreuzen. Und bloß keinen dieser Trucker verärgern...

* * * * *

Man hätte nicht erwarten können, daß es in einem britischen Haushalt so früh so hektisch zugehen würde. Alle Familienmitglieder waren auf den Beinen und schwirrten wie aufgescheuchtes Federvieh durch die zweistöckige Villa, in welcher Roger die Schlüssel für seine Mietwohnung abholen sollte. In Südafrika hätte er eher mit einer solchen Szene gerechnet. Da erwachte das Geschäftsleben gut eine Stunde früher. Aber hier in Großbritannien? Seit Ewigkeiten bewegte sich hier der Tagesrhythmus zwischen neun Uhr morgens und fünf Uhr nachmittags. Roger dachte da insbesondere an die Sekretärinnen seines alten Fremdspracheninstituts in St. Andrews.

Er konnte froh sein, daß Graham Gladstone, sein Vermieter, zu den Frühaufstehern hierzulande zählte. Gezwungenermaßen. Als Besitzer, Verwalter und Instandsetzer von insgesamt dreiundzwanzig Mietwohnungen in und um Manchester herum. Roger hörte Graham in so etwas wie einer Schublade herumkramen, fluchen und schließlich aufseufzen, als er fündig geworden war. Schnelle

Schritte auf einem quietschenden Laminat-Imitat-Fußboden. Hastig wurden Roger Haus- und Wohnungsschlüssel, an einem leicht rostigen Schlüsselring wippend, in die Hand gedrückt. Und tschüß! Angenehmen Aufenthalt! Und hoffentlich zahlst du deine Miete immer pünktlich!

* * * * *

Daisy Bank Road. Das klang putzig. Auf den Bildern im Internet sah die Wohnung auch ganz ordentlich aus. In einem Reihen-Backsteinhaus befindlich. Die Gegend wurde offenbar hauptsächlich von Studenten bevölkert. Um kurz nach acht Uhr parkte Roger seinen *Polo* auf dem Parkplatz hinter dem Haus. Er ging zurück zum Vordereingang, schloß die imposante weiße Tür auf. Der Korb hinter dem Briefschlitz innen war halb gefüllt. Roger griff sich den Packen und durchsuchte ihn. Aha! Die Stadtverwaltung schlief nicht, wenn's ums Geld ging. Graham Gladstone hatte ihn ordnungsgemäß für die von "Poll Tax" in "Council Tax" umbenannte und seinerzeit von der englischen Stahlvagina eingeführte Gemeindesteuer angemeldet. Roger nahm den Umschlag zwischen die Lippen, während er den Rest der Wurfsendungen durchblätterte. Als er fertig war, legte er das Bündel vorsichtig auf das kleine Flurtischchen, auf dem sich bereits ein Poststapel türmte und somit umzukippen drohte. Er schlich die Treppe hoch. An der Wohnung angelangt, hielt er kurz inne. Was würde ihn da drinnen erwarten? Gladstone hatte ihm versichert, daß die Wohnung gereinigt sei. Aber wer weiß? Wenn sich die Wollmäuse gegenseitig jagten, müßte er erst einmal zu putzen anfangen. Das hatte Priorität. Er hätte sich zu Tode geschämt, Sophie in eine verschmutzte Wohnung zu geleiten. Ja, ihr Angebot stand: beim Einzug helfen. Dazu gehörte - technisch gesehen - das Putzen. Doch das wollte Roger nicht. Er öffnete die beiden Schlösser und trat in sein neues Reich ein. Erster Eindruck: in Ordnung. Vom Miniflur konnte er ins Badezimmer hineinsehen. Ältlich-schmuddelig, aber tatsächlich gereinigt. Spuren des Desinfektionsmittels noch klar riechbar. Der Teppichboden in Wohn- und Schlafzimmer wies alte Flecken auf. Als Roger stichprobenartig einige

Stellen betastete, atmete er auf. Sogar gesaugt! Er würde den Wagen sofort ausladen und umgehend einkaufen fahren.

Um elf Uhr dreißig machte er sich wieder auf den Weg. Fand Supermärkte. Fand ein Einkaufszentrum. Fand das Nötigste - eine mollige Billigwolldecke für sich selbst inklusive, da er die kommenden vier Nächte ja wohl auf der Couch im Wohnzimmer verbringen würde. Oder etwa nicht? Wollte Sophie vielleicht doch mehr? Nein, nein und nochmals nein! Er würde nicht die Initiative ergreifen. Sie sollte dieses Mal den ersten Schritt tun. Zur damaligen Schmuserei kam es nur, weil er aktiv wurde. Tja und dann hatte sie es ja mehr oder weniger plötzlich wieder abgeblasen. Wenn sie also etwas wollte, dann mußte sie auch etwas unternehmen. Und wenn sie etwas unternähme, dann sollte es geschehen! Aber es müßte von ihr ausgehen.

* * * * *

Beim Kauf des Fernsehers gab Roger seine alte Adresse in St. Andrews an. Die Spitzbuben vom britischen Pendant zur Gebühreneinzugszentrale sollten sich an ihm die Zähne ausbeißen. Sowieso eine Schweinerei, diese obligatorische Adreßangabe, wenn man irgendein Gerät kaufte, das ein Fernsehsignal empfangen konnte. "Eindringen in die Privatsphäre" nannte man sowas landläufig. Am liebsten hätte Roger einen Punkt gemacht und den Verkäufer vor die Wahl gestellt: keine Adreßangabe oder kein Kauf! Aber er brauchte die Glotze. Zur Entspannung. Das hatte er auch schon in Südafrika so geliebt: von der Arbeit nach Hause kommen und erstmal den Fernseher anstellen. Das gehörte zur feierabendlichen Erholung wie das Salz in die Suppe. Und bei *Curry's* hatten sie sogar eine kleine TV-Video-Kombi zum Sonderpreis. Da griff er gleich zu.

Vierzehn Uhr fünfzig. Nun wurde es Zeit, sich in Richtung Piccadilly-Bahnhof zu bewegen. Die Elfe kam gleich angeschwebt.

* * * * *

Um fünfzehn Uhr zehn stand Sophie Koopmann bereits an der Wagontür und blickte dort aufgeregt aus dem Fenster. Und das, obwohl der Zug bis Preston nur etwa fünf der ursprünglichen zwölf Minuten Verspätung aufgeholt hatte. Warum immer diese Unruhe, diese Hast? Sie verdammte sich selbst am allermeisten dafür. Richtig lächerlich, dachte sie. Wenn sie jemand so sähe! Wenn Roger das wüßte!

Endlich! Der Zug wurde langsamer. Aus dem einen Paar Gleisen wurden zwei, drei, vier und mehr. Das Klackern unter den Rädern wurde ruppiger. Der Zug schunkelte plötzlich von einer Seite zur anderen und wieder zurück, was bewirkte, daß Sophie beinahe über ihre Reisetasche gefallen wäre, wenn sie sich nicht noch im letzten Moment an der Vertikalstrebe neben der Wagontür hätte festhalten können. Die Bremsen quietschten. Gespannt blickte Sophie auf den Bahnsteig. Da stand er! Einfach so. Mit leeren Händen. Er hielt sie nicht hinter dem Rücken verborgen. Keine Begrüßungsblumen oder Ähnliches. Etwas enttäuscht drückte sie auf den Türöffner.

* * * * *

Sieben Minuten Verspätung. Da hätte er sich nicht so beeilen müssen. Aber so ging es immer. Wenn man sich darauf verließ, daß kritische Züge sich notorisch verspäteten, so kamen sie glatt pünktlich. Und wenn man selbst rechtzeitig am Bahnsteig wartete, dann gab es Verspätungen. Einen Verrückten, der sich irgendwo auf die Schienen geworfen hatte. Signalausfall auf der Strecke. Unterspülte Gleiswerke. Et cetera. Et cetera. Keine Katastrophe heute. Dennoch die sieben Minuten Verspätung. Um Sophies Einfahrt nicht zu verfehlen, hätte Roger in der Eile beinahe einen Unfall gebaut, als er einem Taxi bei der Parkplatzsuche die Vorfahrt nahm. Er wollte ein paar Minuten eher am Bahnhof sein, um die ehemalige Kollegin eventuell mit einer beim Bahnhofsfloristen käuflich erworbenen Rose zu begrüßen. Aber typisch: keine Rosen im Angebot. Nur rote Nelken. Friedhofsblumen. Dann halt nicht! Daran im Anschluß am Bahnsteig: Warten. Schließlich und endlich fuhr der *Virgin Train* aus Edinburgh ein. Roger erspähte Sophie an der Tür des dritten Wagons. Er ging ihr entgegen. Sie machte sich mit leicht mürrischer Miene an dem Öffnungsmechanismus der Tür zu schaffen. Irgendetwas funktionierte nicht. Roger preßte von außen auf den grün aufblinkenden Türöffner. Sesam, öffne dich!

"Na, die wollten dich wohl nicht 'rauslassen??!! Hallo, Sophie!"

"Hallo!"

Umarmung. Zwei dezente Wangenküßchen. Roger nahm Sophies Tasche.

* * * * *

Der Rücksitz war vollständig besetzt durch frisch erworbene Bettwäsche sowie andere Einkäufe. Ein großes Knäuel, das einen Plastiküberzug zu platzen lassen schien: die neue Bettdecke. Dreizehn Komma fünf *TOG* stand auf der Hülle. Der Wärmedämmungsgrad. Eine Winterdecke. Sicher ist sicher. Neben dem Knäuel: Bettbezug. Drei Teile: für zwei Kissen und die Bettdecke. Obendrauf: die zwei Kissen, die am meisten Platz wegnahmen. Auf dem Boden vor dem Rücksitz: vier prallgefüllte *Sainsbury*-Plastiktüten. Aus einer sah man die Hälse von Sektflaschen herauslugen. Das Plastik der Tüte klebte am grünen Glas - die kamen offenbar aus dem Kühlregal. Wenigstens würde er ihr kalten *Cava* anbieten können. Den hatte sie nach dieser Aufregung dringend nötig. Und sowieso nach dieser eher enttäuschenden Begrüßung am Bahnsteig. Die Umarmung wirkte auf Sophie Koopmann zu distanziert, zu reserviert. Eben etwas enttäuschend. Aber vielleicht lockerte ihn der sprudelnde Rebensaft ein wenig auf. Selbstverständlich mußte man ihm außerdem zugutehalten, daß er wahrscheinlich fast keinen Schlaf gehabt hatte. Runde zwanzig Stunden Autofahrt. So stand es jedenfalls in seiner letzten E-Mail.

Roger drückte auf den Kofferraumknopf. Wie ausgemessen war da noch Platz für Sophies braune Reisetasche neben einem Kartonkubus. *Panasonic* TV-VCR-Kombination. Ein gemütlicher Abend bei *Cava* und *East Enders* schien gesichert. Nach dem Aufräumen. Nach dem Putzen.

"Du bist blaß... Hast wohl nicht viel geschlafen??!"

"'Ne knappe Stunde kurz vor Manchester..."

"Willst du dich nicht erstmal hinlegen? Ich kann ja auspacken und aufräumen?!"

"Nee, nee. Ich bin viel zu aufgedreht. Laß' uns in der Wohnung erstmal anstoßen..."

"Da sag' ich nicht nein... O Mann, wenn du wüßtest, was für Qualen ich durchmachen mußte zwischen Cupar und Edinburgh..."

Sophie erzählte. Leicht grinsend hörte Roger zu, während er anfuhr.

* * * * *

Zweimal mußte Roger zum Wagen, um vollständig auszuladen. Sophie setzte er ins Wohnzimmer. Er verordnete ihr, es sich so gemütlich wie möglich zu machen. Sie solle erstmal ihre eigene Tasche auspacken und sich ihr Plätzchen im Badezimmer einrichten, während er alles nach oben schleppe.

Als Letztes baute er den Karton in der Mitte des fast leeren Wohnzimmers auf. Er holte einen Stuhl aus der angrenzenden Küche. Packte den kleinen Fernseher auf die Sitzgelegenheit, nachdem er ihn aus dem Karton herausgezogen hatte. Er fluchte.

"Was ist denn?" rief Sophie aus dem Badezimmer.

"Ich hasse dieses Styropor! Das gibt immer solche Flöckchen, die sich statisch aufladen. Die kriegst du kaum mehr los..."

Ein Kabel lag aufgerollt am anderen Ende des Wohnzimmers. Die Verbindung zur Dachantenne. Roger kümmerte sich um die Anschlüsse. Dann drückte er Sophie die Gebrauchsanleitung mitsamt der Fernbedienung in die Hand:

"Hier! Kannst ja mal versuchen, ob wir ein Bild kriegen... Ich köpfe derweil mal eine Flasche für uns..."

Er verschwand in der Küche. Sophie stellte das Gerät an. Aktivierte den Sendersuchlauf. Zehn Sekunden. Dann war ein Sender gefunden. Actionfilm am Nachmittag? Im öffentlich-rechtlichen Fernsehen? Auf der *BBC*?

"Roger! Komm' doch mal! Das gibt's doch nicht!"

"Momentchen noch! Ich gieß' uns grad was ein!"

Sophie verharrte mit geöffnetem Mund vor dem flimmernden Bildschirm.

"Und?? Was für Sender kriegen wir??? Ist *Channel Five* mit dabei?"

Er hielt Sophie eine großzügig gefüllte Sektflöte unter die Nase. Als sie keine Anstalten machte, ihm ihr Glas abzunehmen, blickte auch er auf das Bild.

"Was ist das denn?" fragte er verdutzt.

"Das *World Trade Center* in New York..." stammelte Sophie.

* * * * *

Was man sich mit einer Sektionsleitung doch für Lasten ans Bein band: unzählige Endlossitzungen, auf denen nur geredet, geredet und nochmals geredet wurde, ohne daß man zu einem vernünftigen Resultat kam; Budgetverwaltung bis zum kleinsten Radiergummi oder schlimmer: bis zu jeder popeligen Fotokopie; Aufstellung bescheuerter administrativer Verfahrensweisen; Beschwichtigung erregter Kollegen, die sich über das Universitätsmanagement (zurecht) echauffierten; nervenaufreibende Korrespondenzen mit der Studentenfürsorge; und so weiter und so fort. Das alles einzig wegen der Beförderung vom Lecturer zum Senior Lecturer. Das alles wegen Marjorie. Sie hatte Michael Jenners, den momentanen Leiter der Deutschsektion an der Universität Manchester, angestachelt. Als seine Ehefrau und zugleich frischgebackene Mutter seines kräftigen Sohnes mit unglaublicher Stimmgewalt sah sie sich dazu berechtigt. Die Finanzen verlangten es. Sie schrien förmlich nach beruflicher Verbesserung des stolzen Familienvaters, der erst vor kurzem eine für seine Verhältnisse eigentlich viel zu teure Doppelhaushälfte in Didsbury erworben hatte, um dem Familienzuwachs angemessen Rechnung zu tragen. Ja, Marjorie hatte auf die Amazone in der Sektion hingewiesen. Zwei Jahre jünger war sie als ihr Michael. Und schon Senior Lecturer. Das ging doch nicht an! So hatte sie eben dem manchmal etwas lethargischen Gatten die Hölle heiß gemacht, etwas in Sachen Beförderung zu unternehmen. Schleunigst! Mit der Forschung stimmte es ja. Als Historiker hatte er es da verhältnismäßig leicht, wie er selbst meinte. Aber die administrativen Verantwortungen! Seine Drückebergertaktik angesichts der unangenehmsten Aufgaben innerhalb der Sektion war bislang stets aufgegangen. Grademal die Verwaltung des Bibliotheksbudgets wurde ihm einmal (vertretungsweise für ein akademisches Jahr) aufgebürdet.

Schon das bereitete ihm größte Pein. Und jetzt, damit es bald zum Senior Lecturer reichte: die Sektionsleitung. Technisch gesehen, bestand nun ein Vorgesetztenverhältnis zwischen ihm und Frauke Wahrig. Aber er durfte es sich mit ihr nicht verscherzen. Leider. Dazu war sie in administrativer Hinsicht zu wichtig. Wie ein typischer Mann: Computerfreak. Sie erledigte alle, aber auch gar alle informationstechnologischen Angelegenheiten nicht nur innerhalb der Sektion, sondern obendrein institutsweit. Der konnte er somit wirklich keine 'reinwürgen, obwohl es genau sie war, die wie ein Gipfelstürmer in Rekordzeit den steilen Aufstieg zum Senior Lecturer überwunden hatte.

Michael Jenners warf seine Aktentasche auf die noch nicht überfüllte Seite seines Schreibtisches. Er schaltete den Computer an. Wie lange es immer dauerte, bis das Ding warm wurde! Er hätte es am liebsten jeden Abend im Stand-by-Modus belassen, aber Frauke empfahl das totale Abschalten. Also gut. Warten. Er fischte seinen Terminkalender aus der Aktentasche. Verflixt! Die Schale seiner Frühstücksbanane war an der Seite aufgeplatzt und hatte auf dem Rücken des Kalenderbüchleins eine schleimige Spur hinterlassen. Wie appetitlich! Glücklicherweise war nichts anderes in der Tasche betroffen. Keine Bananenmansche am *dtv*-Atlas zur Weltgeschichte zu entdecken. Auch das Videoband mit Leni Riefenstahls *Triumph des Willens* schien unversehrt. Das wäre ihm doch peinlich gewesen, wenn er Roger Hertloff diese durch eine streng riechende Südfrucht kontaminierte Rarität hätte überreichen müssen. Ganz scharf war der neue sowie vorübergehende Kollege auf den Film gewesen. Der sei in Deutschland "Giftschrankmaterial". Dürfe keinesfalls gezeigt werden im Fernsehen. Soviel zum Stand der deutschen Demokratie und der damit verbundenen bürgerlichen Freiheit. Komischer Kauz, dieser Hertloff! Allerdings sympathisch mit seiner ungestümen, jungenhaften Art. Hertloff würde gegen Nachmittag bei ihm vorbeischauen und das Band abholen.

Als Michael Jenners seinen Terminkalender mit dem letzten ihm zur Verfügung stehenden *Kleenex* saubergewischt hatte, öffnete er seine E-Mails. Was war denn das? Fünf an der Zahl mit demselben Betreff. Die erste vom Studentensekretariat des Fremdspracheninstituts. Es ging um die Studentin Lara Fensterstock. Armes Mädchen!

Warum sich ihre Eltern nicht umbenannt hatten? Ach, du liebe Güte! Ja, natürlich: Ende September! Immer das identische Spielchen! Zu Jom Kippur meldeten sich die jüdischen Studenten reihenweise ab. Das durften sie sich hier ja erlauben. Leider! Man mußte gute Miene zum bösen Spiel machen. Warum konnten die Idioten nicht an der Universität von Tel Aviv studieren, wenn sie so viel Wert auf ihre Feiertage legten? Hier war Großbritannien! Hier war Westeuropa! Hier herrschte säkularisiertes Christentum! Hier war die Universität von Manchester, wo das akademische Jahr genau in der Jom-Kippur-Woche begann! Und da meinten die Herrschaften des auserwählten Volkes, sich gleich nach ein paar Tagen abseilen zu müssen! Also: Lara Fensterstock hatte sich ganz legitim für ihre zu erwartende Abwesenheit an Jom Kippur entschuldigt. Warum dann dieser Rattenschwanz an Folge-E-Mails mit "Re: Lara Fensterstock" im Betreff? Die erste vom neuen Kollegen. Da konnte man ja gespannt sein. Beim Lesen des elektronischen Kurzbriefes von Roger Hertloff wußte Michael Jenners nicht, ob er nun vom Stuhl kippen oder laut losbrüllen sollte vor Lachen: ob er, Roger Hertloff, da es jüdischen Studenten offenbar erlaubt sei, an jüdischen Feiertagen dem Unterricht fernzubleiben, seinerseits, als Dozent, seine Seminare und Vorlesungen am dritten Oktober, was ja der deutsche Nationalfeiertag mit immenser historischer Bedeutung sei, ausfallen lassen könne, um in sich zu kehren. Michael Jenners entschied sich für Lachen.

Endlich! Endlich hatte es einer mal gewagt! Doch damit tat er sich ganz offensichtlich keinen Gefallen. Da mußte er glatt aufpassen, damit er nicht noch am Ende als Sektionsnazi dastand. Kein Wunder, daß es drei im Abstand von wenigen Minuten abgesetzte Antworten auf seine (wahrscheinlich) nicht ganz ernst gemeinte Mail gab. Chris Marin selbstverständlich - als Quotenjüdin der Sektion eine Pflicht für sie, sich zu rühren. Frauke Wahrig. Und Marcus Cornell ebenfalls; die professorale Stimme. Alle im selben Tenor. Eine Welle der Entrüstung im Sinne der politischen Korrektheit. Da wäre es Michael nun am liebsten gewesen, wenn er die Bürde der Sektionsleitung für einen Tag abstreifen und sich lediglich über diese Komödie hätte amüsieren können. So aber war er gezwungen, in beschwichtigendem, doch gleichzeitig zurechtweisendem Ton (im Falle von Hertloff) zu reagieren. Im persönlichen Gespräch könnte er dem Sturm-und-Drang-Kollegen ja aufmunternd auf die Schulter klopfen und ihm die Leni-Riefenstahl-Kassette mit einem Augenzwinkern überreichen.

* * * * *

Woche eins: dreimal *Vier Jahreszeiten*. Woche zwei: einmal *Katharinenhof*. Woche drei: nichts. Woche vier: dreimal *Mandarin Oriental* und zweimal *Vier Jahreszeiten*. Woche fünf: wieder dreimal *Mandarin Oriental*, aber nur einmal *Vier Jahreszeiten*. Woche sechs dann sogar *Bayerischer Hof*. Doch gleich viermal! Beim letzten Eintrag unter der Rubrik "Dauer": ein Fragezeichen. Länger als vier Stunden! Detlef Loose starrte auf die sechste Seite einer Buchhalterkladde, die er sich vor knapp zwei Monaten zugelegt hatte. In einer sorgfältig mit Lineal gezogenen, mehrspaltigen Tabelle waren Daten, Uhrzeiten, Orte und sonstige Bemerkungen aufgeführt. Personenbeobachtung. Detektivarbeit erster Klasse. Anstrengend, aber Detlef Loose konnte sich das durchaus leisten. Die Anforderungen des Studiums stellten für ihn eigentlich keine Anforderungen dar. Lästige Anwesenheitspflichten. Repetitionen mit links. Er verstand nicht, wie dumm sich manche seiner Kommilitonen teils anstellten. Diese Begriffsstutzigkeit! Sie hätten allesamt das Studium an den Nagel hängen sollen. Bis auf eine Ausnahme: die Göttin! Oder war sie eine Teufelin, eine Hexe? Detlef Loose überlegte, ob er Johanna von Mühlwang nun haßte oder liebte. Er haßte sie, weil sie einen Tick besser war als er. Schneller im Rechnen. Unglaublich! Und er haßte sie, weil sie ihm, jeweils peinlich berührt lächelnd, mehrmals das Angebot, gemeinsam zu lernen, verwehrt hatte. Ein arrogantes Mädchen! Glaubte, wußte, daß sie etwas Besseres war. Er haßte, haßte, haßte sie! Abgrundtief. Und er liebte, liebte, liebte sie! Über alle Maßen. Wie sie sich unprätentiös bewegte! In ihrem heruntergekommenen Dschungel-Outfit. Femininer Gang; doch nicht aufgesetzt. Meist mit leicht gesenktem Kopf. In Gedanken. Keine Absätze an den Schuhen. Einfache Schuhe. Absolut nichts Außergewöhnliches. Alles an ihrer Kleidung war unspektakulär. Dennoch ließ es die Phantasie spielen.

Detlef Loose knöpfte sich die Kordhose auf. Nahm ein *Tempo* aus der Packung. Es dauerte nicht lange. Zwei, drei Tropfen gingen daneben. Aufs Kord der rechten Hosentasche. Er versuchte sie wegzuwischen. Das würde schon gehen. Ob nun eine Kruste mehr oder weniger - egal! Es kümmerte ihn nicht. Gut getan hatte es allemal. Das war das Wichtigste. Er knüllte das *Tempo* klein zusammen und warf es in den übervollen Papierkorb neben dem Schreibtisch. Es kullerte vom Berg hinab und fiel zu Boden. Er ließ es liegen. Schaute wieder in die Kladde. Die Zeichen deuteten nur auf eine einzige Möglichkeit hin, die sich in Woche fünf am Tag zwischen ihrem letzten Besuch im *Mandarin Oriental* und dem im *Vier Jahreszeiten* so gut wie bestätigt hatte. Ein Bürogebäude am Alten Botanischen Garten. Nachdem Johanna darin verschwunden war, hatte Detlef Loose die Messingschilder studiert. *Dopplereffekt Rendezvous-Agentur.* Wenn die Tatsache an sich selbst nicht so traurig gewesen wäre, dann hätte Detlef Loose das sogar witzig finden können: Die Physikstudentin Johanna von Mühlwang arbeitete für *Dopplereffekt*. Als Nutte! Es mußte etwas geschehen. Was würde das Studentenwerk sagen, wenn es von der Sache Wind bekäme? Mit einer Nebenerwerbsquelle wie dieser dürfte sich Johanna von Mühlwang getrost von ihrer Wohnheimberechtigung verabschieden. Das wäre schon mal ein Schlag für sie. Und dann die Familie? Die Mutter? So viele von Mühlwangs gab es sicherlich nicht in Johannesburg. Professor Henriette von Mühlwang an der University of the Witwatersrand. School of Literature and Language Studies. Department of Modern Languages. Der Treffer im Internet. Die Mutter! Leicht zu erreichen. Kinderleicht! Ein kurzes Telefongespräch? Eine E-Mail? Doch vorher eine Unterredung mit der Kommilitonin. Vielleicht wollte sie es verhindern. Vielleicht machte sie ihm ein Angebot. Vielleicht, vielleicht, vielleicht!

Detlef Loose zog sich seinen Bundeswehrparka an. Knallte die Haustür hinter sich zu. Schneeregen. Er beugte sich etwas vor, stülpte sich die Parkakapuze über und begann zu laufen. So schnell wie es ihm seine Korpulenz gestattete. Am Pasinger Bahnhof schlug er den Weg zum üblichen Gleis ein, von wo die S-Bahn abfuhr, die ihn gewöhnlich ins Stadtzentrum zum Umstieg auf die U-Bahn in Richtung Universität brachte. Inzwischen hatte sich der Schneeregen in einen unangenehmen Graupelschauer transformiert, so daß man Schwierigkeiten bekam zu erkennen, wohin man trat. Einmal in der

Unterführung, ging es ein wenig schneller. Detlef Loose schnaubte. Die körperliche Anstrengung - äußerst ungewohnt für ihn, der lieber unbeweglich im Schreibtischstuhl hockte, um stundenlang, ohne Unterbrechung, mit Zahlen und Formeln herumzujonglieren. Es glich beinahe einem Sprint, zu dem er die Treppe hoch ansetzte, damit er die bereits angesagte Bahn, die offenbar gerade einfuhr, noch erreichen würde. Als er das durch den Schneefall beträchtlich gedämpfte Tageslicht wieder erreichte, befand er sich am Treppenabsatz in für seine Verhältnisse noch so großem Schwung, daß er diesen ausnutzen wollte, um auch ja rechtzeitig einsteigen zu können. Er bemerkte, daß er sogar zu früh dran war. Die Licht-Augen der S-Bahn kamen ihm entgegen. Er bremste. Die S-Bahn bremste. Die Metallräder pfiffen. Detlef Loose rutschte beim Abstoppen auf einem kleinen Häufchen Matsch neben der weißen Demarkationslinie aus, die den Zugpassagieren bedeuten sollte, nicht näher als genau jene Distanz ans Gleiswerk heranzutreten. Er sah dem leicht trüben S-Bahn-Licht ins Auge. Dann wurde alles schwarz.

* * * * *

Wenn sie das gewußt hätte! Eine solch lange Wartezeit für eine Formsache, die man ebenso auf rein schriftlichem Wege hätte erledigen können. Aber nein! Das Studentenwerk bestand auf persönlicher Vorsprache für die Verlängerung der Wohnheimberechtigung. Selbst bei einem nicht abzulehnenden Anrecht auf das Studentenapartment wie im Falle Johanna von Mühlwangs. Als Stipendiatin saß sie auf einem sicheren Stuhl. Bis zu ihrem Studienende. Alles lief nach Plan. Vordiplom nach dem kommenden Sommersemster. Das Studentenwerk durfte nur ja nichts von Johannas Nebenerwerb erfahren. Aber wie sollten die jemals Wind davon bekommen? Es ging alles extrem diskret über die Bühne. Warten, warten, warten. Das erste Mal seit Studienbeginn mußte also die Verlängerung der Wohnheimberechtigung her. Es wurde gemunkelt, daß das persönliche Antanzen und Vorsingen beim Studentenwerk nur etwas damit zu tun habe, daß man die Studentensiedlung im Olympischen Dorf in den nächsten Jahren abreißen und neu aufbauen wollte. Schließlich stand es bereits knapp dreißig Jahre, und Studenten hatten eben den Ruf, in einer gewissen Art und Weise zu "hausen". Johanna konnte das durchaus bestätigen. Sie mußte da lediglich an ihren Einzug ins Apartment vor etwas über zwei Jahren denken. Ein wenig heruntergekommen waren diese Unterbringungen schon.

Ja, hätte Johanna geahnt, daß sie so lange vor dieser Bürotür der Sachbearbeiterin des Studentenwerks zubringen müßte, dann hätte sie sich ihr Aufgabenbuch mitsamt Notizblock mitgenommen, um ein bißchen Zerstreuung zu haben. Lustlos nahm sie die Universitätszeitung im Hochglanzformat vom Tischchen neben ihr auf. Hochglanzformat! Das Propagandaorgan der Alma Mater. Da stand nur Positives drin. Lobhudeleien. Eigenlob. Sinnigerweise stank das Papier, wenn man mit der Nase näher heranging. Johanna fing an zu blättern, ohne richtig hinzuschauen. Da fiel ihr Blick auf das Porträt eines jungen Mannes. Glatter Speckscheitel nach links. Altmodische Brille. Auffallende Blässe eines dicklichen, aufgedunsenen Gesichtes, welches sie kannte. Der hatte sie doch immer wieder, beinahe penetrant, gefragt, ob sie mit ihm lernen wolle. Dem durfte man nicht zu nahe kommen. Der Achselschweiß! Die seit Wochen nicht gewaschenen Haare. Die deutlichen Fingerabdrücke auf der Brille. Ein Typ, wie man sich landläufig einen Physikstudenten vorstellt. Abstoßend. Hochintelligent. Einseitig. An der Grenze zum Autismus. Und was stand unter dem Bild? "Die Universität trauert um... Detlef Loose." Johanna bekam Herzklopfen. Gute Güte! Das durfte doch nicht wahr sein! Tragischer Unfall. Sie bekam ein schlechtes Gewissen. Vor knapp zwei Wochen dachte sie noch, als sie sich an einem Praktikumstag schließlich der offenbar schon längeren Abwesenheit des wenig beliebten Kommilitonen gewahr wurde, was für eine Erleichterung es doch sei, dieses Ekelwesen für eine Weile loszuhaben - vielleicht für immer. Wie er ständig um einen herumschlich! Einer Hyäne gleich, die darauf lauert, daß das verletzte Beutetier letztendlich ganz den Geist aufgibt. Empfand sie Trauer darüber, daß Detlef Loose ihr nun nie wieder zur Last fallen würde? Trauer: nein; Schock vielleicht. Wie schrecklich, wenn man über den Tod eines Mitmenschen nicht traurig sein konnte!

"Johanna von Mühlwang!" rief ein Gesicht, das teilweise hinter einer nur einen Spalt breit sich öffnenden Bürotür sichtbar wurde. Die Aufgerufene erhob sich mit einem Seufzen, das Antragsformular in der rechten Hand, und ging auf den Türspalt zu, hinter welchem das schemenhafte Gesicht wieder verschwunden war.

* * * * *

Wieder *Emirates* über Dubai. Dieses Mal aber Economy Class. Und dieses Mal beinahe doppelt so lange unterwegs. Siebenundzwanzig Stunden. Manchester, Dubai, Singapur, Melbourne.

Viel Zeit zum Nachdenken. Wie gut das täte, wenn er bei Frauke Wahrig damit angeben könnte, die Stelle an der Monash University ergattert zu haben. Bei diesem lesbischen Miststück, das ihm das Leben in den letzten viereinhalb Monaten so richtig verdorben hatte mit seinen politisch-korrekten, mechanischen Pingeligkeiten. Aufseherin in einem Konzentrationslager. Das hätte der Kollegin gut zu Gesicht gestanden. Zuerst die Sache mit den studentischen Fragebögen. Roger Hertloff sollte nur zehn Monate mit von der Partie sein. Danach war Sense. Warum mußte er also diese verdammten Bewertungsbögen an seine Studenten verteilen? Weil das die alle vier Jahre durchgeführte Lehrevaluation am Institut so vorsehe. Auch kurzzeitig dort beschäftigte Lehrkräfte müßten ordnungsgemäß von den Studenten bewertet werden. Also sprach ihre Hoheit Wahrig, die Erste und Einzige. Na gut. Stur hielt Roger daraufhin die Institutsrichtlinien buchstabengetreu ein. Er wartete. Und wartete. Und wartete. Täglich überprüfte er routinemäßig die gähnende Leere seines Postfaches. Er wartete darauf, daß ihm, wie es in den Richtlinien hieß, der Institutsadministrator beziehungsweise die Institutsadministratorin, wer auch immer das sein mochte, diese verwunschenen Fragebögen dort hineinlegte. Nichts, nichts und wieder nichts! Nach zwei Monaten die E-Mail der KZ-Leiterin: wo denn seine Fragebögen blieben zwecks Auswertung. Seine lapidare Replik: Er habe die Bögen nie erhalten; er habe darauf gewartet, wie es in den Richtlinien stehe; als nichts gekommen sei, habe er gedacht, daß das Institut zur Vernunft gekommen sei, es sich anders überlegt habe und er nun doch nicht bewertet werden müsse. Punkt. Freundliche Grüße. Die Replik auf die Replik: Die Institutsadministratorin sei ganz neu. Man habe von ihr noch nicht erwarten können, daß sie die Fragebögen verteile. Man müsse sie momentan noch selbst beantragen und abholen. Aha! Er, Roger Hertloff, als ganz neuer Kollege, mußte das riechen können. Immer dieses Messen mit zweierlei Maß. Man sollte immer die Unzulänglichkeit wie auch Unzuverlässigkeit anderer einkalkulieren. Machte denn nur er allein auf der ganzen Welt seine Arbeit ordentlich - neben Frauke Wahrig, selbstverständlich? Ohne die Fragebögen war Roger nun gezwungen, im zweiten Semester eine Lehrprobe über sich ergehen lassen zu müssen. Und das einzig wegen dieser Emanzenkuh.

Zweite Wahrig-Affäre: Semesterabschlußessays. Frauke Wahrig - Zweitgutachterin für die Essays, die Roger Hertloff in seinem Vertretungsmodul gestellt hatte. Bei einer der Arbeiten roch Doktor Wahrig Plagiat. Noch nicht einmal bei derjenigen Arbeit, die Roger am ehesten als beinahe wort-wörtlich vom Lehrbuch abgepinselt erachtete. Roger Hertloffs Politik: massiver Punkteabzug bei mangelnder Originalität. Frauke Wahrigs Politik: Anwendung der Fakultätsrichtlinien, wonach der betreffende Student (im vorliegenden Fall sogar eine recht ordentliche und fleißige Studentin, die es aus Leichtsinn offenbar verabsäumt hatte, ein oder zwei wörtliche Zitate aus einem Artikel eben als Zitat zu kennzeichnen) so hart wie möglich zu bestrafen sei nach vorausgehendem Inquisitionstribunal. Doctores Wahrig und Hertloff legten ihre Argumente im Folgenden Marcus Cornell als dem inzwischen aus dem Forschungssemester zurückgekehrten Lehrstuhlinhaber vor. Der wandte sich in seiner Entscheidungsnot an die Fakultät, genauer gesagt: an deren Dekan. Von dieser Stelle kam sodann die Wischiwaschi-Antwort, daß es normalerweise ungemein schwierig sei, Plagiat haarklein nachzuweisen. Jedenfalls wolle sich die Fakultät selbst mit dem Fall nicht die Hände schmutzig machen. Das sei Institutskram und solle dort gefälligst auch geregelt werden. Resultat: Professor Cornell schlug Punktabzug vor. Viel Lärm um nichts letzten Endes. Und man hatte einer eigentlich guten Studentin umsonst die Hölle heißgemacht. KZ-Methoden eben. Frauke Wahrig eben.

Roger Hertloff drückte auf den Knopf in seiner Armlehne, um den Sitz auf Ruheposition zu stellen. Es lief *Notting Hill*. Schön entspannen! Er malte sich den Umzug nach Australien aus. Bei fünfzig

Prozent Erfolgschancen fiel das beträchtlich leichter als bei seinen sämtlichen bisherigen Bewerbungen. Die Fuzzis an der Monash-Uni hatten nur eine andere Person und ihn eingeladen. Nach intensivster Vorauswahl. Die wollten sogar die elektronischen Versionen seiner Veröffentlichungen haben. Und voilà: Er wurde zu einem von zwei Auserlesenen. Da fühlte er sich! Und Australien! Melbourne! Roger hatte es nicht verabsäumt, die Klimatabelle einer Analyse zu unterziehen. Ideal! Gemäßigt. Die Sommer nicht zu heiß; vielleicht sogar ein bißchen verregnet. Und die Winter auch nicht allzu streng. Da könnte man es wohl sehr gut aushalten. Auf jeden Fall besser als Südafrika. Und natürlich: Wie schön das würde, Frauke Wahrig davon in der blumigsten Sprache zu erzählen. Roger schloß die Augen. Zur Abwechslung kein schreiendes Kleinkind hinter seinem rechten Ohr. Als die Maschine zur Landung in Dubai ansetzte, wachte er wieder auf.

* * * * *

Am Ziel! Ein Uhr fünfzehn morgens Ortszeit. Eine Kollegin in spe wartete. Mußte zufälligerweise noch jemanden anderen vom selben Flug aus Singapur abholen. Juliane Wieland. Eine unauffällige, sympathische Mittdreißigerin. Nicht hübsch, nicht häßlich. Etwas bieder. Brille. Kein Make-up. Das machte sie eben sympathisch. Unprätentiös. Sie hielt das Schild mit Rogers Namen darauf hoch und zeigte sich doch ein wenig perplex, als Roger auf sie zukam. Sie hatte keinen Hippie mit längerem Haar erwartet. Nach der ersten Überraschung ein freundlicher Willkommensgruß. Man habe für Roger ein Zimmer in einer Art Universitätspension gebucht.

Kurz vor drei Uhr morgens packte Roger dort seinen spärlich angefüllten Koffer aus. Eigentlich war es vier Uhr nachmittags. Britische Zeit. Er müßte versuchen zu schlafen. Das Auswahlgremium war aber großzügig. Es hatte die Präsentation auf den späten Nachmittag angesetzt. Kein Streß also. Im Kontrast dazu der Folgetermin: geselliges Abendessen mit den voraussichtlichen Kollegen der Deutschabteilung beim Chinesen. Warum eigentlich? Zählte das mit zu den Anstellungskriterien? Sozialverhalten in der Freizeit? Er müßte sich halt zusammenreißen. Nicht zuviel herauslassen. Aber auch nicht zu wenig. Wie er das haßte! Diese soziale Selbstdisziplinierung mit Blick auf andere. Im guten Licht dastehen müssen. Wie wollten die ihn haben? Alles, was er machte, konnte verkehrt sein.

* * * * *

Nach vier Stunden unruhigen Schlafs bequemte sich Roger Hertloff in den Frühstücksraum, wo man sich selbst bediente. Cornflakes. Etwas Orangensaft. Das war's. Kein Mensch weit und breit. Dann, unvermittelt: Eine junge Frau mit brünettem Haar in Pagenschnitt ging draußen vor dem Fenster vorbei. Das würde doch nicht etwa seine Konkurrentin sein? Ihre Aufmachung sah relativ vornehm aus. Eventuell für ein Vorstellungsgespräch. Sie blickte über die Schulter in den Frühstücksraum. Kurz in die Augen Rogers. Sie war es! Garantiert! Eine Frau! Roger sah mit einem Mal seine Chancen von fünfzig auf null Komma fünf Prozent schwinden. Wieder nur ein Alibi-Kandidat, damit diese Idioten im Sinne der positiven Diskriminierung ein Weib einstellen konnten? Zwei Tage Flugstrapazen, Jetlag und Aufregung für die Katz? Vor sich hinfluchend, band er sich die Schuhe. Winklepickers. Das einzig elegantere Schuhwerk in seinem Besitz. Es fing an zu regnen, als er sich auf den Weg zur Universität machte.

* * * * *

Alle waren sie stinkfreundlich zu ihm. Gutes Zeichen? Schlechtes Zeichen? Unvorsichtigerweise hatte niemand das Schild vom Präsentationszimmer weggemacht. Da stand ihr Name drauf: Marie Fingert. Schnell nahm es der Vorsitzende ab. Doch Roger hatte es gesehen. Offensichtlich war das Gremium bemüht, daß sich die Kandidaten nicht über den Weg liefen. Das war allerdings bereits geschehen. Und diese Geheimnistuerei ließ Roger noch mehr Verdacht schöpfen. Er fühlte sich erneut auf verlorenem Posten. Diese Schweine!

* * * * *

Der Altersunterschied machte sich nach nunmehr zwölf Jahren mehr als nur bemerkbar. Eve Bixby zählte jetzt achtunddreißig Lenze, während ihr Lebensgefährte Martin gerade seinen sechzigsten Geburtstag gefeiert hatte. Als Frau von achtunddreißig stellt man Ansprüche. Man möchte gewollt werden. Man möchte begehrt werden. Man möchte befriedigt werden. Martin - das Gegenteil. Er wollte seine Ruhe haben. Gesellige Zweisamkeit maximal. Keine Fleischeslust mehr. Eve Bixby fühlte sich unerfüllt. Gänzlich. Sie schätzte jedoch Martins Kameradschaft. Die Zuverlässigkeit. Aus diesem Grund verbarg sie gekonnt ihre sexuellen Kurzabenteuer vor dem Partner, dem sie damals in Adelaide an der Universität in die Quere gekommen war. Sie: frischgebacken promoviert in Deutscher und Vergleichender Literatur. Er: etablierter Professor in Kunstgeschichte. Zumal Martin, völlig unwissend in Bezug auf das außereheliche Liebesleben seiner Gattin, glücklich und zufrieden vor sich hinexistierte, machte Eve richtiggehend Jagd. Acht Blitzaffären. Davon drei One-Night-Stands. Am liebsten Spaß, Clubben und zum krönenden Abschluß der Coitus. Und jetzt ein neues Opfer. Langerhand vorbereitet. Ungefähr schon seit drei Wochen, als die Auswahlkommission die beiden Einladungen zum Vorstellungsgespräch weggeschickt hatte. Ein Mann, der sie auf dem Bild im Internet ungemein ansprach. Ein Mann, den sie einmal haben konnte und danach so gut wie sicher nie wieder sehen würde. Das Ideal. Die Kommission hatte nämlich entschieden. Die Frau sollte die Stelle bekommen. Und falls die Frau nicht wollte, womit man eigentlich nicht rechnen durfte, würde man es dem Mann anbieten, wenn man ihn schon als Alibi-Kandidaten die weite Reise hatte antreten lassen. Eve Bixbys Plan stand also schon seit einigen Wochen fest. Nach dem geselligen Abendessen mit den Kollegen der Deutschabteilung würde sie Roger Hertloff anbieten, ihn zurück zur Pension zu fahren. Er wäre sicherlich leichte Beute. Alleinstehend, wenn er sich für eine Stelle am anderen Ende der Welt interessierte. Sie würde neuen deutschen Rock spielen auf der Autofahrt und ihm eindeutige Zeichen geben. Er müßte dann nur noch zugreifen. Eve Bixby kannte die Männer. Und sie kannte sich. Sie hatte es drauf. Wenn sie wollte, hatte noch keiner widerstehen können. Und dann ging es stets hoch her. Sie freute sich auf ihr kleines Abenteuer. Bevor sie an diesem

Morgen das Auto vor der Universität abschloß, stellte sie sicher, daß sie einen Zweierpack Kondome im Handschuhfach zurückließ. Man wußte ja nie. Vielleicht fiel er ja schon im Wagen über sie her. Vielleicht mußte sie an einer unbeobachteten Stelle links 'ranfahren. Das wäre sogar ihre bevorzugte Variante gewesen. Martin? Der würde nicht einmal im Entferntesten Verdacht schöpfen. Abendessen mit den Kollegen. Das genügte voll und ganz als Erklärung.

* * * * *

Das kleine Kästchen an der Windschutzscheibe klickte. Verfluchte Maut! Was die Hans-Jürgen Kreiss wohl seit ihrer Einführung gekostet hatte? Allerdings nahm er das Geräusch praktisch nur noch routinemäßig wahr, so sehr hatte er sich, wie auch alle anderen motorisierten Melbourner, daran gewöhnt. Beutelschneider waren die Politiker alle miteinander. Hans-Jürgen Kreiss wurde einzig wegen des Staus, in welchem er momentan steckte, auf das Klicken aufmerksam, zumal er in Schrittgeschwindigkeit das Metallgerüst mit der elektronischen Mautkontrolle passierte und sich das Fahrgeräusch dementsprechend kaum bemerkbar machte. Seine Gedanken schwirrten überall umher; der Straßenverkehr kümmerte ihn am allerwenigsten. Verkehr! Das Stichwort! Lynn. Die älteste seiner drei Töchter. Vierzehn. Das Backfischalter. In der heutigen Zeit wohl viel eher das Experimentier- und Ausflippalter. Hans-Jürgen Kreiss dachte, er lebe hinter dem Mond. Wie ein Blitz aus heiterem Himmel hatte es ihn getroffen, bei seinem nächtlichen Toilettengang Lynn am gestrigen Sonntagmorgen um drei Uhr dreißig schnarchend unten im Flur bei der Haustür liegend vorzufinden. Über ihre Kleidung sowie den Fußabtreter neben ihr verstreut - die stark nach Alkohol und Magensäure riechende Spur von Übergebenem. Mitternacht war abgemacht gewesen. Daß Lynn dieses Limit wohl nicht einhalten würde, schwante dem Ehepaar Kreiss bereits im Vorfeld. Die Siebenerclique, zu welcher sich die Tochter stolz zählte, genoß seit geraumer Zeit einen nicht gerade positiven Ruf im Elternkreis. Schlimm, schlimm! Den jungen Biestern war kaum Herr zu werden. Regelmäßig schlugen sie über die Stränge. Dieser Alkoholexzeß brachte nun aber das Faß zum Überlaufen. Nachdem Hans-Jürgen

Kreiss zusammen mit seiner australischen Frau Nora die Tochter unter einigen Mühen ins Bett gelegt sowie das gesamte Erbrochene im Rahmen einer umfangreichen Reinigungsaktion beseitigt hatte, setzte er sich mit den sechs Elternpaaren der sogenannten Freundinnen Lynns in Verbindung, um über eine konzertierte Strafmaßnahme zu beratschlagen. Einen Monat absolutes Ausgehverbot sowie Taschengeldentzug. Totalitäre Polizeimethoden wie seinerzeit bei den eigenen Eltern. Hans-Jürgen Kreiss hätte sich selbst ohrfeigen können. Da wollte man alles anders und besser machen, aber es ging so dermaßen daneben, daß man es nicht glauben konnte. Bei Sandra, der Elfjährigen, ging das geradeso weiter. Rebellierte um der Rebellion willen. Nur Phoebe, das Nesthäkchen, aus Aberglauben nach Holden Caulfields Schwester aus *Catcher in the Rye* benannt, verbreitete Freude in der Familie Kreiss. Die Fünfjährige vermochte sogar die um sechs und neun Jahre älteren Geschwister in ihrem Verhalten etwas zu zähmen. Ein Vier-Frauen-Haushalt. Ein Alptraum! Hans-Jürgen Kreiss fühlte sich so manches Mal wie der vom Schicksal am härtesten getroffene Mensch auf Erden. Wie man um die Luder Angst haben mußte! Tja, der Verkehr auf der Straße hatte ihn automatisch an den Verkehr der Geschlechter denken lassen. Lynn! Ob sie es schon mal gemacht hatte? Wenn ja, mit wem? Wie war das abgelaufen? Wie mußte man sich das vorstellen? Der Familienvater schwitzte hinterm Steuer. Und Sandra? Die kokettierte ja auch schon herum. Eine Schrotflinte! Eine Schrotflinte würde er sich besorgen, um die pubertierenden Jungbullen zur Räson zu bringen, die es wagten, sich den Früchten seiner Lenden anzunähern! Na, Gott sei Dank: Im Stau tat sich was! Der Verkehr wurde allmählich zähflüssig, bis der Tachometer doch schließlich wieder eine Geschwindigkeit von knapp unter achtzig Kilometern pro Stunde anzeigte.

Hans-Jürgen Kreiss war nun gar nicht in der Stimmung, um zur Arbeit zu fahren. Gegen den Beginn des akademischen Jahres sah er jedesmal an. Pflichten über Pflichten. Papierkram - vor allem für den Leiter der Deutschabteilung. Und jetzt auch noch die Stellenausschreibung. Wie lange hatten sie gekämpft, bis ihnen dieser Posten bewilligt wurde? Er wollte erst gar nicht zurückrechnen. Und nun endlich, wo die beiden Kandidaten der engeren Wahl zur Vorstellung angereist waren, stand schon alles fest. Die Gleichberechtigungsbrigade hatte bereits entschieden. Die Frau sollte, mußte es sein! Drei Mädchen und drei Jungen. Die harmonischen Bradys der Deutschabteilung an der Monash-Universität! So wollte es die Fakultät sowie auch die Uni-Leitung. Und das, obwohl Roger Hertloff deutliche Vorteile hinsichtlich der Sprachvermittlung im Vergleich zu Marie Fingert verbuchen konnte. Die Forschungsseite - so gut wie ausgeglichen. Auf dem Papier und ohne Berücksichtigung des Geschlechts wäre Roger Hertloff dementsprechend als eindeutiger Sieger aus dem Wettbewerb hervorgegangen. Ein idealer Allrounder, wohingegen die Konkurrentin zur einseitigen Forscherin tendierte. Doch in den Statuten durfte man es ja nachlesen: Bei vergleichbarer Qualifikation mußte der Frau der Vorzug gegeben werden. Da war es sodann ein Leichtes für die emanzelnden Personen im Auswahlgremium, die beiden Bewerbungen als von ebenbürtiger Qualität hinzustellen. Ohne ihn kennengelernt zu haben, tat Roger Hertloff Hans-Jürgen Kreiss leid. Eine weite Anreise für nichts. Hoffnungen umsonst. Da ein Pokerface aufzusetzen würde schwerfallen. Schauspielern. So tun, als ob die Chancen wirklich fünfzig-fünfzig stünden. Hans-Jürgen Kreiss verabscheute Unaufrichtigkeit. Das, wovor er seine Töchter von Beginn an zu schützen versucht hatte. Aber es ging einfach nicht ohne. Die kleinen und großen Notlügen des Alltags. Die subtile Manipulation der Mitmenschen, damit das Leben einigermaßen reibungslos funktionierte.

Heute: die Präsentationen. Hans-Jürgen Kreiss würde es trotz des Staus noch gut zu derjenigen von Marie Fingert schaffen. Zwar hätte er zuvor noch anderes erledigen wollen, aber da konnte man halt nichts machen. Am Nachmittag dann Hertloffs Vortrag, bevor sie den dann noch zum geselligen Abendessen mit dem Kollegenkreis abschleppen würden. Nur keine Verdachtsmomente aufkommen lassen. Es sollte so aussehen, als ob sie ihn etwas näher kennenlernen wollten. Was für eine Schmierenkomödie! Hans-Jürgen Kreiss setzte den Blinker für den Universitätsparkplatz. Glück gehabt um diese Uhrzeit: noch genügend freie Buchten.

* * * * *

Eine charmante, eloquente, junge Frau, die obendrein gar nicht mal unattraktiv aussah, versus einen revoluzzerischen Blender mit pseudo-nonkonformistischer Ritterfrisur. Da fiel die Wahl nicht schwer. Einmal, wenigstens einmal im Leben sollte aus Unrecht letztendlich Gerechtigkeit werden. Lothar Kunze spielte mit dem rechten Zahlenschloß seines Lederaktenkoffers, um sich die Zeit während der zwanzigminütigen Zugfahrt zu vertreiben. Er schaute auf die Armbanduhr. Ja, momentan nahmen sie den Revoluzzer hoffentlich auseinander. Horace La Saux, der Dekan der humanistischen Fakultät, war berüchtigt, gefürchtet für seine Kreuzverhöre. Der Inbegriff eines Mobbers. Und korrupt von der Glatze bis hinunter zu den Zehennägeln. Der dicke Brillie am Goldring seines kleinen Fingers sprach Bände. Aber er hielt das Haus in Ordnung, tat viel für die Fremdsprachen. Dem mußten sie danken, daß die Stelle überhaupt bewilligt wurde. Und der hatte auch auf einer Frau bestanden. Bedingung von oben offenbar. Er würde diesen Hertloff also nach Strich und Faden zerpflücken, so daß Marie Fingert als klare Siegerin hervorginge. Phantastisch! Roger Hertloff war Lothar Kunze auf Anhieb äußerst unsympathisch gewesen. Die Präsentation ging dann wohl auch gründlich in die Hose, zumal Lothar Kunze diesen Begriffsbildungsschmarren, mit dem sie da konfrontiert wurden, seiner Meinung nach aufgrund kritischer Rückfragen lächerlich hatte aussehen lassen. Dann das Abendessen beim Chinesen: Wie sich Hertloff da aus dem Fenster gelehnt hatte - unglaublich! PDS - die einzige wählbare Partei nach Afghanistan! Ein Kommunist! Ein Nestbeschmutzer! Lothar Kunze atmete tief durch, noch immer den Blick auf die Armbanduhr gerichtet. Ob er sein Tagespensum schaffen würde? Als Computerexperte der Deutschabteilung war er verantwortlich für alle informationstechnologischen Belange. Und die Einrichtung von *Blackboard* machte ihm doch größere Schwierigkeiten als erwartet. Die Oberfläche hätte eigentlich bereits zu Beginn des Jahres stehen müssen, rechtzeitig zum Vorlesungsbeginn. Doch immer diese Kinderkrankheiten am Anfang! Vielleicht bekäme er es ja diese Woche hin, so daß sich die ersten Studenten innerhalb von vierzehn Tagen zum ersten Mal einloggen konnten. Heute hätte er eventuell drei Stunden Zeit, sich damit zu befassen. Dann zurück nach Hause. Mit Fiona zur Klinik. Und hoffen: hoffen, daß es dieses Mal geklappt hatte. Aller guten Dinge waren schließlich drei. Bei den ersten beiden Versuchen war es knapp daneben gegangen. Aber die Ärzte ermutigten sie weiterzumachen. Hoffentlich jetzt! Hoffentlich! Wie sehr Hans-Jürgen doch nerven konnte mit den Endlos-Lamentos über seine mißratenen Töchter. Das heißt, die jüngste schien ja wenigstens ein Wonnekind zu sein. Naja, aber jedesmal hatte er ein neues Problem mit Lynn oder Sandra auf Lager. Wenn der wüßte, was sein Kollege dafür geben würde, überhaupt nur einfach Vater zu werden! Vater werden ist nicht schwer... von wegen! Der Pendlerzug hielt. Lothar Kunze stieg aus. Vereinzelte Regentropfen fielen. Ein Omen?

* * * * *

Ein beinahe nahtloser Übergang. Ein halbes Jahr ungefähr hätte er Zeit. Vielleicht etwas weniger, wenn die Arbeitserlaubnis pünktlich zum zweiten Semester des akademischen Jahres vorläge. Was bedeutete hier eigentlich "Zeit haben"? Im Prinzip bestanden ja so gut wie klare Verhältnisse. Tammy kam höchstwahrscheinlich aus der geschlossenen Abteilung nicht mehr heraus. Ihr Zustand hatte sich im Laufe der letzten beiden Jahre stetig verschlimmert. Als freiwillige Einlieferung konnte man die damalige Aktion nicht bezeichnen. Mit Händen und Füßen hatte sie sich gewehrt. Sie wollte nicht weg von zuhause, nicht weg aus ihrem Schutzbunker vor der Welt. Im Endstadium ihrer Freiheit bildete sogar das Zigarettenholen im Eckladen, kaum hundert Meter entfernt gelegen vom heimischen Kleinbungalow, eine unendliche Selbstüberwindung. Als Tammy ihren sonst so geliebten Achim dann mit dem Brotmesser schwer verletzte, er sich gerade noch zu erwehren vermochte vor ihrer bis dahin vehementesten Wahnattacke und schließlich zusammenbrechend die Notrufnummer wählte, war es um ihre Mündigkeit geschehen. Seitdem wurde sie regelmäßig besucht. Unter Aufsicht. Jede Woche dieselbe Seelenqual für ihren Partner, das heißt: eigentlich Ex-Partner.

Achim Stratmann lächelte glückselig zu seiner Beifahrerin hinüber. So jemanden wie Marie Fingert hatte er dringend benötigt. Einen personifizierten Anlaß, um endgültig den Schlußstrich unter die Beziehung zu Tammy Carmichael ziehen zu können. Was für ein

Glück, daß über die Jahre hinweg keine Kinder gekommen waren. Das machte es leichter. Und mit alten Gewohnheiten zu brechen, stellte sich meistens noch als viel einfacher heraus wie erwartet.

In spätestens einem halben Jahr kam Marie hierher. Ein Neuanfang! Achim Stratmann wußte es im Moment, als sie am Flughafen bei ihrer Ankunft auf ihn zuging, wie er da erwartungsvoll mit dem DIN-A-Vier-Blatt, das ihr Name (sogar mit Doktortitel vorneweg) zierte, dastand. Es knisterte spätestens bei der Kofferübergabe. Er bot sich an, ihr das Gepäckstück abzunehmen, wobei sich ihre Finger leicht berührten. Maries zierliche Finger!

Sie plapperten und plapperten. In einem unbedachten Augenblick während der angeregten Konversation auf der Fahrt vom Flughafen zur Pension wäre es Achim beinahe herausgerutscht. Das abgekartete Spiel. Daß sie die Stelle praktisch schon in der Tasche hatte. Er mußte noch zwei Tage Geduld haben. Das gesellige Essen mit den Kollegen war für den Abend nach dem Vorstellungsgespräch festgesetzt gewesen. Da bot man ihr die Stelle offiziell an. Und Achim fuhr sie anschließend zurück in die Pension. Und jetzt wieder zum Flughafen. Wie das Leben doch manchmal spielte! Er legte seine linke Hand auf ihr rechtes Knie. Sie strich sanft mit den zierlichen Fingern darüber. Ein knappes halbes Jahr. Was für eine schöne Zeit sie dann haben würden!

* * * * *

Sieben Anrufe bei der Stromversorgung zwischen achtzehn und zweiundzwanzig Uhr waren so gut wie vergebens gewesen. Das einzige, was man gesagt bekam, war, daß ein zu hoch beladener Lastwagen beim Rangieren eine Stromleitung gekappt und so den Blackout im Bezirk verursacht habe. Die Techniker seien dabei, das Problem zu beseitigen, doch wisse man nicht, wie lange sie dazu benötigten. Mit Magendrücken und bei Kerzenlicht war Juliane Wieland dann gegen Mitternacht zu Bett gegangen, ohne zu wissen, wann der Strom denn wieder käme. Das Waschmaschinenprogramm - genau in der Mitte; kurz vor Absaugen des Wassers. Was sollte sie tun? Am besten nichts. Abwarten. Die Klappe konnte sie sowieso nicht öffnen, bevor der Schleudergang zu Ende käme. Aber was, wenn die Maschine nicht mehr funktionierte bei wieder einsetzendem Stromfluß? Und wenn die Elektrizität die gesamte Nacht wegbliebe, dann wäre ihr Gefriergut auch dahin. Wahrscheinlich müßte sie das Zeug ohnehin wegwerfen. Um siebzehn Uhr dreißig fiel der Strom aus. Sechseinhalb Stunden kein Saft auf der Gefriertruhe. Das langte vielleicht schon zum Abtauen. Allerdings war es ja nicht so heiß draußen. Ein moderater Januar bislang.

Irgendwann döste Juliane Wieland dann ein. Um fünf Uhr zweiundfünfzig, laut Leuchtanzeige des batteriebetriebenen Weckers, fuhr sie hoch: Die Waschmaschine schleuderte. Juliane knipste das Nachttischlämpchen an. Na, Gott sei Dank! Die Neugierde trieb sie in die Küche. Sie hatte den Gefrierschrank am Abend mit Lappen "isoliert" und zusätzlich einige Schwammtücher am Boden davor ausgebreitet, um das Schlimmste zu verhindern. Eine gute Maßnahme, wie sich herausstellte. Alles durchnäßt! Sie öffnete das Gerät, sah die Bescherung und machte sich schluchzend ans Werk.

Um neun Uhr morgens rief sie bei Hans-Jürgen Kreiss im Büro an.

"Du, ich verspäte mich wahrscheinlich. Katastrophenalarm! Wir hatten Stromausfall fast die ganze Nacht. Ich räume immer noch auf. Muß ich denn unbedingt da sein?"

"Nein, nein! Mach' dir keinen Streß! Es wäre nur schön, wenn alle vom Auswahlgremium zur Vertragsunterzeichnung kämen. Aber ich werde dich entschuldigen..."

"Danke!... Mann, bin ich froh, daß der Hertloff mit dem Bus zurück zum Flughafen fährt. Ich hätte ihm nicht in die Augen sehen können..."

"Ich weiß, was du meinst. So läuft's halt. Wenigstens haben WIR die Stelle bekommen. Vergiß' es einfach..."

"Wohl besser so... Na, dann in dem Fall: bis morgen!"

"Bis morgen und Glück auf, Juliane!"

* * * * *

Vor dem Abflug noch ans Meer. Als kleiner Trost. Regungslos stand Roger Hertloff am St. Kilda's Pier und blickte verträumt auf die Skyline Melbournes vor ihm. Eine leichte Brise strich durch sein Haar. Wie schön es doch hätte werden können! Er hielt sein Mobiltelefon in der Hand. Sie hatten seine Nummer. Obwohl er im tiefsten Inneren wußte, daß es wieder mal Essig war, hoffte er trotzig. Den ganzen gestrigen Tag, während seines langen Stadtbummels, hatte er auf das Piepsen gewartet. Trotz der Aussichtslosigkeit. Das ignorante Mädchen bekam die Stelle.

Er würde das schadenfrohe Grinsen, das sie ihm vor ein paar Tagen durch die Fensterscheiben des Frühstücksraums der Pension zugeworfen hatte, nie vergessen:

"Ätschibätschi!"

Das mußten ihre Gedanken in jenem Moment gewesen sein.

"Ätschibätschi! Ich hab' nichts zwischen den Beinen baumeln!"

Dann noch der Abschluß, die Krönung: Diese Bixby hatte ihn ganz plump angemacht. Hielt sich für unwiderstehlich. Ekelig! Die Zellulitis zeichnete sich mehr als deutlich in der - gemessen an ihrem Lebensalter - viel zu engen Jeans ab. Das auserkorene Opfer hatte sich jedoch dummgestellt. So getan, als ob es nichts von der Anmache kapierte.

Roger hielt ein Ehepaar an. Fragte es, ob es ihn mit dem Hintergrund der Melbourner Skyline ablichten könne. Er reichte dem Mann seine Kleinbildkamera. Für das Foto gelang ihm ein einigermaßen akzeptables Lächeln. Langsam trottete er zurück zur Strassenbahnhaltestelle.

Wie schön hätte alles werden können! Offene Australische Tennismeisterschaften. Gestern spielte Tommy Haas! Nächstes Jahr hätte er es sich vielleicht live ansehen können, wenn Marie Fingert Martin Fingert geheißen hätte.

Der Stromausfall nach dem Vorstellungsgespräch brachte es auf den Punkt. Blackout. Nichts! Und er hatte es mit eigenen Augen gesehen. In der Telefonzelle stand er da. Berichtete der Frau Mama in Deutschland gerade in aller Ausführlichkeit von diesem aufgeblasenen Fatzke von Dekan. Wie Marlon Brando in *Der Pate*. Ähnlich fetter Ring am kleinen Finger. Ausschweifende Gestik. Und diese Überheblichkeit! Seine Majestät. Horace La Saux! Was für ein Name! Was für ein gigantisches Arschloch! Und dann das ultimative

Zeichen für Rogers Scheitern im Ansatz: Der Leiter des Fremdspracheninstituts, eigentlich tragendes Mitglied des Auswahlgremiums, blieb seinem Vorstellungsgespräch fern! Da ließ man einen Kandidaten vom anderen Ende der Welt einfliegen, und dann vertat sich ein Herr Professor angeblich beim Überprüfen des Terminkalenders! Einem Blinden mit Krückstock müßte da klar ersichtlich sein, was hier abging.

Rogers Mutter schwieg. Ja, sie schien sogar erleichtert. Der Sohn würde auf diese Weise nicht erneut tausende von Kilometer entfernt sein. Südafrika war schon schlimm genug für sie gewesen.

Ein Lastwagen setzte zur Wende zurück in eine Hofeinfahrt. Funken sprühten. Ein Knall. Die Stromleitung fiel zerteilt nach unten. Was für ein Spektakel, kaum zwanzig Meter von Rogers Telefonzelle entfernt! Das gesamte Viertel wurde in stromtechnischer Hinsicht lahmgelegt. Zum Abendessen latschte Roger glatte drei Kilometer. Ein typischer australischer Diner an der Vorortsgrenze. Strom oder nicht Strom machten vielleicht hundert Meter aus. Faszinierend. Noch bevor die Nacht hereinbrach war Roger zurück in der Pension. Trank sein Fläschchen *Cabernet* einsam im Dunkeln und grübelte ebenso wie auch am Tag des Abflugs beim Pier über seine Zukunftsperspektiven. Vakuum.

Noch viereinhalb Monate Manchester. Noch viereinhalb Monate Frauke Wahrig, der er nun nicht einmal etwas vorprahlen konnte. Noch viereinhalb Monate Gehalt. Und dann? Er hätte bei Annahme der Stelle damals nicht gedacht, daß er auf Plan B zurückgreifen müßte, sprich: Arbeitslosengeld ab Juni oder Juli und/oder eventuell Bierzapfen im Pub.

Flughafen. Aussteigen. Roger löste den Koffer bei der Gepäckaufbewahrung aus. Checkte ein. Schleppte sich durch die Sicherheitskontrolle. Ertrug in einem Zustand von Apathie und Resignation die knapp dreißig Stunden dauernde Rückreise zum industriellen Herzen Englands.

* * * * *

Raisting! Raisting - das Ziel. Erdfunkstelle. Eine Spezialisierung auf Astrophysik unabdingbar. Der Fachstudienberater lächelte Johanna von Mühlwang herablassend an.

"Jetzt machen sie erstmal das Vordiplom, und dann sehen wir weiter!"

Wie erwartet. Im Kommilitonenkreis hatte der Herr einen gewissen Ruf. Stinkfaul. Der machte absolut nichts für einen. Man war total auf sich alleine gestellt. Da wußte Johanna schon, was sie mal mit ihrem Studium anfangen wollte - ganz im Gegensatz zur überwältigenden Mehrheit ihres Jahrgangs -, und dann bekam man nicht einmal Unterstützung dabei, die Grundsteine für dieses Ziel zu legen. So hatte sie sich das Informationsmaterial selbst besorgt. Ja, Spezialisierung auf Astrophysik. Am besten im Ausland. Wie gut, daß sie sparte! Auf eine Verlängerung ihres Stipendiums als Postgraduierte konnte sie sich keinesfalls verlassen, obgleich die Chancen gar nicht so schlecht standen, wenn man ihren bisherigen Studienverlauf betrachtete. Ohne es zu wollen, hatte sie sich mit ihren Leistungen bei den Professoren hervorgetan. Dennoch: In gewisser Weise gab sie dem trägen Studienberater recht; sie mußte sich auch gedulden und eins nach dem andern abhaken. Doch das Ziel mußte ihr immer klar im Auge bleiben: Erdfunkstelle Raisting - nicht zu weit weg vom geliebten München.

* * * * *

Neun Monate. Praktisch ein ganzes akademisches Jahr. Viel Zeit - sollte man meinen. Pustekuchen! Die Wochen der vergangenen zehn Monate, seitdem sich Marion Klemm ihren Bertram geangelt hatte, waren dem Habiltanden nur so durch die Finger gesickert. Als Marion ihm damals die Schwangerschaft mitteilte, kam ihm nur der Gedanke: neun Monate Schonfrist! Viel Zeit, um noch einiges auf die Reihe zu bekommen, bevor das Baby da war. Allerdings holte ihn eben diese Zeit viel, viel schneller ein als erwartet. Und schon plärrte der Sohnemann in seinem Arm. Schrie einem die Ohren voll nachts um halb vier. Setzte Flüssigkeitsmengen in die winzige Windel, die jegliches Vorstellungsvermögen sprengten (so viel konnte doch gar nicht in dieses Körperchen hineinpassen, oder?). Sabberte mit einer Milch-Speichel-Mischung herum, die man in eingetrocknetem Zustand durchaus gewinnbringend an *UHU* als Spezialklebstoff zur Patentierung hätte verkaufen können. Ja, Fabian Klemm brach in den Augen seines seit nunmehr einem Monat dauerübermüdeten Vaters sämtliche Säuglingsrekorde. Angefangen hatte es mit den Wehen. Achtzehn Stunden mußte Marion leiden. Der kleine Fabian wollte einfach nicht 'raus. Für Bertram wurde das Ganze beinahe unerträglich, das Verlangen nach einer Zigarette so groß wie seit Jahren nicht mehr. Schließlich entschied man sich doch zum Kaiserschnitt, obwohl Marion noch ein wenig protestierte. So gut sie konnte. Aber ihr Erschöpfungsgrad erreichte da ein Maß, das zur Besorgnis Anlaß gab. Nach ein paar Minuten war die Sache dann erledigt. Das bedeutete für Bertram folglich noch einmal einen knapp einwöchigen Aufschub, zumal sie Marion und den Sohnemann (im übrigen ein Brocken von etwas über vier Kilo und sechsundfünfzig Zentimetern) ein wenig länger im Krankenhaus behielten - eben wegen des Kaiserschnitts. Einen Aufschub, den er kaum zu nutzen in der Lage war.

Nun saß Bertram am PC zuhause. Seit drei Wochen hallten die neuen Geräusche durch die Wohnung: Babygeschrei und Spieluhrglöckchengetüdel überschnitten sich mehr als daß sie gemäß des Planes der Eltern abwechselnd zu hören waren. Vater werden ist nicht schwer - Vater sein dagegen sehr! Wer auch immer diesen schwachsinnigen Spruch kreiert hatte, Bertram Hitschler mußte ihm voll und ganz beipflichten. Schwangerschaft fast prompt nach dem ersten Verkehr. Obwohl Marion auch nicht gerade das fruchtbarste Alter aufwies. Die ländlichen Frozzeleien aus dem heimischen Bregenzer Wald kamen Bertram da in den Sinn. Wenn eine Bauernfamilie gesegnet war mit einer Fußballmannschaft an Kindern, pflegte man zu tuscheln: ja, der Familienvater mußte einzig die Unterhose am Pfosten des Ehebettes aufhängen, und schon befand sich die Frau in anderen Umständen. Bertram würde vorbauen. Ein Kind langte. In Zukunft, wenn Marion wieder soweit war, nur noch geschützter Verkehr. Sollte sie sich weigern, würde er sich - notfalls ohne ihr Wissen - etwas kappen lassen. Jedenfalls sollten diese Strapazen, durch die er momentan ging, ein Einzelfall bleiben. Dieser erste Monat nach der Geburt stellte ihn bereits auf eine sehr harte

Bewährungsprobe. Und er konnte noch nicht einmal prognostizieren, ob er sie bestehen würde. Marion fand sein Verhalten ja ganz toll. Lächelte ihn ungemein verliebt an, wenn er dem Hosenscheißer die Windeln wechselte. Die glückliche Mutter. Schön war es schon. Doch ein Tick Gefängnischarakter haftete dem Ganzen durchaus an. Ein Unbehagen, das leise im Unterbewußtsein vor sich hinflackerte. Ein Micky-Maus-Niesen ertönte aus dem Babyfon. Nach einer kurzen Pause erschallte die Sirene.

* * * * *

Manchmal haßte Sophie Koopmann die Haut, in der sie steckte. Diese Ängstlichkeit! Diese Streßanfälligkeit! Das Herzklopfen bei der kleinsten Aufregung, mitunter verursacht durch die nichtigste Nichtigkeit! Das flaue Gefühl im Magen vor jeder Unterrichtsstunde! Die Schweißausbrüche beim Erblicken von Angélique MacLean, deren Göttergatte wenigstens mittlerweile nicht mehr das Zepter der Institutsleitung schwang! Und jetzt die feucht werdenden Handflächen, da sie die Benachrichtigung des Personalbüros über ihren Antrag auf Beförderung aus dem persönlichen Postfach fischte. Konnte man die physischen Begleiterscheinungen, die mit jeglicher seelischer Belastung einhergingen, nicht einfach abstellen? Sophie bewunderte die Abgebrühten. An denen tropfte alle Kritik, alles Negative ab wie Wasser vom Federkleid einer Ente. Deshalb nannte Sophie sie die "Enten". Sophie wünschte sich, eine Ente zu sein. Doch sie bildete eher das menschliche Pendant zu einem Erdmännchen. Stets auf der Hut vor Gefahr, immer ängstlich wartend auf den Todfeind, der irgendwo versteckt lauerte. Vielleicht sollte sie sich als klinisches Forschungsobjekt anbieten. Adrenalinproduktionsweltrekordlerin. Da könnte sie eventuell noch Geld machen. Guinessbuch der Rekorde.

Zitternd riß Sophie den Umschlag auf. Was für eine Erleichterung! Das Wort "pleasure" in der ersten Zeile bedeutete bereits: Beförderung! Ein paar hundert Pfund mehr pro Monat. Wohlverdient, da sie die Universität bei der Einstellung vor knapp sechs Jahren in Betrügermanier auf einer Dienststufe eingestellt hatte, die für Personen ohne einen akademischen Abschluß bestimmt war. Dabei hatte sie Zweites Staatsexamen mit der Lehrbefähigung an deutschen Gymnasien! Harte zwei Jahre Referendariat, die sie seinerzeit so ziemlich der nervlichen Zerrüttung nahebrachten. Nun endlich eine kleine Entschädigung für die Leiden während des Studiums und der Ausbildung. Aber sie hinkte immer noch hinterher. Die viel zu niedrige Einstufung zu Beginn bedeutete, daß sie jetzt eigentlich schon um einiges weiter hätte sein können. Dann eben in zwei Jahren wieder probieren! Dieselbe Tortur wiederholen. Mehr Adrenalin. Mehr Herzklopfen. Mehr Leiden. Für nichts.

* * * * *

Hull. Das Einzige, was Roger Hertloff an jenem deprimierenden, regnerischen Maimorgen zu beeindrucken vermochte, waren die erhaben in die Wolken ragenden Träger der Humber Bridge. Ähnlich jener der Brücke, die in Schottland den Firth of Forth überspannte. Doch um einiges länger. Dazu eine gesalzene Maut von zwei Pfund Sterling.

Die Farbe des Firmaments ging nahtlos ins Grau der Häuserfronten über. Sozialer Wohnungsbau allenthalben. Ein schönes Fleckchen Erde. Roger durfte erst gar nicht den Vergleich mit St. Andrews anstellen, sonst hätte er umgehend eine Kehrtwende gemacht. Die Fahrt selbst war ja noch ganz angenehm gewesen. Über den Peak District, der sogar noch im Regen Flair zeigte. Doch schnell verblies die landschaftliche Romantik und verwandelte sich zu einer düsteren Industriestimmung. Gegen halb zehn fuhr Roger auf den Parkplatz der University of Hull. Um Punkt zehn sollte es eine Führung durch den gesamten Campus geben. Um zwölf war dann das Mittagessen mit Dekan und Belegschaft anberaumt. Zur Sache würde es schließlich für Roger um vierzehn Uhr gehen. Präsentation kombiniert mit Vorstellungsgespräch. Wo sollte er die Motivation hernehmen? Die Stelle, auf die er sich hier beworben hatte, war ebenfalls zeitlich begrenzt. Ein Jahr. Womöglich Verlängerung um weitere zwölf Monate. Je nachdem, wie sich der erfolgreiche Kandidat bewährte. In dieser Ansammlung sozialer Deprivation. Wenigstens eine Campus-Uni, die verhinderte, daß die Dozenten durch diese urbane Einöde wandern mußten, um zu ihren Seminarräumen in verschiedenen, wild auf die Stadt verstreuten Gebäuden zu gelangen. Ein abgeschlossener Campus. Roger bläute sich ein, nur das Positive zu sehen. Aber er konnte einzig mit diesem isolierten positiven Punkt aufwarten: eine Campus-Uni. Das Mittagessen verlief ähnlich schaurig, wie die Einfahrt in die Stadt. Der Dekan, seines Zeichens Ex-Deutschdozent, lamentierte über die schlechte finanzielle Situation der humanwissenschaftlichen Fakultät. Er klang geradeso desillusioniert wie Marvin, der manisch-depressive Roboter aus Douglas Adams' *Hitch Hiker's Guide to the Galaxy*. Nicht gerade ein Anfeuerungsschub für Roger. Er spulte dementsprechend sein Programm bei der Präsentation ohne großen Enthusiasmus herunter, beantwortete alle Fragen brav und blickte am Ende in total verdutzte Gesichter, als er seine Neugierde stillen wollte:

"Wie würden Sie mir die ausgeschriebene Stelle schmackhaft machen?"

So weit war es gekommen. Er konnte, wollte aus seinem Herzen keine Mördergrube mehr machen. Er wollte die Stelle nicht. Da durfte man sich ja gleich den Strick nehmen. Lieber Bier zapfen. Lieber Straßen kehren. Lieber auf Stütze. Und tschüß!

* * * * *

Zurück in Schottland: Dundee. Die Stelle: eine Dozentur für den einzurichtenden Fernstudiengang Deutsch. Wie sollte das funktionieren? Sprachvermittlung per Computer beispielsweise nach Vietnam. Ohne persönliche Interaktion. Was für Pappnasen! Nur weil es diese Technologie gab, bedeutete das noch lange nicht, daß man alle Fächer einfach so über Computer unterrichten konnte. Die Manager regierten eben an der Universitätsspitze. Besser gesagt: die Pseudo-Manager. Ignoranten. Verlangten stets das Unmögliche. Roger Hertloff zähmte sein Gemüt. Für eine Drei-Jahres-Stelle, ordentlich bezahlt, wäre er auch bereit gewesen, über schwarze Besohlung beiger Herrenschuhe zu dozieren. Als er bemerkte, daß ein Konkurrent auf der Computerseite wesentlich erfahrener als er selbst war, atmete er auf. Keine drei Jahre Schwindel! Nun sah es wirklich so aus, als ob Bierzapfen, Straßenkehren oder staatliche Stütze die einzigen Alternativen wären.

Auf dem Weg zum Treffpunkt mit Sophie, der er aufgrund der Nähe Dundees zu St. Andrews selbstverständlich über den Bewerbungstermin Bescheid gegeben hatte, machte Roger in einem Pub mit Großbildschirm Halt. Er kam gerade rechtzeitig zum Abpfiff: Die Deutschen hatten einen Arbeitssieg über Südkorea erkämpft. Standen nun im Finale gegen Brasilien. Der Gewinn der vierten Weltmeisterschaft für die DFB-Elf schien Roger ebenso wahrscheinlich wie für ihn eine universitäre Arbeitsstelle zum kommenden Studienjahr.

Er würde Sophie erneut um einen Riesengefallen bitten müssen. Untermiete, bis er einen Job gefunden hätte. Edinburgh boomte. Da würde er es versuchen. In Deutschland hätte er nicht die mindeste Chance. Mit Doktortitel bekam man da keine Hilfsarbeiterstelle. Das Scheinargument der Überqualifikation. In Deutschland fiele er durchs Sieb. Aber in Edinburgh, da sollte doch wirklich etwas zu haben sein.

Majestätisch erhebt sich das *Alba Palace Grand Hotel* über dem Edinburgher Hauptbahnhof, der Waverley Station. Mit seiner Vollendung im Jahr neunzehnhundertzwei verpaßte das Gebäude knapp die Stilklassifikation "viktorianisch", zumal die alte Königin nur Monate zuvor das Zeitliche gesegnet hatte. Neben der Burg zählt die Nobelunterkunft nicht zuletzt wegen ihres dem Londoner Big Ben nachempfundenen Uhrturms zu einer der meistfotografiertesten Sehenswürdigkeiten der Hauptstadt Schottlands, die von ihren Einwohnern auch liebevoll "Old Reekie" genannt wird.

Ursprünglich als Bahnhofshotel mit Luxusansprüchen konzipiert und errichtet, verfiel das *Alba Palace* im Laufe der Jahre mehr und mehr, bis sich schließlich ein emporstrebender italienischer Hotelier adeliger Herkunft, der Conte Ruggero Falcone, Ende der Achtziger Jahre der Herberge - auch als "Grand Old Lady of Princes' Street" bekannt - annahm und sie runderneuerte. Die Bestrebungen des südeuropäischen Grafen trugen spätestens Früchte, seitdem der britische Automobilklub dem Hotel neunzehnhundertzweiundneunzig den Fünf-Sterne-Status zusprach. Damit ebnete sich der Erfolgsweg für den Conte Falcone, der in der Folge eine Luxushotelkette aufbaute, die ihresgleichen suchte. Nicht umsonst empfahlen ihm deshalb seine Marketing-Berater, aus den "Falcone Hotels" die "Falcone Jewels" mit dem *Alba Palace* als dem Kronjuwel zu machen. Im Logo wenigstens. Weil das die Exklusivität unterstreiche.

Morris Urquhart hatte die Geschichte live mitbekommen. Seit neunzehnhunderteinundneunzig, immerhin schon elf Jahre, war er dabei. Machte die ganzen Managementlaunen, Umetikettierungen, Strategieänderungen, Modeerscheinungen im Luxussegment der Hotelbranche mit. Und ebenso wie sich die Richtung des Windes änderte, der aus der Führungsetage des *Alba Palace* blies, so wechselte auch Morris Urquharts Laufbahn intern mehrmals. Zunächst ein schrittweiser Aufstieg durch verschiedene Abteilungen bis hin zum Chefbuchhalter. Dann der Absturz: Ein impertinenter Gast brach ihm sozusagen das Genick. Morris Urquhart hatte an jenem unglückseligen Tag das zweifelhafte Vergnügen gehabt, als Manager vom Dienst, als sogenannter "Duty Manager" eingeteilt worden zu sein. Der unverschämte Amerikaner beschwerte sich in zu lautem Tonfall. Das Maß war voll. Morris Urquhart ließ es aus dem Wald zurückschallen, wie in ihn hineingerufen worden war. Arbeitsrechtlich konnte sich das Hotel eine Entlassung nicht leisten. So kam es zur Degradierung. Man hoffte, Urquhart würde nun freiwillig gehen. Wer ließ sich schon einen Abstieg vom Buchhalter zum Portier gefallen? Morris Urquhart. Er stand vor dem Nichts. Kein Steuerberater der Welt hätte ihn nun mit seinen fünfzig Jahren eingestellt. Seine Ehe war vor kurzem in die Binsen gegangen. Unterhalt für zwei Kinder mußte aufgebracht werden. Er hatte keine Wahl. Zähne zusammenbeißen! Als Major der Reserve in der Territorial Army wußte er, was kämpfen bedeutete, was Demütigung bedeutete. Er würde sich auch als Portier durchboxen, sich nicht unterkriegen lassen. Selbst wenn das momentan ungemein schwerfiel mit dem absoluten Luftikus Randall Meikle als leitendem Concierge und demzufolge direktem Vorgesetzten. Ständig wälzte der die unangenehmsten administrativen Aufgaben auf Morris ab wegen dessen Erfahrung. Und Morris mußte dann auch mehr als nur einmal wegsehen, wenn Schindluder mit den kollektiv in der Abteilung gesammelten Trinkgeldern getrieben wurde, wie zum Beispiel einmal, als Randall diesen angeblich heißen Tip fürs *Grand National* bekam. Das Trinkgeld einer ganzen Woche ging da flöten. Ja, neben solchen Hämmern, die sich Randall leistete, war er ebenfalls unglaublich gut im Delegieren von Papierkram. Morris Urquhart bekam einen Lebenslauf mit Bewerbungsbrief in die Hand gedrückt. Das Hotel suchte einen dritten Vollzeit-Türsteher. Sache der Concierge-Abteilung. Randall Meikle hatte keine Zeit für solchen Krempel.

"Morris, du bist der Erfahrenste hier. Mach' du das mal!"

Dieser faule Nichtsnutz! Es hätte ihn vielleicht fünf Minuten gekostet, um die Bewerbung zu überfliegen, um zu sehen, ob der Bewerber geeignet war oder nicht. Sehr wahrscheinlich handelte es sich da um einen befähigten Kandidaten, denn ansonsten hätte das

Personalbüro sich nicht die Mühe gemacht, das Ganze wieder zur Concierge-Abteilung hochzuschicken, anstatt es umweltgerecht zu entsorgen.

Ein Deutscher. Was für ein Witz! Die Türsteher des *Alba Palace* trugen Kilts. Ein Deutscher im Schottenrock! Man stelle sich das vor! Andererseits: Man durfte ja nicht diskriminieren. Und außerdem: Die verdammten Engländer haßten die Deutschen. Und die Deutschen haßten die Engländer. Die Anglophobie verband Deutschland mit Schottland. Morris las weiter: Universitätsabschluß. Doktortitel! Es wurde immer besser. Ein promovierter deutscher Türsteher im Kilt. War der noch ganz dicht? Fremdsprachen: Französisch und Italienisch. Das würde dem Hotel noch mehr Internationalität verschaffen. Ein mehrsprachiger Türsteher. Wenn der es mit seiner Bewerbung ernst meinte, dann sollte das Hotel zugreifen. Seit sechs Wochen klaffte die offene Stelle. Die Abteilung brauchte dringendst einen weiteren Mann an der Tür. Das Festival lief auf Hochtouren und somit auch das Geschäft im Hotel. Der Andrang war mit einer Arbeitskraft weniger kaum zu bewältigen.

Morris gab Randall die Bewerbung nach dreieinhalb Minuten zurück.

"Setz' dich mit dem in Verbindung! Wenn der's ernst meint, wärst du blöd, nicht zuzugreifen, Randall! Überleg' mal: sechs Wochen und kein einziger Interessent!"

Randall Meikle legte Roger Hertloffs Bewerbung auf einen Stapel mit unbeglichenen Babysitter-Rechnungen in seinem Minibüro.

* * * * *

Vier Wochen Erholung zuhause. So war es geplant. Entspannen und nicht an die ungewisse Zukunft denken. Unmöglich! Alles nagte am Gewissen. Hoffentlich müßte er nicht allzu lange bei Sophie herumschmarotzen. Roger Hertloff saß am Schreibtisch in der Wohnung seiner Mutter und wählte die Nummer der Edinburgher Tourist-Information. Die hatte er im Internet ausfindig gemacht. Eine Stelle, die beim dortigen Arbeitsamt gemeldet war. Bewerbungsfrist abgelaufen. Aber bei den Briten wußte man nie. Die nahmen vieles nicht so genau. Hoffentlich auch in diesem Fall. Klang interessant.

Mitarbeiter am Informationsschalter des Flughafens. Zwar geringer Verdienst, doch konnte sich Roger wesentlich unangenehmere Tätigkeiten vorstellen. Eine Dame mit süßem Glasgower Akzent am anderen Ende. Roger fragte nach. Das Bedauern: deutlich in ihrer Stimme zu erkennen. Sie empfand die Enttäuschung bei ihrem Gesprächspartner nach. Die gute Seele! Damit sein Anruf nicht ganz umsonst gewesen sein sollte, empfahl sie ihm, eine Internet-Leitseite mit Stellenanzeigen aus der Touristik- und Gastronomiebranche zu besuchen. Die könne er doch mal durchstöbern. Roger bedankte sich freundlich.

Er verlor keine Zeit. Loggte sich ein. Zweite Seite, Position drei: Stellenklassifikation - Vollzeit, unbefristet; Arbeitgeber - *Alba Palace Grand Hotel,* Edinburgh; Stellenbezeichnung - Concierge Doorman; Bezahlung - attraktiv. Attraktiv? Wieso konnten die, bitteschön, nicht konkret werden? Naja, auf alle Fälle würde es ordentlich Trinkgeld geben. Roger kannte das *Alba Palace* von diversen Einkaufsbummeln in Edinburgh. Ein imposanter Fünf-Sterne-Schuppen. Anlaufstelle für Rückfragen bezüglich der Stelle: Graham Lerwick vom Personalbüro des Hotels.

Roger setzte seine freundlichste Stimme auf. Versuchte, weltmännisch zu klingen. Der Herr am anderen Ende blieb jedoch distanziert, reserviert. Ja, die Stelle sei noch nicht besetzt. Ja, es gebe bereits einige Interessenten. Ja, Roger könne seinen Lebenslauf mal schicken. Mechanischer Abschiedsgruß. Nicht gerade vielversprechend, wenn im Personalbüro so ein Stockfisch saß, dem man jedes Wort aus der Nase ziehen mußte.

* * * * *

Drei Minuten, nachdem Stephen Muir im *Lothian*-Bus Nummer siebenunddreißig von Penicuik zugestiegen war, schnaubte er immer noch vor Anstrengung. Ein paar Schweißperlen rannen ihm an beiden Schläfen von der Stirn hinunter. Obwohl bereits in zehn Minuten wieder ein Siebenunddreißiger gefahren wäre, mußte Stephen doch genau diesen hier erreichen, in welchem er saß, um gerade noch akzeptabel pünktlich bei der Arbeit zu erscheinen. Er haßte eine solche Hetzerei. Sehr häufig passierte das in letzter Zeit. Warum

Laura ausgerechnet am frühen Morgen seiner vier Schichttage Lust bekam? Schikane? Oder einfach nur so etwas wie Verlustängste? Um exakt sechs hatte sie ihn heute auf seine rechte, ihr zugewandte Schulter getippt. Dreimal! Dreimal innerhalb von vierzig Minuten! Weltmeisterlich! Und immer an den Schichttagen. Zwölf Stunden Arbeit. Zwölf Stunden stehen, laufen, Gepäck schleppen. Und am Morgen davor wollte die Verlobte vögeln, was das Zeug hielt. Warum nicht an den vier freien Tagen nach der Schicht? Nein! Sie brauchte den Thrill, die Eile. Das törnte sie an. Richtige Teufelsritte mußte er vollführen. Und dann krallte sie sich jedesmal derartig an seinen Pobacken fest, daß er anschließend kaum mehr sitzen konnte. Gut, er übte nicht unbedingt eine sitzende Tätigkeit aus als Hotelportier, aber es schmerzte dennoch über Gebühr, wenn er des Mittags und abends in der Belegschaftskantine Platz nahm. Jeder Arbeitsmorgen, an welchem es Laura von hinten haben wollte oder sie es sich einfach ohne das gewohnte Schultertippen rittlings auf Stephens Schoß bequem machte, stellte sozusagen Urlaub für den verlängerten Rücken des strapazierten Partners dar. Heute früh: gemischte Gefühle bei Stephen Muir. Laura hatte ihre Tage. Dafür gab's auch ein Schema. Zuerst machte sie sich da mit dem Mund an Stephens bestem Stück zu schaffen. Sie wollte die Fontäne sehen. Dann von hinten, damit es nicht zu viel Sauerei gab. Und schließlich anal. Das verabscheute Stephen. Aber er tat Laura den Gefallen. Er wollte nicht als Spielverderber dastehen. Außerdem: heil gebliebene Hinterbacken! Das allein war es das Opfer schon wert.

Dreimal! Dreimal in vierzig Minuten! Dann durfte er kurz duschen. Kurz vor sieben. Wenn sie keine Regel hatte, folgte sie ihm gewöhnlich in die Kabine. Wenigstens das heute nicht, sonst wäre er garantiert zu spät gekommen. Im doppelten Sinne! Als er das Haus verließ, mußte er rennen, um den Bus rechtzeitig zu erreichen. Glück, daß eine kleine Schlange an der Haltestelle wartete.

Seit zwei Tagen trug er dasselbe Hemd. Wenn der pingelige Resident Manager zu genau hinschaute, würde es einen Anschiß setzen. Was sollte er auch tun? Irgendein Arschloch klaute immer seine frisch gereinigten und gepreßten Hemden aus dem Wäschezimmer. Gängige Größe: sechzehneinhalb Zoll. Er spürte förmlich den Kragenspeck und legte sich eine schnittige Replik auf den zu antizipierenden Rüffel von Clive Hickmott, eben dem pedantischen Resident Manager, zurecht.

Stephen war so knapp dran, daß es nicht einmal für einen kurzen Milchkaffee aus der kostenlos operierenden *Nescafé*-Maschine in der Kantine reichte. Gareth war dort nicht mehr aufzufinden. Der Freund und Kollege stand wohl schon zusammen mit Morris hinter dem Concierge-Schalter, weil Randall sowieso immer zu spät kam. Der mußte vor Hickmott stets gedeckt werden. Glücklicherweise hatte Pamela, Randalls Assistentin (nicht beschränkt auf das Berufliche), frei. Ihre Panikattacken - unerträglich. Bei mehr als zwei Anreisen pro Viertelstunde machte sie sich in die Hose, stobte wie ein aufgescheuchtes Huhn durch die Lobby und machte alle um sie herum verrückt. Ein Mysterium, wie es die zu einer Concierge gebracht hatte. Allein die Handhabung des Gepäcks: Wenn sie damit "aushalf", konnte man sich getrost totlachen. Wehe, man überließ ihr einen für amerikanische Gäste typischen Fünfundzwanzig-Kilo-*Hartmann*-Koffer. Beidhändig versuchte sie sich in der Regel an so einem Ding. Wenn es ihr gelang, dessen Schwerkraft zu überwinden, taumelte sie damit durch das Foyer, so daß man geneigt war, es beidseitig aus Sicherheitsgründen abzusperren. Welch ein Glück, daß sie heute in Randalls Bett zurückblieb und es ihm für den Abend warmhielt.

Als Stephen von hinten die Lobby betrat, schien alles ruhig. Morris starrte konzentriert auf den Monitor des Concierge-Computers. Überprüfte die An- und Abreisezahlen. Die Stirn in Falten.

"Verdammt viel los heute. Wo ist deine Anstecknadel, Stevie?" fragte er Stephen, ohne diesen anzusehen.

"Oh..."

Stephen griff an den Revers seines Uniformjackets und bemerkte, daß ihm das anheftbare Firmenlogo irgendwie, irgendwo und irgendwann abhanden gekommen sein mußte. Wie er diese Drecksuniform verabscheute! Vor allem die Weste, deren Karomuster seinerzeit von Randall ausgesucht worden war. Ein widerliches Blau mit etwas Weiß und Schwarz. Es sollte so aussehen wie der Tartan der *Glasgow Rangers,* die Randall beinahe abgöttisch verehrte. Als richtiger Schotte sowie ehemaliger Ministrant war Stephen Muir selbstverständlich Fan von *Celtic,* weshalb sein Verhältnis zu dem

Vorgesetzten als mitunter gespannt bezeichnet werden konnte. Acht Uhr und sieben Minuten. Immer noch keine Spur von der *Rangers*-Sau, die sich bei der Arbeit durch einen vornehmen Frack mehr als erfolgreich zu tarnen verstand. Ein Schwall süßlichen Dufts wehte vom runden Tisch im Zentrum der Lobby hinüber zum Concierge-Schalter. Die Mädchen vom Vertragsfloristen des Hotels bastelten am gigantischen Blumenstrauß, der jeweils einmal die Woche erneuert wurde. Der Hoteldirektor liebte Lilien. Es war nicht zu überriechen. Manchmal sogar ein wenig zu penetrant. Stephen meditierte. Sein Blick blieb auf dem sich beim Recken der Arme freilegenden Hüftspeck einer der jungen Floristinnen stehen. Morris hielt ihm eine neue Anstecknadel der Hotelkette demonstrativ zwischen die Augen. Er mußte das Teil aus der Schublade genommen haben, ohne die Augen vom Bildschirm vor ihm abzuwenden, zumal er momentan den Wetterbericht im Internet begutachtete.

"Starke Regenschauer den ganzen Tag über..." murmelte er.

Gewohntes Festival-Wetter. Meistens gingen die an Gäste zu verleihenden Regenschirme vorzeitig aus. Gestern hatten sie insgesamt drei Kartons à fünfundzwanzig Schirme verbraten. Die Dinger waren für hiesige Gefilde absolut ungeeignet. Ein Windstoß - und man konnte sie in den nächsten öffentlichen Mülleimer stecken.

Randall trabte mit gesenktem Kopf durch die dem Concierge-Schalter zugewandte Seitentür herein. Im Sommer konnte man es sich wegen der etwas höheren Temperaturen erlauben, die beiden Seitentüren neben der zentralen Drehtür permanent offenzulassen. Das produzierte dann an den wärmeren Tagen mit hoher Luftfeuchtigkeit unter Umständen einen angenehmen Luftzug.

"Guten Abend, Chef!" bemerkte Morris sarkastisch.

Ohne Gegengruß verschwand Randall hinten im Büro. Stephen resignierte. Eigentlich wollte er Randall fragen, ob er Mitte September eine Viererschicht freinehmen durfte, aber wenn der Concierge in einem derartigen Zustand den Tag begann, war eine solche Bitte von vornherein zum Scheitern verurteilt. Der hatte im Augenblick ganz andere Dinge im Sinn. Höchstwahrscheinlich verfügte er wieder mal über viel zu wenige Eintrittskarten zum Military Tattoo oben auf der Burg. Die amerikanischen Gäste waren immer ganz geil darauf. Am Morgen ankommen, und dann gleich am selben

Abend zum restlos ausverkauften Tattoo. Da Randall kein kluger Mann war, baute er selbstverständlich nie vor. Alles mußte bis zur letzten Sekunde hinausgezögert werden. Bis zur Morgenbesprechung der Manager gegen neun hatte er jetzt noch eine knappe dreiviertel Stunde Zeit, um über seine Kontakte noch kurzfristig die fehlenden Billetts zu besorgen. Dann eben diese Besprechung. Da würde er den üblichen Anraunzer vom Hoteldirektor bekommen. Seit sechs Wochen. Wann fing der neue Türsteher an? Kunststück! Randall hatte sich ja nicht einmal diese eine Bewerbung zu Gemüte geführt, die ihm von Morris bereits vor zwei Wochen nach kurzer Durchsicht mit besten Empfehlungen zurückgegeben worden war.

Schon ein Jammertal! Laura würde Stephen wieder ordentlich einheizen, wenn er ihr gestehen müßte, daß er erneut keinen Urlaubsantrag eingereicht hätte. Ein "Dirty Weekend" beabsichtigte sie, mit ihm im September zu verbringen. In Amsterdam. Das Angenehme mit dem Nützlichen verbinden. Einen Nachmittag bei den Eltern zu Besuch - sie waren Holländer und wohnten in der Nähe der Hauptstadt. Der Rest des Aufenthalts im Tulpenparadies: mit dem Verlobten im Hotelzimmer, et cetera. Stephen schluckte. Er hätte nichts dagegen gehabt, wenn Amsterdam ins Wasser gefallen wäre. Doch er konnte es sich kaum erlauben, Laura noch mehr zu vertrösten. Er mußte Randall fragen. Heute! Vielleicht am Nachmittag.

Gareth kam mit einem ungewöhnlich geformten Karton angetrottet. Maßgeschneidert, sagte er. Für einen amerikanischen Gast, der seinen frisch erworbenen Dudelsack sicher ins Heimatland überführt haben wollte. Gareths Spezialgebiet. Das Zurechtschustern von Versandboxen war eine der wenigen Tätigkeiten als Portier, die sein handwerkliches sowie technisches Geschick zumindest in Ansätzen herausforderten.

"Hattest du eine ungestörte Nachtruhe?" fragte er Stephen schnippisch zur Begrüßung. Er wußte um Lauras sexuelle Präferenzen, da Stephen sie ihm nicht nur einmal bei ein paar Glas Bier nach der Arbeit allzu plastisch beschrieben hatte. Stephen warf ihm lediglich seinen mürrischsten Guten-Morgen-Blick zu.

Eines der beiden Telefone klingelte. Es ging los. Eine Kleingruppe war zur Abreise bereit. Der Minibus wartete bereits draußen. Morris scheuchte Gareth und Stephen vom Concierge-Schalter weg. Vierter

Stock. Die Gäste waren angewiesen worden, ihr Gepäck vor den Zimmertüren abzustellen. Gareth und Stephen bewegten sich in Richtung Lift. Der erste Schweiß des Tages würde fließen. In den Hotelfluren staute sich im Sommer die Hitze. Da brauchte im Freien die Temperatur nur über fünfzehn Grad zu steigen. Verbunden mit der hohen Luftfeuchtigkeit wurde ein solcher "Bag-Pull", ein sogenannter "Gepäckabzug", zum unerträglichen Saunaerlebnis.

Eine knappe halbe Stunde später trat Stephen Muir zusammen mit Gareth Clarke am Hotelportal vorbei auf die Rollstuhlrampe, die einem etwas Schutz vor neugierigen Blicken gewährte, da sie durch eine mannshohe Sandsteinmauer mit Blumentöpfen darauf vom Bürgersteig abgetrennt war. Die beiden zogen ihre Uniformjackets aus und fächelten sich gegenseitig Luft zu.

"Diese verdammten Spaniacken!" fluchte Stephen.

Sein Kollege räusperte sich zustimmend.

"Du kriegst vielleicht fünfzig Pence pro hundert Koffer von denen. Verfluchtes Dreckspack!"

Clive Hickmotts Silhouette wurde am Treppenabsatz sichtbar. Gareth und Stephen zogen sich in Windeseile ihre Jackets wieder über. Glücklicherweise gerade noch rechtzeitig, bevor Hickmott seinen Kopf nach rechts wandte, um zu überprüfen, ob die Rollstuhlrampe ordentlich gefegt worden war.

"Was ist denn das?" fragte er forsch und zeigte vorwurfsvoll mit einer kreisenden Handbewegung auf fünfzehn bis zwanzig Zigarettenkippen, die auf der gesamten Rampe verstreut herumlagen.

"Callum hat zwei Tage freigenommen, und wir haben noch keinen Ersatz für Dennis gefunden. Liam ist erst morgen wieder dran..." versuchte Stephen die Sauerei zu rechtfertigen. Es war normalerweise die Aufgabe des Doormans, die gesamte Hotelfront bei Dienstantritt um acht Uhr sauberzufegen. Indem Stephen die prekäre Personalsituation der Abteilung schilderte, hoffte er, den Rüffel Clive Hickmotts abzumildern.

"Dann fegen SIE eben mal, Muir!" schnauzte Hickmott unwirsch zurück.

Stephen griff sich den Besen, der noch vom Vortag hinter der rechten Portalsäule lehnte. Niemand hatte es für nötig befunden, ihn zur Nacht hin zurück in den Tarnschrank der Lobby zu stellen. Der dritte Besen, den sie innerhalb von zwei Monaten bei der Bankettabteilung entwendet hatten, weil sich irgendwelche besoffenen Passanten den Concierge-Besen einfach immer schnappten.

Geschlagene fünfundzwanzig Minuten mühte sich Stephen mit den in den Ritzen der Pflastersteine festsitzenden Stummeln ab. Gelegentlich mußte er innehalten und sich zusätzlich auf vereinzelte Kaugummifladen konzentrieren, die man, wenn sie noch relativ frisch waren, sogar mit den Schuhrändern vom Boden schaben konnte.

Gerade als er fertig war und die Tropfen des ersten Regenschauers an diesem Tag herniederfielen, rief ihn Morris ins Foyer. Die zweite Gästegruppe, die zur Abreise anstand. Morris war fair. Da gab's nichts dran zu deuteln. Bei Personalmangel wurde abgewechselt. Dieses Mal ging Morris zusammen mit Gareth nach oben. Randall saß bereits in der täglich gegen neun Uhr morgens anberaumten Sitzung der Abteilungsleiter. Danach würde er sicherlich erst einen oder zwei Kaffees in der Kantine zu sich nehmen. Mit Claire, dem Marketing-Girl. Da kam er sicherlich nicht vor zehn Uhr fünfzehn zurück. Stephen Muir hatte deshalb den Concierge-Schalter während einer beträchtlichen Weile ganz für sich allein. Hoffentlich blieb es einigermaßen ruhig, damit er sich ganz dem Internet widmen könnte. Er wählte die Sportseite der BBC an.

Plötzlich strahlte ihm ein grinsendes Gesicht entgegen. Stephen blickte mit finsterer Miene zurück. Kundschaft hatte ihm jetzt gerade noch gefehlt, da er sämtliche Fußballresultate des vergangenen Wochenendes zu rekapitulieren sowie die am kommenden Samstag anstehenden Begegnungen abzufragen gedachte. Ein junger Mann in seinem Alter. Schwarzes Jacket. Darunter ein blaßgrünes Hemd mit rötlicher Krawatte. Zunächst klang der Akzent ein wenig südafrikanisch - so wie der von Gareth. Doch dann wurde recht bald klar, daß es sich um einen Deutschen handelte. Ob er mit Graham Lerwick vom Personalbüro sprechen könne. Stephen musterte sein Gegenüber nochmals eingehend und kritisch von oben bis unten. Er sah nicht so aus wie ein typischer Bewerber, nicht so wie diese heruntergekommenen Globetrotter, die einfach nur irgendeine Arbeit haben wollten sowie meistens fleckige Lebensläufe mit Eselsohren zur Weitergabe an die Personalabteilung zurückließen. Der hier machte einen vornehmeren, eleganteren, fast arroganten Eindruck. Einfach wollte es ihm Stephen allerdings nicht machen. Aus diesem Grund hakte er nach. Worum es gehe, ob er überhaupt einen Termin habe, fragte er ihn. Der Deutsche erläuterte, daß er seine beruflichen Perspektiven im *Alba Palace* mit Graham Lerwick besprechen wolle. Aha! Berufliche Perspektiven! Wie er denn heiße, fragte Stephen, während er den Hörer des rechten Telefons abnahm und die interne Nummer von Graham Lerwick in die Tastatur tippte.

"Roger Hertloff. Mr. Lerwick hat meinen Lebenslauf vorliegen!"

* * * * *

Keine Rückmeldung. Nichts. Kein Anruf. Keine Post. Kein Garnichts. Bei der Bewerbung hatte Roger Hertloff die Adresse von Sophie Koopmann angegeben. Es war aber nichts für Roger bei ihr angekommen. Na, dann eben kein *Alba Palace*! Man sollte die Erwartungen nicht so hochschrauben. Vielleicht ein kleineres Hotel. Vielleicht Rezeption. Roger klapperte wieder Stellenanzeigen im Internet ab. Da: Boutique Hotel in Drumsheugh Gardens. Tatsächlich Rezeption. Er wollte kein Papier verschwenden. Rief sofort beim angegebenen Kontakt an. Die Annonce war ganz frisch geschaltet worden. Dieses Mal eine wesentlich freundlichere, gemütlichere Stimme als beim *Alba Palace*. Ja, an so einem wie Roger hätten sie immer Interesse. Er solle doch persönlich vorsprechen und seinen Lebenslauf mitbringen. Bumm! Beinahe ein Schock für Roger. So einfach ging das? Okay. Dienstag, vierzehn Uhr. Abgemacht!

* * * * *

Sophie war wieder viel aufgeregter als Roger. Beim gemeinsamen Frühstück in der Küche fielen ihr immer wieder Dinge ein, die er im Vorstellungsgespräch anbringen könnte. Immer nochmal was. Und dann plapperte sie es ihm wie bei einer Theaterprobe auf Englisch vor. Eine halbe Stunde später zog Roger die Haustür erleichtert zu und machte sich auf den kurzen Weg zum Bahnhof. Für den Termin um vierzehn Uhr hätte er eigentlich einen viel späteren Zug nehmen können. Doch es fiel ihm nicht im Traum ein, sich von Sophie auch nur eine Minute länger als notwendig verrückt machen zu lassen. Sie war ja süß. Sie meinte es ja gut. Aber es störte mehr, als daß es half. Man bekam das Gefühl, als ob diese "Proben", die sie ihm vorexerzierte, ein intrinsisches Scheitern implizierten, das Versagen vorprogrammierten. Der Kopf mußte total leer sein. Tabula rasa, damit man unbelastet auftreten konnte.

Roger überlegte, was er mit dieser enorm langen Zeitspanne bis vierzehn Uhr anfangen sollte. Zur Sicherheit befanden sich zehn Kopien seines Lebenslaufes in seinem silbernen Aktenköfferchen. Wenn es in Drumsheugh Gardens nicht hinhaute, könnte er eventuell noch bei anderen Hotels vorstellig werden. Und überhaupt: Da er in der Waverley Station ankam, würde er sowieso beim *Alba Palace* 'reinschneien, um sich zu erkundigen, was denn mit seiner Bewerbung passiert sei.

* * * * *

Die Metallräder des *Scotrail*-Schienenbusses klackerten langsam über die Gleislücken im langen Tunnel zwischen Haymarket und den Princes' Street Gardens. Das Hallen tönte wie Musik. Der Lokführer betätigte das Signalhorn. Ohrenbetäubend. Dann Stillstand. Typisch britisch! Es klappte mal wieder nicht mit der Bahnsteigzuweisung, die sich sinnigerweise von Tag zu Tag änderte in den Bahnhöfen dieses Landes. Wie konnte Churchill den Krieg nur gewinnen bei einer solchen Organisation und Logistik? Nach knappen fünf Minuten setzte sich der Zug wieder langsam in Bewegung. Roger stand da bereits doppelt so lange. Es hielt ihn nichts auf seinem Sitz. Sophie hatte es tatsächlich fertiggebracht, ihre Aufregung auf ihn zu übertragen. Kunststück! Er brütete ständig darüber nach, was nächstes Jahr Sache wäre, wo er landen würde, und so weiter. Pfeifend hielt der Zug auf Gleis achtzehn. Nur die Treppe hoch zum *Alba Palace*. Nur die Treppe? Roger zählte. Vierundneunzig Stufen. Am obersten Absatz blieb er zunächst stehen, um ein wenig durchzuatmen, bevor er von einer ihn hinterrücks attackierenden Windböe beinahe weggeblasen wurde. Welch ein Haupteinund -ausgang für den Hauptbahnhof einer vierhunderttausend Einwohner zählenden Großstadt! Der Denkmalschutz ließ grüßen. Roger räusperte sich und stolzierte entschlossen auf das Portal des *Alba Palace Grand Hotel* zu. Nanu? Kein Türsteher! Komisch. Hatten die doch noch niemanden eingestellt?

Roger hatte die Wahl. Karussell spielen mit der Drehtür oder durch eine der beiden offenstehenden Seitentüren links oder rechts gehen. Er sah einen Schalter rechts, weshalb er sich für die auf jenen Empfangstisch weisende Tür entschied. Ein kleinwüchsiger Portier in blauem Uniformanzug stand am Computerterminal des Schalters und starrte angestrengt auf den Bildschirm. Die Stirn in Falten. Stechende, durchdringende blaue Augen. Rotblond. Borstenhaarschnitt. Sommersprossiges Gesicht. Er kam Roger vor wie eine eigenartige Mischung aus klischeehaftem schottischem Lausbuben und dem resoluten Adler Sam aus der *Muppets-Show*. Roger wartete eine halbe Minute. Baute sich vor dem Schalter auf. Starrte den Portier demonstrativ und beharrlich an, bis dieser streng und genervt den Blick inquisitiv erwiderte. Roger fragte nach Graham Lerwick, der distanziert-mürrischen Stimme des Personalbüros, die er vor einigen Wochen fernmündlich kennengelernt hatte. Nicht ohne eine miesepetrig-ungläubige Rückfrage gestellt zu haben, bequemte sich der Portier schließlich, telefonisch Kontakt mit Mr. Lerwick aufzunehmen, um ihn von Rogers Präsenz zu unterrichten. Kurzes Gespräch. Ein paar telegrafisch-abgehackte Bestätigungen des Giftzwergs in Portiersuniform, bis dieser auflegte und Roger anwies, in einem der Sessel am Kamin Platz zu nehmen, um auf Graham Lerwick zu warten. Warten. Warten. Warten. Roger ließ aus Langeweile und Verlegenheit den Blick wandern. Giftzwerg hatte sich wieder in seine Computerarbeit vertieft. Nahm kaum Notiz, wenn jemand durch den Eingang kam. Hinter ihm ein riesiges quadratisches Gemälde mit braunen, schwarzen und weißen Vierecken. Sehr einfallsreich. Der Teppich in der Lobby - fast ein Spiegelbild des Gemäldes, breit gestreift in herbstlichen Pastelltönen, welche dem Interieur des altehrwürdigen Gebäudes den Anstrich einer faden Modernität verliehen. Ein lieblicher Duft stieg Roger in die Nase. Seine Augen bewegten sich nach links, wo sie auf einen prächtigen Blumenstrauß trafen, welcher auf einem massiven runden Tisch thronte.

Plötzlich Bewegung am Concierge-Schalter. Giftzwerg hechtete in Richtung rechte Seitentür. Ein farbenfroh gekleidetes Ehepaar, er mit "NY"-Baseballmütze auf dem Haupt, versuchte, sich mit klobigen schwarzen Rollkoffern durch den Eingang zu quetschen. Giftzwergs Miene - wie verwandelt. Ein breites, zuvorkommendes Strahlen zierte da sein Antlitz, während er die Koffer neben dem Schalter abstellte und das Paar diagonal über den Teppich zur Rezeption geleitete. Der Akzent bestätigte Rogers spontane Vermutung, ursprünglich hervorgerufen durch die Aufmachung der Beiden.

Giftzwerg machte einen Bückling, informierte die Zwei, daß ihr Gepäck aufs Zimmer gebracht werde, sobald selbiges fertig sei. Ein farbiges Stück Papier wechselte den Besitzer. Wohl eine englische Fünf-Pfund-Note. Nicht schlecht! Giftzwergs Miene hatte sich nun auf Dauer erhellt.

Ein Kopf beugte sich seitlich über Roger, der unvermittelt zusammenzuckte. Er hatte den Herrn vor lauter Observation der Geschehnisse um sich herum überhaupt nicht bemerkt.

"Graham Lerwick! Und sie sind...?"

Roger atmete auf. Räusperte sich, peinlich berührt. Erhob sich. Kurze Pause.

"... Roger Hertloff; sehr angenehm!"

Händeschütteln. Ein Pokerface. Graham Lerwick verzog keine Miene. Kein Lächeln. Gar nichts. Die Stimme am Telefon bei Rogers erster Kontaktaufnahme paßte haargenau zum Gesicht. Ein leicht untersetzter, reservierter junger Mann ohne jegliche Ausstrahlung. Roger dachte an den Protagonisten des Romans *Das Parfüm*. Ausgezeichnet! Den Weg hätte er sich wirklich sparen können! Aber nun war er mal da. Graham Lerwick bat ihn mit monotonem Tonfall, sich ein wenig länger zu gedulden, da er noch kurz etwas an der Rezeption zu erledigen habe. Roger nickte zuvorkommend und begab sich auf seine verkrampfte Warteposition im Sessel zurück. Nach weiteren fünf Minuten geleitete Graham Lerwick ihn dann durch die Bar hinter der Lobby in die Tiefen des Hotelbauches. Sie fuhren im Lift ein Stockwerk nach unten. Der Hochglanz der für die Augen der Öffentlichkeit bestimmten Hotelbereiche transformierte sich beim Öffnen der Aufzugstür in eine abstoßende Bunkeratmosphäre. Stockwerk B eins, "Basement eins". Erstes Untergeschoß. Wahrlich ein Gesinde-, wenn nicht gar ein Verdauungstrakt! Graham Lerwick ging voraus. Öffnete eine grüne Tür mit Sichtfenster. Ein dreigeteilter Büroraum. Direkt rechts neben der Tür: drei kleinere Schreibtische. Vorne rechts: ein winziges separates Büro mit leicht größerem Schreibtisch darin. Vorne links schließlich ein zweites abgeteiltes Räumchen mit normalem Tisch sowie drei Konferenzstühlen. Da durfte Roger hinein. Das Vorstellungszimmer.

Roger wußte nicht so recht, was das Ganze jetzt eigentlich darstellte. Am Concierge-Schalter hatte er sich bei Graham Lerwick unter dem Vorwand anmelden lassen, daß er mit diesem seine Karriereperspektiven im Hotel besprechen wolle. In der fragmentarisch verlaufenen Unterhaltung auf dem Weg zum Personalbüro hatte Roger kurz auf seine Bewerbung für die Doorman-Stelle hingewiesen, ohne daß Lerwick sich groß dazu geäußert hätte. Und jetzt fing er das "offizielle" Gespräch so an, als ginge es wirklich um diese Position des Türstehers, obwohl Roger immer noch rätseln mußte, inwieweit sich etwas bei der Stellenbesetzung getan hatte. Anscheinend also nichts.

Roger antwortete brav. Kam in keinerlei Verlegenheiten. Plapperte munter. Versuchte erfolglos, ab und zu Graham Lerwicks Miene mit Hilfe der einen oder anderen witzigen Bemerkung aufzuheitern. Das hätte auch ein deutscher Finanzbeamter sein können! Bedeutete das nun, daß er es wieder mal abhaken konnte? Käme zu guter Letzt das eigentlich typisch deutsche Argument der Überqualifikation? Akademischer Abschluß passe nicht zu dieser Tätigkeit, et cetera? Nein. Schweigeminute. Die Schlußfrage. Ob Roger durch die Finger pfeifen könne. Schweigend führte Roger Hertloff die linke Hand zum Mund und wollte gerade Daumen und kleinen Finger unter die Zunge schieben, um Graham Lerwick eine Kostprobe zu geben, als dieser schmunzelnd, wohlgemerkt schmunzelnd, seine Rechte erhob sowie bemerkte, daß er Roger auch so glaube.

Wieder dasselbe Spielchen. Ob sich Roger nochmals gedulden könne. Er wolle den Resident Manager verständigen. Roger fragte sich, nicht jedoch Graham Lerwick, was das denn jetzt wieder zu bedeuten hatte. Also warten. Warten. Warten. Nach knapp zehn Minuten kam Graham Lerwick mit einem ähnlich wie der Giftzwerg vom Concierge-Schalter gewachsenen Menschen mittleren Alters sowie beinahe baren Hauptes zurück. Ähnliche Fragen wie zuvor. Strenger Tonfall. Ungläubiges Stirnrunzeln beim Betrachten von Rogers bisheriger Karriere auf dem Lebenslauf. Knappe Verabschiedung. Und weg war er. Wieder Graham Lerwick: Jetzt müsse er den leitenden Concierge verständigen. Erneutes Warten. Es stellte sich offenbar als schwieriger heraus, den Concierge zu greifen als den Resident Manager. Knapp fünfzehn Minuten dauerte das. Ein schwarzer Frack betrat das Bewerberzimmer. Das, was darin steckte, sah noch jünger als Roger aus. Die Stoppeln auf dem Kopf ließen erkennen, wo die lichten Stellen gewesen wären, wenn er längere Haare gehabt hätte.

Zuerst Denkpause. Der Frack namens Randall Meikle überflog Rogers Lebenslauf, welcher ihm von Graham Lerwick überreicht worden war. Ein paar Alibi-Fragen. Schließlich: wann er anfangen könne. Sofort selbstverständlich.

Graham Lerwick informierte Roger, daß er ihm den Vertrag im Laufe der Woche zuschicke. Dann wandte er sich an den Concierge: Er könne Roger ja hinausbegleiten und seinen neuen Kollegen oben vorstellen.

* * * * *

Zunächst Schweigen im Aufzug. Roger - perplex. Sprachlosigkeit. Nach all den Frustrationen im akademischen Bereich. Die Dreiviertelköpfe, die ständig was auszusetzen hatten. Die Vetternwirtschaft. Interne Kandidaten. Positive Diskriminierung von Frauen. Absagen. Absagen. Und nochmals Absagen. Nun wollte man ihn! War das überhaupt möglich? Ein Deutscher im Kilt vor dem Aushängeschild der schottischen Hotelerie, dem *Alba Palace Grand Hotel*. Das mußte man sich auf der Zunge zergehen lassen. Roger murmelte Randall an. Er könne es nicht glauben. In Deutschland hätte man ihn womöglich gleich von vornherein abgewiesen. Er deutete die Sache mit der Überqualifikation an. Randall winkte halb desinteressiert ab. Sie hätten einen Buchhalter als Portier und zwei ehemalige Manager als Rogers zukünftige Kollegen direkt an der Tür.

Inzwischen gingen sie in Richtung Concierge-Schalter. Vorstellungstour. Die Portiers, die dieselbe Schicht fuhren, auf welche auch Roger kommen sollte. Der Giftzwerg hieß Stephen Muir. Jetzt etwas freundlicher, wohl nicht zuletzt wegen des Trinkgeldes vorhin. Der Buchhalter: Morris Urquhart. Und noch einer: Gareth Clarke. Südafrikaner.

Begrüßung und Verabschiedung in einem Aufwasch. Man trennte sich mit Verweis auf die Folgewoche. Dienstag um zehn Uhr sollte Roger wiederkommen. Dann bekäme er seine Uniform und würde auch einen der zwei Kollegen an der Tür kennenlernen. Beschwingt trippelte Roger die viereinhalb Treppenstufen des Hotelportals hinunter.

* * * * *

Ein Laberer? Einer, der eigentlich eine Psychotherapeutin nötig gehabt hätte? Nein. Der da sah nicht so aus. Ein attraktiver Enddreißiger. Bis ins Detail mußte er das bezahlte Rendezvous durchorganisiert haben. Das fand Johanna von Mühlwang spontan sympathisch. Champagner für sie, Mineralwasser für sich selbst. Mit Schokolade überzogene Gooseberries, die südländische Variante von Stachelbeeren. Nur eben ohne Stacheln und orange. Aber oberlecker. Vor allem mit der Schokolade drumherum. Und dann noch der feine *Piper-Heidsieck*. Wie in *Pretty Woman*. Johanna war versucht, Herrn H. - wie er genannt werden wollte - darauf aufmerksam zu machen, daß sie leichte Beute sei, da im Voraus bezahlt. Doch er hatte sie gleich zu Beginn gebeten, in der bequemen Sitzecke der Mini-Suite auf dem vierten Stock des *Mandarin Oriental* Platz zu nehmen. Er wolle reden, wenn es ihr nicht zu peinlich sei. Er brauche jemanden zum Reden. Keinen Psycho-Idioten. Nein. Eine Frau. Eine Frau, deren Oberstübchen nicht ganz so modern-kahl ausgestattet war. Er sei bei seiner Internet-Recherche in diesem Zusammenhang auf die *Dopplereffekt*-Agentur gestoßen. Fünf-Sterne-Hotel Voraussetzung. Das Ambiente. Und gebildete Hostessen. Studentinnen oder gar Graduierte. Junge Damen, die eine gepflegte Unterhaltung zu führen verstanden. Die Frage an Johanna: ob sie noch studiere oder schon abgeschlossen habe. Die Antwort: Vordiplom im kommenden Wintersemester. Momentan vorlesungsfreie Zeit. Zweite Frage: welches Fach? Zweite Antwort: Physik. Da zog Herr H. die Augenbrauen hoch. Musterte Johanna von den Haar- bis zu den Fußspitzen. Sie entspreche da aber überhaupt nicht dem Klischee. Wie oft sie das schon gehört hatte! Herr H. war in die Begegnung so gut eingestiegen. Fast so gut, daß es Johanna um ein Haar sexuell erregt hätte. Dann dieser Dämpfer. Doch das Gespräch, der Monolog, entwickelte sich langsam wieder in eine faszinierendere Richtung. Johanna verstand es zuzuhören. Stellte gescheite Zwischenfragen. Zwischenfragen, die echtes Interesse demonstrierten. Nicht, wie es eine ordinäre Nutte gemacht hätte: Fluppe an, ein paar "mhmms" und dann zur geschäftlichen Seite. Der Flüssigkeitspegel des *Piper-Heidsieck* senkte sich stetig. Ein wirklich ansprechender Mann, dieser Herr H. Mit vertrautem Gesicht. Und dann kam es 'raus: Südafrika. Johannesburg. University of the Witwatersrand. Department of Modern Languages and Literatures. Henriette von Mühlwang. Als Johanna den Namen ihrer Mutter aus seinem Mund vernahm, fühlte sie, wie sich die Gänsehaut auf ihrem Nacken bildete. Die Sektflöte, kurz zuvor zum Mund geführt, verharrte regungslos an dieser Stelle für zwei, drei Sekunden, ohne daß es Herr H. bemerkte. Ob sie ihm auch bekannt vorkam? Ob er sich an sie erinnern konnte? Ja, einmal, ganz kurz, damals, als die Mama eines ihrer Braais mit den Kolleginnen veranstaltete, da war auch er dabeigewesen. Nur aus der Entfernung hatte sie ihn wahrgenommen. Er sie höchstwahrscheinlich nicht. Schwer angeheitert war er seinerzeit gewesen. Die Tiefen von Johannas Gedächtnis spuckten ihn nur deswegen wieder aus, weil sie ihn gesehen hatte, wie er - mit dem Oberkörper wankend - sein Rotweinglas auf der Terrasse aufgefüllt hatte. Wie hieß er doch gleich? Herr H. Herr H. Herr H. H. H. Österreicher. Mama erzählte viel von dem Alkoholiker. HITSCHLER! Bertram Hitschler. Das war er. Johanna schlürfte den Rest aus der Sektflöte. Hielt Bertram Hitschler lächelnd das Glas hin, woraufhin er die Neige der Flasche des *Piper-Heidsieck* in ihr ergoß und umgehend auf das Telefon neben dem Bett zuschritt, um beim Zimmerservice Nachschub zu bestellen. Fortsetzung nach kurzer Unterbrechung. Wie Fernsehen. Wie die Werbepausen während eines Films. Johanna glaubte nicht, was sie hörte. Da saß sie als Teilzeit-Edelprostituierte in einer Mini-Suite eines angesehenen Münchener Fünf-Sterne-Etablissements und lauschte den Haßtiraden, welche der Kunde über ihre eigene Mutter abließ. Skurril. Absolut bizarr. Bertram Hitschler ganz im Stile eines Vaters, der im Gespräch mit dem gemeinsamen Kind über die geschiedene Frau herzieht. Und Johanna blieb es verwehrt, die Mama zu verteidigen. Schlimmer noch: Dieser Hitschler hatte sie mit der spannenden Erzählung seiner südafrikanischen Zeit in einen Bann gezogen, von dem sie sich kaum zu befreien vermochte. Ihre Mutter zeigte darin ein Gesicht, das sie nie und nimmer für möglich gehalten hätte. Aber ein Fünkchen Wahrheit mußte ja dran sein. Und zugegeben: Mama war eine dominante Persönlichkeit von entsprechender Gestalt.

Glücklicherweise Themenwechsel: Hitschler sah das Licht. Sagte sich los vom Alkohol. Zog nach Berlin. Tod der Mutter. Vertiefen in die Arbeit. Kennenlernen einer Frau, die er nur mochte, aber nicht liebte. Schwangerschaft. Geburt des Sohnes. Innere Leere. Schlechtes Gewissen. Der Drang auszubrechen. Der fragende Blick, gerichtet auf die beschwipste Prostituierte:

"Was soll ich jetzt machen? Was soll ich tun? Ich weiß nicht mehr ein noch aus..."

Obwohl Johannas Kopf sich ein wenig drehte in Folge der für sie doch ungewöhnlichen Menge getrunkenen Champagners, kramte sie ihr Kombinationsvermögen zusammen, um ihm eine Frage zu stellen, die sie im Nachhinein wiederum bereuen sollte:

"Warum? Warum sind Sie jetzt in München? Warum sind Sie extra nach München gekommen, um hier einer Hosteß Ihr Problem anzuvertrauen und einen Ratschlag einzuholen?"

"Das 'um zu' in Ihrer Frage stimmt nicht, Jeanne!"

Wieder eine Gänsehaut, die sich bei Johanna entwickelte. Er sprach sie mit ihrem Agentur-Pseudonym an. Eine Verlegenheitslösung. Die Mädchen bekamen französische Namen. Firmenpolitik. Klang angeblich erotischer. Naja. Johanna durfte zuerst selbstverständlich etwas vorschlagen. Das Naheliegendste: die französische Version ihres Namens. Und außerdem: Ihr Gesicht wies ähnliche Züge wie das von Jeanne Moreau auf. Daran dachten die Kunden aber weniger. Eher die alte Leier mit Jeanne d'Arc, die Johanna mittlerweile auch schon zu den Ohren herauskam. Hoffentlich verdarb

Bertram Hitschler die Faszination, die er mit dem Erzählen seines Leids aufgebaut hatte, nicht wieder durch eine Bemerkung über das Pseudonym. Nein. Glücklicherweise! Er erklärte ihr den Grund seiner Reise nach München, der Johanna erneut einen Tiefschlag versetzte: letzte Abklärungen mit einem Freund und Kollegen, der als der Vorsitzende des Gutachtergremiums für seine Habilitation fungierte. Der hatte ihm angeboten, für die Dauer seines Aufenthaltes bei sich und seiner Familie in dessen Villa am Starnberger See zu nächtigen. In der Einliegerwohnung, die momentan nicht genutzt wurde, da man sich der Dienste des studierenden Kindermädchens nur noch selten zunutze machte, zumal die beiden Buben nun schon in einem Alter seien, so daß man es doch riskieren konnte, sie sich selbst zu überlassen.

Das war der Gipfel! Johanna bekam rote Bäckchen vor Verlegenheit. Bertram Hitschler sprach da eindeutig von Arthur Hesseling. Und sie, Johanna von Mühlwang, war das studierende Kindermädchen. Sie sah sich gezwungen, die Unterhaltung in eine andere Richtung zu lenken. Doch zu ihrem Glück erledigte das Bertram Hitschler selbst, indem er den Sprung zu seiner Hauptfrage machte:

"Jeanne: Was soll ich nur tun? Sagen Sie mir, was soll ich nur tun?"

Holzhammer, dachte da Johanna. Der Alkohol löste ihre Zunge. Sie holte aus. Erzählte Bertram Hitschler ihre Geschichte mit Kai Faber. Ihre erste und einzige Enttäuschung. Und die Moral davon: Ehrlich währt am längsten. Auch wenn es manchmal unheimlich wehtat. Johannas Ratschlag: die Trennung. Offene Karten für Marion Klemm. Bertram Hitschler blickte Johanna betreten an. Sie hatte ihm vermutlich genau das gesagt, was er hören wollte. Aus dem Mund einer Frau.

"Danke, Jeanne! Sie haben mir sehr geholfen... Wenn Sie mich jetzt bitte entschuldigen wollen?"

Johanna setzte ihr halbvolles Glas ab. Versuchte, sich so grazil wie es ihr in angetrunkenem Zustand möglich war, zu erheben. Ging langsam auf die Tür zu. Ein zärtlicher Händedruck. Er küßte sie unvermittelt auf die rechte Wange. Sie errötete. Verließ gesenkten Hauptes das Zimmer. Leicht verdientes Geld. Oder etwa nicht? Wenn er sich bloß nicht an sie erinnerte!

* * * * *

Endlich hatte sich Professor Gordon Pimm ein Herz gefaßt. Und der Vorwand, unter welchem er sich bei der Chefsekretärin Helen Laird nach dem Namen ihres Parfums erkundigte, entsprach nicht einmal den Tatsachen. Seine Frau habe demnächst Geburtstag, und er wolle ihr einen Duft schenken, der ihr gefallen könnte. *Chloé*! So hieß das Zeug, welches Pimm *Vulvapor*, *"Scheidendunst"*, genannt hatte. Die Enthüllung der Marke erfolgte, als Pimm sich den Stapel Bewerbungen für seine Nachfolge aus dem Sekretariat abholte. Mit erhobenem Zeigefinger mahnte ihn Helen Laird daraufhin, daß sie für ihn eine Ausnahme mache. Alle anderen Kollegen der Abteilung durften diese Kopien, die vor drei Tagen vom Personalbüro (mittlerweile aus unerfindlichen Gründen sowie obendrein zum Verdruß der meisten durch die Maßnahme sich degradiert fühlenden Angestellten in "Human Resources" - menschliche Ressourcen - umbenannt) zum Fremdspracheninstitut geschickt worden waren, ausschließlich unter Aufsicht im Sekretariat einsehen. Er solle sich gefälligst beeilen. Was bildete die sich eigentlich ein? Belehrte und befehligte den Lehrstuhlinhaber der Germanistik. Aber so waren diese Tussen. Zu nichts nutze, aber auf dem Machttrip. Sowieso, da der neue Institutsleiter die Zügel etwas schleifen ließ. Das hatte aber auch seine Vorteile: Nach längerer Durststrecke schrieb das Institut jetzt endlich wieder schwarze Zahlen, weil sich Nick Donoghue, eben der "Neue" und gleichzeitig einer von Pimms freitäglichen Trinkgefährten im Pub um die Ecke, dem Universitätsmanagement nicht so duckmäuserisch beugte wie sein schleimiger Vorgänger Hamish MacLean. Nachteil des Laissez-faire: das Matriarchat im Sekretariat. Zu gerne hätte Pimm dieser trägen Laird die Meinung gegeigt. Aber was brachte das? Die paar Monate, die er noch vor sich hatte! Da wollte er sich auch nicht mehr unbeliebt machen. Er tröstete sich damit, daß das einzig Attraktive an dieser grauen Maus ihr Parfum war. Die Geburt zweier Kinder hatte die noch relativ junge Frau ihre Figur verlieren lassen. Speckhüften und Hängebrüste. Der angebliche Streß im Sekretariat rief bei ihr eine häßliche Neurodermitis im Gesicht hervor, die sie nur schwerlich unter Kontrolle bekam und deswegen meistens mit hochrotem Kopf durch die Institutsflure huschte. Huschte? Naja! Nur, wenn es auf Feierabend zuging.

Gordon Pimm machte sich demzufolge mit einer brummeligen Bestätigung ihrer Aufforderung zum schnellen Überfliegen der Bewerbungen auf den Weg zu seinem Büro, den Packen mit den Kopien unter den rechten Arm geklemmt. Er versuchte, die Treppe hinunter zum Stockwerk seines Büros so schnell wie möglich hinunterzugehen. So schnell, wie es die Gelenksarthrose im linken Knie gestattete. Wie er sich doch von Helen Laird terrorisieren ließ! Er sollte sich alle Zeit der Welt nehmen. Die Bewerbungen über Nacht einbehalten. Sie in Ruhe durchschmökern. Ein Glas *Glenmorangie* oder zwei dabei genießen. Doch Helen Laird hatte ihm das schlechte Gewissen bereits eingetrichtert, bevor er auch nur den ersten Namen auf der Bewerberliste las. Unten am Absatz passierte es dann. Die Hektik: Er trat falsch auf. Knickte links fast total zusammen aufgrund des gleichzeitig drückenden und stechenden Schmerzes, den er im linken Knie verspürte. Er hielt die Luft kurz an. Preßte. Stieß sie dann mit einem seufzenden Stöhnen wieder aus, während er sich am Treppengeländer festkrallte und sich leicht vornübergebeugte. Die Tomatenröte stand ihm im Gesicht, als ihn jemand bei der Schulter anfaßte und von der Seite ansprach:

"Bist du in Ordnung, Gordo?"

Verflixt und zugenäht! James Crippin. Der hatte ihm gerade noch gefehlt. Der fügte dem physischen nun auch noch den psychischen Schmerz hinzu. Ex-Kollege im Vorruhestand. Mit fünfundfünfzig hatte der Feigling die Segel gestrichen. Eine absolute Niete in jeder Beziehung. Kriegte seinerzeit nichts, aber auch gar nichts auf die Reihe. Weder Verwaltung noch Lehre. Mit der Forschung durfte man erst gar nicht anfangen. Nachdem die Abteilung damals mit Hängen und Würgen seine Beförderung zum Senior Lecturer durchgeboxt hatte, warf er einfach das Handtuch. Bekam ein gutes Angebot vom Personalbüro. Seitdem stänkerte er lediglich über alles und jeden herum, als ob er Rektor und die ganze Universität sein persönliches Reich wäre. An niemandem ließ er ein gutes Haar. Nur er allein galt als der einzig Kompetente - da tat es nicht einmal etwas zur Sache, daß er der Erzeuger eines mißratenen Transvestitenpunks war. Und was für eine Kompetenz! Goethe, Goethe und nochmals Goethe. Das tausendmal Wiedergekaute. Sein Spezialgebiet. Gordon Pimm hatte ganz vergessen, daß Crippin heute einen Forschungsvortrag hielt. Goethe und die Wissenschaft. Ein akademischer Verlag im Süden war tatsächlich blöd genug gewesen, um Crippins nutzlose Abhandlung darüber zu veröffentlichen. Eine Papierverschwendung sondergleichen, welche er über einen anderthalbstündigen Zeitraum hinweg im Forschungskolloquium des Instituts zu präsentieren gedachte. So genial der große deutsche Dichter auch gewesen sein mochte: Als Hobby-Wissenschaftler taugte er rein gar nichts. Sogar Aristoteles hätte sich krank gelacht. Und doch gab es immer wieder geistig Minderbemittelte, wie gerade James Crippin, die sich unverständlicherweise an Goethes *Farbenlehre* oder etwa der *Metamorphose der Pflanzen* aufgeilten. Das sprach für deren Intellekt.

"Es geht schon; keine Sorge! Nur diese verdammte Arthrose..." entgegnete Pimm auf die Frage Crippins mit erhobener Hand.

"Kommst du nachher???"

"Ja, ja..."

"Ja, ja" heißt nicht "ja", "ja, ja" heißt "du kannst mich mal!", so dachte Gordon Pimm, während er hinkend die letzten paar Meter zu seinem Büro zurücklegte. Mit einem Prusten ließ er die Bewerbungen auf die Schreibmatte fallen, so daß die obere Hälfte des Papierstapels zur Seite rutschte und das oberste zusammengeheftete Bündel auf den Boden mitten unter den Tisch segelte. Wie schön! Jetzt durfte er sich auch noch bücken, mit diesen höllischen Schmerzen im Knie! Er öffnete die oberste rechte Schublade des Schreibtisches und nahm ein langes Lineal heraus. Er stützte sich mit der linken Hand ab, bückte sich, versuchte, die Bewerbung mit dem Lineal zu erreichen. Geschafft! Sein Gesicht hatte sich bei der Bergungsaktion noch tiefer in ein dunkles Lila verfärbt. Er schnaubte, beugte sich weiter nach unten. Mit einem lauten Ächzen ergriff er die Kopien und richtete sich langsam auf. Nanu? Die Bewerbung begann gar nicht mit dem offiziellen Personal-Deckblatt der Universität, welches die Kandidaten angehalten waren auszufüllen. Das hier war die erste Seite einer Publikationsliste. Eine weitere Schluderigkeit der Sekretärinnen. Sie hatten die Blätter in der falschen Reihenfolge zusammengeheftet. Na, hoffentlich war da mit den Namen nichts durcheinandergekommen! Als Gordon Pimm die Bewerbung zur eigentlichen ersten Seite zurückblättern wollte, um sie danach wieder auf den Stapel zu legen, fiel sein Blick unvermittelt auf die zuoberst zitierte Veröffentlichung der Liste. "Litterae literatae - Wissenschaftsrezeption in der deutschsprachigen Literatur des neunzehnten und zwanzigsten Jahrhunderts". Noch ein Crippin! Bloß den nicht! Wie hieß der denn? Bertram Hitschler. Österreicher.

* * * * *

Das dritte Oktoberfest, seitdem sie in München lebte. Johanna von Mühlwang verabscheute es. Nach ihrem Besuch im *Mandarin Oriental,* nach diesem Engagement als Kummerkasten-Tante, mußte sie sich dazu zwingen, die U-Bahn zurück zum Studentendorf zu betreten. Die Besoffenen. Die auf Knopfdruck Heiteren. Ein absolutes Greuel. Als gutaussehende junge Frau wurde das mitunter zur Tortur. Anzügliche Bemerkungen. Dreckiges Gelächter. Grabschereien ebenfalls keine Seltenheit. Am liebsten hätte sie einige dieser Kerle mit ein wenig Wing-Zung umgenietet, aber es war sicherer, sich das Ganze gefallen zu lassen, als eine konzertierte Racheaktion des betrunkenen Mobs zu riskieren. Auf die schwarzen Sheriffs konnte man sich auch nicht verlassen. Einfach nur Augen zu und durch. Wenigstens ergatterte sie einen Sitzplatz zwischen etwas älteren und nicht alkoholisierten Fahrgästen. Mehr aus Verlegenheit öffnete Johanna ihre kleine Handtasche und warf einen Blick hinein, damit sie die Menschen um sie herum, die sie unter normalen Umständen fasziniert hätten, nicht ansehen mußte. Ihre Arbeitshandtasche. Sie, die sich absolut nicht zu den Handtaschenfanatikerinnen zählte. Sie, die sich die vielen Seitentaschen ihrer Moleskin-Armeehosen immer vollstopfte, so daß sie auf jeden Fall kein anderes portables Behältnis mit sich herumschleppen mußte. Da fixierte sie nun das Innere des fünfhundert-Euro-Krokotäschchens von *Dior*. Der Atem stockte ihr. Das Handy. Immer noch abgestellt. Wegen des Termins. Man wollte ja nicht gestört werden. Für den Fall der Fälle. Mist! Warum vergaß sie auch so dermaßen oft, das Ding wiederanzustellen? Wahrscheinlich, weil sie in der Regel keine Anrufe erwartete. Vier Parteien existierten, von denen eventuell Telefonate eingingen: Mama, Vati (vom Handy), Sylvia und die Agentur. Und Mamas Anruf hätte glatt in der vergangenen halben Stunde eingehen können. Eine wichtige Phase im Leben der Mutter, die die Tochter brandaktuell auf dem Laufenden halten wollte. Potentieller Umzug nach Kapstadt. Verhandlungen mit den Universitäten. Es ging um die besseren Konditionen. Dann die eingereichte Scheidung. Würden sich die Eltern einigen können? Das Sorgerecht für Sean stand auf dem Spiel. Das war Johannas Luxus: weit weg von den familiären Problemen, vom familiären Streß. Sie wunderte sich mitunter über ihre Kaltschnäuzigkeit. Als ob sie das, was in Johannesburg im Elternhaus gerade ablief, überhaupt nichts anginge. Nicht einmal Sean! Der kam ihr ohnehin wie ausgewechselt vor. Unglaublich! Die Pubertät? Rechtfertigte die Pubertät seine Flegelhaftigkeit? Ein paar gehässige E-Mails hatte sie von ihm bekommen. Nicht wert, auch nur im Ansatz beantwortet zu werden. Oder stellte das Tohuwabohu um ihn herum die Erklärung dar? Die anstehende Scheidung? Das übliche Klischee vom Kind, das meint, für die Trennung der Eltern verantwortlich zu sein? Nein. Da hätte sich Johanna viel eher überlegen müssen, ob es nicht ihre Abreise ausgelöst hatte, was derzeit zuhause vor sich ging. Johanna drückte auf den roten Knopf des *Nokia*. Momentan kein Empfang. Klar. U-Bahn. Sie mußte erst 'raus aus dem unterirdischen Röhrensystem. Wenn es nun zum Umzug käme? Da könnte sie sich nicht davor drücken, nach Hause zu fliegen. Geld genug besaß sie ja. Es mangelte ihr an Lust und Energie. Von Heimweh keine Spur! Und dann der Streß. Sie müßte mindestens zwei Vorlesungswochen sausen lassen. Die beiden vor Weihnachten. Und dann nochmal eine nach Neujahr. Die Mutter hatte ihr bereits für einen solchen Fall angedeutet, wie das zeitlich aussähe. Ende Januar müßte sie in Kapstadt anfangen. Umzug also zum Jahresende. Silvester feiern am Tafelberg. Wenn es da überhaupt etwas zu feiern gäbe! Mama meinte, das neue Leben. Für Johanna hatte das ja schon längst begonnen. Und es würde sich zum Herbst nächsten Jahres, also in etwas mehr als zwölf Monaten wieder radikal ändern. Sie durfte als *ERASMUS*-Studentin nach Großbritannien. Stipendium für zwei Semester. Uni noch unklar. Sehr wahrscheinlich eine in Schottland. Das schien für die Spezialisierung das beste. Astrophysik. Edinburgh genoß einen guten Ruf.

Johanna stand unter dem beleuchteten "U" am Treppenabsatz. Sie drückte den grünen Knopf, nachdem sie die mittlere der vier in ihrem Telefonbuch gespeicherten Nummern markiert hatte. Nach nur kurzer Zeit hörte sie den zitterigen Doppelklingelton. Hoffentlich taugte die Verbindung etwas. Manchmal ging sie offenbar über mehrere Satelliten, so daß man den Echoeffekt nur schwerlich ertragen konnte. Normalerweise telefonierte Johanna lieber von den Türkenkabinen im Hauptbahnhof aus. Wegen der billigen Minutenpreise. Obwohl sie sich den Luxus der Gespräche vom Handy gut hätte leisten können. Heute tat sie das. Zu viele Besoffene im Hauptbahnhof. Zu viel Ärger. Zu viel nervlicher Streß.

"Hallooh, Mama! Ich bin's!"

"Hallooh, Johanna! Ich hab's schon vorhin bei dir versucht. Stell' dir vor: Kapstadt gibt mir alles, was ich will! Das Dekanat! Endlich Kapstadt! Endlich Meer und Tafelberg!"

Man konnte sie nicht bremsen. Johanna erwiderte nicht viel. Wie würde sie das alles nur koordinieren? Weihnachten und Neujahr in einem geschiedenen Haushalt. Und Vati? Sie würde ihn morgen anrufen und etwas ausmachen, so daß es Mama nicht merkte.

* * * * *

Callum Younger benötigte Routine. Ganz besonders an einem Arbeitstag. Einem Autisten gleich, achtete er pedantisch genau darauf, daß alles identisch ablief. Beinahe auf die Sekunde genau. Daran war nicht der Unfall schuld. Der hatte diese Routinebesessenheit höchstens noch ein wenig verschärft. Das Verlangen nach Regelmäßigkeit verspürte Callum schon seit frühester Kindheit. Was sich nach dem Unfall verändert hatte, war die Konzentrationsfähigkeit. Er konnte seinen geistigen Fokus nur schwer auf mehrere Dinge gleichzeitig verteilen. Eine Aufgabe nach der anderen. Beispiel bei der Arbeit: Der Concierge drückte ihm einen Wagenschlüssel in die Hand. Ein Gästefahrzeug mußte entweder nach unten zur Garage in der Calton Road gefahren oder von dort geholt werden. Das war die Aufgabe. Autos. Die waren sowieso am allerwichtigsten. Wenn man die nicht rechtzeitig aus dem Parkverbot vor dem Hotel wegbewegte, setzte es ein saftiges Knöllchen von diesen hirnlosen städtischen Parkwächtern, im Volksmund auch "Blue Meanies", die blauen Bösewichte, genannt aufgrund der vormals tiefblauen Uniform. Letzte Woche hatte man Callum Younger sogar vorübergehend in Haft genommen, weil er einen dieser Deppen angeblich tätlich angegriffen hatte. Dabei war es lediglich zu einem lautstarken Wortgefecht zwischen den beiden gekommen, an dessen Ende Callum dem Wächter den bereits ausgestellten und die Windschutzscheibe eines *Jaguars* zierenden Strafzettel an den Gürtel zurückgesteckt hatte, woraufhin der Beamte aufgeregt "Code Red, Code Red!!!" in sein Walkie-Talkie brüllte. Fünfzehn Minuten darauf: Callum Youngers Verhaftung. Drei Tage später: die Schlagzeile in der schottischen Ausgabe des Boulevardblattes *The Sun*: "Fünf-Sterne-Türsteher verprügelt Blue Meanie".

Gästewagen waren also wichtig. So wichtig, daß sich Callum Younger unter keinen Umständen auf eine andere Sache konzentrieren konnte, sobald ihm Autoschlüssel übergeben wurden. Nicht einmal Prinz Charles wäre er in einem solchen Moment zur Hand gegangen, selbst wenn dieser im selben Augenblick mit Gepäckstükken überladen zur Hoteltürschwelle hereingetorkelt gekommen wäre. Ja, der Unfall mußte jene Art von Autismus verschärft haben. Der Unfall, der dafür verantwortlich zeichnete, führte auch unmittelbar dazu, daß Callum Younger ein Doorman wurde. Zuvor: Verkaufsleiter für Schrauben und Muttern. Zuständigkeitsbereich: der gesamte Norden Schottlands über dem Firth of Forth. Viel Fahrerei. Und bei dieser Vielfahrerei passierte es dann. Die Eile. Die Ungeduld. Ein dringender Termin nahe der Isle of Skye. Callum Younger befand sich damals mit fünfundsiebzig Meilen pro Stunde - bei erlaubten sechzig, wohlgemerkt - auf der gut ausgebauten Landstraße von Fort William in Richtung besagter Insel. Da, plötzlich, tauchte ein Traktor mit beladenem Hänger vor ihm auf. Kein Gegenverkehr. Gut überschaubare Gerade. Keine Geschwindigkeitsverminderung. Callum Younger mit seinem dicken *Volvo* - auf der rechten Spur. Als er den Traktor erreichte, genau in diesem minimalsten Bruchteil einer Sekunde, scherte der rechts aus auf einen kleinen Feldweg zu. Vor den Augen des *Volvo*-Lenkers wurde es schwarz. Vier Wochen lang. Koma. Daran im Anschluß: eine riesige Delle auf der Glatze, die erstaunlicherweise schnell zuheilte, plus ein verlorener Job. Niemand wollte ihn. Mit Ausnahme des *Gleneagles Hotels*. Mit seinem Rauschebart sowie in Kilt machte er sich gut am Eingang zum edlen Golfresort. Als dann die Gemahlin hernach Gefallen an der Idee fand, in die Landeshauptstadt umzuziehen, bewarb sich Callum beim *Alba Palace Grand Hotel*, wo die Personalfritzen dachten, daß sie sich mit seiner Anheuerung einen Gefallen taten. Was das Parken von Gästeautos anging - kein Zweifel. Aber sonst?

Callum wußte um seine Defizite. Allerdings war er nicht bereit, klein beizugeben. Und auch jetzt nicht, da er einen neuen Kollegen an der Tür bekommen würde. Im Gegenteil: Der kam wie gerufen. Der ideale Springer. Noch weniger Probleme, die ein Jahr im Voraus geplanten Urlaube genehmigt zu bekommen, wenn man den Kollegen entsprechend impfte. Routine eben. Routine, Routine, Routine.

Ein Deutscher. Ein Deutscher im Kilt? Was für eine Vorstellung! Doch Callum kam das sehr gelegen. Deutsche genossen einen speziellen Ruf. Gewissenhaftigkeit. Das zeichnete sie aus. Organisation. Die Urlaubsplanung. Das sollte wohl hinhauen! Er würde dem neuen Kollegen so gut wie umgehend seine gesamte Urlaubsplanung für die kommenden zwölf bis fünfzehn Monate unterbreiten, damit er sich gleich darauf einstellen könnte. Die zwei Besuche in Mailand bei der dort glücklich mit einem Knochenbrecher-Chirurgen verheirateten Tochter. Der Sommeraufenthalt in dem Timeshare-Komplex an der Westküste Schottlands. Dann noch der eigentliche Jahresurlaub in Cornwall. Da hätte er immer noch fünf Tage Resturlaub, die er bei Bedarf spontan einreichen könnte.

Callum Younger stieg um sechs Uhr fünfzehn morgens in seinen *Volvo* ein. Er passierte das Ortsschild von Auchterarder. Der Umzug nach Edinburgh hatte nie stattgefunden. Aber er behielt die Stelle in der Hauptstadt trotzdem. Die Kollegen waren netter dort. Das Trinkgeld wurde gerecht geteilt. Einmal wöchentlich. Nicht so wie in *Gleneagles*. Die Portiers da waren richtige Schweine gewesen. Als Türsteher durfte er kein Gepäckstück anrühren. Trinkgeld nur fürs Vorfahren der Wagen. Wenn er sich dennoch mal traute, ein Auto zu be- oder entladen, folgte die Rache auf dem Fuße. Beinahe handgreiflich, diese Drecksäcke. Meist jedoch eine verbale Abreibung aus der untersten Schublade. Da lobte er sich die Jungs vom *Alba Palace*. Richtige Kameraden. Naja, einer der Concierge-Assistenten war ihm doch ein Dorn im Auge. Steven McClure. Der wollte nie mit der Trinkgeld-Ausschüttung herausrücken. Man mußte ihn fast schütteln, damit er einem den wöchentlich fälligen Umschlag aushändigte.

Callum Younger schob eine Kassette in das Abspielgerät des *Volvos*. Ein Hörbuch. Das lenkte etwas ab. Das entspannte. Welche Strecke sollte er fahren? Landstraße und dann über die Forth Road Bridge? Oder Autobahn? Zeitlich kam es auf dasselbe heraus. Die Brücke kostete nur auf dem Rückweg Maut. Auf dem Hinweg nichts. Also Landstraße und Brücke. Er würde so gegen sieben, spätestens um zehn nach sieben am Hotel sein.

Die Routine: Er würde den Nachtportier fragen, ob bereits ein Gast nach seinem Wagen verlangt habe. Das ersparte den Fußmarsch zurück zum Hotel. Zehn Minuten. Energiesparen nannte man das. Er fuhr in einem solchen Fall den *Volvo* in die Garage und konnte den Gästewagen hochbringen. Dann Kaffee und Toast in der Kantine. Dazu die Lektüre des *Daily Telegraph,* sofern noch einer bei der morgendlichen Verteilungsaktion übriggeblieben war. Die Gäste bekamen die einheimische Zeitung, den *SCOTSMAN*, ein widerlich-hetzerisches Tory-Schmierblatt, kostenlos aufs Zimmer geliefert am frühen Morgen. Wenn sie nach etwas Zusätzlichem verlangten, kostete das selbstverständlich. In weiser Voraussicht orderte der Concierge-Schalter meist vier bis fünf Exemplare der anderen britischen Tageszeitungen zuviel, um auch der Nachfrage der Bars tagsüber nachzukommen. Und in der Regel bekam Callum Younger eben noch einen *Daily Telegraph* für seine Frühstückslektüre in der Kantine ab. Danach ging er gewohnheitsmäßig auf seinen Posten. Viertel vor acht. Nicht Punkt acht wie alle anderen Kollegen. Nein. Viertel vor acht. Das rührte daher, daß er sich vor einigen Jahren einmal mit dem Gedanken getragen hatte, mit dem Zug zur Arbeit zu fahren. Vom Bahnhof in Dunblane aus, wo das Parken nichts kostete. Und der Zug zurück von Edinburgh nach Dunblane fuhr eben kurz vor acht Uhr abends. Ansonsten eine Stunde Wartezeit bis knapp neun. Deswegen und seitdem: Callum Youngers Arbeitstag von Viertel vor acht bis Viertel vor acht, obwohl er den Zug im Prinzip noch nie genommen hatte. Abends, um zwanzig vor acht, würde ihn der Vibrationsalarm seines Handys, welches er in der Brusttasche seines Hemdes aufbewahrte, an den Feierabend erinnern, was eigentlich nicht notwendig gewesen wäre, da er ohnehin schon meist um halb acht in den Startlöchern auf die Heimfahrt lauerte.

Rekordzeit an diesem Morgen! Um fünf Minuten vor sieben Uhr stellte Callum Younger seinen *Volvo* vorübergehend auf der einfach durchgezogenen gelben Linie vor dem Hotelportal ab. Er ging durch den rechten Seiteneingang neben der Drehtür. Niemand am Schalter. Kein Autoschlüssel weit und breit. Er schritt langsam durch die Lobby. Links an der Rezeption - ebenfalls keine Menschenseele. Nanu? Alle beschäftigt? Er erklomm die drei Stufen in Richtung Bar und drehte sodann nach rechts ab zum Concierge-Büro mit dem sich daran anschließenden Gepäckaufbewahrungsraum. Er preßte den Zahlencode ins Schloß und öffnete die Tür. Auch niemand hier! Er machte das kleine Metallschränkchen an der Wand auf, wo die Wagenschlüssel aufbewahrt wurden. Zwölf mit Leuchtstift markierte Etiketten, die per Gummiband an ebenso vielen Schlüsselbünden baumelten. Die Wagen, die heute zur Abreise anstanden. Keine einzige Etikette wies eine auf ihr vermerkte Uhrzeit auf. Verdammt! Er mußte von der Garage hochlatschen! Callum griff sich den letzten *Daily Telegraph* aus dem Zeitungsregal und huschte flink zurück zu seinem Wagen vor dem Eingang. Dann eben zu Fuß! Der kleine Spaziergang schadete zwar nichts, insbesondere weil er so früh dran war, aber die andere Variante wäre dennoch zu bevorzugen gewesen. Er ließ die Reifen quietschen, wendete den Wagen und raste über die Leith Street mit sich anschließender schnittiger Hundertachtzig-Grad-Kurve an der ersten Ampel die Calton Road hinunter. Kurz hinter der Eisenbahnbrücke bog er nach rechts ab und brachte den Wagen nur Zentimeter vor einer geschlossenen Ziehharmonika-Metalltür zum Stillstand. Er stieg aus, kramte einen Schlüsselbund aus seinem Sporran, dem zum Kilt-Outfit gehörenden Ledertäschchen in der Genitalgegend, und machte sich an dem Vorhängeschloß des Tors zu schaffen. Jetzt kam der anstrengendste Teil: Die Metallziehharmonika befand sich seit Langem außerhalb der Führungsschiene, weshalb man das Tor nur mit einem Trick, einschließlich gröbster Gewaltanwendung, zu öffnen vermochte. Hoffentlich hatte Liam in den vergangenen zwei Tagen den Neuen eingewiesen. Callum hatte keine Lust, die Sache mit dem Grünschnabel zu üben. Anderthalb Minuten nahm es ihn nun selbst in Anspruch, um das vermaledeite Tor so weit zu öffnen, daß sein *Volvo* hindurchpaßte, welchen er so nah wie möglich am Ausgang abstellte. Das war immens wichtig. Nur keine Zeit verlieren, wenn er ihn während der Abendessenspause wieder abholte und dann, wenn das Parkverbot vor dem Hotel aufgehoben war, dort abstellen durfte, damit er ohne Verzögerung nach Dienstschluß abdüsen konnte.

* * * * *

Wie wohl der zweite Kollege an der Tür war? Man hatte Roger Hertloff ein wenig auf ihn vorbereitet. Callum Younger sei ein Exzentriker. Tja, da würden sie ja relativ gut zusammenpassen. Überhaupt traf diese Klassifikation sicherlich auf die meisten mehr oder weniger zu, denen er in seinen ersten beiden Arbeitstagen im *Alba Palace Grand Hotel* über den Weg gelaufen war. Zwei Tage. Zweimal zwölf Stunden, vergangen wie im Nu. Selbstverständlich mußte er an den zwei Abenden danach seiner Vermieterin ausführlichst Bericht erstatten.

Sophie lechzte nach solchen Neuigkeiten. Aber lange würde Roger das nicht durchhalten. Während seiner ersten vier freien Schichttage würde die Suche nach einem Zimmer in Edinburgh oberste Priorität einnehmen. Wohngemeinschaft. Leider! Etwas anderes stand vorübergehend außer Debatte. Die Mietpreise. Er konnte sich bei dem Hungerlohn nun wirklich nicht mehr als zweihundertfünfzig Pfund pro Monat für Miete leisten. Er hatte vorgetestet. In den *Edinburgh Evening News*. Unter vierhundert Pfund kalt waren irgendwelche Wohnungen nicht zu haben. Ewig bei Sophie bleiben wollte er keinesfalls. Erstens die Pendlerei per Zug. Über eine Stunde ein Weg. Und dann die Kreuzverhöre nach Feierabend, wenn man eigentlich nur noch ins Bett fallen wollte. Zumindest an den ersten beiden Tagen. Roger gelang es nicht sich vorzustellen, daß sich an der Müdigkeit nach zwölf Stunden Schichtdienst irgendetwas ändern würde in der Zukunft. Eine Bleibe mußte her. Möglichst bald.

Der Zug nach Edinburgh füllte sich. Kirkcaldy. Der Hauptanteil der Pendler in die Hauptstadt stieg hier zu. Der erste Zug aus Dundee. Planmäßige Ankunft: sieben Uhr achtunddreißig. Unfaßbar wieder mal. Faules Pack! Warum gab es keinen früheren Zug? Klar, Roger hätte auch das Auto nehmen können. Doch der *Polo* war nicht mehr so zuverlässig wie einst. Auf den Zug konnte man noch eher bauen. Um ungefähr zwanzig vor acht würde er ankommen. Dann die Treppe hoch zum Belegschaftseingang an der Seite des Hotels. Durch zum Umkleideraum. Umkleideraum! Das war auch so eine Sache. "Schweißfußraum" wäre eine angebrachtere Bezeichnung gewesen. Vollgestellt mit schmalen, blauen Schließfächern. Man versicherte Roger, daß er Glück gehabt habe. Erstens, daß er so schnell ein Schließfach plus sogar auch einen passenden Schlüssel zum Vorhängeschloß bekommen habe. Zweitens, daß der Sicherheitsbeamte ihm sofort eine Magnetkarte kodiert habe, damit er da überhaupt 'reinkomme. Normalerweise vergingen mindestens vier bis sechs Wochen, bis man so weit sei. Hier also Glück. Weniger im Hinblick auf die Uniform. An Rogers erstem Tag vergingen zunächst einmal zwei Stunden, bis alle Formalitäten erledigt waren. Beispielsweise Unterschreiben von Erklärungen. Schweigepflicht beziehungsweise Diskretion. Schlüsselaus- und -rückgabe. Et cetera. Et cetera. Danach Fußmarsch mit Graham Lerwick nach unten zur Hauswirtschaftsabteilung. Langes Suchen, ob die Uniform des Vorgängers auffindbar war. Vergebens. Nur Einzelstücke. Jacke, Weste, eine Krawatte. Und der Kilt? Ein Zelt. Ein voluminöser Herr, der da Rogers Posten zuvor im wahrsten Sinne des Wortes ausgefüllt haben mußte. Mit der Jacke und Weste sah Roger aus wie eine schwangere Auster. Aber den Kilt konnte er so unmöglich tragen. Der mußte geändert werden. Unverrichteter Dinge trottete Roger danach Graham Lerwick wieder hinterher nach oben in die Lobby. Vielleicht gab es ja noch Restposten in dem schmalen Schlauchflur hinter dem Concierge-Büro, der als Gepäckaufbewahrung sowie als Garderobe für die Café-Bar des Hotels genutzt wurde. Treffer: eine Weste sowie eine Hose im Karomuster, also dem sogenannten Tartan des Hotels. So stellte man Roger an seinem ersten Tag neben Liam Anderson, den ältesten Hasen der Abteilung mit vierundsechzig Jahren. Ehemaliger Bezirksmanager für *Tupperware*. Und ein Meister des Sparwitz-Erzählens. Kurz nachdem man ihm Roger zur Ausbildung überlassen hatte: der Morgenwitz von *Classic FM*, dem Radiosender, den Liam so gerne hörte auf seiner dreiviertelstündigen Autofahrt von Berwick-upon-Tweed nach Edinburgh zur Arbeit. Roger bemerkte da, daß er noch viel lernen mußte. Die Wortspiele. Er wollte nicht als humorloser Deutscher dastehen und lachte deshalb nicht nur aus Höflichkeit.

Uniform, Teil zwei der Saga: Randall, der Concierge, schickte Liam Anderson mit Roger los, um bei einem Kiltmacher und -verleiher einen temporären Schottenrock aufzutreiben. Für die erste Zeit, solange man darauf wartete, bis Roger einen eigenen geschneidert bekam mit dem Hotel-Tartan. Man wies Liam an, doch zu *McCall's* auf der Royal Mile zu gehen, zumal die so etwas wie einen losen Vertrag mit dem Hotel hatten. So trotteten die beiden frischgebackenen Türsteher-Kollegen eben die Hauptschlagader der Edinburgher Altstadt hinab bis zu besagtem Laden, um dort vom Geschäftsführer ein knallhartes "Nein; das machen wir nicht!" an den Kopf geworfen zu bekommen. Und warum machten sie's nicht? Uralte, unbezahlte Rechnungen. Was für Aussichten, dachte Roger da. Schönes Fünf-Sterne-Hotel, das seine offenen Rechnungen mit Lieferanten nicht begleicht! Liam wußte Rat. Drei Türen weiter oben in der Straße: *Geoffrey (The Tailor)*. Da wurden sie dann glatt bedient. Roger wurde ausgestattet mit einem dicken Gordon-Highlander-Kilt, Schuhen, den sogenannten Ghillie Brogues, Wollkniestrümpfen mit Flashes (einer Art Minigirlanden an einem Gummiband, welches die Strümpfe über den Waden fixiert), dem Imitat eines schwarzen Dolches (dem Sgian Dubh, das im rechten Strumpf steckend getragen werden mußte) und schließlich dem Proviantbeutelchen aus Leder, dem Sporran, der offenbar gleichzeitig als Hodenschutz diente, wenn man von dessen Positionierung in der Lendengegend ausging.

Der starke Wollgeruch im Geschäft verbunden mit der leisen, durch versteckte Lautsprecher im Verkaufsraum gespielten Dudelsackmusik versetzten Roger in Trance. Eine andere Welt hatte sich ihm da eröffnet. Eine völlig andere Welt! Ein Märchen? *Brigadoon*?

Schweigsam auf seine geliehenen Schnürschuhe starrend, ging Roger neben Liam Anderson über die North Bridge zurück zum Hotel. Unvermittelt blickte er auf. Die Sonne ließ den ockerfarbenen

Sandstein des *Alba Palace* wie im Glanz erstrahlen. Sein neuer Arbeitsplatz. Sein neuer Arbeitsplatz!

Liam hatte noch einen Witz auf Lager. Dieses Mal verstand Roger. Lachte ehrlich. Er fühlte sich zum ersten Mal dazugehörend. Kein Fremdkörper. Stephen Muir stand am Portal. Verschwand wortlos in der Lobby, als er die zwei ankommen sah.

"Tür-Rotation!" erklärte Liam da.

"Stephen haßt es, draußen zu stehen. Wahrscheinlich haben sie ihn zu unserer Vertretung 'rausgeschickt. Er haßt das abgrundtief."

Und was war dann nun "Tür-Rotation"?

"Wenn der Doorman weg ist, muß trotzdem dafür Sorge getragen werden, daß jemand die Gäste am Eingang begrüßt. Strikter Standard. Es könnte ja ein Hotelinspektor kommen. Und wenn den niemand in Empfang nimmt, setzt es massive Abzüge bei der Abteilungsbewertung... Und Randall verliert seinen Bonus..."

Aufgrund des Beschaffungsproblems in Sachen Uniform sowie wegen des Einlernens durch den Kollegen Liam Anderson vergingen Rogers erste beiden Tage wie im Flug. Und jetzt, da er sich am Beginn seines Tages Nummer drei im *Alba Palace* vom Bahnhof zum Belegschaftseingang des Hotels bewegte, spekulierte er unter anderem über den kennenzulernenden Exzentriker-Kollegen Callum Younger. Das konnte interessant werden.

Roger ließ die Magnetkarte durch den Schlitz gleiten. Ein Klack hinter der Tür sowie eine grün aufleuchtende Diode an der linken Seite des Schlitzes bedeuteten ihm, daß er eintreten konnte. Scharf links durch die Feuertüren hindurch, und man stand am Eingang des Umkleideraums. Roger holte tief Luft. Auf in den Kampf! Der Gestank und das Anlegen des Kilts! Es war schon fünf vor acht! Er würde mindestens zwanzig Minuten brauchen. Aber er hatte Randall Bescheid gesagt, daß der Zug erst so spät eintrudelte. Vielleicht sollte er doch in Uniform Zug fahren, um Zeit zu sparen. Ja, ab morgen würde er das machen. Sowieso verknitterte der teure Kilt in diesem schmalsten aller schmalen Schließfächer.

Um zwanzig nach acht erreichte Roger mit Schweißperlen auf der Stirn das Hotelfoyer. Die Anstrengung des elaborierten Umziehens hinterließ Spuren.

Aus der Entfernung erspähte er durch das Glas der Drehtür die Silhouette Callum Youngers im Halbschatten. Der weiße Vollbart trug mit dazu bei, aus ihm einen Klischeeschotten zu machen. So einen stellte man sich als Bild auf dem Label einer Flasche Single-Highland-Malt vor. Als er Roger erblickte, huschte er durch die Seitentür in die Lobby.

"Bist du im Split?" fragte er forsch.

Keine Begrüßung. Einen strengen, inquisitiven Blick auf Roger gerichtet. Ungeduldig. Roger zögerte.

"Split???" Roger rätselte, was die Arbeit hier denn mit Bananeneis zu tun hatte.

"Zahlst du dein Trinkgeld ein oder behältst du's für dich?"

Ach so! So nannte man das. Split.

"Man hat mir gesagt, daß ich abends mein Trinkgeld in einen Umschlag stecken und den dann abgeben soll..."

"Ah ja! Dann ist ja gut..."

Kurze Pause.

"Da fällt mir ein..." Callum Younger kramte in einer der Brusttaschen seiner Jacke und fischte kurz darauf zwei zerknitterte Fotokopien heraus.

"Bevor ich's vergesse... Hier ist mein Urlaub für den Rest dieses Jahres und auch für das nächste... Damit du dich drauf einstellen kannst..."

Sehr erfreut, dich kennzulernen? Auf gute Zusammenarbeit? Pustekuchen! Callum Younger drehte sich auf dem Absatz um. Ging zur linken Seitentür wieder nach draußen und ließ Roger - verdutzt auf die faltigen Papiere starrend - im Foyer zurück. Kichern hinter dem Concierge-Schalter. Morris Urquhart kam zu Roger. Klopfte ihm auf die Schultern.

"Roger? Darf ich dir unseren besten Doorman vorstellen? Das ist Callum Younger, alias 'Das Gebiß'..."

"Wieso 'Gebiß'???"

"Kein *Fixodent*... Du mußt ihn einfach nur beobachten! Die Kaubewegungen sind einzigartig. Ein bißchen sieht's so aus wie bei einem Opa ohne Zähne. Was Callum aber macht, ist was anderes. Er löst sein Gebiß mit der Zunge und lutscht drauf 'rum. Nach den Mahlzeiten ist's extrem. Wahrscheinlich die Reinigungsprozedur. Einfach zum Schießen, wenn's ihm dabei manchmal aus dem Mund fällt... Du wirst's ja selbst sehen!"

Roger schaute nach draußen. Nanu, wo war er denn jetzt? Mitten auf der Straße! Hielt offenbar nach einem Taxi Ausschau. Am Treppenabsatz stand ein Nadelstreifenanzug mit Aktenkoffer. Callum winkte. Das genügte wohl nicht. Er griff in seinen Sporran. Holte ein kleines Pfeifchen heraus. Wie süß das klang! Aber viel zu leise. Na, dem konnte er ja noch was beibringen in Sachen Durch-Die-Finger-Pfeifen. Obwohl: Wäre sicherlich ziemlich schwierig bei dieser Gebiß-Situation. Nach jedem Pfiff hätte er es vermutlich in der Hand...

Roger ging nach draußen. Callum war es gelungen, ein Taxi, das aus dem Westen nahte, auf sich aufmerksam zu machen. Es mußte wenden, um den Gast am Hoteleingang aufzunehmen. Callum trabte zum Bürgersteig, damit er dem Geschäftsmann die Taxitür aufhalten konnte. Der stieg ein. Callum knallte die Tür zu. Ging danach mit versteinerter Miene auf Roger zu.

"Ein typischer Fall von KBNZ..." brummelte Callum mürrisch.

"Wie bitte???"

" 'Komm' bloß nie zurück!' Dem werd' ich so schnell nicht wieder ein Taxi besorgen..."

"Ich heiße übrigens Roger..."

"Ich weiß!"

Roger hielt Callum die Hand hin. Nach kurzem Zögern ergriff dieser sie wortlos und schüttelte sie, ohne deren Besitzer in die Augen zu sehen.

"...und? Wieviel Trinkgeld hast du an deinen ersten beiden Tagen gemacht?"

"Naja, war nicht rasend. Am ersten Tag waren's grademal zwei Euro für ein Taxi. Liam hat gesagt, die soll ich behalten. Fremdwährung bräuchten wir nur in Scheinen einzureichen... Ja, und gestern hat's ein bißchen besser geklappt. Fünfzehn Pfund..."

"Das ist immer noch recht dürftig für die Festival-Zeit. Wird aber noch! Du wirst den Dreh schon so langsam 'rauskriegen..."

Stephen Muir hatte sich inzwischen mit seinem Adlerblick neben Callum aufgebaut. Zwischen linkem Daumen und Zeigefinger hielt er ein quadratisches Kärtchen. Ein Schlüsselbund baumelte an einem Gummiband, dessen anderes Ende durch ein Loch des Kärtchens gezogen war. Ein Gästewagen. Callum schnappte sich den Schlüsselbund mit einem Staccato aufgeregter Kaubewegungen, von denen Morris zuvor erzählt hatte. Roger schmunzelte und sah der imaginären Staubwolke hinterher, die der wegeilende Callum zurückließ. Was für eine Karikatur! Trotz dessen Schroffheit hatte Roger auch seinen zweiten Kollegen an der Tür bereits fest ins Herz geschlossen. Liam, der Witzeerzähler und Callum, die Witzfigur, wenn man das so sagen konnte. Er wußte, war sich sicher, daß er mit den beiden noch viel Spaß haben würde.

Roger drehte sich wieder um in Richtung Hoteleingang. Er musterte die Messingbeschläge an den Türen. Schmierige Hand- und Fingerspuren darauf. Die Hinterlassenschaften sogenannter Fünf-Sterne-Gäste. Und die Schilder mit dem Hotel- und Kettennamen? Rostfarbene Rückstände von Regentropfen. Liam hatte Roger beigebracht, wie man Messing reinigte. Das sei die erste Pflicht des Doorman am Morgen. Offenbar sah Callum das anders. Der Besen lehnte nicht sichtbar für Passanten hinter einer der Portalsäulen. Anscheinend unbenützt an diesem Morgen. Auf der Rollstuhlrampe lagen, wahllos zerstreut, zahlreiche Zigarettenkippen und Papierfetzchen. Ganz unten: eine zerknüllte Papiertüte von *McDonald's*. Na dann: frisch ans Werk! Roger stülpte sich die Arbeitshandschuhe über und begann mit der Messingpolitur.

* * * * *

Sophie Koopmann winkte dem schwer beladenen *Polo* mit zwiespältigen Gefühlen hinterher, bis er um die Ecke beim Bahnhof verschwand. Es war nett gewesen, für eine Weile Gesellschaft in der Wohnung gehabt zu haben. Viel Gelächter. Roger hatte meistens nach der Schicht interessante Anekdötchen vom Hotel auf Lager. Aber man mußte sie eben ein wenig aus ihm herauskitzeln, weil ihn die zwölf Stunden Arbeit doch merklich anstrengten. Kein Wunder, nach Ausübung einer physisch kaum belastenden Tätigkeit während der vergangenen fünf Jahre! Na, jedenfalls hatten sie sechs Wochen lang recht viel Spaß gehabt nach Rogers Feierabenden. Und ein paar Male war es ihnen sogar möglich gewesen, gemeinsame Ausflüge ins Umland zu unternehmen. Wenn sie beide frei hatten und sonst nichts anderes mit sich anzufangen wußten. Also sicherlich eine schöne Zeit. Dennoch gesellte sich in Sophies Kopf auch ein Gefühl der Erleichterung zu dem der Wehmut. Sie war einfach nicht mehr geschaffen für ein dauerhaftes Zusammenleben mit einer anderen Person. Eventuell lag es daran, daß ihr Single-Dasein bereits zu lange andauerte. Sieben Jahre! Dazu kam noch, daß sie mit ihren beiden Verflossenen noch nicht einmal richtig Tisch und Bett geteilt hatte im konventionellen Sinne. Beim ersten Freund war das klar: Beide lebten sie damals noch zuhause, und danach studierten sie an verschiedenen Orten. So ähnlich ging es mit Freund Nummer zwei. Sie unterrichtete Deutsch in Bristol und er in London. Wochenenden verbrachte man da zusammen. Das war seltsam genug, wenn man zusätzlich bedachte, daß eben jener Freund Nummer zwei eine bipolare mentale Veranlagung an den Tag legte. Sehr launisch. Fazit: Im Prinzip taugte Sophie überhaupt nicht für eine richtige, eheähnliche Beziehung. Zu dieser Überzeugung gelangte sie selbst zumindest mehr und mehr. Da durfte man einzig und allein nur an die Gewohnheiten des Mitbewohners denken, derer man sich im Laufe des länger währenden Zusammenlebens gewahr wurde.

Sophie schüttelte den gesenkten Kopf, als sie den kurzen Weg vom Parkplatz zurück zu ihrer Wohnung ging. Warum kam einem stets das Anale zuerst in den Sinn? Verrückt! Und doch unumgänglich. Im Falle von Roger wurde es ihr richtig bewußt. Das kannte sie auch von den Ex-Freunden, ehemaligen männlichen Wohngemeinschafts-Mitbewohnern und sogar von Craig Chalmers, obwohl sie mit Letzterem lediglich ein paar Tage zusammengewesen war, wenn man es netto betrachtete. Der maskuline Stuhlgang! Widerlich und faszinierend zugleich! Wie konnte es sein, daß alle Männer, die sie näher kannte oder jemals gekannt hatte, sich so dermaßen geräuschvoll den Darm zu entleeren pflegten? Ein fundamental anders gearteter Verdauungstrakt als bei Frauen? Rotes Fleisch und Alkohol als vorrangiges Nahrungsmittel die Hauptursache für eine solch immense Gasentwicklung? Zweitens: die Körperhygiene. Die Schweißdrüsen des durchschnittlichen Mannes tendierten dazu, aktiver als deren weibliche Pendants zu sein. Konsequenz: umwerfende Geruchskreationen! Extremste Problemzonen: unter den Achseln sowie die Füße. Bei Roger: extrem nach der Schicht, wenn er sich frisch der dicken Wollsocken entledigt hatte. Er achtete wohl auf seinen Körper; aber selbst das Fußspray, welches er abends sofort auftrug, langte da nicht aus. Brrrr! Sophie schüttelte es bei dem Gedanken daran. Die Gänsehaut kam ihr dabei. Schluß! Aus! Roger hatte nun ein Zimmer in Edinburgh. Er wollte sich nach einer Eigentumswohnung umsehen. Mit dem Ersparten als Anzahlung. Sie würden sich vielleicht noch gelegentlich treffen. Das sollte alles sein. Das genügte. Sophie Koopmann faßte einen Entschluß: Sie würde definitiv den Rest ihres Lebens alleine verbringen! Kein Mann mehr! Nur sie allein mit ihren liebgewonnenen Angewohnheiten. Niemand sollte sie mehr stören. Niemand sollte sie mehr kritisieren. Niemand sollte ihr mehr dazwischenquatschen. Sie schloß die Haustür auf. Das Messing des Knaufs mußte poliert werden. Das würde sie auf andere Gedanken bringen. Und natürlich der Wohnungsputz! Der Schmutzteufel war weg. Seine Spuren mußten gänzlich beseitigt werden. Nun gehörte ihr das Arbeitszimmer wieder voll und ganz. Das Arbeitszimmer, das sie Roger überlassen hatte. Das schien die beste Lösung, weil er von da aus direkten Zugang zum Badezimmer hatte. Und was für ein Glück, daß sie das kleine Bad mit Dusche und WC bei ihrem Schlafzimmer hatte. Ansonsten hätte sie ihn womöglich schon früher gedrängt auszuziehen. Der Hausflur mußte auch gesaugt werden. Das konnte sie Roger nun wirklich nicht anlasten. Im Gegensatz zu den anderen Hausbewohnern hatte er sich ja redlich bemüht, wenngleich er bei weitem nicht an ihren Standard herangekommen war. Gekocht hatte er. Die Küche saubergemacht hatte er - akzeptabel, jedoch nicht porentief rein. Bröseleien hatte er vermieden. Lustig, wie er Sophie immer ängstlich anblickte, wenn ihm beim Frühstück ein Krümel neben den Teller fiel. Ach ja, süß war er schon. Aber vorbei war vorbei! Sophie machte den Schrank unter der Spüle auf. Holte den Putzeimer heraus, aus dem ein Paar Plastikhandschuhe herauslugten, die sie sich sofort überstülpte. Das Wasser war noch heiß im Boiler.

* * * * *

Diese Studenten-Pottsau! Ewan Jamieson. Sein abgeseilter Neger, teilweise sich bereits in der ihn umgebenden Urinbrühe auflösend, schwamm noch in der Schüssel. Ewan hatte nicht abgezogen. Roger hätte ihn erwürgen können, wenn er noch dagewesen wäre. Diese Achtlosigkeit! Diese Rücksichtslosigkeit! Diese Hirnlosigkeit! Angeblich studierte er Mathematik. Von der Intelligenz, den dieser Studiengang doch wohl erforderte, war im haushälterischen Benehmen Ewan Jamiesons überhaupt nichts zu bemerken. Das größte Schwein in Rogers Wohngemeinschaft. Neben den drei anderen. Nicht nur schien Ewan Jamieson an einem Toilettenspültrauma zu leiden. Wenn es das allein gewesen wäre! Nein! Er war einer der wenigen Menschen, die im angehenden einundzwanzigsten Jahrhundert beim Duschen noch pure Seife benutzten. Seife! Spätestens nach drei Tagen konnte man den Schmand, den dieses angebliche Reinigungsmittel hinterließ, vom Wannenrand sowie der gefliesten Wand dahinter abkratzen. Das bedeutete für Roger, selbstverständlich den einzigen Putzer der Gemeinschaft, die diesen Namen eigentlich nicht verdiente, daß er regelmäßig im Zwei-Tages-Abstand mit Eimer, Lappen und Scheuermilch in der Duschwanne aktiv werden mußte. So auch heute, da die Sache mit dem hellbraunen Klops im Abort hinzukam. Schlimm genug ohnehin: der Blick jeden Morgen auf die knapp ein Dutzend ausgefransten Zahnbürsten, die entweder verstreut herumlagen oder von denen die eine oder andere oder mehrere in drei Plastikbechern steckten, deren obere Ränder nur so von weißen Hinterlassenschaften ungesäuberter Münder strotzten. Ein Kompliment den Müttern, die eine solche lebensuntüchtige, schmuddelige Generation herangezüchtet hat, dachte Roger. Mama putzte ihnen nicht mehr hinterher. Roger übernahm das jetzt. Ewan Jamieson: der Fürchterlichste. Auf den folgte sogleich Andrew Fazakerley, der Computer-Zombie, der sich dadurch auszeichnete, daß er seine Teemilch im Kühlschrank vergammeln ließ, neue kaufte, aber nicht im Traum daran dachte, die alte zu entfernen, was dem Innern des Haushaltsgeräts im Laufe der Zeit jenen penetranten Verrottungsgeruch verliehen hatte, den sowieso niemand bereit war, durch eine intensivere Reinigungsaktion zu beseitigen. Da hörte es auch bei Roger auf. Gleich bei Einzug in den Saustall hatte er mit Lineal das ungefähre Volumen des Kühlschranks ausgemessen und einen ihm adäquat erscheinenden Teil darin für sich in Beschlag genommen, nicht ohne selbigen Abschnitt unter anderem mit *Dettol* gründlichst zu desinfizieren.

Bronzemedaille in der häuslichen Schweineolympiade ging an Harvey Winters. Bankangestellter. Der landete einzig deshalb nicht weiter oben in der Rangliste, da für ihn mildernde Umstände geltend gemacht werden konnten. Roger verzieh ihm beispielsweise das Eckchen im Badezimmer, welches Harvey für seine unverdeckte schmutzige Unterwäsche beanspruchte, allein aus dem Grund, weil er blöd genug gewesen war, seinen Namen sowohl für die kombinierte Gas- und Stromrechnung als auch für die gnadenlose Gemeindesteuer hergegeben zu haben. Bemitleidenswert, wie er nicht selten umsonst an Ewans Tür klopfte, um noch ausstehende Zahlungen des Mitbewohners einzutreiben. Harvey also noch knapp auf dem Siegertreppchen der Säue. Schlußlicht und Vierte deswegen: Jennifer Hartley. Arbeitete im Fitneß-Studio um die Ecke. Die Unauffälligste in der Wohngemeinschaft. Traute sich eventuell kaum heraus aus ihrem Zimmer, weil sie das einzige Mädchen war. Dabei sah sie nicht einmal so attraktiv aus. Flache Brüste. Strammer, muskulöser Po. Aber Akne. Und nicht zu knapp. Spuren davon manchmal im Badezimmerspiegel zu entdecken. Zwischen den vielen Zahnpasta-Spritzern. Einmal hatte Roger eins dieser Würmchen abkratzen müssen, so fest war es angetrocknet; der Glasreiniger vermochte es einfach nicht aufzulösen.

Wenn Rogers Zimmer nicht so schön gewesen wäre, dann hätte er womöglich wesentlich intensiver und zügiger nach einer Eigentumswohnung Ausschau gehalten. So aber, mit dem malerischen Blick auf die grünen Tenement-Hinterhöfe zwischen London Road und Leith Walk, mit dem altmodischen Winkel am großen Schiebefenster à la Miss Marple, mit dem atmosphärisch knarrenden Holzfußboden, ließ er sich ein wenig mehr Zeit und ertrug die alltäglichen Sauereien der anderen vier mit viel Geduld. Sowieso stellte sich die Frage, was er sich wo leisten könnte, wenn er noch bequem zu Fuß den Arbeitsplatz von einer potentiellen Wohnung, die ihm alleine gehörte, zu erreichen gedachte.

Es wurde spannend. Es wurde so spannend, daß es Gordon Pimm in der Magengegend kribbelte, als er das neueste Memo der Besetzungskommission für seine Nachfolge aus dem Postfach fischte. Obwohl er nicht mitentscheiden durfte. Oder gerade deswegen? Die Kommission hatte sich nun auf einen finalen Zweikampf geeinigt. Männlein gegen Weiblein. Wenn es nach Gordon Pimms Willen gegangen wäre, dann hätten beide bereits in der Vorausscheidung das Nachsehen gehabt. Der Mann: ausgerechnet dieser zweite James Crippin mit seinem Wissenschaftszeug. Aber dennoch das geringere Übel im Vergleich zu der Frau: Hilary Cellars. Thomas-Mann-Expertin aus Nottingham. Wenn die wenigstens noch so gut ausgesehen hätte wie Reinhild Solf als Antonie Buddenbrook! Keine Chance! Gordon Pimm erinnerte sich an eine ziemlich peinliche Begegnung mit jener Hilary Cellars vor Jahren einmal bei der Konferenz der Universitätsdozenten für Germanistik in Großbritannien und Irland. Damals tauchte das Hausmütterchen im Schlepptau ihres Göttergatten Rory Hughes auf. Dieselbe Type wie James Crippin. Nichts auf dem Kasten haben, aber große Töne spucken. Und sein Weibchen Hilary, eine seiner ehemaligen Studentinnen, wie das so oft vorkommt in solchen Kreisen, tanzte gehorsam nach seiner Pfeife. Gemeinsam hatten sie tatsächlich *Die Buddenbrooks* ins Englische übersetzt. Pffft! Dabei gab es schon zwanzigtausend Übersetzungen davon. Was glaubten die eigentlich, noch besser machen zu können? Tja und dann die äußere Erscheinung des Traumpaars: Beide rochen sie etwas seltsam. Rory nach Moder und die Gemahlin nach einem penetranten Parfum, das sie eben genau auf denselben Moder aufgesprüht haben mußte. Man durfte ihnen nicht zu nahe kommen. Ohnehin erkannte man das an den Gesichtern: Rory und sein zotteliger, unregelmäßig (wenn überhaupt) gestutzter graumelierter Vollbart; Hilary und ihre fettigen kurzen Haare sowie verschmierte Brille. Gordon Pimm hatte sich seinerzeit in der eigentlich als harmloser Smalltalk gedachten Konversation mit den zwei böse in die

Nesseln gesetzt, da er eine anzügliche Bemerkung über die Figur der Antonie Buddenbrook losließ, was die beiden mehr als nur unwitzig empfanden. Hilary Cellars! Eine Katastrophe, sie sich als die Lehrstuhlinhaberin für Germanistik an der ältesten schottischen Universität vorzustellen! Dann halt besser diesen Österreicher. Bei der näheren Durchsicht von dessen Bewerbung hatte Pimm seine Meinung leicht revidieren müssen. Dieser Bursche schien im Unterschied zu James Crippin doch etwas herzumachen. Schon ein schillernder Werdegang mit dem Höhepunkt des Humboldt-Stipendiums, welches er demnächst mit der Habilitation krönen würde, bevor er nahtlos die Professur in St. Andrews übernehmen könnte. Aber was, wenn der genauso ein eingebildeter Fatzke wie Crippin war? Egal. Egal. Und nochmals egal! Nach ihm die Sintflut, dachte Gordon Pimm und ließ das Memo in den Behälter mit dem Altpapier flattern. Es würde so gehen, wie es immer ging. Es würde das passieren, was man befürchtete, nicht das, worauf man hoffte. Die Idioten von der Besetzungskommission würden Hilary Cellars rufen. Im Zuge der Emanzipation, wenn sie sonst keinen anderen triftigeren oder gar fachlichen Grund fänden.

* * * * *

Häßliche Szenen. Marion in einem Zustand der blinden Wut. Wie eine Furie. Fabian schrie wie am Spieß im Kinderzimmerchen. Bertram hätte sich gerne um ihn gekümmert, doch er wollte auch dem Zornesausbruch Marions nicht entfliehen. Das wäre ebenfalls feige gewesen. Feige wie die vorangegangenen Monate. Die Heimlichtuerei. Die Bewerbung auf eine Professur im Ausland. Marion hatte er nichts davon erzählt, zumal man nicht unbedingt damit rechnen konnte, daß er es in die engere Wahl schaffte. Dann die erste Vorstellungsrunde. Da sagten die einem bereits, daß dies nicht die endgültige Entscheidung zur Folge hätte. Man würde daran anschliessend zwei direkte Konkurrenten selektieren, die es ausfechten sollten. Im Prinzip hätte es Bertram zu jenem Zeitpunkt mehr Verdruß als Erleichterung verschafft, Marion seine Bewerbungsambitionen zu enthüllen. Und wie ein Wink des Schicksals war der Besuch der Partnerin bei ihren Eltern in Köln fällig. Bertram konnte sich da leicht herausreden von wegen Endphase beim Abfassen der Habilschrift. Zeitdruck. Abgabetermin, der überhaupt nicht existierte. Kleine Notlügen am Rande, um für die drei Tage nach Edinburgh zu fliegen und wieder zurück, bevor Marion wiederkam mit dem Kleinen. Das funktionierte reibungslos. Sie schöpfte noch nicht einmal Verdacht, als er mit dem Handy anrief. Vom Hotelzimmer aus in St. Andrews. Jedem anderen Menschen hätte er da liebend gern Bericht erstattet, wie toll es gelaufen war. Der Forschungsvortrag wie aus dem Stehgreif. Die Lacher im Auditorium bei der schlagfertigen Beantwortung diffiziler - oder vielmehr beabsichtigt hinterhältiger - Fragen wie beispielsweise die von diesem einen Idioten, der ewig auf Goethes *Farbenlehre* herumritt, dem er dann doch ordentlich das Maul stopfen und ihm praktisch Inkompetenz nachweisen konnte. Das Gespräch mit dem Rektor, den er sicherlich beeindruckte mit Forschungsprojekten sowie vor allem mit der potentiellen Einwerbung von Drittmitteln. Ja, es sah gut aus. So prima, daß man es gerne in die Welt hinausposaunt hätte. Doch bloß nicht Marion gegenüber in diesem Stadium, wo er noch nicht sicher sein konnte, es tatsächlich in die Endausscheidung der zwei besten Kandidaten geschafft zu haben. Marion ahnte da noch nichts. Nicht die Bohne. Friede, Freude, Eierkuchen. Fabian bezaubere die Eltern, berichtete sie Bertram bei dessen Anruf von St. Andrews aus stolz. Ja, der Kleine. Das Speckwürstchen mit den Hamsterbacken, die bis zum Bauchnabel reichten. Wie konnte Bertram das nur zulassen? Warum hatte er Marions Avancen so ungemein willig nachgegeben? Wie oft hatte er sich diese Frage in letzter Zeit gestellt?

Und heute der riesige Knall. Er hatte Marion mit den Neuigkeiten konfrontiert. Die letzte Runde in St. Andrews. Er wußte nun, daß er die Professur so gut wie in der Tasche hatte. Die Konkurrenz: eine Quotenfrau. Nichts im Topf. Schon gleich gar keine Aussichten, Forschungsgelder von außen einzutreiben. Das war Bertrams Trumpfkarte. Die Beziehungen der Berliner Zeit. Enorm, wie sich Dinge in dieser Hinsicht entwickelten! Aber Marion. Nach dem Geständnis. Schlimmer als Ehebruch. Er erkannte sie nicht wieder. Allein sein Vorhaben schien so etwas wie ihren Lebensplan komplett zerstört zu haben. Hochroter Kopf. Besorgniserregend. Angsteinflößend. Bertram blieb ruhig, obwohl ihm Fabians Weinen das Herz brach. Er mußte es durchstehen. Und dann das Erwartete: ein Ultimatum. Die Option. Bewerbung zurückziehen oder Trennung. Da verließ Bertram schließlich die Küche. Ging ins Kinderzimmer. Wickelte Fabian. Zog an der Strippe der Spieluhr. Legte den Sohn liebevoll wieder ins Bettchen. Summte "Guten Abend, gute Nacht" ein Weilchen mit. Verließ das Zimmer. Holte sich den schon vorher fertiggemachten Koffer mitsamt eingepacktem Laptop aus dem Arbeitszimmer. Zog die Wohnungstür behutsam und leise hinter sich zu. Eine eigenartige Wirklichkeit. Als ob er eine Wahnvorstellung im Cognacrausch durchlebte. Ja, Cognac. Und eine *Lucky*! Doch damit wollte er nicht wieder anfangen. À propos anfangen: St. Andrews! Schottland! Nur noch eine Hürde namens Hilary Cellars. Kinderspiel! Der Rektor war auf seiner Seite.

* * * * *

Vierzig Minuten. Vielleicht ein bißchen mehr. Vielleicht ein bißchen weniger. So lange dauerte der Spaziergang vom Hotel zu der mittlerweile dritten Wohnung, die Roger Hertloff in Edinburgh zum Kauf anvisiert hatte. Im traditionellen Arbeiterviertel Gorgie. Zwischen Brauerei und Fußballstadion. Übles Bier und miserables Gekicke quasi um die Ecke. Hoffentlich kein schlechtes Zeichen. Der dritte Versuch also, eine preislich gerade noch akzeptable Bleibe käuflich zu erwerben. Für die Hypotheken-Zusage konnte Roger wieder mal Sophie danken. Sie hatte der Bank bestätigt, daß sein Hauptwohnsitz der letzten paar Jahre bei ihr gewesen sei. Wenn er da gekommen wäre mit Südafrika und Manchester, hätten die ihm den Kredit nie und nimmer gewährt. Wieder in Sophies Schuld! Das sollte nun aber wirklich das allerletzte Mal sein.

Der Wohnungskauf würde höchstwahrscheinlich nicht leicht. Eine Zitterpartie, genauso wie bei den vorangegangenen zwei Anläufen. Und kostspielig wegen der Evaluation durch einen zertifizierten Gutachter, die obligatorisch war, wenn die Bank mit dem Zaster für die Immobilie herausrücken sollte. Dann: wie bei einer Auktion. Man mußte beim verkaufenden Makler offiziell "Interesse bekunden" für das entsprechende Kaufobjekt. Über einen Rechtsanwalt. Damit es ja juristisch abgesichert war. Daraufhin wurde jener Advokat über die Bietfrist informiert, und sogleich durfte man sein Gebot einreichen. Einmal lag Roger schlappe neuntausend Pfund unter dem Preis, der letztendlich gezahlt wurde, und das, obwohl er mit seiner Offerte zehn Prozent über den Schätzwert hinausgegangen war. Beim zweiten Versuch wäre Roger glatt der am meisten Bietende gewesen, wenn es sich die Eigentümer der betreffenden Wohnung nicht noch einmal anders überlegt und den von ihnen erwarteten Mindestpreis im Nachhinein beträchtlich höher angesetzt hätten. Das Ganze nahm Ausmaße an, wie sie Roger bei seinen erfolglosen Bewerbungen um akademische Jobs allzu gut kannte. Das gewohnte In-die-Röhre-Gucken. Die Edinburgher Immobilienpreise schossen exponentiell in die Höhe. Er mußte jetzt eine Wohnung finden. In einem halben Jahr konnte er sich womöglich nichts mehr leisten. Dann eben dieses Loch in Gorgie.Völlig heruntergekommen. Der ehemalige Besitzer bezahlte die Hypothekenraten einfach nicht mehr. Pfändungsobjekt. So sah es auch aus. Totalrenovierung tat Not. Das käme dann zum Kaufpreis hinzu. Allerdings "nur" vierzig Minuten zu Fuß zur Arbeit. Eigene Haustür. Relativ neues Fenster. Man sollte die Vorteile betonen, dachte sich Roger und ließ seinen Anwalt das Gebot einreichen. Der rief dann recht bald nach Ablauf der Bietfrist an.

"Sitzen Sie, Herr Hertloff? Sie haben's geschafft! Die Wohnung gehört Ihnen!"

Der Jurist zitterte selbstverständlich mit. Denn ohne Kauf gab's auch für ihn keine Provision. Roger schwebte im Siebten Himmel. Er - ein Häuslebauer! Oder so ähnlich. Und es blieb spannend. Wie er wohl die Renovierung auf die Reihe bekäme? Was ihn das dann zusätzlich kosten würde?

* * * * *

Sophie Koopmann erfuhr es, wie üblich, als Allerletzte. Sie fühlte wieder diese Ohnmacht in sich aufsteigen. Die Ohnmacht, die Wehrlosigkeit gegenüber der arroganten und gleichermaßen inkompetenten Dozentenmischpoke. Man hatte sie mal wieder übergangen als bloße Sprachlehrerin. Nur weil sie sich selbst erkundigte, sagte man ihr Bescheid, was Sache sei in Bezug auf die Nachfolge

Gordon Pimms. Bereits bei der Vorausscheidung mit fünf Kandidaten hatte sich das Gremium in logistischer Hinsicht äußerst ungeschickt angestellt. Öffentliche Präsentationen exakt zur Unterrichtszeit. Sie hatte keinen einzigen der Kandidaten zu Gesicht bekommen. Und jetzt wieder diese Geheimnistuerei den angeblich niederen Chargen gegenüber. Sophie inklusive. Und: man fasse es nicht - die Endausscheidung wieder zu einem Zeitpunkt, da sie die Vorstellung der beiden übriggebliebenen Kandidaten nicht live mitverfolgen würde. Wer legte diese Termine auch so hirnrissig auf Montag am Vormittag? Wozu gab es da traditionellerweise den vorlesungsfreien Nachmittag jeden Mittwoch im Semester? Typisch Pseudo-Manager! Sophie schlürfte zur Beruhigung ein paar Schluck dampfenden *Earl Greys,* den sie sich aufgebrüht hatte. Sie müßte sich auf die Berichte anderer verlassen. Der Österreicher schien am meisten gezeigt zu haben. Gordon Pimm meinte, daß auch der ungeeignet sei. Wenngleich noch fähiger als die Tussi, an der er nun wirklich kein gutes Haar ließ beim letzten Mal, als er Sophie auf einen Kaffee um die Ecke eingeladen hatte. Da durfte man sich ja freuen! Bald vorbei die gute Zeit neben Gordon Pimm. Wie ein väterlicher Freund in der Abteilung. Statt seiner bald entweder ein Schwätzer im Stile James Crippins oder, laut Pimm, eine hausbackene Trantüte mit dem richtigen Geschlecht. Tolle Auswahl! Da konnte man nur hoffen, daß Pimm mit seinen Urteilen nicht richtig lag. Sophies Perspektiven ansonsten: der Supergau. Schon bei Thorneloes Ersatz hatte man ordentlich ins Klo gegriffen. Vom Regen in die Traufe. Von der Not ins Elend. Ein kahlköpfiges, launisches Monster hatten sie sich da an Land gezogen mit diesem Mathias Kohl, dessen Arroganz diejenige seines vor Dickleibigkeit jeden Augenblick zu platzen drohenden Namensvetters fast überstieg. Dr. Death. So war Thorneloe von der Studentenschaft unter der Hand genannt worden. Dr. Armageddon! Das wäre wohl demnach der passendste Spitzname für den kahlen Kohl gewesen. Sophie spuckte den Tee in die große Tasse zurück. Pfui! In beiderlei Hinsicht. Sie hatte etwas vom Bodensatz erwischt, als sie jenen dunklen Gedanken nachging. Der E-Mail-Jingle ertönte. MK dreizehn. Zurecht hatte dieses Arschloch die Dreizehn für seine idiotischen Initialen bei der Generierung seiner E-Mail-Adresse durch das Rechenzentrum der Universität zugeteilt bekommen. Ein wahrer Unglücksrabe. Was gab es denn nun schon wieder? Betreff: Benotung der Aufsätze von Studenten des letzten Studienjahres. Es seien Klagen gekommen, schrieb er. Die Studenten seien schockiert. So schlechte Noten hätten sie noch nie bekommen in schriftlichen Arbeiten. Sophies Herz schlug schneller. Was für ein Cretin! Auf solcherlei Dinge stürzte der sich wie ein Aasgeier. Weiter im Text: welche Studenten? Sally Martin und Gregory Shaw. Ah ja! Jetzt wurde alles klar! Zwei der Luschen, denen man nichts rechtmachen konnte und die sich ständig beschweren gingen, sich ausweinten bei Herrn Doktor Kohl, welcher in einer derartigen Angelegenheit sofort mit der generalisierenden Phrase "DIE Studenten" um sich warf. Da konnte man ja wahnsinnig werden! Zu allem Überfluß versah Dr. Armageddon seine elektronischen Liebesbriefchen am Schluß stets mit einem zwinkernden Smiley. Strichpunkt, Bindestrich, Klammer zu. Kam sich dabei oberoriginell und witzig vor. Was hatte sie nur für Kollegen! Und es würde mit der Neubesetzung der Professur vermutlich kaum besser werden. Sophie Koopmanns Augen befeuchteten sich.

* * * * *

Magister Artium. Oder Magistra Artium - im Zuge der Gleichberechtigung, der politischen Korrektheit? Meisterin der Künste also. Von einem Tag auf den anderen. Gestern war Sylvia Körbel noch ganz gewöhnliche Studentin gewesen, und heute, seit genau zehn Minuten, seitdem sie die beiden tatterigen Professoren, die sich da Kulturwissenschaftler schimpften, aus dem Prüfungszimmer entlassen hatten, durfte sie sich Meisterin der Künste nennen. Ein Studienabschluß. Was änderte das an ihrer Person? Sie wußte genauso viel oder genauso wenig wie noch vor zwei Stunden, kurz vor dem letzten mündlichen Examen. Johanna war ihr gleich nach der sechzigminütigen Tortur durch diese senilen Pseudointellektuellen um den Hals gefallen.

"Du bist fertig, Mensch! Du bist fertig! Wenn ich nur schon so weit wäre!!!" Also sprach Johanna von Mühlwang, die weibliche Physik-Kanone, die sich nun auch wirklich absolut keine Sorgen zu machen brauchte im Hinblick auf anstehende Prüfungen. Sylvia packte da schon manchmal der blanke Neid, wenn sie beobachtete, wie schlafwandlerisch Johanna das bei diesem Studiengang hinbekam. Außerdem erhielt sie doch einige mehr Engagements von der Agentur in letzter Zeit. Gut, Sylvia hatte selbst darum gebeten, etwas weniger belastet zu werden wegen der Prüfungsvorbereitungen. Aber Johanna bewältigte das einfach besser. Sie kriegte alles auf die Reihe. Der ehemalige Lehrling zeigte es dem Ausbilder. Das Küken war tatsächlich klüger geworden als die Henne. In jeder Beziehung. Sogar im Gefühlsleben. Kaltschnäuzig. Absolut professionell. Kein Mann mehr seit diesem Kai Faber. Sie ließ sich nicht einmal auf gelegentliche One-Night-Stands ein wie Sylvia. Strich bei den Studentenfeten, die sie ab und an gemeinsam frequentierten, vorzeitig die Segel, wenn sich Sylvia irgendeinen passablen Typen abschleppte und meistens enttäuscht am Tag "danach" schwor, es bei den beruflichen Kontakten zu belassen, was die Sexualität anging. Johanna hatte einfach den Bogen 'raus. Und ab September ins Ausland. Schottland. Wahrscheinlich ihrer beider Abschiedsreise. Sylvia durfte noch bis Semesterende im Studentendorf wohnen, da der Termin der Abschlußprüfung ja gerade noch auf den Anfang des Sommersemsters gefallen war. Sie würde danach selbst ausziehen, ihren Krempel zuhause bei den Eltern in Franken abladen, nochmal zurückfahren in die bayerische Landeshauptstadt, um Johanna schließlich nach Edinburgh zu bringen. Ende August. Obwohl noch einige Monate bis dahin fehlten, stand die Planung bereits. Generalstabsmäßig. Da ähnelten sich die beiden Mädchen sehr. Die Organisation mußte stimmen, damit man ruhigen Gewissens fahren konnte. Fähre über den Ärmelkanal - gebucht. Pensionen zwecks Übernachtung unterwegs - gebucht. Und in Edinburgh wollten es die zwei krachen lassen. Reservierung zweier Einzelzimmer im besten Haus am Platz. So hieß es jedenfalls in der Broschüre. Leisten konnten sie es sich durchaus. Auch in dieser Hinsicht glichen sie sich wie ein Ei dem anderen: das reflektierte Ausgeben von Geld. Untypisch für Frauen, würde man wohl landläufig urteilen. Nur der Arbeitsfummel kostete. Kostüme, Hosenanzüge, Kleider, Kombinationen von *Chanel, Dior, Yves Saint Laurent*, et cetera. Allerdings nicht zu viele. Wenn man Glück hatte, wurden diese Ausgaben durch Extras zufriedener Kunden abgedeckt. Nicht selten sogar Geschenke. Eben Kleidung.

Da gab es schon ein paar nette Herren, die Spaß daran fanden, während der teuren Zeit, die sie mit den Agenturdamen verbrachten, exklusive Boutiquen abzuklappern. Zum Beispiel dieser französische Medienmogul. Zerrte Sylvia sprichwörtlich auf die Maximilianstraße. Kleidete sie von oben bis unten ein. Verlangte dann von ihr, zurück im *Vier Jahreszeiten*, das Neugekaufte anzulegen. Und dann der Strip. In Zeitlupe. Das fand er aufregend.

Auf diese Art und Weise war viel Geld zusammengekommen über die letzten paar Jahre. Investitionen für die Zukunft. Sylvia beabsichtigte, in Ruhestand zu gehen. Es war genug. Eine "anständige" Arbeit bekommen - das Ziel. Sie könnte sich eventuell zwei Jahre Zeit lassen bei der Suche. Unbezahlte Praktika machen. Und danach hoffentlich irgendwo hineinrutschen. Kulturämter. Museen. Oder Ähnliches. Aber zuerst Erholung, Entspannung, Schottland-Urlaub mit Johanna im Spätsommer.

* * * * *

Sieben Stunden putzen. Dabei schienen die Handwerker ihr Produkt in ordentlich sauberem Zustand zurückgelassen zu haben. Oberflächlich. Der Schreinerstaub! Überall. Ganz fein. Man mußte jeden Winkel zweimal wischen. Besonders anstrengend: die Regale in den beiden Einbauschränken. Roger hatte einfach zu kurze Arme. Er mußte gar halb in den größeren der Schränke hineinkriechen, um jede Ecke zu erreichen. Nach dem siebten Kübel, aus dem er das schmutzige Wasser leerte, zählte er nicht mehr weiter. Zum Schluß das Übelste: jede einzelne Lamelle der Zwei-Meter-Jalousie am Fenster. Dreimal das Ganze! Beim ersten Durchgang löste sich der Staub, hinterließ jedoch einen widerlichen Schmierfilm auf den blauen Lamellen. Im zweiten Durchgang wurde dieser Schmierfilm eigentlich nur leicht heller, was zur Hoffnung Anlaß gab, daß er sich im Rahmen des dritten Durchgangs unter Umständen zur Gänze verabschiedete. Die optimistischen Erwartungen erfüllten sich lediglich teilweise. Wenn man daraufhin die Lamellen in einen gewissen Winkel zum Licht stellte, zeichneten sich die weißlichen Schlieren doch noch recht deutlich ab. Sei's drum. Roger hatte ohnehin vor, die Jalousie geschlossen zu halten, in einer Position also, in der sie sich dem Betrachter als makellos sauber präsentierten, das heißt, dem Betrachter, der neugierig in die Wohnung starren wollte. Parterre. Mit eigener Haustür. Eine Adresse nur für sich.

Roger kapierte dieses ureigen Edinburgher Wohnungszählsystem einfach nicht. Zwei F eins. Und das in Nummer sechs, Elm Row. So seine Noch-Adresse. Betonung auf "Noch". Nicht mehr lange! In einer Woche ging es 'raus aus dem Saustall. Zwei F eins. Roger brachte es immer durcheinander. "F" stand für "Flat", also "Wohnung". Zwei F eins. Die erste Wohnung im zweiten Stock. In Haus Nummer sechs. Der Postbote mußte ein Genie sein. Nicht auszudenken, wenn Roger Briefe hätte austragen müssen. Vielleicht Wohnung zwei im ersten Stock? Unter Umständen sogar Hausnummer zwei, Wohnung sechs im ersten Stock, wenn es da tatsächlich eine Wohnung gab? Im Kopf schwirrte es. Schluß damit!

Jetzt besaß er eine einzige eigene Hausnummer. Ganz für sich alleine. Keine Verwechslungsgefahr. Eine Eremitage inmitten von unzähligen Mietskasernen, wie sie so typisch waren für die noch relativ nah am Zentrum gelegenen Außenbezirke Edinburghs. Die Arbeiterviertel. Das paßte. Roger war jetzt auch Arbeiter. Vergütet mit dem gesetzlich festgeschriebenen nationalen Mindestlohn. Vom Intellektuellen zum Proleten. Hausend in einer Art Tonne des Diogenes. Inspiration zur Kontemplation. Mit einem Seufzer schüttete Roger Hertloff das schwarze Wasser des Putzeimers in den Gully vor seiner Wohnung. Das Leben fing wieder von vorn an.

* * * * *

Der *IKEA*-Laster hielt um Punkt dreizehn Uhr vierzehn in der Ladebucht, die sich direkt vor Roger Hertloffs Wohnung befand. Im Zwei-Minuten-Rhythmus hatte Roger die vergangenen zwei Stunden über per Auseinanderklappen jeweils zweier Lamellen der blauen Jalousie nach draußen geblickt, um zu überprüfen, ob das blau-gelbe Fahrzeug denn nicht vorführe. Eine Vormittagslieferung war beim Kauf des Schlafsofas und Bücherregals abgemacht gewesen. Zwischen acht und dreizehn Uhr. Gehofft hatte er auf zehn. Je früher die liefern würden, desto eher wäre er auch fertig mit dem Zusammenbasteln der Teile. Was man nicht alles auf sich nahm aus

Sparsamkeit! In diesem Fall gezwungenermaßen. Da die Idioten, wie üblich in diesem Land, später als im abgemachten Zeitraum aufkreuzten, verlor er zwei bis drei Stunden. Diese Unverläßlichkeit! Schon in der Woche zuvor das Problem mit *Scottish Power*, dem hiesigen Elektrizitätswerk. Die wollten einen neuen Stromzähler installieren. Fast die identische Erfahrung. Da kam der Mechanikerdödel allerdings sieben Minuten vor ein Uhr, also gerade noch im Rahmen. Aber warum bekamen es die Briten mit der Logistik einfach nicht hin? Warum konnte man nicht eine genaue Uhrzeit abmachen? Zehn Uhr dreißig. Punkt. Nein: vormittags zwischen acht und dreizehn Uhr; nachmittags zwischen vierzehn und achtzehn Uhr. Die machten einem den ganzen Tag kaputt. Was, wenn er nicht so tolle Schichtzeiten gehabt hätte? Sonntags, montags und dienstags immer frei. Da konnte man Termine an den Wochenanfang legen. Und sich eben damit den Tag kaputtmachen, wenn man beispielsweise Möbel anliefern ließ.

Wenigstens entschuldigten sich die *IKEA*-Fritzen für die Verspätung. Gegen zehn Uhr hätten sie auf dem Bypass, der Edinburgher Umgehungsautobahn, wegen eines Unfalls eine Stunde lang im Stau gesteckt. Roger sei noch nicht mal der Letzte auf der Vormittagsliste. Vier Lieferungen seien davon noch abzuarbeiten.

Das Bett ging schnell. Dreißig Minuten, und das knallrote Teil war aufgebaut. Roger, stolz wie Oskar auf seine handwerkliche Meisterleistung, ahnte da noch nicht, wie nötig er die neue Bettstatt haben würde nach dem Zusammenbasteln des wandfüllenden Bücherregals. Es dämmerte ihm aber, sobald er den letzten langen, flachen Karton öffnete und ihm ein durchsichtiges Plastiksäckchen mit Schrauben, Bolzen und Schellen auf den Boden fiel. Daneben die Anleitung. Er setzte sich auf den Boden, um die Vollständigkeit der Fixierungsutensilien zu überprüfen.

Vier Stunden später warf er erschöpft den Schlafsack aufs Bett, kuschelte sich hinein und schloß die Augen. Keine Energie mehr, das Bett zu beziehen oder das nun aufgestellte Regal einzuräumen.

* * * * *

Autobahn sollte es sein. Die Planung sah vor, möglichst schnell die dritte und letzte Etappe abzuschließen. Drei Tage saßen Johanna von Mühlwang und Sylvia Körbel bereits im Auto. Und Sylvia allein trug die Last des Fahrens, weil Johanna keinen Führerschein besaß. Einerseits verschaffte diese Tatsache Sylvia etwas Genugtuung. Das hatte Johanna wenigstens nicht auch noch auf die Reihe bekommen bei ihrem Hans-Dampf-in-allen-Gassen-Programm. Das hatte sie, Sylvia, ihr noch voraus. Andererseits nervte das und strengte zudem ungemein an in der momentanen Situation. Sie konnten sich beim Fahren nicht abwechseln. Johanna nickte manchmal sogar neben ihr ein, während sie angespannt auf den (selbst auf der Autobahn) gewöhnungsbedürftigen Linksverkehr achten mußte. Nun, am dritten Tag, hatten sie sich vorgenommen, die schnellste Route einzuschlagen, damit Sylvia auch mal etwas Erholung bekam. Autobahn vom Lake District bis kurz vor Glasgow sowie dann den Schlenker hinüber nach Edinburgh. Das sah zwar von der Distanz her weiter aus, aber der Routenplaner vom *ADAC* schlug jene Strekke als die schnellste vor. Womit die beiden jungen Urlauberinnen jedoch nicht rechneten, war die komplizierte Einfahrt in die schottische Hauptstadt von Westen, um hernach zum *Alba Palace Grand Hotel* zu gelangen, wo sie sich für drei Nächte einquartieren wollten, bevor Johanna ihre neue Bleibe, eine studentische Unterkunft mitten in der Altstadt Edinburghs, beziehen würde. Viermal bog Sylvia nach Erreichen des ersten Außenbezirks falsch ab, weil sich die vollgeschriebenen Schilder schlicht als zu verwirrend herausstellten. Irgendwann hatten sie den Bogen 'raus und folgten den Anweisungen am Straßenrand akkurat, befanden sich aber schließlich vor dem falschen Hotel. Ein etwas schlafmütziger älterer Herr mit Zylinder auf dem Kopf versuchte da umständlich, ihnen zu erklären, wie sie per Kraftfahrzeug zum östlichen Ende des Stadtzentrums gelangen könnten. Sie bedankten sich mit einem gequälten Lächeln für die Informationen und starteten mißmutig zum letzten Abschnitt ihrer Reise. Nur knapp anderthalb Kilometer, die es wahrlich in sich hatten. Der Verkehr schien sich wie ein sportlicher Kontrahent gegen sie zu wenden. Rechts und dann gleich wieder links. Warum nicht geradeaus? Die breiteste Straße. Nein, nur für Busse! Also links. Leicht bergauf. Welche Spur? Die rechte, da sie hier abbiegen mußten, wo es den Hügel wieder hinabging. Danach wieder eine lange, breite Straße. Aufatmen? Keineswegs! Sie fuhren noch auf der rechten Spur, auf der plötzlich ein Abbiegepfeil nach rechts auftauchte. Wildes Gehupe von hinten, als Sylvia wieder in die sich zäh fortbewegende Autoschlange links einscherte. Es ging halt nicht anders, Idiot! Dann die linke Spur. Die wurde plötzlich grün. Was sollte das denn? Jetzt wieder eine Hupe. Bus. Die linke Spur hatte sich zur exklusiven Bahn für die Stadtbusse transformiert. Dann eben wieder nach rechts. Der rückwärtige Verkehr gutierte das Manöver Sylvias wenig. Standen sie richtig an dieser Ampel? Ja, tatsächlich! O weia: ein dicker Kreisel! Da sollten sie rechts hoch. Richtige Spur demnach. Was für ein Glück! Sylvia hielt sich rechts. Ein Stau den Berg hinauf. Auf der rechten Seite. Links ging was. Dann also erneut nach links. Scheiße, wieder Busspur mit Haltestelle! Nochmal nach rechts. Gehupe. Schon mal gehört. Sie näherten sich dem Ende der Steigung. Die Schilder - verwirrend. Der Herr im Zylinder hatte aber gesagt: rechts halten! Der Palast wurde sichtbar. Mit einem Uhrturm wie Big Ben. Gleich geschafft! Grüne Ampel. Drei Doppeldecker fuhren vor Sylvia auf die versetzte Kreuzung. Hielten an. Sylvia stand mit ihrem Wagen mitten auf der Straße. Die Ampel schaltete zurück auf Rot. Verärgertes Gehupe auf der rechten Seite. Sylvia blockierte den Gegenverkehr. Es ging endlich weiter. Nanu? Kein Parkplatz? Kein Wegweiser zu einem Parkplatz? Bei der Buchung hatte es geheißen, daß es Parkmöglichkeiten gebe. Und wo, zum Teufel, sollten die denn sein? Eine lange Reihe von Fahrzeugen stand vor dem Hoteleingang. Keine Auffahrt! Die Straße! Wo sollte sie nur halten? Am Ende der Parkschlange schien noch etwas Platz. Da quetschte sich Sylvia hinein, so daß der Wagen noch mit dem Hinterteil in die Fahrbahn lugte. Ein weißbärtiger Alter im Schottenrock kam aufgeregt von der Straßenmitte angetrabt. Gestikulierte wild. Wie süß der aussah! Er winkte und bedeutete Johanna auf der Beifahrerseite, daß sie wohl weiter vorne in zweiter Reihe den Wagen abstellen sollten. Na gut, dann halt so! Beinahe zu spät. Von hinten näherte sich ein Doppeldecker, der um die Ecke geschossen kam. Bremste gerade noch rechtzeitig, als Sylvia zurücksetzte. Eine Hupe erschallte. Reifenquietschen. Kavalierstart. Sylvia hätte fast den Bärtigen im Kilt umgenietet. Der sprang seinerseits reflexartig zur Seite. Sylvia hielt knapp dreißig Meter weiter vorn. Der Bärtige kam von hinten. Da würde sich Sylvia erstmal entschuldigen müssen.

* * * * *

Gut gezogen. Unter Kontrolle. Alles funktionierte perfekt nach den Vorstellungen Callum Youngers. Er hatte den jungen Kollegen so hingebogen, wie er ihn brauchte. Genüßlich lutschte er auf seinem losen Gebiß herum. Fünfundzwanzig vor zwölf. Vor fünf Minuten hatte er Roger Hertloff gedrängt, doch etwas forscher bei Steven McClure zu insistieren, daß er nun seine halbstündige Mittagspause antreten dürfe. Dieser McClure! Unmöglich, der Mensch! Im Hotel - tote Hose. Aber wenn man ihn fragte, ob man denn wohl jetzt essen gehen könne, die unverbindliche Antwort:

"Gib' mir zwei Sekunden..."

Zwei Sekunden vergingen. Zwei Minuten vergingen. Zwanzig Minuten vergingen. Der würde einen glatt verhungern lassen, wenn man ihm nicht permanent auf die Pelle rückte. Dasselbe Spielchen mit der Trinkgeldausschüttung. Steven McClure durfte man einfach nicht fragen, sonst blieb man arm. Naja, wenigstens klappte alles beinahe bis zur Perfektion mit Roger Hertloff. Eben beispielsweise die Mahlzeiten. Roger ging um halb zwölf. Callum um zwölf. Roger ging um halb sechs. Callum um sechs. Holte dann, also abends, den Wagen. Auch hinsichtlich des Chauffierens der Gästeautos bestand eine stillschweigende Abmachung: abwechselnd. Ein Fahrzeug für Roger, eins für Callum. Schön gerecht. Damit keiner zu lange weg von der Tür war und dementsprechend nichts in Sachen Trinkgeld versäumen würde, obwohl das eigentlich keine Rolle spielte, da alles sowieso im selben Topf landete. Aber Callum Younger liebte den Wettbewerb. Die Genugtuung des Triumphes zum Schichtende, wenn er auf seinen einzureichenden Briefumschlag eine höhere Summe schreiben konnte als Roger auf den seinen. Das Beste: Wenn man unter den Augen des anderen ein Scheinchen zugesteckt bekam und dann locker vom Hocker Bemerkungen ablassen konnte wie:

"Dem besorg' ich jederzeit wieder ein Taxi!"

Ideal stand es ebenso um die verschiedenen weiteren kleinen Pflichten des Doormans: Roger übernahm die gesamte Reinigung. Das Fegen der Hotelfront. Das Polieren des gesamten Messings am Eingang. Das gab Callum die Chance auf einen Vorsprung. Trinkgeldmäßig. Taxis hereinwinken. Gepäckabtransport. Et cetera. Et cetera. Ja, Callum Younger war es tatsächlich gelungen, den Kollegen nach seinem Geschmack zu formen. Verflixt! Diese verdammte Croissantflocke ließ sich einfach nicht freilutschen. Callum Younger nahm das Gebiß aus dem Mund. Wo saß dieses Teil denn fest? Linker Backenzahn. Er zupfte mit dem rechten Zeigefinger daran. Das Gebiß glitt ihm dabei aus der linken Hand, plumpste auf den Boden und hüpfte zwei Treppenstufen hinunter. Callum sprang hinterher, hob es schnell auf, wischte es am Ärmel ab und setzte es unverzüglich wieder ein.

Morris Urquhart erschien in einer der Seitentüren.

"Taxi zum Flughafen, bitte, Callum!"

Der Angesprochene trabte hinaus zur Straßenmitte. Erreichte diese gerade noch, bevor ihn eine Nummer zweiundzwanzig überrollte. Der Busfahrer stand förmlich auf seiner Hupe. Machte Callum gegenüber eine abfällige Handbewegung. Der wiederum reckte den rechten Mittelfinger als Replik. Dieses Gesindel! Verstopfte die Straße unnötigerweise. Da klagte die Stadtverwaltung über das Verkehrsproblem, doch im Prinzip verursachte sie es selbst! Das ihr gehörende Transportunternehmen *Lothian Buses* war die Wurzel allen Übels. Bushaltestellen alle fünfzig Meter. Miserabelste zeitliche Abstimmung der einzelnen Linien aufeinander - zu Stoßzeiten bekam man vor dem Hotel mitunter klaustrophobische Zustände beim Anblick von mehr als zehn Doppeldeckern um einen herum. Die Beseitigung der Busschaffner hatte das Übrige bewirkt. Der Fahrer kassierte jetzt bei Einstieg. Wenn also zwanzig Leute zustiegen und alle zuerst bezahlen mußten, dauerte das gut drei Minuten. In dieser Zeit stauten sich ungefähr ein Dutzend Busse dahinter. Das Chaos war somit perfekt, welches sich selbstverständlich auf das nervliche Befinden der Busfahrer auswirkte, die neben Taxi- und Radfahrern den schlechtesten Ruf im Verkehrstumult der schottischen Hauptstadt für sich beanspruchen durften. Callum Younger jedenfalls hatte absolut nichts übrig für die Lenker der zweistöckigen, burgundroten Ungeheuer der Marke *Plaxton*. Wenn er Gästeautos fuhr, dann ignorierte er geflissentlich die Bitte, welche auf jedem der Busse hinten links aufgeklebt war: die Karikatur eines dieser Monster mit großen Augen, lächelndem Mund und einem ausgestreckten rechten Arm, an dessen Hand der Daumen nach oben deutete; daneben jene flehende Aufforderung: "Bitte laß' mich 'raus!" Nie! Nur über seine Leiche würde Callum Younger einem *Lothian Bus* gestatten, vor ihm von einer Haltestelle wieder in den fließenden Verkehr einzuscheren. Dieser Abschaum verdiente keinerlei Höflichkeit!

Jetzt kam der Fahrzeugstrom von der North Bridge. Ein Bus, zweiter Bus, dritter Bus, belegtes Taxi, und da drängelte sich glatt noch ein vierter Bus bei Rotlicht um die Ecke. Schweinesack!

Was war denn los? So kurz vor zwölf sollte es eigentlich kein Problem sein, ein Taxi hereinzuwinken. Aber momentan schien in dieser Hinsicht absolute Flaute zu herrschen. Sowieso immer dasselbe: Wenn man diese Idioten brauchte, war keiner zu erwischen. Und wenn man sie nun überhaupt nicht haben wollte, dann quetschten sie sich auf die gelbe Linie vor dem Hotel und blockierten Plätze, die die Nobelherberge prinzipiell benötigte, sofern Gästefahrzeuge dort hingestellt werden mußten - sowohl bei Ankunft als auch bei Abfahrt. Die gierigen Ratten der Straßen. Das waren die Taxifahrer. Keine Rücksichtnahme. Und stets geil auf Flughafentransfers. Wenn man ihnen eine Oma in den Fond setzte, die schlecht zu Fuß war, um sie nach unten in den Bahnhof zu kutschieren, folgte der Anraunzer auf dem Fuße.

Da: Von St. Andrews Street kam ein Taxi mit erleuchtetem Schild um die Ecke gedüst. Callum hob die Hand. Keine Reaktion. Sehr häufig signalisierten die Fahrer mit Lichthupe, daß sie einen gesehen hatten. Callum nahm sein Holzpfeifchen aus dem Sporran. Blies zwei-, dreimal hinein und winkte nun aufgeregter. Sah die Hand des Taxifahrers zum Rückspiegel greifen. Das Taxilicht erlosch. Was für ein Rindvieh! Hatte vergessen, das Lämplein auszumachen, als er eine Fuhre aufnahm. Von solchen Trotteln gab es auch viel zu viele. Erwürgen hätte er ihn können. Ah! Jetzt aber! Bei Waterloo Place tauchte im Moment ein schwarzes Fahrzeug mit funzelig orangeschimmerndem Freizeichen auf. Callum winkte wieder. Das Lichthupenzeichen. Er war frei. Hatte Callum gesehen. Na prima! Eventuell gab es Gepäck. Eventuell Amerikaner mit *Tumi*-Koffern. Eventuell ein Fünfer. Callum Younger machte Anstalten, auf den Bürgersteig vor dem Hotel zurückzugehen, als sich der Verkehr an der Kreuzung zur North Bridge in Bewegung setzte. Er müßte jetzt auf eine Lücke warten. Was war denn das nun wieder? Ein alter, weißer *VW Jetta* mit ausländischem Kennzeichen setzte den linken Blinker. Scheiße! Der wollte zum Hotel. Typisch! Vor fünfzehn Minuten hatte sich Callum noch überlegt, ob er den *A-Klasse Mercedes* eines zur Abreise bereiten Gastes nicht ganz bis zum rückwärtigen Ende der Haltespur vor dem Hotel zurückfahren sollte. Jetzt bereute er es, die Rangierlücke nach hinten nicht vollständig geschlossen zu haben, weil der *Jetta* in diesem Moment mit der Schnauze da hineindrückte, so daß der Großteil des Wagens in die Fahrbahn ragte. Ein solches Manöver schien zum Instinkt potentieller Hotelgäste zu gehören: Sie sahen die Haltespur, wie sie völlig zugeparkt war; es ergriff sie Panik; und flugs 'rein in die Minilücke ohne Rücksicht auf Verluste; Parken in zweiter Reihe - nein danke! Genau in dieses Lückchen mußte man 'rein, selbst wenn sich die Busse nach hinten stauten, was prompt passierte. Hupkonzert. Callum Younger war im Bilde. Kein Wunder: auch noch zwei Frauen, die im *Jetta* saßen. Er trabte auf das Fahrzeug zu. Bedeutete den Mädels, daß sie den Wagen in zweiter Reihe weiter vorn hinstellen sollten. Sichtlich agitiert setzte die Fahrerin den *Jetta* zurück. Knallte beinahe auf den Bus, der hinter ihr ungeduldig wartete. Glücklicherweise hatte sie danach genügend Platz, um nach vorne auszuscheren. Sie gab zu viel Gas, ließ die Kupplung zu schnell kommen. Callum zuckte zusammen, sprang reflexartig zur Seite. Fast hätte die Kuh ihn bei ihrem Kavalierstart umgenietet. Die Meinung sollte man ihr eigentlich geigen, aber sie war ja offenbar ein Hotelgast. Da müßte er sich etwas Freundlich-Sarkastisches einfallen lassen.

Inzwischen stand Morris Urquhart am Treppenabsatz des Hotelportals. Zwei gigantische, schwarze Koffer hochkant neben ihm. Bereit, um zum herannahenden Taxi hingerollt zu werden. *Tumi*. Die erhoffte Marke. Allerdings keine Chance gegen Morris. Wenn der Geld roch, konnte man so gut wie nichts ausrichten. Krallte sich jedwedes Gepäckstück, das irgendwie einen teuren Eindruck erweckte. Insbesondere *Hartmann* und *Tumi*. Die amerikanischen Lieblinge.

Grundsätzlich war es die Aufgabe der Portiers, das Gepäck vom Zimmer in die Lobby zu transportieren. Dort sollte dann der Doorman übernehmen. Aber nein: Wenn Morris Urquhart nicht schon im Voraus vom Gast beim Wegbringen der Koffer im Zimmer belohnt wurde, dann ließ er nicht ab von ihnen, bis die Abreisenden zum Taxi geleitet worden waren. Sicherte sich so auf alle Fälle das Trinkgeld, das ansonsten womöglich der Doorman kassiert hätte. Diese Sackratte! Eigentlich spielte es keine Rolle, da es sich alle gerecht teilten am Wochenende. Doch es fuchste ungemein, wenn einer dem andern etwas wegschnappte.

Callum Younger schrieb die beiden *Tumi*-Rollkoffer ab, als sie Morris Urquhart zum haltenden Taxi brachte. Hinter ihm das amerikanische Ehepaar. Routinehandgriffe folgten. Koffer neben den Fahrer nach vorn. Hintertür auf. Die Frau stieg ein. Bevor der Mann folgte, drückte dieser Morris ein zusammengeknülltes grünes Papierchen in die Rechte. Ein Fünfer. Bastard! Resignierend wandte sich Callum der für ihn schmerzlichen Szene ab und wieder dem weißen *Jetta* zu. Die beiden jungen Frauen waren gerade im Aussteigen begriffen. Nicht übel, was Callum Younger da erblickte. Trotz der Freizeitkleidung deutlich zu erkennen, daß dieses Material nicht zu verachten war. Da hätte er sicherlich keine von der Bettkante gestoßen.

"Herzlichen Dank, daß Sie mich am Leben gelassen haben!" grinste er die Fahrerin mit Bubikopffrisur an.

"Ach, das tut mir unheimlich leid! Der Verkehr hat mich ganz verrückt gemacht. Und dann kein Parkplatz... Wo sollten wir denn auch hin mit dem Wagen?"

"Das ist hier schon in Ordnung... Wir können das Fahrzeug für Sie parken."

"Ach, das wäre aber nett!"

Die Fahrerin hielt bereits ihre Geldbörse in der Hand. Fischte einen Schein heraus. Zehn Pfund. Wickelte das Geld um den Schlüssel herum. Gab Callum das kleine Päckchen. Der machte ein paar aufgeregte Kaubewegungen, bevor er sich artig bedankte.

"Ich gebe Ihnen gleich eine Quittung für den Schlüssel..." setzte er fort. "Darf ich den Wagen für Sie ausladen?"

"Nur die zwei Sporttaschen auf der Rückbank. Machen Sie bloß den Kofferraum nicht auf! Den bekommen Sie sonst nicht mehr zu!"

Also gut. Callum Younger griff die besagten Taschen und geleitete die beiden jungen Damen ins Hotel. Er ging voraus. Am Portal blieb er stehen. Hielt den zwei die linke Seitentür auf.

"Herzlich willkommen im *Alba Palace*! Die Rezeption befindet sich zu Ihrer Linken!"

Wie an einer Schnur gezogen, dackelten die Mädchen nach rechts auf den Concierge-Schalter zu. Wie so viele Gäste hatten sie einfach nicht hingehört, sahen Uniform hinter dem nächstbesten Schalter und steuerten den dann mechanisch-autistisch an.

"LINKS bitte zur Rezeption!" rief Callum ihnen etwas lauter und bestimmter hinterher. Synchron zuckten sie zusammen, blickten tatsächlich nach links und änderten die Laufrichtung nach kurzem Zögern.

"Links ist, wo der Daumen rechts ist..." murmelte die Langhaarige.

"Darf ich fragen, unter welchem Namen die Reservierung vorgenommen wurde?" erkundigte sich Callum beim Bubikopf, da er inzwischen die beiden Taschen abgestellt hatte und die Mädchen kurz vor der Rezeption einholte.

"Körbel. K-O-E-R-B-E-L." antwortete die Gefragte.

Callum Younger sah, daß ein Gast gerade abgefertigt worden war. Er bewegte sich auf die Rezeptionistin zu und übermittelte die Information, die man ihm soeben gegeben hatte.

* * * * *

Übelst gelaunt stapfte Roger Hertloff über die Cocktail-Bar von seiner Mittagspause in der Belegschaftskantine zurück in die Lobby. Das miserable Angebot beim Essen, wenngleich kostenlos, hatte seinen sich in den dreieinhalb Stunden zuvor stetig aufbauenden Mißmut beinahe zur emotionalen Explosionsgrenze getrieben. Die Auswahl: Shepherd's Pie und Cottage Pie. Zu allem Überfluß noch ein dritter, undefinierbarer Pie als Dreingabe. Die Briten und ihre Pasteten, wobei das meist nicht einmal Pasteten waren! Den britischen Gaumen versinnbildlichend. Wildschwein in Pfefferminzsoße. Das arme Schwein! Lauwarme Cervisia. Roger mußte da immer wieder an *Asterix* denken. Da sage noch einer, daß Stereotypen Vorurteile seien!

Die Auswahl der Gerichte zeichnete also dafür verantwortlich, daß Rogers katastrophale Gemütsverfassung den Tiefststand erreichte. Der Grund, weshalb er vor dem Essen schon wenig guter Dinge gewesen war: die tödliche Portierkombination Morris Urquhart und Marek Wodzinski. Mit Morris allein auf Schicht hätte man ja noch leben können; aber wenn Marek Wodzinski, der polnische Student, der während der geschäftigen Sommermonate aushalf, dazustieß, schien Polen trinkgeldmäßig eben so gut wie verloren! Ab und an wurde Morris zwar mit Schalterarbeit abgelenkt; da konnte er nicht anders und sah sich gezwungen, Kollegen die guten Jobs zu überlassen. Aber da sprang meistens Marek ein. Der zerriß sich förmlich. Wieder ein Stereotyp, das sich bewahrheitete: polnisches Arbeitsethos. Unschlagbar. Wie ein Kartoffelklauber im Sommer auf deutschen Feldern. Marek machte alles. Dann der Gästekontakt: Er schleimte ungemein. Mit nur einer Absicht. Und oft fielen die Deppen auch darauf herein. Hielten es offenbar für natürlich, wie der sie mit seinem harten osteuropäischen Akzent umgarnte:

"Ich besorrrge gerrrne Taxi zu Flugchafen!!"

Aus dem kniepigsten Zeitgenossen vermochte Marek Wodzinski Trinkgeld herauszupressen. Als ob er sie bei den Fußknöcheln anpackte, umdrehte und so lange schüttelte, bis die Scheine und Münzen herausflatterten beziehungsweise -klimperten.

An jenem Vormittag war es besonders deprimierend gewesen: siebenmal Morris und dreizehnmal Marek. So stand es ungefähr um den Anteil der beiden bei den gesamten Gästeabreisen. Man kriegte absolut nicht den Fuß dazwischen. Roger mochte Marek zwar sehr gerne - ein lieber, gutmütiger Kerl. Aber an Tagen wie diesem hätte er den Danziger doch mitunter gerne stranguliert mit den Schnürsenkeln von dessen spitzen Schuhen, die absolut ungeeignet waren für die Tätigkeit, die er da so überenthusiastisch ausübte.

Kantinenessen, Morris Urquhart, Marek Wodzinski. Und es kam noch besser. Kindergeschrei in der Lobby. Das noble Hotelfoyer umfunktioniert zum Spielplatz. Zwei Gören turnten wild auf den Gepäcktrolleys, den sogenannten Vogelkäfigen, herum. Gleich drei an der Zahl mißbrauchten die Drehtür als Karussell. Verschmierten dabei die von Roger mühsamst vor der Mittagspause gereinigten Glasscheiben mit ihren kleinen, ungewaschenen Fettpfoten. Ersäufen sollte man die wie junge Katzen! Verzogenes Gesindel. Die Eltern gehörten ob der Vernachlässigung ihrer Aufsichtspflicht eingesperrt. Aber man durfte selbstverständlich nichts sagen. Nicht einmal ein freundlicher Hinweis auf die Hotelsicherheitsvorschriften wurde einem erlaubt. Man hätte ansonsten der Werbepolitik widersprochen, die da besagte: "Kinder sind uns willkommen!" Eine bescheuerte Idee, welche einer der jüngeren Hoteldirektorinnen aus der Ruggero-Falcone-Kette gekommen war, bloß weil sie ebenfalls zwei junge Blagen ihr Eigen nannte. Was für ein gigantischer Widerspruch: Luxushotel und Kinder! Roger als Hoteldirektor hätte das Aus für Kinder unter vierzehn Jahren im Hotel verordnet. Die verursachten einzig Dreck und Krach, weil die meisten Eltern die Überzeugung an den Tag legten: Wir bezahlen hier teures Geld; deshalb können wir uns alles erlauben. Auch so eine britische Eigenart. Auf seine Rechte pochen, aber nie und nimmer einsehen, daß es da auch noch bürgerliche Pflichten einzuhalten gilt. Was für eine degenerierte Gesellschaft!

Mit hochrotem Kopf näherte sich Roger Hertloff dementsprechend den Seitentüren, indem er einen großen Bogen um die lärmende Kinderschar machte, die weiterhin völlig ungestört ihr Unwesen trieb. Draußen angekommen, hielt ihm Callum Younger grinsend und gleichzeitig aufgeregte Kaubewegungen vollführend einen Wagenschlüssel unter die Nase. Das bedeutete noch mehr Demütigung. Diesen Manierismus hatte sich der greise Kollege als Geste des Triumphes angewöhnt. Er mußte während Rogers mittäglicher Abwesenheit ordentlich abgesahnt haben.

"Landsleute von dir. Steuer links. Dein Job!"

"Wieviel?"

"Zehn!"

"Schwein!"

Roger schnappte sich den Schlüssel.

"Willst du nicht essen gehen?" drehte sich Roger nochmals um.

"Schau' dir mal an, wieviele Autos geparkt werden müssen! Wenn wir gut sind, haben wir's in 'ner Stunde geschafft. Dann geh' ich..."

Callum hatte recht. Der deutsche Wagen stand schon in zweiter Reihe. Heiliger Strohsack! Ein uralter *Jetta*! Roger öffnete die Fahrertür. Frau am Steuer. Ganz klar: Sonnenblende unten sowie Sitz praktisch direkt bis zum Lenkrad vorgezogen. Wenigstens zählte die Karre so viele Lenze, daß man die Höhe des Sitzes nicht verstellen konnte. Da mußte Roger glücklicherweise nicht pumpen, bis das Teil die niedrigste Position erreicht hätte. Nachteil: keine Servolenkung. Knochenarbeit! Vor allem beim Ein- und Ausparken. Roger blickte auf das Ticket. Name: "Koerbel". Konnte dann ja nicht der ehemalige Fußballspieler sein. Zudem das Münchener Kennzeichen. Eine ganz schöne Strecke hatte die Rostbeule da zurückgelegt. Zehn Pfund waren für Callum abgefallen. Na, vielleicht gelang es Roger, sich die bei der Abreise zu krallen und ebenfalls zu profitieren.

Er wollte losfahren, bremste jedoch umgehend scharf ab. Einer von diesen unzähligen undisziplinierten Idioten überquerte die Straße vor ihm. Roger kurbelte das Fenster herunter.

"Keine zwanzig Meter bis zum Fußgängerüberweg!" rief er, jedwede Beleidigung vermeidend.

"Arschloch!" kam es zurück.

"Sehr erfreut! Ist das Ihr Vor- oder Nachname?"

Der Typ trabte auf den *Jetta* zu. Sichtlich erzürnt. Roger drückte aufs Gas, machte sich kichernd aus dem Staub. Eile war sowieso angesagt, bevor am Hotel das Chaos ausbrechen würde. Zwanzigtausend Busse unterwegs. Die Haltespur total zugeparkt. Wahrscheinlich gab es während der zehn Minuten, die er sicherlich brauchte, nochmal drei bis vier Anreisen per Auto. Er mußte sich wirklich sputen.

* * * * *

Marion änderte offenbar ihre Taktik. Bis zum tatsächlichen Ruf aus St. Andrews spielte sie die beleidigte Leberwurst und ignorierte sämtliche Anrufe Bertram Hitschlers geflissentlich. Schien nichts mehr von ihm wissen zu wollen. Dann stand es fest: Er würde den Lehrstuhl bekommen. Da wandelten sich ihre schauspielerischen Ambitionen. Die entrückte Glenn Close aus *Fatal Attraction*. Bedrohlich. Fabian konnte einem leidtun. Bertram Hitschler versuchte, alles zu verdrängen. Er bereute das Geborgenheitsabenteuer bitterlich. Den Sohn würde er unter Umständen nie wieder sehen. Für Fehler mußte man eben bezahlen. Mit Geld wie auch mit Nerven. Vermutlich gestaltete sich das Ganze als weniger schmerzhaft, je weiter die Distanz. So mußte es wohl sein. Die Erleichterung vergrößerte sich mit Überqueren der holländischen Grenze. Ein fürchterlicher Platzregen ging auf der Autobahn nieder. Alle Fahrzeuge hielten an. So etwas hatte er noch nie erlebt. Man konnte kaum die aufflackernde Warnblinkanlage des Vordermanns erkennen. Hoffentlich nicht auch noch Hagelkörner so groß wie Hühnereier!

Nach knappen fünf Minuten war es überstanden. Bertram Hitschler setzte den rechten Blinker für die Ausfahrt zur nächsten Raststätte. Erstmal was zu essen und einen heißen *Earl Grey* zur Beruhigung. Marion und Fabian fast vergessen. Die Gedanken beschäftigten sich bereits damit, was ihn an der ältesten schottischen Universität erwartete. Unterkunft, Kollegen und Studenten. Nur wenige Wochen bis zum Beginn des akademischen Jahres. Schlimmer als Südafrika konnte es ja nun wirklich nicht werden!

* * * * *

Alles nach Plan. Postgraduiertenwohnung. Fünfundzwanzig Minuten bis zum Arbeitsplatz. Beinahe so gut wie Berlin in infrastruktureller Hinsicht. Doch ruhiger. Geradezu idyllisch. Genau das, was Bertram Hitschler benötigte. Ein Jahr dürfte er hier sicherlich wohnen bleiben, bevor er sich etwas anderes suchen müßte. Einem Professor machten die höchstwahrscheinlich keine Schwierigkeiten. Aber auf Dauer würde er sich ohnehin eine richtige Wohnung nehmen. Die studentische Atmosphäre mit den Parties, dem Gegröle auf der Straße, den halbnackten Mädchen war nicht seine Welt. Bertram Hitschler bemerkte da, wie alt er tatsächlich geworden war. Dennoch: ansonsten alles beinahe perfekt! Die Kollegen hatten ihn mit offenen Armen empfangen. Wirkten erleichtert, daß die Professur in ihrer Abteilung nicht gestrichen wurde, wie sie andeuteten. Ein schwarzes Schaf jedoch in der Herde - es konnte eben nie ideal sein: dieser Totenkopf von Kohl. Der Wettbewerb, die Rivalität sprühte aus ihm heraus wie die Funken einer entzündeten Wunderkerze. Darauf hatte Bertram Hitschler nun überhaupt keine Lust. Er war der Professor. Er mußte sich nicht mehr rechtfertigen. Zuallerletzt diesem kahlköpfigen Aufschneider gegenüber. Bei der ersten Abteilungsbesprechung wurde mehr als nur auffällig, daß ihm Kohl bei allem, was er vorbrachte, widersprach. Führte immer wieder in herablassendster Weise das Pseudoargument an, daß Bertram sich doch erst an die örtlichen Gegebenheiten gewöhnen müsse, um sich ein Bild machen und so letztendlich zu einem angemessenen Urteil gelangen zu können. Als ob er das nicht wüßte! Aber das war es ja genau: Neue Besen kehren gut! Von politischen Führern sagte man ja ebenfalls, daß die ersten hundert Tage ihrer Regentschaft entscheidend seien. Bertram dachte da spontan an die deutsche Situation, damals, anno achtundneunzig (obwohl ihn das als Österreicher eigentlich wenig kümmern sollte): Schröder verschlief sprichwörtlich seinen eigenen Reformdrang, bis ihm fast pünktlich nach etwa drei Monaten die Mehrheit im Bundesrat flötenging und Deutschland seither im Prinzip von Vermittlungsausschüssen regiert wurde. Bertram wollte diesen Fehler als Professor nicht begehen. Gleich mit der Tür ins Haus! Diesem scheinbar freundlichen, aber trägen Haufen ein wenig Leben einhauchen! Und dieser Kohl - sinnigerweise von der Kollegin Koopmann heimlich "Dr. Armageddon" genannt - brauchte gar nicht so zu tun. Schließlich war das auch erst sein zweites Jahr in St. Andrews. Solche Zeitgenossen hatte Bertram Hitschler besonders lieb: die, die meinten, Chef spielen zu können, weil sie geradeмal fünf Minuten länger vor Ort waren als man selbst.

Wo hatte er die *Custard Creams* denn nur hingelegt? In der Aktentasche: nichts! Er rekapitulierte. Auf seinem Weg zur Arbeit war er beim kleinen *Tesco*-Supermarkt vorbeigegangen und hatte die Kekse nach dem Einkauf in die Hauptabteilung der Tasche zum Notizblock und *Filofax* gesteckt. Nur dort schien es ihm sicher, daß das zerbrechliche Gebäck nicht aufgrund des von außen gelegentlich einwirkenden Drucks zerbröselt wurde. Bei Ankunft im Büro mußte er dann die wenigen Dinge, die er in dem dünnen Transportbehältnis mit sich führte, ausgepackt haben. Aber auf dem Schreibtisch lagen die *Custard Creams* nicht. *Filofax*, Notizblock. Auch das Schreibmäppchen, das er routinemäßig in die vordere linke Außentasche steckte, befand sich direkt zwischen Telefon und Schreibmatte. Er hatte alles ausgepackt. Er vermochte sich jedoch nicht zu erinnern, daß er die *Custard Creams* in die Hand genommen hatte. Schnappte er denn jetzt über? Die *Custard Creams* waren in jenen wenigen Wochen seit Semesterstart zu so etwas wie einem liebgewonnenen Ritual zwischen Sophie Koopmann und ihm geworden. Einmal die Woche. Konsultation bezüglich der Sprachkomponenten im Rahmen der Kurse für das erste und zweite Studienjahr. Es wirkte geradeso, als ob Sophie Koopmann jenes Ritual bereits vor seiner Zeit mit einer anderen Person geteilt hätte. Sie behandelte ihn in wesentlich vertrauterer Weise als sämtliche anderen Kollegen der Abteilung, denen sie zumindest in den beim Teilbereich Deutsch durchgeführten Besprechungen äußerst reserviert gegenüberstand. In seiner Gegenwart wagte sie es sogar zu lachen. Darauf durfte man sich wohl etwas einbilden. Also: Er mußte diese verdammten *Custard Creams* unbedingt finden. Er wollte nicht mit leeren Händen bei ihr aufkreuzen, wo sie doch für den Kaffee Sorge trug und sich auch mental selbstverständlich auf die Kekse eingestellt hätte. Wo könnten die Scheißdinger denn sein? Er war doch nicht Ronald Reagan? Oder etwa doch? Geistesblitz der Rekonstruktion: Kollege Bonham hatte während der Auspackaktion angerufen und gefragt, ob Bertram ihm einen Rechtschreibduden ausborgen könne. Mittlere, rechte Schreibtischschublade! Bertram zog sie auf: Da lagen die *Custard Creams* drin! Und der Rechtschreibduden: dick und fett auf der Schreibmatte oben! Vertieft im Gespräch mit Bonham mußte er den Duden mit den Keksen ausgetauscht haben. Bertram Hitschler kam sich vor wie ein Tattergreis. Na, wenigstens könnte er jetzt guten Gewissens hinauf zu Sophie. Er war ein wenig zu früh dran. Machte nichts! Da könnten sie sich ja so noch ein bißchen zum Vergnügen unterhalten.

* * * * *

Immer dasselbe! Da ließ man sich zeitlichen Spielraum, damit man alles gemütlich abarbeiten konnte; aber es kam immer etwas anderes dazwischen. Um elf, genauer gesagt: um zehn Uhr fünfundfünfzig - das offizielle Ende der Sprechfertigkeitsübung fürs zweite Studienjahr. Danach - wie man früher in der Schule so schön sagte: ganze drei Ho(h)lstunden. Die wöchentlich terminierte Besprechung mit dem neuen Professor: elf Uhr dreißig. Genügend Spielraum, um sich zu sammeln, den vorangegangenen Unterricht mental aufzuarbeiten, einen Kaffee aufzusetzen, E-Mail zu bearbeiten, die Liste mit den zu erledigenden Arbeiten des Tages durchzugehen. Wieder mal Essig mit einem solchen Puffer! Die Studenten belagerten Sophie Koopmann geradezu nach einer turbulenten Podiumsdiskussion, die sie die Studenten hatte vorbereiten und spielen lassen, zum Thema "Gossenkultur". Pech für Sophie: Der Seminarraum blieb in der Folgestunde unbelegt, weshalb niemand drängelte, daß das Zimmer zu verlassen sei. Erst nach etwas mehr als einer Viertelstunde gelang es ihr auf relativ diplomatische Weise, das letzte Studentenpärchen, welches die Unterrichtsstunde noch praktisch freiwillig weiterführte, abzuwimmeln, so daß sie erst gegen Viertel nach elf ihr Büro betrat. Aufseufzend warf sie ihr Unterrichtsmaterial auf den Gästesessel, der in knapp fünfzehn Minuten von Bertram Hitschler eingenommen werden sollte. Ohne Frage fiel ihr erster Blick auf den Computermonitor, dessen Screensaver sie darauf eingestellt hatte, daß er ihr die Anzahl neuer elektronischer Post in wild durcheinander tanzenden, bunten Ziffern anzeigte. Neun in siebzig Minuten! Daß das Rechenzentrum diese Junk-Mail einfach nicht unter Kontrolle bekam! Sophie bewegte die Maus. Ihr Briefkasten erschien. O nein! Nicht schon wieder! Das grenzte an Belästigung, wenn nicht sogar Mobbing! MK dreizehn. Es schlug erneut dreizehn, ein weiteres Mal würde die Welt untergehen - Armageddon eben. Betreff: Kommunikationsfertigkeiten. Ihr Kurs für den Abschlußjahrgang. Was war denn damit? Sophie öffnete den Liebesbrief sowie im Laufe der Lektüre weit ihren Mund, bis sie beinahe gelähmt in den Bürostuhl zurückplumpste. Symptome, die mit diesen Kollegen zu einer Art Dauerzustand zu werden drohten. Herzrasen. Glasige Augen. Tropfgeräusche. Die Kurse des Abschlußjahrgangs müßten institutsweit und somit sprachübergreifend vereinheitlicht werden, insbesondere, was die Hinführung der Studenten zum mündlichen Abschlußexamen betreffe. Das biete weniger Angriffsfläche für Kritik, die sich von studentischer Seite in dieser Hinsicht stetig gehäuft habe. Der Lehrausschuß, dem Kohl - stolz wie Oskar - angehörte, habe sich lose auf die französische Variante geeinigt, welche nun von den anderen Fremdsprachen quasi adaptiert werden solle. Dieser niederträchtige, hinterhältige Glatzkopf! Er wußte ganz genau, daß die "französische Variante" einen didaktischen Humbug darstellte. Eine pädagogische Katastrophe gar. Die französische mündliche Abschlußprüfung - die Krönung des Drills: Video zeigen; Studenten nach zwanzig Minuten darüber referieren lassen; schließlich noch intensive Ausfragerei. Und dieser hirnlose Schwachsinn nannte sich bei denen "Kommunikationsfertigkeiten". Kohl hatte diesem Konzept als Mitglied des Lehrausschusses des Fremdspracheninstituts offenbar zugestimmt. Mit vollster Absicht. Im Wissen, daß Sophie Koopmann in liebevoller sowie mühsamster Kleinarbeit über die Jahre einen grandiosen Kurs mit demselben Titel für das Fach Deutsch zusammengestellt hatte, der Theorie und Praxis der Kommunikation auf ideale Weise verband und den Studenten eingängig vermittelte, indem sie Aspekte der Thematik auch selbständig erarbeiten konnten. Warum hatte Kohl nicht dieses Juwel als Muster fürs Institut vorgeschlagen? Weil er sie fertigmachen wollte. Er führte nichts anderes im Schilde als das Begehren sie kleinzukriegen, sie, seine größte Konkurrentin, was die Studentengunst anging.

Vor lauter Schluchzen überhörte Sophie beinahe das dezente Klopfen an der nicht ganz zugemachten Bürotür. Sie hielt inne. Blickte auf die bunte *Swatch*. Hitschler! Fünf Minuten zu früh. Sie schniefte. Trocknete sich die Augen mit dem linken Ärmel ihres schwarzen Sweatshirts. Bat, leicht glucksend, den Klopfer, doch einzutreten.

* * * * *

Als sich Bertram Hitschler gemächlichen Schrittes der angelehnten Bürotür Sophie Koopmanns näherte, vernahm er ein leises Schluchzen hinter dem Türschlitz. Er zögerte. Seine Schwäche. Bei Frauentränen schmolz er dahin. Macht- und Hilflosigkeit. Wie verhielt man sich da? Was sagte man? Am liebsten hätte er kehrtgemacht, wäre zurück nach unten gegangen, um bei Sophie anzurufen, daß er sich etwas verspäte, so daß sie Gelegenheit bekäme, sich zu sammeln und er ihr dann begegnen könnte, als ob nichts geschehen wäre. Als ob sie nicht geweint hätte. Als ob er sie nicht hätte weinen hören. Wie angewurzelt im Flur stehend, biß sich Bertram Hitschler auf die Unterlippe. Neugierig wäre er schon gewesen, was diese plötzliche Traurigkeit bei der Kollegin ausgelöst hatte. Sie wirkte für ihn bislang als eine starke Persönlichkeit, die nichts oder jedenfalls nicht vieles erschüttern konnte. Unterkühlt. Zumindest eben im Umgang mit den anderen Kollegen. Allem Anschein nach ließ sie niemanden so schnell an sich heran. Das erschwerte Bertrams Situation hier und jetzt im Flur vor Sophie Koopmanns Büro. Wäre es in der Tat diplomatischer, sich zu verziehen? Taktvoller? Oder hereintrampeln wie der ominöse Elefant im Porzellanladen und sich freiweg erkundigen, was denn los sei. Vielleicht handelte es sich um etwas, wobei er ihr helfen, den Schmerz lindern konnte? Etwas mit der Arbeit in Zusammenhang Stehendes? Bertram Hitschlers Beschützerinstinkt obsiegte. Entschlossen, aber dennoch dezent klopfte er. Das Schluchzen stoppte abrupt. Schniefen. Leises Räuspern.

"Herein??!" hörte man hinter der Tür eine leise, glucksende Stimme sagen.

Bertram Hitschler trat ein. Blieb an der Schreibtischkante stehen. Notizblock, *Custard Creams* und Kaffeetasse in den Händen. Schweigen. Er sah Sophie lange an, die dem Blick nach kurzer Zeit verlegen auswich.

"Du hast geweint?" konfrontierte Bertram die Kollegin.

"Ach... Es ist nichts..." wiegelte sie klischeehaft ab.

Bertram legte die *Custard Creams* vor Sophie auf die Schreibmatte.

"Hier... Zur Beruhigung!"

Bertram räumte Sophies Kursmaterialien von seinem anvisierten Sitzplatz und ließ sich dann in den Sessel fallen. Ein scheues Lächeln zeichnete sich auf Sophies Miene ab.

"Arbeit oder privat?"

Zögern.

"Arbeit..."

"Soll ich raten?"

"..."

"Armageddon??!!"

Sophie nickte verschämt in kurzen Intervallen.

"Details???"

"Der Lehrausschuß will das Sprachprogramm fürs Abschlußjahr vereinheitlichen, die Kommunikationsfertigkeiten... Französisch als Muster... Armageddon ist Feuer und Flamme..."

"Ich glaub's nicht..."

"Der stürzt sich immer mit Freuden auf sowas... Warum? Warum nur?? Was hab' ich ihm getan???"

Das Schluchzen begann von neuem. Dieses Mal offen. Vor Bertram Hitschlers Augen. Er erhob sich. Griff Sophie an den Schultern. Wiegte sie ein wenig.

"Kein Grund zur Panik! Da ist nichts entschieden!"

Bertram wartete geduldig, bis Sophie sich ein wenig ausgeweint hatte. Dann legte er los.

"Erstens: Armageddon leitet den Lehrausschuß nicht. Er verhält sich nur so, weil er im Prinzip ein kleines Würstchen ist. Bevor wir hier in Deutsch das Französischmuster übernehmen, müssen die schon über ein paar Leichen gehen. Keine Sorge! Da passiert nichts. Zweitens: Armageddon sitzt gehörig in der Patsche. Den werden wir im Forschungsausschuß ziemlich abkochen. Seit seiner Dissertation ist nichts von Substanz gekommen. Zu seinem großen Pech hat er die auch noch zu früh veröffentlicht. Zu früh im Hinblick auf die kommende Forschungsbewertung. Stichtag: Erster Erster zweitausendeins. Und sein Machwerk ist im Jahr zweitausend erschienen. Seitdem: tote Hose. Vielleicht ein paar Rezensionen. Ansonsten nichts. Ein Rätsel, wie er das Soll von vier Artikeln erfüllen will. Dem machen wir die Hölle heiß..."

Sophie schneuzte sich in ein Papiertaschentuch.

"Zufrieden?!!"

Wieder hastiges Nicken und ein leicht gequältes Lächeln von Sophies Seite.

"Themawechsel... Sophie, kann ich dich um einen Gefallen bitten?"

Sophie starrte Bertram ungläubig an.

"Du wohnst doch in Cupar, oder?"

"Jaaah??"

"Ich habe gehört, daß man da gut wandern kann. Ich wollte mir die Gegend da einfach mal genauer ansehen. Könntest du mir da was empfehlen?"

Die Ablenkung schien gelungen. Bertram hatte sie offenbar ein wenig schockiert mit seiner Anfrage. Mal sehen, wie sie sich da herausschlängelte. Sie überlegte. Bertram wartete gespannt.

"Hopetoun Monument!"

"Wie bitte?"

"So 'n Turm auf einem Hügel bei Cupar. Ich wollte da eigentlich auch schon lange mal hoch..."

Überraschung! Bertram hätte mit etwas wie "Keine Ahnung..." oder "Du, da fragste doch besser den und den..." gerechnet. Aber nein: Sophie Koopmann servierte ihm etwas auf dem silbernen Tablett, wenn er sich da nicht allzu sehr irrte in seiner Menschenkenntnis.

"Tja, hätteste Lust, mit mir dahinzuwandern am Wochenende?"

"Klar... Wenn du nicht schlappmachst..."

Sie grinsten einander an. Sophie riß die Plastikpackung der *Custard Creams* auf. Ließ die Kekse auf ein Metalltablett purzeln, das sie vom Bücherregal heruntergenommen hatte. Bot Bertram den ersten Zugriff an, welchen er dankend akzeptierte.

"Also: Was hast du denn nächste Woche fürs erste Studienjahr vorgesehen?"

* * * * *

Craig Chalmers kämpfte mit sich. Der verblassende Eintrag in der Adreßsektion seines *Filofax* unter dem Buchstaben "K" stierte ihn förmlich an. Sollte er es wagen? Könnte er anrufen und die "alten" Zeiten wiederaufleben lassen? Er hätte sich ohrfeigen können dafür, welche seelischen Schmerzen er diesem lieben Mädchen vor ein paar Jahren zugefügt hatte. Und alles nur um der Karriere willen. Sie hätte ihn nur gestört beim Aufstieg. Beim Aufstieg von einer gewöhnlichen Nummer im Großraumbüro zum tragenden Management-Team der *J.-P.-Morgan*-Gruppe. Herzzerreißend die Eröffnung, daß sie für ihn lediglich ein Abenteuer darstellte und daß sie das mißverstanden hatte. Jetzt, ja jetzt wäre er tatsächlich für sie bereit gewesen. Etabliert. Seriös. Auf der Suche nach einer liebenswerten, ernstzunehmenden Partnerin wie sie. Aber die gab es in seinen Kreisen einfach nicht. Deshalb die große Frage: Sich wieder bei Sophie Koopmann melden oder so weitermachen, wie es ihm die älteren Kollegen seit seiner ersten Beförderung empfohlen hatten - keine Beziehung, sondern ausschließlich Edelnutten, die so professionell zur Sache gingen, daß man schnell vergaß, wieviel man ihnen für ihre Dienste bezahlte? Craig Chalmers schüttelte prustend den Kopf. Flößte sich einen weiteren Schluck *A'bunagh Cask Strength* ein.

Es kam ihm das "erste Mal" in Erinnerung. München. Ein Rendezvous, arrangiert per Internet. Vorauskasse. Und dann die Absage. Nicht wegen kalter Füße. Im Gegenteil. Er hatte in größter Aufregung dem ersten bezahlten Geschlechtsverkehr seines Lebens entgegengefiebert. Die Schocknachricht eines Kollegen, der sich am selben Tag krankgemeldet hatte und aus diesem Grund noch am Leben war. Jeremy Krick hatte ihn im Münchener *Vier Jahreszeiten* angeklingelt. Gleich, als es passierte und von sämtlichen Fernsehstationen live übertragen wurde. Sein neuer Arbeitsplatz - umnebelt von dunklem Rauch. New York. *World Trade Center*. Nordturm. Stockwerk einhundert. Einhundert genau! Und er hatte das noch als gutes Omen gewertet nach der Versetzung von Boston weg! Im Anschluß an den elften neunten vor zwei Jahren entschloß sich Craig, sein neues Leben so richtig in vollen Zügen zu genießen. Alles mitnehmen, was ging. Der Tip der alten Hasen in der Firma entpuppte sich als goldrichtig. Welch eine Freiheit! Keine Rücksichtnahme! Keine Gewissensbisse wie damals bei der Sache mit Sophie Koopmann! Alle Wünsche wurden einem erfüllt. Und wenn man eine besonders Gute erwischte, dann war das Ganze wesentlich besser gespielt als im richtigen Leben. Craig dachte da vor allem an die jungen Damen aus Thailand. Das Beste, was er in dieser Hinsicht je erlebt hatte. So ungefähr wie glücklich verheiratet sein während dieser drei bis sechs Stunden. Beliebig oft wiederholbar. Gekauftes Glück für den Bruchteil eines Tages. Was benötigte man mehr? Scheiß' auf die Liebe, wenn der Alltag in eine Beziehung einkehrt! Craig Chalmers nahm das Käppchen am Ende seines Druckbleistifts ab. Nicht mehr viel Gummi dran. Es würde reichen. Er machte sich -

die Zungenspitze zwischen die Lippen gepreßt - daran, Sophie Koopmanns Adresse und Telefonnummer auszuradieren.

* * * * *

Im Moment, da sie das Angebot akzeptierte, bereute Sophie Koopmann sogleich, daß sie Bertram Hitschler vom Hopetoun Monument berichtet hatte. Das Einzige, was sie hätte antworten müssen, als er sich nach Wanderzielen in der Umgebung von Cupar erkundigte, wäre gewesen:

"Du, Bertram: Ich hab' keine Ahnung! Ich bin 'ne echte Sofanudel..."

Sache erledigt! Aber nein: Der Mund war da wieder schneller als der Kopf! Meistens stellte sich die Sache umgekehrt dar: Wenn man schlagfertig sein müßte, kam nichts heraus. Und wenn man schweigen sollte, dann plapperte man munter drauflos. Jetzt band sie sich eine Vreabredung fürs Wochenende ans Bein. Bertram Hitschler war zwar ein Netter, ein richtiger Charmeur geradezu - eben ein wahrer Österreicher -, aber solche "sozialen" Termine waren für Sophie in letzter Zeit zu einem ebenso großen Streß geworden wie diejenigen beruflicher Natur. Das Wochenende - verdorben! Jedenfalls der Samstag. Und am Sonntag würde sie sich dann auch nicht richtig entspannen. Diese ewige Antizipation des kommenden Arbeitsmontags! Sophie Koopmann nahm sich dementsprechend fest vor, Bertram Hitschler in Grund und Boden zu wandern, einen solchen Zahn hinauf zum Monument hinzulegen, daß es möglichst kurz dauerte und sie den Kollegen sehr früh am Sonnabend Nachmittag wieder loshätte. Hoffentlich war er nicht ganz so fit. Schlappmachen dürfte er unterwegs allerdings auch nicht.

"Wann soll ich dich dann abholen?" fragte er nach der Unterrichtsbesprechung.

Sophie zögerte. Sie mußte überlegen. Also, ein wenig ausschlafen wollte sie schon. Gemütlich ein oder zwei Kaffeechen verdrücken. Sich ohne Hetze fertigmachen. Halb zwölf? Zwei Stunden hoch, halbe Stunde Pause zum Verzehr von mitgenommenen Sandwiches, zwei Stunden 'runter. Bis sechzehn Uhr könnte er sogar schon wieder den Verschwindibus gemacht haben.

"Halb zwölf?... Ich besorg' dann den Proviant!" schlug sie ihm vor.

"Okay... Ich freu' mich!" lächelte sie Bertram mit einem Augenzwinkern an.

"Ja..." erwiderte Sophie peinlich berührt.

* * * * *

Eine rassige, südländisch aussehende Brünette sollte es wieder sein. Mit denen hatte Craig Chalmers die besten Erfahrungen gemacht. Er dachte an den Film *Total Recall*, als sich Arnold Schwarzenegger die Frau aussucht, bevor er ins Reich der Träume geschickt wird. Zuerst sagt er "schäbig", korrigiert sich dann jedoch und murmelt "sittsam". Er hätte Craig Chalmers' Geschmack nicht besser treffen können mit dieser leichten Unentschlossenheit. Ein bißchen schäbig, gerissen, doch sittsam zugleich. So sollte sie sein. Craig Chalmers erledigte die Bestellung telefonisch dieses Mal. Irgendwie fühlte er sich da sicherer. Die Dame am anderen Ende erklärte ihm mit begeistertem Unterton, daß sie einen Neuzugang genau nach seinem Geschmack bekommen hätten. Jung, aber sehr erfahren. Sie habe zuvor in Deutschland gearbeitet; das bürge für Qualität und Einfallsreichtum. Eine Studentin. Also auch sonst nicht auf den Kopf gefallen. Perfekt, dachte sich da Craig Chalmers. Die Erholung, Entspannung am Wochenende, das er zwischen den geschäftlichen Terminen in Edinburgh verbringen würde, war gesichert! Ein angenehmes, komfortables Hotel. Und vor allem: weibliche Gesellschaft ganz seinen Vorstellungen entsprechend!

* * * * *

Wie oft hatte sich Suhal Gülçün in ihren lichteren Momenten gewünscht, daß es sich mit ihrem geistigen Zustand doch so verhielte wie mit ihrer Staatsbürgerschaft. Persönlichkeiten besaß sie viele, doch Pässe nur zwei. Einen türkischen wegen des Vaters. Einen britischen wegen der Mutter. Wohnsitz: Schottland. Mittlerweile weg vom Elternhaus. Nach Hängen und Würgen. Nachdem sie hoch und heilig versprochen hatte, das neue Medikament in der verschriebenen Dosis regelmäßig einzunehmen. Zur Zeit, als es die Psychiater mit einer geringeren Verabreichung von *Viepax* versuchten - was offensichtlich nicht ausreichte -, büchste sie kurzentschlossen aus und drohte, sich von der North Bridge auf die Gleise zu stürzen. Sechsundsechzig Stunden hielt sie die Edinburgher Feuerwehr auf Trab, welche sie mehr oder weniger planlos versuchte, vom Sprung ins Nichts abzuhalten. Wegen ihr wurde eine der befahrensten Straßen der Stadt für knapp drei Tage gesperrt. Wünsche wurden ihr erfüllt. *Benson and Hedges* - so viele sie nur wollte. Der Schlaf übermannte sie dann doch gegen Ende von Tag drei, und die Herren mit den weißen Helmen grapschten sie schnell vom Vorsprung einer der Brückenpfeiler. Danach: Therapie, Therapie, Therapie. Mit einem neuen Medikament. Stärkere Geschütze. Höhere Dosis. *Citalopram.* Geballte Ladung. Das hielt Depressionen und die damit verbundenen multiplen Persönlichkeiten unter Kontrolle. Enzephales Equilibrium.

Ihrem Betteln wurde schließlich stattgegeben. Die Eltern erklärten sich einverstanden, daß sie - weg von der heimischen Wohnung - in Edinburgh studierte. Und was sonst als Psychologie? Da war sie ja Expertin. Hoch und heilig mußte sie versprechen, die Medikamente nach Vorschrift einzunehmen. Das funktionierte auch. Fast ein ganzes Jahr. Bis sie meinte, es nicht mehr nötig zu haben. Bis sie meinte, nun geheilt zu sein. Keine Abhängigkeiten mehr! Keine Sklavin der Körperchemie mehr! Nicht unerheblichen Anteil an dieser Meinungsbildung hatten ihre Mitbewohner zu jener Zeit. Zwei Jungs, ein Mädchen. Alle drei Türken. Besser gesagt: kurdische Türken. Oder noch besser gesagt: Kurden mit türkischen Pässen. Ebenfalls Studenten. Gleiches gesellt sich zu Gleichem. Suhal Gülçün fühlte sich wohl in dieser Gesellschaft. Aber die drei verstanden einfach nichts von psychischen Problemen. Reduzierten es auf Suhals angebliche zerrissene nationale Identität. Sie müsse sich entscheiden. Türkin - präziser: Kurdin (ihr Vater kam ja schließlich auch aus der kurdischen Region) - oder Britin. Nicht beides! Die Gruppendynamik überzeugte. Suhal Gülçün betrachtete sich als geheilt in Gesellschaft Gleichgesinnter. Doch bereits nach einer Woche schlugen die multiplen Persönlichkeiten durch, setzten die Schlafstörungen wieder ein, bis sie eines Mittags im Oktober aufrecht im Bett saß und ein Bild der Vergangenheit vor ihrem geistigen Auge aufflackern sah. Der Uhrturm neben der North Bridge. Ihre Kanzel! Die Kanzel, von der sie ihre Botschaft als kurdischer Friedensengel verkünden würde. Da mußte sie hinauf! Koste es, was es wolle! Sie sprang auf. Bekleidete sich notdürftig. Ergriff die leere *Nike*-Sporttasche unter ihrem Bett. Ging hinaus auf den Flur. Hebelte die Dielen an einer gewissen Stelle mit der Holzfeile aus der gemeinsamen Werkzeugkiste hoch und packte das, was darunter im Hohlraum aufzufinden war, um damit die Sporttasche aufzufüllen. Die anderen waren seit gestern weg. Ausgeflogen fürs Wochenende. Niemand bemerkte etwas. Nur sie das Gewicht ihres Gepäcks. Der Preis des Friedens. Irgendwo zwischen der Fünf- und Zehn-Kilo-Marke. Damit würde sie es schon schaffen bis oben hinauf zum Uhrturm!

* * * * *

Der Kauf der Wohnung hatte Roger Hertloff zu einem Freizeit-Eremiten gemacht. Vielleicht sogar zum Misanthropen. Er verließ die Höhle einzig, um zur Arbeit zu gehen oder einzukaufen. Die sozialen Kontakte während einer Zwölf-Stunden-Schicht genügten ihm vollauf. Die Unverbindlichkeit den Gästen gegenüber: Das langte! Zwölf Stunden mit den Kollegen: So nett sie sein mochten, aber das langte eigentlich ebenfalls! Auf Dauer konnte man sich allerdings nicht herausreden. Einmal im Schaltjahr mußte man schon nachgeben. Ansonsten könnten sie auch beruflich weniger freundlich zu einem werden. Nur unter diesem Gesichtspunkt nahm Roger Hertloff die Einladung von Gareth Clarke auf ein Bier nach der Arbeit an. Stephen Muir komme auch; ebenso wie drei weitere Kollegen und Kolleginnen von der Rezeption. Gareth betonte dabei noch etwas süffisant, daß Caroline gleichfalls mit von der Partie sei. Was sollte das nun? Hatte sie ihn etwa als ihr nächstes Opfer auserkoren? Obwohl Roger von solchen Dingen recht wenig mitbekam, zumal er ja im wörtlichen Sinne draußen vor der Tür stand, so war es selbst ihm nicht im Verborgenen geblieben, daß es die australische Rezeptionistin Caroline Mansfield ganz offensichtlich faustdick hinter den Ohren hatte. Goggles, einer der Portiers auf der anderen Schicht, flüsterte Roger einmal auf der Hoteltreppe ins Ohr, als Caroline nach Schichtende aufreizend vor ihnen auf dem Bürgersteig vorbeidefilierte und neckisch zum Abschied mit den Augen zwinkerte, daß sie es bereits mit dem halben Hotel getrieben habe. Eine Kanone im Bett sei sie, mit den exotischsten Präferenzen, die man sich vorstellen könne. Woher Goggles das wohl wußte? Er selbst hatte unter Garantie eine derartige Erfahrung nicht gemacht. Seine Frau hätte ihm den Hals umgedreht. Ja: eine Frau haben in dem Alter! Mit zwanzig Jahren verheiratet. Die Gattin: so rund wie eine Bowlingkugel. Ein dunkelhaariges Kürbismonster. Hatte Goggles vermutlich noch einmal ins Bett gezerrt, als er die Beziehung beenden wollte. Das Resultat zwang ihn hernach, den beleibten Drachen zu ehelichen. Seit drei Monaten war Hermione auf der Welt und seit fünf Monaten Goggles unter der Haube. Eventuell sprach aus den Gerüchten, die er jetzt über Caroline Mansfield verbreitete, so etwas wie Wunschdenken? Egal! Roger Hertloff wollte den geselligen Abend mit den Kollegen wagen. Zwei Bierchen, und er würde sich verabschieden, da er ja am morgigen Samstag wieder zwölf Stunden an der Tür zugange sein mußte.

* * * * *

Erstens kommt es anders, zweitens als man denkt. Logischerweise. Aus zwei Bieren wurden drei. Dann vier. Als das zur Neige ging, kam jemand auf die Idee eines Ortswechsels. Eigentlich die ideale Gelegenheit für Roger sich abzusetzen. Doch Caroline Mansfield hatte sich ihn bereits gekrallt. Untergehakt flanierte die angeheiterte Gruppe der Hotelangestellten auf der George Street zum *Hard Rock Café*, das noch eine Stunde geöffnet haben würde. Roger hielt sich so gut wie möglich im Zaum. Im Pub zuvor hatte Caroline ebenso viele Gläser Chardonnay gebechert wie Roger Pints. Jetzt war sie umgestiegen auf Vodka mit *Red Bull*. Drei Stück, während Roger an einem Glas *Kronenbourg* lutschte. Er wollte vorsichtig sein. Er betrachtete sich bereits als gut angetrunken. Doch Caroline und die immer wieder ob der zahlreich erzählten, witzigen Episoden aus dem Hotelalltag laut auflachende Runde hielten ihn stets aufs Neue von der Flucht ab. Nach ihrem dritten Drink fing Caroline die Knutscherei an. Ohne Zweifel wollte sie es. Ohne Zweifel hatte sie sich tatsächlich Roger als ihr nächstes Opfer auserwählt. Hakte wieder bei ihm unter, nachdem das *Hardrock* dichtmachte. Nächste Station: der Nachtclub *Fingers* ein paar Meter weiter um die Ecke. Deutlich zu erkennen, daß es sich hier um einen Treffpunkt verzweifelter Enddreißigerinnen handelte. Roger merkte sich das schon mal für die Zukunft vor, schraubte aber vorläufig an Caroline weiter herum. Er setzte sich auf Mineralwasser, zumal er nun einen richtiggehenden Brand aufkommen spürte; für Caroline besorgte er den von ihr erbetenen *Gin and Tonic*. Die Gläser glichen sich. Caroline dachte, daß Roger dasselbe trinke. Farblose, sprudelnde Flüssigkeit mit Limone. Strohhalm. Die Knutscherei setzte sich auf der Tanzfläche fort. Stehblues, obwohl irgendein lauter Discosong gespielt wurde. Vortasten hin zum Schenkeldreieck. Sie fragte ihn schreiend ins linke Ohr, ob sie gehen sollten. Er nickte mit halb geschlossenen Augenlidern. Sie wohnte nicht weit weg. Den Berg hinunter. Dundas Street. Das Liebesspiel wurde im Torkeln aufrecht erhalten, bis sie endlich das Haus im typischen Stil der New Town erreichten. Caroline war im Prinzip sturzbetrunken. Die harten Mischungen von vorhin zeigten volle Wirkung. Dennoch oder vielleicht sogar deswegen stimmte sie mehr als willig in den von Roger initiierten Neunundsechziger mit ein. Sie deutete an, daß Roger es von hinten machen solle und ging im Bett auf die Knie. Bog den Rücken durch. Stützte die Ellbogen aufs Kissen. Legte den Kopf seitlich auf die gekreuzten Hände. Roger begann zu pumpen und zu massieren. Nach zehn Minuten tropfte der Schweiß wie Schnürlregen auf Carolines Hinterbäckchen. Der Gestank nach Schweiß, Fisch und Po stach Roger offenbar nur deshalb nicht so sehr in die Nase, weil der Alkohol die Sinne beträchtlich vernebelt hatte - trotz seiner Abstinenz im Nachtclub. Nach siebzehn Minuten hatte er es schließlich geschafft. Fix und fertig! Caroline schnärchelte. Unfaßbar! Sie war im Knien eingeschlafen. Was für eine Panne! Roger zog sich zurück. Kippte Caroline behutsam zur Seite. Deckte sie zu. Zog sich an. Schlich sich aus der Wohnung. Draußen auf der Straße fing er an, schallend zu lachen. Sollte er das den Kollegen erzählen? Goggles? Besser nicht! Das fiel ja auch nicht als Ruhmesblatt auf ihn zurück. Er blickte auf die Armbanduhr. Scheiße! Halb vier! Der nächste Nachtbus ging erst um vier. Da konnte er auch gleich nach Hause latschen. Vierzig Minuten, wenn's schnell ging.

Im Moment, als er seine Haustür aufschloß, vernahm Roger Hertloff das Piepsen seines Weckers. Er konnte nun schnurstracks unter die Dusche. Fertigmachen für den neuen Arbeitstag. Ohne eine Minute Schlaf. Mit ordentlich Restalkohol im Blut. Caroline Mansfield hatte an diesem Samstag glücklicherweise frei.

* * * * *

Trotz Schlafdeprivation Routine wie an jedem Morgen eines gewöhnlichen Schichttages.

Halb fünf bis zwanzig vor fünf: mentales Sich-Sammeln bei einem Glas Orangensaft. Mann, tat das gut! Es vermochte allerdings nicht, den Alkoholgeschmack im Mund- und Rachenraum zu übertünchen.

Zwanzig vor fünf bis Viertel vor fünf: Zähneputzen. Ein mehr als nur unangenehmes Gefühl, die Zahncreme im Mund förmlich austrocknen zu spüren - wegen des Brandes. Eine Wohltat, mit Mundwasser nachzuspülen. Aber der Pfefferminz-Geschmack würde nicht lange vorhalten.

Viertel vor fünf bis fünf: Rasieren. Der alkoholisierte Atem quälte sich warm durch die Nüstern. Das Unwohlsein steigerte sich. Die Desorientierung aufgrund des Schlafentzuges nahm zu.

Hoffnung auf die kommenden knapp fünfundzwanzig Minuten - fünf bis ungefähr fünfundzwanzig nach fünf: Stuhlgang. Charles Bukowski hatte das, was Roger Hertloff hier abließ, in mehr als nur einem seiner Texte sehr treffend beschrieben. Ein leichter Anflug von Wohlbefinden machte sich im Laufe der Sitzung in Rogers Gemüt breit. Den Inhalt der Begleitlektüre vergaß er, sobald er das Buch zur Seite legte.

Fünfundzwanzig nach fünf bis sechs: Duschen. Jetzt ging es allmählich besser, doch die wackeligen Knie blieben ebenso hartnäckig wie der Druck hinter den Augen. Die hin- und herbewegten Wasserstrahlen des Duschkopfs verursachten einen leichten Wind, der Roger seine ausgeatmete Alkoholfahne in regelmäßigen Abständen selbst riechen ließ. Pfui Teufel! Wie lange er wohl keine Gästefahrzeuge bewegen durfte an diesem Morgen? Er würde darum bitten, bis elf, halb zwölf vom Fahren befreit zu werden. Die würden das schon verstehen. Obwohl: Schichtwechsel bei den Portiers!

Goggles besaß keinen Führerschein. Dreimal durch die Theorie gerasselt. Kein Wunder bei seiner hochgradigen Legasthenie. Man konnte von Glück reden, wenn man seine Kleinkind-Hieroglyphen auf den Schlüsseletiketten zu entziffern in der Lage war. Ja, und der andere Portier, Henry Thompson, der fuhr nicht gern oder besser gesagt: der typische Sonntagsfahrer mit Einparkproblemen. Insbesondere das Rückwärts-Seitwärts-Manöver vor dem Hotel bereitete ihm immense Schwierigkeiten. Er fuhr, unübertrieben ausgedrückt, wie eine Frau. Da konnte Roger nur hoffen, daß die meisten mit Autos angereisten Gäste ausschliefen und zumindest bis ungefähr zehn Uhr morgens nicht nach ihren Fahrzeugen verlangten.

Sechs bis zehn nach sechs: fertigmachen, anziehen, Tasche pakken; das heißt: er hatte die Tasche ja gar nicht angerührt seit Rückkehr von Caroline. Das sparte circa zwei, drei Minuten ein. Und dann wieder hinaus zur Tür, durch die er geradeмal eine Stunde und fünfzig Minuten zuvor gekommen war.

Zwanzig nach sechs bis sieben: Spaziergang zum Hotel. Die Strassen: noch erholsam ruhig wie schon vorhin. Immer wieder Grüppchen Betrunkener. Zwei sturzbesoffene Frauen im landesüblichen halbnackten Nutten-Ausgehlook lachten kreischend. Vor lauter Glotzen wäre Roger geradewegs in eine Kotzlache getreten, wenn er sich nicht darauf besonnen hätte, das zu tun, womit er sich sonst die Zeit auf seinem Morgenmarsch zur Arbeit vertrieb: Kleingeld suchen, welches hier insbesondere am Samstagmorgen oft in Massen auf der Straße lag. So auch neben besagter Pfütze mit offenbar umgehend nach dem Verzehr eines indischen Currygerichtes Ausgespieenem: ein Cluster, wie es Roger nannte, von einem Fünfzig-Pence-Stück, drei Zwanzig-Pence-Münzen, mindestens fünf Fünf-Pences sowie auf den ersten Blick nicht zählbaren Pennystücken. Ein wahres Fest für einen Geizhals wie ihn. Nur der Gestank des daneben ausgebreiteten Erbrochenen trübte die Freude über den Fund ein wenig. Roger wähnte sich trotz seiner Müdigkeit als Glückspilz an diesem Morgen. Er nahm sich fest vor, frohen Mutes an die Arbeit zu gehen und hoffte so, die zu erwartenden Erschöpfungszustände während der Schicht unter Kontrolle halten zu können. Wie paradiesisch: kaum Busse um diese Uhrzeit! Na, das würde sich noch radikal ändern im Laufe der nächsten fünf Stunden. Auch wenn der Samstagsfahrplan galt. Am Westende der Princes' Street, gerade als Roger die Konkurrenz im roten Backsteingebäude passiert hatte, erspähte er bereits den Uhrturm des *Alba Palace* mit dem weiß leuchtenden Ziffernblatt. Der Turm hob sich bizarr von einer surreal wirkenden Wolkenformation ab, die in alptraumhaften Violettönen schimmerte. Die Schatten der Säulen des Nationaldenkmals auf Calton Hill verliehen der Szene ein überirdisch-antikes Flair. Ostwind in Böen. Es würde ein kühler Tag auf der Hoteltreppe werden. Umso besser: eventuell hielte ihn das wach. Ohnehin versprach der Samstag, geschäftig zu werden, so daß Roger ordentlich auf Trab gehalten würde. Die Hoteluhr zeigte zwei Minuten nach sieben an, als Roger am Denkmal Sir Walter Scotts vorbeiging. Also genau sieben Uhr. Traditionell mußte der alte Chronometer um so viel vorgehen, damit die Reisenden ihre Züge unten in der Waverley Station nicht verpaßten. Einmal hatte es Roger erlebt, daß die Uhr auf pünktlich eingestellt war. Sogleich kamen mindestens fünf Passanten an und beschwerten sich. Roger improvisierte da eine Entschuldigung von wegen Uhrwerk gerade in Reparatur, bevor er einen Anruf hinunter zur Instandsetzungsabteilung tätigte, die sich der Sache erwartungsgemäß erst am Folgetag widmete.

Fünf nach sieben: Ankunft am Belegschaftseingang. Die Magnetkarte spielte wieder verrückt oder vielmehr das Lesegerät. Siebenmal mußte Roger das Ding durchziehen, bis sich Sesam endlich öffnete. Das Hotel-Credo, aufgehängt links seitlich von der Tür, lachte ihn an. Das beste Hotel im Vereinigten Königreich strebten sie an zu werden. Das wäre dann ja noch ein langer Weg, gerade wenn man an die Nobelherbergen *Ritz, Savoy* und *Dorchester* in London dachte. Und obendrein die Klientel! Insbesondere jetzt in der Nachsaison: Billigtarifler; Notfallklempner, die nicht wußten, wohin mit ihrer maßlosen Überbezahlung. Oder generell die Schuldenmacher, die der Überzeugung waren, daß zweihundertfünfzig Pfund mehr oder weniger Soll auf der dreiundzwanzigsten Kreditkarte, welche ihnen von einem der zahlreichen hirnlosen Geldinstitute mit dem Versprechen von anderthalb Jahren ohne Zinserhebung quasi nachgeworfen wurde, auch keine große Rolle mehr spielten. Kein Benimm, aber höchste Ansprüche ans Personal stellen. Wo waren die *Rolls Royces* denn, die man ständig vor dem *Dorchester* geparkt sah?

Einen einzigen hatte Roger bisher erst gefahren in diesen dreizehn Monaten, seitdem er hier arbeitete. Baujahr dreiundsiebzig. Ein paar *Bentleys*, ja! Den einen oder anderen *Ferrari*. Aber meistens, vor allem im Herbst oder Winter, diese aufgemotzten Billigkarrossen. *Peugeot drei-null-sieben* mit Sauerstofftank im Kofferraum. Prustete beim Höherschalten der Gänge. Absolut lächerlich! Wenn man ganz viel Glück hatte, wollte der Besitzer seiner typischerweise hurenhaft aufgemachten Begleiterin imponieren und drückte einem für den Gepäcktransport einen Zehner in die Hand. Das bildete aber eher die Ausnahme. Bestes Hotel im Vereinigten Königreich! Wenn das Marketing-Team unten in den Katakomben des *Alba Palace* auch nur ansatzweise etwas getaugt hätte, dann wären keine anderen Fahrzeuge als eben jene *Rolls Royces* vor dem Hoteleingang zu sehen gewesen.

Roger jagte die Magnetkarte durchs Lesegerät des Umkleideraums. Anstandslos! Der Schweißfußgestank kam ihm wie ein warmer Windschwall entgegen.

Sieben nach sieben bis halb acht: Anlegen der Uniform. Am Vortag war es trocken geblieben. Deshalb mußten die Ghillie Brogues, die Schnürschuhe, nicht eingeschmiert werden. Das sparte extra drei Minuten ein. Drei Minuten mehr Zeit dementsprechend zum Morgenkaffee.

Halb acht bis fünf nach halb acht: Zeitung holen. Die Hintertreppe hoch zur Cocktailbar. Dann in den kombinierten Post- und Gepäckaufbewahrungsraum hineinschleichen. Bestens: alles ruhig! Die Metallbeschläge der Ghillie-Brogue-Absätze klackerten bei jedem Schritt auf dem frischgebohnerten Parkettboden der Bar. Das Hotel schlief noch. Die Elektromotoren der Kühlgeräte hinter dem Tresen surrten. Roger fischte sich eine *TIMES* vom Haufen der Tageszeitungen, der von den Nachtportiers freundlicherweise nach der Verteilung auf die Gästezimmer aufgestapelt worden war. Der Druck hinter den Augen wollte einfach nicht verschwinden. Der Schlafmangel! Fünf Stunden fehlten allemal. Eventuell wäre er bis zur Mittagspause schmerzfrei im Kopf. Vielleicht halfen auch zwei Tassen Kaffee?

Fünf nach halb acht bis fünf vor acht: Frühstück. *Express-Choc* hieß das Gesöff, das man, nicht zuletzt, weil kostenlos, ohne weiteres trinken konnte. Zwei Täßchen davon zur Stulle, die schon Tage zuvor in Alu verpackt worden war. Wieder Zeitersparnis. Weißes Sandwichbrot. Schnittlauch-Käse-Dip von *Tesco.* Dazu mit Honig gekochter Schinken. Das baute ein wenig auf, wenngleich es nicht total fit machte. Goggles tauchte auf. Verdammt! Er setzte sich zu Roger an den Tisch, obwohl der wiederum die Zeitung eigentlich so ausgebreitet hatte, daß niemand mehr Platz bei ihm finden sollte. Goggles schob ein Blatt des aufgeschlagenen Sportteils einfach zur Seite. Typisch! Der hatte Roger gerade noch gefehlt. Lieblingsthema: Hibernian Edinburgh. Die Fußballmannschaft schlechthin, nicht zuletzt aufgrund der vorbildlichen Jugendarbeit. Roger ließ den Vortrag über sich ergehen, während er einen dicken Toastkrümel mit daran klebenden Restbeständen von Margarine und Orangenmarmelade auf die notdürftig gebundene Krawatte des ihm gegenüber sitzenden Kollegen fallen sah. Dessen orale Anatomie konnte nicht anders als "faszinierend" beschrieben werden. Die Lippen - geformt im Karpfenstil - erlaubten es Goggles eigentlich nicht, den Mund geschlossen zu halten, insbesondere beim Kauen von Nahrung, weshalb ihm selbige ständig aus der Kieferregion entglitt und vorzugsweise auf der Uniform landete. Zehn Uhr dreißig, also zweieinhalb Stunden nach Beginn des Dienstes am ersten Schichttag: Das stellte Goggles' absoluten Rekord für das Reinhalten seiner Uniform dar, seitdem Roger im *Alba Palace* arbeitete. Aufgestellt vor acht Tagen, als Goggles genau um jene Uhrzeit mit Superklebstoff herumhantierte, um den Nasenbügel seiner Brille notdürftig zu reparieren. Obwohl er bei eben dieser Gelegenheit den zweifelhaften Rekord brach, endete die Sache in einer Katastrophe. Die Uniform sowie eine Ecke des teuren Foyerteppichs waren so gut wie zerstört. Goggles hatte da noch ungeheures Glück gehabt, daß man ihm nicht das Formular P fünfundvierzig - also die britische Version einer ausgefüllten Lohnsteuerkarte zu Dienstzeitende - aushändigte. Heute also: kurz vor acht, erster Schichttag von Goggles, und die frisch aus der Reinigung gekommene Krawatte zierte bereits ein dicker Fettfleck, hervorgerufen von der Margarine auf dem Frühstückstoast. Roger erhob sich schwerfällig. Er spürte nun den Schmerz hinter den Augen wieder verstärkt. Man sollte sich nie zu schnell von einer sitzenden in eine stehende Position begeben. Ein paar weiße

Punkte erschienen vor dem Sichtfeld, als ob Roger an zu niedrigem Blutdruck litt. Er mußte ein-, zweimal tief durchatmen, war aber im Angesicht Goggles' zu stolz, zurück auf den Sitzplatz zu fallen.

"Alles klar, Roger?" fragte Goggles mit nicht gespielter Besorgnis.

Roger seinerseits winkte ab. Erwähnte den Schlafmangel der vergangenen Nacht, ohne ins Detail zu gehen. Vermied insbesondere die delikate Tatsache mit der beim Coitus eingeschlafenen Caroline. Das Goggles zu erzählen, wäre einer ans Schwarze Brett gehefteten Notiz gleichgekommen. Das arme Mädchen genoß ohnehin schon einen der schlechtesten Rufe im *Alba Palace*, den man sich vorstellen konnte.

Fünf vor acht bis drei vor acht: letztes Wasserlassen vor Schichtbeginn. Eine umwerfende Geruchsentwicklung. Die olfaktorische Vermengung von Koffein und Alkohol. Wieviel Volumenprozent das Ausgeschiedene wohl beinhaltete? Roger hatte sich das so manches Mal gefragt nach durchzechten Nächten. Man roch es immer so deutlich. Dann mußten es doch mehr als zehn Prozent sein, oder etwa nicht?

Um eine Minute vor acht Uhr erschien Roger oben am Treppenabsatz der Cocktailbar. Vor ihm das leere Foyer des Hotels. Paradiesisch! Ein noch friedlicher Samstagmorgen. Keine Anzugs- beziehungsweise Krawattenheinis, die per Chauffeurslimousine zu ihrem ersten Termin gekarrt werden mußten. Keine übergeschäftige Hektik, die er an diesem Morgen am allerwenigsten gebrauchen konnte. Henry kam, wie üblich, um fünf Minuten nach acht. Zu lange dabei. Zu desillusioniert. Wirkte äußerlich ruhig wie ein Buddha. Aber innen drinnen brodelte es vor Verbitterung. Henry Thompson sah überall persönliche Benachteiligungen. Bei jedem Gefallen, um den ihn die Concierges baten, witterte er eine Übervorteilung und erkundigte sich zuallererst, ob das nicht jemand von der anderen Schicht übernehmen konnte. Fünf nach acht also - sein Arbeitsbeginn. Und die Klagen begannen. Über die Jungs von der anderen Schicht selbstverständlich. Die hatten Überstunden geklopft. Forderten deshalb auch einen größeren Anteil an der Trinkgeldausschüttung. Das paßte Henry nicht. Wollte Roger auf seine Seite ziehen, der sich wiederum diplomatisch nach draußen verzog mit der Entschuldigung, daß er sich ums Messing kümmern müsse. Was war das denn für ein Problem? Die Jungs hatten recht! Sie zahlten offenbar mehr Trinkgeld ein, weshalb sollten sie dann nicht anteilsmäßig - gemessen an den Mehrstunden geleisteter Arbeit - auch mehr abkassieren? Der frische Ostwind schlug Roger von der Rollstuhlrampe her ins Gesicht. Kehren oder polieren? Roger entschied sich für Letzteres zuerst. Er könnte dann das Reinigungsmittel *Brasso* auf das verschmutzte Messing einwirken und es richtig gut trocknen lassen, solange er das fallende Laub sowie die Zigarettenstummel über den Bordstein fegte. Wenigstens durfte er heute früh aus dem Vollen schöpfen. Am Donnerstag hatte er sich nämlich zwei Dosen *Brasso* unter den Nagel gerissen. Sobald das Zeug in Folge einer Order per Formular hereinkam, war es normalerweise wie durch ein Wunder gleich wieder verschwunden. Dieses Mal reagierte Roger schneller und sicherte sich eben jene zwei Dosen, die nun genauso viele Wochen den Glanz der Schilder und Beschläge am Eingang des *Alba Palace* garantieren würden. Am Schlimmsten wieder mal: die Drehtür! Hauptübeltäter: die Handlotion auf den Toiletten der beiden Bars und den zwei Restaurants. Insbesondere die Damen bedienten sich ausgiebig, schmierten sich die Finger nur so voll damit. Und vorzugsweise fuhren auch die Damen gerne Karussell mit der Drehtür. Die schlechten Hausfrauen erkannte man dann daran, daß sie ins Glas anstatt auf den Türrahmen griffen. Die Mehrzahl. Was für Schweineställe die meisten britischen Haushalte sein mußten! Roger wollte es sich erst gar nicht bildlich vorstellen und wischte den ersten Messingbeschlag der Drehtür mit dem fast noch triefenden Stück *Brasso*-Schwamm. Vier langgezogene, dicke Streifen, zurückgelassen von irgendwelchen Fettfingern. Widerlich! Plus ein vollständiger Handabdruck daneben auf dem Glas. Wenn er das als Kind zuhause bei Muttern gebracht hätte! Die wäre ihm postwendend mit dem Kochlöffel hinterhergehechtet. Zum Glück kam noch niemand aus dem Hotel heraus, während sich Roger damit abrackerte, das Messing der Türen sauberzubekommen. Gewöhnlich spazierte immer so ein Hansguckindieluft durch die Lobby geradewegs auf die Drehtür zu, ohne den wild auf eine der Seitentüren deutenden Doorman auch nur im Entferntesten wahrzunehmen, so daß der dann anschließend gleich erneut einen Flügel der Drehtür mit *Brasso* bearbeiten durfte. Vier Minuten - Rekordzeit für die Türen, inklusive Trockenpolieren. Bei den fünf Schildern außen könnte er das Wundermittel wenigstens eintrocknen lassen, während er Rampe und Bürgersteig fegte. Das machte die Sache einfacher sowie das Messing glänzender. Besoffene hatten offenbar die beiden Schilder mit dem Hotelnamen darauf begrapscht. Arschlöcher! Sehr witzig! Einer mußte halt immer den Dreck der anderen beseitigen. So lief es meistens. Keine Disziplin, keine Rücksicht in diesem Lande. Henry Thompson erschien auf den Treppenstufen, als Roger gerade die letzte Messingtafel mit dem Schwammstück beschmierte. Einen Wagenschlüssel in der Linken, einen Wagenschlüssel in der Rechten. Typisch! Zwei Deppen hatten gleichzeitig nach ihren Fahrzeugen verlangt. Und das ausgerechnet heute morgen, da Roger eigentlich noch nicht fahren durfte wegen des Blutalkoholspiegels. Doch es blieb nichts anderes übrig: Goggles hatte ja keinen Führerschein. Nur Henry und Roger eben. Letzterer schob sich einen Pfefferminz-Zahnpflegekaugummi zwischen die Zähne. Machte sich auf den Weg zur Hotelgarage zusammen mit Henry, der sich weiter über die Unverschämtheit der anderen Schicht ausließ. Das Lamento setzte sich fort mit dem anstehenden Weihnachts- und Neujahrsdienst. Jedes Jahr dieselbe Leier, beklagte sich Henry. Jedes Jahr gucke er in die Röhre. Seit fünfundneunzig habe er immer an einem der beiden Feiertage des Christfestes arbeiten müssen. Roger wurde es zu bunt. Schaltete auf Durchzug. Blickte aufs Schlüsseletikett. Ein *SAAB*. Er erinnerte sich an seinen ersten. Mit dem stand er geschlagene fünf Minuten unten in der Garage und vermochte den Zündschlüssel nicht aus dem Schloß zu ziehen, bis ihn Stephen Muir erlöste, der einen weiteren Wagen herunterbrachte. Bei *SAAB* in den Rückwärtsgang schalten, bevor man den Schlüssel befreien kann! Wenigstens angenehm zu fahren, die Teile. Sogar die ganz alten. Richtige Schiffe. Sehr komfortabel. Henry und Roger passierten die Seitengasse zur Calton Road, aus der im Intro zum Film *Trainspotting* ein Auto geschossen kam und den flüchtenden Ewan McGregor alias Renton beinahe umgefahren hätte. Wenn Roger jetzt so gerannt wäre wie Renton zu Beginn des Streifens - unvorstellbar! Er ging jetzt schon auf dem Zahnfleisch, eine knappe halbe Stunde nach Schichtbeginn. Noch elfeinhalb mußte er überstehen. Wie nur? Den Pfefferminzklumpen in seinem Mund hatte er mittlerweile trockengekaut, behielt ihn aber dennoch zwischen den Zähnen, damit die Fahne auch ja unterdrückt würde. Die zurückzulegende Strecke zwischen Hotel und Garage: ein dreiviertel Kilometer. Roger ließ Henry das Ziehharmonikator aufmachen. Der Kollege fluchte ordentlich. Schnell wie der Wind huschte Roger in die Garage hinein, sobald der Spalt breit genug für ihn war, um als Erster sein Gästefahrzeug hinauszumanövrieren, damit nicht er das Tor schließen mußte. Als er mit dem *SAAB* an Henry vorbeibrauste, der immer noch den Wagen verzweifelt suchte, den er hochzufahren hatte, hob dieser grinsend den Mittelfinger. Na also, ein Fünkchen Humor steckte doch noch in ihm an diesem Morgen trotz der Klagelitanei, die er vor wenigen Minuten abgelassen hatte. Roger jagte den *SAAB* im zweiten Gang hoch auf sechzig Sachen, besann sich dann aber eines Besseren und drosselte das Tempo beträchtlich. Zumindest die nächsten zwei, drei Stunden sollte er sich eher wie ein Sonntagsfahrer verhalten. Man würde ihn ja sogar bei einem nicht von ihm verschuldeten Unfall verknacken. Blutproben wurden stets von sämtlichen Beteiligten genommen. Was er jetzt wohl noch intus hatte? Eins Komma null? Durchschnittlicher Abbau pro Stunde: null Komma eins fünf. Erst gegen halb eins wäre er demnach unter dem Limit von null Komma fünf. Besser erst gar nicht dran denken! Kaum Verkehr auf der Leith Street. Die rechte Abbiegespur war frei. Vier Aasgeier-Taxis blockierten die Haltespur vor dem Hotel. Roger fuhr parallel zum vordersten hin, ließ das Beifahrerfenster herunter und fragte den Taxifahrer, ob dieser nach vorne aufrücken könne, damit der *SAAB* noch auf die Haltespur passe. Mürrisch brummelte der Angesprochene etwas Unverständliches zurück, startete aber dennoch den schwerfälligen Dieselmotor des Hackney-Taxis, um es fast haargenau um die Distanz vorwärts zu bewegen, die Roger für den *SAAB* benötigte. Dreimal mußte er korrigieren, bis der Wagen in der gewünschten Position stand. Rückwärtsgang 'rein, Zündschlüssel 'raus. Die Messingschilder - trocken! Hoffentlich jetzt nicht noch mehr Gästeautos! Nachdem Roger den Schlüssel am Concierge-Schalter abgegeben hatte, streifte er sich die Arbeitshandschuhe erneut über. Es hatte keinen Sinn, auf den Besitzer des *SAABs* zu warten. Niemand trieb sich in der Hotellobby herum, und das Gepäck für das Fahrzeug war ebenfalls noch nicht auf dem Weg nach unten; zumindest wies das Koffer-Logbuch keinen entsprechenden Eintrag auf. Goggles würde sich höchstwahrscheinlich das Trinkgeld sichern.

Zwanzig vor neun: Als Roger sich mit der Politur des zweiten von fünf Messingschildern abquälte, vernahm er Rollgeräusche aus der Richtung des Bürgersteigs. Er blickte zur Seite. Gäste, die vom Flughafenbus kamen, die ausfahrbaren Griffe der Behältnisse für ihre transportablen Habseligkeiten zurückschoben und soeben jene schwere Last die Hoteltreppe hochzuhieven gedachten. Roger verfluchte innerlich den elenden *Continental*-Direktflug aus New York. Der bescherte dem Hotel diese Früheinchecker, für die dann eine Welt zusammenbrach, wenn man ihnen erläuterte, daß die Zimmer - exakt laut Ankündigung in den Broschüren - erst gegen vierzehn Uhr beziehbar seien.

"Aber wir haben doch einen frühen Check-in beantragt!!!" kam es da häufig mit patzigstem Unterton zurück zur Rezeptionistin, die sich dann oft nicht traute, trocken zu erwidern, daß nur in dem Fall ein früher Check-in garantiert werde, wenn der Gast auch für die vorhergehende Nacht das Zimmer reserviert sowie demzufolge bezahlt habe.

Früher Check-in also nun. Den Gästen, die Roger hier in Empfang nahm, war die frühe Ankunft glücklicherweise eher peinlich, weshalb ihnen der weiterhin alkoholisierte Türsteher freundlich einbläute, bis zum Abend wach zu bleiben, um so den Jetlag zu besiegen. Sie nickten zustimmend, und siehe da: Zwei Pfundstückchen wechselten den Besitzer. Roger grinste. Der ordentliche Beginn eines Samstagmorgens.

Trockenpolitur des vierten von fünf Messingschildern. Jemand tippte Roger auf die linke Schulter.

"Du hast ein Eckchen ausgelassen!" ertönte der schon zu oft vernommene Spruch, von einer schrillen Frauenstimme ausgesprochen. Roger beging den Fehler, sich umzudrehen. O nein! Die Olympiasiegerin! Eine knallgelb leuchtende Verkehrsweste blendete Roger. Verstärkte seinen Kopfschmerz hinter den Augen. Mit welcher Horrorstory würde sie denn heute aufwarten? Die feiste Frau mittleren Alters, die sich hinter Roger aufgebaut hatte, begann zu erzählen. Von einem Heroinsüchtigen, den sie in einer *McDonald's*-Filiale gesehen habe, wie er sich das Gift vor aller Augen in die Venen spritzte. Dann von dem Handtaschendieb, den sie im Alleingang unschädlich gemacht habe, indem sie ihm einen Fuß stellte. Roger fragte sich, während er verzweifelt Henry Thompsons Aufmerksamkeit hinter dem Glas einer der Seitentüren zu erregen versuchte, ob die Frau ihre Goldmedaille bei der Behindertenolympiade tatsächlich im Geschichtenerzählen bekommen habe. Da! Henry wurde sich gewahr, in welcher Bredouille sich sein Kollege draußen befand. Er öffnete die Seitentür und rief hinaus:

"Roger?!! Kannst du bitte 'reinkommen? Wir brauchen dich hier!"

Roger atmete auf. Entschuldigte sich heuchlerisch bei der gelben Verkehrsweste und stürzte förmlich durch die Seitentür ins Foyer.

"Henry, das vergeß' ich dir nie! Versprochen: Immer, wenn wir zusammen Autos holen, mach' ich das Garagentor auf und zu!!!"

"Schon gut... Was hatte sie denn heute auf Lager?"

"Ach... Das Übliche... Hat sich mal wieder als Hilfspolizistin betätigt..."

"Du... Ich glaub', die ist jetzt weg. Hat aufgegeben... Kannst dich wieder nach draußen wagen!"

Roger steckte den Kopf zur Seitentür hinaus, blickte sich um. Einmal, zweimal, dreimal. Die Luft schien rein. Dasselbe Spielchen am Treppenabsatz: zweimal nach links, zweimal nach rechts. Sie war verschwunden. Roger beendete seufzend - jedoch mit nun wieder verstärktem Kopfschmerz - die Politur der Messingschilder.

* * * * *

Der Alters-, Reife- sowie auch Wissensvorsprung machte sich deutlich bemerkbar. Obwohl Johanna von Mühlwang mit ihren dreiundzwanzig vielleicht nur drei Jahre älter war als der durchschnittliche Student im letzten Studienjahr an der University of Edinburgh, fühlte sie sich im Kreise ihrer temporären Kommilitonen wie eine alte Spießerin. Sie konnte bereits alles und machte sich nicht zuletzt deshalb als arrognate Schnöselin unbeliebt. Das störte sie zwar nicht weiter, zumal sie diese ihr gegenüber mehr oder weniger deutlich entgegengebrachten Haßtiraden bestens kannte, aber die fachliche Langeweile machte ihr ärger zu schaffen, als sie es sich vor dem Auslandsjahr je hätte ausmalen können. Ein verschwendetes Jahr? Hoffentlich nicht! Es würde sich gut im Lebenslauf machen. Vor allem im Hinblick auf Raisting. Sie mußte sich nun eben die zur Genüge vorhandene Freizeit sinnvoll vertreiben. Vorarbeiten für den Studienabschluß in München. Sport! Ja, sie hatte die tollste Joggingstrecke der Welt - rund um Arthur's Seat mit dem Blick sowohl aufs Meer und Fife als auch auf die Pentlands: phantastisch! Und Geldverdienen. Während sich die Kommilitonen zu Semesterbeginn die geeigneten "Student Societies" zwecks Mitgliedschaft darin aussuchten, blätterte Johanna in den Gelben Seiten, konsultierte Internet-Leitseiten und wurde auf Anhieb fündig. Eine "Escort Agency". Mit Standort in einer der besten Gegenden von Schottlands Hauptstadt: Eglinton Crescent. Quasi gegenüber dem deutschen Generalkonsulat. Sie konnte sich das Schmunzeln nicht verkneifen, als sie das bemerkte. Ob dann wohl deutsche Diplomaten mit zur Kundschaft zählten? Sie würde es ja sehen. Man hatte sie mit Handkuß engagiert. Nach kurzer Vorstellung. Beeindruckend ihre Erfahrung in München. Die Bezahlung war zwar nicht so gut wie bei *Dopplereffekt*, aber dennoch akzeptabel.

Beinahe aufgeregter als seinerzeit im Vorfeld zu ihrem ersten Münchener Job sah sie der Premiere in Edinburgh entgegen. Samstag, dreizehn Uhr dreißig, *Alba Palace Grand Hotel*, Zimmer sechs-drei-eins. Die Nobelherberge, in welcher sie mit Sylvia zusammen die ersten Nächte hier verbrachte hatte.

* * * * *

Eine kindliche Vorfreude auf den bevorstehenden Tag ergriff Bertram Hitschler, als ihm das sich gegen neun Uhr morgens von selbst anstellende Radiogerät auf seinem provisorischen Nachttischlein - einem schäbigen kleinen Fußschemel - bedeutete, daß es Zeit zum Aufstehen sei, um sich für die Verabredung zur Wanderung mit Kollegin Koopmann fertigzumachen. In den vergangenen Wochen hatte sich alles in seinem Kopf ausschließlich um die Universität gedreht. Und um die doch relativ ungünstige kollegiale Situation am Arbeitsplatz. Eben mit einer großen Ausnahme. Vielleicht hatte er in Sophie Koopmann endlich so etwas wie einen weiblichen

Kumpel gefunden. Sie bewegten sich auf derselben Wellenlänge. Die kleinen Gespräche am Rande der Unterrichtsbesprechungen deuteten zumindest darauf hin. Ebenfalls die spontane Aversion, die Bertram Hitschler gegenüber Mathias Kohl hegte, teilte er mit Sophie. Da wollte er tatsächlich etwas unternehmen. Nicht aus Mitleid für die Kollegin, sondern aus purem Gerechtigkeitssinn. Und um einem vermessenen, kleinen Gernegroß eine Lektion zu erteilen. Da waren sie schon wieder: die Gedanken, die um die Arbeit kreisten. Weg damit! Der Tag mit Sophie sollte der totalen Entspannung dienen, das Gehirn auslüften. Das Wetter spielte mit. Schnell sich von Ost nach West bewegende, bauschig weiße Wolkenakkumulationen mit großzügigen azurblauen Lücken dazwischen. Eine herrliche Witterung, ideal zum Wandern. Bertram Hitschlers Stimmung paßte sich der aktuellen meteorologischen Situation an. Hopetoun Monument. Da war er nun wirklich gespannt, was das wohl sein mochte. Er wollte sich überraschen lassen. Ebenso vom Proviant, den Sophie versprochen hatte zu besorgen. Naja, leicht müßte er sein. Zu viel schleppen wollte er auch nicht.

Der Kessel kochte. Er goß das heiße Wasser auf den *Earl-Grey*-Teebeutel, der sich dabei - halb versunken in der zuvor eingefüllten Milch - wie eine Mongolfiere aufblähte.

* * * * *

Wilde Träume von Hausüberflutungen sowie eine sich teilweise lautstark im Hausflur abspielende Studentenparty hatten Sophie Koopmanns Nacht vom Freitag auf den Samstag ihres anberaumten Ausflugs zu Fuß mit Bertram Hitschler zur Hölle werden lassen. Gerädert schleppte sie sich um Viertel nach neun morgens in Richtung Küche, um die morgendliche Fitneß, welche der unruhige Schlaf nicht imstande gewesen war herbeizuführen, durch eine geballte Koffeinzufuhr zu erreichen. Für zwei große Tassen sollte sie wohl Zeit haben. Worauf sie nur verzichtete wegen dieser bescheuerten Wanderung! Die ihr liebgewonnene Diskussionssendung am frühen Nachmittag auf *Radio Four*! Das gehörte zur samstäglichen Gemütlichkeit wie das Salz in die Suppe. Stattdessen würde sie sich schnaubend abmühen, um diesen komischen bewaldeten Hügel außerhalb Cupars zu erklimmen. Mit einem Kollegen im Schlepptau, der offenbar am Wochenende nichts Besseres mit sich anzufangen wußte. Ach, war dieser Gedanke gehässig! Das hatte Bertram Hitschler nicht verdient. Was sie für ein Glück gehabt hatte, daß er es war, der nun auf dem Lehrstuhl saß und nicht diese Schlaftablette aus Nottingham! Allein seine Nettigkeit rechtfertigte es, daß sie ihn zum Hopetoun Monument hochführte. Seine Nettigkeit wie auch die Sache, welche er als das "Abkochen" von Mathias Kohl bezeichnete. Doktor Armageddon mußte einfach nur vor Sophies geistigem Auge in Erscheinung treten, und schon schüttelte es sie durch. Fort, weg mit den Gedanken an die Arbeit! Sie öffnete die Jalousien im Schlafzimmer. Kuschelte sich mit der Kaffeetasse zurück unter die Bettdecke. Schlürfte ein paar Schlückchen. Wenn sie es sich recht überlegte, dann könnte Bertram ein richtig guter Freund werden. Seit langem bereits hatte sie sich so gut wie allen gesellschaftlichen Anlässen im Kollegenkreis entzogen. Keine Freundschaften mehr geschlossen seit Jahren. Aber mit Hitschler konnte man, wie es schien, tatsächlich etwas anfangen. Unvoreingenommen. Stellte sich auf eine Ebene mit allen. Vielleicht war er es doch wert, sich aus dem Schneckenhaus ein wenig herauszuwagen. Es wäre nicht schlecht, einen guten Kumpel zu haben vor Ort, denn von Roger hatte sie nun doch schon mehrere Wochen nichts mehr gehört. Seine Schichtzeiten waren vermutlich ein bißchen ungünstig momentan. Nun gut: Genauso unvoreingenommen, wie sie den Kollegen einschätzte, nahm sich Sophie Koopmann vor, die Wanderung mit eben diesem auf sich zukommen zu lassen. Das Beste draus machen! Mit ein paar leckeren Sandwiches auf dem Gipfel.

* * * * *

Randall Meikle zeigte Erbarmen. Er entließ Roger Hertloff kurz nach zehn Uhr zu einer verlängerten Frühstückspause in den Aufenthaltsraum. Er solle sich auf ein Sofa knallen für eine halbe Stunde. Unverkennbar ging es Randall heute früh gleichfalls noch nicht so rasend. Er war am Vorabend ja auch noch zu dem Grüppchen gestoßen. Im *Hard Rock Café*. Roger mußte ihn allerdings im Nachtclub aus den Augen verloren haben. Wahrscheinlich war der ebenso in einem fremden Bett gelandet. Anzunehmen bei der leichten Beute, die in jenem Etablissement so verkehrte. Als sich Roger vom Concierge-Schalter in Richtung Cocktailbar abwandte, um sich nach unten in den Aufenthaltsraum zu wälzen, rief ihm Randall neckisch hinterher:

"Roter Teppich um halb drei, bitte, Herr Doktor Hertloff!"

Scheiße! Eine Hochzeit. Normalerweise war das die erste Tat an einem Samstagmorgen: auf der Veranstaltungstafel überprüfen, ob wieder zwei Dumme in die Fallgrube tappten und dafür auch noch ein Vermögen verpulverten. Schlappe zwanzigtausend Pfund kostete laut Statistik die durchschnittliche Hochzeit im Vereinigten Königreich. Und die Scheidungsrate? Unbegreiflich, wieviel Geld hier zum Fenster hinausgeworfen wurde! Aber die Bürger machten es den Politikern im Prinzip nach. Wenn sich der Staat so hoch verschuldete, warum sollte man dann selbst sparsam darben? So die Grundeinstellung.

Also: Hochzeit am Nachmittag. Wenigstens vor sechzehn Uhr, wenn es mit dem Verkehr haarig wurde - sogar an einem Samstag. Dennoch: Roter Teppich um halb drei konnte trotzdem bedeuten, daß die Braut erst gegen vier eintrudelte. Der italienische Bankettchef pflegte in einem solchen Fall zwanzigmal wie ein aufgescheuchtes, scharrendes Huhn am Hotelportal aufzutauchen, weil durch eine solche Verspätung der gesamte Essenszeitplan über den Haufen geworfen wurde. Alle im Hotel haßten Hochzeiten. In der Concierge-Abteilung, weil trotz Schwerstarbeit meist kein Trinkgeld abfiel. In der Mehrzahl handelte es sich um kleine Leute, die im Freundes-, Familien- und Bekanntenkreis groß damit aufzutrumpfen gedachten, wenn sie zur Hochzeit im renommiertesten Hotel der schottischen Hauptstadt einluden. Mit Schrecken erinnerte sich Roger da an ein Paar Frischvermählter aus dieser Gesellschaftsklasse, die kurz nach der Trauung eine Riesenshow im Hotelfoyer abzogen. Noch mit großzügig gefüllten Champagnerflöten in der Hand, näherten sie sich dem Concierge-Schalter, taten zunächst ganz harmlos und erkundigten sich nach einer kleinen schwarzen Tasche, die nicht mit dem restlichen Gepäck aufs Zimmer gebracht worden sei. Wohlgemerkt hatten sie den ganzen Krempel zwei Tage, bevor sie überhaupt offiziell eincheckten, bei den Portiers hinterlegt. Als der

Concierge ihnen mitteilte, daß keine solche Tasche beim Gepäck gewesen sei, ging es rund. Unterschlagung, Diebstahl. So die lautstarken Anschuldigungen. Es flogen sogar Kugelschreiber seitens der Braut durch die Lüfte. Eine bedauernswerte Rezeptionistin bekam eines der Schreibgeräte obendrein ins Gesicht geworfen. Angeblicher Inhalt der laut Brautpaar vom Hotelpersonal gestohlenen Tasche: Zweitausend Pfund in bar, die Reisepässe der zwei cholerischen Turteltauben sowie die Flugscheine für die Flitterwochen, die am folgenden Tag beginnen sollten. Wer war denn auch so blöd, derartige Wertgegenstände ganz einfach so - ohne Hinweis - zwei Tage vor Anreise zur normalen Aufbewahrung beim Hotel abzugeben? Keine Rückfrage, ob man es in den Safe stecken könne? Jedenfalls wurde Roger der Feierabend an besagtem Samstag ordentlich verdorben. Die Schicht wurde verlängert. Gästezimmer wurden durchstöbert. Ohne Ergebnis. Clive Hickmott legte Nachtschicht ein, um die Flitterwochen des frischgebackenen Ehepaars umzubuchen. Gerade als er damit fertig war, fuhr ein Privattaxi aus Dundee beim *Alba Palace* vor, und dessen Lenker gab beim Nachtportier ein geheimnisvolles schwarzes Täschchen ab.

Seit diesem Tag traute Roger keiner Hochzeitsgesellschaft mehr über den Weg. Er verachtete sie mitunter abgrundtief, weshalb er Randall für die Bemerkung hinsichtlich des roten Teppichs in der Luft hätte zerreissen können, wenn er nicht so todmüde gewesen wäre. Eine halbe Stunde durfte er sich gönnen; und die schlief er dann auch wie ein Toter, den die zahlreichen Flecken auf der Couch des Aufenthaltsraumes in jenen Minuten kaum kümmerten.

* * * * *

Mit leeren Händen sollte man nie auftauchen, so man Frauen besuchte. Selbst wenn man keine niederen Absichten hegte. Die österreichische Charme-Komponente im Charakter Bertram Hitschlers forderte dies, und so besorgte er kurz vor seiner Abfahrt nach Cupar noch ein kleines Feldsträußchen beim Floristen sowie eine Minipackung *Ferrero Rocher*. Eine Geste. Ganz dem Klischee entsprechend. Blumen und Pralinen. Schön altmodisch.

Vor allem die Blümchen erzielten Wirkung. Ein breites Lächeln, so heiter wie es Bertram Hitschler bisher noch nicht auf Sophie Koopmanns Gesicht gesehen hatte, strahlte ihm bei Übergabe der Präsente entgegen. Eine gute Einstimmung zur Wanderung. Sophie wollte Bertram nicht preisgeben, welche Sorte Sandwiches sie besorgt hatte für die Gipfelpause. Bertram befürchtete Tomaten und Käse oder gar Eier und Brunnenkresse. Die Mannequinfigur Sophie Koopmanns legte das zumindest nahe. Niedrig geschraubte Erwartungen können lediglich übertroffen werden, dachte er sich und folgte daraufhin seiner Wandergefährtin, die sich zum Zwecke des langen Spaziergangs schweres Schuhwerk angelegt hatte. Wenn er sie nur nicht auf dem Rückweg tragen müßte wegen mehrfacher Blasenbildung an den zarten Füßchen!

Es wäre beinahe genau umgekehrt gekommen, wenn Sophie nicht in weiser Voraussicht ein Schächtelchen Pflaster mit in ihr kleines Wanderrucksäckchen gepackt hätte. Zwei Streifen des Miniverbandes mußten nach drei Vierteln des Wegs zum Monument an Bertrams gerötete Fersen geheftet werden, um Schlimmeres zu verhindern. Überfällig war die kleine Verarztung geworden. Bertram hatte aufgrund der angeregten Unterhaltung unterwegs kaum etwas bemerkt. Erhitzte Debatten führten sie da von aktueller Tagespolitik über Alltagsprobleme bis hin zu ihren literarischen Präferenzen. Die Arbeit blieb außen vor. So vertieft waren sie, daß sie kaum etwas von der herrlichen Herbstlandschaft wahrnahmen. Doch bevor sie auf den Feldweg zum Hügel einbogen, ziepte es Bertram an den Füßen. Wirklich gerade noch im letzten Augenblick klebte er die wund werdenden Stellen ab, um die Wanderung fortsetzen zu können. Schmunzelnd stand Sophie daneben und hielt sich demonstrativ die Nase zu.

Der Aufstieg erfolgte dann schweigsam. Als ob sie plötzlich in sich kehrten. Als ob etwas passiert wäre. Nach dem letzten Stück des Waldwegs, da hinter der x-ten Kurve sowie Bäumen und Buschwerk endlich der Turm sichtbar wurde, stoppten sie wie auf Kommando gleichzeitig, blickten sich grinsend an und gingen langsam, beinahe andächtig die fehlenden Meter zu ihrem Ziel. Das Rauschen des Mischwaldes im moderaten Ostwind vergrößerte den Genuß der Aussicht auf das umliegende Königreich von Fife.

Sophie nestelte am Rucksack. Essenszeit. Die erste dreieckige Sandwichpackung kam zum Vorschein. Zwischen den hellbraunen Scheiben: eine gelbliche Füllung mit vereinzelten grünen Fetzchen darin. Ei und Brunnenkresse. Die zweite Sandwichpackung: doppelt so breit. Die Schicht zwischen dem Brot erschien mindestens zweimal so dick wie die Scheiben selbst. Fleischstückchen. Chicken Club! Wie konnte sie das nur wissen? Bertrams Augen wurden so groß wie sein Appetit.

Sie setzten sich auf den kleinen Treppenabsatz vor der verschlossenen Turmtür des Monuments. Ihre Ellbogen berührten sich. Es wurde nichts gesprochen. In blindem Einverständnis beendeten sie die Mahlzeit. Verstauten den Abfall im Rucksack. Erhoben sich synchron. Mehrmals sich gen Turm umblickend, traten sie den Weg zurück an. Beim steilsten Abschnitt des Schotterwegs am Waldrand reichte Bertram Sophie zur Sicherheit die Hand. Sie rutschte ein wenig weg auf dem schlüpfrigen Kies. Er hielt sie fester. Sie rutschte stärker. Er zog an ihrer Hand, damit sie nicht fiel. Ihre Gesichter kamen sich nah.

Sie küßten sich in einem Regen güldner Blätter.

* * * * *

Was für eine Tortur! Der Minutenzeiger bewegte sich gnadenlos kriechend. Immer noch nicht einmal Halbzeit! Zwei Pausen von je einer halben Stunde hatte Roger Hertloff bereits hinter sich. Das Essen lag erst dreißig Minuten zurück. Die Beine wogen Tonnen. Bleiverstärkt. Wenn er Glück hatte, dann gäbe es wenigstens in der nächsten halben Stunde etwas mehr zu tun. Die Stoßzeit an einem typischen Samstagnachmittag. Immer zwischen halb zwei und halb drei, eben pünktlich zur Zimmergarantie. Da fuhren die meisten Wagen vor. Da strömten sie mit ihrem Gepäck gen *Alba Palace*. Aber jetzt, so kurz vor halb zwei: noch tote Hose. Nichts los. Roger setzte zu einem Megagähnen an. Ein absolut ekelhaftes Gefühl, wenn man meint, im Stehen gleich einzuschlafen. So ähnlich würde wohl auch ein ordentlicher Drogenrausch ablaufen. Es wurde einem schummerig. Man hörte die Geräusche um einen herum wie aus einem Volksempfänger, den man leiser und leiser dreht. In einem solchen Moment weiß man dann erst, was die Redensart von den bleischweren Augenlidern eigentlich bedeutet. Konnte man denn nun tatsächlich im Stehen einschlafen? Oder zählte das dann als Bewußtlosigkeit? Während jenen fünfundzwanzig Minuten, welche Roger Hertloffs Mittagspause an diesem Oktobersamstag folgten, meinte er ungefähr siebenmal, zusammenklappen zu müssen. Fünfmal ging er die Rollstuhlrampe schnell auf und ab, um sich fit zu halten. Mehr als zehnmal schüttelte er den Kopf in hoher Frequenz, als ob es sich bei der Müdigkeit um Flöhe handelte. Schließlich noch ein Gähner obendrauf. Er mißachtete die Regel des Guten Tons und behielt die Hände hinter dem Rücken.

"Tür zu! Es zieht..." wurde er von der Seite auf seinen Etiketten-Faux-Pas aufmerksam gemacht.

Lange, offene, wellige, brünette Haare. Kastanienbraune, freundliche Augen. Ein hübsches, ungeschminktes Gesicht. Sportlich-athletische Figur. Dennoch äußerst feminin. Vielleicht sogar ein, zwei Zentimeter größer als Roger. Leger, aber elegant gekleidet. Schwarze Bundfaltenhose. Darunter lugten Schnürstiefelettchen in derselben Farbe mit niedrigen Absätzen hervor. Taillierter Ledermantel, kleines *Chanel*-Handtäschchen über der linken Schulter.

Erschrocken und reflexartig öffnete Roger ihr eine der Seitentüren. Begrüßte sie. Entschuldigte sich. Sie dankte ihm für die Höflichkeit. Am Vorbeigehen blieb ihr Blick an seinen Augen haften, so daß sich ihr Kopf gegen die Laufrichtung drehen mußte. Ihr Lächeln wurde breiter. Er schaute ihr wie gelähmt nach, bis sie im Aufzug verschwand, von wo aus sie ihm erneut noch einen kurzen, letzten und wohlwollenden Blick zuwarf.

"Dürfen wir jetzt auch hereinkommen?" wurde Roger von einer Stimme hinter sich aus seinen Tagträumen gerissen.

Er wandte sich dem Gast zu, der in seiner Äußerung ungeduldig und angenervt geklungen hatte. Ein Endfünfziger mit noch fülligem Haar. Toupet? Kaum erkennbare weiße Strähnen zwischendrin. In den Händen trug er zwei Taschen von *Louis Vuitton*. Eine speziell für Anzüge. Die andere ganz normal, jedoch prall gefüllt. Roger lächelte verlegen-heuchlerisch. Eine derartige überhebliche Arroganz, die aus der Bitte des Ankömmlings herausgeklungen hatte, bereitete ihm Probleme. Solche Menschen hatte er gefressen, wie es so schön im Volksmund hieß. Und dieses Exemplar der betont aufrecht gehenden Hominiden kannte er. Vom Radio. Vom Fernsehen. Ein selbsterkorener Experte der englischen Sprache und Literatur. Lord Marvin Briggs. Gestattete sich, bar jeglicher akademischer Vorbildung, aber selbstverständlich aufgrund seines (höchstwahrscheinlich erkauften) Adelstitels, die dümmsten Aussagen bezüglich seiner verkümmerten Muttersprache germanischen Ursprungs in den Medien. Und die Leute schluckten es. Und Roger mußte freundlich, höflich, zuvorkommend diesem pseudo-intellektuellen Wurm gegenüber bleiben.

"Oh, Verzeihung! Darf ich Ihnen mit Ihrem Gepäck behilflich sein?"

"Ja, bitte! Könnten Sie es zur Rezeption bringen?"

Komisch! Wieso Rezeption? Nachdem der Lord mit seiner Lady im Gefolge die Schwelle übertreten hatte, legte Roger gemäß dem Hotelstandard das Gepäck der berüchtigten Aufschneidermarke beim Concierge-Schalter ab und geleitete das adelige Paar hinüber zur Rezeption.

"Sie checken bei uns ein, ja?"

Lautes Ausatmen beim Literaturfürsten, als ob es sich bei Roger um eine lästige Fliege handelte, die man gerne loswürde.

"Meine Frau möchte zuerst in die Hotelbar. Wo befindet die sich?"

"Wir haben zwei Bars..."

Bevor Roger weitersprechen konnte, wurde er von einem erneuten, demonstrativ lauten sowie abfälligen Ausatmen seiner Lordschaft unterbrochen, die den Kopf mit sich schließenden Augenlidern vom Gesprächspartner nach unten abwandte. Lady Briggs schaltete sich ein, zumal der Gatte ausfällig zu werden drohte:

"Die Bar mit der Harfenmusik!"

"Geradeaus durch, meine Dame!"

Sie bedankte sich und verschwand in Richtung Cocktailbar, wohin Roger mit dem ausgestreckten linken Arm gedeutet hatte.

"Darf ich nach dem Namen der Reservierung fragen?"

Roger wußte ganz genau, daß es gewisse Berühmtheiten immens stört, wenn sie nicht erkannt wurden. Volltreffer! Das arrogante Schnauben seitens des vermeintlich blaublütigen Gastes setzte sich fort.

"Es gibt keine Reservierung! Ich wollte mich lediglich nach freien Zimmern erkundigen..." kam die unwirsche Erwiderung ohne Blickkontakt zurück, da sich Lord Briggs noch im Sprechen der armen Rezeptionistin zuwandte, die das große Glück hatte, sich mit ihm nun befassen zu dürfen. Daraufhin vollführte Roger einen Bückling im Angesicht des adeligen Rückens, murmelte eine unbemerkt bleibende Entschuldigung und zog sich schließlich elegant zurück. Die kleine Episode hatte seinen Adrenalinspiegel beträchtlich gesteigert. Der tote Punkt, der ihn noch vor knappen fünf Minuten beinahe zum Schlaf im Stehen gezwungen hatte: verflogen! Die tote Hose in Sachen Anreisen: überwunden! Es ging auf die vierzehn Uhr zu. Bevorzugte Eincheckzeit bei den Wochenendgästen. So stand es ja auch in den Hotelbroschüren.

Das Übliche für einen Samstag der Nachsaison: Ein Angebertraktor, Marke *Range Rover*, mit blitzenden Alufelgen und Niederquerschnittreifen, den Eltern vorn und zwei Kindern im Fond, stoppte flott sowie bedenklich nah am Bordstein des Bürgersteigs vor dem Hotel. Die Haltespur bot Platz für vier großzügig hintereinander geparkte Gästefahrzeuge. Das gerade vorgefahrene, allradgetriebene Monster mit *Supercharged*-Motor vereinnahmte zwei davon. Dies erschloß Roger in Bruchteilen einer Sekunde die Charakterzüge des Fahrers. Kennzeichen aus Yorkshire. Höchstwahrscheinlich ein Notfallklempner mit breitem Geordie-Akzent, der seine Kids morgens zur einen halben Kilometer entfernten Schule fährt, sie am Nachmittag dann wieder von dort abholt und auf diese Weise die Luft ebenso unnötigerweise verpestet wie er die engen Straßen um britische Schulen herum durch Warten im absoluten Halteverbot blockiert.

Roger näherte sich künstlich grinsend dem Vehikel, öffnete Muttern die Tür, hieß die ordinär geschminkte, mit Riesenbrüsten ausgestattete Naturblondine willkommen und vernahm tatsächlich den erwarteten Zungenschlag, welcher bei ihm umgehend ein leichtes Ziepen in der abdominalen Region verursachte. Na schön. Augen zu und durch!

Der Familienvater bequemte sich nun auszusteigen, um Roger zu assistieren, der sich am Tohuwabohu, das ihm beim Öffnen des Kofferraums entgegengekommen war, zu schaffen machte. Blumenkohlohren. Mußte wohl in grauer Vorzeit Rugbyspieler gewesen sein. Die seitdem verflossenen Jahre hatten das Waschbrett von einem ballonförmigen Biermuskel gänzlich überwuchern lassen. Gängige Frisur: Stoppelhärchen auf einem Eierkopf. Dicker Stiernacken. Unterbrochen von vier tiefen Falten. Grenzlinien wülstiger Speckzonen. Roger hoffte inständig, daß nichts aus dem Durcheinander auf den Boden fiele. Ansonsten hätte sich Big Daddy wohl gebückt, und sein massiver Handwerkerausschnitt wäre womöglich zum Vorschein gekommen.

Nein! O Wunder! Manchmal bewahrheitete sich die Binsenweisheit, daß aller Anschein trügt. Roger schlug innerlich drei Kreuze, daß er wie üblich freundlich geblieben war. Das dicke, glatzköpfige Familienoberhaupt hielt ihm den Wagenschlüssel in halb geöffneter rechter Hand zum Begrüßungsschütteln hin. Ein Angebot, auf welches Roger gerne einging, zumal sich eben dieser Wagenschlüssel in bester Gesellschaft befand. Die Themseliesel in Lila. Rogers Freundlichkeit verlor in signifikant drastischer Geschwindigkeit ihr schauspielerisches Element. Keine Hektik, keine Eile. Geduldig ließ sich Roger Hertloff mit Jacken, Wanderschuhen, Taschen und Ähnlichem beladen, mit Gegenständen, die ihm taktweise aus dem Kofferraum kommend gereicht wurden. In der Lobby hatte man Rogers Abwesenheit vom Hotelportal mittlerweile wahrgenommen. Henry kam zur Unterstützung angetrottet. Übernahm das Gepäck, das Roger nicht mehr imstande war zu tragen, da vollbepackt wie ein Maultier.

"Zwanzig!" flüsterte er dem Kollegen zu, dessen Augen daraufhin größer wurden. Zwanzig Pfund für den Doorman garantierten auch dem Portier, der das Gästegepäck aufs Zimmer befördern würde, eine fette Belohnung. Roger informierte Henry allein deshalb über die Großzügigkeit des ankommenden Gastes, weil er wollte, daß Henry den Rest abkassierte und nicht Goggles, der immer wie ein Aasgeier ausschließlich auf die guten Jobs lauerte, die viel Trinkgeld versprachen, sich sonst aber bei jeder ihm sich bietenden Gelegenheit abseilte und so die Kollegen richtiggehend im Stich ließ. Nein: Henry sollte absahnen! Das machte es leichter, denn Roger würde demzufolge weniger Klagen von Henrys Seite aus zu hören bekommen.

Ganze zehn Minuten dauerte es, bis alles erledigt war. Von der Ankunft bis zur Vorstellung der Gäste an der Rezeption. Zehn Minuten, die Roger nicht vor der Tür stand. Zehn Minuten, nach welchen er Steven McClure lautstark Goggles zur Schnecke machen hörte. Das Wort "Rotation" fiel mehrere Male. Wenn in dieser Zeit ein Inspektor gekommen wäre! Die Hotelschnüffler, engagiert vom italienischen Oberboß, tanzten nämlich vorzugsweise in der Vor- oder Nachsaison an, wenn es ein wenig ruhiger wurde. Und wenn da nun so einer nicht ordnungsgemäß am Hotelportal von einem Angestellten begrüßt wurde, verlor die Concierge-Abteilung glatte zehn Prozent in der Bewertung. Von der unterbliebenen Hilfe mit dem Gepäck ganz zu schweigen. Goggles bekam also für die von ihm eindrucksvoll demonstrierte Trägheit sein Fett weg. Roger schlich sich am Schalter vorbei zur rechten Seitentür hinaus. Sofort stach ihm ein in Schwarz Uniformierter mit gelber Signalweste ins Auge, der eifrig etwas in einen Handapparat eintippte, der einem großen Taschenrechner ähnelte. Was für ein Schwein! Ignorierte die gängige Toleranzzeit zum Be- und Entladen völlig. Vor knapp drei Minuten hatte Roger ja schließlich und endlich die Gäste zur Rezeption geleitet, und zu jenem Zeitpunkt konnte er den Parkwächter weit und breit nicht sehen. Wahrscheinlich hatte die hinterhältige Kreatur um die Ecke gelauert, um sich die Fahrzeugdetails bereits dort zu notieren. Jetzt spuckte der Riesenkalkulator nämlich schon einen langen Streifen Thermopapiers aus. Nicht mit Roger Hertloff, mein Lieber! Ihm hing das Hoteletikett, das sich am einen Ende des Gummibandes für die Wagenschlüssel befand, aus der Jackentasche. Er mußte deswegen nicht extra zurück in die Lobby, um die Schlüssel zu holen. Er traf eine exekutive Entscheidung. Ohne dem Concierge Bescheid zu geben, spurtete er zur Fahrertür des *Range Rovers*, während der Parkwächter das Knöllchen zusammenfaltete, um es vorschriftsmäßig in den Umschlag zu stecken, welcher hernach an die Windschutzscheibe des ordnungswidrig abgestellten Kraftfahrzeugs geheftet werden mußte. Sobald sich der Wagen aber bewegte, durfte ihn der Parkwächter nicht mehr berühren. Roger ließ den Motor an. Nach vorn: ein Spielraum von fünf Metern. Das Gaspedal verlangte danach, durchgedrückt zu werden. Hinten: Rotlicht bei Waterloo Place. Der Verkehr floß von der North Bridge auf die Leith

Street. Ideal! Nichts wie weg, selbst wenn es nachher sicherlich einen gesalzenen Anschiß von Steven gäbe, weil Roger sich nicht abgemeldet hatte. Der *Supercharged*-Motor heulte auf. Roger schoß vor dem sich nähernden Parkwächter aus der Haltespur hinaus. Ätsch! Selten genug konnte man diesem Ungeziefer, das nicht davor zurückschreckte, selbst Krankenwagen mit Blaulicht im Halteverbot ein Knöllchen zu verpassen, eins auswischen. Roger fühlte sich nun wie neugeboren, da er den *Range Rover* nach der Kehrtwende die ersten dreihundert Meter der Leith Street bis auf achtzig Sachen hochjubelte, um ihn an der ersten Ampel erneut zu wenden, damit er in die Calton Road einfahren konnte, wo sich die Garage befand. Traumhaft! Eine freie Calton Road! Roger gab mehr Gas. Einhundertzehn bis zur Einmündung von New Street. Vollbremsung. Und hinüber bis zwanzig Zentimeter vor das Garagentor.

* * * * *

Kieran Murphy, im *Alba Palace Grand Hotel* bekannt als "Goggles" wegen seiner Sehhilfe, Marke *Tommy Hilfiger*, die eben mehr einer Schwimmbrille glich als konventionellen Augengläsern, hörte nicht hin. Das, was Steven McClure da von sich gab, hatte er bereits unzählige Male über sich ergehen lassen müssen, ohne daß es irgendeinen Effekt gehabt hätte. Wozu auch? Goggles vermochte seinen Ruf einfach nicht abzuschütteln. Die Legasthenie, gegen die er borniert nichts zu unternehmen beabsichtigte, half da selbstverständlich nicht gerade. Concierge wäre er gerne geworden. Doch das würde ein Leben lang nicht klappen. Solange er seine Lese- und Schreibschwäche nicht bekämpfte, solange er die Hoteldefinition von "gepflegtem Äußeren" bei sich selbst nicht in die Praxis umsetzte, so lange müßte er auf der Portierstelle kleben bleiben, für die ausschließlich er, wie er stets im Kollegenkreis betonte, die formale Qualifikation besaß. Als Page mit Tablette auf dem Kopf hatte er damals angefangen. Vor etwas mehr als vier Jahren. Bell Boy. Nebenbei, zweimal die Woche, um genau zu sein, mußte er auf eine Art Berufsschule gehen, was allerdings nicht viel brachte. Jedenfalls nicht für ihn. Als das Hotel die Stelle des Pagen abschaffte, machten sie ihn nach Bitten und Betteln zum Portier, nachdem es eigentlich vorgesehen war, ihn vom Publikumsverkehr fernzuhalten - Küchenhilfe sollte er werden. Steven McClure trat da für ihn ein. Man solle Kieran Murphy eine Chance als Portier geben. Nicht, daß Goggles dieses Vertrauen bestätigt hätte; er machte Dienst am Rande der Vorschrift. König des Abseilens. Mitunter verkniffen sich die Concierges die Frage: "Wo ist Goggles denn?", da es sich um eine sinn- und zwecklose Erkundigung nach dessen Verbleib handelte. Aber Goggles kam damit durch. Stets Gnade vor Recht. Er wußte es. Er spielte damit. Nicht in böser Absicht. Vielmehr in der Annahme, daß seine Dienste unverzichtbar seien. Er wußte jedoch nicht, daß sie ihn als Abteilungsmaskottchen betrachteten. Er gehörte zum Inventar wie die maßlos überteuerten, mit monoton-herbstlichen Farbflächen bepinselten Leinwände von Callum Innes im Hotelfoyer. Man konnte sich Goggles vom *Alba Palace* einfach nicht wegdenken. Goggles und seine private Situation. Die von Amanda - genannt Mandy - erzwungene Ehe. Ebenso wie in diesem Moment, so hatte Goggles auch vor einem glatten Jahr im Angesicht einer halbstündigen Belehrung durch Steven McClure, der es wirklich gut mit ihm meinte, auf Durchzug gestellt. Goggles solle sich einmal ernstlich Gedanken darüber machen, ob sich seine Lebensqualität denn nicht verbessern würde ohne Mandy. Obgleich er nicht richtig hingehört hatte, nickte er da zustimmend. Er besaß einfach nicht die Schnitte. Da war ja zum Beispiel die gemeinsame Hypothek auf die Zwei-Zimmer-Wohnung in Musselburgh. Quasi an der Strandpromenade. So etwas gab man nicht gerne auf. Dann die drohenden finanziellen Streitigkeiten, obwohl man ja nicht einmal verheiratet war.

Wenigstens brachte es Goggles vor zwölf Monaten einmal fertig, es so aussehen zu lassen, als ob er Mandy verließe. Ganze zehn Tage. Da klapperte er den Freundeskreis reihum ab, durfte allerdings nicht länger als jeweils zwei Nächte verweilen. Aus verständlichen Gründen. Danach gelang es Mandy, ihn zu überzeugen. Gewährte ihm den Goldenen Schuß. Als er das Steven McClure erzählte, wußte dieser zunächst nicht, was er sagen sollte. Maulsperre für eine halbe Minute. Dann:

"Und wenn du gar nicht der Vater bist? Laß' mal erst einen Test machen!"

In der Tat wurde Goggles da aktiv. Konfrontierte Mandy kühn mit der Forderung, einen Vaterschaftstest durchführen zu lassen. Steven McClure überlegte sich am darauffolgenden Tag lange, ob er Goggles entweder zur Notaufnahme oder zur psychologischen Beratungsstelle schicken sollte. Ein tiefblau umrandetes linkes Auge. Beide Wangen total zerkratzt. Die Furie hatte gesprochen. Im Frühjahr wurde geheiratet. Steven McClure schwieg fortan im Hinblick auf die private Situation seines Schützlings Kieran Murphy. Doch er ließ keine Gelegenheit aus, Goggles zu maßregeln, wenn es um die Arbeit ging.

Dementsprechend zum zwanzigtausendsten Mal: Rotation an der Tür, wenn der Doorman weg oder beschäftigt war. Kurz bevor Steven zum Abschluß seines Anschnauzers Goggles gegenüber kam, blickte er plötzlich an diesem vorbei zur Seitentür hinaus und fragte:

"Was ist denn jetzt los?"

Goggles drehte sich um. Roger sprintete zu dem eben angekommenen *Range Rover*, startete ihn und brauste wie der Blitz ab. Eine Gestalt in Gelb-Schwarz wurde sichtbar. Aha! Parkwächter. Und Roger war einfach abgehauen, ohne Bescheid zu geben. Goggles ging etwas schnelleren Schrittes als üblich nach draußen aufs Portal. Er wollte Steven gegenüber Initiative zeigen. Rotation an der Tür, bevor er hinausgescheucht wurde. Dann würde er jetzt halt in Ruhe junge Mädchen angucken. Und niemand würde ihn maßregeln. Weder Steven McClure noch Mandy. Ja, Mandy! Die Ehefrau durfte er einfach nicht mit dem Material vergleichen, das an ihm - teilweise sprichwörtlich - vorüberschwebte. Wohlgeformte Brüste - durch die wegen des milden Wetters noch nicht allzu dicke Herbsttracht gut erkennbar. Knackige Hintern mit sich in engen Jeans abzeichnenden Höschenlinien. Et cetera. Et cetera. Zugegeben: hin und wieder eine zweite Mandy. Aber im Großen und Ganzen mußte sich Goggles doch fragen, was für eine er da abgekriegt hatte, wo es doch augenscheinlich so viele bessere Alternativen gab. Hermione! Hermione war da die Antwort. Das kleine Töchterchen. Sein Töchterchen. Seine Verantwortung. Sein Leben. Für Hermione wollte er leben und arbeiten. Nicht für Mandy. Mandy - die Mutter, die Gefährtin, die Kameradin. Mehr nicht. Eine Musterehe dem Töchterchen zuliebe.

Wieder stolzierte ein Mannequin an Goggles vorüber. Er grinste das Mädchen an. Ein abfälliger Blick kam als Erwiderung zurück. Das Gewohnte. Und so ging das noch eine Weile. Goggles sah auf die Uhr. Keine Anreise seit über zehn Minuten. Da hätte sich Steven gar nicht so anstellen müssen. Von einem Inspektor nicht die leiseste Spur. Da! Jetzt kam etwas die Rollstuhlrampe hochgestapft. Eine kleine Schwarzhaarige mit scheinbar schwerer Sporttasche. Wollte die vielleicht ins Fitneßstudio im zweiten Untergeschoß? Oder gar einchecken? Goggles ging ihr einen Schritt entgegen; sie schaute ihn an. So viel Menschenkenntnis besaß er, um zu erkennen, daß aus diesen Augen geistige Umnachtung durchschimmerte. Wieder so eine! Wieviele von denen auch frei herumlaufen durften! Meist stand man ihnen hilflos gegenüber. Was man machte, stellte sich letztendlich als falsch heraus. Goggles entschied sich für die Standardfloskel in solchen Fällen und verbaute der nicht Unhübschen mit südländischem Teint den Weg:

"Kann ich Ihnen behilflich sein?"

"Ich möchte auf den Turm!"

"Den Turm??"

"Den Turm!!!"

Pause.

"Tut mir leid! Aber der Turm ist nicht zugänglich! Ich kann sie nicht durchlassen!"

Schnauben des Ärgers bei dem Mädchen. Sie machte kehrt. Ging die Rampe wieder hinunter. Leichter als erwartet, dachte Goggles und drehte sich seinerseits ebenfalls um, damit er wieder die vorgeschriebene Position am Treppenabsatz einnehmen konnte. Im Gehen hörte er ein metallenes Klimpern hinter sich. Was war das denn nun? Er blickte sich um und in die Mündung einer Maschinenpistole, die Feuer spuckte. Seine Knie ließen ihn im Stich; sie wurden weich wie Butter. Er spürte Stechen im Bauch. Winzige Fliegen schwirrten vor seinen Augen. Ein bleierner Geschmack machte sich in seinem Mund breit. Ebenso, als ob man sich beim Essen versehentlich auf die Innenlippe biß. Er stürzte auf die Treppenstufen. Unter Mühen blinzelte er noch mit den Lidern.

* * * * *

Immer dieselbe Misere! Personalmangel an allen Ecken und Enden. Das ganz große Sorgenkind: die Hauswirtschaftsabteilung. Clive Hickmott bekam sogar nicht einmal mehr eine Gänsehaut, sobald auf seinem Handy ein eingehender Anruf von der Hausdame angezeigt wurde. Man entwickelte Hornhäute unvorstellbarer Dicke angesichts derartiger chronischer Probleme, mit welchen ein stellvertretender Hoteldirektor, also der sogenannte "Resident Manager", im Laufe eines gewöhnlichen Arbeitstages so konfrontiert wurde. Marianne Adamson hatte schrittweise die Kontrolle über ihr Personal verloren. Abgewiesene Urlaubsanträge. Niedrigstlohn. Sklaventreiberei: nicht einmal dreißig Minuten, um eine Minisuite sauberzubekommen. All das trug mit dazu bei, daß Marianne ihr Wunschpersonal nicht zu halten beziehungsweise dessen Anzahl auf einem annehmbaren Niveau aufrechtzuerhalten imstande war. Dann erfolgten die Anrufe auf Clive Hickmotts Handy. Nachrichten auf Voicemail. Mit gehetzter, beinahe weinerlicher Stimme gesprochen. Sie wisse nicht mehr ein noch aus. Da mußte man eben selbst mit anpacken, selbst Überstunden abreißen. Bis das Problem gelöst wurde. Es stand jedoch zu befürchten, daß Marianne gleich ihrem flatterhaften Personal demnächst das Handtuch werfen würde und er provisorisch auch noch die Leitung der Hauswirtschaftsabteilung zu übernehmen hätte. O nein! Nicht mit ihm! Nicht mehr! Beschwingt griff er an diesem frühen Samstagnachmittag sogar zum *Dyson*-Staubsauger, der gewöhnlich im letzten Winkel des Concierge-Postraumes verstaut war, um damit das vom frischen Ostwind durch die sich ständig öffnenden Seitentüren hereingewehte Herbstlaub sowie den Straßenstaub aus dem in monotonen Pastellfarben gehaltenen Lobbyteppich zu entfernen. Nichts, aber auch gar nichts vermochte ihm an diesem Tag die Laune zu verderben. Grund: die E-Mail von gestern. Aus Phuket. Von seinem ehemaligen Chef. Seine Nachfolge war entschieden worden, und er, ja er, Clive Francis Hickmott, sollte nun General Manager des Erholungsresorts werden. Unvergeßlich der Moment, in welchem er das DIN-A-Vier-Blatt mit dem darauf ausgedruckten elektronischen Brief seiner thailändischen Frau Rajini unter die Nase hielt. Was für eine Nacht! Unübertrefflich: die Massage- und Liebeskünste der Thailänderinnen! Das hatte seinerzeit auch Clive Hickmott davon überzeugt, daß Rajini die Richtige für ihn sei. Rajini, ein Zimmermädchen im Resort. Klein, zierlich, obendrein bildhübsch und hochintelligent. Das arme Elternhaus hatte Besseres als die miserabel bezahlte Hotelanstellung verhindert. Clive Hickmott "kaufte" sie ein, wie man das so despektierlich im westlichen Europa gemeinhin interpretierte. Und selbst wenn es so gewesen wäre, man merkte Rajini überhaupt nichts an. Sie verwöhnte ihren Partner im Lehrbuchstil. Auch zu Beginn ihrer schottischen Zeit. Der Mann hegte die Hoffnung, daß es der Karriere, der finanziellen Situation sowie dem Nachwuchs, der unterwegs war, dienlich sei. Ein Sohn! Ein Stammhalter! Doch Rajini fühlte sich im kühlen Norden nicht wohl. Das Wetter wie auch der Menschenschlag machten ihr zu schaffen. Der erotische Enthusiasmus erkaltete proportional zum Klima. Sie wollte zurück nach Thailand auf Biegen und Brechen. Dem kleinen Brendan, ein Ebenbild der Mutter, tat die hohe Luftfeuchtigkeit ebenfalls nicht gut. Und Clive Hickmott selbst haßte gar das *Alba Palace*. Resident Manager! Wieso hieß es "Resident", wenn man nicht wirklich im Hotel residierte? Der dicke Deutsche hatte sich oben im Penthouse des siebten Stocks breitgemacht. Die Wohnung, die eigentlich per definitionem vom Resident und mitnichten vom General Manager vereinnahmt werden sollte. Letzterer zog sowieso schon ein Riesensalaire ab, und dazu kam dann noch die Mietersparnis, während der Resident Manager mit der Hälfte des Gehalts vorlieb nehmen mußte sowie zudem die ganzen Nebenkosten ohne Entschädigung aufgebürdet bekam. Mit Rajini und Brendan zusammen bewohnte Clive Hickmott eine Drei-Zimmer-Wohnung in Newington. Sechshundert Pfund kalt. Plus Gemeindesteuer. Plus Strom und Gas. Der erhoffte Geldsegen durch den Umzug von Thailand nach Großbritannien blieb selbstverständlich aus. Zu hoch die Lebenshaltungskosten in diesem Scheiß-Land, seinem "Heimat"-Land. Nein: Clive Hickmott sehnte sich beinahe mehr nach Thailand als die junge Ehefrau, weshalb er sich vor einem halben Jahr an den Ex-Chef gewandt hatte. In aller Verzweiflung. Und der hatte ihm zurecht Hoffnungen gemacht, wie sich herausstellte. Zwei Vorstellungsrunden. Damit war die Sache so gut wie geritzt, bis der Ex-Chef weiterzog. Und die Benachrichtigung darüber trudelte eben am gestrigen Freitag ein. Löste Freudentaumel im Hause Hickmott aus. Welch ein Jubel! Was für eine Nacht! In sich hineinlächelnd bewegte Clive Hickmott den laut heulenden *Dyson* parallel zu den dicken, braunen, beigen, pastellgrünen Streifen des Lobbyteppichs auf und ab. Die meditative Wirkung des Staubsaugens durfte einfach nicht unterschätzt werden! Clive Hickmott schwelgte immer noch im Freudendelirium. Als er den Stecker des *Dyson* angeschlossen hatte, wurde er Zeuge der an Goggles gerichteten Moralpredigt Steven McClures. Das schien ihm wie an eine Wand reden; aber McClure versuchte es wenigstens. Vielleicht wollte er Clive Hickmott gegenüber auch nur demonstrieren, wie gut er sein Abteilungspersonal zu führen in der Lage war. Jetzt allerdings, da er fleißig saugte: keine Menschenseele um den Concierge-Schalter herum. Niemand im Foyer. Clive Hickmott hatte sich so in seine Gedanken vertieft, nicht zuletzt aufgrund der Unterstützung des ohrenbetäubenden *Dyson*-Elektromotors, daß er das Entschwinden des Lobbypersonals überhaupt nicht zur Kenntnis genommen hatte. Beinahe ein David-Copperfield-Effekt. Eigentlich nur die Spezialität von diesem Goggles, der sich im Prinzip draußen auf der Treppe aufhalten mußte. Was hatte Clive Hickmott da aufblicken lassen, so daß er überhaupt bemerkte, wie einsam er da seine Saugspuren in den Teppich prägte? Ein knatteriges Knallen hatte den lärmenden Staubsauger übertönt. Die Drehtür wurde ruckartig in Bewegung gesetzt. Ein Schnauben. Wilde, wellige, schwarze Haare. Meine Güte! Sie hatte eine Maschinenpistole im Anschlag! Versteinert, immer noch den Griff des tösenden *Dyson* in der Hand, blickte Clive Hickmott die zornig wirkende Schwarzhaarige an, die nun vor ihm stehengeblieben war. Sie erwiderte den Blick. Irre Augen. Sie kniff die Lippen zusammen. Drückte ab. Wie Nadeln piekten die auftreffenden Kugeln in Clive Hickmotts Unterkörper. Der Teppich! Der Teppich! Er verlor langsam das Gleichgewicht. Den Staubsaugergriff vermochte er nicht mehr zu halten. Der Teppich! Frisch gesaugt! Porentief rein! Rajini! Brendan! Clive Hickmott taumelte nach hinten. Ließ sich in einen der Sessel am Kaminfeuer fallen. Sah schwarz mit offenen Augen.

* * * * *

Es klopfte. Ebenso Craig Chalmers' Herz in erhöhter Frequenz. Ein richtiger Thrill! Wie eine Weihnachtsüberraschung. Seine Miene erstrahlte, als er dem bestellten Gast die Tür öffnete, ihn von oben nach unten begutachtet hatte, der Blick schließlich zurück zu den Augen gewandert und an ihnen haften geblieben war. Das Wunschbild stand ihm da gegenüber. Die positivste aller positiven Überraschungen. Und das hier in Großbritannien, wo man sich auf nichts und niemanden verlassen durfte, wo Versprechungen in der Geschäftswelt weniger als nichts zählten. Ausgerechnet hier hatte man ihm die Traumhosteß schlechthin gesandt! Sogar pünktlich wie die Maurer. Naja, kein Wunder: Die Agentur hatte etwas davon erwähnt, daß das Mädchen in Deutschland tätig gewesen war. Jedenfalls stand sie jetzt vor ihm. In voller Pracht! Wie ein Wagen, den man mit gewissen Spezifikationen im Autohaus anfordert. Athletisch gebaut. Groß. Brünett. Welliges Haar. Dunkle Augen. Grübchen in den Wangen. Wohlgeformte Brüste - sie hatte ihren Ledermantel aufgemacht, und man konnte es andeutungsweise erkennen.

Sie begrüßte ihn freundlich. Angenehme Stimme. Jean. Wahrscheinlich ein Pseudonym. Das war so üblich. Sie sprach mit südafrikanischem Akzent Englisch. Süß klang das aus ihrem Mund. Craig Chalmers bot ihr Champagner an. Dazu Erdbeeren in Schokohülle. Eine Spezialität des Hauskonditors. Hätte man sich dran totfressen können. Man redete Belangloses. Ob Craig Chalmers geschäftlich hier sei. Eine rhetorische Frage. Redundant. Doch er antwortete brav und charmant:

"Die eine Hälfte des Geschäftlichen habe ich schon hinter mir. Da habe ich das Angenehme dazwischengeschoben..."

Sie lachte artig. Kam zur Sache. Fragte nach seinen Präferenzen.

"Das überlasse ich ganz Ihnen... Aber zärtlich sollte es sein..."

Wie herrlich! Keine lange, mühevolle Anwerbung. Kein großes Beschnuppern, ob man denn zusammenpaßt, ob man tatsächlich mit dem anderen will. Nein: Die Rollen waren klar verteilt. Die Initiative wurde dem Augenblick, der Improvisation überlassen. Craig Chalmers blieb nicht passiv. Sie bat ihn, doch aufzustehen. Er gehorchte. Sie entkleideten sich gegenseitig. Mit den von ihm verlangten Zärtlichkeiten. Kleine Streicheleinheiten. Er durfte natürlich auch bei ihr. Gute Güte! Was für einen tollen, durchtrainierten Körper sie besaß! Nicht unbedingt muskulös, aber kein Grämmchen Fett zuviel. Die Alten Meister hätten sich nach ihr die Finger geleckt. War das Silikon? Er testete. Nein! Keinesfalls. Fettgewebe, das überhaupt nicht einen solchen visuellen Eindruck vermittelte. Craig Chalmers - mittlerweile im Zustand, wie er in diese Welt getreten war sowie verständlicherweise mit mächtiger Erektion - verharrte lange wie hypnotisiert in der Bruststreichelposition, bis die erotische Idylle durch Poltern an der Zimmertür, auf welches ein knatteriges Knallen folgte, unterbrochen wurde. Craig, der mit dem Rücken zur Zimmertür stand, wandte sich der Richtung zu, aus der der störende Lärm gekommen war. Das sollte eine saftige Beschwerde bei der Hoteldirektion setzen! Ein Eindringling! In gebückter Haltung stürzte eine junge Frau ins Zimmer. Craig Chalmers wollte sie quasi auffangen, hielt sich jedoch im letzten Moment zurück, da sie sich im Hereinstürmen wieder aufgerichtet hatte und eine Waffe sichtbar wurde, die sie mit beiden Händen am Bauch festhielt. Im Reflex baute er sich schützend vor Jean auf. Ein langer Feuerstoß. Craig Chalmers verpürte unvermittelt eine fürchterliche Übelkeit in sich aufkommen. Er vollführte eine halbe Drehung. Blickte ins erschrokkene Gesicht Jeans. Fiel ihr in die Arme, die sie aber nicht um ihn schlang. Zu schockiert mußte sie wohl sein. Er glitt langsam an ihrem perfekt geformten Körper hinunter. Hinterließ bei ihr dicke Blutspuren an Rumpf und Beinen. Jemand knipste das Licht aus.

* * * * *

Wo war Wing Zung? Alles vergessen im Moment des größten Schocks. Wie verflogen die Erinnerung an die Übungseinheiten im traumatisierten Gedächtnis. Ein Kanal funktionierte noch. Das Déjà-Vu-Programm. Der Tod. Die Wellen des Starnberger Sees, die über Johanna von Mühlwang hereinbrachen. Die sah sie, als der Kunde leblos an ihrem Körper hinunterglitt und sie in die frenetisch-wilden Augen dieser Furie blickte, welche ihrer Maschinenpistole eine kurze Pause gönnte. Die Augenschlitze der Mörderin verengten sich.

Sie hob die Waffe. Richtete sie auf Johanna, die nicht einmal imstande war, in Antizipation des sicheren Todes ihre Lider zu schließen.

* * * * *

Endlich! Endlich! Endlich! Seit über einem Jahr hatte es sich Roger Hertloff lediglich in der Phantasie ausgemalt. In Variationen. Und jetzt war es ihm tatsächlich gelungen. Wie oft wollte er es machen, doch immer waren ihm irgendwie die Hände gebunden gewesen. Entweder wurde ihm strikt aufgetragen, seine Position nicht zu verlassen, wie etwa bei einer Hochzeit vor drei Wochen, als er machtlos mitansehen mußte, wie das Schwein ein Knöllchen an den Gäste-*BMW* heftete, während er, Roger, der Braut die Tür aufhielt; oder es befanden sich schlicht zuviele Fahrzeuge vor dem Hotel. Er konnte nun mal nicht mehr als ein Auto zur selben Zeit fahren. Eine Jeannie wäre gut gewesen in einem solchen Augenblick. Aber heute hatte es geklappt! Zwar ohne die Kollegen drinnen zu informieren, aber es hatte hingehauen. Auf dem Rückweg zu Fuß von der Garage zum Hotel entlang der Bahnhofsmauer in der Calton Road überlegte Roger hin und her, ob er sich nun beeilen sollte oder nicht. Einerseits trieb ihn die Aussicht auf einen Anschiß nicht gerade an; andererseits wäre es eine Gaudi, vor den Portiers mit seinem Husarenstück anzugeben. Und dann mußte die Geschichte selbstverständlich breitgetreten werden. Bei den Taxifahrern. Bei den Chauffeuren. Alle haßten sie diese Parkwächter abgrundtief. Die Story würde allenthalben viel Gelächter auslösen: dieser slapstickmäßig ins Nichts ausgestreckte Arm von Nummer drei-sieben-acht. Roger müßte es tatsächlich in seinem Kalender vermerken: "Parkwächter ausgetrickst". Er beschleunigte seinen Schritt. Doch besser, je eher er zurück wäre. Höchstwahrscheinlich standen inzwischen schon zwei weitere Gästewagen zum Parken vor der Tür. Es würde heute Nachmittag wieder eine einzige Lauferei werden. Egal. So verflog die Zeit. Keine Spur von Müdigkeit mehr. Vielmehr eine Art Euphorie. Beschwingtheit vermischt mit etwas Schummerigkeit, als ob man nicht im eigenen Körper steckte. Sehr seltsames Gefühl! Roger bog auf die Leith Street ein. Diese Steigung würde irgendwann einmal bei ihm einen Herzinfarkt verursachen. Dann auch noch vorbei am

Pennerasyl. Da machte ihn doch glatt wieder einer an, der eine Dose *Carlsberg Special Brew* in der Hand hielt. Lallte eine Frage heraus, ob Roger ihm einen Gefallen tun könne.

"Tut mir leid, ich tue keine Gefallen, die etwas mit Geld zu tun haben..."

Er marschierte verärgert weiter. Unverschämtheit! Diese Bettelei im sozialsten Staat der Welt! Die Ärmsten lebten hier wie Maden im Speck. Wurden mit Hilfe von Steuergeldern durchgefüttert. Keiner nagte hier am Hungertuch, wenn er es richtig anstellte. Und am allerwenigsten diese vermaledeiten Bettler, die den dreifachen Tagesverdienst von Roger einsackten.

Er überquerte die Leith Street. Fing an, etwas zu joggen, damit er das Grünintervall am ersten Fußgängerüberweg von Princes' Street noch erwischte. Knapp; aber es reichte. Er sah hinüber zum Hotelportal. Niemand! Ja, gab's denn das? Da hatte Goggles einen Rüffel kassiert und stellte sich trotzdem nicht hin? Kein Gästewagen weit und breit. Die Anreisestoßzeit hatte immer noch nicht begonnen. Na, vielleicht Gäste, die zu Fuß gekommen waren, und Henry wie auch Goggles waren mit Gepäckbeförderung drinnen beschäftigt. Man hörte Knattern. Knallen. Eine Waffe? Goggles kam, von der Rampe rückwärts zur Treppe torkelnd, in Sicht. Was hatte der denn? Er brach auf den Stufen zusammen. Blut! Ein Mädchen mit schwarzem Haar huschte von der Rampe aus durch die Drehtür ins Hotel. Vor dem Bauch hielt sie etwas mit beiden Händen. Eine *Uzi*? Eine *Uzi* mit langem Magazin. Scheiße! Amokläufe passierten in Schulen, aber doch nicht in Hotels! Schon gleich gar nicht im *Alba Palace*! Roger spurtete wie von der Tarantel gestochen auf den verletzten Goggles zu. Seltsamerweise hatten die Fußgänger bislang von der Sache wenig Notiz genommen. Eventuell deshalb, weil sich das meiste auf der Rampe abgespielt hatte.

Verdammt! Das sah nicht gut aus! Blut floß aus Goggles' Mund und Nase. Halblebig blinzelte er noch mit den Augen.

"U-u-u-h-r-t-t-t-u-u-rm!" preßte er mit letzter Kraft heraus, bevor ihm ein noch dickerer Blutschwall aus dem Mund quoll.

"GOGGLES!!!!" schnaubte Roger fassungslos und ballte die Hände zu Fäusten.

Wie oft, wie oft, wie oft hatte er sich darüber gewundert, ja geradezu aufgeregt, daß so viele Verrückte auf Edinburghs Straßen frei herumliefen! Pseudo-Liberalismus. Politische Korrektheit. Eingesperrt gehörten die! Alle miteinander! Es war passiert, was er immer befürchtet hatte: eine Verrückte hatte Zugang zu einer tödlichen Waffe bekommen.

Eine kleine Menschentraube formierte sich mittlerweile an den paar Treppenstufen vor dem Hotel. Roger richtete sich auf. Ging entschlossen auf die Drehtür zu. Griff nach einer der Messingstreben, welche die vier Flügel der Tür auseinanderhielten. Sie ließ sich leicht aus der Halterung entfernen. Kantige Messingplättchen an beiden Enden.

Roger zuckte zusammen: Die Verrückte befand sich auf dem Weg nach oben. Wenn sie zum Uhrturm wollte, mußte sie in den sechsten Stock. Die Lobby war wie ausgestorben. Bis auf einen *Dyson*-Staubsauger, der einsam in der Mitte des Foyerteppichs stand und heulte. Clive Hickmott saß regungslos mit blutdurchtränktem Anzug und weit aufgerissenen Augen im rechten Sessel neben dem Kamin. Dieses irre Miststück! Roger trabte durchs Foyer; vorbei am üppigen Lilienstrauß auf dem runden Tisch. Das Personal der Cocktailbar war offensichtlich geistesgegenwärtig gewesen und hatte die Kundschaft nach hinten in Richtung Bankettsuiten evakuiert. Roger konnte ungehindert durch zum Servicelift. Er plante, der Irren im Hauswirtschaftsraum der sechsten Etage aufzulauern in der Hoffnung, daß sie den Flur gegen den Uhrzeigersinn nach dem Zugang zum Turm abklappern würde. Das Lotterieelement. Entgegen der normalen menschlichen Psyche. Im Heyselstadion seinerzeit war die automatische Massenbewegung nach unten rechts gewesen. Hoffentlich ging das Miststück nun links! Hoffentlich waren nicht allzu viele Zimmer belegt! Und hoffentlich befanden sich auch keine Zimmermädchen mehr auf dem Korridor!

Roger drückte auf den Liftknopf. Die Leuchtanzeige indizierte "vier". Komm' 'runter! Nein! Fünf! Jetzt bloß nicht sechs! Verflixt und zugenäht! Uff! Vier,... drei,... zwei,... eins,... G! Pling! Die Schiebetür öffnete sich. Leer! Roger drückte auf die Sechs. Mann, o Mann! Wie eine Schnecke bewegte sich das Scheißding! Pling! Angekommen! Schiebetür auf! Roger schlich hinaus in den Vorraum. Näherte sich der Schwingtür, die auf den Etagenflur führte. Er lauschte. Nichts! Ruhe! Vielleicht zehn, fünfzehn Sekunden. Knattern wieder! Scheiße! Zimmerservice? Oder ein Zimmermädchen? Schreie. Eine Frau. Roger durfte nichts überstürzen. Er mußte ihr in den Rücken fallen. Von hinten überraschen. Geduldig sein, selbst wenn es schwerfiel. Wenigstens hatte sie sich für die aus ihrer Sicht falsche Richtung entschieden. Immer wieder Knattern. Splittergeräusche. Wieder Ruhe. Aber offenbar näherte sie sich. Roger machte die Schwingtür einen spaltbreit auf. Einen klitzekleinen Spalt. Da schnaubte das Luder vorbei. Hielt vor sechs-drei-eins inne. Polterte mit einem Fuß gegen die Tür. Fletschte die Zähne. Aktivierte die *Uzi* in Richtung Türschloß. Noch ein Fußstoß gegen die Tür. Sie verschwand im Zimmer. Wieder Schüsse! Verdammt, verdammt, verdammt! Da war jemand drin! Dann Ruhe. Pause. Was war denn los? Nach kurzem Zögern kratzte Roger Hertloff seinen ganzen Mut zusammen. Griff die Messingstrebe fester mit der Rechten. Boxte die Schwingtür in Dirty-Harry-Manier auf. Näherte sich sechs-drei-eins. Die Tür war hellhörig. Was für ein Glück, daß die Klimaanlage im Korridor des sechsten Stocks seit zwei Wochen streikte! Ansonsten hätte Roger außer Rauschen nichts gehört. So aber: überdeutlich das Klicken eines Waffenabzugs! Sie hatte das Magazin leergeschossen. Oder Ladehemmung? Er mußte schnell handeln. Und doch besonnen bleiben. Leise schob er die Tür mit dem total zertrümmerten Schloß auf. Schlich ins Zimmer. Sah die Szene. Die junge Frau, der er vorhin so lange hinterhergestarrt hatte, stand nackt, blutverschmiert und mit einem entgeisterten Gesichtsausdruck mitten im Zimmer. Zu ihren Füßen: der Körper eines unbekleideten Mannes. Blut überall auf dem Teppich. Die Verrückte machte sich an ihrer *Uzi* zu schaffen. Roger hatte richtig getippt. Magazinwechsel. Beinahe fertig. Sie hatte das Ersatzteil offensichtlich aus einer *Nike*-Sporttasche herausgefischt und war gerade dabei, es in den Schaft der *Uzi* einzuklicken, als sie Roger bemerkte. Zu spät! Roger hatte bereits weit ausgeholt. Schlug mit voller Wucht zu. Er wollte gleich noch einen draufsetzen, doch das kantige Messingplättchen am Ende der Strebe hatte sich in der Schläfe der Verrückten festgehakt. Es löste sich, als die Furie zu Boden fiel und im Reflex die *Uzi* losließ. Zum Glück Teppichboden! Sonst wäre das empfindliche Ding womöglich von alleine losgegangen! Roger schlug vielleicht noch vier, fünf Male auf die wehrlos am Boden Liegende ein, bis sie sich nicht mehr regte. Dann richtete er sich langsam auf. Rang nach Luft. Wortlos blickte er die zu einer Skulptur erstarrte Nackte an.

* * * * *

Roger Hertloff nahm Johanna von Mühlwang schließlich tröstend in die Arme. Dadurch ruinierte er seine Uniform mit dem Blut ihres letzten Freiers.

Bei *HARALEX / Kindle* erschienene Prosa und Lyrik
von
Ralph A. Hartmann:

MESOKOSMOS (Hundert Gedichte)

e-Book: ASIN B01LLCKTY2, **€ 0,99**
Taschenbuch: ASIN 1905194870, € 5,80

SYNTONIE (Roman)

e-Book: ASIN B01CC0ASMU, **€ 2,99**
Taschenbuch: ASIN 1905194854, € 11,80

WONNENBERG (Kriminalroman)

e-Book: ASIN B01CBZ722K, **€ 2,99**
Taschenbuch: ASIN 1905194862, € 7,95

ADELHEID (Roman)

e-Book: ASIN B01LLCKTY2, **€ 2,99**
Taschenbuch: ASIN 1905194838, € 7,95

ALTLASTEN (Kriminalroman – Fortsetzung von WONNENBERG)

e-Book: ASIN B071JDNYGP, **€ 2,99**
Taschenbuch: ASIN 1521397929, € 8,95

Foto: ¡az!-images (Annette Zimmermann)

Der Autor

Ralph A. Hartmann wurde 1966 an einem heißen Spätseptemberabend in Leutkirch (Allgäu) geboren.
Seine Veröffentlichungen umfassen deutsche und englische Prosa, Lyrik wie auch akademische Schriften.
Seit 2002 lebt und arbeitet er in Schottlands Hauptstadt Edinburgh.

Printed in Poland
by Amazon Fulfillment
Poland Sp. z o.o., Wrocław

31081477R00224